Das Buch

Im Jahr 1984 wurde auf einer einsamen Insel im Arktischen Mittelmeer ein Atombunker errichtet. Im Falle einer nuklearen Katastrophe sollte hier das genetische Erbe der Menschheit aufbewahrt werden. Nun, Jahrzehnte später, wird ein zweiter Bunker entdeckt. Wer hat ihn erbaut? Und zu welchem Zweck? Es ist jedoch nicht der Bunker selbst, der das Team um Sonderermittler John Clay und Meeresbiologin Alison Shaw vor ein Rätsel stellt, sondern die Abermillionen von Samenkapseln, die sich darin befinden. Bei näherer Betrachtung stellt sich heraus, dass die Kapseln außerirdischen Ursprungs sind. Welche Spezies würde Lichtjahre durchs Universum reisen, um ihren genetischen Code auf der Erde zu deponieren? John Clay und Alison Shaw versuchen, das Geheimnis um die mysteriösen Kapseln zu lüften, und stoßen dabei auf eine uralte Wahrheit. Eine Wahrheit, die alles, was die Menschheit bisher über die Evolution zu wissen glaubte, infrage stellt …

Die *Breakthrough*-Reihe:
Erster Roman: *Breakthrough*
Zweiter Roman: *In der Tiefe*
Dritter Roman: *Am Abgrund*

Der Autor

Michael Grumley arbeitet in der Informationstechnologie, doch seine große Leidenschaft gehörte schon immer der Literatur. Seit Jahren träumte er davon, selbst einmal einen Roman zu schreiben, der eine einzigartige Geschichte erzählt. Mit seiner *Breakthrough*-Serie hat er sich diesen Traum erfüllt. Der Autor lebt mit seiner Frau und seinen beiden Töchtern in Kalifornien.

MICHAEL GRUMLEY

AM ABGRUND

SCIENCE-THRILLER

Aus dem Amerikanischen übersetzt
von Wally Anker

WILHELM HEYNE VERLAG
MÜNCHEN

Titel der amerikanischen Originalausgabe
CATALYST

MIX
Papier aus verantwortungsvollen Quellen
FSC® C014496
FSC
www.fsc.org

Verlagsgruppe Random House FSC®N001967

Deutsche Erstausgabe 10/2018
Redaktion: Elisabeth Bösl

Printed in Germany
Umschlaggestaltung: DAS ILLUSTRAT, München, unter Verwendung
eines Motivs von solarseven/Shutterstock
Satz: Christine Roithner Verlagsservice, Breitenaich
Druck und Bindung: GGP Media GmbH, Pößneck
ISBN 978-3-453-31889-2

www.diezukunft.de

Prolog

Steve Caesare zuckte vor Schmerzen zusammen, als er seinen Ärmel hochkrempelte und die Hand auf den Griff seiner Waffe legte. Der Flur, in dem er sich befand, war von weißen Marmorwänden umgeben und mit einem dicken beigefarbenen Teppich ausgelegt, sodass er sich der Tür mehr oder weniger lautlos nähern konnte.

Caesare blickte zu einem der von der Decke hängenden Kronleuchter auf und suchte seine Umgebung nach Kameras ab. Wenn es sie gab, dann waren sie sehr gut versteckt. Seine Hoteluniform war ihm viel zu klein, und es schien, als ob seine breiten Schultern den Stoff jeden Augenblick zum Platzen bringen könnten. Jeder, der auch nur einen flüchtigen Blick auf den Monitor warf, würde sofort merken, dass hier etwas nicht stimmte.

Das Tivioli Mofarrej war eines der elegantesten Hotels in São Paulo und bei Weitem das teuerste. Es wurde nur von der betuchtesten Kundschaft genutzt und strahlte, wie es da über dem Stadtbild von Brasiliens reichster Stadt ragte, ein Gefühl von Macht und Prestige aus.

Er hatte zwei ganze Wochen gebraucht. Zwei Wochen, um den Mann zu finden, vor dessen Tür er jetzt in diesem Korridor stand. Miguel Blanco ließ es sich mit dem, was er von Mateus Alves, seinem ehemaligen Arbeitgeber und einem der reichsten Männer Südamerikas, gestohlen hatte, offensichtlich gut gehen. Nachdem er seinen ehemaligen Boss umgelegt hatte, war es ihm gelungen, beinahe einhundert Millionen brasilianische Reals von diversen

Konten und Fonds abzuheben. Es handelte sich zwar nur um einen Bruchteil des Vermögens des alten Mannes, aber es war völlig ausreichend – auf jeden Fall genug, um nun der Elite anzugehören, die Blanco den Großteil seines Lebens beschützt hatte.

Einfach war das sicher nicht gewesen. Zugang zu Alves' Konten zu erhalten war das eine. Außerdem hatte Blanco dabei Hilfe gehabt. Viel schwieriger dürfte es gewesen sein, die Spuren zu verwischen. Dazu hatte Blanco Hilfe von mehreren guten Compadres gebraucht, die nicht nur äußerst diskret sein mussten, sondern auch von der Auflösung von Alves' unvorstellbarem Reichtum nicht schlecht profitierten.

Caesare war jedoch nicht auf das Geld aus. Er war aus einem anderen Grund hier. Der Mörder war genauso korrupt wie der Alte selbst, und Caesare hatte keinerlei Sympathie für die beiden. Nein, er befand sich aus nur einem einzigen Grund hier: Vergeltung.

Er stand jetzt vor dieser Tür, weil Blanco ihn auf dem Berg hatte umbringen wollen. Doch Caesare lebte. Nach einer zweiwöchigen Suche war es jetzt an der Zeit, ihm einen kleinen Überraschungsbesuch abzustatten.

Caesare näherte sich der Tür, sah aber weder eine Wache noch einen Aufpasser, was ihn stutzig werden ließ. Gäste, die in der Präsidentensuite nächtigten, verfügten normalerweise über einen Sicherheitsdienst. Aber wo befand sich Blancos? Der Mann war einmal Offizier beim brasilianischen Geheimdienst gewesen. Entweder war er viel zu selbstsicher, oder komplett paranoid. *Wenn er paranoid war, wo warteten seine Sicherheitsleute?*

Blanco war auf jeden Fall hinter dieser Tür. Zumindest war das der Stand der Dinge vor einer halben Stunde gewesen. Caesare hatte das Telefonsignal lokalisiert. Es war wenige Meter von dem Punkt, an dem er jetzt stand, gekommen, ehe es abrupt verschwunden war. Drei Meter von der Tür entfernt zog Caesare leise seine Glock .40 aus dem versteckten Halfter und legte den Zeigefinger auf den Abzug. Er neigte den Kopf zur Seite und checkte den Flur hinter sich ein letztes Mal aus dem Augenwinkel.

Als er zur Tür kam, näherte er sich seitlich und hielt die Waffe an der rechten Hüfte. Dann hob er sie mit einer sanften Bewegung und lehnte sich vor, um zu lauschen. Er hörte keinen Ton, keine Stimmen, keinen Fernseher. Nichts.

Als Blanco Rio de Janeiro verlassen hatte, hatte sich nur eine Person in seiner Begleitung befunden: Alves' langjährige Assistentin Carolina Sosa. Sie war diejenige, die ihm Zugang zu den vielen Konten und den relevanten Informationen ihres Chefs verschafft hatte. *Sie* war der Schlüssel zu Alves' Reichtümern.

Caesare zog eine kleine Karte mit Magnetstreifen hervor. Sie war zwar gebraucht, aber ungemein nützlich und stammte aus einem Hotel, für das er einige Stunden durch São Paulo hatte hetzen müssen, um es zu finden. Es war der Arbeitsplatz eines Kontakts, der Generalschlüssel für beinahe jedes Hotel in der Stadt programmieren konnte.

Caesare hielt die Karte in der linken Hand und drehte die rechte, um einen Blick auf seine Uhr zu werfen.

Jetzt wäre nicht schlecht, Will.

Endlich klingelte das Telefon in der Suite. Caesare nahm seine Chance wahr und zog die Karte durch das Türschloss, während er gleichzeitig die Hand auf die Klinke legte und sie hinunterdrückte. Das laute Klicken wurde vom Klingeln des Telefons übertönt, und Caesare lehnte sich gegen die Tür und öffnete sie einen Spaltbreit – gerade genug, dass sie sich nicht wieder von selbst schloss. Im gleichen Augenblick setzte er seinen linken Fuß nach vorne, um sie offen zu halten.

Das Telefon klingelte erneut, und es hallte durch die gesamte Suite. Nach dem dritten Klingeln verstummte es wieder, und es herrschte absolute Stille. Caesare warf einen weiteren Blick über die Schulter, ehe er sein Ohr an die offene Tür legte. Keine Schritte. Keine Bewegung. Nichts.

Er lehnte sich gegen die Tür und drückte sie auf, bis ihm ein kühler Luftzug ins Gesicht wehte. Geräuschlos öffnete er sie weiter, bis er einen Blick ins Innere der Präsidentensuite werfen konnte. Hinter dem Eingangsbereich bemerkte er einen dunklen, polierten Tisch, umringt von perfekt arrangierten Stühlen.

Er trat ein, die Waffe noch immer schussbereit an der Hüfte. Als er sich umdrehte, um die Tür sanft wieder ins Schloss fallen zu lassen, schoss der Schmerz in seinen Rippen durch seinen Körper – das Resultat der beinahe tödlichen Verletzung, die Blanco ihm zugefügt hatte.

Die Tür fiel leise klickend ins Schloss, und Caesare schlich über den makellosen Marmorboden des Eingangsbereichs. Dann trat er in den kurzen Flur und schielte vorsichtig um die Ecke.

Er erstarrte.

Das hatte er nicht erwartet. Der Raum schien in tadellosem Zustand außer zwei Stühlen, die in seiner Mitte standen. Auf jedem Stuhl saß eine reglose Gestalt, festgebunden und voller Blut. Beide hatten einen Knebel im Mund, und ihre Köpfe waren nach vorne gesunken.

Die erste Gestalt war eine Frau. Ihr dunkles Haar hing ihr ins Gesicht, sodass Caesare sie zuerst nicht wiedererkannte. Es war Carolina Sosa. Der Mann war Miguel Blanco. Sein lebloser Körper wurde lediglich von den Fesseln auf dem Stuhl gehalten.

Keiner bewegte sich.

Caesare verschwand augenblicklich wieder hinter der Ecke, bis nur noch seine Waffe und die Hälfte seines Gesichts zu sehen waren. Es schien noch alles sehr frisch zu sein, und es war durchaus möglich, dass sich der Mörder noch in der Suite befand. Caesare wartete eine Minute, ehe er sich langsam von der Wand löste, um einen besseren Blick in den Raum werfen zu können. Er schlich vorwärts, trat auf den dicken Teppich, erreichte die nächste Tür, hielt sich aber so weit wie möglich von der Ecke fern, um den besten Blickwinkel zu behalten.

Es dauerte einige Minuten, ehe er sich derart durch die gesamte Präsidentensuite gearbeitet hatte. Überzeugt davon, dass er alleine war, begab er sich wieder ins Wohnzimmer und starrte auf die zwei regungslosen Gestalten.

Er ging auf sie zu und musterte Carolinas mit dunklen Haarsträhnen bedecktes Gesicht. Darunter sah er, dass ihre Haut mit Blutergüssen übersät war.

Er ging an ihr vorbei und stellte sich vor Blanco. Sein Gesicht war ebenfalls komplett grün und blau geschlagen, und sein Knebel drohte aus dem Mund zu fallen.

Caesare starrte ihn eine Weile an, ehe er endlich den Kopf schüttelte. Ein Leben voller Betrug und Hinterlist endete normalerweise recht abrupt und mitunter auch gewaltsam. Das eng gezogene Gummiband um Blancos Arm verriet Caesare, dass Blanco sämtliche Geheimnisse verraten hatte. Sie hatten ihn unter Drogen gesetzt, um die Informationen dann wortwörtlich aus ihm herauszuprügeln.

Schade nur, dass Caesare zu spät gekommen war. Zumindest hätte Blanco ihre Begegnung überlebt. Er blickte sich ein letztes Mal um, ehe er seine Waffe zurück in den Halfter gleiten ließ.

Caesare drehte sich zur Tür um und wollte schon gehen, als er plötzlich etwas im Augenwinkel bemerkte. Er hatte seine Waffe schon wieder gezogen, ehe sein Gehirn überhaupt verarbeitet hatte, was geschehen war.

Blanco hatte sich bewegt.

Es war kaum merklich gewesen, aber er hatte sich definitiv bewegt. Blancos Augen blieben weiterhin geschlossen, aber Caesare war sich sicher, dass es sich hier nicht um das letzte Zucken eines Toten gehandelt hatte. Er wartete mit beiden Händen an der Waffe. Dann geschah es erneut.

Caesare legte eine Hand unter das Kinn des Brasilianers und hob sanft dessen Kopf an, ehe er den Rest des Knebels aus seinem Mund zog. Die angeschwollenen Augenlider zuckten, ehe sie sich einen Spaltbreit öffneten. Dunkle unkoordinierte Augen erspähten Tageslicht.

»Blanco«, flüsterte Caesare.

Es dauerte eine Weile, ehe dieser seine Augen auf Caesare richtete. Aber kaum hatte er es geschafft, erkannte er ihn sofort wieder und riss sie weit auf.

Caesare wollte Blanco schon anlächeln und ihm das Wort »*surpresa*« ins Ohr flüstern, konnte sich aber noch zurückhalten. Stattdessen richtete er sich wieder auf und ging zum Telefon. Er hatte den Hörer schon abgenommen, als Blanco etwas hinter ihm hervorprustete.

»*Não!*« Einen Augenblick später murmelte er erneut etwas, diesmal aber auf Englisch. »Nicht anrufen.«

»Ich hole Hilfe.«

Blanco senkte die Augen und musterte seinen Arm, auf dem neben dem Einstich ein Tropfen Blut klebte. »Für … mich … gibt … es … keine Hilfe mehr«, sagte er schwach.

Caesare kniete sich vor ihm hin. »Wer war das?«

»Otero«, flüsterte er.

Caesare beugte sich über Blancos Ohr. »Was wollte er?«

»Bitte.« Blancos Stimme wurde schwächer. »Bitte … Retten Sie sie.«

Caesare blickte sich in der Suite um. »Retten? Wen denn?«

Blanco konnte kaum noch die Lippen bewegen. »Meine Familie.«

1

Admiral Langford blickte auf, als John Clay die Tür zu seinem Büro öffnete. Hinter ihm stand Will Borger. Der Admiral winkte sie schnell zu sich, drückte einen Knopf auf seinem Telefon und legte den Hörer in seiner Hand auf die Gabel.

»Okay, Clay und Borger sind hier. Fahren Sie fort, Steve.«

»*Bom dia*, Gentlemen«, ertönte Caesares Stimme über den Lautsprecher. »Wir haben hier unten wirklich tolles Wetter. Brandheiß und schwül.«

Clay lächelte. »Klingt entzückend.«

»Ja, nur leider ist nicht alles Friede, Freude, Eierkuchen.«

»Hast du Blanco gefunden?«

»Oh, ja, das habe ich. Aber er war bedauerlicherweise nicht in der besten Verfassung. Genau genommen ist er tot.«

Clay und Borger schenkten Langford einen überraschten Blick.

»Tot?«, wiederholte Borger verwirrt. »Aber wir haben doch den Telefonanruf geortet, ehe er sein Handy ausschaltete. Das ist gerade mal eine Stunde her.«

»Tja, wie das Leben halt so spielt, nicht wahr? Ich glaube nicht, dass er das Handy selbst ausgeschaltet hat. Ich habe ihn grün und blau geprügelt in seiner Suite gefunden. Carolina Sosa hatte bereits das Zeitliche gesegnet, und Blanco blieben nur noch wenige Minuten auf dieser Welt. Ich konnte nichts mehr für ihn tun.«

»War er bei Bewusstsein?«

»Kaum. Ich konnte ein wenig aus ihm herauskitzeln. Aber wirklich nur ein wenig.«

Clay bemerkte ein Echo am anderen Ende. »Wo bist du?«

Caesare warf rasch einen Blick die metallenen Stufen empor und hinab, während er sich mühevoll aus der gestohlenen Uniform pellte. »Ich bin im Treppenhaus des Hotels.«

Langford starrte auf das Telefon. »Wissen Sie, wer es getan hat?«

»Ein gewisser Otero. Hat einer von euch schon mal von ihm gehört?«

Die drei Männer schüttelten die Köpfe. »Nein.«

Caesare nickte. »Ich gehe davon aus, dass er etwas mit Alves am Hut hatte.«

»Wieso das?«

»Weil er etwas Bestimmtes wollte«, gab Caesare zurück.

»Was soll das denn heißen?«

»Das Geld schien ihm völlig gleichgültig. Er wollte *Antworten.*«

»Antworten worauf?«

»Soweit ich einschätzen kann, Antworten bezüglich Alves. Wer auch immer dieser Otero ist, er sucht nach etwas. Geld ist einfach zurückzuverfolgen, aber Blanco und seine Freundin machten den Eindruck, als ob sie Opfer eines veritablen Verhörs waren, inklusive Wahrheitsserum. Als krönenden Abschluss gab es dann einen tödlichen Cocktail direkt ins Blut gespritzt. Aber wie auch immer, ich wette, dass dieser Otero nicht mit meinem Besuch gerechnet hat. Erst recht nicht vor dem Tod Blancos.«

Langfords Stirn war gerunzelt, als er sich näher über das Mikrofon beugte. »Welche Informationen haben Sie aus Blanco herauskitzeln können?«

»So gut wie keine«, entgegnete Caesare. »Er war schon recht mitgenommen. Aber sein letztes verständliches Wort lautete: *mamaco.*«

»*Mamaco?*«

Caesare hatte sich endlich gänzlich der Uniform entledigt. »Das ist Portugiesisch und heißt Affe, Admiral. Otero weiß offensichtlich von Alves' Reservat in Brasilien, und er weiß auch von dem Affen.«

Langford bemerkte, wie Clay und Borger einen Blick austauschten. Bei dem Affen handelte es sich um einen kleinen Kapuzineraffen, den ein Team von »Forschern« entdeckt hatte, das im Auftrag des alten Mannes gearbeitet hatte, ehe er umgebracht worden war. Eigentlich waren es Wilderer. Alle außer einem. Er war ein echter Forscher gewesen und mehr oder weniger durch Zufall über einen sehr besonderen Kapuzineraffen gestolpert. Dieser Affe war so ganz anders als all die Tiere, die sich zuvor in ihren Netzen verheddert hatten.

Dieser war nämlich hochintelligent, und während die normale Lebenserwartung eines Kapuzineraffen bei ungefähr fünfundzwanzig Jahren lag, stellte sich heraus, dass dieser um ein Vielfaches älter war. So viel älter, dass der Multimilliardär Mateus Alves alles daransetzte, zwei Ziele zu erreichen: Er wollte herausfinden, woher der Affe stammte, und niemand sollte herausfinden, was er vorhatte.

Langford konnte förmlich die Rädchen in Clays Hirn rattern hören. »Clay?«

Dieser schenkte dem Admiral einen kurzen Blick, ehe er sich an das Mikrofon richtete. »Wie hat Otero von dem Affen erfahren, beziehungsweise woher weiß er überhaupt, dass Alves nach ihm suchte?«

»Und warum verließ jemand wie Alves freiwillig sein milliardenschweres Imperium und verschwand komplett aus dem Licht der Öffentlichkeit?«, ergänzte Caesare.

»Otero muss von irgendwoher Wind davon bekommen haben«, mutmaßte Clay. »Aber wie?«

»Blanco hat sich sehr gut umgehört, mit vielen Leuten gesprochen«, überlegte Caesare. »Vielleicht wollte er Profit aus Alves' Entdeckung schlagen. Es ist durchaus möglich, dass er jemanden gefunden hat, der verrückt genug war auf seinen Vorschlag einzugehen.«

Clay nickte gedankenverloren. Das war natürlich eine Möglichkeit. Außer das mit der Verrücktheit. Sie wussten alle, dass Alves alles andere als verrückt gewesen war. Die Heimat des Affen auszumachen war eine Sache. Was Alves aber wirklich wollte, war die DNS, denn die DNS eines Primaten und die eines Menschen unterscheiden sich um nur ein Prozent. Sollte ein Primat also viermal so alt werden, wie es eigentlich möglich war, dann konnte das unter Umständen auch auf Menschen übertragen werden.

Alves war alt gewesen, Mitte achtzig, und sein einziges Ziel hatte darin bestanden, sein eigenes Leben zu verlängern. Er hatte geglaubt, endlich die Superdroge gefunden zu haben, die ihm das ermöglichen konnte.

Clay nahm den Faden auf. »Aber man würde Blanco doch nicht einfach so mir nichts dir nichts umbringen … Nicht wegen des Wortes ›Affe‹. Ich bin mir sicher, dass sie mehr Informationen aus ihm herausgeprügelt haben. Vielleicht sogar viel mehr. Vielleicht sogar so viel, dass es sich lohnte, Blanco auf der Stelle zu ermorden. Nur so würde er schweigsam bleiben.«

Langford rieb sich das Kinn. »Dann müssen wir davon ausgehen, dass dieser Otero alles weiß.« Er holte tief Luft und beugte sich vor. »Ich möchte, dass wir das Szenario kurz durchspielen, denn es kommt mir so vor, als ob wir jetzt ein noch größeres Problem haben. Ich habe soeben einen Bericht unseres Bergungsteams vor der Küste Guayanas erhalten. Sie haben genügend Reste der Torpedohülle und Rückstände des darin enthaltenen Sprengstoffes ausfindig gemacht, um ihn positiv identifizieren zu können.« Langford hielt kurz inne und blickte zu Clay und Borger auf. »Die *Bowditch* wurde nicht von den

Russen versenkt, wie wir anfangs angenommen hatten. Es waren die Chinesen.«

Clay und Borger hatten schon ihre Überraschung bei der Nachricht nicht verbergen können, dass Blanco tot war. Jetzt aber schienen sie absolut sprachlos.

Die Versenkung eines der modernsten Forschungsschiffe der amerikanischen Marine zwei Wochen zuvor schien bisher ein komplett separates Ereignis gewesen zu sein.

War es aber offensichtlich nicht. Es hatte direkt etwas mit dem Tod des Multimilliardärs Alves zu tun, was aber niemand hätte ahnen können. Die U.S.S. *Bowditch* hatte ein chinesisches Kriegsschiff beobachtet, das Monate zuvor so unauffällig wie nur möglich an der nördlichen Küste Südamerikas in Guayana angedockt hatte.

Und was die Chinesen dort vorgehabt hatten, war eine wahre Offenbarung gewesen. Die Crew des Schiffes war im Schutz der Dunkelheit regelmäßig in den Dschungel ausgerückt, denn die Chinesen hatten eine bemerkenswerte Entdeckung gemacht – und zwar auf demselben Berg, von dem Mateus Alves vermutet hatte, er sei die Heimat des rätselhaften Kapuzineraffen.

Caesares Stimme ertönte als Erstes über den Lautsprecher. »Admiral, habe ich Sie richtig verstanden? Die Chinesen sollen die *Bowditch* versenkt haben?«

»Genau das habe ich gesagt.«

»Aber das einzige U-Boot in der Gegend war doch russisch.«

»Das Einzige, von dem wir wussten.«

»Einen Augenblick, bitte.« Clay warf Langford einen Blick zu. »Das kann nur bedeuten, dass das chinesische U-Boot die ganze Zeit vor Ort war.«

»So sieht es aus.«

»Und es wartete damit, die *Bowditch* anzugreifen, bis das Kriegsschiff samt Ladung ausgelaufen war.«

Langford nickte. Clay wusste so gut wie kein anderer, was

danach geschehen war. *Schließlich war er zum Zeitpunkt des Angriffs an Bord gewesen.*

»Das ist es!«, entfuhr es ihm. »Deswegen hat das Kriegsschiff nie angegriffen … Es konnte nicht. Und genau deswegen war auch das U-Boot vor Ort. Als Schutz. Um dafür zu sorgen, dass das Kriegsschiff unversehrt auslief.«

»Sie mussten das Innere des Kriegsschiffes komplett ausschlachten, um genug Platz für die Ladung zu machen.«

Clay nickte, als sich das Puzzle vor seinem inneren Auge wie von selbst zusammenfügte. »Die haben monatelang Kisten aus dem Dschungel geschleppt. Es waren so viele, dass sie nie im Leben in ein Kriegsschiff gepasst hätten. Es ist einfach viel zu voll mit Waffen und Munition. Es sei denn, sie schlachteten es aus. Nur wenn sie sämtliche Gerätschaften ausbauten, hatten sie genügend Platz für ihre Fracht. Aber das bedeutete auch, dass sie wehrlos waren. Das U-Boot hat auf das Schiff gewartet, um notfalls den Weg freizumachen.«

Langford beobachtete, wie sich Clays Gesichtsausdruck veränderte. Clay besaß das Gedächtnis eines Elefanten. Wenn man ihm genügend Zeit ließ, konnte er so gut wie jeden Fall lösen.

»Nun, das war clever«, bemerkte Caesare.

Langford runzelte die Stirn. »Die Russen wären schon schlimm genug gewesen, aber die Chinesen stellen ein ganz neues Problem dar.«

Clay ging derselbe Gedanke durch den Kopf. Die Beziehungen zwischen den Vereinigten Staaten und Russland hatten nach dem Fiasko in der Ukraine einen neuen Tiefpunkt erreicht. Und das diplomatische Verhältnis zwischen Washington und China hatte auch schon bessere Tage gesehen, insbesondere, da die Chinesen öffentlich die Russen unterstützten. Bis zu dem Zeitpunkt war China, dank des jahrzehntelangen Handelsverkehrs, stets ein geopolitischer Partner der U.S. gewesen, wenn auch ein widerwilliger. Aber in den letzten Jahren hatte China einen eigenen Weg eingeschlagen und sich immer weiter von der Position der Vereinigten Staaten abgewandt, bis es quasi die Gegenstellung einnahm. Sollte publik werden, dass die Volksrepublik ein Forschungsschiff der Vereinigten Staaten angegriffen und versenkt hatte, würde die ganze Sache eskalieren und außer Kontrolle geraten.

»Und was geschieht jetzt?«, wollte Clay wissen.

Langford schüttelte den Kopf. »Nichts Gutes. Was auch immer die Chinesen auf dem Berg gefunden haben, sie waren bereit, einen Krieg dafür anzuzetteln. Aber täuschen Sie sich nicht, wir hätten genauso gehandelt.«

Langford rieb sich die Augen. Das Außenministerium hatte bereits begonnen, die Russen für die Versenkung der *Bowditch* zu beschuldigen. Jetzt müsste es seine Aussagen wieder zurückziehen und sich stattdessen auf China konzentrieren, durfte aber auf keinen Fall bestehende Handelsbeziehungen kompromittieren. Sollten diese abbrechen, würde es schlimm enden, und niemand würde als Sieger hervorgehen. Der einzige Ausweg, der der Regierung blieb, war das Thema klein zu halten und es später zu einem strategisch cleveren Gegenangriff zu benutzen. Langford wusste, dass die amerikanischen Politiker nicht ruhen würden, bis sie ihre Rache hatten, ganz gleich welche langfristigen Auswirkungen sie nach sich ziehen würde. Die unschöne Wahrheit lautete, dass Politiker Kriege anzettelten, sich aber auf Langfords Männer beriefen, um sie zu führen und in ihnen zu fallen.

Langford blinzelte und starrte das Telefon an. Es herrschte Stille im Raum. Er setzte sich in seinem Stuhl auf und ergriff das Wort: »Für den Augenblick möchte ich, dass Sie drei alles über Otero herausfinden. Alves hatte Beziehungen, und ich bin mir sicher, dass das Gleiche für seine Lakaien gilt. Vor allen Dingen müssen wir verhindern, dass die brasilianische Regierung Wind davon kriegt und sich einmischt.«

»Ja, Sir«, kam die Antwort der drei beinahe gleichzeitig zurück.

Langford beendete den Anruf, indem er einfach auflegte. Dann blickte er Clay und Borger nach, die seine Bürotür öffneten und in den Flur traten.

Und somit hatte das Spiel wieder einmal begonnen.

Der Admiral stöhnte kurz auf. Bald schon musste er seinen Leuten erklären, wie es dem chinesischen Kriegsschiff ergangen war, nachdem es mit seiner wertvollen Fracht erfolgreich aus Georgetown ausgelaufen war. Und das ergab überhaupt keinen Sinn.

2

Clay folgte Will Borger in dessen finsteres Büro, auch wenn das Wort ›Büro‹ angesichts des Raums, den Will zur Verfügung hatte, ein wenig zu hoch gegriffen war. Er befand sich in einem Keller des Pentagons und würde ungemein von Fenstern und etwas Sonnenlicht profitieren. Und von jemandem, der ab und zu aufräumte. Computer und sonstige technische Gerätschaften, von denen die wenigsten Menschen wussten, wozu sie gut sein mochten, stapelten sich bis zur Decke. Einige Teile schienen das gleiche Alter wie Borger zu haben, der bald seinen fünfzigsten Geburtstag feiern würde.

Will trat an seinen Schreibtisch, auf dem drei Monitore nebeneinander standen. Clay schloss die Tür hinter ihnen.

Mit einem lauten Knarzen nahm Borger auf seinem Stuhl Platz und zog einen weiteren für Clay herbei. »Bitte setzen Sie sich.«

»Nein danke, ich stehe gerne.«

Borger nickte und wandte sich wieder seinen Monitoren zu. »Ich muss Ihnen etwas zeigen. Etwas, von dem niemand sonst weiß.«

Clay schaute zu, wie Borger ein neues Fenster auf einem der Monitore öffnete und zu tippen begann. Einen Augenblick später erschien eine Landkarte auf dem mittleren Monitor. Borger hob eine Hand und deutete kurz auf eine große Festplatte, die unter dem Monitor lag.

»Das hier ist die Festplatte, die ich auf der *Bowditch* benutzt habe. Man kann von Glück sagen, dass ich sie in meinen Rucksack gepackt habe, ehe wir das Schiff verlassen mussten.«

Clay warf Borger einen Blick zu. »Ist es etwa die mit dem Videomaterial?«

»Richtig.« Er zeigte mit der Linken auf die Landkarte und nahm die Maus in die rechte Hand. Die Karte zeigte einen Ausschnitt Südamerikas, genauer gesagt Guayanas. Borger klickte einige Male, um nach Georgetown zu zoomen. »Als wir zurückkamen, wollte ich herausfinden, was wirklich mit der *Bowditch* passiert war. Also habe ich sämtliche Daten von den ARGUS-Satelliten vor und nach dem Angriff heruntergeladen.«

Clay beugte sich über Borgers Schulter und wartete, bis die Karte vollständig geladen hatte. Einen Augenblick später konnten beide die U.S.S. *Bowditch* klar und deutlich im Wasser vor Georgetown liegen sehen.

»Da ist sie ja«, flüsterte er.

Es handelte sich um ein Standbild, aber das weiße Kielwasser hinter dem Schiff verriet, dass es unter Volldampf auf Georgetowns kleinen Hafen zufuhr. Und zwar direkt auf das chinesische Kriegsschiff zu, das ihn verlassen wollte.

Borger zoomte ein wenig heraus. Die beiden Schiffe wurden kleiner, aber plötzlich sah Clay etwas, kaum sichtbar im Kielwasser einige Hundert Meter hinter der *Bowditch*.

Ein Torpedo.

Borger drückte auf eine Taste, und das Standbild begann sich zu bewegen. Er neigte sich zur Seite, um Clay freien Blick vom Geschehen zu gewähren. Wenige Augenblicke später sah er, wie sich der Bug der *Bowditch* bewegte. Clay wusste, dass Captain Krogstad in jenem Moment den Befehl gegeben hatte, das Unmögliche zu tun. *Er hatte das Schiff umdrehen wollen.*

»Um Gottes willen«, murmelte Clay.

»Es ist nicht leicht, sich das anzusehen.«

»Wohl wahr.«

Die nächsten Minuten verbrachten sie schweigend vor dem Bildschirm und sahen zu, wie sich das Schiff quälend langsam drehte. Das Manöver war nur wenige Augenblicke vor dem Torpedoeinschlag vollbracht.

Die *Bowditch* war ein Forschungsschiff, sodass es sich auf keinerlei erwähnenswerte Waffensysteme berufen konnte – und erst recht auf nichts, was einen Torpedoangriff zu vereiteln vermochte. Die einzig offensive Alternative bot der Oceanhawk Helikopter, der auf dem Hauptdeck stand. Sie schauten zu, wie sich die Rotoren zu drehen begannen, ein verzweifelter Versuch, vor dem Einschlag abzuheben. Aber er war zu spät dran. Der Anblick der Explosion der Backbordseite verschlug ihnen selbst auf dem Video den Atem. Der Großteil des Vordecks verschwand von einem Augenblick zum anderen. Der Oceanhawk, noch immer auf einem Teilstück stehend, fand ein jähes Ende. Clay und Borger mussten geschockt mit anschauen, wie er aufgrund der Explosion auf die Seite rollte, seine sich immer schneller drehenden Rotoren auf das Deck schlugen und in tausend Stücke zerbarsten. Dann fiel er komplett um und verschwand in einem riesigen orangen Feuerball.

Der Rest des Videos zeigte die Ereignisse genau so, wie sie die beiden Männer in Erinnerung hatten. Sie sahen jeden, sich selbst darunter, auf dem Achterdeck stehen, wie Captain Krogstad es ihnen befohlen hatte. Wenn er schon nicht von dem Torpedo davonlaufen konnte, lautete seine Mission, so viele Leben wie nur möglich zu retten. Die Rettungsboote ließen sich am besten vom Achterschiff ablassen, während der Rest des Schiffes geopfert wurde, um den Großteil der Explosion zu absorbieren.

Als die *Bowditch* unter Wasser verschwand, pausierte Borger das Video. »Das ist erst das zweite Mal, dass ich mir das angeschaut habe.«

Clay nickte, die Augen noch immer auf den Bildschirm gerichtet. »Das kann ich nachvollziehen.«

Borger holte tief Luft und wandte sich an Clay. »Aber es gibt noch etwas, das Sie sehen sollten.«

Clay hob die Augenbrauen und wartete.

Borger legte die Hände auf seinen hervorstehenden Bauch. »Ich habe mir auch den Rest des Videos angeschaut und bin mir nicht sicher, ob Sie es wissen, aber die Explosion war gewaltig und groß genug, um die meisten kommerziellen Flugzeuge in der Gegend sofort zum Landen zu zwingen – und zwar in einem Umkreis von mehreren Hundert Kilometern, also in einem Umkreis, der groß genug ist, um bis nach Venezuela zu reichen.«

»Nein, das habe ich nicht gewusst.«

»Nun, jetzt tun Sie es. Jeder Flug. Landen. Das war's.« Ein Lächeln breitete sich auf Borgers Miene aus. John Clay kannte diesen Gesichtsausdruck nur zu gut.

»Sie haben etwas gefunden.«

»Alle Flugzeuge befanden sich auf dem Boden und waren mit einem Startverbot belegt«, wiederholte er. »Alle *kommerziellen* Flieger.«

Clay hob eine Augenbraue. »Aber ...«

»Aber *Militärmaschinen* nicht.«

»Und das soll heißen ...?«

»Das soll heißen«, gab Borger zurück, »dass Militärmaschinen nicht zum Landen gezwungen wurden. Oder soll ich sagen ... die *einzige* Militärmaschine in der Gegend.« Er tippte erneut auf der Tastatur herum, und eine zweite Landkarte mit Georgetown in der Mitte erschien auf dem Monitor. Borger zeigte erst auf die eine Karte, dann auf die andere. »Das hier ist der internationale Flughafen in Guayana. Bitte merken Sie sich den Zeitstempel auf beiden Karten.

»Die Aufnahmen sind zeitgleich.«

»Genau. Zwei verschiedene Orte, gleicher Zeitpunkt. Auf der ersten Karte sehen Sie den Atlantik, kurz nachdem die *Bowditch* versenkt wurde. Die zweite ist vom Flughafen in Georgetown.«

Borger zoomte auf den Flughafen und ließ die Videos schneller laufen, sodass die Sekunden nur so vorbeirauschten, aber die

Karten blieben weiterhin synchron. Nach einer knappen Minute hielt er den Zeitraffer an. »Da ist es. Genau da.«

Clay betrachtete das Bild. Er sah ein Flugzeug, das Richtung Startbahn rollte.

»Was ist das?«

Borger zoomte weiter hinein und wartete einen Augenblick, bis sämtliche Pixel geladen hatten. Die Propellerturbinen unter dem Flügel waren gut zu erkennen. Borger zoomte noch weiter hinein.

»Das ist eine Y-12«, murmelte Clay ungläubig.

Borger nickte. »Richtig erkannt. Stammt aus China, ein Mehrzweckflugzeug, das über zwanzig Passagiere befördern kann.«

»War es die ganze Zeit dort?«

»Nein. Es ist drei Tage vor dem Angriff gelandet. Mitten in der Nacht.«

Clay runzelte die Stirn. Natürlich mitten in der Nacht. Überhaupt schienen die Chinesen in Guayana grundsätzlich nur nachtaktiv gewesen zu sein.

Borger drückte wieder auf Play, und sie sahen, wie das Flugzeug kurz auf der Startbahn anhielt, um dann an Geschwindigkeit zu gewinnen und abzuheben. Noch im Steigflug drehte es nach Westen ab.

Clay richtete sich hinter Borger auf und verschränkte die Arme.

»Haben Sie vielleicht eine Idee, wohin es geflogen ist?«, fragte Borger.

Es gab nur ein Land westlich von Georgetown, das mit der Reichweite des Flugzeugs erreicht werden konnte. Und auch dieses Land pflegte nicht die besten Beziehungen mit den USA. »Venezuela.«

»Schon wieder richtig.« Borger gab einen weiteren Befehl ein und zentrierte die Karte erneut auf einen Flughafen. »Aber nicht irgendwo in Venezuela. Nein, die Maschine flog direkt zum El Libertador Luftwaffenstützpunkt in Maracay. Der Flug dauerte genau drei Stunden und siebenunddreißig Minuten. Kurz nach der Landung stieg eine einzige Person aus und wechselte in ein anderes, bereits wartendes Flugzeug.« Er suchte und fand die betreffende Maschine, die viel größer war.

Clay erkannte sie, ohne dass Borger weiter hineinzoomen musste. Sowohl das Design als auch die Größe machten es unverkennbar. Es war eine Xian Y-20, eines der größten Flugzeuge der chinesischen Luftstreitkräfte.

»Ich gehe mal davon aus, dass es sich hier um ein Transportflugzeug handelt?«, fragte Borger.

»Ganz sicher«, nickte Clay. »Es befindet sich noch in der Entwicklung. Das da ist ein Prototyp, der erst vor ein paar Jahren der Öffentlichkeit vorgestellt wurde.«

»Ein Prototyp?«

»Genau.«

Clay dachte weiter nach. Der El Libertador Luftwaffenstützpunkt in Venezuela war berühmt wegen des versuchten Staatsstreichs von 1992. Damals hatte General Visconti ihn eingenommen und von dort aus Luftangriffe auf die Hauptstadt starten lassen. Aber dieser Ruf störte Clay gar nicht. Vielmehr war es die Tatsache, dass die zwei chinesischen Flugzeuge nicht an einem normalen Flughafen gelandet waren, sondern sich einen Luftwaffenstützpunkt ausgesucht hatten. Die Schlussfolgerung musste lauten, dass die venezolanische Regierung vom Vorhaben der Chinesen gewusst hatte. Und die Tatsache, dass die Xian Y-20 vor Ort war, ließ vermuten, dass die venezolanische Regierung wesentlich mehr wusste, als sie je bereit sein würde zuzugeben.

»Ist die Maschine nach China zurückgeflogen?«, erkundigte sich Clay.

»Ja, das ist sie, mit einem kurzen Zwischenstopp auf Hawaii, um nachzutanken. Ziel war Peking.« Borger warf Clay einen Blick zu. »Aber warum sollten die Chinesen einen Prototyp den ganzen Weg nach Südamerika schicken? Schließlich ist das mit einem gewissen Risiko behaftet.«

»Die Y-20 verfügt über die größte Reichweite aller chinesischen Transportflugzeuge. Und wenn sie ein bewaffnetes Flugzeug geschickt hätten, dann wäre der Aufschrei viel größer gewesen. Außerdem benötigten sie eine einigermaßen *sichere* Maschine, die beinahe nonstop zurückfliegen kann.«

»Für nur eine Person? Das muss aber ein verdammt teurer Trip gewesen sein.«

»Was bedeutet, dass diese Person sehr wichtig gewesen sein muss.« Clay sah Borger, der noch immer vor ihm auf seinem Stuhl saß, direkt in die Augen. »Oder die Person hatte etwas sehr Wertvolles bei sich.«

»Oder beides.«

Clay nickte. »Oder beides.«

Gemeinsam starrten sie auf das Standbild, auf dem eine winzige Gestalt zu sehen war, die gerade über den Asphalt auf das größere Flugzeug zulief.

Plötzlich klingelte Clays Handy und störte ihre Konzentration. Er schaute auf das Display, hob ab und stellte das Telefon auf laut. »Steve, wo treibst du dich denn rum?«

»An der frischen Luft. Aber wenn du es genauer wissen willst, in der Nähe von Santos. Und du?«

»Wir sind in Borgers Büro.«

»Gut. Ich hoffe, du hilfst ihm aufzuräumen.«

Clay grinste, während Borger so tat, als wäre er gekränkt.

»Seid ihr alleine?«

»Ja.«

Caesare stand im Schatten eines großen Baums und ließ den Blick über den Ozean schweifen. Der Strand befand sich keine zwei Häuserblocks entfernt, aber er bevorzugte es hier, wo er einen besseren Überblick hatte. Schließlich wollte er nicht, dass ihm irgendjemand zu viel Aufmerksamkeit schenkte.

Als Langford das Telefongespräch kurzerhand beendet hatte, hatte Caesare es bereits bis in den ersten Stock des Hotels geschafft.

Drei Minuten später war er aus dem Gebäude ins Freie getreten. Es würde nicht lange dauern, ehe man die Leichen von Blanco und Sosa fand, und Caesare hatte keine große Lust dabei zu sein.

»Was habe ich denn verpasst?«

Clay warf erneut einen Blick auf die Monitore auf Borgers Schreibtisch. »Es sieht ganz so aus, als ob Will etwas gefunden hat.«

»Du klingst nicht gerade entzückt.«

»Das nächste Mal gebe ich mir mehr Mühe.«

»Bestimmt wirst du das. Soll ich mich für schlechte Nachrichten wappnen?«

»Vielleicht. Es scheint, als ob jemand kurz nach dem Torpedoangriff eine Starterlaubnis in Georgetown erhalten hat. Er ist mit einem chinesischen Propellerflugzeug nach Venezuela ausgebüchst, um von da aus weiter nach Peking zu fliegen.«

»Willst du mich auf den Arm nehmen?«

»Nein, leider nicht.« Clay beugte sich vor und starrte konzentriert auf den Bildschirm vor sich. »Nur eine Person. Mit so etwas wie einem Aktenkoffer in der Hand.«

Caesare stöhnte. »Das verheißt nichts Gutes.«

»Wer ist jetzt hier nicht entzückt?«

»Ich sage, wir schieben die Schuld auf Borger.«

Will Borger riss überrascht die Augen auf, kniff sie dann aber wieder zusammen.

»Und wir wollten sie gerade dir zuschieben.«

Trotz des lockeren Umgangstons wussten sie alle um den Ernst der Lage. Falls Borger recht hatte, war irgendetwas von dem Kriegsschiff entwendet worden, ehe es ausgelaufen war, denn was auch immer nach Peking, dem politischen Nabel Chinas, gebracht worden war, musste von extremer Wichtigkeit sein. Clay hatte bereits eine Vermutung, was sich in dem Aktenkoffer befand.

»Haben Sie irgendeine Ahnung, mit wem wir es hier zu tun haben, Will?«

»Noch nicht, aber ich mache mich dran.«

Caesare nickte gedankenverloren. Er stand noch immer unter dem Baum und begutachtete eine attraktive Frau auf der anderen Straßenseite. »Nun, es tut mir leid, aber ich habe auch nichts Besseres in petto. Aber da ist noch etwas, das ich bei der Unterredung mit Langford nicht erwähnt habe.«

Ohne den Kopf zu bewegen, tauschte Clay einen raschen Blick mit Borger aus. »Erzähl.«

»Blanco hat noch ein wenig gesungen, ehe er in die ewigen Jagdgründe gegangen ist. Und zwar über Otero. Der Typ weiß vom Affen. Aber es macht ganz den Anschein, als ob das nicht alles war. Blanco hat mir auch verraten, worüber Otero ihn ausgefragt hat. Das Wort, das er dabei immer wieder wiederholte, lautete *Acarai*, also Berg auf Portugiesisch.«

Clay stöhnte. »Die Kacke ist also am Dampfen, was?«

»Genau. Wie viel er weiß, kann ich nicht genau einschätzen. Aber auf jeden Fall beschränkt es sich nicht nur auf den Affen.«

»Wenn das wahr ist«, mischte Borger sich ein, »dann wird dieser Otero sich ein eigenes Bild von dem Berg machen wollen.«

»Genau. Und wenn er dort lange genug rumstochert, könnte er über Sachen stolpern, von denen er besser nichts wissen sollte.«

Ohne etwas zu sagen, nahm Clay auf dem Stuhl neben Borger Platz. »Das heißt, dass wir vor ihm da sein müssen.« Er hielt inne und überlegte kurz. »Und wir brauchen Hilfe.«

»Zwei Doofe, ein Gedanke.«

»Hättest du vielleicht Lust, auf deinem Rückweg einen kleinen Abstecher zu machen?«

Caesare, noch immer unter dem Rio-Palisanderbaum stehend, flog ein Lächeln über die Lippen. »Soll das ein Scherz sein? Ich liebe Puerto Rico.«

Borger hob eine Augenbraue und sagte laut genug, dass Caesare ihn hörte: »Sie verstehen schon, dass wir DeeAnn mit an Bord haben sollten?«

»Klar. Ein Kinderspiel.«

Clay glaubte nicht, dass es so einfach werden würde, wie Caesare sich das vorstellte. »Nun gut. Borger und ich werden weiter recherchieren. Wann kannst du los?«

»Ich bin mir nicht ganz sicher«, entgegnete Caesare und wischte sich den Schweiß von der Stirn. Mit dem Handy gegen das Ohr gedrückt, drehte er sich zu den schimmernden Hochhäusern São Paulos in der Ferne um. »Ich muss vorher noch etwas erledigen, nämlich herausfinden, wo sich Miguel Blancos Familie befindet.«

Borger starrte Clay fragend an. »Sie wollen wissen, wo Blancos Familie wohnt?«

»Nein«, antwortete er trocken. »Ich muss wissen, wo sie sich in diesem Augenblick befindet.«

3

Die strahlende Sonne über Puerto Rico ließ das Wasser im Salzwasserbecken silbern schimmern, als ob sich ein seidener Vorhang durch die Wogen zog.

Auf der anderen Seite des dicken Glases stand Alison Shaw und betrachtete die beiden Delfine, Dirk und Sally, die sich im Wasser tummelten. Eine Gruppe Kinder hatte sich vor ihnen aufgereiht, und die beiden schwammen bis zum Glas und stupsten es mit ihren Nasen genau an den Stellen an, gegen die die Kinder mit ihren Händen drückten. Sie kreischten vor Aufregung, als Dirk sich spontan zur Seite drehte und das Glas mit seiner Flosse berührte.

Alison war glücklich. Richtig glücklich. Sie senkte den Blick und rieb vorsichtig am Verband um ihr Handgelenk. Der grauenhafte Trip in die Karibik gehörte der Vergangenheit an. Es war ein Wunder, dass sie jetzt gesund und munter hier stand und mit nichts weiter als ein paar Blessuren davongekommen war. Chris Ramirez und Lee Kenwood hatten am meisten abbekommen, aber selbst sie waren wieder hier, und ihre Wunden verheilten besser und schneller, als ursprünglich angenommen.

Dirk und Sally hatten sie begleitet. Natürlich durften sie jederzeit wieder zurück ins offene Meer, wann immer sie wollten. Sie konnten selbst entscheiden, wann sie kamen und gingen. Dirk war besonders erpicht darauf, immer wieder zurück ins Labor in Puerto Rico zu schwimmen, was Alison überraschte. Sie hatte die Vermutung, dass es mit seinen üppigen Futterrationen zu tun hatte.

Auch war sie davon überzeugt, dass er die Zeit im Becken wie einen Urlaub verstand, denn hier musste er sich keine Gedanken darüber machen, woher die nächste Mahlzeit kommen könnte.

Das Beste von allem aber war, dass Alison sich verliebt hatte. Endlich hatte sie den Mann ihrer Träume gefunden. John Clay war der umwerfendste Mann, den sie je getroffen hatte – was allerdings nicht besonders viel hieß, denn ihre Exfreunde hatten sichergestellt, dass sich ihr Standard knapp über dem Unerträglichen eingependelt hatte.

Aber John war ein Phänomen. Er war gut aussehend, stark, intelligent und jemand, mit dem man reden konnte. Er schien der Traummann einer jeden Frau zu sein.

»Wir sollten sie bald füttern«, ertönte Chris' Stimme hinter ihr. »Und wenn wir schon beim Thema Essen sind, was steht für uns auf dem Plan?«

Alison drehte sich zu ihm um und musterte den Becher, den er in den Händen hielt. »Ist es nicht etwas spät für Kaffee?«

Chris lächelte. Die meisten Schwellungen in seiner linken Gesichtshälfte waren abgeklungen. »Es ist nie zu spät für einen Kaffee.« Seine Vorliebe für den Muntermacher hatte sich zu einem Running Gag zwischen den beiden entwickelt. Er stammte aus den Anfangstagen ihrer Zusammenarbeit, in der sie teilweise ganze Nächte durchgeackert hatten. Chris war, genau wie sie auch, ein Meeresbiologe, und die beiden hatten von Anfang zusammengearbeitet.

Chris trank den Becher aus und stellte ihn dann auf seinem übervollen Schreibtisch ab. »Ich schaue mal, ob unsere IT-Experten Hunger haben. Bist du dabei?«

»Nein, macht ihr ruhig.«

Alison schaute ihm hinterher, als er das Labor durchquerte und die breite Treppe zum oberen Stockwerk emporstieg. Als er um die Ecke verschwand, wandte sie sich wieder dem Becken zu. Die Kinder winkten wie wild, riefen »Auf Wiedersehen« und wurden von ihren Lehrern vorsichtig vom Glas gepellt. Die nächste Klasse sollte die Delfine am Nachmittag besuchen.

Alison holte tief Luft und atmete langsam wieder aus. Es gab da nur eine Sache, die ihr Gefühl von vollkommener Glückseligkeit dämpfte. Und sie tat ihr Bestes, sie so lange wie möglich zu ignorieren.

Sie blickte auf die Stirnwand des Labors, an der Unmengen von Servern des mittlerweile berühmten ISIS-Rechensystems standen. Sie nahmen die gesamte Wand in Anspruch. ISIS stand für Inter-Spezies-Interpretations-System, und es war die erste Version des Systems gewesen, das damals ihren unglaublichen Durchbruch in der Forschungseinrichtung in Miami ermöglicht hatte. Seitdem sie nach Puerto Rico und somit näher an Dirk und Sallys natürliche Heimat gezogen waren, hatten sie ISIS radikal verbessern können. Und genau diese Verbesserungen ermöglichten den nächsten Quantensprung, den sie sich nicht einmal in ihren kühnsten Träumen zu erhoffen gewagt hatten. ISIS war nun in der Lage, die Sprache von Delfinen und Primaten zu übersetzen. Es war ein schier unglaublicher Fortschritt, denn das System hatte ihn mit einer solchen Bravour vollzogen, dass selbst die Computerexperten Lee und Juan es kaum fassen konnten. Und als i-Tüpfelchen hatte ISIS obendrein auch noch Sprachfetzen auf eine Art und Weise übersetzt, von der sie gar nicht gedacht hatten, dass es möglich sei, denn ISIS war für so etwas gar nicht programmiert.

Alison starrte auf die Wand voller Server, die vor sich hin summten und Tausende grüne LEDs in unregelmäßigen Abständen aufblitzen ließen. Das System ging systematisch durch alle gesammelten Daten und suchte nach weiteren möglichen Zusammenhängen zwischen bereits etablierten Sprachmustern.

Alison wandte sich ab, als sie ein bekanntes Gesicht bemerkte, das aus dem langen Flur trat, der ihr Labor mit der Biosphäre verband. DeeAnn Draper lächelte und blickte sich neugierig im leeren Labor um.

»Ist wohl Mittag.«

Alison grinste. »Wie hast du das nur wieder herausgefunden?«

»Ich liebe berechenbare Männer.« DeeAnn lächelte und beäugte die letzten Kinder, die sich von den Delfinen im anderen Ende des Beckens verabschiedeten.

Alison setzte eine besorgte Miene auf, runzelte die Stirn und fragte leise: »Bist du dir noch immer sicher?«

»Ja«, meinte DeeAnn nickend. »Ich habe mich heute früh noch einmal mit Penny unterhalten. Sie bereiten in der Stiftung schon alles vor.«

Alison seufzte. Sie verstand, warum DeeAnn sie verlassen wollte. Der letzte Monat war niederschmetternd gewesen, um es gelinde auszudrücken, sowohl emotional wie auch körperlich. DeeAnn hatte sich auf eine Reise gemacht, auf der sie eigentlich einen Freund hatte finden sollen – letztendlich aber hätte sie beinahe mit dem eigenen Leben dafür gezahlt. Wenn Steve Caesare sie nicht eigenhändig gerettet hätte, stünde sie jetzt nicht vor Alison.

Eine unmittelbare Begegnung mit dem Tod zog normalerweise eine Veränderung der Person nach sich. Alison konnte das nachvollziehen, und DeeAnn bildete keine Ausnahme. Sie war am Leben, aber die Lust auf Abenteuer war ihr vergangen. Alles, was sie jetzt noch wollte, war ein einfaches Leben führen und sich um jemanden kümmern. Und diesen jemand hielt sie tatsächlich für eine Person – eine Tatsache, der sie dank ISIS absolut sicher war.

»Also …«

DeeAnn beantwortete Alisons Frage, ehe diese sie überhaupt auszusprechen vermochte: »Wir reisen nächsten Freitag ab.«

Alison schürzte die Lippen und nickte. Sie streckte die Arme aus und umarmte DeeAnn. Während der letzten Monate hatte die Frau sich zu ihrer Mentorin gemausert. Sie war eine unglaubliche Person in so vielerlei Hinsicht. Sie hatte die Welt um sich herum mindestens genauso beeinflusst wie Alison und ihr Team. Nur wusste es der Rest der Welt noch nicht.

»Wann willst du den anderen Bescheid geben?«

DeeAnn räusperte sich. »Heute oder morgen.« Sie setzte erneut ein Lächeln auf und warf einen Blick über Alisons Schulter. Dirk und Sally schwammen durch das Becken auf sie zu. Elegant schwebten sie zur Glaswand und beobachteten die beiden Frauen.

Hallo D Ann.

Sie blinzelte eine Träne fort und richtete ihr Lächeln an die beiden Tiere. »Hallo, Sally. Hallo, Dirk.«

Dirk starrte sie fragend an. *D Ann traurig.*

»Ein wenig.« Mittlerweile hatte sie sich an ISIS' Aussprache ihres Namens gewöhnt. Lee meinte, dass das System Schwierigkeiten hatte, ein doppeltes »e« nach einem »d« zu verarbeiten. Er verstand es auch nicht, aber die Aussprache glich eher einem gestotterten »D-an«. Natürlich war es nichts Weltbewegendes, aber es erinnerte sie stets daran, dass sie letztendlich doch mit einer Maschine sprach.

Warum traurig?

DeeAnn warf Alison einen Blick zu. »Das ist eine lange Geschichte.«

Plötzlich ertönte ein lautes Surren aus den Lautsprechern auf dem Schreibtisch. Auf dem Monitor erschien eine rote Fehlermeldung: »Nicht übersetzbar – Geschichte.«

»Ist schon gut«, meinte Alison und wechselte das Thema. »Habt ihr schon Hunger?«

Dirk wurde sichtlich aufgeregter, als Alisons Frage in Form einer Reihe von Klicks und Pfiffen übersetzt wurde. *Ja, Essen, jetzt.*

Alison wandte sich an Sally, die ein wenig näher vor der Glaswand schwebte als Dirk. »Und du Sally? Hast du auch schon Hunger?«

Die Frauen lauschten, wie Alisons Frage von den Unterwasserlautsprechern wiedergegeben wurde, aber Sally blieb ihnen eine Antwort schuldig. Stattdessen starrte sie die beiden mit dem immerwährenden Lächeln eines Delfins an.

»Sally?«

Wieder spuckte der Unterwasserlautsprecher etwas aus, und nach einer langen Pause gab Sally endlich eine Antwort.

Du fährst weg.

Alison und DeeAnn rissen völlig überrumpelt die Augen auf.

»Ja … Ja, das stimmt, Sally«, gab DeeAnn zurück. »Aber wie hast du das gewusst?«

Warum du weg.

DeeAnn runzelte die Stirn. *Wie sollte sie mit einem Delfin über menschliche Emotionen reden?* Es lag an vielen Dingen. Depression. Trauer. Angst davor, das Reinste zu verlieren, das ihr je untergekommen war. Außerdem wusste sie jetzt, wie sich die Liebe einer Mutter anfühlte, auch wenn sie nur einem Gorilla galt.

»Das ist … kompliziert.«

ISIS surrte protestierend. Diesmal konnte es das Wort »kompliziert« nicht übersetzen.

DeeAnn versuchte es erneut. »Es ist schwer, dir das zu sagen.«

Diesmal schaffte ISIS es, aber Sally antwortete nicht. DeeAnn war sich nicht sicher, ob Sally mit der Antwort zufrieden war oder nicht. Delfine waren keine Menschen, aber selbst in der beschränkten Zeit, die sie mit Dirk und Sally verbracht hatte, wusste sie, wie menschlich und natürlich ihre Kommunikation sich doch angefühlt hatte. Sie fragte sich, ob das, was wir als menschliche Kommunikation und somit für einzigartig halten, auch anderen Kommunikationsarten zugrunde lag. Wir konnten sie nur nicht mehr deuten.

Wie du, Alison?

»Mir geht es gut«, lächelte sie Sally an. »Und wie geht es dir?«

Wie schlimm ist es?

Alison warf einen Blick auf ihren Verband. »Es geht mir schon besser. Danke.« Seit ihrer Rückkehr zeigten sowohl Sally als auch Dirk großes Interesse an all den Verletzungen, ganz gleich ob es sich um Alison, Chris oder Lee handelte. Vielleicht traf »großes Interesse« es nicht ganz. Vielmehr schienen sie fürsorglich. Alison war sehr gerührt davon und fragte sich insgeheim, ob sie sich vielleicht verantwortlich fühlten. Schließlich waren sie ja der Grund gewesen, warum sie überhaupt dort gewesen waren, aber nie im Leben würde Alison ihnen das vorwerfen. Und trotzdem spürte sie eindeutig, dass sie nicht nur Sympathie seitens der Delfine empfing, sondern auch *Empathie*. Ihrerseits fragte sie die Delfine wiederholt, ob ihnen bei der Explosion nichts passiert war. Obwohl sie die Frage stets verneinten, war Alison sich nicht so sicher, ob es der Wahrheit entsprach.

Wo Mann?

Alison schenkte Sally ein verschlagenes Grinsen. Sie erkundigte sich nach John. Nach ihrer Rückkehr hatten sie einige Tage zusammen verbracht, und John hatte sich des Öfteren mit den Delfinen unterhalten. Als Technikexperte konnte er sich kaum einkriegen, was sie mit ISIS erschaffen hatten. Insbesondere war er von den Westen beeindruckt, die Lee und Juan gebaut hatten.

Clay hatte Alison vorgewarnt, dass es noch eine Weile dauern würde, ehe Alison und ihr Team überhaupt begreifen würden, was sie geleistet hatten. Er wollte sie vorbereiten und gab ihr zu verstehen, dass die Welle der Neugier, die ihnen in Miami nach dem ersten Durchbruch widerfahren war, von der, die diesem Quantensprung folgen sollte, in den Schatten gestellt werden würde.

Alison strich sich ihre dunklen Strähnen hinters Ohr und beantwortete Sallys Frage mit einem kindlichen Kichern: »John musste weg. Er ist nach Hause.«

Sally stieß die Alison wohlbekannte Reihe von Geräuschen aus, die ISIS gleich am Anfang als Gelächter identifiziert hatte. *Er kommt zurück*.

Das hoffte Alison doch sehr. Und vielleicht würde er eines Tages sogar zurückkommen und nicht wieder wegwollen.

Im oberen Stockwerk saßen Chris, Lee Kenwood und Juan Diaz zusammen im Computerlabor. Es besaß eine angenehme Größe, war überraschend ordentlich und verfügte über eine Reihe metallener Schreibtische, die an einer Wand aufgereiht standen. Über ihnen hingen aufgeräumte Regale voller Bücher, diverser Computerteile und Berge magnetischer Backup-Kassetten. In der Mitte des Raums stand ein größerer Tisch, der von einer hellen Deckenlampe beleuchtet wurde. Darauf lag eine neue Weste, die anhand diverser Kabelstränge mit einem Computer verbunden war.

In der Mitte der Weste befand sich ein großer Lautsprecher. Wenige Zentimeter darüber waren ein kleines Mikrofon und eine Digitalkamera eingebaut. Die Weste ersetzte diejenige, die bei DeeAnns Einsatz in Südamerika kaputtgegangen war. Die Daten hatten sie zum Glück retten können, aber die kleine Hauptplatine und der Prozessor waren hinüber.

Chris beobachtete Lee und Juan. Er wartete weiterhin geduldig auf eine Antwort bezüglich des Mittagessens. Die beiden ITler aber schienen sich weniger auf ihr leibliches Wohl zu konzentrieren, als vielmehr auf den Bildschirm, der auf Lees Schreibtisch stand.

»Darf ich davon ausgehen, dass ihr noch immer nach dem Bug sucht?«

»Das ist kein Bug«, murmelte Lee und fummelte mit der Maus herum.

»Tut mir leid, ich meinte die Anomalie.«

»Das ist es auch nicht.«

»Das Mysterium?«

Juan drehte sich zu ihm um und rollte die Augen, während Lee, noch immer am Bildschirm klebend, den Kopf schüttelte.

»Ach, kommt schon! Das war doch nur ein Witz.« Chris beugte sich zum Schreibtisch hinab, las ein Buch auf und blätterte es rasch durch. Es pries sich als die Bibel aller Computer-Algorithmen an, was Chris sofort glaubte. Der Inhalt schien absolut unverständlich. »Was ist denn genau los? Wo ist der Haken?«

Lee machte eine Pause und drehte sich zu ihm um. »Es ist nicht so, dass da irgendwo ein Haken ist. Vielmehr stimmt etwas nicht ganz.«

»Hat es auch etwas mit den Logs zu tun?«

»Davon gehe ich aus.«

Die Log-Dateien, auf die Chris anspielte, wiesen nämlich ein schwerwiegendes Problem auf. Vor ihrer verhängnisvollen Reise in die Karibik hatte Lee entdeckt, dass die ISIS-Übersetzungen und die dazugehörigen Videodaten zunehmend zeitversetzt verarbeitet wurden. Die Log-Dateien zeigten die Frequenz dieser Fehler auf, die sich rapide häuften, sodass Lee glaubte, die Tausende von Zeilen neuen Computercodes für die Forschung an Primaten hätten das System kompromittiert.

Nach einer Reihe schlafloser Nächte allerdings entdeckten sie, dass ISIS auf eine Menge subtiler, nicht akustischer Muster ansprach. In anderen Worten: das System lernte nichtverbale Kommunikation.

Lee und Juan konnten aber nicht ausmachen, wie es das bewerkstelligte und warum die Westen beinahe *zu* gut funktionierten.

Chris hörte Lee aufmerksam zu, als er erklärte, wonach sie suchten. »Willst du mir also damit sagen, dass ISIS wesentlich besser arbeitet, als ihr es euch erhofft habt?«

»Mehr oder weniger.« Lee stand auf, ging zum großen Tisch und hob die Weste in die Luft. »Sobald ISIS merkt, dass Dirk oder Sally sprechen, digitalisiert es das Signal und gleicht es mit einer Datenbank von bereits identifizierten Vokabeln ab. Hat es eine Übereinstimmung gefunden, werden die übersetzten Worte durch den Lautsprecher ausgegeben.«

»Und dasselbe, nur in umgekehrter Reihenfolge, passiert, wenn wir mit den Delfinen sprechen, richtig?«

»Genau. Es funktioniert wie geplant mit Delfinen, denn ihre Sprache ist mehr oder weniger ausschließlich verbal. Bei Primaten ist das jedoch nicht der Fall. DeeAnn hat uns darauf hingewiesen, dass Primaten sich größtenteils anhand von nichtverbaler Kommunikation wie Gesten und Gesichtsausdrücken verständigen.«

»Ja, ich weiß.«

»So weit, so gut. Aber von da an hört es auf, Sinn zu ergeben«, meinte Lee und blickte schulterzuckend zu Juan. »ISIS bemerkt, verarbeitet und benutzt diese nichtverbalen Hinweise – so viel wissen wir. Wir haben aber keine Ahnung, wie es das schafft. Noch viel interessanter aber ist die Tatsache, dass ISIS diese nichtverbale Kommunikation erkennt, aber keine Möglichkeit hat, sie zu *vermitteln.*«

»Zumindest keine Möglichkeit, von der wir wissen«, verbesserte Juan seinen Kollegen.

Chris kniff die Augen zusammen. »Ich bin mir nicht sicher, ob ich da hinterherkomme.«

Lee dachte kurz nach. »Nehmen wir mal an, dass ISIS eine nichtverbale Kommunikationsform von Dulce erkennt. Sie zuckt mit den Schultern. Die Geste wird erkannt und mit den Audiodaten verglichen. Wie zum Teufel soll es da zu einer Übereinstimmung kommen? Wie soll ISIS Dulces Schulterzucken übersetzen?«

Endlich fiel bei Chris der Groschen. »Ich verstehe. Auch wenn ISIS eine Geste *wahrnehmen* kann, fehlt dem System die Möglichkeit, diese Geste durch den Lautsprecher der Weste wiederzugeben.«

»Bingo!«

»Wow. Das ist *irre.*«

»ISIS sollte gar nicht in der Lage sein, Gesten wahrzunehmen, hat es aber irgendwie geschafft. Und wir haben keine Ahnung, wie.«

Chris ließ sich das Gesagte durch den Kopf gehen. Natürlich hatte auch er keine rasche Antwort parat, aber er hegte eine Vermutung. Er hatte sich während ihrer Zusammenarbeit des Öfteren mit Alison darüber unterhalten und war sich sicher, dass es auch die anderen beschäftigte. Nach Jahren der Erfahrung mit verschiedensten Tierarten kamen sie letztendlich zum selben Schluss: Kommunikation beinhaltete etwas Tieferes, Grundlegenderes als nur das, was sie beobachten konnten. Insbesondere bei weniger entwickelten Gehirnen. Aber das war eigentlich nichts Neues, sondern eine Tatsache, die über die Jahre schon viele Gemüter beschäftigt hatte. Woher besaßen Lebewesen ein solch umfangreiches instinktives Wissen, wenn es ihnen nicht von den Eltern beigebracht wurde?

Kommunikation vermittelte Wissen, aber Chris und Alison sowie andere Forscher, selbst Tierärzte, waren sich einig, dass ihnen einige Vorgänge auf einer tieferen Ebene entgingen – auf einer Ebene, die Menschen derzeit weder verstehen noch messen konnten.

ISIS aber schien genau das zu tun.

4

Tiago Otero hob den Kopf, als er ein leises Klopfen an der Tür vernahm. Einen Augenblick später wurde sie sanft geöffnet, und einer seiner Assistenten lugte mit entschuldigender Miene durch den Spalt und unterbrach die Besprechung.

Otero setzte eine gequälte Miene auf und entschuldigte sich bei seinem Gegenüber, das am anderen Ende des kleinen Tisches saß. Der Mann hatte dunkle Augen und einen weißen Schopf, was ihn älter als Otero aussehen ließ. Er trug den grün-braunen Kampfanzug der brasilianischen Armee und beobachtete Otero wortlos, als dieser sich von seinem mit Leder bezogenen Stuhl erhob und seinem Assistenten in den Flur folgte.

Sie hielten an und warteten, bis die Tür sich hinter ihnen schloss. Als sie das Klicken hörten, veränderte sich Oteros Blick und wurde eiskalt.

»Was ist?«

»Es tut mir sehr leid, Sie zu unterbrechen«, flüsterte der junge Mann, »aber Sie haben strikte Anordnungen gegeben, dass man Sie im Fall eines Problems augenblicklich benachrichtigen soll.«

Otero forderte ihn mit einem erwartungsvollen Blick zum Weiterreden auf.

»Lieutenant Russo hat den Kontakt zu seinen Männern verloren.«

Otero verzog kaum eine Miene, sondern starrte seinen Assistenten aufmerksam an und schürzte die Lippen, sodass dieser nervös wurde. Oteros Unberechenbarkeit war kein Geheimnis, und seine Wutausbrüche legendär. Sein Assistent hatte diesen Blick schon des Öfteren gesehen, aber stets gehofft, dass er nie ihm gelten würde. Jetzt betete er förmlich, dass sein Boss es nicht auf ihn abgesehen hatte.

Otero hatte keine Freunde, lediglich Feinde und Bekanntschaften, die ihn fürchteten. So gefiel es ihm. Seine Anwesenheit reichte schon aus, um die Leute nervös und verängstigt zu machen. Furcht war ein bemerkenswerter Motivator. Sie raubte den Starken ihr Selbstvertrauen und ließ die Ergebenen gehorchen. Otero schnaubte verächtlich, wenn er mitbekam, dass manche Menschen Geld und Macht verwechselten. Richtige Macht entstand einzig und allein aus *Furcht*. Macht durch Geld war etwas für Warmduscher, Macht durch Furcht jedoch für Gebieter.

»Und warum hat er es mir nicht selbst gesagt?«

»E-Er versucht immer noch, den Kontakt wiederherzustellen, Sir.«

Otero starrte ihn nachdenklich an. Die Männer, die sein Assistent gemeint hatte, waren von Russo nach Florianópolis geschickt worden, um einen einfachen Job zu erledigen – und sie waren Experten auf diesem Gebiet.

Miguel Blanco hatte ihm in São Paulo sämtliche Informationen geliefert, die er benötigte – und mehr. Aber Blanco der Schwätzer hatte seine Geschichte schon zu vielen anderen erzählt. Er musste beseitigt werden.

Und was noch viel wichtiger war: Blanco hatte einen von Oteros Partnern auf dem Gewissen. Alves war ein Rivale gewesen – ein Mann ohne jegliche Skrupel –, aber dennoch gehörte er zu ihnen. Er hatte Rang und Namen gehabt, war Teil der Führungsetage des Landes gewesen. Ein Oligarch wie Otero selbst, der die Regierung Brasiliens sowie den Werdegang des gesamten Kontinents hatte beeinflussen können. Ein Mann mit einem größeren Vermögen, als die meisten es sich vorstellen konnten. Und mit so viel Einfluss ist man nicht ganz schutzlos.

Otero hatte ihn damals gewarnt, dass Blanco, dem Sicherheitschef, nicht zu trauen war. Aber Alves hatte abgewunken und stattdessen seiner jungen Assistentin, die mit ihm ins Bett stieg, viel zu viel anvertraut. Ein Fehler, der sich mit zunehmendem Alter massiv häufte. Diese alten Säcke mussten einfach immer wieder versuchen, sich die letzten Reste ihrer Männlichkeit zu bewahren. Viel schlimmer war, dass sie so gleich mehrere Angriffspunkte boten. Auf einmal war Alves verletzlich gewesen, und das war eine Chance, die Blanco sich nicht entgehen lassen konnte.

Alves war ein Narr gewesen, aber trotzdem hatte Blanco mit der Ermordung seines Bosses sein eigenes Todesurteil unterschrieben. Jetzt musste nur noch seine Familie dran glauben, damit man ein Exempel statuiert hatte. Nicht das erste und sicherlich auch nicht das letzte. Alves war clever, Otero gnadenlos.

Und dann gab es noch Alves' Geheimnis. Er war kurz davor gewesen, die größte Entdeckung der Menschheit zu machen. Eigentlich war er schon *zu* nahe dran gewesen, denn letztendlich hatte seine Ungeduld sein Urteilsvermögen beeinträchtigt. Nein, nicht seine Ungeduld. Es war die Verzweiflung, mit der er sich daran klammerte. Und als er herausfand, dass sie alles versprach, was er sich erhofft hatte, war es eben diese verzweifelte Hoffnung, die ihn sein Leben gekostet hatte. Das war ein Fehler, der Otero nicht unterlaufen würde.

Florianópolis war eine der begehrtesten Städte in ganz Brasilien. Gut sechshundert Kilometer südlich von São Paulo gelegen, ist sie die Hauptstadt des Bundesstaats Santa Catarina und bietet einen der höchsten Lebensstandards in ganz Brasilien. Ihre Bevölkerung besteht hauptsächlich aus Brasilianern europäischer Abstammung, und das angenehme subtropische Klima macht die Stadt zu einem idealen Wohnort – wenn man über das nötige Kleingeld verfügte. Wenn nicht, musste man es sich eben *aneignen*.

Steve Caesare untersuchte die beiden gefesselten Typen, die mit dem Gesicht nach unten zu seinen Füßen lagen. Einer röchelte noch, der andere war bereits tot. Das war aber nicht Caesares Schuld gewesen. Der Idiot hatte einfach nicht aufhören wollen. Er hatte weiter und weiter gemacht, bis Caesare keine Wahl mehr gehabt hatte.

Er trat einen Schritt zurück und lehnte sich mit dem Rücken gegen die Wand. Falls seine Seite schon vorher wehgetan hatte, so waren die Schmerzen jetzt, nachdem er die beiden durch das Wohnzimmer hatte zerren müssen, kaum noch auszuhalten.

Der Abstellraum, in dem sie sich jetzt befanden, war kein allzu gutes Versteck. Früher oder später würde man sie finden. Wahrscheinlich würde der eine sogar überleben und Otero Bescheid geben. Caesare hoffte, dass Blancos Familie bis dahin seinem Rat gefolgt war und das Land verlassen hatte. Er konnte sich des Gefühls nicht erwehren, dass Otero alles andere als entzückt über diese Entwicklung sein würde.

Miguel Blanco war ein Arschloch gewesen. Ein Mörder ohne Gewissen und noch weniger Reue. Caesare wusste, dass sein Tod ihm nicht den Schlaf rauben würde. Aber wie schon so oft zuvor, galt das nicht für die Familie. Sie war unschuldig und hatte wahrscheinlich keine Ahnung, was ihr Vater oder Ehemann verbrochen hatte. Nein, Blancos Familie sollte ungeschoren davonkommen. Sie hatte es nicht verdient, als ein Exempel für Oteros Brutalität zu dienen.

Zum Glück war Caesare im Vorteil gewesen. Zumindest dieses Mal. Die Schläger waren eingetroffen und hatten mit Blancos Frau und Kindern gerechnet – nichtsahnend und hilflos. Stattdessen hatte Steve Caesare auf sie gewartet. Ja, das war gutes Timing gewesen, aber er war sich sicher, dass Otero ihn früher oder später ausfindig machen würde. Während Caesare nach Luft schnappte, grinste er schief und entschied sich, dem Mann eine kleine Nachricht zu hinterlassen.

Er ging zu dem Toten und schob ihm ein Hosenbein über das Knie. Um die Wade war eine Scheide mit einem Fällkniven A1 Überlebensmesser gebunden. Caesare öffnete die Scheide, zog das Messer hervor und bewunderte es einen kurzen Augenblick. Dann bückte er sich und ritzte etwas in den Rücken des grellbunten Hemdes, das der Tote trug. Zumindest hatten sie so viel Stil bewiesen, sich wie vernünftige Gauner zu kleiden.

Falls Otero dämlich genug sein würde, Caesare zu verfolgen, sollte er zumindest wissen, mit wem er es zu tun hatte.

Er steckte das Messer wieder in die Scheide und nickte zufrieden. Auf dem Rücken der Leiche war ein Dreizack zu sehen: Das Symbol einer Eliteeinheit der US Navy, die zu Land, zu Wasser und in der Luft kämpfte. Man nannte sie die SEALs.

5

DeeAnn Drapers Büro war klein und recht spärlich eingerichtet. Sie war nie dazu gekommen, mehr als ein gerahmtes Bild an die beige Wand zu hängen und ein Foto auf den Schreibtisch zu stellen. Aber das passte genauso zu ihrem minimalistischen Lebensstil wie die Tatsache, dass sie kaum Zeit in diesem Kabuff verbrachte. Chris witzelte, dass es wie ein Büro in einem Katalog für Bürobedarfsartikel aussah. Ihr aber gefiel es. Überhaupt, sie fühlte sich mit Alisons Team genauso wohl wie damals bei der Gorilla Foundation. Und was Alison und die Gruppe geleistet hatten, war schier unglaublich.

Sie saß auf ihrem schwarzen Stuhl und schaute sich um, wobei sie sich insgeheim doch wünschte, den Raum etwas gemütlicher eingerichtet zu haben. Vielleicht würde die Tatsache, dass sie sich nie richtig darum gekümmert hatte, alles auch einfacher machen.

Als ein leises Klopfen an der Tür ertönte, hob sie den Kopf.

»Herein.«

Die Tür öffnete sich gerade weit genug, dass Lee Kenwood sein junges, attraktives Gesicht durch den Spalt stecken konnte.

»Ah, gut. Du bist noch da. Ich habe Licht gesehen und dachte, dass ich kurz bei dir vorbeikomme.«

DeeAnn grinste. »Ja. Immer noch hier. Leider.«

»Hast du kurz Zeit?«

»Klar.«

Lee schob die Tür weiter auf und trat ein. In der Hand hielt er die neueste Weste, die Juan und er vor Kurzem fertiggestellt hatten. »Ich habe gute Nachrichten: Sie ist endlich so weit.«

DeeAnn stand auf und begutachtete das neue Stück. »Lee! Du sollst doch nichts Schweres tragen!«

»Ist schon gut«, versuchte er sie zu beruhigen. »Mir geht es schon viel besser.«

DeeAnn runzelte zweifelnd die Stirn. »Rippen heilen nicht so schnell.« Sie half ihm, die Weste auf den Schreibtisch zu legen, um dann die Finger über zwei große Klettverschlusstaschen aus dunklem Nylon gleiten zu lassen, die auf Höhe der Hüfte angebracht waren. »Tut mir leid, dass ich die andere kaputt gemacht habe.«

»Das war doch nicht dein Fehler. Außerdem hatten wir so die Gelegenheit, sie hier und da zu verbessern.«

»Ach? Was habt ihr denn gemacht?«

»Nichts Umwerfendes, nur kleine Sachen. Die Hauptplatine ist besser geschützt«, sagte Lee und klopfte demonstrativ leicht dagegen. »Außerdem haben wir die Elektrik etwas umverteilt, sodass der Rücken freier liegt, was wiederum die Luftzufuhr erhöht.«

»Das klingt wie Musik in meinen Ohren.« DeeAnn hob die Weste auf und musterte sie von allen Seiten. Sie war ein technisches Wunderwerk, aber für den Träger, insbesondere im schwülen subtropischen Klima, kaum auszuhalten. Die Luftfeuchtigkeit in Puerto Rico war höher, als sie es gewöhnt war, aber das Klima in Brasilien war beinahe zu viel für sie gewesen. »Sie fühlt sich auch nicht mehr so schwer an«, bemerkte sie.

»Die alten Batterien waren schwerer.«

Schon der Prototyp hatte einen großen Schritt in die richtige Richtung bedeutet, indem DeeAnn sich damit frei im Biotop hatte bewegen können, während sie stets in Verbindung mit dem ISIS-Rechensystem stand. Als Lee und Juan die Weste überarbeitet und eine Kamera eingebaut hatten, hatten sich ganz neue Horizonte eröffnet.

»Vielen Dank, Lee. Das weiß ich zu schätzen.«

DeeAnn legte die Weste wieder hin. Ihr war aufgefallen, dass er keinen Ton mehr von sich gegeben hatte. Sie warf ihm einen Blick zu und sah, dass er auf die Weste starrte.

»Hast du etwas auf dem Herzen?«

Nach einer Weile starrte er sie an. »Hast du ein wenig Zeit, um zu reden?«

Sie verschränkte die Arme vor der Brust. »Selbstverständlich. Worum geht es denn? Um die Probleme mit den Log-Dateien?«

Lee nickte. »Wir haben uns vorhin mit Chris darüber unterhalten, und da ist mir eine Idee gekommen. Aber ich wollte erst dich fragen.«

»Na dann schieß los.«

»Die Unterhaltung ging um die Kommunikationsprobleme mit dem Lautsprecher.«

»Du meinst die nichtverbalen Zeichen?«

»Genau. Das System kann nichtverbale Kommunikation nicht über den Lautsprecher wiedergeben. Oder zumindest sollte es dazu nicht in der Lage sein. Statt uns also lange damit aufzuhalten, gibt es vielleicht eine andere Lösung. Eine, die sich uns im Augenblick noch entzieht.«

»Wie zum Beispiel?«

»Nun, anfangs glaubte ich doch, dass die Fehler in den Logs von falschen Übersetzungen verursacht wurden. Ich bin davon überzeugt, dass auch Computer nicht unfehlbar sind, und glaubte also, dass der Fehler irgendwo im Detail lag. Aber ISIS *hat* die korrekten Übersetzungen geliefert, und es dauerte eine ganze Weile, bis ich das kapierte.« Er blinzelte und dachte offensichtlich über seine nächsten Worte nach. »Und jetzt frage ich mich, ob ich wieder von etwas ausgehe, das einfach nicht stimmt.«

»Was denn? Etwas mit dem Lautsprecher?«

»Genau. Ich habe mir Gedanken darüber gemacht, was mit den nichtverbalen Hinweisen geschieht, sobald sie den Lautsprecher erreichen. Eine Sache, die ich immer wieder bemerkt habe, ist, wie … ungreifbar Sprache doch ist. Und dann fiel bei mir auf einmal der Groschen. Was, wenn ich an der falschen Stelle suche?«

»Sprich weiter.«

»Nun, wenn wir davon ausgehen, dass man all das irgendwie messen oder quantifizieren kann, dann entgeht uns vielleicht irgendetwas. Wir müssen in Betracht ziehen, dass unsere Idee der nonverbalen Kommunikation von Grund auf falsch sein kann – oder einfach nur nicht genau genug durchdacht ist.« Lee holte tief Luft. »Was, wenn ISIS nichts entgeht, uns aber schon?«

DeeAnn warf ihm einen neugierigen Blick zu. »Ich habe den Eindruck, dass da gleich eine Frage kommt.«

»Richtig.« Er grinste erneut. »Du warst es doch, die gesagt hat, dass Primaten, insbesondere Gorillas, größtenteils auf nichtverbale Kommunikation setzen, und wir glauben, dass diese Kommunikation über Bewegungen stattfindet. Was aber, wenn wir da falschliegen? Was, wenn die nonverbale Kommunikation nur einen Teil des Austauschs bildet? Was, wenn noch mehr *verbale* Kommunikation stattfindet, die wir aber nicht hören können?«

Jetzt hatte Lee DeeAnns ungeteilte Aufmerksamkeit. Sie stand ganz still da und starrte ihn über den Schreibtisch hinweg an. »Sprichst du etwa von anderen Frequenzen?«

Lee nickte.

»Du willst also herausfinden, ob es Frequenzen gibt, die Gorillas wahrnehmen können, die aber außerhalb unseres Hörvermögens liegen?«

»Genau.«

»Ein kleiner Vogel verrät mir, dass du bereits einige Recherchen unternommen hast.«

»Kaum der Rede wert.«

DeeAnn lächelte über das ganze Gesicht. Sie würde diese Unterhaltungen mit Lee schmerzlich vermissen. »Dann weißt du wahrscheinlich auch, dass das letzte Wort darüber noch nicht gesprochen ist. Ältere Forschungsergebnisse suggerieren, dass Menschen und Gorillas den gleichen Frequenzbereich wahrnehmen können, aber kaum hatte man das Gorilla-Genom erforscht, fand man heraus, dass die für das Gehör zuständigen Gene Unterschiede aufzeigen. Und wenn ich mich nicht ganz täusche, könnte sich das natürlich auch auf die Kommunikation auswirken.«

»Das heißt also, dass es möglich ist?«

Sie schüttelte den Kopf. »Nicht unbedingt. Aber es wird allgemein akzeptiert, dass Menschen und Gorillas in sehr unterschiedlichen Akustikwelten unterwegs sind … Die Antwort lautet also ganz klar: Jein.«

»Also hat niemand eine Antwort darauf?«

»Niemand.«

»Ähem … Wie lautet dann *deine* Meinung dazu?«

»Meine Meinung?« DeeAnn runzelte die Stirn und dachte über die Frage nach. »Ist es möglich, dass sie Töne hören können, die wir nicht wahrnehmen? Selbstverständlich. Das gilt schließlich für die meisten Tiere. Aber *ob* sie das tatsächlich tun? Keine Ahnung. Vielleicht.«

»Es würde eine ganze Reihe von Phänomenen erklären. Zum Beispiel, wie ISIS in der Lage ist, mit Dulce über nichts weiter als einen Lautsprecher zu kommunizieren.«

DeeAnn musterte die Weste erneut, die Arme noch immer vor der Brust verschränkt. »Tja, Probieren geht über Studieren.«

Es dauerte beinahe elf Stunden, das Programm zu schreiben und zu testen, sodass Lee kaum Zeit hatte, sich ein wenig auszuruhen. Aber das machte nichts. Er war viel zu aufgeregt, um an Schlaf zu denken. ISIS hütete ein Geheimnis, das er, komme was wolle, knacken wollte.

Das Problem lag darin, dass man dem Programm nicht gesagt hatte, sämtliche Frequenzen, also auch solche, die jenseits des menschlichen Hörvermögens lagen, zu analysieren. Jedoch war ein integraler Bestandteil des Codes, dass ISIS alle Informationen zurate ziehen sollte, die ihm zur Verfügung standen. Es besaß sogar einen Lernalgorithmus. Wenn es also andere Frequenzen mit einbezog, dann erhielt es die Anweisung dazu aus einer anderen Quelle als dem ursprünglichen Programmcode.

Das bedeutete natürlich auch, dass sämtliche Analysekapazitäten auf den Bereich zwischen zwanzig und zwanzigtausend Hertz ausgelegt waren, was dem menschlichen Hörbereich entspricht. Die Sprache der Delfine besaß eine ähnliche Bandbreite; nur wenn sie ihre Echoortung benutzen, verwenden sie wesentlich höhere Frequenzen. Lee hatte die ganze Nacht damit zugebracht, ISIS mit neuen Befehlen zu füttern, darunter auch den in der Analysefunktion zu beobachtenden Frequenzbereich auszudehnen. Falls dort eine Überraschung auf sie warten sollte, würde ISIS sie ihnen jetzt schwarz auf weiß liefern.

Kurz nach sechs Uhr am nächsten Morgen erschien DeeAnn wieder im Büro. In den Händen hielt sie zwei kleine Becher Kaffee und eine Tüte Donuts. Letztere war ausschließlich für Lee, da sie das Zeug nicht leiden konnte.

Er bedankte sich und steckte sich sofort einen der süßen Kringel in den Mund. »Du kommst gerade rechtzeitig. Ich glaube, wir haben es gleich.«

»Sehr gut. Dulce wird jeden Moment aufwachen.« Sie stellte das Papptablett neben Lee ab und nahm sich dann einen Kaffee. Hinter ihm stürzte plötzlich Juan ins Büro, sodass DeeAnn zusammenzuckte und beinahe ihren Kaffee über der Tastatur verschüttete.

»Was ist passiert? Hab ich was verpasst?«

»Um Gottes willen, Juan!«, empörte sich DeeAnn und suchte ihre Bluse nach dunklen Kaffeeflecken ab. »Du bist nicht der Einzige, der hier nervös ist!«

»Tut mir leid.«

Lee konnte sich ein Grinsen kaum verkneifen. Er stellte den

Kaffeebecher ab und beugte sich erneut über die Tastatur. »Bisher hast du noch nichts verpasst. Das Programm kompiliert noch. Hast du sie dabei?«

»Klar.« Juan steckte die Hand in seine Hosentasche und kramte etwas Längliches, Silbernes hervor.

»Was soll das denn sein?«

»Eine Hundepfeife.«

»Eine Hundepfeife?«

Juan grinste. »Die gehört meiner kleinen Schwester. Das sollte funktionieren.«

»Wir müssen das System erst testen, ehe wir es an Dulce ausprobieren.« Lee öffnete seinen Laptop und klickte auf ein Audioprogramm. Es sah etwas anders aus, aber DeeAnn erkannte die Linie, die sich von links nach rechts fortzog. Als das Programm endlich komplett geladen hatte, sprach Lee in ein kleines Mikrofon direkt über der Tastatur seines Notebooks. »Test, Test.«

Die gelbe Linie tanzte auf dem Monitor auf und ab. Offensichtlich funktionierte das Mikrofon einwandfrei. »Okay, das war meine Stimme. Hier seht ihr den Frequenzbereich und hier Tonfall und Lautstärke. Das da ist der Frequenzbereich in Zahlen ausgedrückt, also mehr oder weniger zwischen eintausend und fünftausend Hertz. Das ist grob der Bereich, in dem sich die menschliche Stimme bewegt.« Lee lehnte sich in seinem Stuhl zurück. »Bist du soweit, Juan?«

»Und wie!«

Lee drückte erneut auf den Aufnahmebutton und machte Juan Platz, der sich über das Mikrofon beugte. Dann blies er in die Hundepfeife, dass sie zischte. Die Linie auf dem Monitor schlug aus, als ob sie einen Tritt erhalten hätte. Die Gipfel und Täler waren steiler und überstiegen den Frequenzbereich von Lees Stimme bei Weitem. Sowohl die oberen wie auch die unteren Frequenzen außerhalb des menschlichen Hörbereichs verfärbten sich von Grün zu Orange und schließlich Rot und wurden immer dunkler, je weiter sie sich von dem schmalen Bereich entfernten, den Menschen wahrnehmen konnten.

»Wow. Scheint zu funktionieren.«

»Und du glaubst, dass ISIS das alles aufnimmt und analysiert?«

»Vielleicht«, gab Lee zurück und zuckte mit den Achseln. »Aber selbst wenn es nur einen Teil der zusätzlichen Frequenzen benutzt, könnte es trotzdem von Bedeutung sein.«

»Und was jetzt?«

»Jetzt müssen wir warten, bis das Programm zu Ende kompiliert ist. Das war nur ein einfacher Test auf meinem Laptop. Sobald das Programm funktionsbereit ist, müssen wir die Monitoring-Software von ISIS upgraden. Erst dann werden wir mehr wissen.«

DeeAnn konnte sich ein aufgeregtes Lächeln nicht verkneifen. Sie schnappte sich die neue Weste und warf sie über die Schulter. »Ich hol mal Frühstück.«

Frühstück bestand aus einer Schachtel mit zwei Kilo Sellerie, Grünkohl und Äpfeln. Dulce hatte mit der Zeit Geschmack an dem runden Obst gefunden. DeeAnn glaubte, dass es an dem hohen Zuckergehalt der Äpfel lag. Sie mussten für Dulce wie *Nachtisch* schmecken. Mittlerweile waren sie das Erste, was Dulce aus der allmorgendlichen Kiste klaubte, und auch heute machte sie keine Ausnahme.

Kaum hatte DeeAnn das Biotop betreten, kam die dreijährige Gorilla-Dame den kleinen, mit Gras bewachsenen Hügel heruntergetollt und umarmte DeeAnns Beine.

Äpfel. Äpfel.

DeeAnn lächelte, stellte die Schachtel ab und richtete sich wieder auf. Sie sah zu, wie Dulce mit ihren langen Armen hineingriff und die beiden Äpfel herausholte – einen in jeder Hand. Sie lächelte DeeAnn an und entblößte ihre Zähne.

»Das ist dein Nachtisch. Den musst du als Letztes essen.«

Dulce runzelte die Stirn, legte sie zurück in die Schachtel und schnappte sich stattdessen einen Stangensellerie.

Die Morgen in Puerto Rico waren umwerfend. Mit Temperaturen über zwanzig Grad fühlte sich die Luft kühl und erfrischend an, sodass man die hohe Luftfeuchtigkeit, die sonst herrschte, gar nicht so sehr wahrnahm. Aber das Beste war der Geruch. Morgens herrscht auf tropischen Inseln der unverkennbare und allgegenwärtige Geruch von Tau. Die Feuchtigkeit, die sich während der Nacht auf der üppigen Vegetation absetzte, wurde jetzt von einer Brise fortgetragen, die die ganze Insel in einen süßen Duft tauchte. Das war eine der Sachen, die DeeAnn vermissen würde.

Aber das war nicht das einzig Süße, was DeeAnn jeden Morgen erwartete. Deswegen passte Dulces Name ja auch wie die Faust aufs Auge. Sie war die liebenswerteste, netteste Kreatur, die DeeAnn je unter die Augen gekommen war. Und mit ihr auch noch arbeiten zu dürfen … Sie hatte den Gorilla damals aus fürchterlichen Umständen in Mexiko befreit, als er noch sehr jung war. Seitdem waren die beiden unzertrennlich.

Ich lieben Mommy.

DeeAnn grinste und zerzauste ihr das Nackenfell liebevoll. »Und Mommy liebt Dulce.«

Sie achtete gar nicht darauf, wie die Weste ihre Worte aufgriff und die Daten an ISIS schickte, um in weniger als einer Sekunde den großen Lautsprecher eine Reihe von schrillen Schreien und sanften Grunzen für Dulce ertönen zu lassen.

DeeAnn schaute zu, wie die Gorilla-Dame rasch ihr Frühstück verputzte. Erst als sie die Äpfel ergriff, hörte sie zu schlingen auf, als ob sie das Obst genießen wollte. Schleckermäulchen gab es offenbar sowohl unter Gorillas wie auch unter Menschen. DeeAnn hatte jetzt schon Angst vor dem Tag, an dem Dulce das erste Mal Schokolade probierte.

Sie setzte sich und betrachtete Dulce, ehe sie sich umdrehte und zu den hochauflösenden Kameras aufblickte, die überall im Biotop angebracht waren. Sie fragte sich, ob ISIS bereits interessante Daten für Lee und Juan ausspuckte.

Wie erwartet, überprüften die beiden sämtliche Kommunikation zwischen DeeAnn und Dulce, aber es dauerte beinahe eine geschlagene Minute, ehe ISIS die Frequenzdaten ausspuckte, die es für die Übersetzung benutzte. Als die erste Rückmeldung auf dem Monitor erschien, blühte er vor lauter Farben geradezu auf.

»Woah!«, entfuhr es Lee, der fasziniert auf das Display starrte.

6

Alison Shaw stürmte in den Computerraum und staunte nicht schlecht, die anderen eng zusammengedrängt um Lees Tisch stehen zu sehen. »Okay, ich bin da. Was ist los?«

DeeAnn, in Kaki-Shorts und einem dazu passenden Hemd, drehte sich um. »Ach, nichts weiter. Nur, dass Lee ein Genie ist.«

»Was? Da würde ich den Mund nicht zu voll nehmen wollen.«

Lee winkte Alison zu sich, stand auf und bot ihr seinen Stuhl an.

»Sind das Audio-Daten?«

»Genau das.«

»Und was soll das bedeuten?«

Lee lächelte DeeAnn an.

»Das ist das Problem, an dem sie getüftelt haben. Lee ist letzte Nacht zu mir gekommen und hat mir seine Idee erklärt, dass wir etwas Grundlegendes übersehen haben müssen«, erklärte DeeAnn ihr.

»Wir sind die ganze Zeit über nur auf der Stelle getreten«, fügte er hinzu. »Ganz gleich, wie oft und wie gründlich wir den Code untersucht haben. Und dann kam mir der Verdacht, dass es vielleicht weitere Komponenten bei der Kommunikation gibt, von denen wir nichts wissen.«

Alison drehte sich wieder dem Monitor zu. »Und was sehe ich hier?«

»Das ist, was ISIS *wirklich* hört.«

»Mehr Audio?«

»Mehr Frequenzen. Die Farben stellen breitere Frequenzbereiche dar, viel breiter, als wir Menschen wahrnehmen können.«

»Und was bedeutet das? ISIS kann mehr Worte hören als wir?«

»Vielleicht. Aber ich gehe davon aus, dass es eher um besondere Töne oder den Tonfall geht.« Er warf DeeAnn einen Blick zu.

»Dem kann ich nur zustimmen. In vielen Sprachen kommt es nicht so sehr auf die verwendeten Worte an, sondern vielmehr darauf, wie sie ausgesprochen werden. Wir sollten ähnliche Merkmale bei den Sprachen der Gorillas und der anderer Primaten erwarten. Wir wussten, dass weitere Informationen durch Gesten und Gesichtsausdrücke transportiert werden, aber ich habe nie damit gerechnet, dass das, was uns entgeht, in für uns unhörbaren Frequenzbereichen stattfindet.«

Alisons Interesse war geweckt. »Primaten können also Sachen hören, die wir gar nicht wahrnehmen?«

»Das Design unserer auditorischen Systeme, also unserer Hörsysteme, ist schon sehr ähnlich, was aber nicht heißen soll, dass sie auch ähnlich funktionieren. Es gibt Stimmen in der Wissenschaft, die behaupten, dass unsere hochentwickelten Gehirne dazu führten, dass andere basalere Sinne sich zurückentwickelten. Wie zum Beispiel der Frequenzbereich, den wir hören können.«

Jetzt herrschte Stille im Computerraum. Das gab ihnen zu denken. Devolution und Evolution arbeiteten Hand in Hand. Irgendwie schien der Gedanke beinahe logisch, schließlich bewahrt das Leben stets ein gewisses Gleichgewicht. Da gibt es nichts umsonst. Wenn man sich eine neue Fähigkeit aneignet, muss man damit rechnen, dass eine andere darunter leidet.

»Ich will eure Gedankengänge ja nicht unterbrechen«, sagte Lee in die Stille, »aber das Ganze hat noch eine ganz andere Dimension.«

»Und die wäre?«

»Wir glauben jetzt zu wissen, wie ISIS sich mit Dulce unterhält.

Das ist großartig. Aber …«, und er blickte sich begeistert in der Runde um, ehe er fortfuhr, »das ist etwas, das wir gar nicht programmiert haben. Wir haben ISIS nicht darauf ausgelegt, sämtliche Frequenzen miteinzubeziehen.«

»Und das heißt?«

»Und das heißt, dass ISIS nicht dazu programmiert war.« Lee lächelte und wartete geduldig, bis die anderen begriffen. Schließlich konnte er nicht mehr an sich halten. »ISIS hat diese Entscheidung selbst getroffen.«

Plötzlich hätte man eine Stecknadel zu Boden fallen hören.

»Wow«, flüsterte Juan.

DeeAnn starrte Lee mit weit aufgerissenen Augen an und legte den Kopf zur Seite. »Willst du etwa behaupten, dass ISIS *denken* kann?«

Er grinste. »Denken? Nein. Zumindest nicht so, wie wir es können. Aber das System bedient sich einer Reihe von Algorithmen, die ihm gewisse Kapazitäten für eine künstliche Intelligenz verschaffen. Das würde ich nicht ›denken‹ nennen, aber ISIS wird zunehmend cleverer, wenn es darum geht, Probleme zu lösen.«

Ein Stockwerk tiefer im Parterre eilte die beleibte Gestalt von Bruna Lopez, der administrativen Assistentin der Forschungseinrichtung, über die dunklen Fliesen. Als sie am Fuß der breiten Treppe ankam, ergriff sie das Geländer mit der rechten Hand und lief die Stufen empor.

Kaum oben angekommen, legte sie die paar Meter zu den metallenen Doppeltüren in Windeseile zurück, drückte sie auf und blickte sich um.

»Miss … Alison …?«

Alison wandte sich von Lees Schreibtisch ab und drehte sich zu ihr um. Bruna stand unter dem Türrahmen und schnappte nach Luft.

»Ja, Bruna. Was ist denn?«

»Da … Da ist jemand hier, um Sie zu sehen. Sie hat … Sie hat gesagt, es sei dringend.«

Alison warf DeeAnn einen beunruhigten Blick zu. Das letzte Mal, als jemand mit diesen Worten angekündigt worden war, hatte die Geschichte in einem Drama um Leben und Tod geendet. »Wer ist es denn?«

»Eine Frau. Aus San Juan. Eine Einheimische.«

DeeAnn und Alison folgten Bruna, die sie nach unten führte. Als sie eine Frau mittleren Alters erspähten, die sich neugierig im Beobachtungsbereich umblickte, hielten sie auf der letzten Stufe an.

Als die Frau Bruna sah, eilte sie rasch zum Fuß der Treppe, starrte aber die ganze Zeit Alison an.

»Es tut mir sehr leid«, entschuldigte sie sich. »Wirklich. Ich wollte nur …«

Bruna schnappte noch immer nach Luft, warf der Frau aber trotzdem einen gereizten Blick zu. »Ich habe Ihnen doch gesagt, dass ich sie holen würde.«

»Schon gut, schon gut«, beschwichtigte Alison, als sie die angeschwollenen Augen der Frau bemerkte. »Was kann ich für Sie tun?«

»Es tut mir aufrichtig leid. Ich möchte nicht respektlos erscheinen, aber ich muss mit Ihnen reden.«

»Worüber?«

Die Frau holte tief Luft. »Mein Name ist Lara Santiago, und ich bin hier, um Sie um Hilfe zu bitten. Nicht für mich, sondern für meine Tochter.«

»Für Ihre Tochter?«

»Sofia. Sie ist acht. Ihre Klasse hat vor Kurzem einen Ausflug zu Ihrer Einrichtung unternommen.« Die Frau runzelte die Stirn, ehe sie fortfuhr. »Meine Tochter konnte nicht mit. Sie ist … Sie ist schon lange nicht mehr zur Schule gegangen. Sie ist sehr krank.«

Die Mienen der drei Frauen wurden auf der Stelle milder.

Lara biss sich auf die Unterlippe. Sie hatte schon so viele Tränen vergossen. Jetzt kamen sie erneut und völlig unerwartet. »Meine Tochter hat Leukämie. Ihre Freundinnen sind zu ihr nach Hause gekommen und haben ihr von dem Ausflug erzählt.«

»Oh, das tut mir wirklich sehr leid«, sagte Alison mit rauer, mitfühlender Stimme.

Die Frau presste die nächsten Worte förmlich heraus. »Sie … Sie hat nicht mehr viel Zeit.«

Alison legte eine Hand auf den Mund und warf DeeAnn einen Blick zu.

»Ich bin natürlich immer für sie da«, fuhr die Mutter fort. »Und sie hat sich gefragt, ob … ob sie Ihre Delfine besuchen könnte.« Lara musste sich jetzt offensichtlich sehr zusammenreißen. »Vielleicht ein privater Besuch? Sofia geniert sich aufgrund ihres Aussehens, hat sich aber gewünscht, die Delfine zu sehen … ehe es zu spät ist. Wenn das möglich wäre?«

Alison nahm die Hand vom Mund und nickte. »Selbstverständlich. Ohne Frage. Wir würden uns sehr freuen, Ihre Tochter begrüßen zu dürfen.«

»Vielen Dank.« Lara lächelte und wischte sich eine Träne aus dem Augenwinkel. »Ich kann Ihnen gar nicht genug danken. Sofia liebt Delfine. Sie wollte sie in dem Augenblick besuchen, als Sie und Ihr Team hier eingezogen sind, aber es ging ihr zunehmend schlechter. Jetzt ist sie so schwach … Alles, was wir als Eltern jetzt noch für sie tun können, ist ihre letzten Tage auf dieser Erde so angenehm wie möglich zu gestalten.«

Die Augen der drei Frauen wurden ganz feucht. Sie gingen auf Lara zu, und Bruna legte fürsorglich eine Hand auf ihren Unterarm.

»Wann können Sie denn mit Sofia herkommen?«

»Ist morgen zu früh?«

»Nein, morgen ist wunderbar.«

»Vielleicht gegen zehn Uhr?«

»Abgemacht. Wir werden alles vorbereiten.«

»Nochmals vielen Dank. Ich kann gar nicht …« Sie hielt inne, war nicht fähig, den Satz zu vollenden.

Die drei Frauen umarmten Lara eine nach der anderen. »Sagen Sie Sofia, dass wir uns auf sie freuen.«

Dann legte Bruna sanft einen Arm um ihre Taille und führt sie behutsam zu den Eingangstüren.

Alison und DeeAnn tauschten einen stillen Blick aus und hoben dann die Köpfe, um Lee, Chris und Juan am Geländer des oberen Stockwerks stehen zu sehen.

»Habt ihr das gehört?«

»Das haben wir«, bejahten sie und nickten.

»Können wir morgen auf eure tatkräftige Unterstützung zählen?«

Chris lächelte. »Verdammt, und wie.«

Sally schwebte im Becken und beobachtete Alison und ihr Team. Sie unterhielten sich eine lange Zeit und redeten sehr schnell. Als sie fertig waren, verschwanden die anderen rasch, sodass nur noch Alison übrig blieb, die jetzt sie und Dirk anstarrte.

»Hallo, Sally. Hallo, Dirk.«

Die beiden glitten elegant durchs Wasser auf sie zu, und Sally antwortete: *Hallo Alison. Wie du?*

»Mir geht es gut, danke. Ich muss mit euch über etwas reden.«

Der Computer piepte, was wohl an der abstrakten Natur ihrer Aussage lag, aber das machte jetzt nichts. »Wir müssen reden«, wiederholte sie. Es gab noch immer gewisse Wörter und Kontexte, bei denen das System sich schwertat. Alison hatte nie verstanden, warum ISIS keine Probleme bei dem Wort »müssen« hatte, bei »etwas« aber kapitulierte. Jetzt aber, nach Lee und Juans Entdeckung, war es unmöglich zu sagen, wie tiefgehend ISIS wirklich übersetzte.

Ja, wir reden, gab Dirk zurück.

»Morgen kommt ein junges Mädchen, um euch zu sehen. Eigentlich noch ein Kind.« Alison überlegte kurz und fügte dann hinzu: »Sie ist sehr krank.«

Warum Mädchen krank?

Alison runzelte die Stirn. Sie wusste nicht, wie sie das Dirk und Sally erklären sollte, schließlich hatte ISIS nicht einmal eine genaue Übersetzung für das Wort »krank«. Stattdessen bedeutete es eher »verletzt«, aber zumindest drückte es etwas Ähnliches aus. »Sie ist schon sehr lange krank.« Sie hoffte, dass dies ihnen helfen würde, ihren Zustand besser zu verstehen.

Mädchen will reden?

»Ja, sie freut sich schon sehr, sich mit dir und Dirk zu unterhalten.«

Wir gerne reden mit Mädchen.

»Sie ist ein ganz besonderes Mädchen. Und wir wollen ihren Besuch unvergesslich gestalten.«

Sie waren sich nicht sicher, wozu Sofia überhaupt fähig war, aber hoffentlich würden Dirk und Sally helfen und ihr eine Show hinlegen, die sie ihr Leben lang nicht vergessen würde – selbst wenn es nur noch wenige Wochen dauern sollte.

7

Als Sofia Santiago ein paar Minuten nach zehn ins Forschungszentrum kam, waren alle bereit. Dirk und Sally schwammen aufmerksam im Wasser hin und her und schauten neugierig zu, wie das kleine Mädchen von ihrem Vater durch die Doppeltüren gerollt wurde.

Sofia machte einen gebrechlichen Eindruck in ihrem Rollstuhl und trug einen leichten Umhang um die Schultern. Um den Kopf hatte sie einen wunderschönen rosa- und weinroten Schal geschlungen. Darunter schoss der Blick aus zwei dunklen, warmen Augen aufgeregt zwischen Dirk und Sally hin und her, die sie von der anderen Seite des Beckens anstarrten. Ihr Lächeln vollendete das Bild eines wunderschönen jungen Mädchens, das mutig gegen eine übermächtige Krankheit kämpfte. Ein Mädchen mit einer Krankheit, die aber offensichtlich noch nicht vollends Besitz von ihr ergriffen hatte.

Alison und DeeAnn standen neben dem Becken, amüsiert von der Tatsache, dass Sofia sie noch gar nicht bemerkt hatte. Erst als ihr Vater den Rollstuhl drehte und auf die beiden zuging, musste sie ihren Blick von den beiden Tieren abwenden.

»Hallo, Sofia«, begrüßte Alison sie und schüttelte ihr kleines Händchen. »Ich heiße Alison Shaw und freue mich sehr, dich hier willkommen zu heißen.«

Sofia grinste über das ganze Gesicht. »Ich habe Sie im Fernsehen gesehen.«

»Wirklich? Hast du so von uns gehört?«

Sie nickte stolz.

»Und das hier ist meine Freundin DeeAnn.«

»Hallo, Sofia«, sagte DeeAnn und reichte dem Mädchen die Hand. »Ich freue mich, dich kennenzulernen. Wir haben schon gehört, dass Delfine zu deinen Lieblingstieren gehören. Und deswegen haben wir ein kleines Geschenk für dich vorbereitet.« Sie holte das T-Shirt hervor, das sie hinter dem Rücken versteckt hatte, und entfaltete es. Auf der Brust waren Dirks und Sallys Gesichter abgedruckt.

Sofia lächelte, nahm es entgegen und bedankte sich. Dann drehte sie sich zu den beiden Delfinen um, die so nah wie möglich an sie herangeschwommen waren. Sie riss die Augen auf, als Dirk plötzlich einen Schrei ausstieß und davonschwamm. Er drehte eine rasche Runde, um dann eng um Sally zu schwimmen.

Alison lachte. »Wie du unschwer erkennen kannst, gibt Dirk gerne an.«

Sofia schaute aufgeregt zu, wie Dirk seine Kunststückchen vorführte, während Sally regungslos im Wasser zu schweben schien und Sofia fürsorglich betrachtete.

Alison warf ihrem Vater einen fragenden Blick zu. »Darf ich?«

Ricardo Santiago verließ seinen Platz hinter dem Rollstuhl und machte Alison Platz. Sie beugte sich über Sofias rechte Schulter und sagte: »Wir möchten dir etwas zeigen. Willst du es sehen?«

Sofia grinste schüchtern und nickte dann, woraufhin Alison sie langsam in Richtung Beobachtungsraum schob. Die Delfine begleiteten die beiden auf Schritt und Tritt in ihrem langen, ovalen Becken. Auf dem Weg streckte Sofia den Arm aus und berührte das kühle Glas mit den Fingern. Sally ließ sie weiterhin keine Sekunde aus den Augen, streckte dann ihre Flosse aus und berührte denselben Fleck auf ihrer Seite.

Sie kamen zu den metallenen Doppeltüren, und DeeAnn zog ihre Karte durch den Leser. Als sie das laute Klicken beim Öffnen des Schlosses vernahm, zog DeeAnn an einer Tür und hielt sie für die anderen offen, die einer nach dem anderen den Beobachtungsbereich betraten. Auf der anderen Seite warteten bereits Chris, Lee und Juan. Sie lächelten Sofia und ihre Familie freundlich an und warteten bei einem großen Schreibtisch, den sie etwas näher ans Becken gerückt hatten. Vorher hatten sie einen Computer samt großem Monitor darauf eingerichtet. Die Familie schaute sich um und bemerkte eine ganze Reihe hochauflösender Kameras, die auf das Becken gerichtet waren. Dicke, aber sauber verlegte Kabel ragten aus ihren Enden und sammelten sich in einem gigantischen Strang, der sich durch den Raum schlängelte und an der anderen Wand in dem gigantischen Rechner endete, der ISIS beinhaltete. Ansonsten standen weitere Tische mit noch mehr Computern und anderen Gerätschaften herum, die sie aber nicht identifizieren konnten. Zu ihrer Rechten standen zwei Videokameras, die in verschiedenen Winkeln auf das Becken gerichtet waren. Aber trotz der gigantischen Ausrüstung und all den Tischen vermittelte der Beobachtungsbereich ein offenes, angenehmes Gefühl.

Als sie nähertraten, beugte Chris sich zu dem Mädchen im Rollstuhl hinab und sagte: »Willkommen, Sofia. Es freut uns sehr, dich hier begrüßen zu dürfen. Ich heiße Chris. Und das sind Lee und Juan. Wir arbeiten hier im Forschungszentrum.« Beim nächsten Satz warf er Alison einen raschen Blick zu. »Aber Alison ist die Chefin von allem.«

Sofia kicherte.

Chris und Alison rollten sie in Position vor den Schreibtisch. »Weißt du, was wir hier machen und warum es aufregend ist?«

»Sie reden mit Delfinen.«

»Genau. Möchtest du auch mit ihnen sprechen?«

»Ja!«

Alison betätigte die Bremse an einem der Räder und beugte sich über das Mädchen.

»Die beiden freuen sich auch schon sehr auf dich, Sofia.«

Lee ging an Alison vorbei und schob ein kleines Standmikrofon näher an sie heran, ehe er einige Befehle auf der Tastatur eingab. »Du musst einfach ins Mikrofon sprechen, okay?«

»Okay.«

»Bist du so weit, Sofia?«

Sie schaute aufgeregt zu ihrer Mutter. »Was soll ich denn sagen?«

Lara lachte. »Was ist mit den tausend Sachen, mit denen du uns auf der Fahrt hierhin Löcher in den Bauch gefragt hast?«

Lee gab einen letzten Befehl ein und nickte dann. »Gut, wir sind so weit.«

Sofia lehnte sich vor. »Hallo?«, stammelte sie und war sich ihrer Sache offensichtlich nicht sicher. Sie drehte sich gerade zu Alison um, als eine Reihe von Pfiffen und Klicks aus den Unterwasserlautsprechern ertönte.

Sally musterte sie noch immer und antwortete sofort: *Hallo. Wie du, Sofia?*

Dem Mädchen verschlug es den Atem, und sie blickte hilfesuchend zu ihrer Mutter auf. »Die wissen, wie ich heiße!«

Jetzt konnte sich niemand in Alisons Team mehr ein Lächeln verkneifen. Natürlich gab es keine Übersetzung für den Namen Sofia, also hatten sie sich etwas einfallen lassen, nämlich eine willkürliche Folge aus Pfiffen und Klicks, die sie in die Datenbank eingespeist hatten. Diese Laute konnten von den Delfinen identifiziert und so mit Sofia in Verbindung gebracht werden. Jetzt, als sie sahen, welchen Effekt ihre kleine Spielerei bei dem Mädchen auslöste, war es jede Sekunde ihrer Zeit wert gewesen.

Dirk kam langsam wieder zur Ruhe und schwamm neben Sally. *Wir froh, dich kennenzulernen.*

Sofia lauschte den mechanischen Stimmen der Delfine und starrte dann auf den Monitor vor sich, auf dem die Worte erschienen. »Ich freue mich auch, euch kennenzulernen. Wohnt ihr hier?«

Dirk wackelte mit dem Kopf. *Wir leben Ozean. Wir kommen hier. Fressen viel.*

Alison lachte laut auf und sagte zu Sofias Eltern: »Falls Sie glauben, dass ein Jugendlicher viel isst, sollten Sie mal schauen, was so ein heranwachsender Delfin wegstecken kann.«

»Das sind Teenager?«

»Ja, auch wenn sie schon so gut wie ausgewachsen waren, als sie zu uns kamen. Jetzt aber können sie kommen und gehen, wie es ihnen beliebt, denn so viel ist klar: Sie mögen es nicht, eingesperrt zu sein.«

»Wie meinen Sie, eingesperrt sein?«

»Wenn sie nicht aus dem Becken können.«

Sofia dachte einen Moment lang nach. »Mag das überhaupt ein Tier?«

»Hm ... Das können wir natürlich nicht mit hundertprozentiger Sicherheit sagen, aber ich bezweifele es stark.«

Das junge Mädchen runzelte die Stirn, wandte sich aber schließlich wieder dem Mikrofon zu. »Wie weit könnt ihr schwimmen?«

Das war wieder eine Frage für Dirk, der kraftvoll mit der Schwanzflosse schlug und in einem engen Kreis schwamm. *Sehr weit.*

Alle lachten. Lediglich Lee und Juan bemerkten die kleine Veränderung auf dem Monitor, ehe die Worte ertönten. Die eigentliche Übersetzung lautete vielmehr »viel weit«, aber ISIS hatte die Grammatik korrigiert. Alison fiel auf, dass Sally stiller als sonst war und einfach an Ort und Stelle schwebte, ohne sich großartig zu bewegen, dafür aber unentwegt Sofia anstarrte. Das Mädchen konnte jetzt vor Glück kaum an sich halten. »Ich kann es kaum fassen, dass ich tatsächlich mit Delfinen spreche!«

Ihre Eltern lächelten. Sofia stellte eine weitere Frage, als Alison ihre Eltern bat, etwas abseits zu treten. Dann flüsterte sie: »Kann Sofia schwimmen? Ist es möglich, dass wir sie ins Becken lassen?«

8

Sofia starrte auf das blaue, kühle Nass und war gleichzeitig aufgeregt und nervös. Es war schon so lange her, dass sie das letzte Mal geschwommen war, und da war sie längst nicht so schwach gewesen wie jetzt. Sie legte ihre Ärmchen um den Hals ihres Vaters, der sie vorsichtig aus dem Rollstuhl hob, um sie dann zum Becken zu tragen.

Innerlich litt er Höllenqualen. Wer wusste schon, wie oft er sie noch so halten konnte? Bald schon würde er sich danach sehnen, sie zu spüren.

Er liebte es, wie sie ihn mit ihren dünnen Armen umschlang, sich an ihm festhielt, als sie sich dem Becken näherten. Er stieg ins Wasser und ließ sich auf eine breite, seichte Stufe hinab, um Sofia behutsam von sich zu lösen und sie neben sich zu setzen. Sie ließ von ihm ab, um das Gleichgewicht zu wahren, aber ihr Vater hielt sie vorsichtshalber weiterhin an der Hüfte fest.

Alison und Chris standen neben den beiden und lächelten. Sobald Sofia sich gefangen hatte, stieg Alison ins Wasser. »Und? Wie fühlt es sich an?«

Das Mädchen nickte und antwortete: »Gut.«

»Sehr gut.« Alison nahm ihre Hand und tätschelte sie. »Wir sind stets an deiner Seite, du musst dir also keine Sorgen machen.«

Alison gab ihr noch ein wenig Zeit, um sich an die neue Situation zu gewöhnen, ehe sie Lee und Juan zunickte, die die Ausrüstung brachten und sie auf die seichte Stufe legten.

Chris nahm die Tauchermaske und fragte Sofia: »Weißt du, was das hier ist?«

»Eine Maske«, antwortete sie und fragte sich insgeheim, worauf er hinauswollte.

»Richtig. Und du hast schon mal eine benutzt, nicht wahr?«

»Ja.«

Chris hielt sie ihr hin, sodass sie sie sich genau anschauen konnte. Es handelte sich um eine kleine Version der Maske, die Alison immer benutzt hatte – Lee und Juan hatten die ganze Nacht durcharbeiten müssen, um sie fertigzustellen.

Sofia nahm sie entgegen und untersuchte sie genauer.

»Mach schon, du kannst sie ruhig aufsetzen. Du wirst sehen, dass du auch mit der Maske ohne Probleme atmen kannst.«

Sie untersuchte sie weiter, schob dann den schwarzen Sauerstoffschlauch beiseite, setzte sie auf und holte tief Luft. »Wow!«, entkam es ihr, und sie musste lächeln. Ihr anfängliches Misstrauen verwandelte sich in unverhohlene Neugier. Sie blickte zu ihrer Mutter auf und kicherte.

»Willst du dein Gesicht mal unter Wasser tauchen, um zu sehen, ob sie dicht ist?«

Sofia nickte und schob sich von der Stufe. Als sie wieder auftauchte, lachte sie die Erwachsenen über ihr an.

»Genau wie die Masken, die du kennst, oder?«

»Ja, aber viel besser!«

Alison konnte nicht anders als mitlachen. Wenn die Kleine nur wüsste, welch Wunder der Technik sie da aufhatte!

Lee und Juan kamen um die Ecke und legten ein weiteres Bündel auf die Stufe. Es war ein kleiner Sauerstofftank, der von einer Art Tarierweste umgeben war. Gekrönt wurde die Ausrüstung von aufgerollten Schläuchen, die gut drei Meter lang waren. Es war eine einfachere Version der schweren Taucherausrüstung, wie sie in so vielen Urlaubsorten vermietet wird. Aber sie reichte vollkommen aus, um dem Schwimmer ein Unterwassererlebnis zu bieten, ohne dass dieser auftauchen musste, denn Sauerstoffflasche und Atemregler schwammen auf der Oberfläche und folgten den Bewegungen des Tauchers.

Der Plan lautete, Sofia zumindest in der Nähe von Dirk und Sally im Wasser *schweben* zu lassen. Sie waren sich nicht sicher, inwieweit Sofias Krankheit sie beeinträchtigen würde. Jetzt aber erläuterte eine aufgeregte Alison genau die verschiedenen vorbeugenden Maßnahmen, die sie nehmen würden, um Sofias Sicherheit zu garantieren. Und, wenn überhaupt möglich, wollten sie und ihr Team unbedingt, dass Sofia einen Tauchgang mit den Delfinen erleben sollte.

Als Sofia sich die Maske abzog, schenkte ihr Vater ihr einen sanften Blick und fragte: »Bist du bereit?«

Sofia schaute sich um, sah Alison und ihr Team, dann die beiden Delfine, die geduldig mit den Köpfen über Wasser auf sie warteten, und richtete sich dann wieder an ihre Eltern. Sie nickte ihrem Vater zu. Zusammen lösten sie den Schal und nahmen ihn von ihrem kleinen kahlen Schädel.

Die Frauen lächelten sie weiterhin an und kämpften gegen die Tränen an, die ihnen in die Augen zu steigen drohten. Alison musste ihre Kollegen gar nicht erst anschauen – sie wusste, dass es ihnen ähnlich erging.

Sofia starrte sie nervös mit ihren riesigen Augen an. Sie war unglaublich hübsch.

Chris war wieder einmal zur Stelle. Mit leiser Stimme flüsterte er ihr zu: »Willst du sie dir überziehen?«

Sie nickte, neigte den Kopf nach vorne und erlaubte Chris, ihr die weichen Riemen über den Kopf zu streichen, um sie dann festzuziehen. Er tastete vorsichtig die Ränder ab, um sicherzugehen, dass nichts kniff und die Maske dicht war.

»Wie fühlt es sich an?«

»Gut«, antwortete sie, wobei ihre Stimme etwas verzerrt klang.

»Kannst du ohne Schwierigkeiten atmen?«

»Ja.«

»Sehr gut.«

Alison schaute zu, wie Chris den kleinen Tauchgurt nahm und ihn Sofia anlegte. Der Badeanzug, den Alison für sie gekauft hatte, war ein wenig zu groß, aber nicht so lose, dass er ihr vom Körper rutschte. Jetzt, da Sofia ausgerüstet war, begann Alison sich sämtliche Gerätschaften anzulegen.

Sie hatte ein Kreislaufatemgerät, wenn auch kein gewöhnliches. Es war ein radikal verändertes Design, das erlaubte, den Sauerstoff wesentlich effizienter zu nutzen. Zudem ermöglichte die Einheit dem Taucher, geräuschlos unter Wasser zu atmen, was mindestens genauso wichtig war, denn im Gegensatz zu den traditionellen Atemgeräten stieß sie keine Blasen beim Ausatmen aus. Und gerade diese Eigenschaft war unabdinglich, wenn ISIS klar und deutlich und ohne Störgeräusche oder Fehler mit den Delfinen kommunizieren sollte.

Alison zog die Schnallen fest, grinste Sofia an und legte sich dann die wasserdichte Weste über den Oberkörper. Dann drehte sie sich zu Chris um, damit er den Reißverschluss auf dem Rücken schließen konnte. Zum Schluss zog sie sich ihre eigene Maske über und rückte sie zurecht. Dann lehnte sie sich sanft vor, bis sich ihre und Sofias Masken berührten.

»Kannst du mich hören?«, wollte sie wissen.

»Ja.«

»Hast du Angst?«

Sofia schüttelte den Kopf.

»Gut«, meinte Alison und zwinkerte ihr zu. »Es macht nichts, wenn du nervös bist, aber wir wollen nichts machen, vor dem du Angst hast, okay?«

»Okay.«

Alison nahm Sofias Hand und drückte sie sanft, um sich dann zu den Delfinen umzudrehen. »Sally, Dirk. Könnt ihr mich hören?«

Ihre Antwort kam auf der Stelle: *Ja, Alison.*

»Bitte vergesst nicht: Heute machen wir alles sehr, sehr langsam, okay?«

Langsam, meinte Sally.

Laaaangsaaaam, erwiderte Dirk spielerisch.

Alison schmunzelte und schüttelte den Kopf. Dirk war einfach unverbesserlich.

Dirk und Sally schwammen näher und positionierten sich am Beckenrand. Sofia schreckte leicht ängstlich zurück, streckte dann aber langsam den freien Arm aus, um sie am Kopf zu berühren. Ihre Haut fühlte sich wie nasses Leder an – glatt aber trotzdem ein wenig wie ein Schwamm.

Sally neigte den Kopf und stupste Sofias dünnes Beinchen leicht an.

Alison hielt das Mädchen noch immer an der Hand und meinte dann. »Okay. Bereit?«

Als ein nervöses Nicken folgte, stieß Alison sich ins tiefere Wasser ab und tauchte dann wieder vor Sofia auf, um sie dann langsam und vorsichtig zu sich zu ziehen.

Alison hielt die Kleine mit beiden Händen fest. »Noch immer alles gut?«

»Ja!« Sofia fühlte sich so viel leichter im Wasser. Sie war beinahe wieder frei – wie damals, als sie noch Kraft genug hatte, um zu laufen. »Ich schwebe!«

»Ja, das tust du.«

Alison zog sie behutsam weiter von der Stufe fort und sah, wie Sally und Dirk sich vom Beckenrand lösten und dann in engen Kreisen um sie schwammen, wobei sie die beiden immer wieder sanft berührten.

Sofias Augen waren weit aufgerissen. Sie streckte den Arm aus und strich den beiden immer wieder über die Haut. »WOW!«

Sofia senkte den Kopf und stieß ihn ins Wasser, um den Delfinen zuzuschauen. Als sie ihn wieder hob, hatte Alison sich über sie gebeugt und die Maske begutachtet. Sie wollte sichergehen, dass sie dichthielt, denn das, was als Nächstes geschehen sollte, würde Sofia wie pure *Magie* vorkommen.

»Okay Sally.« Alison drehte Sofia im Wasser, als Sally langsam unter ihr aufstieg, und half ihr, die Beinchen über Sallys Körper zu spreizen.

»Kannst du dich nach vorne lehnen?«

Sofia tat, wie ihr geheißen, und legte die Arme instinktiv um Sally.

»Bist du bereit, Liebes?«

Sofia zitterte vor Furcht, nickte aber trotzdem entschlossen und drückte das Gesicht entschieden an Sallys hellgrauen Kopf.

»Okay, Sally. Und immer schön langsam.«

Los, Sofia.

Sally schlug einmal kurz mit der Schwanzflosse und bewegte sich vorwärts. Dirk folgte den beiden, und Alison schaffte es gerade noch, sich an ihm festzuhalten. Zusammen durchquerten die vier das Becken, drehten am anderen Ende wieder um und schwammen langsam zum Ausgangspunkt zurück, wo Alison sich an Sofia wandte.

»Hat es dir gefallen?«

»JA!«

»Na, dann wollen wir mal weitermachen!«

Alison gab Sally einen Klaps, die sofort wieder davonschwamm. Sie war nicht schneller als das erste Mal, tauchte aber unter die Oberfläche und schwamm einen etwas engeren Kreis.

Als das warme Wasser die beiden umgab, verschwanden sämtliche Geräusche der kühlen Luft über ihnen, sodass Sofia nur noch Sallys und Dirks mechanische Stimmen hören konnte.

Alles gut, Sofia?

»Ja, wunderbar!«, antwortete sie und grinste in ihrer Maske von einem Ohr zum anderen.

Schneller?, wollte Dirk wissen.

»JA! SCHNELLER!«

Das Wasser schoss an ihnen vorbei, und der Druck wurde größer. Sofia kam sich vor, als ob sie auf Sally durch das warme Nass flog.

Das Mädchen konnte es kaum glauben – so glücklich war sie noch nie gewesen.

9

Kaum öffneten sich die Türen, trat Admiral Langford aus dem Fahrstuhl. Er drehte sich nach links und ging raschen Schrittes Korridor neun im dritten Stock in Richtung des »A«-Flügels des Pentagons entlang. Als er zwei Generäle sah, die ihm entgegenkamen, vermied er Augenkontakt.

Beim Militär drehte sich alles, wie bei jeder anderen Organisation auch, um Rang und Status, und das Pentagon diente als Prestige-Symbol, verkörperte dieses System geradezu. Ein Gebäude voller Colonels, Admirale und Generäle, die als die Crème de la Crème der Streitkräfte des Landes galten. Männer, die als Sinnbild für Fähigkeit und Größe standen.

Aber tief im Inneren teilten sie alle ein gemeinsames Geheimnis. Ein dunkles Geheimnis. Alle hatten einen Charakterfehler, den die wenigsten bewunderten geschweige denn feierten. Jeder Mann hatte schon vor langer Zeit Teile seines eigenen Lebens geopfert. Die Familien hatten darunter leiden müssen, damit sie das Unerreichbare erreichen konnten. Männer, die halfen, die mächtigste Regierung der Weltgeschichte zu formen und die bei globalen politischen Fragen mindestens so viel zu sagen hatten wie die hochrangigsten Politiker. Männer, die fraglos das opferten, wonach ein jeder andere am meisten strebte.

Diese Männer lebten im allgegenwärtigen Glanz der begehrtesten Eigenschaft überhaupt: ultimative Macht. Die eine Konstante, die früher oder später *alle* Männer veränderte, ehe sie sie einnahm und versklavte. *Macht* war die gewaltigste aller Drogen.

In Monarchien waren es Könige, in Republiken und Demokratien Politiker und Generäle.

Und Langford bildete keine Ausnahme. Seine Familie hatte genauso wie alle anderen Opfer bringen und den Großteil ihres Daseins ohne Ehemann und Vater verbringen müssen. Er war ein Mann, den sie eher als Bild denn als Menschen gekannt hatten. Bis er gerettet worden war.

Es war der Unfall gewesen, der das Blatt wendete – ein Zusammenstoß, der von einem Augenblick auf den anderen seine jugendliche Tochter auf die Intensivstation gebracht hatte. Ein einziger Anruf hatte genügt, seine Versklavung aufzuheben. Jene Nacht war ein Einschnitt gewesen, und von da ab schien ihm alles kristallklar. Den gesamten folgenden Monat verbrachten sowohl er wie auch seine Frau jeden Augenblick am Bett ihrer Tochter. Gott sei Dank erholte sie sich vollkommen, aber Langford war *geläutert*. Natürlich war er weiterhin ein Patriot, hatte sich aber losgesagt von jeglichen Dogmen, ganz gleich ob sie persönlicher oder politischer Natur waren. Seine Familie stand jetzt ganz oben auf der Agenda. Erst dann kam sein Land. Das war auch der Grund, warum auf den Doppeltüren seines Büros in einem eher unauffälligen Schriftzug nichts weiter als *Chairman – Joint Chiefs of Staff* stand.

Langford öffnete die rechte Tür und nickte Clay und Borger zu, die augenblicklich aufstanden. Er hielt nur kurz inne, um eine Reihe von Nachrichten aus der ausgestreckten Hand seiner Sekretärin entgegenzunehmen, ehe er sein Büro betrat. Er schloss die Tür hinter sich und trat um seinen Schreibtisch, während die beiden anderen Männer davor Platz nahmen.

Clay erkannte sofort die Entrüstung im Gesicht des Admirals. »Alles in Ordnung?«

»Nein.«

Langford war gerade von der allmorgendlichen Sicherheitsbesprechung im Weißen Haus wiedergekommen. Nein, nichts war in Ordnung. Im Gegenteil. Die Geschwindigkeit, mit der die Geschehnisse ihren Lauf nahmen, war schreckenerregend. Er lehnte sich in seinem Sessel zurück und schaute den beiden Männern in die Augen.

»Unsere chinesischen Freunde geben nicht so leicht auf. Sie haben jedes nur verfügbare Schiff losgeschickt. Das Erste wird Panama bereits morgen früh erreichen.«

»Bergungsschiffe?«

»Ja.«

Clay und Borger tauschten einen Blick aus. »Aber das hat nichts mit der *Bowditch* zu tun?«

»Richtig«, gab Langford zurück und schüttelte den Kopf. »Sie wollen die Korvette. Ihr Kriegsschiff ist nie in China angekommen.«

Clay und Borger schauten bei dieser Nachricht verdutzt drein.

Langford seufzte. »Zwei Tage nach dem Angriff auf die *Bowditch* wurde ein Trümmerfeld vor der Küste Rio de Janeiros gesichtet. Die Brasilianer waren die ersten, die ein Bergungsteam entsandt haben. Sie sind zu dem Schluss gekommen, dass es sich um die Überreste der chinesischen Korvette *und* der *Forel* handelt. Es macht den Anschein, als ob beide zerstört wurden.«

Borger konnte seinen Ohren kaum trauen. »Einen Augenblick. Erst wurde die *Bowditch* von einem russischen U-Boot, also der *Forel*, versenkt, und jetzt finden wir heraus, dass es gar nicht die Russen, sondern die Chinesen waren?«

»Korrekt.«

»Und wurden das russische U-Boot *und* das chinesische Kriegsschiff zusammen versenkt?«

Clay hob eine Augenbraue. »Geht das etwa auf unsere Kappe?«

Seine Frage überraschte Langford und brachte beinahe ein belustigtes Schnauben hervor. »Nein, das hat mit uns nichts zu tun. Zu der Zeit hatten wir kein Schiff so weit südlich.«

»Wer dann?«

»Wir glauben, dass es die Chinesen waren.«

»Die *Chinesen?!* Die Chinesen sollen ihr eigenes Schiff versenkt haben?«

»Davon gehen wir aus.«

»Das ist doch völlig hirnrissig!«, brauste ein offensichtlich entrüsteter Borger auf. »Sie wussten, was sich im Bauch der Korvette befand. Sie zu zerstören wäre der pure Wahnsinn!«

Langford warf Clay einen Blick zu, der aber in Gedanken versunken schien. Er konnte förmlich die Rädchen in seinem Kopf rattern hören.

»Ein Coup.«

Langford nickte. »Genau.«

»Ein Coup?« Borger warf Clay einen Blick zu. »In China?«

»Wenn die Korvette von einem ihrer eigenen Schiffe zerstört wurde, wäre das ein Hinweis darauf, dass es Unstimmigkeiten in der Regierung gibt.«

»Vielleicht sogar im Politbüro selbst«, fügte Langford hinzu.

»Oder die Ladung befand sich gar nicht auf dem Schiff«, gab Borger zu bedenken.

Clay schüttelte den Kopf. »Dann würden sie nicht eine derart umfangreiche Bergungsmaßnahme einleiten. Es ist viel wahrscheinlicher, dass die Ladung an Bord war, aber jemand aus der eigenen Regierung, aus welchem Grund auch immer, ihre Zerstörung veranlasst hat.«

»Dann müssen wir uns die Frage stellen, warum. Warum sollte jemand absichtlich die größte Entdeckung des Jahrhunderts zerstören wollen?«

»Vielleicht aus Rache?«

Clay wandte sich an Langford. »Das bezweifele ich, Sir. Wenn es sich *tatsächlich* um einen internen Machtkampf handelt, dann wussten beide Parteien, wie wertvoll die Pflanzen an Bord der Korvette waren.«

»Dann bleibt eigentlich nur noch übrig, dass sie sich entweder nicht im Klaren waren, wie kostbar die Fracht wirklich war, oder sie haben sie willig geopfert.«

Clay lehnte sich auf seinem Stuhl zurück. »Aber wer würde so etwas schon freiwillig opfern?«

»Okay«, begann Borger. »Nur damit ich das verstehe. Die Chinesen jagen ihr eigenes Schiff in die Luft, das bis zum Bersten mit einer Pflanze gefüllt ist, deren DNS nichts Geringeres als ein Wunder darstellt. Und jetzt schicken sie ein Bergungsteam, um nach den Überresten auf dem Meeresboden zu suchen?«

»Eine *Bergungsflotte*«, korrigierte Langford ihn.

»Sie haben kein Interesse daran, das Schiff oder das U-Boot zu bergen.«

Die beiden anderen Männer starrten Clay überrascht an.

»Das Einzige, was sie interessiert, sind die Pflanzen. Sonst gar nichts.«

»Nun, zumindest kann sie niemand im Augenblick sein Eigen nennen.«

Borger schenkte Clay einen nervösen Blick und hob eine Aktenmappe in die Luft, die er die ganze Zeit auf dem Schoß liegen hatte. »Äh, Sir. Wenn wir schon beim Thema sind ...« Er beugte sich auf seinem Stuhl vor und reichte Langford die Akte.

»Was ist das?«

»Bilder, Sir.«

Langford öffnete den Umschlag und ging die Satellitenbilder durch. Eines stach ihm offensichtlich ins Auge, und er drehte es um neunzig Grad. »Ist das Georgetown?«

»Ja, Sir.« Borger stand auf und eilte um den Schreibtisch. »Das ist der Flughafen wenige Stunden vor dem Angriff auf die *Bowditch*. Diese Person verließ die Korvette und fuhr zum Flughafen, wo sie in eine chinesische Y-12 umstieg.«

Langford betrachtete bereits das nächste Bild, das den Flughafen im Detail zeigte. »Was befindet sich in der Tasche?«

Borger holte tief Luft. »Sir, bei unserem Aufenthalt auf der

Bowditch erklärte Commander Neely Lawton uns die besonderen Eigenschaften des Erbguts der Pflanzen und warum sie so einzigartig sind. Aber es ging nicht nur um ihre Fähigkeit, die DNS von Pflanzen und Menschen zu fusionieren, sondern wie leicht es ist, sie mit den richtigen Gerätschaften zu gewinnen. Man braucht lediglich einen Hochdruckreaktor, umgangssprachlich auch Nano-Mag genannt.«

Langford nickte. »Fahren Sie fort.«

»Wir haben die Korvette als Aggressor gegen die *Bowditch* ausgeschlossen, weil sie dazu einfach nicht in der Lage war. Die Chinesen mussten das Innenleben des Schiffes komplett ausschlachten, um genügend Platz für das zu schaffen, was sie per Lastwagen von dem Berg nach Georgetown transportiert haben.« Borger zuckte mit den Schultern. »Und wenn sie schon derart gut vorbereitet waren, sollten wir davon ausgehen, dass sie auch ein Nano-Mag an Bord installiert hatten.«

»Was wahrscheinlich auch bedeutet, dass sie sich bereits an die Gewinnung gemacht haben«, fügte Clay hinzu.

Langford musterte den Mann auf dem Foto. »Und Sie glauben, dass er die so gewonnene DNS in dieser Tasche mit sich herumträgt?«

»Das Nährmedium, wenn man penibel sein möchte. Aber ja, davon müssen wir ausgehen.«

»Und darf ich auch davon ausgehen, dass Sie das Flugzeug verfolgt haben?«

»Ja, Sir. Und den Mann auch.«

»Und wo sind sie hin?«

»Nach Peking.«

Langford holte tief Luft und lehnte sich zurück. »Perfekt.« Er fuhr sich mit dem Finger über die Lippen und dachte nach. »Wenn Sie recht haben sollten und die Chinesen bereits Proben der DNS in Peking haben ... Warum dann dieses massive Bergungsaufgebot? Warum sollten sie jedes verfügbare Schiff schicken?«

»Die logische Erklärung lautet: weil sie keine Ahnung haben, dass sich das Extrakt in Peking befindet«, sagte Clay.

»Die wissen nichts von der Tasche?«

»Es ist durchaus möglich. Wenn es tatsächlich jemanden im Politbüro gibt, der einen Keil zwischen seine Mitglieder treiben will, dann weiß wahrscheinlich die eine Seite nicht, was die andere getan hat.«

»Eine weit hergeholte Vermutung.«

Clay zuckte mit den Achseln. »Nicht so weit hergeholt wie die Tatsache, dass die Chinesen ihr eigenes Schiff versenkt haben.«

»Auch wieder richtig.« Langford richtete sich an Borger. »Und wo befindet sich der Mann mit der Tasche jetzt?«

»Das weiß ich nicht genau ... Ich muss mich erst in deren System einhacken und schauen, was ich herausfinden kann.«

»Und wie wollen Sie das anstellen?«

Borger grinste. »Das sollte ich hier besser nicht sagen.«

Langford schürzte die Lippen. Er kannte Borgers Vorgeschichte nur zu gut. Er arbeitete als Netzwerksicherheitsexperte und war früher einmal das gewesen, was man einen »White Hat«-Hacker nannte. Ein Computer-Hacker, der »Black Hat«-Hacker suchte und oft auch erwischte. Deswegen hatten sie Borger angestellt. Er war der einzige Experte gewesen, der in der Lage gewesen war, zwei Hacker zu erwischen, die versucht hatten, in eines der Computersysteme der Navy zu gelangen.

Langford hatte nicht lange gefackelt und Borger auf der Stelle eingestellt. Jetzt saß er ihm gegenüber und wusste genau, dass er es so oder so nicht verstehen würde, selbst wenn Borger es ihm erklärte.

»Nun gut«, stöhnte er und legte die Hände auf den Schreibtisch. »Es scheint, als hätten wir zwei Probleme. Wenn die Chinesen die DNS der Pflanzen haben oder ihre Bergungsteams etwas in den Überresten der Korvette finden, könnten sie die mächtigsten Streitkräfte der Welt stellen.«

»Sie wären unaufhaltsam.«

Langford beäugte Borger und meinte: »Und das nicht nur im militärischen Sinn.«

»Entschuldigung«, meldete Clay sich wieder zu Wort, »aber es gibt noch eine dritte Option.«

»Und die lautet?«

»Der Affe.«

Langford rieb sich die Stirn. »Stimmt. Der Affe. Haben Sie schon mehr über unseren neuen Freund Otero herausfinden können?«

Clay nickte. »Wir gehen davon aus, der er wieder an den Ort des Verbrechens zurückkehren wird, um Alves' Arbeit fortzusetzen.«

»Wenn der Affe also noch lebt, dann haben wir es mit einer dritten Quelle der DNS zu tun?«

»Genau.«

»Wir sollten ihn also zuerst finden«, schloss Langford und starrte die beiden Männer vor sich an. »Wo ist Caesare?«

Steve Caesare ging auf das einstöckige Flughafengebäude des Mercedita Airport zu. Von seiner unverletzten Schulter hing eine schwere Tasche. Er stieg die zwei Stufen zum Eingangsbereich hinauf und trat durch die automatischen Glastüren, über denen mit riesigen erdfarbenen Buchstaben der Name des Flughafens stand: »Aeropuerto Mercedita«.

Das Gelände war überschaubar. Erst vor Kurzem hatte man die Landebahn verlängert, damit auch größere Flugzeuge den Flughafen ansteuern konnten. Die Expansion hatte es ermöglicht, viermal so viele Passagiere für Ponce, der größten Stadt im Süden Puerto Ricos, durchzuschleusen.

Für Caesare jedoch war sein größter Vorteil die günstige Lage, waren es doch keine fünfundzwanzig Kilometer bis zu Alison Shaws Forschungseinrichtung.

Von der kühlen Luft im Inneren des Gebäudes kriegte er Gänsehaut an Armen und im Nacken. Er ging auf eine Reihe Sitze an der Stirnwand des Flughafens zu und nahm dann seine Tasche ab, die mit einem lauten Knall auf dem Boden aufkam. Mit einem leisen Stöhnen manövrierte er sich vorsichtig auf einen der schwarzen Plastiksitze und warf dann einen Blick auf die Anzeigetafel über seinem Kopf, auf der in großen grünen und orangenen Buchstaben An- und Abflüge gelistet waren. Er fand seinen Flug und warf einen Blick auf seine Armbanduhr.

Keine fünfzig Minuten mehr.

10

Sofia strahlte neben dem Becken vor sich hin, während ihr Vater ihr vorsichtig ein Handtuch um den nassen Körper legte. Ihre Mutter bedeckte ihren Kopf mit dem hübschen Schal und band ihn unter ihrem Kinn fest. Sophias breites Lächeln war rein und wunderschön, als Alison sich vor sie hinkniete.

»Nicht schlecht, oder?«

»Wahnsinn!«, prustete sie aufgeregt durch klappernde Zähne. Sie wandte sich von Alison ab und suchte Dirk und Sally, die mit den Köpfen über Wasser zu ihr schauten. »Ich kann es immer noch nicht fassen!«

Alison zwinkerte ihr zu. »Das hat es noch nie gegeben. Du bist die Erste in der Welt, die das gemacht hat.«

»Ehrlich?«

»Ehrlich.«

Der Gesichtsausdruck auf Sofias Miene war mit Geld nicht zu bezahlen, aber ein Blick auf ihre Eltern genügte, dass Alison beinahe laut schluchzen musste. Sie konnte sich nicht vorstellen, wie es einem wohl erging, wenn man kurz davorstand, ein Kind zu verlieren. Ihr war es kaum verständlich, wie sie es schafften, immer weiterzumachen, obwohl sie schon bald einen solchen großen Teil ihrer Selbst verlieren würden. Alison fühlte sich geehrt, einen von Sofias letzten Tagen wahrlich unvergesslich gemacht haben zu dürfen.

Aber jetzt, da sie das Mädchen kannte, brach es ihr bereits das Herz.

Sie schürzte die Lippen und richtete sich wieder auf, als DeeAnn zu ihr ging. »Hat dir das Spaß gemacht, Sofia?«

»Mehr als alles andere!«

»Sehr gut.« DeeAnn warf ihren Eltern hinter ihr einen Blick zu. »Müssen Sie schon wieder los, oder haben wir noch etwas Zeit?«

Lara legte sanft ihre Hände auf die Schultern ihrer Tochter. »Wie geht es dir, Liebes?«

»Wunderbar!«

Lara nickte. »Dann haben wir noch Zeit.«

»Sehr gut«, sagte DeeAnn und lächelte. »Also … Sofia, magst du Gorillas?«

Dulce saß aufrecht da, als sie die anderen hörte. Zwischen den großen Zähnen hatte sie einen Blumenstiel. Sie sprang sofort auf und rannte auf die gläserne Wand zu, um den gebogenen Gang entlangzublicken. Dort, aus der Finsternis im Inneren, kam etwas auf sie zu. Sie begann aufgeregt in die Hände zu klatschen, als sie DeeAnn erkannte, die ein kleines Mädchen in einem merkwürdigen Stuhl vor sich herschob.

Mammy hier! Mammy hier!

Die Worte ertönten hinter Sofia aus der neuen Weste, die DeeAnn übergezogen hatte. Alison und Lara folgten den beiden, und die vier Männer bildeten die Nachhut. Lee hatte natürlich recht gehabt – die neue Weste war wesentlich angenehmer zu tragen.

DeeAnn hielt vor der großen, durchsichtigen Tür an und tauschte Plätze mit Alison. Dann gab sie den Sicherheitscode ein und ergriff die Klinke, als das Schloss laut klickte. DeeAnn ging als erste in das Biotop, in dem Dulce vor Aufregung schon auf und absprang. Sie hob die Hände und senkte sie dann wieder absichtlich langsam, um die Gorilla-Dame zu beruhigen.

»Ruhig, Dulce. Ruhig.«

Dulce hielt inne, konnte sich aber ein riesiges Lächeln nicht verkneifen. *Dulce ruhig.*

DeeAnn schaute sie lange und eindringlich an, ehe sie sich umdrehte und Alison zu bedeuten gab, dass sie Sofia hereinbringen konnte. Alison zog Sofia hinter sich her und hielt dann keine drei Meter hinter der Tür an, ehe sie den Rollstuhl umdrehte.

»Dulce. Das ist Sofia. Sofia, darf ich dir Dulce vorstellen?«

»Hallo, Dulce.«

Die kleine dunkle Gorilla-Dame schaute Sofia neugierig an. Erst musterte sie ihren Körper und dann ihre Beine, die sie von den Hüften bis zu den Füßen auf den Rasten des Rollstuhls hinabverfolgte. Schließlich betrachtete sie den metallenen Rahmen, legte einen Finger darauf und blickte nachdenklich drein. *Was das?*

Sofia richtete sich an DeeAnn. »Das ist ein Stuhl«, antwortete sie zögerlich.

Es dauerte eine gute Sekunde, ehe ISIS die Information bearbeitete und sie in Gorillasprache aus DeeAnns Weste ausspuckte. Dulce lauschte der Antwort, die nur dazu diente, dass die merkwürdige Vorrichtung sie noch mehr faszinierte. Endlich richtete sie ihre großen, haselnussbraunen Augen wieder auf Sofia.

Du klein.

Sie kicherte. »Das bin ich. Aber ich bin trotzdem noch größer als du.«

DeeAnn musste lachen, als Dulce bei der Übersetzung die Stirn runzelte. Die hervorstehenden Lippen der jungen Gorilla-Dame verzogen sich aber sofort zu einem Grinsen, und sie nahm Sofias Hand, um sie zu schütteln.

»Händeschütteln ist eine neue Entdeckung für sie und macht ihr unheimlich Spaß«, flüsterte DeeAnn. »Sie hat gemerkt, dass Menschen sich so begrüßen.«

»Ah, okay.«

Als sie fertig war, zog Dulce ihre Hand zurück und beäugte dann den bunten Schal, den Sofia über den Kopf geschlungen hatte. Dulce richtete sich auf und hielt sich am Rollstuhl fest, um das Ding auf dem Kopf des Mädchens besser mustern zu können, ehe sie daran roch. Ohne Vorwarnung ergriff sie den Schal mit einer Hand und zog ihn herunter.

Sofia zuckte vor Überraschung zusammen und wollte Dulce schon daran hindern, aber es war bereits zu spät. Ihr blieb nur noch, die Schultern beschämt hochzuziehen.

Dulce zog weiter und merkte, dass Sofia darunter keine Haare hatte, was sie aber nicht davon abhielt, ihr den Schal komplett zu entreißen und ihn genau zu untersuchen. DeeAnn wollte schon eingreifen, aber Dulce hob eine Hand und fühlte vorsichtig Sofias nackte Kopfhaut.

Dein Kopf wie Dulce.

Grinsend antwortete Sofia: »Ich glaube, du hast etwas mehr Haare.«

Dulce rieb sich die eigene Schädeldecke, um das zu überprüfen. Sie lachte mit einem Schrei laut auf und sagte dann: *Komm mit Dulce spielen.*

Die junge Gorilla-Dame schnappte sich Sofias Hand und zog sie unvermittelt nach sich, dass das kleine Mädchen beinahe aus ihrem Rollstuhl fiel.

»Halt, halt!«, rief DeeAnn. »Dulce, immer schön sanft. Das hatten wir doch ausgemacht.«

Dulce blickte etwas verwirrt zu DeeAnn hoch. *Dulce ganz sanft.*

»Noch sanfter.«

Aber Sofia unterbrach die beiden: »Was willst du denn spielen, Dulce?«

Dame.

»Dame?«, wiederholte Sofia erstaunt, als ob sie sich verhört hätte, erspähte dann aber ein riesiges Damespiel, das im Schatten eines Rosenholzbaumes lag – einer der vielen Pflanzen im Habitat, die aus Dulces Heimat Afrika stammen.

»Ach, Dame! Jetzt verstehe ich.«

Dulce nickte und zog sie erneut, diesmal aber etwas sanfter.

»Okay, warte«, mischte DeeAnn sich wieder ein. »Wir rollen sie.« Sie half Alison mit dem Stuhl auf dem unebenen Untergrund und beugte sich zu Sofia hinab, um ihr etwas ins Ohr zu flüstern.

»Pass bloß auf! Die hat es faustdick hinter den Ohren und mogelt sogar manchmal.«

»Ehrlich?«

»Nun, für sie ist es nicht wie mogeln, sondern vielmehr ein Spiel. Aber es ist nicht dasselbe Spiel, das du zu spielen glaubst.«

Sie erreichten das große Holzbrett mit den roten und schwarzen Quadraten und den vielen runden Spielsteinen, die ebenfalls aus Holz waren. Sofia konnte ihren Augen kaum trauen, als Dulce behutsam die einzelnen Steine auflas und sie in zwei Haufen stapelte.

Chris Ramirez stand etwas abseits und wohnte dem Geschehen zusammen mit den anderen bei. Sein Spezialgebiet waren Meeresflora und Wasserleben, aber er konnte nie genug davon kriegen, DeeAnn und Dulce bei der Arbeit zuzuschauen. Natürlich war die junge Gorilla-Dame einfach atemberaubend, zudem bewegte sie sich beinahe wie … wie ein Mensch. Natürlich hatte DeeAnn ihm erklärt, wie sehr sich die Gene eines Primaten und eines Menschen ähnelten, aber da war noch etwas. Die Tatsache, dass sie aufrecht gehen konnten, war eine Sache, aber da war hundertprozentig noch etwas anderes. Etwas, das er nicht auf den Punkt hatte bringen können – bis jetzt.

Lees Entdeckung der zusätzlichen Frequenzen veranlasste Chris dazu, seine vielen Gespräche mit Alison noch einmal zu überdenken. Sie hatten stets über eine gewisse kulturelle Ebene geredet, die von den Übersetzungen zu fehlen schien, etwas, das auf eine tieferliegende Verbindung der zwei Spezies hindeutete. Jetzt aber, da er Dulce betrachtete, fiel bei ihm auf einmal der Groschen. Es waren nicht nur die Bewegungen des Gorillas. Er hatte in seiner Zeit viele Primaten beobachtet, und ihre Handlungen waren denen von Menschen ähnlich, aber nicht gleich. Bei Dulce waren sie sogar *sehr* ähnlich. So ähnlich, dass sie eher denen eines Kindes glichen. Und dieser Unterschied lag natürlich an der *Kommunikation an sich*. Jetzt, da er im Biotop stand, ging Chris plötzlich ein Licht auf. Nein, es war vielmehr ein ganzer Leuchtturm. Vielleicht war es nicht allein seine DNS, die den Menschen *menschlich* machte. Warum sollte die letzte Zutat nicht die Kommunikation selbst sein?

Er betrachtete Dulce und Sofia lächelnd weiter und dachte insgeheim darüber nach, ob ISIS jemals in der Lage sein würde, die tieferen Geheimnisse menschlicher Kommunikation zu ergründen.

Er blinzelte und konzentrierte sich erneut auf Dulce, die jetzt nachdenklich auf das Spielbrett schaute und die Position jedes Steins abwog. Endlich streckte sie den Arm aus und setzte einen ihrer Steine auf ein rotes Feld zwei Reihen weiter.

Sofia runzelte die Stirn und warf DeeAnn einen fragenden Blick zu. »Darf man das?«

»Ich übersehe das für gewöhnlich.«

Sofia zuckte mit den Schultern, beugte sich vor und setzte ihren Stein.

Während der nächsten halben Stunde spielten die beiden mit jedem Spiel, das Dulce im Biotop herumliegen hatte, manchmal sogar zweimal. Nach einiger Zeit entschuldigten sich Lee und Juan und kehrten zurück ins Labor, während der Rest die beiden Spielenden weiterhin mit einem Lächeln im Gesicht beobachtete. DeeAnn konnte es kaum glauben. Dulce hatte einen Hang zum Draufgängertum, insbesondere, wenn sie spielte. Dies steigerte sich zudem durch ihre stetig zunehmenden Kräfte. Aber mit Sofia hatte sie sich nicht einmal danebenbenommen. Sie war so sanftmütig, dass DeeAnn sie kaum wiedererkannte – ganz so, als ob sie sich Sorgen um das Mädchen machte.

Dulce blickte plötzlich vom Spiel auf und sagte ein einziges Wort.

Freund.

DeeAnn lächelte Alison zu und schloss die Bürotür hinter sich. Alison setzte sich auf die Schreibtischkante, verschränkte die Arme vor der Brust und strahlte über das ganze Gesicht.

»Das war … Das war unglaublich!«

»Das kannst du laut sagen.«

»Hast du Sofias Gesicht gesehen, als sie weggefahren sind? Sie hat sich vor Freude gar nicht mehr einkriegen können!«

DeeAnn lachte. »Pure Glückseligkeit. Da hast du wirklich etwas Außergewöhnliches geschafft, Ali.«

»*Wir*«, korrigierte Alison sie.

»Okay, wir haben etwas Außergewöhnliches auf die Beine gestellt.«

Sie holte tief Luft und starrte dann aus dem Fenster. »Verdammt, es hat sich einfach so gut angefühlt, ihr das zu ermöglichen. Das war etwas ganz Besonderes. Es ist schon toll, etwas zu bewirken …«

DeeAnn neigte den Kopf zur Seite, als Alison verstummte. »Du meinst, bevor es zu spät ist?«

»Ja«, sagte sie niedergeschlagen. »Ehe es zu spät ist.« Ihre Aufregung verpuffte angesichts der Tatsache, dass Sofia so nah vor dem Ende stand. *Das ist nicht fair. Nein, das ist überhaupt nicht fair.*

»Und was ist, wenn … Wenn wir das auch für andere Kinder anbieten?« Alison richtete langsam den Blick auf DeeAnn, um deren Reaktion zu lesen.

»Das ist eine fantastische Idee.« DeeAnn war sich nicht sicher, ob Alison das Wort »wir« absichtlich benutzt hatte. *Wollte Alison sie etwa insgeheim dazu bringen, doch hierzubleiben?*

»Es ist schon merkwürdig«, begann DeeAnn. »Als ich das erste Mal durch diese Türen kam, hatte ich keine Ahnung, wozu ISIS fähig sein würde. Für mich war es nur ein Computer. Jetzt aber verbindet er uns auf eine Art, die wir vorher für unmöglich gehalten haben.«

Alison nickte. »Habe ich dir eigentlich schon erzählt, dass ich, als IBM gekommen ist und uns die Idee erläutert hat, fest davon überzeugt gewesen war, dass es niemals klappen würde?«

»Nein, hast du nicht.«

»Ich hatte keine Ahnung, welche Fähigkeiten diese Supercomputer haben. Ich dachte, die benutzt man für Schach und solche Sachen.«

DeeAnn musste laut auflachen. »Die Ironie liegt im Detail. Ich glaube, dass sie uns beibringen können, wie wir bessere Menschen werden. Auf jeden Fall war das heute der Fall.«

»Wer hätte das gedacht, oder?«

»Erzähl Lee bloß nicht, dass das aus meinem Mund kam!«

Alison wollte gerade antworten, als sie unterbrochen wurden.

»Guten Nachmittag, meine Damen.«

Sie drehten sich um und sahen Steve Caesares markantes, braun gebranntes Gesicht, das er durch den Spalt in der Tür gesteckt hatte.

»Steve?« Alison riss die Augen weit auf. »Was treibst du denn hier?«

Er lächelte und drückte die Tür auf, um einzutreten. »Ach, ich war gerade in der Gegend.« Er bemerkte, dass Alison leicht errötete. »Ist das vielleicht ein schlechter Zeitpunkt?«

»Nein, nein. Wir hatten nur einen sehr emotionalen Tag. Komm rein.«

Sie stand vom Schreibtisch auf, ging auf ihn zu und umarmte ihn. Steve wandte sich an DeeAnn. »Und wie geht es dir, Dee?«

DeeAnn lächelte ihn geziert an. Sie hasste es, wenn er sie so nannte, und das wusste er genau. Sie umarmte ihn und löste sich dann wieder. »Womit haben wir diese Überraschung verdient?«

Caesare schmunzelte. Er war froh, dass sich zwischen ihnen nichts verändert hatte, selbst nach all dem, was sie hatte durchmachen müssen. »Ich bin nur kurz vorbeigeflogen«, erklärte er mit einem Schulterzucken. »Und da dachte ich mir, dass ich bei meinen beiden Lieblingsfreundinnen vorbeischaue.«

Alison warf DeeAnn einen argwöhnischen Blick zu. *Vorbeischauen* war nicht unbedingt das, was man mal eben so tat, wenn man in einem Flugzeug saß. »Wie ich sehe, hast du dir den Schnauzer abrasiert. Versuchst du etwa, Eindruck zu schinden?«

Nein, ich wollte nur nicht so auffallen. Er lächelte zur Antwort nur und wandte sich dann wieder an DeeAnn. »Wie läuft es mit Dulce?«

»Sehr gut. Sie erholt sich viel schneller, als ich gehofft hatte.«

»Und wie steht es um dich?«

Sie runzelte nervös die Stirn. »Ich bin nicht ganz so schnell.«

Caesare nickte einfach nur. »Jetzt lasst euch doch nicht alles aus der Nase ziehen. Wie geht es den Jungs?«

»Ganz gut. Sie sind alle hier, falls du im Labor vorbeischauen möchtest.«

»Das habe ich vor.« Er blickte sich im Büro um, das mit zwei großen Kunstdrucken des amerikanischen Malers Wayland und einem Bücherregal unter dem Fenster bestückt war. Als er sich wieder an die beiden Frauen richtete, starrten sie ihn fragend an. »Was ist denn?«

DeeAnn ließ den Blick auf ihn gerichtet, sprach aber mit Alison. »Ich habe das Gefühl, dass uns gleich eine Hiobsbotschaft aufgetischt wird.«

»Eine Hiobsbotschaft? Von mir? Niemals!«

»Du bist noch nie alleine hier gewesen, Steve. Lass die Katze aus dem Sack.«

Weder DeeAnn noch Alison fielen auf seine Unschuldsmiene herein. »Nun gut«, gab er letztlich klein bei. »Ich bin gekommen, um mit euch zu reden. Und … eigentlich mehr mit Dee.«

»Worüber?«

Caesare sparte sich das Theater, lächelte die beiden aber weiterhin an. »Nun, wir haben ein klitzekleines Problem.«

»Ein Problem? Was ist denn?«

Er verschränkte die Arme und tat sein Bestes, eine plötzliche Woge des Schmerzes zu ignorieren, die durch ihn hindurch rollte. »Es geht um unseren alten Freund Mateus Alves.«

DeeAnn hob interessiert eine Augenbraue. »Ich dachte, er sei tot.«

»Oh, das ist er. Genauso, wie sein Sicherheitsbeauftragter Miguel Blanco.«

»Du hast ihn gefunden?«

»Ja.«

DeeAnn starrte ihn einen Augenblick verwirrt an, zuckte dann aber mit den Achseln. »Okay. Was geht mich das an?«

»Normalerweise überhaupt nichts. Aber er wurde gestern früh umgebracht. Und zwar von jemandem, der Alves allem Anschein nach sehr gut gekannt hat.«

»Auge für Auge und so weiter.«

Caesare warf Alison einen Blick zu, die DeeAnn beäugte. Blanco hatte DeeAnn beinahe ermordet, etwas, das Alves so oder so vorgehabt hatte. Es war also kein Wunder, dass DeeAnn seinetwegen keine Tränen vergoss. Aber trotzdem konnte sie ihre Überraschung bei der Nachricht nicht verbergen, ganz gleich, wie sehr sie es zu vertuschen versuchte.

»Blanco wurde zuerst gefoltert. Und zwar von jemandem, der alles über die Geschehnisse auf dem Berg erfahren wollte. Es ist sehr wahrscheinlich, dass er auch die Namen aller Anwesenden herausgefunden hat.«

Auf einmal waren die beiden Frauen ganz Ohr.

»Und das heißt?«

»Er weiß, was Alves wollte. Er weiß, wie und wo er starb. Und er weiß höchstwahrscheinlich von dir und Dulce und von diesem Affen, Dexter. Wir gehen davon aus, dass er alles in Erfahrung gebracht hat, und dass er sich jetzt auf den Weg macht, um das zu finden, was Alves versagt geblieben war.«

Die ersten Anzeichen einer gewissen Beunruhigung flogen über DeeAnns Gesicht. »Aber Dulce und ich schweben nicht in Gefahr, oder?«

»Ich glaube nicht.«

»Gut. Also, was hat das alles mit uns zu tun?«

»Wir alle wissen genau, was passiert, wenn er den Affen findet.«

DeeAnn starrte ihn an, sagte aber kein Wort. Was ging es sie an, was dem Affen widerfuhr? Retten konnte sie ihn nicht – so viel war ihr klar. Seitdem sie dem Tod in die Augen geblickt hatte, wusste sie genau, dass schon der *Gedanke*, etwas verändern zu können, lächerlich war. Von da ab hatte sie aber auch das Leben mehr gewürdigt. Es war so wertvoll, und man hatte nur eine einzige Chance. Von dem Augenblick an war sie nicht mehr bereit gewesen, es für irgendeine Ideologie zu opfern.

»Es ist mir egal, was geschieht.«

Caesare warf Alison einen Seitenblick zu, wandte sich dann aber wieder DeeAnn zu. »Nun, das sei ja ganz dir überlassen, aber darauf wollte ich gar nicht hinaus. Alves war ein Fanatiker. Er war von der Möglichkeit der Unsterblichkeit absolut besessen. Was glaubst du passiert jetzt, da wir wissen, dass die DNS zwischen verschiedenen Spezies transferiert werden kann, wenn dieser Typ den Affen in seine Gewalt bringt?« Caesare trat auf sie zu. »Alves stand kurz davor. Und, DeeAnn, du kannst mir glauben, dass Alves kein guter Mensch war. Aber dieser Neue stellt ihn in den Schatten. Blanco und seine Freundin wurden gefoltert und zu Tode geprügelt. Um Antworten aus ihnen herauszupressen. Was passiert mit der Welt, wenn es ein Monster gibt, das uns alle überleben kann?«

»Das ist unmöglich.«

»Ist es?«

»Ich bin nicht dumm, Steven. Es ist nicht so einfach, DNS zu transferieren.«

»Es ist möglich.«

Etwas in Caesares Gesichtsausdruck ließ sie mitten in der Antwort innehalten. Sie kniff die Augen zusammen und wandte sich an Alison. »Weißt du darüber Bescheid?«

Alison nickte.

»Pack aus.«

»Steve hat recht. Es ist möglich. Wir haben es mit eigenen Augen gesehen, an Bord der *Bowditch*.«

»Dem Schiff, das versenkt wurde?«

»Ja.«

DeeAnn verstummte. »Egal. Einen einzelnen Affen auf einem riesigen Berg zu suchen ist schlimmer als eine Nadel in einem Heuhaufen. Es wird ihm nicht gelingen. Und außerdem hat Dexter wahrscheinlich schon längst das Zeitliche gesegnet. Und selbst wenn nicht, würde es Monate, vielleicht Jahre dauern, ihn ausfindig zu machen.«

»Nicht mit Dulces Hilfe.«

DeeAnn riss die Augen auf und schüttelte langsam den Kopf. »Nein! Das kann ich ihr nicht antun, und das werde ich nicht. Ihr habt ja keine Ahnung, was ihr dort oben widerfahren ist. Ist ja möglich, dass es ihr jetzt wieder besser geht, aber wenn sie noch einmal einen Nervenzusammenbruch erleidet ... Ein manischer Gorilla, der doppelt so kräftig wie ein Mensch ist, ist das Letzte, was man an der Backe haben will. Das könnt ihr mir glauben. Wir können das Risiko nicht ein zweites Mal eingehen.«

»Nicht einmal für einen all-inklusive Trip in den Regenwald?«

Caesares Versuch, etwas Humor einzubringen, stieß auf taube Ohren.

»Und wie sähe es mit einem schimmernden Orden direkt vom Präsidenten aus?«

»Die Antwort lautet Nein.«

Caesares Lächeln verschwand. »Nun gut. Pass auf. Wir sind auf deine Hilfe angewiesen. Wir brauchen dich und Dulce, um den Affen zu finden. Der Plan lautet: Schnell rein und schnell wieder raus.«

»Wer sind wir?«

Caesare zögerte ein wenig, ließ den Blick zwischen den beiden hin und her schweifen und ging dann zur Tür zurück. Er öffnete sie, lehnte sich in den Flur hinaus und nickte jemandem zu. Dann trat er beiseite und hielt die Tür auf.

Einen Augenblick später erschienen drei Männer unter dem Türrahmen und traten einer nach dem anderen in Alisons Büro. Alle drei trugen sportliche Kleidung, hatten aber gehärtete, wie in Stein gemeißelte Gesichtsausdrücke.

»Darf ich euch meine Freunde vorstellen: die Offiziere Corso, Anderson und Tiewater.«

DeeAnn musterte die Männer mit verschränkten Armen. »Zumindest bist du diesmal nicht blöd genug, es alleine zu versuchen.« Aber kaum hatte sie die Worte ausgesprochen, taten sie ihr schon leid. Wenn Caesare letztes Mal *nicht* alleine gekommen wäre, stünde sie jetzt nicht hier.

Aber es war ihr herausgerutscht, und was einmal gesagt war, konnte man nicht wieder rückgängig machen.

Caesare reagierte gar nicht erst darauf. Sie hatte schon genug durchgemacht. Alves und Blanco hatten sie ausgenutzt, dabei hatte sie ihnen einen Gefallen tun wollen. Und als Caesare sie gefunden hatte, hatte sie wortwörtlich dem Tod ins Auge gesehen. Es war ihr gutes Recht, nicht dorthin zurückzuwollen. Aber sie brauchten sie und Dulce. Ihre Hilfe war unabdinglich.

Weder Corso noch Anderson oder Tiewater antworteten oder machten sich die Mühe, sich zu bewegen. Was DeeAnn nicht wusste, war, dass diese drei Männer speziell ausgewählt worden waren. Es handelte sich um die Crème de la Crème der Navy SEALs Special Warfare Teams der gesamten Ostküste. Ihre Aufgabe lautete, Caesare, DeeAnn und Dulce in den Regenwald zu begleiten.

Wenn man Caesare mitzählte, dann waren sie vier Leute, um die Zivilistin und ihren Gorilla zu beschützen. Auch war die Gruppe klein genug, um rasch reagieren oder jederzeit aufbrechen zu können. Von Anfang bis Ende lautete das Hauptziel, fertig zu sein, ehe Otero und seine Schergen auf der Bildfläche erschienen, und ihnen blieb nicht mehr viel Zeit.

Alison rührte sich nicht vom Fleck und beobachtete DeeAnn, die sich entschlossen vor den vier Männern aufgestellt hatte. Deren Präsenz und versteinerte Mienen strahlten Stärke und Kraft aus. Alison glaubte, dass sie beruhigend und nicht einschüchternd wirken sollten, aber in Wirklichkeit handelte es sich eher um eine Mischung von beidem.

»Ich verstehe, was du vorhast, Steven«, begann DeeAnn. »Und ich bewundere deinen Mut, den ich aber nicht teile. Ich bin dem Tod näher gekommen, als mir lieb war, und das war eine Erfahrung, die ich so schnell nicht wiederholen möchte. Ich bin kein Soldat. Es ist möglich, dass Dulce die Erfahrung bereits verarbeitet hat. Bei mir ist das aber nicht der Fall, und ich bin mir auch nicht sicher, ob ich das je schaffen werde.« Sie warf den anderen Männern im Büro einen raschen Blick zu. »Es tut mir leid, meine Herren.«

Caesare runzelte die Stirn. »Das hat nichts mit Mut oder gar Todesmut zu tun, DeeAnn. Hier ist keine Tapferkeit im Spiel. Diese Sache ist größer als wir beide, größer als wir alle. Hier geht es um die Welt, die schon bald ein viel schlimmerer Ort werden könnte, wenn wir heute nichts dagegen unternehmen. Und jede

Generation, die nach uns kommt, wird den Preis bezahlen. Den Preis dafür, dass wir uns der Sache nicht gestellt haben, als wir noch dazu in der Lage waren.«

DeeAnn starrte ihn an und dachte über seine Worte nach. Ihr war es völlig schnuppe, was heute geschah. Es herrschte schon so viel Böses in der Welt, so viel Apathie. Sie war überall, und es würde so oder so schlimm enden. Vielleicht würde diese Entdeckung den Prozess ein wenig beschleunigen, aber sie war sich absolut sicher, dass sich so oder so am Endresultat nichts, aber auch gar nichts ändern würde. Sie war nicht bereit, ihr Leben für nichts und wieder nichts zu opfern. Sie würde ihr Leben – oder Dulces – nicht für einen Haufen egoistischer Männer aufs Spiel setzen, die auch dann noch gegeneinander kämpfen würden, wenn sie längst tot war. Diese Männer scherten sich einen Dreck um eine bessere Zukunft oder um das Wohlergehen anderer. Das Einzige, was sie wollten, war mehr, mehr und noch mal mehr für sich selbst. Ihre geheimnisvollen, korrupten und elitären Klubs würden alles tun, um zu überleben und an der Macht zu bleiben. Männer wie Caesare und seine Freunde machten sich womöglich wirklich Gedanken um die Zukunft, aber den Männern, denen sie dienten, war das vollkommen schnuppe.

Erneut schüttelte sie langsam den Kopf. »Tut mir leid, aber das ist nicht meine Angelegenheit. Ich habe mehr als nur meinen Beitrag geleistet. DNS hin oder her – ich glaube nicht, dass sich irgendetwas ändern wird. Weder die Menschen noch die Politik, und erst recht nicht das System. Wenn wir alle an einem Strang ziehen würden, um das Leben füreinander besser zu gestalten, das wäre etwas. Aber das hier ist ein Spiel. Alles bleibt gleich. Die Spieler haben sich noch nie an die Regeln gehalten. Und jetzt wollen sie das Spiel selbst ändern. Ich glaube nicht, dass sie dazu in der Lage sein werden, aber ich will nicht sterben, nur um es herauszufinden.«

Caesare holte Luft und nickte dann. Natürlich wollte er sie

nicht zum Mitkommen zwingen. Das Einzige, was er damit bezwecken würde, wäre ihr Trauma vom letzten Mal zu verstärken.

Er bewegte sich langsam, und als er sich umdrehte, warf er Alison, die die beiden weiterhin beobachtete, einen Blick zu. Sie und Caesare wussten etwas, von dem DeeAnn keine Ahnung hatte. Es ging wirklich um etwas viel Größeres, als nur einen Affen zu finden. Etwas, das nur er, Alison und zwei weitere Menschen auf dieser Welt wussten. Und sie hatten sich gegenseitig geschworen, niemandem etwas davon zu erzählen.

Caesare drehte sich zu Corso, Anderson und Tiewater um und zeigte auf die Tür. »Ich bin gleich bei Ihnen. Danke sehr.«

Einer nach dem anderen verschwanden die Männer aus dem Büro.

Als die Tür sich schloss, wandte sich Caesare an Alison.

»Erzähl's ihr.«

»*Was* soll sie mir erzählen?«

Alison drehte sich mit ernster Miene zu ihrer Freundin um. »Es gibt noch mehr.«

»Mehr was?«

»An der Geschichte ist noch mehr dran. Was wir dort oben gefunden haben.«

DeeAnns Blick wanderte zwischen den beiden hin und her. »Du meinst, als du mit auf dem Berggipfel gewesen bist?«

»Genau.«

Sie wusste genau, was Alison meinte. Sie war zu dem Zeitpunkt mit Dulce im Helikopter gewesen, und wollte gar nicht wissen, was sich dort draußen befand oder was sie gefunden hatten. Dulce hatte vor einem kompletten Nervenzusammenbruch gestanden, und DeeAnn war es nicht anders ergangen. Sie hatte sich gar nicht mehr vom Fleck bewegen wollen. Es hatte gereicht. Sie hatte die Nase gestrichen voll gehabt. Sie war mit dem Leben davongekommen, und das Einzige, was sie noch wollte, war nach Hause zu gehen. Nach Hause gehen und wieder von vorne anfangen.

DeeAnn schüttelte den Kopf. »Ich will es gar nicht wissen.«

Alison und Caesare tauschten einen Blick aus, ehe sie fortfuhr: »Ich glaube nicht, dass du da noch eine große Wahl hast.«

»Wie bitte?«

Alison richtete sich zu ihrer vollen Größe auf. »Da hängt ein ellenlanger Rattenschwanz dran, von dem du nichts weißt, DeeAnn, und das ist der Grund, warum Steve zurückmuss. Es geht hier nicht nur um den Affen oder seine Wunder-DNS.«

»Nein! Was auch immer es sein mag, ich will einfach nichts darüber wissen!«, brauste DeeAnn auf und warf wütende Blicke um sich. »Das ist nicht mein Problem. Sucht euch jemand anderen!«

»Das könnte in die Hose gehen, DeeAnn. Wirklich, *wirklich* in die Hose. Nicht nur für die da oben, sondern für *alle!*«

Bei den letzten Worten hörte DeeAnn auf, den Kopf zu schütteln. »Ich habe schon geholfen, wirklich! Und was habe ich davon? Albträume, mehr nicht! Ich kann froh sein, wenn ich drei Stunden am Stück schlafen kann. Und wisst ihr, warum? Weil ich das erste Mal in meinem Leben absolut hilflos war! Die wollten mich umbringen und meinen Leichnam verschwinden lassen, und ich konnte nichts, aber auch gar nichts dagegen unternehmen!« Sie schaute Caesare an, der nicht antwortete. »Und wenn du nicht da gewesen wärst, Steve, wäre ich jetzt tot. Tot. Ich wäre nicht mehr hier! Ich werde nie vergessen, was du für mich getan hast. Niemals. Aber ich werde es nicht zulassen, dass ich noch einmal in eine solche Situation komme. Es ist mir völlig egal, wie viele Männer du anschleppst, oder wie gut und gründlich sie ausgebildet sind. Und wenn eine ganze Armee dabei wäre, würde ich trotzdem nicht wieder zurückwollen! Ich hatte so viel Angst, dass ich davon bis zu meinem Tod zehren könnte, wenn ich wollte. Und noch mehr davon brauche ich so dringend wie einen Kropf!«

DeeAnn konnte die Tränen nicht länger in Schach halten. Sie schlug eine Hand vor den Mund und rannte an Caesare vorbei, riss die Tür auf und eilte in den Korridor.

Caesare trat hinter ihr in den Flur und schaute ihr hinterher, wie sie die Treppe hinunterlief und aus seinem Sichtfeld verschwand. Als sie nicht mehr zu sehen war, drehte er sich zu den Männern um, die hinter ihm standen.

Tiewater hob eine Augenbraue. »Das hätte besser laufen können.«

11

Die kleine weiße Vase aus der Ming-Dynastie zerbarst an der Wand mit der Wucht einer kleinen Explosion und fiel dann in tausend Scherben auf den weichen Teppich. Tiago Otero war stocksauer. Seine Augen schossen in der Suche nach einem weiteren Gegenstand durch den Raum, der Opfer seiner Wut werden konnte.

Er fluchte wiederholt und starrte dann Samuel Russo an, seinen Sicherheitschef. Er war es gewesen, der die Nachricht über seine Männer übermittelt hatte. Einer tot, der andere lag im Krankenhaus. Sie hatten das Haus zusammen mit Blancos toter Familie niederbrennen sollen und waren kläglich gescheitert. Stattdessen war die Familie ausgeflogen, und ein Empfangskomitee hatte auf die beiden Schergen gewartet.

Das war schlimmer als Scheitern, es war erniedrigend. Jeder würde erfahren, dass Otero eins ausgewischt bekommen hatte – eine direkte Herausforderung. Seine Macht und sein Einfluss über Brasilien waren infrage gestellt worden. Man hatte ihn lächerlich gemacht.

Er fletschte die Zähne und starrte auf ein Stück Stoff, das auf dem Tisch lag. »Was soll das sein?«

»Ein Zeichen.«

»Und was soll es bedeuten?«

»Es ist sozusagen die Unterschrift des Täters. Es ist ein Dreispitz – das Symbol der U.S. Navy SEALs.«

Er blickte Russo herausfordernd an. »Die Vereinigten Staaten haben das getan?«

»Sieht ganz so aus.«

Otero wandte seine Aufmerksamkeit wieder dem Hemdfetzen zu. »Was hat Blanco mit den Vereinigten Staaten am Hut?« Er dachte darüber nach, schüttelte dann aber mit geschürzten Lippen den Kopf. »Das ist ein Streich, eine Ablenkung. Wer auch immer dahintersteckt, will uns weismachen, dass die Amerikaner etwas damit zu tun haben. Sie hatten ja offensichtlich keinerlei Probleme damit, dass Blanco gefoltert und getötet wurde.«

Russo starrte sein Gegenüber über den Tisch hinweg an. »Das schließt schon mal seine Familie aus.«

»Dessen wäre ich mir nicht so sicher.«

Im Laufe der Jahre war die CIA Otero mehrere Male über den Weg gelaufen, und er kannte ihre Machenschaften. Sie war absolut skrupellos und verstand es, ihre Taten jemand anderem anzuhängen. *Aber wieso sollten die Amerikaner sich in diesem Fall so offen zu erkennen geben?*

Er kniff die Augen zusammen. »Finde heraus, wer dahintersteckt. Sofort. Ganz gleich, wie du das anstellst. Ich will wissen, wer das getan hat!«

»Verstanden.«

Otero fletschte die zusammengebissenen Zähne. Er würde diesen Intriganten, der ihn öffentlich zur Schau gestellt hatte, bis ans Ende der Welt jagen. Und wenn er ihn aufgespürt hatte, würde dieser Mann herausfinden, dass es viel Schlimmeres gab, als irgendeine x-beliebige Familie auszulöschen.

Er entließ Russo mit einer Geste und wartete, bis er das Zimmer verlassen hatte. Dann ging er wütenden Schrittes in sein Büro. Teure Erstausgaben und seltene Buchbände schmückten die Wände vom Boden bis zur Decke. Er erreichte den runden Tisch in der Mitte des Büros, auf dem eine Karte des gesamten südamerikanischen Kontinents ausgebreitet lag. Der höchste und bisher noch immer unbenannte Gipfel Brasiliens befand sich mitten im höchsten Gebirge des Landes – den Akarai-Bergen.

Er und seine Männer würden dem Geheimnis auf die Spur kommen. Ein Trupp der brasilianischen Armee würde ihn begleiten, und sie würden nicht eher zurückkehren, als bis Otero alles wusste. *Was hatten die Chinesen dort gesucht?*

Bald schon würde er bereuen, dass er sich jemals diese Frage gestellt hatte.

12

Schuld an Oteros baldiger Reue sollte ein Mann namens Xinzhen haben, der jetzt völlig regungslos in einem riesigen Pavillon auf der Dachterrasse eines chinesischen Club-Hotels stand. Es lag inmitten traditioneller einstöckiger Gebäude und schmaler Gassen und war weithin als eines von Pekings luxuriösesten Hotels bekannt, das sich über Zehntausende von Quadratmetern erstreckte und aus verschiedenen Pavillons aus der Qing-Dynastie mit abgesonderten Gärtchen bestand.

Xinzhen stand keinen Meter vor der dicken Wand aus Glas und starrte auf den Smog hinab, der über Peking lag. Der Tag war klarer als erwartet, aber die dünne Schicht der Luftverschmutzung nahm ihm die Sicht.

Er suchte die graue Stadtlandschaft ab, musterte die unheimlich wirkenden Schatten von ungefähr ein Dutzend Kränen, die wie aus dem Nichts in die Luft stachen. Bald schon würden sie verschwinden, aber noch bezeugten sie das stetige Anwachsen einer unglaublichen menschengemachten Tragödie, die unter ihnen stattfand. Dort unten wurde Großes geschaffen, unglaubliche Errungenschaften wurden erzielt, wie sie die Welt in Hunderten von Jahren nicht wieder erleben würde. Diese Welt, in der die Nachfrage nach natürlichen Ressourcen über Jahrzehnte hinweg größer gewesen war als das Angebot, würde ein ökonomisches Vakuum gigantischen Ausmaßes hinterlassen.

Die Wirklichkeit hielt langsam Einzug, und wie alle Wirtschaftsblasen der Weltgeschichte begann auch die chinesische zu platzen. Der Knall würde riesige Ausmaße haben und eine Welle der Zerstörung nach sich ziehen. Es tröstete Xinzhen nicht wirklich, dass nicht nur sein Land betroffen sein würde. Japan, Europa, Großbritannien, ja, selbst die Vereinigten Staaten standen alle am Rande des Abgrunds. Sie hatten den Kontakt mit der ökonomischen Realität verloren, aber keiner von ihnen war so ganz und gar dem völligen Wahnsinn verfallen wie China. Investitionen unvorstellbaren Ausmaßes hatten nicht nur »Brücken nach Nirgendwo«, sondern ganze Geisterstädte entstehen lassen, die Hunderttausende, gar Millionen Menschen zu beherbergen imstande waren. Städte, in denen niemand wohnte. Es war, als ob ihnen das Leben geraubt worden war. Sie waren im Zuge eines Bauwahns aus dem Boden gestampft worden, der mit staatlichen Geldern gefördert worden war. Chinas Wachstumswahn würde sie zerstören, und die Katastrophe würde biblische Ausmaße haben.

Während Xinzhen die Stadt und ihr Treiben betrachtete, versuchte er sich vorzustellen, wie es wohl wäre, wenn all das Geld und das noch viel wichtigere Selbstvertrauen verpufft waren – wenn alle Menschen auf einmal auf den imaginären »Notausgang« zustürmten.

Der Zerfall anderer Nationen wie Argentinien oder Brasilien hatte bereits begonnen und diente als Beispiel für das, was noch kommen würde. Es herrschte ein gewaltiger Mangel an allem, darunter auch an Energie und Grundnahrungsmitteln, und die Menschen taten alles, um an das Nötigste zu gelangen, das sie zum Überleben brauchten. Klaviere wurden gegen Toilettenpapier und Fernseher gegen ein Stück Seife eingetauscht. Die Unterversorgung in China würde nicht besser, sondern um ein Vielfaches schlimmer werden.

Xinzhen holte tief Luft. Ihm war es eigentlich egal, wie verheerend es werden würde. Er war Mitglied des Ständigen Ausschusses des Politbüros der Kommunistischen Partei Chinas, und als solches gab es geheime Pläne, ihn und die anderen sechs Mitglieder zu evakuieren und ihr Überleben zu sichern. Man würde sie aus den Stadtzentren in die majestätischen Berge nördlich von Peking bringen, wo riesige Bunkeranlagen mit allen Annehmlichkeiten und mehr als genug Nahrungsmitteln auf sie warteten. So würde Chinas Elite jahrzehntelang sicher leben können … wenn sie nicht vorher eines natürlichen Todes starb.

Wenn das Unmögliche tatsächlich erreicht werden sollte, musste man sofort damit anfangen. Ehe die technologischen Voraussetzungen für immer verloren gingen. Und um das zu tun, war Xinzhen bereit, Himmel und Erde in Bewegung zu setzen.

Er hörte, wie sich die Tür hinter ihm öffnete. Er drehte sich um und sah seinen Sekretär, der einen Mann in das Zimmer geleitete. Er winkte den Neuankömmling zu sich, schließlich hatte er schon auf ihn gewartet. Xinzhen verharrte, während der Mann durch den opulenten Eingangsbereich der Suite schritt, ehe er mitten im riesigen Zimmer anhielt. So stand er aufrecht und wartete, als Xinzhen mit den Händen hinter dem Rücken ebenfalls den Raum durchquerte und auf ihn zukam.

»Agent Qin.«

Li Qin verbeugte sich. »Ihre Eminenz. Ihre Anwesenheit ehrt mich.«

Normalerweise würde Xinzhen ihn dort stehen lassen, aber diesmal wies er auf eine breite, runde Couch, auf der er selbst auch Platz nahm.

Er beobachtete, wie Li Qin sich setzte und sah ihn an. Sie hatten einander noch nie getroffen, aber sein Gegenüber war kein unbeschriebenes Blatt. Sein Ruf war ihm vorausgeeilt. Er war integraler Bestandteil des Sicherheitsteams des Staatssicherheitsministeriums und einer der besten Gegenspionage-Agenten, den das Land jemals hervorgebracht hatte. Er besaß einen scharfen Verstand und ein noch feineres Näschen, wenn es darum ging, Menschen aufzuspüren, die unter keinen Umständen gefunden werden wollten, auch wenn diese Individuen es geschafft hatten, unter dem Radar der Behörden oder Kopfgeldjägern zu bleiben. Qins letzter Triumph bestand aus der Beschaffung von Details des erst kürzlich überstandenen präsidialen Skandals in China – sie hatten dazu gedient, dass das Komitee den Mann enteignen konnte, der es gewagt hatte, es herauszufordern. Letztendlich hatte er sich kaum gewehrt. Es hatte sich um eine Lösung gehandelt, die den üblichen Methoden vorzuziehen war, die nur noch mehr Aufmerksamkeit auf das Komitee gezogen hätte. Und das Letzte, was seine Mitglieder jetzt brauchten, war eine Revolution.

»Ihre patriotische Arbeit bei der Aufdeckung von Bo Xilais Verrat ist mir nicht entgangen, und ich weiß sie sehr zu schätzen.«

Qin verbeugte sich erneut. »Vielen Dank. Sehr liebenswürdig von Ihnen.« Die Einladung hatte ihn nicht überrascht. Bo Xilai war für ihn ein gefundenes Fressen gewesen. Er war durch die Ränge der Kommunistischen Partei aufgestiegen und hatte es so weit gebracht, dass er als nächstes Mitglied des Ständigen Ausschusses infrage kam. Aber Bo war korrupt bis auf die Knochen, noch viel korrupter, als die Mitglieder hätten ahnen können. Seine Fehltritte waren von solch niederträchtiger Natur gewesen, dass es keinen Monat gedauert hatte, ihm all seine Titel, sämtliche Privilegien, sein Vermögen und sogar seine Freiheit zu rauben.

Xinzhen lehnte sich gemächlich auf der weichen Couch zurück. »Überrascht es Sie, dass ich alleine bin?«

Qin lächelte respektvoll. »Nichts überrascht mich, Eure Eminenz.«

Xinzhen erwiderte sein Lächeln. »Selbstverständlich. Wissen Sie, warum ich Sie hierher beordert habe?«

»Das kann ich nur ahnen.«

»Dann schießen Sie mal los.«

Qin blickte sich rasch im Zimmer um, ohne den Kopf zu bewegen. »Die laxen Sicherheitsvorkehrungen weisen darauf hin, dass es sich nicht um ein Disziplinarverfahren handelt. Die Tatsache, dass Sie alleine sind, heißt aber auch, dass es keine Ordensverleihung oder dergleichen sein kann. Auch findet das Treffen nicht in einem offiziellen Raum der Partei statt. Darf ich also davon ausgehen, dass Ihre Eminenz mir eine Tätigkeit privater Natur unterbreiten möchte?«

Xinzhen nahm die Augen nicht von dem Mann. Qin hielt seinem Blick stand, wobei er nur selten blinzelte. Das war ein Benehmen, das nur die wenigsten gegenüber dem Kopf des Ständigen Ausschusses wagten. Schließlich handelte es sich hier um den mächtigsten Mann Chinas. Nein, der Mann hatte keine Angst, wofür er auch bekannt war. Auch war er dazu bereit, alles zu geben, um ans Ziel zu kommen – ein Charakterzug, der in den höheren Ebenen der chinesischen Regierung keine Seltenheit war, aber früher oder später gelangte jeder Mann an seine Grenzen. Nach allem, was Xinzhen bisher gehört hatte, hatte dieser Mann jedoch keine Grenzen.

»Was wissen Sie über General Wei?«

Falls Qin überrascht war, ließ er es sich nicht anmerken.

»General Wei, hochdekoriert. Perfektes Führungszeugnis über eine Karriere, die immerhin über dreißig Jahre spannt. Eine Führungskraft, wie sie im Buche steht. Und tot. Suizid, vor zwei Wochen.«

»Und warum hat er Suizid begangen?«

Qin wählte seine Worte vorsichtig. »Ich bin mir sicher, dass ich das nicht weiß.«

Ein Anflug von einem Lächeln huschte über Xinzhens Gesicht. »Selbstverständlich.« Er machte eine künstliche Pause, ehe er fortfuhr: »Und warum *glauben* Sie, dass er sich das Leben genommen hat?«

»Es wird gemunkelt, dass der Ausschuss ihm eine wichtige Aufgabe anvertraut hat und er gescheitert ist.«

Gescheitert ist wohl die Untertreibung des Jahres. »Was wissen Sie über diese Aufgabe?«

»Ich weiß nur, dass er sich in Südamerika aufhielt. Warum habe ich keine Ahnung. Niemand weiß das«, fügte er hinzu.

»Ich will Ihnen die Wahrheit sagen. General Wei hat sein Land im Stich gelassen, wie noch kein Soldat vor ihm. Eines Tages wird man ihn als Chinas größten Landesverräter verachten.«

Qin neigte den Kopf zur Seite, sagte aber kein Wort.

»Wei verkörperte all das, was in diesem Land im Argen liegt und weswegen es bald in die Knie gehen wird. In unserer dunkelsten Stunde wurde ihm die höchste Ehre zuteil. Er erhielt eine kritische Mission, wahrscheinlich die kritischste Mission in Chinas Geschichte. Aber statt Ehre wählte er Geheimhaltung und verriet sein Volk und sein Land. Er handelte wie ein *Kapitalist*. Seinen Verrat muss China teuer bezahlen. Er ermordete seine eigenen Untergebenen und vernichtete unsere Schiffe. Er hat uns an der Nase herumgeführt, von Anfang an, und nahm sich dann sein eigenes Leben, damit die Wahrheit nicht ans Licht kommen kann. Und wir wissen immer noch nicht, warum er es getan hat.«

Xinzhen holte tief Luft, ehe er fortfuhr: »Ihr Talent und die Dienste, die Sie für China geleistet haben, weisen auf außerordentliche Treue hin. Man vertraut Ihnen, und Sie scheinen mir ein Mann zu sein, der weiß, dass er dieses Vertrauen nicht missbrauchen darf. Und genau aus diesem Grund habe ich Sie ausgesucht.«

Qin senkte den Kopf. »Vielen Dank, Eure Eminenz. Ihre Worte stimmen mich demütig. Es wäre mir eine Ehre, Ihnen mit meinen bescheidenen Mitteln zu dienen.«

»Sehr gut.« Xinzhen starrte ihn mit seinen tiefen dunklen Augen an. »Sie werden herausfinden, warum er es getan hat. Warum er sein Land verraten hat, und noch wichtiger, was sein Geheimnis war. Ich will wissen, was er mit in den Tod genommen hat.«

»Es wird geschehen, Eure Eminenz. Ich werde mein Bestes geben.«

Xinzhen nickte zustimmend. »Und Sie werden mir und nur mir allein Bericht erstatten.«

Im Erdgeschoss angekommen, trat Qin aus dem Lift. Er ging schnurstracks über den Marmorboden des Empfangsbereiches und verließ das Hotel, um sich in der dicken Luft Pekings wiederzufinden. Die Wolkenkratzer verschwanden im kränklich blauen Himmel über seinem Kopf, was sie beinahe bedrohlich aussehen ließ.

Sein Auto wurde vorgefahren, ein schwarzer BMW M6. Der Hotelmitarbeiter sprang heraus und hielt Qin die Tür auf. Kaum hatte er sie hinter sich geschlossen, stellte er die Klimaanlage an, um die Luft im Auto zu reinigen. Heute war der Smog nicht so schlimm, aber er hatte noch immer diesen bitteren, metallenen Geschmack im Mund.

Kaum hatte er das Hotelgelände verlassen, stieß er auf dichten Verkehr und fuhr nach Osten Richtung Xinhua, während er das Treffen in Gedanken noch einmal Revue passieren ließ. Xinzhens Haltung hatte einen Anflug von Nervosität verraten. Und sein Hass auf General Wei schien etwas übertrieben. Qin wusste von Wei. Politik hatte ihn nie besonders interessiert, womit er in der Armee allerdings ziemlich alleine dastand.

Qin entschied, dass Weis Verrat am Ständigen Ausschuss überraschender war als sein Suizid. Wei war nicht dumm gewesen und hatte genau gewusst, dass man den Ständigen Ausschuss nicht ungestraft übers Ohr hauen kann. Die Vergeltung folgte stets auf dem Fuß.

Qin dachte wieder über die Frage nach, warum der alte Xinzhen Wei derart hassen sollte. Vor allem angesichts der Tatsache, dass dieser keine Ahnung hatte, was Wei geheim gehalten hatte.

Xinzhen hatte sich wieder vor der Glaswand aufgestellt und blickte auf die Stadt hinab. Er hatte nicht mehr viel Zeit. Die

Fassade der Regierung begann zu bröckeln. Es wurde immer schlimmer. Propaganda und Fehlinformationen konnten das sinkende Schiff nicht mehr lange über Wasser halten. Einzig wichtig war jetzt, dass Qin sobald wie möglich etwas herausfand. Und natürlich, dass man ihm trauen konnte.

Aber Xinzhen hatte keine Wahl. Er musste das Risiko eingehen, gerade jetzt. Es ging um zu viel, und so sehr er sich auch auf Qin verlassen wollte, er wusste, dass das nicht möglich war. Er musste davon ausgehen, dass Qins Loyalität bereits von einem anderen Mitglied des Ständigen Ausschusses gekauft worden war. Und wenn das tatsächlich der Fall gewesen sein sollte, musste er herausfinden, was sein Auftraggeber bereits über Wei wusste.

Und genau das war der Grund, warum er Qin nicht alles erzählt hatte. Etwa die Tatsache, dass das amerikanische Schiff versenkt worden war, oder wie es ihrem eigenen Kriegsschiff ergangen war.

Der Ausschuss hatte in Kauf genommen, einen Krieg mit den USA anzuzetteln, damit das chinesische Schiff entkommen konnte. Aber dann hatte Wei alle überrascht, indem er beide Schiffe versenken ließ und die wertvolle Fracht auf den Meeresboden schickte.

Das ergab alles keinen Sinn. *Warum hatte Wei das nur getan? Und noch viel wichtiger: Warum hatten die Amerikaner noch keinen Ton über ihr Schiff verloren?*

13

Langford blickte in die Runde und seufzte. Die »Kommandozentrale« des Weißen Hauses schien im Begriff zu sein, vollends im Chaos zu versinken, und die Situation wurde zusehends kritischer. Wer immer glaubte, dass die Planung potenzieller militärischer Einsätze einem akribisch ausgetüftelten Schema folgte, fand hier ein jähes Erwachen.

Langford beobachtete Fred Colliert, den neuen ranghöchsten Offizier und Admiralstabschef der US Navy. Dieser brachte seine Frustration zum Ausdruck, indem er darauf bestand, dass ihnen die Zeit für einen raschen und vernichtenden Gegenschlag als Antwort auf die Zerstörung der *Bowditch* davonlief. Er schlug erneut mit der Faust auf den Tisch, diesmal noch härter. Neben ihm stimmte Sam Johnston, der Kommandeur der Marineinfanterie, eifrig zu. Was nicht überraschend war.

Auf der anderen Seite des dunkel gebeizten Walnussholztisches war sich Merl Miller, der Verteidigungsminister, der Sache nicht so sicher. Er und Präsident Carr saßen nebeneinander und mussten sich die immer erboster werdenden Ausbrüche der beiden hochdekorierten Offiziere anhören.

Collier versuchte, die Fassung zu wahren. »Was ich damit sagen will, ist, dass die politischen Folgen unseres *Nichtstuns* wesentlich schlimmer sein werden, als wenn wir zuschlagen. Die Chinesen haben die Hoheitsgewalt der Vereinigten Staaten von Amerika direkt herausgefordert, und wenn wir ihnen die Konsequenzen eines solchen Affronts nicht klar und eindeutig kommunizieren, werden unser Ruf und unsere Entschlossenheit infrage gestellt – und zwar nicht nur von China! Wenn wir jetzt Schwäche zeigen, droht uns der Verlust unserer militärischen Vorherrschaft. Andere Nationen werden unser Zögern nicht wohlwollend deuten. Für sie sieht es aus, als ob wir Angst haben!«

Ehe er fortfuhr, legte er beide Hände auf den Tisch vor sich. »Wir wissen, dass es die Chinesen waren. Wir können es sogar beweisen! Wir müssen diese Informationen jetzt veröffentlichen, ehe sie sich mit ihrer Propaganda aus der Schusslinie winden können!«

»Vollkommen richtig«, pflichtete Johnston bei. »Je früher unsere NATO-Partner hinter uns stehen, desto besser. China wird uns das Wort im Munde umdrehen. Wir haben schon viel zu lange gewartet.«

»Zu lange?«, fragte Präsident Carr. »*Zu lange?* Muss ich jeden hier daran erinnern, dass wir nur vor wenigen Tagen noch davon überzeugt waren, dass uns die *Russen* angegriffen haben?« Er ließ den Blick in die Runde schweifen. »Ich würde sagen, dass es verdammt noch mal das einzig Richtige war, so lange zu warten.«

»Mr. President«, gab Collier zurück und stieß mit der Fingerkuppe gegen den Tisch. »Meine Männer haben bestätigt, dass Rückstände von Cyclotol gefunden wurden. Es können also absolut keine Zweifel bestehen, dass wir es hier mit den Chinesen zu tun haben. Absolut keine!«

Carr starrte seinen Marine-Chef an. »Okay, dann wollen wir mal davon ausgehen, dass Sie recht haben. Können Sie mir verraten, Admiral, wie sich Ihr Wissen, dass es die Chinesen und nicht die Russen waren, auf die von Ihnen vorgeschlagene Vergeltungsmaßnahme auswirkt?«

Die Frage schnitt wie ein Draht durch Butter durch Colliers Argument und Wüten. Seine Antwort war stets ein und dieselbe, was jeder in der Kommandozentrale wusste.

»Ich hoffe, ich bin nicht der Einzige hier am Tisch, der sich bewusst ist, dass unsere Beziehungen zu China völlig anderer Natur sind als die zu Russland.«

Collier holte tief Luft. »Mr. President, darf ich darauf hinweisen, dass sich die Beziehungen zwischen Russland und China Tag für Tag intensivieren? Es wird nicht lange dauern, ehe sie politisch an *ein und demselben* Strang ziehen.«

»Nur, dass sie dann doppelt so mächtig sein werden«, ergänzte Miller.

Collier schlug erneut auf den Tisch. »Was die Notwendigkeit eines unverzüglichen Gegenschlags nur noch verstärkt.«

Johnston nickte zustimmend. »Absolut. Das Letzte, was wir jetzt brauchen, ist ein weiteres Fiasko.«

»Verstehen Sie eigentlich, was Sie da sagen?«, fragte Miller mit gehobener Stimme. »Eine Vergeltung nach der anderen, bis wir Krieg haben. Was glauben Sie wohl, wie das enden wird, wenn wir einen Gegenangriff starten?«

»Ich bitte Sie«, schnaubte Collier, »das hier ist etwas völlig anderes. Die Chinesen haben einen Fehler gemacht, und das ist ihnen auch bewusst. Sie werden den Schwanz einziehen, insbesondere wenn wir die ganze Welt davon unterrichten.«

»Und was, wenn nicht?«, verlangte Carr. »Was wäre, wenn sie stattdessen noch mehr aufs Spiel setzen? Die Russen haben nicht nachgegeben, und das obwohl sie wussten, dass ganz Europa hinter uns steht. Was, wenn die Chinesen die Verantwortung abstreiten *und* sich auf die Füße getreten fühlen? Wollen Sie, dass wir zwei Kriege auf einmal kämpfen?«

»Ich will sagen, dass es gar nicht erst so weit kommen muss.«

Auf dem großen Monitor, der über dem Kopfende des Tisches hing, schüttelte der Generalstabschef der US Air Force den Kopf. »Jeglicher Versuch, voraussagen zu wollen, wie die Chinesen reagieren, ist verdammt gefährlich. Da haben wir uns schon des Öfteren gewaltig getäuscht.«

Collier richtete sich an den Monitor. »Ich muss Ihnen wohl nicht erklären, dass es einen Unterschied macht, ob wir über Geldmarktpolitik oder über Kriegsstrategie reden, General.«

»Macht es das denn?«, fragte Langford.

»Sie wollen mich wohl auf den Arm nehmen, oder?«

Langford starrte Collier an. »Ich glaube nicht, dass wir in der Lage sind, irgendetwas vorauszusagen. Insbesondere nicht, wenn es um die Chinesen geht.« Er wandte sich an Carr. »Mit Verlaub, Mr. President, aber ich bin der Meinung, dass wir hier das Wesentliche aus den Augen verlieren.«

»Und das wäre?«

»Wir beschränken uns lediglich auf einen Gegenschlag. Ich glaube aber, dass es uns besser dienen würde, wenn wir uns Gedanken machten, was die Chinesen bezwecken wollten. Ich möchte noch einmal darauf hinweisen, dass *wir* es waren, die die chinesische Korvette rammen wollten, als sie den Hafen verließ. Zudem ist es höchstwahrscheinlich, dass die Korvette gar nichts dagegen hätte unternehmen können, selbst wenn sie gewollt hätte. Das versteckte U-Boot hat die *Bowditch* als Abwehrmaßnahme versenkt. Falls wir es mit einem Offensivschlag zu tun gehabt hätten, dann wäre der Torpedo viel früher und nicht erst in allerletzter Sekunde abgeschossen worden. Es war offensichtlich die Aufgabe des U-Boots sicherzustellen, dass die Korvette heil den Hafen verließ. Und der Grund dafür war ihre Fracht.«

Langford hielt inne und ließ den Blick durch die Runde schweifen. »Ich bin sogar davon überzeugt, dass sie die *Bowditch* nicht angreifen wollten, wir ihnen aber keine Wahl gelassen haben. Und wenn das der Fall ist, dann hilft uns alles Aufplustern der Welt nichts. Das hier ist lediglich eine Nebenvorstellung, bei der unsere einzige Option eine gefährliche Eskalation ist.«

Nach einer kurzen Pause fuhr Langford fort: »Hier geht es einzig und allein um die Fracht der Korvette. Wir wissen bereits, was es mit den Pflanzen auf sich hatte. Ich bezweifele also, dass die Chinesen uns von Anfang an haben angreifen wollen, denn ihre oberste Priorität war die Sicherstellung der Fracht. Sie hatten also keine andere Wahl, als sich zu wehren. Außerdem weist die Tatsache, dass das U-Boot sich nicht vom Fleck gerührt hat, darauf hin, dass sie auf mehrere Eventualitäten vorbereitet waren.«

»Was wollen Sie damit sagen, Admiral?«, fragte Collier. »Wollen Sie etwa die Tatsache ignorieren, dass die Chinesen eines unserer Schiffe zerstört und ein Fünftel der Mannschaft umgebracht haben?«

»Was ich damit sagen will, ist, dass eine mögliche Vergeltung unsererseits sie zu einer eskalierenden Gegenmaßnahme zwingen könnte, auch wenn sie das gar nicht wollen. Und in der Zwischenzeit, während wir unsere Ressourcen strapazieren, um der Welt zu zeigen, wer der Mächtigere ist, schicken die *Chinesen* beinahe unbemerkt über ein Dutzend Schiffe nach Südamerika, um nach den Überresten der Pflanzen zu suchen. Mit anderen Worten, unser Säbelrasseln führt lediglich dazu, dass sie die Chance haben, uns zu beschäftigen, während sie ihren eigentlichen Plan verfolgen und sich das zurückholen, was offensichtlich so wertvoll ist, dass sie bereit sind, einen Krieg dafür vom Zaun zu brechen.«

Carr warf ihm einen nachdenklichen Blick zu. »Sie wollen also vorschlagen, dass wir dort selbst ein wenig herumstochern?«

»Genau.«

»Obwohl wir noch gar nicht sicher sind, warum sie wenige Stunden später ihr eigenes Schiff versenkten, nachdem es Georgetown verlassen hat?«

»Ich bin mir nicht sicher, ob uns das etwas angehen sollte, Mr. President.«

Der Präsident hob eine Augenbraue.

»Es ist wohl eindeutig, dass etwas schiefgegangen ist. Ob es sich um einen Coup in den Führungsriegen oder einfach nur um einen katastrophalen Fehler handelte, scheint unwichtig, denn es liegt trotzdem klar auf der Hand, dass den Chinesen diese Pflanzen enorm wichtig sind.«

»Vielleicht ist ihnen irgendwann aufgefallen, dass sich etwas sehr Gefährliches an Bord befand«, bemerkte Collier sarkastisch.

Langford ließ sich seine Worte durch den Kopf gehen. »Das ist natürlich nicht ausgeschlossen. Aber trotzdem schicken sie jedes Bergungsschiff, das ihnen zur Verfügung steht.«

»Also versuchen wir, ihnen zuvorzukommen.«

»Genau.«

»Und Sie glauben nicht«, hakte Collier weiter nach, »dass ein solcher Versuch unsererseits die Lage eskalieren lassen wird?«

»Nicht, wenn wir unsere Bergungsschiffe *gar nicht erst* entsenden.«

Miller starrte ihn über den Tisch hinweg verdutzt an. »Ich kann nicht ganz folgen.«

»Commander Lawson war die leitende Forscherin und untersuchte die Pflanze, die wir von den Chinesen gestohlen haben. Sie ist sich so gut wie sicher, dass aufgrund der Zellstruktur und der Tatsache, dass Salzwasser ein perfektes Lösemittel ist, die Chinesen nichts Brauchbares aus dem Atlantik fischen werden. Außerdem hat dank der zigtausend Liter Diesel tagelang ein Feuer an der Wasseroberfläche gewütet.«

»Jetzt muss ich leider auch passen«, meinte Carr. »Wenn es sowieso nichts mehr gibt, was man bergen könnte, wieso dann der Vorschlag, dass wir uns damit beschäftigen sollten?«

Langford holte tief Luft und wandte sich dann direkt an den Präsidenten. »Es gibt zwei weitere Möglichkeiten, das in die Hände zu kriegen, wonach die Chinesen suchen ... und zwar ehe sie es überhaupt mitkriegen. Die erste hat mit der DNS eines kleinen Affen zu tun, die zweite könnte in einer kleinen Schachtel sein, die nach Peking gebracht wurde, ohne dass die chinesische Regierung davon etwas mitbekommen hat.«

Präsident Carr, der sich in seinem schwarzen Chefsessel zurückgelehnt hatte, beugte sich ruckartig vor.

»Was haben Sie da gerade gesagt?«

14

Will Borger lehnte sich zurück, wobei sein Stuhl lautstark protestierte. Sein fülliger Körper füllte jeden verfügbaren Zentimeter zwischen den beiden Armlehnen aus. »Das ist unser Mann.«

Clay starrte auf den chinesischen Militärausweis auf dem Monitor. Es hatte den Großteil der Nacht gedauert, aber sie hatten es endlich geschafft, den Mann an Bord der Xian Y-20 zu identifizieren, der die Schachtel transportiert hatte, in der sie extrahiertes DNS-Material vermuteten. Und wenn sie recht hatten, könnte es sich dabei um die wertvollste Fracht aller Zeiten handeln. Aber die eigentliche Frage lautete: *Wo ist sie jetzt?*

»Lieutenant Li von der chinesischen Volksarmee. Hat sich im Alter von einundzwanzig Jahren verpflichtet und erhielt vor vier Jahren den direkten Befehl, die Offiziersausbildung zu absolvieren. Seitdem ist er die Karriereleiter vom Offiziersanwärter bis hin zum First Lieutenant hochgeklettert. Schon beeindruckend.«

Borger nickte, die Arme vor seinem großen Bauch verschränkt, über dem er ein dunkelblaues Hawaiihemd trug. »Seitdem hat er ein Ehrenkreuz für treue Pflichterfüllung und überdurchschnittliche Leistung und noch eine Medaille für hervorragende Dienste verliehen bekommen. Wofür bekommt man eigentlich die Medaille für Brillanz in der Armee?«

Clay schüttelte den Kopf. »Keine Ahnung.«

»Nun, eines scheint soweit klar: Der Typ kennt sich mit Medaillen und Orden aus.«

»Das kann man so sagen.«

»Warum also musste dieser Li eine Schachtel auf einem beinahe nonstop und völlig sicheren Militärflug begleiten? Das hätte doch jeder geschafft. Vielleicht eine Ehrerweisung?«

»Durchaus möglich. Sowohl die politischen als auch die militärischen Systeme Chinas basieren auf etablierten gesellschaftlichen Klassen. Wenn man aber etwas unter dem Radar halten möchte, insbesondere etwas von dieser Größenordnung, würde man da einen hochdekorierten Offizier auswählen?«

»Nein. Es sei denn, man möchte unbedingt, dass jemand anderes davon erfährt.«

»Genau. Und warum würde man so etwas wollen?«

Borger zuckte mit den Schultern. »Vielleicht geht es um Glaubwürdigkeit? So in der Art: ›Schau, was ich habe und du nicht.‹«

»Möglich. Aber dann erhöht man das Risiko, dass der Mann abgefangen wird.« Clay rückte seinen Stuhl näher an den Monitor. »Kannst du noch mal das Foto zeigen, auf dem er in Peking aus dem Flugzeug steigt?«

Borger tat, worum Clay gebeten hatte. Es handelte sich um ein Satellitenbild, sodass es körniger als das erste Foto war. Li ging von der gigantischen Y-20 auf einen großen Hangar des Tongxian Luftwaffenstützpunktes in Peking zu.

»Siehst du irgendwelche Sicherheitsmaßnahmen in der Nähe des Hangars?«, wollte Clay wissen.

Borger zoomte hinein. »Nein.«

»Und er ist ganz schön schnell unterwegs.«

»Ja, das kann man wohl sagen.«

»Also entweder stand der Hangar leer, was ich bezweifele, oder es sollte kein großes Empfangskomitee auf ihn warten.«

»Okay«, meinte Borger stirnrunzelnd. »Damit sind wir wieder bei der Frage: Warum jemanden nehmen, der einen großen Wiedererkennungswert hat?«

Clay sagte eine ganze Weile lang nichts. Endlich erhellte sich sein Gesicht, und er meinte: »Vertrauen.«

»Was?«

»Vertrauen«, wiederholte Clay, diesmal etwas lauter.

»Vertrauen?«

»Ganz genau.« Clay dachte laut nach. »Wer auch immer die Schachtel nach Hause brachte, würde auffallen. Insbesondere, wenn er *dieses* Flugzeug nahm. Da führte kein Weg drum herum. Sie mussten auf Nummer sicher gehen, die Y-20 drängte sich ihnen also auf, was allerdings für Aufsehen sorgte. Es gab keinen anderen Ausweg … vor allen Dingen, weil alles derart *rasch* ablaufen musste.«

»Man opfert also die Anonymität der Schnelligkeit?«

»Genau.«

»Aber warum ein hochdekorierter Lieutenant?«

»Nun, wenn Schnelligkeit das oberste Gebot darstellt, dann wird man bemerkt, und wenn man bemerkt wird, dann muss man auch auf Nummer sicher gehen, dass man dem Mann *vertrauen* kann!«

»Ahhh«, gab Borger zurück und nickte. »Jemand, von dem man sicher war, dass er einen nicht übers Ohr haut.«

»Richtig.«

»Also wollte jemand in der Regierung das Extrakt haben und hat unseren Freund Li benutzt, um es zu holen.«

Clay schüttelte erneut den Kopf. »Nicht nur irgendjemand in der Regierung. Ein Politiker hätte nicht jemanden wie Li gewählt. Das muss jemand vom *Militär* gewesen sein. Jemand mit verdammt viel Einfluss, um Li und den neuen Prototypen Y-20 organisieren zu können.«

»Hm … Jetzt brauchen wir also nur noch den Mann, dem Li das Extrakt gegeben hat. Jemand vom Militär.«

»Genau. Und jemand, der *ganz und gar* in das Vorhaben in Guyana eingeweiht war!«

Borger lächelte, klatschte dann in die Hände und rieb sie zusammen. »Unsere nächste Herausforderung.«

Clay stand auf und reckte sich. »Wie wäre es mit einem Kaffee?«

»Nein, danke. Alles gut hier. Aber bring mir bitte noch eine davon mit.«

Clay nickte und nahm die leere Dose Jolt Cola von Borgers Schreibtisch. »Ich dachte, das Zeug sei mittlerweile illegal.«

»Das ist NICHT lustig!«

Leise lachend drehte Clay sich um und verließ den finsteren Raum. Draußen stand die Sonne am Himmel, aber ohne Fenster tat man sich in Borgers »Bunker« schwer zu raten, wie spät es war. Kaum war er vor die Tür und ins Licht getreten, blinzelte er und eilte dann den breiten, beigefarbenen Korridor entlang auf die Treppe zu.

Auf dem Weg begann das Handy in seiner Tasche zu klingeln. Er kramte es hervor, warf einen Blick auf das kleine Display und begann zu lächeln.

»Hallo, meine Hübsche.«

»Guten Morgen«, erklang Alisons Stimme am anderen Ende. »Wie geht's?«

»Gar nicht so übel. Wie steht es bei dir im Paradies?«

Alison hielt inne und sah sich auf dem Parkplatz der Forschungseinrichtung um, auf dem sie gerade stand. Die warme Sonne hatte sich bereits über den Horizont gekämpft, und eine erfrischende Brise wehte durch die Palmenwedel über ihrem Kopf. »Es ist ein wunderschöner Morgen. Ich habe letzte Nacht schon versucht, dich zu erreichen, aber nur den Anrufbeantworter gekriegt.«

Clay nahm das Handy vom Ohr und warf einen Blick auf das Display. Ihm war das kleine Symbol gar nicht aufgefallen, das ihm verriet, dass jemand eine Nachricht hinterlassen hatte. »Tut mir leid. Ich war die ganze Nacht in Borgers Büro. Da ist der Empfang eher miserabel. Ich bin nur ab und zu rausgekommen.«

»Die ganze Nacht?«, wiederholte Alison mit einem Anflug von

Sorge in ihrer Stimme. »Hast du denn wenigstens etwas schlafen können?«

»Nicht wirklich. In seiner Nähe traue ich mich nicht die Augen zuzumachen, falls er auf die Idee kommt, mir einen Chip in den Kopf zu pflanzen und mich zu scannen oder so.«

Sie lachte. »Dann bist du wahrscheinlich fix und fertig. Es tut mir leid.«

Clay kam zum Treppenhaus, öffnete eine Tür und trat auf den Teppich auf der anderen Seite. »Das ist schon in Ordnung. Mit dir zu reden macht mich wieder munter.« Als er erneut einen Blick auf das Display warf, bemerkte er auch, dass Alison die spezielle Verschlüsselungsapp benutzte, wie er sie gebeten hatte. Die kurze Verzögerung in ihrer Unterhaltung bestätigte es ihm.

»Du bist ein verdammter Schönredner, beinahe so schlimm, wie dein Kumpel Steve, der übrigens gestern hier aufgetaucht ist. Ohne vorher jemandem Bescheid zu sagen, falls du das nicht wusstest.«

»Oh. Doch. Tut mir leid. Ich hatte euch vorwarnen wollen.«

»Vorwarnen wäre gar nicht so schlecht gewesen«, meinte sie. »Wir hatten ein wirklich hochinteressantes Gespräch.«

»Tja, Steve ist ein interessanter Typ«, scherzte Clay und öffnete die Tür zu dem kleinen Raum voller Verkaufsautomaten, der menschenleer war.

»Darf ich davon ausgehen, dass du weißt, warum er hergekommen ist?«

»Ja.« Clay schloss die Tür hinter sich und drückte sofort auf den Knopf, um sich einen Kaffee herauszulassen. Mit der anderen Hand öffnete er einen Kühlschrank, in dem zwei Paletten Jolt Cola gestapelt standen. Darauf lag ein Zettel mit der Aufschrift: »Nicht trinken! Eigentum von Will Borger!« Clay musste immer wieder staunen, dass Borger sich gezwungen fühlte, seine Cola mit Warnungen zu versehen. Als würde irgendjemand sonst auf den Gedanken kommen, das Zeug auch nur anzurühren. »Und?«, fuhr er fort. »Wie ist es gelaufen?«

»Nicht so gut, wie Steve es sich erhofft hatte. DeeAnn hat das alles noch längst nicht verarbeitet. Dementsprechend hat sie auch reagiert. Aber Steve hat nicht darauf bestanden. Ach, und wenn wir schon über DeeAnn reden … da ist noch etwas, was du noch nicht weißt. Sie verlässt uns.«

»Wie bitte?«

»Ja. Sie und Dulce kehren zur Gorilla Foundation in Kalifornien zurück. Die ganze Geschichte hat ihr viel zu sehr zugesetzt, und ganz gleich, was ich sage oder tue, sie ist nicht umzustimmen.«

Clay seufzte, nahm seinen Kaffee aus der Maschine und stellte ihn neben die zwei Dosen Jolt Cola. »Ihr Entschluss ist unumstößlich?«

»Ich habe alles versucht, wie du dir wohl vorstellen kannst. Sie verlässt uns, und nichts kann sie zum Umdenken bewegen. Ich glaube, da geht mehr in ihrem Kopf vor, als sie bereit ist, uns zu sagen.«

Clay starrte finster auf die gegenüberliegende Wand. »Ich nehme an, dass Steves Besuch der Sache nicht gerade behilflich war?«

»Äh, ja, so kann man das sagen.«

»Tut mir leid, Ali. Das hätten wir vorhersehen müssen. Das haben wir uns anders vorgestellt.«

»Was geht da vor sich, John?«

Clay grinste. Es gefiel ihm ungemein, wenn sie ihn beim Vornamen nannte.

»Hier überschlagen sich die Geschehnisse. Einige unserer Annahmen von den Vorgängen in Südamerika und dem Versenken der *Bowditch* waren schlichtweg falsch. Und dann sind wir noch über ein paar Überraschungen mehr gestolpert.«

»Steve meinte, der Mann, der DeeAnn und Juan gekidnappt hat, sei tot. Blanco. Und derjenige, der ihn umgebracht hat, weiß alles.«

»Davon gehen wir aus. Aber das ist nur ein kleiner Teil des Problems.« Clay wünschte sich, ihr alles erklären zu können, aber er musste sich auf das beschränken, was sie sowieso schon wusste. Sie war zusammen mit ihm, Caesare und Borger in Brasilien gewesen, hatte dasselbe wie sie gesehen. Auch wusste sie von den Pflanzen, die die Chinesen gefunden und aus dem Dschungel geschmuggelt hatten.

»Wie seid ihr also verblieben?«

»DeeAnn ist völlig außer sich aus dem Zimmer gestürmt. Aber Steve hat nicht weiter gedrängt. Stattdessen hat er bei den beiden Jungs vorbeigeschaut und ein wenig mit Dulce gespielt, ehe er mit seinen Kameraden wieder verschwand.« Clay sagte nichts, und sie erzählte weiter. »Heißt das etwa, dass wir uns die nächste Zeit nicht sehen können?«

»Wahrscheinlich nicht, tut mir leid. Wie gesagt, wir hecheln dem Geschehen gerade etwas hinterher. Und ohne DeeAnn ist unser Job um ein Vielfaches schwerer. Steve hat euch wahrscheinlich gesagt, dass wir nicht viel Zeit haben?«

»Das hat er.« Sie versuchte, die Atmosphäre mit etwas Humor aufzulockern. »Vielleicht könnte ich ja Admiral Langford anrufen und einen Gefallen einfordern?«

Sie konnte ihren Ohren kaum trauen, als sie Clay lachen hörte.

»Den solltest du dir für was Besseres aufsparen, als ihn auf mich zu verschwenden«, gab er zurück.

»Mach dir nichts vor. Aber gut, ich hebe ihn mir noch ein wenig auf. Aber du kannst dir sicher sein, dass ich ihn für dich verwenden werde.«

»Dann würde ich damit warten, bis die Chancen besser stehen«, meinte Clay, ehe er das Thema wieder zurück auf DeeAnn brachte. »Pass auf, da gibt es viel, das ich dir nicht erzählen kann, aber es wäre prima, wenn du nicht von DeeAnn ablässt. Ohne Dulce und sie stehen wir so gut wie vor dem Abgrund.«

»Okay, ich werde es versuchen.«

»Danke. Leider muss ich gleich wieder in Borgers Bunker. Kann ich dich heute Abend anrufen?«

»Ich warte schon darauf.«

»Wann passt es denn?«

Jetzt konnte er Alison am anderen Ende der Leitung förmlich lächeln hören. »Jederzeit.«

»Okay. Ich ruf dich an, sobald ich Zeit habe.«

»Und wehe, wenn nicht! Mach's gut.«

Clay legte auf und warf einen Blick auf seine Armbanduhr. Caesare und die anderen SEALs sollten mittlerweile gelandet sein und mit ihren Vorbereitungen in Dam Neck, Virginia, begonnen haben. Die Zeit rann ihnen davon, und Clay hoffte inbrünstig, dass Alison DeeAnn umstimmen konnte. Natürlich war es sehr unwahrscheinlich, das Kapuzineräffchen zu finden, selbst mit Dulces und DeeAnns Hilfe, aber ohne sie wäre es ein schlichtweg unmögliches Unterfangen.

Alison schätzte es vielleicht, dass Steve DeeAnn nicht weiter gedrängt hatte, aber in Wahrheit ging es hier nicht um einen Gefallen. Caesare, Clay und Langford würden alles tun, um sie nicht zwingen zu müssen, aber wenn es hart auf hart kam und Alison DeeAnn nicht überzeugen konnte, dann blieb ihnen nichts anderes übrig, als rohe Gewalt anzuwenden.

15

Mitternacht war schon vorbei, aber Clay starrte noch immer auf den Laptopmonitor. Nur wenige Stunden zuvor waren Borger und er nach Hause zurückgekehrt und hatten sich dank einer raschen Dusche wieder etwas erfrischt.

Borger hatte einige unsichere chinesische Staatsserver gefunden und sich sofort darangemacht, sich einzuhacken, während Clay sich einem fehlenden Puzzleteil widmete, das ihm zu schaffen machte.

Das russische U-Boot namens *Forel* barg noch immer viel zu viele Geheimnisse. Es hätte schon vor vielen Jahren außer Dienst gestellt worden sein sollen. Weil die CIA es jedoch nicht als gefährlich eingestuft hatte, wurde es einfach vergessen, und das Verteidigungsministerium war davon ausgegangen, dass Russland es durch neuere U-Boote der vierten und fünften Generation ersetzt hatte.

Aber nicht nur war die *Forel* unerwarteter Weise wie ein Phoenix aus der Asche aufgetaucht, sondern sie wies auch noch eine einzigartige Technologie auf.

Irgendetwas war nicht ganz koscher an der Sache. Wieso würden die Russen so einen alten Schrotthaufen noch am Schwimmen halten, wenn der Rest der Flotte viel moderner und besser ausgestattet war? Clay vermutete, dass die Russen überhaupt nicht damit gerechnet hatten, dass man die *Forel* vor der Küste Südamerikas ausfindig machte.

Aber wenn die Russen herausgefunden hatten, was die Chinesen wirklich in Guayana trieben, und sie hatten ausspionieren wollen, dann hätten sie viel bessere U-Boote zu diesem Zweck verwenden können. Sämtliche Details deuteten auf etwas hin, das Clay schon seit Langem vermutet hatte: Die Russen hatten überhaupt keine Ahnung, dass sich die *Forel* noch im aktiven Dienst befand.

Er lehnte sich in seinem Sessel zurück und begann zu grübeln. Die einzige Lichtquelle in seiner Wohnung war der Kronleuchter über seinem Kopf. Das abgedunkelte Wohnzimmer war überhaupt recht sauber und aufgeräumt. Ein Ledersofa und ein Couchtisch standen vor einer breiten, ungeschmückten Wand, an der ein Flachbildfernseher über einem Kamin hing. Es war schon Monate her, dass einer der beiden benutzt worden war.

Clay konnte die Augen nicht von dem Monitor lassen. Wenn die *Forel* wieder in den Dienst genommen worden war, hätten die Geheimdienste garantiert Wind davon gekriegt, insbesondere da es sich um ein russisches U-Boot handelte. Also musste er davon ausgehen, dass dies nicht offiziell geschehen war. Ein Gedanke, den der Artikel, den er gerade las, noch bestärkte.

Der Bericht war zwei Jahre alt und war in einem relativ kleinen norwegischen Magazin veröffentlicht worden, das etwas außerhalb von Stavanger seinen Sitz hatte. Demnach hatte sich eine kleine Gruppe Friedensdemonstranten an einer sonst ruhigen Werft versammelt. Sie hatten die Regierung aufgefordert, die »globale Kriegsmaschinerie« nicht weiter zu unterstützen, indem sie Kriegsschiffe für Verbündete bauten, womit in diesem Fall Russland gemeint war. Die Gruppe hatte herausgefunden, dass die Werft in das Projekt involviert war. Einige Gruppenmitglieder hatten sich Zugang zu der gesperrten Werft verschafft, fanden aber kein Kriegsschiff, sondern ein U-Boot vor.

Das dazugehörige Bild im Magazin zeigte die Protestierenden im Vordergrund und nur einen Teil des Boots im Hintergrund. Clay war sich bewusst, dass er nicht viel erkennen konnte, aber die Dimensionen schienen doch sehr denen der *Forel* zu ähneln.

Was der Artikel nicht erwähnte war die Clay bereits bekannte Tatsache, dass Norwegen keine U-Boote baute. Zumindest nicht offiziell. Norwegens eigene kleine U-Boot-Flotte, bestehend aus sechs Booten, war ausschließlich in Deutschland gefertigt. Eine interessante Tatsache wurde allerdings noch erwähnt, nämlich, dass es sich um eine private Werft handelte, die einem russischen Konglomerat gehörte.

Das letzte Puzzlestück passte nicht ganz ins Bild. Schließlich war die *Forel zusammen* mit dem chinesischen Kriegsschiff in der Nähe von Rio de Janeiro versenkt worden. Zwei Boote auf demselben Kurs und beinahe am gleichen Standort. Die *Forel* war kein Feind, wie ursprünglich angenommen, sondern ein Verbündeter der Chinesen. Langsam fügten sich die Puzzleteile zusammen, aber eine Frage stellte sich immer wieder: *Warum waren die chinesische Korvette und die* Forel *versenkt worden?*

Als das kleine Display seines Handys aufleuchtete, wandte er sich endlich vom Monitor ab. Kaum hatte es das erste Mal geklingelt, hielt er es schon in der Hand und hob ab.

»Hallo, Will.«

»Hallo, Clay. Hab ich dich aufgeweckt?«

»Nein. Ich sitze hier und zerbreche mir den Kopf, warum du nicht mehr mit mir reden willst.«

Borger lachte laut auf. »Sehr gut, denn ich glaube, wir haben eine weitere lange Nacht vor uns. Vorher aber sollten wir den Admiral an Bord holen.«

Langford loggte sich von seinem eigenen Computer aus ein, und sein Gesicht erschien augenblicklich in einem Fensterchen. Sein kurzes graues Haar war noch immer ordentlich, was darauf schließen ließ, dass auch er noch kein Auge zugemacht hatte. Seine Augen schienen in dem Schein seines Monitors hellwach.

»Was haben Sie herausgefunden?«, wollte er ohne Umschweife wissen.

Borger hatte bereits mit dem Tippen begonnen. »Sir, ich glaube, wir haben einige Antworten, aber leider auch neue Fragen.«

»Dann fangen wir mal mit den Antworten an.«

»Ja, Sir.« Plötzlich erschien ein Bild auf ihren Monitoren, das Borger von seinem Computer aus mit ihnen teilte. Es handelte sich um ein Foto eines höheren chinesischen Offiziers in Uniform von der Hüfte aufwärts. Er schien Anfang sechzig und besaß einen ähnlichen Haarschnitt wie der Admiral. Der Mann im Bild schien entspannt und blickte mit seinen dunklen Augen direkt in die Kamera.

»Das ist General Wei, Oberbefehlshaber der chinesischen Volksbefreiungsarmee. Und wenn mich nicht alles täuscht auch der Empfänger des Extraktes, den unser Lieutenant Li von Südamerika nach China transportiert hat.«

Sowohl Langford als auch Clay lehnten sich vor und betrachteten das Bild.

»Und wie sind Sie zu diesem Schluss gekommen?«

Borger ließ ein zweites Bild auf den Monitoren erscheinen, auf dem nur Zahlen zu sehen waren. »Ich habe die Log-Dateien von Lis Telefonanbieter ausfindig gemacht und sie bis zu dem Tag zurückverfolgt, an dem er in China ankam. Die Triangulierung mit Sendemasten ist nicht ganz so exakt wie GPS, aber er befand sich mit Sicherheit in der Zentralen Militärkommission. Dessen bin ich mir absolut sicher. Dann habe ich weitergestochert und die Koordinaten überprüft, bis ich alle Telefone hatte, die sich zu dem Zeitpunkt in Lis Nähe befanden. Und die wahrscheinlichste Kontaktperson aus dieser Gruppe ist General Wei.

Admiral, es deutet alles darauf hin, dass General Wei Einsatzleiter der Operation in Guayana war. Ich habe E-Mails gefunden, in denen er Befehle erteilt hat. Und stellen Sie sich vor, der eigentliche Fund fand bereits vor neun Monaten statt. Sie haben also sechs Monate gebraucht, um den Plan zu schmieden und die notwendigen Vorbereitungen zu treffen.«

»Genügend Zeit, um ein Kriegsschiff auszuschlachten.«

»Genau. Und soweit ich weiß, ist das alles unter höchster Geheimhaltung geschehen. Niemand hat davon gewusst.«

»Okay. Und was ist mit unserem Aktenkoffer passiert?«

Borger runzelte die Stirn. »Eine gute Frage, Sir. Ich bin der Spur des Generals gefolgt, aber es sieht noch ein wenig verwirrend aus.« Eine Karte erschien auf den Monitoren mit Tausenden blauen Pünktchen in der Nähe des Regierungsgebäudes in Peking. »Ich kann sie ein wenig aufräumen, bin mir aber nicht sicher, ob es die Mühe wert ist.«

»Und wieso nicht?«, wollte Clay wissen.

»Weil der Standort seines Handys erst richtig interessant wird, *nachdem* Li das Extrakt übergeben hat.« Es erschien eine weitere Karte mit weniger Pünktchen. »Sie können sehen, dass sämtliche Koordinaten mehr oder weniger gleich sind, bis hierhin.« Er umkreiste einen der äußeren Pünktchen mit seiner Maus. »Hier verlässt Wei keine halbe Stunde nach Li das Gebäude. Und wenn man die Distanz und Geschwindigkeit zwischen den einzelnen Peilungen betrachtet, war er wahrscheinlich mit einem Auto unterwegs.«

Borgers Maus folgte den Pünktchen in eine bestimmte Richtung. »Und er ist hier entlang gefahren, bis wir sein Signal verloren haben.«

»Was soll das heißen? Befand er sich außer Reichweite?«

»Das bezweifele ich, Sir. Ich glaube eher, er hat sein Telefon einfach ausgeschaltet.«

16

Langford hob eine Augenbraue. »Er hat es ausgeschaltet?«

»Ja, Sir. Es gab genügend Sendemasten in seiner Nähe, sodass wir seine Spur auf keinen Fall verloren hätten. Aber selbst wenn das Signal für ein Telefonat ein wenig schwach war, so wären Textnachrichten überhaupt kein Problem gewesen, denn die können auch noch mit äußerst schwachem Empfang geschickt und empfangen werden. Und es hätte ausgereicht, um seine Position berechnen zu können.«

»Also bekommt er das Extrakt von Li, steigt sofort ins Auto, fährt nach Norden und schaltet sein Handy aus.« Langfords Stimme war sachlich. »Und dann?«

»Ab jetzt wird alles ein wenig bizarr.« Borger zögerte, ehe er fortfuhr. »Er war für beinahe vierzehn Stunden spurlos verschwunden, ehe sein Telefon wieder angeschaltet wurde, und zwar in der gleichen Gegend, in der er es ausgeschaltet hatte.«

»Also schaltete er es wieder ein?«

»Ja, Sir.«

Langford verschränkte die Arme vor der Brust und dachte nach. »Haben wir irgendwelche Hinweise, ob er das Extrakt noch immer bei sich hatte?«

»Das ist leider unmöglich zu bestimmen«, gab Borger zurück. »Aber ich wette darauf, dass das nicht der Fall war.«

Langford nickte. »Nun, ich würde das Ganze nicht unbedingt bizarr nennen. Ich gehe davon aus, dass der gute General es irgendwo oder bei irgendjemandem versteckt hat.«

»Äh, nein, das Bizarre kommt ja erst noch, denn General Wei ist zurück nach Peking gefahren und hat einen Parkplatz aufgesucht, um sich dann in seinem Auto das Leben zu nehmen.«

»Was?!« Sowohl Langford als auch Clay konnten es kaum fassen. »Soll das ein Scherz sein?«

»Nein, Sir«, protestierte Borger und schüttelte den Kopf.

»Verdammt«, stöhnte Langford. »Die Sache will einfach nicht besser werden.« Er starrte genervt in die Kamera seines Laptops. »Clay, werden Sie aus den Informationen schlau?«

»Nein, Admiral. Tut mir leid. Aber ich stimme mit Will überein. Wenn dieser General Wei einen so großen Aufwand betrieben hat, um an das Extrakt zu kommen, und kurz darauf verschwindet, um sich das Leben zu nehmen, können wir davon ausgehen, dass er die DNS nicht mehr bei sich hatte.«

Keiner der drei konnte sich einen Reim auf das Geschehene machen.

»Warum in aller Welt sollte ein Mann in einer solchen Machtposition, der auf einmal etwas besitzt, das so gut wie jeder Mensch auf der Welt haben möchte, einfach Suizid begehen?«

»Um den Deckel zuzumachen«, sinnierte Clay. Er musterte erneut Weis Bild auf dem Monitor, als bei ihm plötzlich der Groschen fiel. »Das ist es. Das ist die Antwort.«

»Was denn?«

Clay hob vor Aufregung die Stimme. »Es gibt keinen Coup in dem Ständigen Ausschuss des Politbüros, sondern vielmehr in der Zentralen Militärkommission. General Wei ist der Coup!«

»Wei?«

»Wei war der Befehlshaber in Guayana. Er wusste also, was man dort gefunden hatte. Er hatte die Befugnis, auf die *Bowditch* zu feuern. Und er hatte die Befugnis, das eigene Schiff *und* die *Forel* versenken zu lassen. Er wollte die Fracht zerstören. Die einzigen Überreste der mit DNS injizierten Bakterien befanden sich in dem Aktenkoffer, den Li ihm überreichte. Wei zerstörte systematisch alle Beweise, die darauf schließen ließen, was man in Guayana gefunden hatte.«

»Aber warum?«, wollte Langford wissen. »Warum sollte er etwas vernichten, das alles Bisherige in den Schatten stellen würde?« Er schüttelte den Kopf und dachte nach, ehe er sich an Will Borger wandte. »Will, wenn er das Extrakt zerstören wollte, dann hätte er es überall tun können, oder?«

»Wahrscheinlich.«

»Warum also sollte er sich die Mühe machen, zu verschwinden und dabei sein Handy auszuschalten?«

»Das kann ich auch nicht so richtig nachvollziehen.«

»Ich schon«, bemerkte Clay. »Und zwar, wenn er das Extrakt gar nicht zerstören wollte.«

Borger nickte. »Vielleicht wollte er es einfach nur *verstecken.*«

Langford verschränkte erneut die Arme vor der Brust und schnitt eine ernste Grimasse. »Er zerstörte alles, was er nicht kontrollieren konnte, und versteckte den Rest.«

»Anscheinend.«

»Was heißt, dass der Aktenkoffer sich noch in einem Umkreis von sieben Autostunden seines letzten Aufenthaltsortes befinden könnte.«

»Oder weniger«, fügte Borger hinzu. »Er könnte ja auch geschlafen haben.«

Nach einer lang anhaltenden Pause wandte sich Langford wieder an die beiden Ermittler: »Clay, wie ist Ihr Chinesisch?«

Clay, der die Zeit genutzt hatte, um mehr über Wei herauszufinden, schaute überrascht auf. »Wie bitte?«

Langford warf einen Blick auf seine Armbanduhr. »Sie sollten packen. Ich kümmere mich um den Flug. Borger, Sie haben circa dreizehn Stunden Zeit, um herauszufinden, wo Clay hinmuss.«

Um halb vier Uhr morgens befand sich Clay bereits in elf Kilometern Höhe an Bord einer C-20D Gulfstream III. Die C-20D war das bevorzugte Flugzeug der U.S. Navy und mit allerlei speziellen Navy-Kommunikationsgeräten nachgerüstet. Es war dasselbe Flugzeug, das Clay und Caesare vor einigen Wochen nach Brasilien transportiert hatte – eine Reise, die solch weitreichende Folgen gehabt hatte, dass niemand mit ihnen hätte rechnen können.

Clay starrte aus dem kleinen Fenster zu seiner Linken in die morgendliche Finsternis. Über ihm funkelten die Sterne. Ihm war ein wenig unheimlich, so ganz alleine in der Kabine zu sitzen und dem Dröhnen der zwei Rolls Royce Turbofan-Triebwerke zu lauschen, die das Flugzeug mit Höchstgeschwindigkeit durch die eiskalte Luft schießen ließen.

Die Gulfstream musste diverse Zwischenstopps einlegen, um es bis nach Manila, ihrem Endziel, zu schaffen. Weiter konnte er nicht in einer Regierungsmaschine fliegen, ohne unnötige Aufmerksamkeit zu erregen. Von dort musste er auf kommerzielle Anbieter umsteigen, erst nach Taiwan und dann nach Hongkong, um dann mit einem gefälschten Pass nach China einzureisen, ohne dass die Regierung es mitkriegen würde. Und sobald er sich erst mal in China befand, musste er die knapp zweitausend Kilometer nach Peking fliegen, was Borger hoffentlich genug Zeit verschaffte, um das Suchgebiet weiter einzuschränken. Natürlich blieb ihnen nichts anderes übrig, als davon auszugehen, dass sich der Aktenkoffer noch dort befand, wo Wei ihn versteckt hatte.

Clay versuchte sich zu entspannen und lehnte sich zurück. Er konnte sich nicht vorstellen, was General Wei dazu bewegt hatte, diesen Schatz zu zerstören oder zu verstecken, für dessen Gewinnung so viele Soldaten im Dschungel hatten hart arbeiten müssen.

Er schloss die Augen und dachte an Alison. Er stellte sich ihr Gesicht vor, wie ihr langes, braunes Haar über ihre Schultern fiel. Ihre wunderschönen Augen lächelten ihn an. Er erlag ihr immer mehr, und ein Lächeln spielte um seine Lippen, als er in den Schlaf glitt.

Eigentlich war es die Erschöpfung, die Clay in jener Nacht davon abgehalten hatte, General Weis Beweggründe zu erschließen. Als er zwei Tage später endlich dahinterkam, war es bereits zu spät.

17

Alison saß in ihrem Büro und dachte über John nach. Sie hatte gestern Abend einen Anruf von ihm erwartet, der aber nie gekommen war. Sie machte sich keine allzu großen Sorgen. Es diente lediglich als weiteres Beispiel der vielen Hürden, die eine Fernbeziehung mit sich brachte – insbesondere in Anbetracht ihrer Jobs. Und trotzdem bereute sie ihr Zusammensein mit John keine Sekunde. Ein Mann wie er war ein Diamant, zwar noch roh, aber trotzdem ein Diamant. Er war der Traum einer jeden Frau, der sich aber so gut wie nie realisierte. Sicherlich, es gab genügend wunderbare Männer auf der Welt, aber John Clay gehörte einfach in eine andere Liga.

Sie musste an die Woche denken, die sie nach ihrer Rückkehr aus Trinidad zusammen verbracht hatten. Die Spaziergänge am Strand, das Händchenhalten, das Gefühl der Sicherheit, das er ihr verliehen, und die Art, wie er mit ihr geredet hatte. Diese Gedanken beschworen Gefühle in ihr hervor, die Alison schon lange nicht mehr gekannt hatte, wenn überhaupt je.

All das machte es nur ironischer, dass ihr erst jetzt auffiel, dass sie ihr Handy im Auto vergessen hatte. Und die Tatsache, dass John Clay sich bereits mitten über dem Pazifik befand, ehe sie die Nachricht entdeckte, die er hinterlassen hatte, während das Flugzeug in Kalifornien wieder aufgetankt worden war.

Mit einem Seufzer schüttelte Alison diese Gedanken ab und stand von ihrem Stuhl auf. Sie ging um den Schreibtisch auf die Tür zu, die sie mit einer raschen Bewegung aufzog, um die Treppe hinab ins Parterre zu gelangen. Etwas nagte seit Trinidad an ihr. Etwas, gegen das sie sich sträubte, ohne genau zu wissen, warum. Während der letzten Monate war so viel geschehen. So viel Neues war passiert, dass Alison Angst vor dem hatte, was sie wohl als Nächstes erfahren würde.

Der Durchbruch mit Dirk und Sally war wirklich ein Wunder gewesen, das erst die moderne Technologie ermöglicht hatte. Sie hatte die Türen für ernstzunehmende Kommunikation zwischen den intelligentesten Spezies dieses Planeten weit aufgestoßen. Aber ihr Durchbruch war nicht nur bahnbrechend und aufregend, sondern auch angsteinflößend. Angsteinflößend insofern, als dass die Menschheit seit Jahrtausenden angenommen hatte, Tiere hätten keine erkennbare Kommunikationsfähigkeit und seien deswegen kaum mehr als niedere Kreaturen in dem Königreich, das die Menschen ihr Eigen nannten.

Jetzt aber ... jetzt hatten sie nicht nur eine tiefliegende Ebene der Kommunikation mit Dirk und Sally entdeckt, sondern auch eine beinahe beschämende Seite der menschlichen Überheblichkeit entblößt. Und obendrein noch ein Maß an Abgesondertheit von der Welt, in der sie lebten, bei dem Alison sich Sorgen um ihre eigene Spezies machen musste. Selbst ihre eigenen persönlichen Bekanntschaften fühlten sich langsam an, als ob sie keine wahre Bedeutung mehr besäßen. Stattdessen fühlte sie sich beinahe losgelöst vom Leben, vom Planeten Erde. Fälschlicherweise überlegen, materialistisch und emotionslos.

Eigentlich hatte Alison Angst, dass sich die Menschheit als *überhaupt nicht* menschlich entpuppte. Dass sie, anstatt die Welt um sie herum zu gestalten und zu formen, sie vielmehr unter dem vielschichtigen Namen der »Entwicklung« zerstörte. Und das Letzte, was sie jetzt gebrauchen konnte, war, noch enttäuschter von sich selbst oder ihrer Spezies zu sein.

Alison zwang sich ein Lächeln ab und öffnete die Türen zum Beobachtungsbereich. Sie hatte oft geglaubt, dass die Delfine, insbesondere Sally, es beinahe spüren konnten, dass sie auf dem Weg zu ihnen war. Diese Erkenntnis wurde wieder einmal bestätigt, da Sally bereits auf sie zu warten schien.

Hallo, Alison.

»Guten Morgen, Sally. Wie geht es dir und Dirk?«

Wir glücklich. Du?

»Ich bin auch glücklich.« Sie war dankbar, dass die Delfine die menschliche Mimik noch nicht lesen konnten. Aber selbst wenn Sally etwas Gegenteiliges aus Alisons Begrüßung hatte herausfiltern können, ließ sie es sich nicht anmerken.

Wo Chris?

»Chris ist noch nicht da, aber er sollte bald kommen.« Sie ging zum Becken und lehnte sich gegen einen Schreibtisch, der nur gut einen Meter vom Beckenrand entfernt stand.

Chris lustig, meinte Dirk, als er in Sicht schwamm.

»Ja, das ist er.«

Alison hielt inne und dachte darüber nach, wie sie am besten das Eis brechen sollte. Sie sollte einfach mit der Reise anfangen. Das wäre ein logischer Anfang. Insbesondere, weil ja so viel mehr an die Oberfläche gebracht worden war, als sie sich jemals hätten erträumen können.

»Sally und Dirk, ich möchte euch ein paar Fragen stellen.«

Ja, Alison. Wir reden.

»Wie oft … Wie oft geht ihr auf Reisen?«

Viele.

Alison runzelte die Stirn. Sie glaubte, dass ISIS die Antwort falsch übersetzt hatte. »Ich meine, wie viele im Jahr?«

Eine.

Alison wusste, dass das, was sie unter einem »Jahr« verstand, von den Delfinen »Zyklus« genannt wurde.

»Einmal jeden Zyklus?«

Ja.

»Und warum reist ihr?«

Reise wunderbar.

»Ja, da habt ihr recht.«

Dagegen war nichts einzuwenden. Das Tauchen mit ihnen vor Trinidad war mehr als nur wunderbar oder gar wunderschön gewesen. Sie waren auf ein Unterwasserparadies gestoßen, das weder sie noch ihr Team je zuvor gesehen hatten.

Und die Anzahl der Delfine war einfach atemberaubend gewesen. Tausende, Zehntausende, vielleicht sogar Hunderttausende bedeckten die Meeresoberfläche und glichen einem gigantischen, sich bewegenden Seeteppich.

»Also reist ihr, weil es wunderschön ist?«

Wir gehen zu binden. Binden ist stark.

»Zu binden?«

Ja. Und für stark.

Es war das erste Mal, dass Alison dieses Wort übersetzt sah: binden. Aber es bestätigte nur, was sie sowieso schon vermutet hatte. Es war nicht nur eine Reise, die sie jedes Jahr unternahmen, sondern eher eine Art Wanderung, eine Wallfahrt. Eine Wiederkehr zu etwas Tieferem, Bedeutungsvollerem. Offensichtlich nicht nur für das Individuum, sondern für das Kollektiv, für die Gruppe. Für die *Kultur!*

Sie starrte auf den Monitor und las die Übersetzung erneut. Und was sollte »für stark« heißen? Vielleicht eine starke Bindung?

»Sally«, begann Alison. »Was ist das Besondere an diesem Ort?«

Ein Piepsen ertönte, und ISIS markierte das Wort »Besondere«. Alison versuchte es erneut.

»Warum reisen die Delfine dorthin?«

Ort von Leben.

Alison runzelte die Stirn. Sie wusste nicht, was Sally damit sagen wollte.

»Ich verstehe nicht ganz.«

Ort von Leben, wiederholte sie. *Ein Zyklus.*

Alison wiederholte die Worte und versuchte so, sie zu verstehen. »Ja, jeden Zyklus. Das verstehe ich.«

Leben.

»Das verstehe ich nicht.« Sie schüttelte den Kopf. Noch immer ratlos versuchte sie es von einem anderen Gesichtspunkt aus. »Sally und Dirk. Was ist das Erste, an das ihr euch erinnern könnt?«

Im Beobachtungsbereich herrschte absolute Stille, während sie auf eine Antwort wartete. Als keine kam, blickte sie auf den Monitor, um herauszufinden, ob es vielleicht ein Übersetzungsproblem gab, sah aber keine Fehler. »Sally? Dirk?«

Verstehen Alison nicht, antwortete Dirk.

Alison wollte die Frage mit anderen Worten erneut stellen, hielt aber abrupt inne. Die Frage zu umschreiben war viel schwerer, als sie es sich vorgestellt hatte.

»Ich meine, wie …« Dann fehlte es ihr erneut an Worten. *Verdammt. Wie zum Teufel soll man denn Erinnerungen umschreiben?*

»Sally, Dirk. Kennt ihr gestern?«

Ja.

»Und kennt ihr gestern gestern?«

Ja. Ja, antwortete Dirk und lachte dabei. Alison runzelte erneut die Stirn.

»Ich meine, kennt ihr das Gestern von gestern?«

Ja.

»Und das Gestern von gestern gestern?«

Auf der anderen Seite der Glaswand richtete Sally ihre dunklen Augen auf Dirk und dann wieder auf Alison. Sie fragte sich insgeheim, ob Alison sich einen Scherz mit ihnen erlaubte.

Drei Tage zurück. Ja.

Alison lächelte sie vom Schreibtisch aus an. »Und zehn Tage zurück?«

Diesmal ertönte Sallys Stimme ohne jegliche Verzögerung. *Alison, du spielen?*

»Nein, ich spiele nicht.«

Dirk schwamm näher zu ihr hin. *Ja, Alison, auch zehn Tage zurück. Auch hundert Tage. Wir kennen alle Tage. Die Fragen lustig.*

Alison grinste. »Wie viele Tage zurück kennt ihr?«

Alle Tage.

»Wie viele Zyklen zurück?«

Alle Zyklen.

»Mehr als einhundert?«

Ja.

Endlich konnte Alison die Frage stellen, auf die es ihr ankam: »*Wie* wisst ihr, dass es mehr als einhundert Zyklen sind?«

Sallys Antwort war genau das, was Alison sich erhofft hatte.

Köpfe.

»Du meinst die Ältesten?«

Ja. Köpfe.

»Ihr wisst das von euren Ältesten, euren Köpfen. Bringen sie es euch bei?«

Ja. Köpfe lehren alles.

»Wie viele Älteste gibt es?«

Viele.

Alison starrte die beiden an. Sie konnte es kaum fassen. Ihre Ältesten brachten ihnen Sachen bei, darunter auch Dinge, die noch *älter* als sie selbst waren. Sie konnte vor lauter Aufregung kaum noch an sich halten. Wenn das, was Sally und Dirk ihr gerade erzählt hatten, korrekt war, dann besaßen Delfine mehr als nur Sprache und Kultur. Sie hatten eine *Geschichte!*

Alison behielt äußerlich die Ruhe, aber ihr Kopf geriet bei dem Gedanken, welche Konsequenzen ihre Unterhaltung mit Dirk und Sally haben würde, in helle Aufruhr. Weitere Fragen drängten sich ihr auf. Wenn die Delfine eine Geschichte hatten, war dies gleichbedeutend mit kognitivem Fortschritt. Es war mehr als nur Erinnerungen oder eine Kultur. Das erklärte auch, warum sie um ein Vielfaches intelligenter als viele andere Tiere waren. Echtes *Wissen* bestand aus vielen Bestandteilen, darunter auch Lehren, die über mehrere Generationen hinweg weitergegeben wurden. Das war ein Wissen, das vieles erst möglich machte und eine Zivilisation erblühen lassen konnte.

Alison suchte gedankenverloren nach etwas zu schreiben, als sie unterbrochen wurde.

»Miss Alison!«

Sie drehte sich um und sah Bruna, die wenige Meter hinter ihr stand. Sie hatte die Augen vor Aufregung weit aufgerissen.

»Bruna. Was ist los?«

»Miss Alison. Kommen Sie! Schnell!«

»Was ist denn?«

»Kommen Sie schon!«

Alison stieß sich vom Schreibtisch ab und folgte Bruna, die bereits auf die Türen zueilte. Raschen Schrittes holte Alison sie ein, bis die beiden Frauen vor den Flügeltüren standen.

Ohne Umschweife öffnete Bruna sie und verschwand dahinter.

Ehe sie ins Schloss fielen, hielt Alison einen Flügel fest, zog sie wieder auf und sah, wie Bruna den Korridor entlanglief und um die nächste Ecke verschwand.

Als Alison sie wieder eingeholt hatte und um die gleiche Ecke lief, blieb sie wie angewurzelt stehen.

Vor ihr im Empfangsbereich standen Lara und Ricardo Santiago, die Eltern der kleinen Sofia, Seite an Seite. Laras Augen waren vor lauter Heulen ganz rot und angeschwollen.

Alison starrte die beiden an, und das Lächeln verschwand aus ihrem Gesicht. *O nein. Nicht Sofia. Doch nicht so schnell!*

»Mr. und Mrs. Ricardo.« Ihre Stimme bebte. »W-was ist denn?«

Lara Ricardo schluckte ein Schluchzen hinunter und blickte ihren Ehemann an. Ohne ein Wort zu sagen, trat sie einen Schritt beiseite und gab den Blick auf eine Gestalt frei, die hinter ihr stand. Es war Sofia.

Alison konnte ihren Augen kaum trauen, so erleichtert war sie. Gleich aber machte die Erleichterung einer ungeheuren Verwunderung Platz. Sofia war nicht nur am Leben, sondern sie *stand*, zwar mithilfe von Krücken, aber sie stand!

Hinter ihr ertönte plötzlich ein Keuchen. Alison drehte sich um und sah DeeAnn mit offenem Mund und weit aufgerissenen Augen.

»Sofia! Du kannst ja stehen!«

Das Mädchen hatte alle Mühe, sich aufrecht zu halten, aber sie strahlte die beiden Frauen vor sich an. Ihre Mutter begann erneut zu heulen.

»Es geht ihr von Tag zu Tag besser!«

18

Wenige Minuten später rannte Alison, so schnell sie konnte, den Flur zurück, platzte durch die Türen, lief durch den Beobachtungsbereich auf die breite Treppe zu und nahm drei Stufen auf einmal. Oben angekommen hielt sie nicht eher inne, als bis sie vorm Computerraum stand. In einer Bewegung riss sie die Tür auf und raste hinein, um die drei Männer um Lees Schreibtisch versammelt stehen zu sehen.

»Hey, was ist denn los?«

Sie antwortete nicht, sondern lief durch den Raum auf sie zu. Die Mienen der Männer wurden zusehends besorgter, je näher sie kam.

Als sie vorm Schreibtisch anhielt, starrte sie Chris an. Sie musterte seine Wangen, trat einen Schritt zurück und sagte: »Zieh dein Hemd aus.«

»Wie bitte?«

»Du sollst dein Hemd ausziehen!«

Er blinzelte und warf Lee und Juan einen verwirrten Blick zu. »Äh, und warum genau soll ich das tun?«

»AUSZIEHEN!«

Chris zuckte zusammen, hob dann aber die Hände und zog sein weißes Polohemd über den Kopf, um seine olivfarbene Brust und seinen Bauch zu entblößen, der über den Gürtel quoll.

Er starrte sie an. »Zufrieden?«

Alison untersuchte ihn, drehte ihn dann langsam um und wiederholte die Prozedur auf seinem Rücken. »Deine Prellungen sind nicht mehr da.«

»Ja, Ali. Das nennt man Heilung.«

Sie ließ ihn einfach stehen und wandte sich stattdessen an Lee, der jetzt auch aufgestanden war. »Und wie sieht es bei dir aus?«

Er hob instinktiv die Hände und rief: »Halt! Halt!«, als sie auf ihn zuschritt. Dann breitete sich ein Grinsen auf seinem Gesicht aus. »Du weißt doch, dass ich verheiratet bin.«

»Lass den Quatsch!«, fuhr sie ihn an und drückte dann mit der Handfläche sanft in seine Seite. Lee aber reagierte nicht. »Was ist mit deinen Rippen passiert?«

Lee zuckte mit den Achseln. »Denen geht es gut.«

»Rippen heilen nicht so schnell!«

»Ich habe gute Knochen.«

»Ich rede nicht von deinen Knochen, Lee, sondern von den Muskeln, die sie umgeben. Es sollte Monate dauern, ehe die sich völlig erholt haben.«

»Dann war es wohl doch nicht so schlimm, wie wir vermutet hatten.«

Sie blieb ihm eine Antwort schuldig und wandte sich so ruckartig Juan zu, sodass er vor Schreck zurückwich. »Mir geht es auch gut!«, rief er abwehrend.

»Ali …« Aber ehe Chris überhaupt ausholen konnte, lief Alison bereits wieder aus dem Computerraum. Kaum hatte sie die Treppe erreicht, sprang sie die Stufen im Eiltempo hinab.

Dirk und Sally beobachteten vom Becken aus, wie Alison die Treppe herunterraste. Sie starrten ihr nach, als sie durch den Beobachtungsbereich lief und sich ihre Tasche vom Schreibtisch schnappte.

Sie wühlte in ihr herum und blickte dann frustriert drein, ehe sie etwas sagte, das ISIS nicht zu übersetzen imstande war. Aber es war offensichtlich, dass sie aufgebracht war.

Ihr Telefon lag noch immer im Auto. *Verdammt.* Alison dachte einen Augenblick lang nach, ehe sie den Blick hob und Dirk und

Sally im Becken anstarrte. Erst jetzt bemerkte sie, dass die beiden sie aufmerksam beobachteten.

Sie trat auf die beiden zu und stemmte die Hände in die Hüften. »Warum habt ihr kein Wort für krank?!«

Das war natürlich eine rhetorische Frage, aber Sally schwamm näher zum Beckenrand und antwortete.

Wir haben Alison.

»Nein! Nicht verletzt … ich meine krank! Wie bei einem Schnupfen oder einem Virus … oder einer *Krankheit!*«

Sally starrte sie an.

Nicht verstehen Alison. Du glücklich?

Alison verschränkte die Arme vor der Brust und holte tief Luft. »Es ist schwer zu erklären.«

Alison, du Ärger?

»Nein, Dirk. Ich bin nicht verärgert. Ich …« Sie verstummte, als sie eine Spiegelung in der Glaswand des Beckens bemerkte. Sie drehte sich um und sah eine ernst dreinschauende DeeAnn Draper hinter sich im Beobachtungsbereich stehen. Alison schaltete die automatische Übersetzung aus.

»Das hier kann nicht mit rechten Dingen zugehen.«

DeeAnn nickte. »Das kannst du laut sagen. Sofia kann auf einmal stehen, und das nur zwei Tage, nachdem sie hier war.«

»Und das ist nicht alles. Chris' Prellungen sind so gut wie verschwunden, und Lee scheint nicht mehr verletzt zu sein.«

»Was geht hier vor sich, Alison?«

»Wenn ich das nur wüsste.« Sie hielt inne und dachte nach. Eigentlich *wusste* sie es ja. Sie wusste, was Clay und Caesare im Dschungel gefunden hatten, was die Chinesen gefunden hatten. Diese Pflanzen. Dieselben Pflanzen, die Neely Lawton an Bord der *Bowditch* untersucht hatte, ehe sie versenkt wurde. Pflanzen mit einem merkwürdigen Erbgut, das ihnen erlaubte, sich in einem unheimlichen Tempo zu regenerieren. Was sie aber weder verstehen konnte noch wollte, war die Tatsache, wie diese Eigenschaften auf sie, die Forschungseinrichtung, geschweige denn auf Sofia, übertragen worden waren.

Niemand hatte das Muster, das Lawton in ihrem Labor untersucht hatte, auch nur angefasst. Chris und Lee hatten noch nicht einmal einen Fuß in das Labor gesetzt. Es blieb also nur noch sie übrig. Das fehlende Bindeglied.

War es möglich, dass sie, ohne es zu merken, in Kontakt mit den Bakterien gekommen war? Aber wie? Das konnte sie sich nicht erklären.

Alison fand sich in einer gedanklichen Sackgasse wieder. Wenn sie als fehlendes Glied nicht infrage kam, dann gab es keinen Zusammenhang. Es musste an etwas anderem liegen. Aber was gab es da noch, was die plötzliche Genesung erklären konnte? Und wenn es Sofia auf einmal auch besser ging, was hätte alle drei auf einmal heilen können?

Sie blickte auf ihren Arm. Sie hatte bereits den Verband abgenommen und verbog jetzt ihr Handgelenk in alle Richtungen. Es tat nicht mehr weh, ganz gleich, was sie tat. *Wie war das möglich?*

DeeAnn beobachtete sie, ohne ein Wort zu sagen. Endlich runzelte sie die Stirn und holte tief Luft. »Dann rück endlich raus mit der Sprache. Was habt ihr dort oben auf dem Berg gefunden.«

»Wie bitte?«

»Das wolltet ihr mir, also du und Steve, doch schon vor ein paar Tagen erzählen.«

»Ich dachte, du wolltest nichts davon wissen.«

»Ich habe meine Meinung geändert.«

»Einfach so?«

»Ja. Einfach so.«

»Heißt das etwa, dass du Steve helfen wirst?«

»Es heißt, dass ich mich entscheide, sobald ich alle Einzelheiten kenne.«

»Okay«, meinte Alison und nickte. »Dann solltest du dich lieber hinsetzen.«

DeeAnn lächelte, aber als sie merkte, dass Alison nicht zu Scherzen aufgelegt war, schnappte sie sich einen Stuhl und nahm Platz.

Alison blieb stehen, verschränkte die Arme vor der Brust und dachte einen Augenblick lang nach. »Weiß du noch, wie wir alle in Alves' Helikopter saßen?«

»Natürlich. Ich bin aufgewacht, als John und Steve das Innenleben verwüsteten.«

»Genau. Und danach ist es passiert. Wir verließen den Hubschrauber und folgten den Spuren, bis wir an die Quelle kamen, den Ort mit der höchsten Konzentration. Es war am Fuß einer Klippe. Aber das Wasser kam nicht von oben, sondern sickerte aus der Klippe *selbst.*«

»Aus der Klippe?«

»Ja.«

»Du meinst aus dem Gestein?«

»Ich meine von der anderen Seite. Es gab dort eine Art Höhle, DeeAnn. Mitten im Berg. Und die Klippe war nichts weiter als eine gigantische Tür.«

»Was soll das heißen, eine Klippe als Tür?«

»Es soll heißen, dass die Klippe sich *öffnete!*«

»Was?«

»Die Felswand. Sie öffnete sich. Und auf der anderen Seite war eine riesige Höhle. Und das Wasser, das in die Höhle sickerte, um letztendlich wieder hinauszulaufen, hatte sich verändert.«

»Verändert? Wie?«

Alison holte tief Luft. »Okay, ab jetzt hört sich das vielleicht etwas … etwas verrückt an. In der Höhle befanden sich gigantische Säulen. Sie ragten inmitten dieses pechschwarzen Raums einfach in die Höhe. Sie bestanden aus einer Art Glas, sodass man sehen konnte, was sich in ihnen befand. Es war eine grünliche Flüssigkeit, und in jeder dieser Säulen schwammen Tausende winziger Sphären, wie Luftblasen. Und in diesen Blasen lagen … nun, sie sahen aus wie Samen … und Embryonen.«

DeeAnn hob eine Augenbraue und betonte jedes Wort einzeln: »Hast – du – *Embryonen* – gesagt?«

»Ja.«

»Ihr habt Embryonen in dieser Höhle gefunden?«

»Tausende. Vielleicht sogar Zehntausende. Und das Wasser ist an diesen Säulen heruntergelaufen und wurde von ihnen verändert. Es war dasselbe Wasser, das die Pflanzen verändert hat, nachdem es wieder aus der Höhle kam.«

DeeAnn starrte Alison fassungslos von ihrem Stuhl aus an und blinzelte.

»Das Wasser war nicht die Quelle. Die Quelle war in der Höhle. Es waren diese Säulen oder was sich in ihnen befindet.« Ohne es zu merken, senkte Alison die Stimme. »Und die Chinesen haben diese Pflanzen gefunden, Dee. Sie haben alles geerntet, was sie mitnehmen konnten, und den Rest verbrannt. Aber ich glaube nicht, dass sie von dem Wasser wussten – und noch viel weniger von der Höhle in der Klippe.«

»Und wer soll das gebaut haben?«

»Wir haben keine Ahnung«, antwortete Alison. »Aber wer auch immer es war … *wir* waren es nicht.«

DeeAnn riss die Augen noch weiter auf. »*Wir?* Wen meinst du mit wir?«

»Wir hätten es unmöglich bauen können, Dee. Diese Dinger waren unglaublich hochentwickelt, und wenn ich unglaublich sage, dann meine ich *unglaublich*. Und auf dem Boden lag genug Staub, um mit Sicherheit sagen zu können, dass sich für eine seeeehhr lange Zeit niemand in der Höhle aufgehalten hat.«

»Wie lange?«

»Lange. Mindestens Hunderte von Jahren, vielleicht sogar Tausende.«

DeeAnn fand es genauso schwierig zu begreifen wie Alison damals. »Aber … warum? Warum sollte jemand … oder etwas … so etwas bauen?«

»Will glaubt, dass es sich um eine Art Tresor handelt. Ein Tresor einer anderen Spezies, damit ihr Erbgut überlebt. Er meinte, dass unsere Wissenschaftler so etwas Ähnliches in Norwegen gebaut haben.«

»Ein Tresor«, murmelte DeeAnn noch immer fassungslos. »Ein Tresor voller Embryonen.«

»Steve hat sich einen anderen Namen dafür ausgedacht. Er nennt es die außerirdische Arche.«

DeeAnn keuchte nach Luft. »Heilige ...«

»Das lässt das Ganze in einem etwas anderen Licht erscheinen, nicht wahr?«

»Um Gottes willen«, flüsterte DeeAnn. »Eine *Arche?*«

Alison nickte. »Aber anstatt Tiere zu schicken, haben sie Embryonen hineingetan. Und Samen. Will glaubt, dass die Flüssigkeit in den Säulen einen Nährstoff enthält, sodass sie nicht verenden.« Sie beugte sich zum Schreibtisch hinab und lehnte die Ellenbogen auf die Platte. »Und jetzt verstehst du auch vielleicht, warum Steve zurück muss. Denn irgendwie ist das, was in dem Wasser enthalten ist und die Pflanzen verändert hat, auch in dem kleinen Kapuzineräffchen.«

»Deswegen ist er so alt«, flüsterte DeeAnn noch immer völlig fassungslos.

»So lautet unsere Theorie. Die Pflanzen gibt es nicht mehr, aber die DNS befindet sich weiterhin in dem Affen. Und da sein Erbgut dem unseren sehr ähnlich ist, ist es vielleicht möglich, diese Eigenschaften auf uns zu transferieren.«

DeeAnn senkte den Blick und schüttelte den Kopf. Sie war schockiert. Nach einigen Sekunden schaute sie Alison wieder an. »Okay, warte. Und was soll das alles mit uns und Sofia zu tun haben?«

»Ich habe keine Ahnung. Aber die Auswirkungen scheinen zu ähnlich, als dass es sich um einen Zufall handeln könnte. Was ich aber nicht verstehe, ist, wie wir es mitgebracht oder transportiert haben sollen. Vielleicht ist das Wasser in den Ozean gelaufen?«

»Aber das würde doch heißen, dass diese gigantischen Pflanzen an jeder Küste sprießen würden.«

»Ja, da hast du auch wieder recht. Also muss es etwas anderes sein.«

»Sehe ich auch so. Und außerdem, wenn das Zeug sich tatsächlich im Meer befände, dann würde die Unterwasserflora und -fauna doch völlig durchdrehen. Vielleicht …« DeeAnn zuckte mit den Schultern, aber sie brachte die Worte dennoch nicht hervor, sondern starrte Alison an, deren Mund jetzt offen stand. Ihr Gesicht wurde ganz bleich.

»Um Gottes willen!«

»Was?«

»UM GOTTES WILLEN!«

DeeAnn blickte verwirrt drein. »Was? Was ist denn nur los?«

Alison sprang auf. »Es IST im Wasser! Im Ozean!« Sie wirbelte herum und starrte Dirk und Sally an, die sie weiterhin beobachteten. »Ich habe es GESEHEN! Ich habe es gesehen und es nicht einmal erkannt!« Ihr Blick wanderte zum Rand des riesigen Beckens. »Das ist es!«

»Was ist was?«

»Verstehst du nicht?!«, rief Alison. »Sofia! Unsere Männer waren nicht im Wasser mit ihr, nur ich. Aber ich war nicht diejenige, die es mitgebracht hat, sondern DIRK UND SALLY!«

»Heiliger Vater!«

»Ja, heiliger Vater!« Alison schnappte sich ihre Tasche und suchte nach ihrem Autoschlüssel. Kaum hatte sie ihn in der Hand, lief sie zur Tür.

»Wo willst du denn hin?«

»Ich brauche mein Telefon!«

19

Wenn man das erste Mal in seinem Leben im Everglades Nationalpark in Florida steht, bietet sich einem ein wahrlich wundersamer Anblick. Er umfasst beinahe den halben Bundesstaat und ruht auf einem gigantischen Kalkstein-Schelf. Der riesige Lake Okeechobee ist eigentlich ein gigantischer, extrem langsam fließender und sehr flacher *Fluss* mit einer Breite von bis zu hundert und einer Länge von gut hundertsechzig Kilometern. Er durchquert gigantische Sauergrasmärsche und Mangrovenwälder auf seinem Weg durch das südliche Florida, ehe er in der Florida Bay ins Karibische Meer mündet.

Heutzutage, über ein Jahrhundert nach den ersten Großbauprojekten, ist ein Netzwerk aus Kanälen, Dämmen und Deichen entstanden, das sich über zweitausendzweihundertundfünfzig Kilometer erstreckt und sich das Wasser der Everglades zunutze macht. Dutzende moderner Städte hätten ohne diesen gigantischen, aber extrem flachen Fluss namens Everglades nie wachsen und gedeihen können.

Die Luft an jenem späten Morgen wurde von dem südwestlichen Wind erwärmt, der über die endlosen Marschen blies. Das einzige Anzeichen seiner Existenz waren die winzigen Wellen, die er auf dem klaren, flachen Wasser schlug, über die das beinahe fünf Meter lange Kanu mühelos auf seinem Weg in einen der unzähligen Mangrovenwälder glitt.

Die Frau hob das Paddel, ehe sie in einen kleinen Kanal abbog. Sie musste die Seite wechseln, um einigen Wurzeln auszuweichen, die weit ins Wasser ragten und den Anschein machten, als ob sie ihre eigene Brücke über den Kanal bauen wollten.

Der mysteriöse Everglades Nationalpark gehörte mit zu ihren Lieblingsorten. Während ihrer vier Jahre an der University of Miami hatte sie Wochen am Stück in ihm verbracht und sein unglaublich kompliziertes Ökosystem untersucht. Und je tiefer sie sich in die Materie einarbeitete, desto wundersamer und fantastischer wurde sie.

Die Frau paddelte langsam zwischen den Bäumen hindurch und ließ das Kanu auf den winzigen Wellen treiben, während sie einen ausufernden Manchinelbaum musterte, der sich weit ins Wasser lehnte. Der Manchinelbaum ist einer der tödlichsten Bäume der Welt und in Florida heimisch. Seine Blätter und kleinen Früchte, die wie Äpfel aussehen, sind extrem giftig. Die Karibenindianer hatten seinen legendären Saft als Gift für ihre Pfeile verwendet, sodass ihre Feinde einen langsamen und qualvollen Tod starben. Dieses Gift hat einen tragischen, ja beinahe ironischen Platz in der Geschichte, wurde es doch benutzt, um den berühmten Entdecker Juan Ponce de León in einer Schlacht zur Strecke zu bringen, während er sich auf der Suche nach dem legendären Jungbrunnen befand.

Ihre Masterarbeit befasste sich ebenfalls mit dem Manchinelbaum. Allein die Kraft seines biologischen Designs faszinierte sie. All diese tödlichen Gifte, verpackt in einem Kokon natürlicher Schönheit und Unschuld. Es kam ihr beinahe wie eine evolutionäre Anomalie vor, dass ein pflanzliches Lebewesen jedes tierische Lebewesen bereits durch eine kleine Berührung umbringen kann. Natürlich ist der Manchinelbaum nicht die einzige giftige Pflanze auf der Welt, aber seine Wirkungskraft und Effektivität in der Zerstörung eines jeden höheren Lebewesens bilden eine Klasse für sich.

Das Universum basiert auf einem Equilibrium, dessen war sie sich sicher. Es gibt kein Licht ohne Dunkelheit, keine Wärme ohne Kälte, keinen Tod ohne Leben. Ausdehnung und Kontraktion, formlos und gestaltet, die Liste würde nie enden. Was sie aber so sehr am Manchinelbaum faszinierte, war die Tatsache, dass seine Giftstoffe so *selten* sind und sich doch in diesem Baum vereinten, um etwas absolut Tödliches zu bilden – darunter auch Gifte, die die Menschheit noch immer nicht zu identifizieren imstande ist.

Für sie war es der beste Beweis, dass in der Biologie absolut alles möglich war, ganz gleich, wie unwahrscheinlich es auch sein mochte. Und wenn ein Organismus sich zu einem perfekten Killer entwickelt hatte, dann reichte seine Existenz alleine schon aus, um nach einem anderen zu suchen, der sich als der perfekte Heiler herausstellte. Ein Organismus, der genauso seltsam und wundersam wie der Manchinelbaum war.

Und sie glaubte, ihn gefunden zu haben. Nein, sie war sich absolut sicher. Aber jemand anderes war ihr zuvorgekommen, und die Geschehnisse, die sich danach ereignet hatten, waren verheerend gewesen. Sie hatte eine der größten biologischen Anomalien in der Geschichte der Menschheit kurz in den Händen gehalten, ehe es zu einem gewaltsamen Ende gekommen war.

Sie hatte sich an Bord der *Bowditch* befunden, als ein Torpedo das Schiff getroffen, ein großes Loch in den Rumpf gerissen hatte und es inmitten eines Feuerballs gesunken war. Sie hatte das Schiff gerade noch rechtzeitig verlassen können, eine Tatsache, die sie nur einem Mann zu verdanken hatte. Einem Mann, der es im Angesicht einer unmöglichen Situation doch geschafft hatte, die meisten seiner Besatzungsmitglieder zu retten. Es war derselbe Mann, der sein Leben gab, um seinen ersten Maschinisten unter Deck zu retten. Letztendlich war der Captain der größte Held, den sie gesehen hatte. Aber für sie war er mehr als nur ihr Kapitän gewesen, er war ihr *Vater*. Ein Vater, der nicht nur seine Mannschaft gerettet, sondern sich auch zwischen den Tod und seine eigene Tochter gestellt und gewonnen hatte.

Tränen stiegen in ihre Augen, als sie das Paddel auf ihren Schoß legte und das Kanu langsam zum Stehen kam.

Ihr Vater war tot. Ihr Held. Ihr Papa.

Neely Lawtons Tränen strömten ihre Wangen hinab, als ob sie nie enden wollten. Selbst eine Woche in der völligen Einsamkeit ihrer geliebten Everglades hatte nicht gereicht, um ihr gebrochenes Herz zu heilen. Sie wusste, dass es dauern würde, aber einfach loslassen wollte sie auch nicht. Sie sträubte sich mit jeder Faser ihres Körpers dagegen, ihren Vater zu einer faden Erinnerung oder einer Anreihung von Bildern verkommen zu lassen, die ab und zu vor ihrem inneren Auge auftauchten. Sie wollte, dass er stets bei ihr blieb.

Lustlos saß sie in ihrem Kanu und lauschte den vielen Geräuschen um sich herum – dem Zwitschern der Vögel und dem Plätschern des Wassers um den abgenutzten Rumpf des Kanus. Vor ihren Knien lag ihr Rucksack und das Zelt, beide ordentlich zusammengepackt und gut verstaut.

So saß sie eine halbe Stunde einfach da, das Kanu bewegungslos gegen eine Mangrovenwurzel geklemmt, als sie es hörte. Das Geräusch eines Motors. Er kam näher. Der Ton war hoch, sodass es sich um ein in Florida typisches Sumpfboot handeln musste. Aber was hatte ein Sumpfboot hier in den Tiefen der Everglades zu suchen?

Neely befand sich *meilenweit* von den größeren Seen und Fahrrinnen entfernt. Seit Tagen schon hatte sie keine Seele mehr gesehen, sodass das Geräusch sie jetzt sowohl neugierig machte, ihr aber gleichzeitig auch Sorgen bereitete.

Es war höchst unwahrscheinlich, dass jemand sich einfach in den Kopf gesetzt hatte, den Watson River so weit flussaufwärts zu fahren. Zudem schien das Boot direkt auf sie zuzusteuern.

Ihr war die ganze Zeit über niemand aufgefallen, was aber nicht hieß, dass man sie nicht gesehen hatte.

Jemand hatte sie tatsächlich gesehen. Und dieser jemand würde sich bald schon wünschen, das nicht getan zu haben.

Sal und Jered Hicks saßen auf den erhöhten Sitzen ihres alten, verkommenen Sumpfboots. Sie waren in den Marschen und unerschlossenen Wäldern des südlichen Floridas groß geworden, zwei Brüder, die den Großteil ihres Lebens auf den menschenleeren Gewässern der nordwestlichen Everglades verbracht und alles gejagt hatten, was man auf dem Schwarzmarkt verkaufen konnte – geschützt oder nicht. Aber die Glades schenkten den beiden etwas viel Wichtigeres als illegal gefangene Alligatoren. Hier waren sie sicher, hier in diesem Dschungel konnten sie einfach für ein paar Monate verschwinden, insbesondere wenn man sie suchte. Für die Gebrüder Hicks war der größte natürliche Schatz des Bundesstaats Florida dieses riesige Versteck, in dem sie der Außenwelt entfliehen konnten.

Sal und Jered hatten das rote Kanu am frühen Morgen erspäht und waren ihm unauffällig gefolgt, bis sie sich absolut sicher waren, dass die Frau alleine unterwegs war. Jetzt, da sie den Motor angeworfen hatten, war Eile geboten.

Neely lehnte sich vor, als das Sumpfboot hinter einer Böschung in Sicht schoss. An Bord befanden sich zwei Männer. Beide trugen T-Shirts und Shorts, einer einen großen Hut mit Tarnmuster, dessen große Krempe sein bärtiges Gesicht in tiefen Schatten tauchte. Der Hut des anderen war ähnlich groß, aber aus Stroh und ungemein dreckig.

Als sie den Wasserlauf auf sie zu rasten, hörte sie, wie sie vom Gas gingen. Das Boot kippte etwas nach vorne und wurde langsamer. Als sie sich keine hundert Meter mehr von ihr entfernt befanden, schalteten sie in den Leerlauf und starrten Neely an, während ihr Boot langsam auf sie zutrieb.

Der Mann mit dem kurzen Bart und dem Strohhut am Steuerstand lächelte unter der breiten Hutkrempe. »Hallöchen.«

Neelys Antwort war reservierter: »Hallo.«

»Was macht denn so ein reizendes Geschöpf wie du hier draußen? Hast du dich etwa verirrt?«

»Nein.«

»Bist du dir sicher?«

Sie richtete ihre Aufmerksamkeit jetzt auf den zweiten Mann, dessen Gesicht sie kaum ausmachen konnte.

»Absolut.«

Der Bootsführer nickte, machte es sich auf seinem Sitz bequem, wandte sich ab und schien die Umgebung abzusuchen. »Ich sehe keine Freunde. Ich hoffe, dass du nicht so ganz alleine hier draußen bist, denn hier gibt es allerlei grässliches Viehzeug. Da sind Alligatoren und Krokodile das kleinste Übel.«

»Mir geht es gut.«

»Sollen wir dich abschleppen? Das geht schnell.«

»Vielen Dank, es geht mir gut. Danke.«

Der Bootsführer nickte erneut und blickte sich ein zweites Mal um. Dann wandte er sich seinem Bruder Jered zu, der die Frau keinen Augenblick aus den Augen gelassen hatte. Ohne ein Wort zu verlieren, öffnete Jered die Hand und ließ eine leere Bierdose auf den mit Müll übersäten Boden des Bootes fallen. Den Fuß hatte er auf eine dreckige Kühlbox gelegt, die mit einem noch viel schmutzigeren Gummiseil festgebunden war.

Langsam formte sich ein Lächeln auf seinen dünnen Lippen. »Sieht ganz so aus, als ob die Maus nicht abgeschleppt werden will.«

»Ich sagte doch, dass es mir gut geht.«

Ihre Antwort ließ Jereds Lächeln noch breiter werden, sodass man seine vergilbten Zähne sehen konnte. »Sie sagt, es geht ihr gut.«

Der größere und dickere Sal schüttelte den Kopf. »Ich glaube nicht, dass sie weiß, wie gefährlich es hier draußen sein kann.« Er starrte sie unentwegt an. »Wie gesagt, hier gibt es Alligatoren, die groß genug sind, um …« Er hielt mitten im Satz inne, als er ihre Sitzposition bemerkte.

Ihr Oberkörper war nach vorne gelehnt, als ob sie sich mit der

Hand auf dem Sitz vor ihr abstützte. Aber ihre Hand befand sich nicht auf dem Sitz, sondern einige Zentimeter davor in ihrem offenen Rucksack.

»Was hast du denn da, Mädchen?«

Auch Jered hatte es bemerkt, hörte aber nicht zu lächeln auf. »Ich glaube nicht, dass dir dein Handy hier draußen viel bringen wird.«

Sie blickte die beiden Männer an, die jetzt zu lachen begannen. Jered nickte, stand von seinem Sitz auf und ging zum Bug. Der Motor lief weiterhin im Leerlauf, während das Sumpfboot noch immer langsam auf sie zu glitt. Die beiden Männer waren jetzt nur noch fünf Meter von ihr entfernt.

Sal verstand das Nicken seines Bruders und legte die Hand auf den Gasgriff. Ein rascher Schub des Propellers, und sie wären am Ziel.

Aber gerade, als er die Hand auf den metallenen Griff legen wollte, erstarrte er. Neely hatte plötzlich eine Waffe in der Hand.

Ihr Zeigefinger ruhte knapp über dem Abzugshahn der vernickelten 9mm Sig Sauer. Ihr Vater hatte ihr das 1911er Modell anlässlich ihrer bestandenen Offiziersausbildung geschenkt.

Sie starrte Jered weiterhin an, der sich jetzt zu ihr lehnte und darauf wartete, dass sein Bruder endlich Gas gab. Jetzt aber weiteten sich seine Augen, als er das metallene Schimmern des Waffenlaufs sah. Er richtete sich schlagartig wieder auf und blickte in Neelys graublaue, unerschrockene Augen.

Er hob die Hände und legte sie auf seine Brust. »Alter Schwede, immer mit der Ruhe, Süße. Wir wollen doch nur dein Bestes, oder?« Er drehte sich zu Sal um, der sich nicht vom Fleck rührte.

»G-genau. Der nächste Ort ist meilenweit weg, und wir dachten nur, dass es nett wäre, wenn wir dir ein wenig helfen würden.«

»Ich brauche keine Hilfe.«

»Das sehen wir.«

Jered senkte den Blick rasch zu Boden, auf dem sein Seesack

lag. Darin befand sich seine eigene Waffe. Er hatte sie extra wasserdicht verstaut, wünschte sich jetzt aber, dass er nicht so vorsichtig gewesen wäre. Er überschlug in Gedanken, wie rasch er sie wohl herausnehmen könnte. Geladen und schussbereit war sie ja.

Die beiden Männer starrten einander an und schienen zu einer Übereinkunft zu kommen. Sie hatten schon des Öfteren in der Klemme gesessen … schon viel schlimmere Dinge als das hier durchlebt. Sie tauschten einen wissenden Blick aus. *Nur weil eine Frau eine Knarre hat, heißt das noch lange nicht, dass sie sie auch gebrauchen kann.*

Sie überlegten ihre nächsten Schritte, als Neely unerwartet mit der freien Hand erneut in ihren Rucksack griff und etwas anderes hervorholte. Es handelte sich um ein Kleidungsstück und ließ selbst die letzten Gedanken der beiden an eine weitere Konfrontation in Luft auflösen.

Mit ruhiger Hand zog sie die dunkle Baseballkappe hervor, setzte sie sich falsch herum auf und zog sie dann nach vorne. Über dem Sonnenschirm standen vier große weiße Buchstaben.

N – A – V – Y.

Die Mienen der beiden Männer veränderten sich schlagartig. Diese Frau wusste ganz bestimmt, was man mit so einer Pistole alles anfangen konnte.

»Die braucht keine Hilfe, J.«

Jered nickte erneut und verließ den Bug des Sumpfboots. Sein Bruder gab Gas und steuerte hart rechts. Langsam wandte sich das Sumpfboot vom Kanu ab und vollendete eine Kehrtwende, wobei es nur knapp am gegenüberliegenden Ufer vorbeischrammte. Kaum hatten sie eine weitere Mangrovenwurzel hinter sich gebracht, drehten sie das Gas voll auf, und das Boot schoss in dieselbe Richtung, aus der es gekommen war.

Der Schwall heißer Luft und der Gestank nach Benzin zog an Neely vorbei, während sie den beiden nachschaute. Das Herz in ihrer Brust pochte heftig, und eine Schweißperle rann unter ihrer

Baseballkappe hervor und am linken Ohr vorbei. So viel Angst hatte sie schon seit Langem nicht mehr gehabt.

Stunden später bog Neely Lawton in ihrem Kanu in die Flussmündung. Ihr Ziel lautete Tarpon Creek am südöstlichen Ende der Whitewater Bay. Sie gönnte sich eine Pause und schielte zur Sonne, die sich anschickte, ihr einen weiteren glorreichen Sonnenuntergang in den Everglades zu bieten. Sie streckte sich und beobachtete Dutzende Vögel, die sich in die warme, windstille Luft erhoben. In Ufernähe lauerte ein Alligator, der sie fixiert hatte. Nur die Nase und die Augen waren über der Wasseroberfläche.

Sie würde es nicht schaffen. Es war noch zu weit bis zum Tarpon Creek, was eine weitere Nacht auf einer der Pfahlplattformen bedeutete. Nach der unheilvollen Episode an jenem Morgen war sie nicht unbedingt erpicht darauf. Die Angst, dass die beiden Männer sie weiterhin verfolgten, garantierte eine schlaflose Nacht, die ihr schier unendlich vorkommen würde.

Plötzlich ertönte ihr Handy. Das Klingeln drang gedämpft aus ihrem schweren Rucksack. Sie hatte wieder Empfang. Neely ließ das Paddel ins Kanu fallen und zog rasch ihr Telefon hervor, ehe sich der automatische Anrufbeantworter einschaltete. Es war eine ihr unbekannte Nummer.

»Neely Lawton.«

»Neely, hi. Alison Shaw am Apparat. Wir lernten uns vor einigen Wochen an Bord …«

»Ich erinnere mich gut an Sie, Alison. Wie geht es Ihnen?«

»Mir geht es gut, aber wie geht es *Ihnen?*«

Neely ließ den Blick über das Mündungsdelta schweifen, dessen Wasser den azurblauen Himmel widerspiegelte. »Der Tag war ein wenig durchwachsen. Was kann ich für Sie tun?«

»Ah, ja. Wenn Sie ein wenig Zeit hätten … Ich muss mit Ihnen über etwas reden. Es ist sehr wichtig.«

Neely lehnte sich in ihrem Sitz zurück und streckte die Beine aus. »Ich habe gerade sehr, sehr viel Zeit.« Sie zögerte und dachte kurz nach. »Wie haben Sie eigentlich meine Nummer bekommen?«

»Durch Admiral Langford.«

»Admiral Langford?«

»Ja.«

»Oha. Okay, dann schießen Sie mal los.«

Sie hörte, wie Alison am anderen Ende der Leitung Luft holte.

»Es geht um etwas, das Sie bei unserer letzten Besprechung erwähnt haben. Als wir vor Guayana lagen. Konkret geht es um die Pflanzen, die Sie auf dem Schiff untersucht haben.«

»Okay.«

»Die Sache ist die«, erklärte Alison. »Ich glaube, so etwas Ähnliches passiert gerade hier.«

Jetzt hatte sie Neelys ungeteilte Aufmerksamkeit. »Wie bitte? Wo?«

»Hier in Puerto Rico, in meiner Forschungseinrichtung.«

»Puerto Rico?«

»Ja.«

»Und wie kommen Sie …«

Alison unterbrach sie jäh. »Das ist eine lange Geschichte und würde den Rahmen eines Telefongespräches sprengen. Aber ich habe gehofft, dass Sie bei uns vorbeischauen könnten. Wir brauchen dringend Ihre Hilfe.«

»Ja«, antwortete Neely, ohne zu zögern. »Selbstverständlich.« Dann hielt sie inne, als ihr bewusst wurde, wo sie sich befand. »Äh, es könnte ein wenig dauern. Der nächste Flughafen ist nicht gerade um die Ecke.«

»Ich glaube nicht, dass das ein Problem ist. Admiral Langford meinte, er kümmere sich um den Transport.«

»Aber der weiß doch gar nicht, wo ich bin.«

»Er sagte, dass Will Borger nach Ihnen sucht. Ich gehe mal davon aus, dass er es recht schnell herausfinden wird.«

Neely lächelte. Es war das erste Mal seit Langem, und sie musste zugeben, dass es sich gut anfühlte. »Nun gut, Alison, Ihr Timing hätte nicht besser sein können.«

DeeAnn saß auf ihrem Stuhl und warf Alison einen Blick zu, als diese auflegte. »Du hast also deinen Gefallen eingefordert.«

»Mir blieb nichts anderes übrig.«

DeeAnn nickte, wandte sich von Alison ab und schaute auf die Doppeltüren, die in den Empfangsbereich führten.

Alison folgte ihrem Blick und fragte neugierig: »Was ist denn?«

»Sofia.« DeeAnn wandte sich ihr wieder zu und fuhr fort: »Ich habe mir das alles noch mal durch den Kopf gehen lassen. Ihren ersten Besuch, und den jetzt.« Gedankenverloren wischte sie mit dem Ärmel über den Schreibtisch. »Ich sehe noch immer das Bild vor mir, wie sie im Rollstuhl saß. Sie wusste sehr wohl, was ihr bevorstand, aber sie hat nichtsdestotrotz weitergekämpft. Zu keinem Zeitpunkt war sie bereit aufzugeben. Zumindest nicht freiwillig.«

Alison grinste. »Da hast du recht.«

DeeAnn schüttelte den Kopf. »Kannst du dir vorstellen, wie viel Angst sie gehabt haben muss? Die ganze Zeit über hat sie gewusst, was ihr blühte. Aber sie kämpft *trotzdem* weiter.« Fast ungläubig starrte sie Alison an. »Sie ist acht, Alison. Acht!«

»Und dann schau ich mich an, alt wie ich bin, und habe Schiss davor, was wohl passieren könnte, wenn ich zurück in den Dschungel fahre. Aber Sofia *wusste*, was passieren würde. Ich versuche davonzulaufen … während die Kleine einfach *leben* will. Weißt du, wie es mir dabei geht? Ganz schön beschissen, kann ich dir sagen.«

»Wir sind alle mit unserem eigenen Leben beschäftigt, Dee. Jeder muss seine eigenen Entscheidungen treffen.«

DeeAnn zuckte mit den Schultern. »Und jetzt ist Steve wieder da und versucht etwas zu schützen, dessen Entdeckung ungeheure

Folgen hätte, sowohl gute wie auch schlechte. Jedes Land würde dafür einen Krieg beginnen. Aber was, wenn es Sofia hilft? Was, wenn wir anderen wie Sofia helfen könnten?«

Alison blieb ihr eine Antwort schuldig.

»Selbst wenn mir etwas zustoßen sollte, Ali, wie viele Leben ist mein Leben wert? Oder schlimmer noch, was geschieht mit ihnen, wenn Steve scheitert ... weil ich nicht bereit war, ihm zu helfen?«

»Ich glaube nicht, dass es so einfach ist«, gab Alison leise zurück.

»Nein? Dann erklär mir bitte, wie ich jemandem wie Sofia noch in die Augen schauen kann, wenn ich mich weigere?«

DeeAnn stand auf.

Alison schaute sie fragend an. »Soll das etwa heißen, dass du Steve helfen wirst?«

»Nicht, ehe ich ein Wörtchen mit Juan geredet habe.«

20

Die kleine Militärbasis, Heimat der berühmt-berüchtigten Naval Special Warfare Development Group (NSWDG), war auch unter dem Namen DEVGRU bekannt. Als solches hätte man von einer gewissen Größe ausgehen können, die sie aber nicht besaß. Viel Betrieb gab es auch nicht. Das Gelände umfasste etwas mehr als sechs Hektar, auf denen ein Dutzend verschieden große Gebäude standen. Die legendäre Basis war auch viel einfacher, als ihr Ruf suggerierte. Aber so sehr einen der Anblick doch enttäuschte, sobald man eintrat, erhielt man einen völlig anderen Eindruck.

Es wurde gemunkelt, dass die Heimat von NSWDG, gerade mal sechs Kilometer südlich von Virginia Beach in Dam Neck, Virginia, über ein Budget verfügte, das fast so groß war wie das des gesamten Marinekorps der Vereinigten Staaten. Somit besaß das Team, das früher unter dem Namen SEAL Team Six geläufig war, Zugang zu den modernsten Waffen und sonstigen militärischen Technologien, wie die Welt sie noch nicht gesehen hatte. Und die Ausbildungseinrichtungen sowohl auf als auch unter der Erde zollten dieser Tatsache Tribut.

Und genau hier, im südlichsten und relativ unscheinbaren Gebäude, starrte Steve Caesare auf ein großes Hologramm, das über dem Tisch zu schweben schien. Er hatte sich mit beiden Händen aufgestützt und schüttelte langsam den Kopf. *Das würde ein hartes Stück Arbeit werden.*

Kritische Missionen wurden normalerweise von einer Reihe von SEAL-Einsatzleitern geplant, um sicherzugehen, dass sie auch kein Detail übersahen und für jede Eventualität vorbereitet waren. Dieses Mal aber waren Caesare und seine Männer auf sich alleine gestellt. Sie standen einzig und allein unter dem Befehl Admiral Langfords und hatten die Anweisung, den Job zu erledigen. Je weniger Menschen davon wussten, desto besser. Ressourcen spielten keine Rolle. Sie konnten haben, was sie wollten. Admiral Langford würde es ihnen besorgen.

Aber die Ressourcen waren nicht das Problem. Caesare war sich sogar sicher, dass kein Material auf dieser Welt, es sei denn vielleicht ein Tarnumhang, ihnen bei dieser Mission helfen konnte.

Der hochgewachsene Italoamerikaner grübelte über den letzten Gedanken nach, wusste er doch genau, dass das Verteidigungsministerium sich ernsthaft mit Tarnkappentechnologie auseinandersetzte. Man brauchte lediglich ein Material, das das Licht bog, aber es würde noch Jahrzehnte dauern, ehe es einsatzbereit war. Aber so lange konnte er nicht warten, ganz gleich, wie nützlich so etwas sein würde.

Ein weiterer Stolperstein war die Tatsache, dass sie die Abläufe vorher nicht einstudieren konnten, und die SEALs trainierten *jeden* Einsatz, bis sie ihn im Schlaf konnten, gefolgt von einer detaillierten Einsatzbesprechung. Dies würde die erste Mission sein, die seine drei jüngeren Teammitglieder vollbringen mussten, ohne in den Genuss dieser wichtigen Vorbereitungsmaßnahmen zu kommen, und ihre Zweifel standen ihnen in die Gesichter geschrieben.

Corso, Anderson und Tiewater standen zusammen mit Caesare am Tisch und kamen zum gleichen Schluss wie er. Dass sie noch nie einen Primaten hatten retten müssen, war völlig egal, aber wie sollten sie nur auf den Berg gelangen und wieder verschwinden, ohne dass jemand auf ihre Anwesenheit aufmerksam wurde? Diese Aufgabe war, gelinde gesagt, etwas problematisch.

Die brasilianische Armee sammelte sich in der Militärbasis in Belém, die den Acarai Bergen am nächsten war. Laut Berichten von Will Borger war die guyanische Regierung außer sich, als sie erfuhr, was die Chinesen auf ihrem Hoheitsgebiet angestellt hatten und lehnten jede Bitte ab, das Gebiet in Augenschein nehmen zu dürfen. Und um es noch schlimmer zu machen, gelangten einzelne Fakten unweigerlich ans Licht der Öffentlichkeit, was auch Venezuela und Surinam dazu brachte, ihre Tore zu verriegeln.

Venezuela kam aus offensichtlichen Gründen so oder so nicht infrage, und jeder Flugplatz in angrenzenden Ländern, der groß genug für ein Militärflugzeug war, begann unangenehme Fragen zu stellen. Sogar die kleineren zogen mittlerweile nach. Aber selbst wenn sie es nach Südamerika schafften, mussten sie auch noch vor Ort gelangen, und es gab nur zwei befahrbare Straßen, die an dem Berg vorbeiführten. Beide waren sehr lang und hatten ihre Tücken. Tiago Otero und seine Armee würden sich von Süden nähern, was nur noch die Straße übrig ließ, die in Guayanas Hauptstadt Georgetown endete und die die Chinesen in den Dschungel gestampft hatten, um ihren Schatz zu bergen. Und die war mittlerweile proppenvoll mit allerlei Behörden, die herausfinden wollten, was genau geschehen war.

Die Chancen, dass Caesares Team es unbemerkt bis zum Gipfel schaffen würde, standen mehr als schlecht.

Die dreidimensionale Karte vor ihnen bildete das Terrain in bemerkenswertem Detail ab, inklusive den naheliegenden Gipfeln, über denen kleine weiße Zahlen zu schweben schienen.

»Wir brauchen trotzdem zwei Fahrzeuge«, meinte Corso mit tiefer Stimme. »Und extra Treibstoff, um hin- und zurückzukommen.«

Natürlich hatte er recht. Die Steigungen machten jeden Motor durstig. Oben angekommen, könnten sie die Kanister zwar wegwerfen, aber trotzdem bedeutete es weniger Platz für ihre Ausrüstung. Und das zweite Fahrzeug war als Back-up unabdingbar. Schließlich könnte das erste in Schwierigkeiten geraten. Gleichzeitig aber erhöhte es auch die Chancen, dass man auf sie aufmerksam wurde.

Tiewater stand rechts neben Caesare und schüttelte jetzt den Kopf. »Das funktioniert so nicht. Selbst wenn wir einen fahrbaren Untersatz kriegen, würden wir es nie bis nach oben schaffen, ohne dass es jemand mitkriegt.«

Caesare richtete sich auf und verschränkte die Arme vor der Brust. Tiewaters Worte waren genauso zutreffend wie Corsos. Wenn sie erst einmal oben angekommen waren, würden sie keine Probleme haben, sich zu verstecken, aber das brachte ihnen nicht viel, wenn man sie vorher entdeckte.

»Wir könnten eine Ablenkung gebrauchen.«

»Die will ich sehen«, meinte Corso. »Wenn die schon die Flüge sperren, sodass niemand rein oder raus kann, haben sie Lunte gerochen.«

Caesare runzelte die Stirn. »Wenn sie auch nur einen Funken Grips im Kopf haben, muss ihnen klar sein, dass eine ganze Schlange von Leuten versucht, sich irgendwie ins Land zu schmuggeln.«

Anderson, der jüngste der vier, starrte noch immer auf die Karte. »Verdammt. Wir haben nicht einmal einen Fuß vor die Haustür gesetzt und sind schon völlig am Arsch.«

Caesares Handy vibrierte in seiner Hosentasche. Er zog es hervor, warf einen Blick auf das Display, hob eine Augenbraue und antwortete. »Caesare.«

Er hörte zu und warf seinen Männern einen Blick zu. »Ja, hallo.« Er verstummte wieder und hörte weiter zu. »Das sind ja hervorragende Nachrichten … Wann denn?« Er warf einen Blick auf seine Armbanduhr. »Sehr gut. Wir werden selbstverständlich warten.«

Er legte auf und wandte sich dann an seine Teammitglieder. »Sieht ganz so aus, als ob sie mit von der Partie sind.«

»Draper und der Affe?«

»Gorilla«, korrigierte Caesare. »Und Juan Diaz, einer der Computer-Freaks.«

»Dann sind wir wohl voll ausgebucht.«

Caesare musste schmunzeln und dachte nach. Er wandte sich erneut der Karte zu. »Nein, aber mehr Leute können wir wirklich nicht gebrauchen.«

Mit Diaz hatten sie nicht gerechnet, aber dumm war es nicht. Angesichts der Schwierigkeiten, unbemerkt auf den Berg zu kommen, bedeutete aber jede Person mehr ein weiteres Problem.

Caesare sah ihre einzige Chance im Westen liegen. Die Strecke, die sie zurücklegen müssten, war natürlich um ein Vielfaches länger, was das Unterfangen ungemein erschwerte. Und selbst wenn sie es schafften, bis zum Gipfel vorzustoßen, hatten sie noch immer den langen Rückweg vor sich.

Eigentlich gefiel ihm gar keine Option, denn DeeAnn *und* Juan würden den Notfallplan, den er in petto hatte, mit absoluter Sicherheit hassen.

21

Im selben Augenblick saß Steve Caesares viel größeres Problem bequem in einem Ledersessel und schaute durch ein doppelt verglastes Fenster auf das Geschehen, das sich draußen abspielte. Aus dem klimatisierten zweiten Stock beobachtete Otero über hundert brasilianische Soldaten, die sich auf dem riesigen asphaltierten Platz zu seinen Füßen versammelten.

So viel zum Thema »unauffällig«.

Eine Reihe Truppentransporter, alle in den dunkelgrünen Farben des Exécito Brasileiro, den Landesstreitkräften der brasilianischen Armee, wartete in einer Ecke. Daneben standen zwei mittelgroße Tanklaster, weitere befanden sich bereits auf dem Weg. Die logistische Herausforderung lag weniger in der Anzahl der Soldaten, sondern vielmehr in der Bereitstellung von Versorgungsgütern wie Nahrungsmittel, Wasser und Munition. Es war eine Herkulesaufgabe, insbesondere in Anbetracht der Hunderte von Kilometern langen, schmalen Straße.

Selbst Otero war sich bewusst, dass die Versorgungskette einer Armee ein absolut kritischer und leicht angreifbarer Bestandteil einer jeden Mission war. Aber er wusste auch, dass er das Risiko minimieren konnte, wenn alles rasch über die Bühne ging.

Er hatte eine ganze *Kompanie* abrufen können, wofür er allerdings sämtliche ihm zur Verfügung stehende politische Register hatte ziehen müssen. Natürlich war damit auch sein eigentliches Ziel, die Mission so unauffällig wie möglich zu halten, dahin, sodass er jetzt frustriert den Kopf schüttelte. Es war schon seltsam, dass sich manche Menschen darüber wunderten, dass der oft so enervierende rote Faden langsam mahlender Mühlen, der sich durch Behörden und Regierungen zog, auch vor den Streitkräften keinen haltmachte. Wie falsch sie doch lagen. Dieser rote Faden war in jeder Bürokratie und somit in jedem Land der Welt vorhanden. Und genau das musste Otero zu seinem Leidwesen nun aus erster Hand erfahren.

Wenn die brasilianische Regierung je auf die Idee kommen sollte, wie eine Firma agieren zu wollen, würde sie auf der Stelle bankrott sein. Otero musste allein bei dem Gedanken laut auflachen, schließlich *war* die Regierung bereits pleite.

Russo, Oteros Sicherheitschef, kam auf ihn zu. »Salazar ist hier.«

Der ältere Mann schaute weiter aus dem Fenster, als ob er die Ankündigung nicht gehört hätte, entsann sich dann aber doch eines Besseren und meinte: »Wunderbar.«

Auf Russos Gesicht breitete sich ein Grinsen aus. Er stellte sich neben dem großen Fenster auf und beobachtete die Truppen voller nostalgischer Gedanken, ein Sentiment, das Otero nicht teilen konnte.

Im Gegensatz zu seinem Chef hatte Russo in der Armee gedient, und zwar auf diesem Stützpunkt. Hier hatte er seine Grundausbildung genossen und sein Offizierstraining für die Infanterie absolviert, um dann als Zugführer während der letzten Jahre des Krieges gegen die Guerilla von Araguaia seine eigenen Männer befehligen zu dürfen.

Otero hatte keinerlei Zeit für solche Gefühlsduselei, insbesondere nicht für den Stützpunkt oder die Soldaten, die hier dienten. Er war nie beim Militär gewesen. Russo sah in ihm kaum mehr als einen reichen Politiker oder vielleicht einen Geschäftsmann mit einer verdammt dicken Brieftasche. Aber er konnte sich nicht beschweren, schließlich stammte auch Russos beachtliches Gehalt aus Oteros Portemonnaie.

»Das alles hier hat nichts mit dem zu tun, was ich wollte«, grummelte Otero in seinem Sessel.

Russo nickte. »Ja, das wird eine schmutzige Angelegenheit.«

»Schmutzig ist die Untertreibung des Jahres.«

Beide hörten das Klicken der sich öffnenden Tür hinter sich, ehe sie Augenblicke später mit einem lauten Geräusch ins Schloss fiel.

Ein gedrungener und kahl werdender Captain Salazar trat in seiner perfekt gebügelten Uniform in den riesigen Raum und kam mit einem schiefen Lächeln neben Otero zum Stehen.

»Senhor Otero. Hoch erfreut«, begrüßte er ihn mit mürrischem Tonfall, streckte den Arm aus und bot ihm die Hand.

Otero schüttelte sie, machte aber keine Anstalten aufzustehen – eine eindeutige und unverkennbare Geste für den Soldaten.

Sie konnten einander nicht ausstehen, was angesichts ihrer Rollen in einer von Grund auf korrupten Regierung nicht verwunderlich war. Wie auch in benachbarten Ländern verfiel das Militär von einem fein geölten Apparat in eine Mentalität, in der sich jeder selbst der Nächste war. Salazar war ein Paradebeispiel dafür. Zum Glück besaß die Regierung zumindest noch einen Anflug von Organisation, aber angesichts Oteros Eile waren Salazar und seine Männer seine einzige Option.

»Wann?«

»In etwa vier Stunden«, antwortete Salazar. »Aber es wird mindestens zwei Tage dauern, ehe wir vor Ort sein werden. Hunderte von Kilometern auf dieser Straße werden dauern. Und wir wissen nicht einmal, in welchem Zustand sie sich hinter Sipaliwini befindet.«

Otero nickte, antwortete aber nicht. Er fragte sich, ob er einen Fehler gemacht hatte, als er sich, anders als Alves, dagegen entschieden hatte, einen Hubschrauber zu nehmen. Dann hätte es nur wenige Stunden gedauert, auch wenn er nur eine Handvoll Männer hätte mitnehmen können. Sie hätten höchstwahrscheinlich nicht ausgereicht, um sein Ziel zu erreichen. Nein, Alves hatte einen riesigen Vorteil gehabt, indem er den Affen bereits in seiner Gewalt gehabt hatte. Otero hingegen musste ihn erst einmal im Dschungel finden, und dafür brauchte er jeden Mann, den er aufbringen konnte.

Otero wandte sich wieder dem großen Fenster zu und betrachtete die Soldaten, die in der sengenden Hitze die Truppentransporter beluden. Er hatte keine Wahl gehabt. Es hatte so sein müssen. Und wenn sie heute noch ausrückten, bestand weiterhin die Möglichkeit, dass sie bereits vor Ort waren, ehe andere überhaupt ahnten, was er vorhatte. Außerdem würde er die Gegend sichern müssen, damit ihm niemand ins Handwerk pfuschte.

Und wenn es tatsächlich Komplikationen geben sollte, hatte er bereits einen Plan B ausgeheckt, um alles zu vertuschen, sobald er den Affen besaß. Bedauerlicherweise würde es das Ende von Salazar und den meisten seiner Männer bedeuten.

Seine Antipathie gegenüber dem Captain half ihm dabei, den Mann zusammen mit seiner Kompanie als kaum mehr als eine Ressource zu betrachten, die er benötigte, um den ultimativen Schatz zu bergen. Einen Schatz, von dem nach Alves' und Blancos Tod niemand etwas zu wissen schien.

Otero holte tief Luft und legte den Kopf gegen die Rückenlehne.

Salazar beobachtete ebenfalls stillschweigend seine Männer. Die Hände hatte er hinter dem Rücken gefaltet. Es war unabdingbar, dass er vor Otero einen entspannten Eindruck machte, denn der Milliardär durfte ihm nicht auf die Schliche kommen. Salazar besaß einen direkten Befehl, was mit Otero geschehen sollte, sobald er sich alleine mit ihm auf dem Berg befand. Der alte Mann sollte schon bald herausfinden, dass all sein Geld und seine Beziehungen ihn nicht beschützen konnten.

22

Es dauerte geschlagene sechs Stunden, ehe der Konvoi sich endlich in Bewegung setzte. Anfangs führte sie die Straße nach Süden. Sie ließen Tucurui hinter sich und überquerten den kilometerbreiten Fluss. Von dort führte ihre Route nach Nordwesten entlang dem Highway BR-230, Brasiliens sogenannter Transamazônica.

Die Straße führt mehr als viertausend Kilometer durch das Herz Nordbrasiliens und war in den Siebzigerjahren des letzten Jahrhunderts gebaut worden, um die nördlichen Staaten zu erschließen und mit dem Rest des Landes zu verbinden. Das Großbauprojekt erfuhr allerdings noch im selben Jahrzehnt einen herben Rückschlag, als die Finanzkrise in Brasilien wütete und eine zerstörte Wirtschaft hinterließ. So blieben große Teile der Transamazônica bis heute nicht asphaltiert.

Salazars Auto, ein dunkelgrün lackierter Humvee, führte den Konvoi an. Direkt hinter ihm fuhr Oteros weißer Land Rover, chauffiert von einem von Russos Männern, einem Exsoldaten namens Dutra.

Dahinter folgte ein nicht enden wollender Strom Dieselabgase spuckender Laster und Truppentransporter, die über die unbefestigte Straße polterten. Niemand schenkte ihnen Beachtung, als sie durch die kleineren Ortschaften rollten, da Militärzüge in der vor sich hinsiechenden Wirtschaft zu einem alltäglichen Anblick geworden waren. Und wie viele sich gerade noch über Wasser haltende Regierungen, die verzweifelt an der Macht hingen und die Kontrolle über ihre Bevölkerung wahren wollten, hatte auch diese den Ausnahmezustand ausgerufen.

Der Konvoi steuerte auf die nordwestlichen Wälder von Pará zu, mit eins Komma zwei Millionen Quadratkilometern Brasiliens zweitgrößter Bundesstaat. Nur Amazonas war flächenmäßig größer. Dies war die einzige Route, die Salazar und seine Männer nehmen konnten, um in die Acarai-Berge im Süden Guayanas zu gelangen.

Otero entspannte sich auf der Rückbank und überprüfte seine E-Mails und sonstigen Nachrichten auf seinem Tablet. Als sie tiefer in den Dschungel vordrangen, wurde der Empfang zusehends schlechter, ehe er gänzlich ausblieb. Er wollte sowieso, dass niemand herausfinden konnte, wo er sich befand und, wichtiger noch, wo sein letztendliches Ziel lag.

Aufmerksam las er die letzte seiner heruntergeladenen Mails. Sie stammte von einem internationalen Team Genetiker, das er auf eigene Kosten nach Belém fliegen ließ. Die Mail bestätigte, dass das Team samt Ausrüstung München verlassen hatte und in siebzehn Stunden Fuß auf brasilianischen Boden setzen sollte. Sie würden einsatzbereit auf Oteros Rückkehr warten.

In der zusehends privatisierten Welt der Wissenschaften war das deutsche Team *Genetik Jetzt* eines der führenden in seinem Bereich. Es war zuversichtlich, nicht nur die Gene zu isolieren, die Otero mitbringen wollte, sondern auch innerhalb von drei Monaten den Prototyp eines Retrovirus erschaffen zu können.

Das Team hatte sich bereiterklärt, diesen Prototypen an menschlichen Versuchsobjekten zu testen, so lange sie sich außerhalb der medizinischen Vorschriften und Statuten befanden, die brasilianische Bürger vor solchen Eingriffen schützten. Sie brauchten Objekte, die sich nicht beschweren konnten, falls etwas schiefging – was immer der Fall war. Während der vielen Jahre, die Otero damit verbracht hatte, den größten Bergbauunternehmen in Südamerika unter die Arme zu greifen, hatte er einen

Volksstamm wahrlich hassen gelernt: die Kayapó. Sie waren ein Indianervolk, das seit jeher seine Bemühungen sabotierte. Ihre Stämme hatten unaufhörlich Krieg gegen die Maschinen geführt, von denen sie behaupteten, dass sie ihre Umwelt zerstörten. Natürlich zeigten sich die meisten kooperativ, aber es gab immer wieder Widerstandsnester unter den Kayapó, die sich als katastrophal für Menschen wie Otero erwiesen. Einzelne Stammesmitglieder konnte man sicher durch gezielte Maßnahmen »überzeugen« und zum Wohle der Menschheit benutzen – einer Sache, die für ihren simplen Verstand viel zu hoch war. Otero war an etwas dran, das einen unvorstellbaren Fortschritt in der menschlichen Entwicklung darstellte und sich unerwarteter Weise plötzlich in Reichweite befand.

Trotz seiner materialistischen und opportunistischen Macken war Otero ein Patriot. Trotz seines kompletten Mangels an Mitgefühl war er seiner Nation und ihrer ehemaligen Stellung tief verbunden. Seine mächtige Heimat würde wieder auferstehen, diesmal aber nicht aufgrund von Eisenerz, Öl oder Sojabohnen. Stattdessen würde sie die Kontrolle über vielleicht den größten evolutionären Schritt in der Geschichte der Menschheit besitzen. Diese Errungenschaft würde jedes mächtige Land hinter Brasilien vereinen, getrieben entweder von Begehr oder purer Verzweiflung. Und er würde am Hebel der Macht sitzen. Er war es, der seinem einstmals so stolzen Land wieder zu Größe verhelfen würde.

Russo, der direkt vor Otero auf dem Beifahrersitz des Land Rovers saß, war mit etwas völlig anderem beschäftigt. Er sah förmlich, wie die Zahnrädchen im Hirn seines Bosses ratterten. Der Mann wurde zusehends paranoider, besessener, und seine Gedanken wurden sichtlich linearer und eindimensionaler. Und der Grund dafür war einzig das, was sie auf diesem Berg finden sollten. Für Russo schien es nichts weiter als eine Torheit. Er hatte zu seinen Lebzeiten mehr als genügend verzweifelte alte Männer miterleben müssen, die ihre Träume verfolgten, nur um letztendlich von ihnen zerquetscht zu werden. Sie bestanden stets aus einem Wunder, das die Welt verändern sollte. Die Details änderten sich, aber das angepeilte Ziel und der stets katastrophale Ausgang für alle Beteiligten erwiesen sich als eine traurige Konstante.

Otero hatte es auf irgendeinen Affen abgesehen, der sich tief im Dschungel Guayanas versteckte. In seinen Knochen sollte er irgendeine magische DNS haben. Aber all das kümmerte Russo derzeit kaum. Er hatte ganz andere Sorgen viel realitätsnäherer Natur.

Jemand hatte Otero ins Visier genommen, was hieß, dass Russo selbst ebenfalls beobachtet wurde. Einer seiner Männer war tot, der andere lag noch im Krankenhaus. Die beiden waren damit beauftragt worden, alles zu eliminieren, was von Miguel Blancos Familie übrig geblieben war. Stattdessen aber fanden sie jemanden vor, der noch tödlicher als sie selbst war. Und dieser jemand war allem Anschein nach Amerikaner.

Russos Mann im Krankenhaus behauptete, dass sie den Angreifer kaum zu Gesicht bekommen hätten, ehe er sich auf sie gestürzt hatte. Aber woher sollte der Typ überhaupt von ihrer Mission gewusst haben? Und dann noch der Zufall, dass er zum rechten Zeitpunkt auf sie gewartet hatte …

Schlimmer noch, Russo war davon überzeugt, dass der Angreifer ein Navy SEAL war. Schließlich hatte er das Zeichen auf Carlos' Jacke geritzt. Er war sich allerdings nicht sicher, ob das eine Warnung oder gar eine Aufforderung hatte sein sollen.

Es musste etwas mit der CIA zu tun haben. Oder zumindest glaubte er das, aber Oteros Interesse an dem Vorfall hatte rasch abgenommen. Jetzt war er einzig und allein mit diesem verdammten Affen beschäftigt. Er hatte die Fähigkeit verloren, Prioritäten zu setzen, zu wissen, was wann am wichtigsten war. Und er konnte sich auch nicht vorstellen, dass es sich lediglich um ein einmaliges Versehen gehandelt hatte. Denn wenn die CIA auf

Kriegsfuß mit ihm stand, würde ihm alle DNS in der Welt nicht helfen.

Aber obwohl Russo sich Sorgen machte, war Otero nicht hilflos. Er besaß noch immer gute Kontakte zum brasilianischen Geheimdienst, dem ABIN, der absolut schonungslos vorging, wenn man Informationen zutage bringen musste. Irgendwann würden sie herausfinden, wer dieser Amerikaner war. Und dann würde der Jäger zum Gejagten werden.

23

Russo und der Konvoi näherten sich allmählich der Grenze zu Guayana, als der Mann, nach dem er und die brasilianischen ABIN-Agenten suchten, aus einem Flugzeug auf puerto-ricanischen Boden trat.

Das zweite Mal innerhalb nur einer Woche winkte Steve Caesare ein Taxi vor dem kleinen Flughafen zu sich. Diesmal aber blieb sein Team zurück, um sich persönlich um die Gerätschaften zu kümmern, die an Bord der Beechcraft C-12 Huron geladen werden mussten. Die C-12 ist eine Weiterentwicklung zweier älterer Modelle und besitzt dreizehn Sitzplätze. Der Einsatzbereich des Flugzeugs umfasst hauptsächlich Transportflüge und kleinere medizinische Evakuierungen. Caesare hatte sich für Letzteres als Ausrede entschieden, um keine unnötige Aufmerksamkeit zu erregen, während sie den Luftraum der Länder überflogen, die den Vereinigten Staaten von Amerika unfreundlich gesonnen waren.

Die C-12 stand in einer etwas abgelegenen Ecke des Mercedita Flughafens und wurde für den Non-Stop-Flug nach Iquitos in Peru aufgetankt. Die Stadt war Perus fünftgrößte und befand sich im schier endlosen tropischen Amazonasdschungel.

Während er auf die Palmen starrte, die im Taxi an ihm vorbeizurasen schienen, wurde ihm klar, dass sich ihre Chancen kein bisschen verbessert hatten. Er saß auf der Rückbank und dachte darüber nach, welcher Zeitpunkt wohl am geeignetsten sein würde, um DeeAnn gegenüber auszupacken, entschied sich dann aber, dass es noch zu früh dafür war. Immerhin hatten sie noch sieben Stunden, ehe sie Iquitos erreichten. Es bestand ja tatsächlich die Möglichkeit, dass sich ihm eine weitere Chance bot, aber so richtig überzeugt war er selbst nicht davon. Vor allem, da das Problem weder DeeAnn noch Juan war, sondern Dulce.

Es dauerte keine Viertelstunde, ehe er vor der Forschungseinrichtung aus dem Auto stieg. Natürlich fand er DeeAnn dort, wo er sie erwartet hatte: in Dulces Biotop.

Sie saß mit dem Rücken gegen die Glaswand gelehnt und spielte Tic-Tac-Toe mit der Gorilla-Dame.

Dulce hielt ein Stück hellgrüne Kreide in der Hand und starrte konzentriert auf eine große Tafel, die zwischen den beiden auf dem Boden lag. Die Linien auf dem Spielbrett waren vorgedruckt, und das Spiel war mitten im Gange. Es war natürlich nicht überraschend, dass Dulces Kreuze etwas unsauberer aussahen als DeeAnns Kreise, die die Forscherin besonders sorgfältig gemalt hatte, um Dulce eine Hilfestellung zu geben. Die Gorilla-Dame sollte damit auch ihre Hand-Augen-Koordination verbessern.

Dulce hörte Caesares Schritte noch vor DeeAnn, neigte ihren kleinen pelzigen Kopf zur Seite und lugte zaghaft den langen Flur entlang. Als sie Caesare unter dem schattigen Überbau vortreten sah, sprang die kleine Gorilla-Dame sofort auf und rannte aufgeregt zur Tür.

Steve hier! Steve hier!

Als er auf der anderen Seite der Glaswand zum Stehen kam, lächelte er sie an und gab dann den Code auf dem Keypad neben sich ein. Ein lautes Klicken ertönte, und er drückte die schwere Glastür gerade noch rechtzeitig auf, um Dulce auffangen zu können, die sich voller Freude auf ihn warf.

»Da ist ja meine Süße.« Caesare unterdrückte ein Stöhnen von der Anstrengung in seinen Rippen und hob vorsichtig den linken Arm, um ihren Kopf zu streicheln.

Das Wort *Süße* rief mittlerweile kein Piepsen mehr hervor, da Lee Kenwood das unbekannte Wort ISIS' Datenbank manuell hinzugefügt hatte. Der riesige Computer übersetzte es jetzt mit Dulces Namen, aber die Gorilla-Dame konnte die Zuneigung in Caesares Stimme trotzdem heraushören.

Unter seinem schwarzen Schopf warf er DeeAnn, die noch immer auf dem Gras saß, einen kurzen Blick zu. »Bei dir alles in Ordnung?«

Sie stand auf und mühte sich ein gequältes Grinsen ab. »So in Ordnung, wie man es sich vorstellen kann.«

Wir gehen Freund finden, verkündete Dulce.

Caesare wandte sich gespielt angeekelt von Dulces breitem Lächeln ab. »Du brauchst ein Pfefferminzbonbon. Wie viel Sellerie hast du denn gegessen?«

Dulce blickte ihn ratlos an, nachdem ISIS ihn nicht hatte übersetzen können.

Caesare lachte und drückte sie. »Ich mache nur Witze.« Dann blinzelte er DeeAnn zu und meinte: »Gewissermaßen.«

DeeAnns Grinsen wurde langsam aufrichtiger. »Seit ich es ihr gesagt habe, kann sie sich gar nicht mehr im Zaum halten.«

»Den Eindruck habe ich auch.«

DeeAnn warf einen Blick auf ihre Armbanduhr. »Juan sollte auch gleich kommen. Er hat einiges an Gerätschaften dabei.«

»Das habe ich schon befürchtet.« Caesare schenkte Dulce, die stillschweigend die Haare auf seinem Oberarm mit den ihren verglich, einen liebevollen Blick. »Du siehst italienischer aus als ich«, sagte er.

DeeAnn schaute amüsiert zu und beantwortete dann seine nächste Frage, ehe er sie überhaupt stellen konnte. »Ich bin mir nicht sicher, wie sie reagieren wird. Aber so weit, so gut.«

»Hör zu, Dee. Ich wollte mich noch mal bei dir bedanken, dass du mitkommst. Ich weiß, dass es nicht leicht ist, insbesondere, wenn man bedenkt, was beim letzten Mal passiert …«

»Ich habe dir doch bereits gesagt, dass ich es hasse, wenn du mich Dee nennst.«

»Was soll ich sagen? Ich habe nun mal schlechte Manieren. Mein Vater ist fest davon überzeugt, dass ich in einen Stall gehöre.«

DeeAnn fuhr mit der Hand zu ihrem Bauch und drückte auf einen Knopf an ihrer Weste, um das Mikrofon stumm zu schalten. »Es hat einfach ein wenig gedauert, ehe ich mich mit dem Gedanken anfreunden konnte. Aber ich verstehe schon. Das ist größer als ich selbst. Ali hat mir erzählt, was ihr gefunden habt. Und sie hat recht. Es muss irgendetwas mit Dexter zu tun haben.«

»Davon gehen wir aus und hoffen, dass wir ihn dank euch auch schnell finden.«

Sie schenkte ihm einen nachdenklichen Blick, und Caesare senkte den Kopf und gab Dulce einen raschen Kuss auf den pelzigen Kopf.

»Und selbst wenn es etwas länger dauert. Wenn wir ihn erst mal sehen, werden wir genau wissen, dass er es ist und kein anderer.«

»Wie bitte?«

»Hast du nicht gehört, wie Alves und seine Männer auf ihn aufmerksam geworden sind?«

»Ich dachte, es war dein Forscher-Freund, der ihn gefunden hat.«

»Ja, stimmt. Aber das ist es ja. Das Wichtige ist, *wie* sie auf ihn aufmerksam geworden sind. Sie wussten sofort, dass er einzigartig ist. Es war im Lager der Wilderer. Sie haben Dutzende Kapuzineraffen gefangen genommen und verfrachteten sie in Käfige, um sie zur Küste zu bringen. Kapuzineraffen erzielen sehr gute Preise auf dem Schwarzmarkt.«

Caesare hing an jedem ihrer Worte.

»Dexter aber wurde nicht zusammen mit den anderen geschnappt. Man hat ihn erst erwischt, als es dunkel wurde. Er hatte versucht, die Knoten der Seile zu lösen, mit denen die Käfige auf der Ladefläche festgebunden waren. Und es heißt, dass er es beinahe geschafft hat.«

»Was?«

DeeAnn konnte sich ein Lächeln nicht verkneifen. »Und da sind sie hellhörig geworden.«

»Er hat versucht, die anderen zu *befreien?*«

»Anscheinend. Versteh mich nicht falsch. Primaten sind schlau, aber nicht so schlau. Dieser Affe ist *verdammt* clever, und deswegen werden wir ihn wiedererkennen, sobald wir ihn sehen. Da ist etwas in seinen Augen, das beinahe unheimlich scheint.«

»Was meinst du mit unheimlich?«

»Es ist beinahe, als ob er *dich* beobachtet. Dulce schaut einem zu, aber Dexter ist anders.«

»Das sollte uns in die Hände spielen. Hoffentlich haben wir auch etwas Glück.«

DeeAnn grinste und streckte die Arme nach Dulce aus. »Das hoffe ich auch. Alves hat sehr viel Glück gehabt, Dexter gleich *zweimal* zu finden. Gut, das zweite Mal haben wir ihm geholfen, aber ich bin mir sicher, dass es diesmal wesentlich schwerer wird. Er ist nicht nur besonders, weil er so intelligent ist, sondern auch, weil er so alt ist. Eigentlich sollte er schon längst tot sein, aber die zusätzlichen Jahre haben ihn nur noch cleverer, oder sollte ich sagen weiser, gemacht.«

Caesare beobachtete DeeAnn und bemerkte, wie ihr Ausdruck sich kurz veränderte. »Was ist denn?«

Sie blinzelte und schaute ihn dann an. »Ich habe nachgedacht. Wir wollen die DNS … aber es gibt noch einen anderen Grund, warum wir Dexter finden müssen.«

»Und der wäre?«

Nach einer kurzen Pause fuhr sie mit einer Frage fort: »Weißt du, wer Lucy ist?«

Caesare überlegte kurz und grinste dann. »Die von den Peanuts?«

»Nein. Ich meine Lucy wie in Australopithecus. Ein Skelett, das man in den Siebzigerjahren in Äthiopien ausgegraben hat.«

»Der Name sagt mir was, ja.«

»Man hat das Skelett Lucy genannt. Es handelte sich um den ersten zweibeinigen Hominin, der vor ungefähr drei Millionen Jahren existierte. Lucy hatte ein kleines Gehirn, eher von der Größe eines Primaten, aber sie soll auf zwei Beinen durch die Welt gegangen sein, genau wie wir. Mittlerweile ist das generell akzeptiert, zumindest in genetischer Hinsicht, aber es ist und bleibt eine Hypothese. Dabei musst du den normalen Werdegang einer wissenschaftlichen Hypothese verstehen: Dabei wird zuerst eine Theorie in den Raum geworfen und erst Jahre oder sogar Jahrzehnte später bewiesen.« Sie holte Luft. »Aber jetzt kommt der springende Punkt. Für viele ist Lucy das fehlende Glied in unserer Evolution. Mit ihr ... veränderte sich unsere Entwicklung. Lucy repräsentiert eine ungemein wichtige Schwelle. Mit ihr können wir eine Zeit und einen Ort bestimmen, an dem der wichtigste Durchbruch in der Geschichte der Menschheit stattfand. Es war wie ein *Katalysator* oder *Auslöser*.«

DeeAnn ließ das Gesagte wirken und schaute nachdenklich drein. »Was ich sagen will, ist, dass Lucy wohl die wichtigste Sache darstellt, die uns je widerfahren ist. Und mit uns meine ich die Menschheit. Stell dir nur mal vor, wie es gewesen wäre, wenn man diesem unvorstellbaren evolutionären Moment hätte beiwohnen können. Während der Lebensdauer eines einzigen Primaten hat die Zukunft einen *komplett* anderen Weg eingeschlagen.«

Caesare hörte ihr mit ernster Miene zu.

»Steve«, fuhr sie fort, »mit Dexter ist es genau dasselbe! Oder zumindest eine neuere Version eines solchen Moments. Dexter ist die moderne Lucy. Ein Primat, der einen ähnlichen evolutionären Durchbruch geschafft hat. Wir werden nie herausfinden, wie Lucy es fertigbrachte, aber wir können Dexter *studieren*, seinen Werdegang verfolgen.« Sie bemerkte, wie sich Caesares Gesichtsausdruck veränderte. »Verstehst du, worauf ich hinauswill? Wir haben die Chance, dem Äquivalent unserer eigenen evolutionären

Entstehung beizuwohnen! Das ist eine Gelegenheit von beinahe unvorstellbarer Bedeutung.«

Caesare starrte sie an. So hatte er noch nie über die Tragweite ihres Vorhabens nachgedacht. »Wow.«

DeeAnn grinste. »Wow trifft es ganz gut. Beinahe. Denn es geht noch weiter. Nicht nur haben wir die Möglichkeit, das zu beobachten, sondern wir haben sogar die Technologie, um mit ihm *währenddessen* zu kommunizieren!«

Jetzt fiel Caesare die Kinnlade runter. Wenn ihre letzte Ausführung ihn schon überrascht hatte, dann zog ihm diese die Schuhe aus. Clay und Borger hätten alles gegeben, um ihn so zu sehen. Steve Caesare war … sprachlos.

DeeAnn ließ ihn nicht aus den Augen, während er das Gehörte verdaute. Jetzt wusste sie wieder, warum sie ihn so sehr mochte. Denn unter seinem barschen und ungestümen Auftreten war er *intelligent*. Intelligent genug, um eine so weltbewegende Möglichkeit zu schätzen zu wissen.

Während sie schweigend im Biotop standen, näherten sich Stimmen vom Korridor. Dulce sprang sofort aus DeeAnns Armen und lief zur Glaswand. Sie drehte sich zu DeeAnn um und schnatterte aufgeregt vor sich hin, aber da die Weste ja ausgeschaltet war, hatten sie keine Ahnung, was sie da plapperte. Einige Sekunden später traten Juan Diaz und Lee Kenwood in das warme Sonnenlicht.

Caesare drehte sich um und sah sie näher kommen, ehe er sich flüsternd an DeeAnn wandte: »Und darf ich davon ausgehen, dass Juan genau deswegen dabei sein will?«

»Nein«, gab sie zurück. »Das hat einen anderen Grund.«

24

Als sie am Flughafen ankamen, war die Luft nicht mehr so schwül wie am Nachmittag, was sie den Wolken zu verdanken hatten, die sich über Puerto Rico hinwegschoben. Es roch nach Tau und drohendem Regen. Als das Taxi vor dem Terminal anhielt, fielen bereits kleine Tropfen auf die Windschutzscheibe.

Der Fahrer schaltete die Automatik auf Parken, stieg aus und öffnete die linke Schiebetür. Caesare stieg ebenfalls aus und zog die rechte Schiebetür auf, aus der DeeAnn kletterte, Hand in Hand mit Dulce.

Gleichzeitig erschien Juan von der Rückbank auf der Fahrerseite. Die beiden holten tief Luft und konnten sich einer gewissen Beklemmung nicht erwehren, die sich nur noch verschlimmerte, als DeeAnn spürte, wie Dulce ihre Hand fester drückte. Auch sie schien es zu fühlen.

Weder Juan noch DeeAnn verloren auch nur ein Wort. Stattdessen starrten sie stillschweigend auf das kleine Flugzeug vor sich. Selbst Alison, die jetzt hinter ihnen aus dem Wagen kletterte, wusste, was los war. Die C-12 Huron stand auf beinahe demselben Platz wie wenige Wochen zuvor Mateus Alves' privater Jet, in den sowohl DeeAnn wie auch Juan nie hätten steigen sollen.

»Alles in Ordnung?«, flüsterte sie.

DeeAnn kämpfte gegen das Gefühl an und nickte dann. »Danke, alles gut.« Sie schluckte, schnappte sich ihren schweren Rucksack und warf ihn sich über die Schulter. Sie drückte Dulces Hand beschwichtigend und machte einen Schritt auf das Flugzeug zu.

Hinter ihr beugte sich Steve Caesare ins Auto und holte ihre große Tasche heraus.

Juan Diaz schien nicht so mutig. Widerwillig zog er seine Tasche aus dem Kofferraum und stellte sie ab, ehe er zuschaute, wie die anderen zum Flugzeug gingen, Caesare die paar Stufen erkletterte und sich duckte, um den Kopf in die Luke zu stecken. Einige Augenblicke später erschien ein Mann aus dem dunklen Inneren.

Juan traute seinen Augen kaum. Caesare war ja schon ein Riese von einem Mann, aber der hier war geradezu *gigantisch*. Er musste sich nicht nur bücken, um aus der Flugzeugluke zu kommen, sondern auch noch seitlich drehen, damit seine breiten Schultern durchpassten. Zudem schien er aus nichts weiter als puren Muskeln zu bestehen.

Hinter ihm erschienen zwei weitere Männer, zwängten sich ebenfalls nach draußen und folgten dem Koloss und Caesare auf den Asphalt. Die anderen beiden waren ungefähr so groß wie Caesare, vielleicht ein wenig kleiner, und besaßen einen kräftigen, wenn auch schlankeren Körperbau. Der hintere schien kaum Anfang zwanzig. Was Juan sofort auffiel, als er seine Tasche aufhob, war die Tatsache, dass alle drei Männer dieses gewisse Extra hatten – genau wie Caesare.

Am Fuß der metallenen Treppe stellte Caesare die Männer vor. Der Schrank hieß Corso und schüttelte Juans Hand, wobei dieser befürchtete, dass sie jeden Augenblick abfallen könnte. Die anderen beiden – Tiewater und Anderson, der SEAL, der noch etwas grün hinter den Ohren zu sein schien, – schienen zugänglicher, aber ihr Händedruck war genauso wenig auszuhalten.

Juan folgte Corsos Blick, der ihn über die Anwesenden schweifen ließ, um auf Dulce zu verharren. Er musterte die kleine Gorilla-Dame, die mit gerunzelter Stirn in DeeAnns Armen lag. Als Caesare das Wort erhob, drehte er sich zu ihm um.

»Wir haben nicht viel Zeit. Haben wir irgendetwas vergessen?«

»Nein, wir können los«, antwortete DeeAnn und drehte sich dann wieder zu Alison um. Sie und Dulce umarmten ihre Freundin, die sofort danach die metallenen Stufen hinunterstieg.

Tiewater lächelte Juan an und streckte den Arm nach seiner Tasche aus. »Darf ich behilflich sein?«

»Vielen Dank.« Juan folgte ihm mit schweren Schritten das Treppchen hinauf. Das Letzte, was er wollte, war nach Südamerika zurückzukehren, aber er musste zugeben, dass Caesare und die anderen SEALs durchaus beruhigend wirkten. Wenn er schon zurückmusste, dann konnte er zumindest froh sein, sie an seiner Seite zu haben.

Am Fuß der Treppe stellte sich Alison neben Caesare auf. Sie schauten zu, wie DeeAnn und Juan zusammen mit den anderen durch die offene Tür in der Innenkabine der C-12 verschwanden.

»Sie haben Angst«, gab sie zu bedenken.

»Ja, das haben sie.«

Alison blickte zu ihm auf. »Du wirst doch nicht zulassen, dass ihnen etwas passiert, oder?«

Ein Lächeln breitete sich über sein gebräuntes Gesicht aus. »Auf gar keinen Fall.«

25

Am selben Abend stand Alison im Mercedita-Flughafengebäude im Vayas Barrio und schaute zu, wie die Embraer 190 landete und die Landebahn entlangrollte. Als die Maschine langsam genug geworden war, bog sie ab und steuerte direkt auf das kleine Terminalgebäude zu.

Draußen ließ der Regen allmählich nach. Ähnlich wie in Miami zogen die kleineren Unwetter rasch über die Insel, und jener Abend bildete keine Ausnahme.

Flug 667 war der letzte an diesem Abend, und die meisten Arbeiter hatten das Flughafengebäude schon längst verlassen, sodass sich außer Alison nur wenige Leute – einige Familien – im Terminal befanden. Immerhin boten sie ihr etwas Abwechslung, und sie schaute amüsiert zu, wie zwei kleine Kinder laut kichernd Fangen spielten.

Es dauerte keine fünf Minuten, nachdem die Fluggäste aus der Maschine gestiegen waren, bis Neely Lawton durch die Doppeltüren kam. Sie zog einen großen Koffer hinter sich her und trug Shorts und ein dunkelblaues Trägerhemd, sodass sie wie eine ganz normale Touristin aussah, die ihren Urlaub hier verbringen wollte.

Alison lächelte, ging auf sie zu und umarmte die Frau herzlich. »Wie geht es Ihnen, Neely?«

»Gut, danke der Nachfrage. Und Ihnen?«

»Ich habe zwar viel zu tun, aber das ist auch gut so.« Sie warf einen Blick auf den Koffer und schaute sich dann mit gehobenen

Augenbrauen im Terminal um. »Haben Sie sonst noch Gepäck dabei?«

»Nein. Das war es schon. Da ist alles drin, was ich brauche.«

»Sehr gut. Dann wollen wir mal.«

Draußen nieselte es noch ein wenig, und die beiden eilten über den holprigen Parkplatz, der vor Langem schon einmal hätte neu asphaltiert werden können. Ein Lächeln spielte um Neelys Lippen, als Alison vor einem weißen Nissan Leaf anhielt und den Kofferraum öffnete.

»Elektroauto, oder?«

»Jetzt behaupten Sie nicht, dass Sie das überrascht. Schließlich bin ich doch eine Ökotante.«

Neely kicherte und hievte ihren Koffer auf die Ablage. »Nein, ich bin nicht überrascht.«

Alison grinste und schloss den Kofferraum wieder. Der Regen wurde wieder stärker, sodass sie keine Zeit mit Nettigkeiten vergeudeten, sondern schnurstracks einstiegen.

Alison machte es sich auf dem Fahrersitz bequem und entspannte sich. »Sind Sie sich *sicher*, dass alles in Ordnung ist?«

»Wie soll es mir in Anbetracht der Umstände schon gehen? Aber noch mal danke der Nachfrage. Um ganz ehrlich zu sein, Ihr Anruf war genau die Ablenkung, nach der ich gesucht habe.« Sie blickte Alison direkt in die Augen. »Selbst wenn mir das Ganze sehr mysteriös vorkommt.«

»Tut mir leid, aber am Telefon konnte ich leider keine weiteren Informationen preisgeben. Aber es ist wichtig, und ich brauche Ihre Hilfe.«

Neely strich sich eine feuchte Haarsträhne aus dem Gesicht. »Worum geht es denn? Sie meinten, dass es etwas mit dem zu tun haben könnte, was an Bord der *Bowditch* war.«

»Ja, davon gehe ich aus.«

Vor lauter Aufregung wurde Neely ein paar Dezibel lauter: »Wo haben Sie es denn her?«

»Nun, genau an dem Punkt wird es … äh, interessant. Eigentlich habe ich gar nichts. Und genau deswegen benötige ich Ihre Hilfe.«

»Was soll das denn heißen? Sie haben nichts?«

»Ich habe keine Probe von den Pflanzen oder dergleichen. Aber ich glaube, dass wir es mit einer Korrelation zu tun haben.«

Alison bemerkte, wie die Aufregung in Neely Lawtons Gesicht wieder verschwand.

»Das verstehe ich nicht. Wie soll es denn eine Korrelation ohne Probe geben?«

Alison biss sich auf die Unterlippe und überlegte. »Ich glaube, ich muss Ihnen erst etwas erklären, damit wir auf dem gleichen Stand sind.«

»Okay.«

»Es handelt sich nicht um eine Probe im klassischen Sinn. Es ist mehr eine … eine Reaktion.«

»Eine Reaktion?«

»Genau.«

»Eine Reaktion worauf?«

»Genau das ist die Frage«, antwortete Alison. »Aber die Reaktion ist sehr ähnlich. Als wir auf der *Bowditch* waren, wuchs die Probe, die Sie hatten. Und zwar schneller als erwartet. Richtig?«

»Viel schneller. Die Wachstumsrate war schier unglaublich, und es gab eine uns bisher unbekannte DNS-Sequenz. Aber die Probe ist, wie Sie wohl wissen, zusammen mit der *Bowditch* untergegangen.« Dann warf sie Alison einen neugierigen Blick zu. »Wohin soll das hier eigentlich führen?«

»Neely, als Sie uns die Auswirkungen der DNS auf die Pflanze erklärt haben, glaube ich herausgehört zu haben, dass ein Symptom Regeneration war.«

»Korrekt.«

»Und das kann keine andere Pflanze.«

»Nicht in dem Ausmaß, nein.«

»Und Regeneration kann man in dem Sinn auch als *Heilung* verstehen, oder?«

»Mehr als nur Heilung. Bei Zellen, die schon kurz vor dem sicheren Tod standen, wurde die gesamte Struktur wiederhergestellt.«

»Wie Krebszellen?«

Neely horchte auf. *Woher wusste Alison das?* Diesen Vergleich hatte sie lediglich gegenüber Admiral Langford benutzt.

»Das kann man so nicht sagen. Regeneration setzt eine koordinierte Zellen- und Gewebefunktion voraus mit dem Ziel, Form und Funktion wiederzuerlangen. Krebszellen tun so etwas nicht. Vielmehr zerstören sie die Zellen. Aber sie sind fähig, sehr, sehr lange zu überleben. Manche sogar ewig unter den richtigen Voraussetzungen. Ein Merkmal teilen sich die Pflanzen- und Krebszellen, aber das war nicht ihre Regenerationsfähigkeit, sondern vielmehr ihre Wachstumsrate. Die Pflanzen wuchsen sogar noch schneller als die meisten Krebszellen.«

Neely verstummte und dachte einen Augenblick lang nach. »Wenn ich es mir recht überlege, könnte man sogar behaupten, dass Krebszellen eine *Art* heilender Wirkung besitzen, denn sie generieren unentwegt neue infizierte Tumorzellen. In einer perversen Weise könnte man also behaupten, dass sie *heilen.* Aber sie fördern lediglich den Tumor, der ja bekanntlich den Wirt tötet. Die heilende Wirkung der Pflanzen aber stellte sich als wesentlich überzeugender heraus, denn sie zerstörten nichts, sondern heilten im wahrsten Sinne des Wortes.«

Alison nickte. »So ähnlich habe ich das auch verstanden. Und deshalb habe ich Admiral Langford gebeten, dass Sie mir helfen.« Sie seufzte. »Okay. Was ich Ihnen jetzt sagen werde, mag ein wenig merkwürdig klingen, aber ich möchte, dass Sie mich ausreden lassen.«

Neely hob skeptisch die Augenbrauen, erwiderte aber nichts.

»Einige Wochen, nachdem ich nach Puerto Rico zurückgekehrt

war, besuchte eine Frau namens Lara Santiago die Forschungseinrichtung. Ihre Tochter Sofia leidet an Leukämie, und sie fragte uns, ob es möglich wäre, dass ihre Tochter mit den Delfinen reden könnte. Wir stimmten natürlich sofort zu.«

»Eine nette Geste.«

»Ach, das war doch nichts«, tat Alison Neelys Einwurf schulterzuckend ab. »Nun, vielleicht nicht *nichts*, denn wir richteten es ein, dass Sofia nicht nur mit den Delfinen reden, sondern auch schwimmen konnte. Und Achtung, ab jetzt wird es alles ein wenig unheimlich. Einige Tage später kam Sofia zurück. Und als Dee und ich sie sahen, konnten wir unseren Augen kaum trauen.«

Neely zog die Augenbrauen zusammen und legte die Stirn in Falten. Neugierig fragte sie: »In einem guten oder schlechten Sinn?«

»Gut! Wahnsinnig gut«, antwortete Alison. »Beinahe … *zu* gut.«

»Und was soll das heißen?«

»Als sie uns wieder besuchte, ging es ihr auffällig besser. Und sie war viel kräftiger.«

Neely dachte über das Gehörte nach. »Nun, das ist nicht unbedingt außergewöhnlich. Teilremissionen bei Krebserkrankungen sind nicht unüblich. Kurze Zeitfenster von mentaler Klarheit, gesteigerter Geschicklichkeit und selbst Muskelwachstum sind durchaus normal.« Neely kniff die Augen zusammen. »Oder soll das mit den Heilungsprozessen zu tun haben, von denen Sie geredet haben? Wenn ja, dann sind die Veränderungen in Sofias Zustand höchstwahrscheinlich nicht das, was Sie glauben.«

Alison erwog Neelys Standpunkt. Sie musste alles genauestens überprüfen, denn sie konnte es sich nicht leisten, einen Fehler zu machen. Schließlich aber schüttelte sie den Kopf. »Nein, hier haben wir es nicht mit einer Teilremission zu tun. Dessen bin ich mir absolut sicher. Ich habe mich diesbezüglich schlaugemacht, und was hier vorliegt, geht einen Schritt weiter als alles, was ich gelesen habe. Sie verfügte nicht einfach nur über bessere Koordination oder einen klareren Kopf. Als sie das erste Mal kam, saß sie in einem Rollstuhl, aus dem wir sie haben heben müssen. Aber als sie uns ein zweites Mal besuchte, *stand* sie auf ihren eigenen zwei Beinen.«

»Sie konnte stehen?«

»Ja«, bestätigte Alison. »Ohne fremde Hilfe.«

Neely war überrascht. »Wollen Sie etwa behaupten, dass etwas passiert ist, als das Mädchen sich im Wasser befand?«

Alison ließ die Hände am Steuer, drehte sich aber zu Neely und nickte. »Genau das glaube ich.«

»Und was soll das gewesen sein?«

»Ehe ich Ihnen antworte, muss ich Ihnen noch etwas erzählen, aber es könnte Sie … könnte Sie umwerfen.«

Neely grinste offensichtlich amüsiert. »Nun gut, dann mal raus damit.«

Alison holte tief Luft. »Erinnern Sie sich, was mit unserem Boot unweit vor Trinidad geschehen ist?«

»Ja«, entgegnete Neely und nickte bedächtig. Natürlich war sie nicht vor Ort gewesen, wusste aber, was Alison und ihrem Team widerfahren war. Chris und Lee waren von Piraten brutal zusammengeschlagen worden, ehe sie sich an Alison und ihrer Kollegin Kelly hatten vergehen wollen. Wenn John Clay und Steve Caesare nicht gewesen wären, wäre die Sache sicherlich noch viel schlimmer ausgegangen.

»Der Grund, warum wir dort hingesegelt sind, waren Sally und Dirk.«

»Ihre Delfine?«

»Ja. Sie wollten uns unbedingt etwas zeigen, also folgten wir ihnen. Wir gingen davon aus, dass es ganz in der Nähe sei und sich um ein außergewöhnliches Riff oder eine Migration handeln musste. Aber das war es nicht, sondern etwas viel, viel Größeres.«

Neely sagte nichts, sondern lauschte aufmerksam.

»Gut hundert Seemeilen östlich von Trinidad stießen wir auf etwas, das wir uns in unseren kühnsten Träumen nicht hätten ausmalen können. Mittlerweile hatten wir mit einer großen Brutstätte gerechnet, an der sich Hunderte von Delfinen tummelten. Aber wir fanden etwas anderes vor, und statt Hunderten von Delfinen waren es *Tausende.*«

Neely Lawton riss die Augen auf. »Tausende?«

Alison lächelte. »*Zehntausende.* Vom Boot aus konnten wir kaum das Meer sehen. Überall schwammen Delfine, egal in welche Himmelsrichtung man schaute.«

»Um Gottes willen, was …«

»Ich weiß auch nicht, woran es liegt. Aber dort unten ist etwas, und es ist ihnen ungeheuer wichtig. Und jetzt … Jetzt glaube ich, dass es nicht nur mit Sofias plötzlicher Besserung zu tun hat, sondern auch mit den Pflanzen, die Sie untersucht haben.«

Neely blinzelte. »Es tut mir leid, aber der Zusammenhang entzieht sich mir.«

»John erzählte mir von den Pflanzen, die er aus einem dieser Laster gestohlen hat. Er meinte, dass die Probe, die er Ihnen gegeben hat, größer als alles war, was ihm zuvor unter die Augen gekommen ist.«

»Das ist wohl wahr«, stimmte Neely etwas widerwillig zu.

»Und darin liegt der Zusammenhang«, schloss Alison.

»Was? In der Größe?«

»Ja. Als wir dort vor Anker lagen, umgeben von Delfinen, machten wir einige Tauchgänge.« Sie senkte die Stimme. »Neely, ich habe schon Hunderte von Tauchgängen hinter mir, und ich weiß, wie die Unterwasserflora in der Karibik aussieht. Aber dort unten fanden wir Pflanzen, die mehr als doppelt oder gar dreimal so groß waren, wie sie eigentlich hätten sein sollen, und sie wucherten überall, so weit das Auge reichte.«

»Was?«

»Manche waren einfach gigantisch, Neely. Gigantisch. Ich

glaube, da ist etwas im Wasser östlich von Trinidad. Und ich glaube auch, dass Dirk und Sally dieses Etwas mitgebracht haben.«

Neely starrte sie entgeistert an.

»Aber das ist immer noch nicht alles. Sie wissen doch noch, wie schlimm Chris und Lee verletzt waren, oder?«

»Selbstverständlich. Sie lagen ja auf der Krankenstation. Wie geht es ihnen?«

Alison wollte schon antworten, zögerte dann aber. Sie wollte ihre Worte weise wählen, da dies alles doch sehr weit hergeholt klang. »Sie sind geheilt, Neely.«

»Was?«

»*Geheilt.* Im Sinne von ... komplett gesund.«

»Sie sind geheilt?«

»Ja.«

Jetzt riss sie die Augen noch weiter auf. »In nur drei Wochen?«

Alison nickte. »Sie sind völlig unversehrt. Wie neu. Selbst meinem Handgelenk geht es besser. Aber Lee hatte gebrochene Rippen, die eigentlich Monate brauchen, um zu heilen. Und er behauptet auch, keine Schmerzen mehr zu haben.«

Neely lehnte sich gegen die Beifahrertür. Sie war fassungslos. »Und sie waren zusammen mit dem Mädchen im Wasser?«

»Nein!«, rief Alison. »Aber sie *waren* im Wasser vor Trinidad. Ehe wir angegriffen wurden.«

Neely starrte Alison an und blinzelte gedankenverloren. »Vielleicht war es eine Fehldiagnose? Vielleicht waren Lees Rippen nicht gebrochen?«

»Das ist mir natürlich auch als Erstes durch den Kopf gegangen. Und in meinem oder Chris' Fall ist das auch nicht auszuschließen. Aber Lee wurde geröntgt, und die beiden Brüche waren sehr gut zu erkennen.«

Neely tat sich schwer, dem Erzählten zu folgen. Ihre Welt war auf Beweisen und empirischen Belegen aufgebaut. Und das, was Alison ihr auftischte, hatte nichts mit Empirie zu tun. Aber die

Geschichte schien trotzdem ungeheuer überzeugend. Außerdem kam ihr Alison nicht wie jemand vor, der voreilige Schlüsse zog. Nein, die Frau war hochgradig intelligent und verstand als promovierte Meeresbiologin zweifelsohne, dass Objektivität im Umgang mit außerordentlichen Phänomenen von außerordentlicher Wichtigkeit war.

Sie hob den Kopf und musterte ihr Gegenüber. »Und wann machen Sie mich mit Ihren Delfinen bekannt?«

26

Hallo Alison.

»Hallo, Sally. Wie geht es dir?«, begrüßte Alison sie und näherte sich dem Beckenrand. Draußen war es bereits dunkel geworden, und Alisons Spiegelbild wurde von der Glaswand zurückgeworfen.

Ich gut. Wer Freund?

»Ihr Name ist …« Alison verstummte, und ein Lächeln bildete sich auf ihren Lippen. Wenn ISIS schon nicht fähig war, Alisons Namen zu übersetzen, dann würde es mit Sicherheit auch über Neely stolpern.

Sie wandte sich zu Commander Lawton, die hinter ihr stand. »Wir müssen Lee bitten, Ihnen einen Namen zu programmieren, sodass ISIS ihn übersetzen kann.«

Dann wandte sie sich wieder zum Becken. »Für heute nennen wir sie einfach ›Freundin‹.«

Okay. Hallo Freundin.

Neely starrte Alison geplättet an. »H… Hallo, Sally«, flüsterte sie.

Alison schien etwas im Wasser zu suchen. »Wo ist Dirk eigentlich?«

Der weg. Kommt wieder.

»Ah, verstehe.«

Wo DeeAnn?

»DeeAnn ist nicht hier, sondern unterwegs.« Alison korrigierte sich rasch, sodass ISIS sie zu übersetzen imstande war. »Sie ist auf Reisen.«

Sally bewegte ihre Schwanzflosse, sagte aber nichts weiter.

Alison verschränkte die Arme und warf Neely einen Blick zu. »Sie haben sie verpasst. Sie ist heute Nachmittag mit Steve Caesare abgeflogen.«

Neely starrte noch immer fassungslos auf das Becken, richtete sich dann aber an Alison. »Steve Caesare war hier?«

»Ja, vor ein paar Stunden.«

Alison konnte nicht anders als zu schmunzeln. Allein der Name hatte Neelys Augen kurz aufblitzen lassen. Sie hatte es schon an Bord der *Bowditch* bemerkt, dass Neely sich in Steve verguckt hatte, auch wenn sie sich bemühte, es nicht zu zeigen. Alison konnte es ihr nicht übel nehmen. Trotz seiner Dreistigkeit konnte man ihm einen gewissen Charme nicht absprechen. Außerdem würde eine Frau schon sehr lange suchen müssen, um einen männlicheren Partner zu finden. Außer natürlich John Clay.

Sie schaute Neely weiterhin unverblümt an, die krampfhaft versuchte, gegen die in ihr aufwallenden Gefühle anzukämpfen. Endlich wandte sie sich wieder Sally zu.

»Sally, ich muss dich um einen Gefallen bitten.«

Ich gefallen dir.

Alison musste lächeln. Offensichtlich hatte ISIS noch seine Macken.

»Wir möchten noch eine Probe nehmen. Hättest du etwas dagegen?«

Sally musterte Alison von der anderen Seite der Glaswand mit dem ewigen Grinsen der Delfine.

Du glücklich schnell.

Alison drehte sich zu Neely um. »Sie meint aufgeregt.« Dann wandte sie sich wieder Sally zu und sprach ins Mikrofon: »Ja, Sally. Das sind wir.«

Nach einer langen Pause antwortete sie: *Ja, Alison. Probe jetzt.*

Angesichts der Probleme, die eine Blutentnahme bei Delfinen mit sich brachte, wurden normalerweise kleine Hautproben genommen. Sie ermöglichten es Alison und ihrem Team, nach einer Reihe von Schadstoffen und anderen gefährlichen Biomarkern zu suchen.

Diesmal aber suchten sie und Neely nach etwas ganz anderem.

Sally beobachtete sie weiterhin vom Becken aus, redete aber nicht weiter. Die beiden Frauen waren offenbar sehr aufgeregt. Keine der beiden ahnte, dass auch Sally eine Überraschung für sie parat hatte.

27

Chris Ramirez wandte sich ab, als Neely Lawton sich über ihn beugte und mit der Nadel sanft zustach. Er saß nach vorne gebeugt in seinem Stuhl und konzentrierte sich auf alles und nichts, bis der stechende Schmerz abnahm und die Nadel in seinem Arm verschwand.

»Mann, das tut ganz schön weh.«

»Tut mir leid«, murmelte Neely. »Das war noch nie so wirklich mein Ding«, verkündete sie und hielt die kleine Ampulle fest, die sich mit Blut füllte.

Hinter ihnen stand Lee, der einen Wattebausch auf den Arm drückte. »Und wonach genau suchen Sie?«

»Nach Erythrozyten und deren Verhalten.«

Lee warf Chris einen besorgten Blick zu. »Mann, das klingt nicht gut.«

Neely lachte laut auf. »Das hört sich schlimmer an, als es ist. Ich möchte nur überprüfen, wie schnell sich Ihre roten Blutzellen regenerieren, die in der Fachsprache Erythrozyten genannt werden. Es sind die am häufigsten vorkommenden Zellen in unseren Körpern, und sie folgen einem genau geplanten Lebenszyklus, ehe sie von unseren Makrophagen wiederverwertet werden. Sollte es also etwaige Veränderungen im Zellkern geben, die die Zellreaktion beeinflussen, dann werden wir das am besten an den roten Blutkörperchen erkennen.«

»Ich habe keine Ahnung, worauf Sie hinauswollen, hoffe aber, dass es mit einer Art Superkraft zu tun hat.«

Sie grinste, ohne aufzuschauen. »Irgendwelche bestimmten Superkräfte, nach denen ich Ausschau halten soll?«

Lee dachte kurz darüber nach. »Fliegen wäre nicht schlecht. Oder vielleicht kugelsichere Haut.«

»Ich finde, wir sollten mit etwas nicht ganz so Grandiosem anfangen«, meinte Chris. »Vielleicht sollte er erst mal lernen, vernünftig zu essen.«

»Sehr witzig.«

Neely zog die Nadel aus Chris' Arm und drückte einen Wattebausch auf den Einstich. Dann löste sie den Stauschlauch um seinen Bizeps. »Sollte ich Mr. Kenwoods Cholesterinspiegel überprüfen, wenn ich schon mal hier bin?«

Alison stand neben dem Schreibtisch und warf Chris einen raschen Blick zu. »Ja, das wäre eine gute Idee. Könnten Sie gleich beide untersuchen?«

Chris stand auf und klopfte sich mit der freien Hand auf seinen Bauch. »Alles Muskeln.«

Alison musste lachen und trat zu Neely, die den Verschluss der Blutprobe überprüfte. »Ihr habt ganz schön Glück gehabt, dass wir zufällig so kleine Ampullen haben, die für Menschen geeignet sind. Wir hätten euch auch literweise Blut abzapfen können.«

Neely sammelte den Rest der Gerätschaften ein und verstaute sie in einem Koffer, den sie Alison reichte. »Gut. Jetzt brauche ich nur noch ein Labor.«

Nachdem das puerto-ricanische Allgemeinkrankenhaus zusammen mit dem amerikanischen Fort Brooke Stützpunkt 1949 seine Türen schloss, übernahm das Rodriguez Armeekrankenhaus die Verantwortung für das leibliche Wohl sämtlicher Militärangehörigen auf der Insel.

J. Prodol, Offizier der Sanitätstruppe, trat aus einer verschlossenen Tür im Gebäude einundzwanzig in den Empfangsbereich, wo die beiden Frauen bereits auf ihn warteten.

»Commander Lawton?«

»Ja«, gab Neely zurück und trat vor.

Obwohl niemand sonst anwesend war, und Neely nicht einmal Uniform trug, nickte Prodol ihr trotzdem anerkennend zu. Mit einem Körpergewicht von fast hundertzwanzig Kilo und einer Größe von knapp zwei Metern ragte er vor den Frauen schier in den Himmel.

»Ich soll Sie unverzüglich ins Labor begleiten.« Er warf einen raschen Blick auf die kleine Kühlbox in Neelys Hand. »Kann ich Ihnen sonst irgendwie behilflich sein?«

»Nein, vielen Dank.« Sie schüttelte den Kopf und folgte ihm durch die Tür, die er ihr aufhielt. Mit Alison in der Mitte schritten sie einen kurzen weißen Flur entlang, an dessen Ende sie um eine Ecke in einen großen Raum bogen, den sie ebenfalls durchquerten.

Auf dem Weg zog er einen Kartenschlüssel aus der Tasche, der mit einem Bändchen an seinem Gürtel gesichert war. Er hielt die Karte gegen ein Lesegerät. Das rote Licht wurde grün, und die Tür zu seiner Linken öffnete sich mit einem lauten Klicken. Er zog sie auf und trat ein.

»Es ist nicht groß, aber Sie sollten alles finden, was Sie brauchen.« Er ging an zwei Forschern vorbei, die vor übergroßen Monitoren hockten, legte den Kartenschlüssel auf einen weiteren Scanner neben einer Doppeltür und öffnete auch sie.

Das Labor des Rodriguez Armeekrankenhauses war größer, als Neely und Alison erwartet hatten. Drei Reihen Labortische in gewohntem Beige und Regale standen an einer Seite. Die Stühle waren mit königsblauem Stoff gepolstert, die das weiß-blaue Leitmotiv unterstrichen, das dieses Labor mit den meisten anderen auf dieser Welt teilte.

Prodol deutete auf die Gerätschaften. »Wir haben fünf Mikroskope zur Auswahl – zwei inverse und drei konfokale. Die Trennschleuder und das Hämocytometer befinden sich hinter Ihnen. Ansonsten werden Sie so ziemlich alles, was Sie benötigen, in den zwei Hängeschränken darüber finden. Ich habe veranlasst, dass Sie nicht gestört werden. Das Labor steht Ihnen so lange zur Verfügung, wie Sie es brauchen.«

Alison war beeindruckt. Sie wandte sich an Neely, die sich im Raum umblickte.

Prodol reichte ihr eine Visitenkarte mit dem Logo des Krankenhauses. »Sie brauchen sich also nicht zu beeilen. Und wenn es irgendetwas gibt, das Sie brauchen, rufen Sie mich bitte auf meinem Handy an. Die Toiletten befinden sich draußen.«

»Vielen Dank. Ich bin mir sicher, dass wir uns zurechtfinden werden.«

Prodol lächelte höflich, verabschiedete sich und verschwand.

Kaum war die Tür hinter ihm ins Schloss gefallen, ging Neely zum kleinen silbernen Tischkühlschrank, öffnete ihn und stellte ihre Proben aus der Kühlbox hinein.

Dann grinste sie Alison an und meinte: »Ich könnte einen Kaffee vertragen.«

Ein paar Stunden später nahm Neely Lawton die Augen vom konfokalen Mikroskop und stieß sich mit den Füßen vom Tisch ab. »Ich glaube, ich habe etwas gefunden.«

Alison beugte sich über das Mikroskop und nahm die Probe in Augenschein. Sie sah rote Blutkörperchen, die sich zu dichten rosafarbenen Klumpen gruppierten. Sie konnte die einzelnen Zellen anhand der Vertiefungen in ihrer Mitte ausmachen.

»Sind das Sallys?«

»Ja«, antwortete Neely und übertrug das Bild auf den Monitor. »Das sind Sallys«, fuhr sie fort. Dann öffnete sie ein weiteres Bild. »Und das hier sind Lees rote Blutkörperchen.«

»Die sehen ja beinahe identisch aus.«

Neely nickte. »So ist das bei Blutkörperchen von Säugetieren.«

Alison studierte Lees Probe. »Sollten die nicht irgendetwas machen?«

»Nicht unbedingt. Die Lebensdauer einer dieser Zellen beträgt zwischen hundert und hundertzwanzig Tagen. Wenn die Systeme von Lee oder Chris ein ähnliches Verhalten wie das der Pflanzen aufwiesen, sähen wir aufgrund der rasant erhöhten Wachstumsrate der Blutkörperchen bereits wesentlich mehr Zellen. Das tun wir aber nicht, was bedeutet, dass ihre DNS sich nicht verändert hat.«

»Also nicht wie bei den Pflanzen.«

»Richtig. Und das ist genau das, was ich erwartet habe. An Bord der *Bowditch* war es von Anfang an offensichtlich, dass etwas an den Pflanzen besonders war, weswegen wir uns auch weiter mit ihnen beschäftigten. Ihre Zellen replizierten sich erstaunlich schnell. Aber Veränderungen der DNS brauchen länger. Das ist ein evolutionärer Vorgang, was bedeutet, dass es eine Reihe von Generationen sowie Mutationen dauert, damit eine Veränderung stattfinden kann.«

»Also eine lange Zeit.«

»Nun, ja und nein. Ich habe einen Bekannten, mit dem ich seit Langem ein freundliches Streitgespräch pflege. Sein Argument beruht auf dem Punkt, dass die Anzahl an Genen in einem lebenden Organismus für einen raschen Wandel zu groß sei. Selbst wenn in jeder Generation eine signifikante Veränderung stattfände, reichten eine Milliarde Jahre nicht aus, um einen evolutionären Pfad zu ebnen, der uns dorthin gebracht hätte, wo wir heute sind. Mein Gegenargument zielt darauf ab, dass seine Gedanken viel zu linear sind. Seine Behauptungen entsprechen den Tatsachen nur so lange, bis man bedenkt, dass sich in jeder Sekunde eines jeden Tages Trillionen, gar Quadrillionen Zellen in jeder Lebensform auf diesem Planeten unablässig teilen und reproduzieren. Und selbst wenn eine Mutation nicht in einer signifikanten biologischen Veränderung resultiert, gibt es woanders Trillionen, bei denen das der Fall ist. Und wenn genügend Zeit vergeht, werden sich diese Veränderungen in einer Spezies ausbreiten. In manchen Fällen sogar in *mehr* als einer Spezies.«

»Und was hat das mit diesem Fall zu tun?«

»Tut mir leid. Ich wollte nur erklären, dass auch Veränderungen in der DNS rascher stattfinden können, als man annehmen sollte. Aber ja, es dauert schon etwas. DNS verändert sich nicht über Nacht. Es bedarf länger als ein paar Wochen, und die Veränderung müsste sich schon sehr störend auf das System auswirken, auf zellularer Ebene beispielsweise.«

»Also kann bei Sally auch keine Mutation stattgefunden haben.«

Bei diesen Worten schürzte Neely die Lippen. »Das habe ich nicht gesagt. Ich rede lediglich von den Proben der beiden Männer.«

Alison schaute sie mit einem Anflug von Aufregung an. »Und? Was soll das heißen?«

»Nun, ich bin kein Experte in der Physiologie von Delfinen, aber die Zellteilung der meisten Säugetiere bewegt sich zwischen gewissen Werten. Sallys befindet sich weit außerhalb dieser Werte. In anderen Worten, ihre Zellen teilen sich sehr viel schneller.«

»Ehrlich?«

»Ehrlich. Nicht halb so schnell, wie es bei den Pflanzen der Fall war, aber immerhin schneller, als es zu erwarten war. Und wesentlich schneller als die von Lee oder Chris.«

»Also habe ich mit Dirk und Sally richtiggelegen?«

»Vielleicht«, gab Neely zurück. »Es gibt verschiedene Ansätze, diese rasche Zellteilung zu erklären, aber wir können nur Vermutungen anstellen, bis wir die Probe mit einem DNS-Sequenzierer analysiert haben. Aber ich sollte Sie vorwarnen: Es ist eher unwahrscheinlich, dass wir überhaupt etwas finden.«

»Das letzte Mal haben Sie doch auch etwas gefunden«, warf Alison protestierend ein.

Neely warf ihr einen Blick zu. »Nur, weil das Verhalten dem von Krebszellen glich. Ich wusste, wo ich suchen musste.«

»Und was machen wir jetzt?«

»Jetzt brauchen wir einen Sequenzierer, aber hier haben wir keinen.«

»Und wo gibt es einen?«

»Das sollte nicht so schwierig sein. Heutzutage stehen die überall herum. Zum Beispiel in einem kommerziellen Labor. Wir müssen nur ein Telefonbuch bemühen.«

Alison grinste sie sarkastisch an. »Gibt es denn so etwas heutzutage noch?«

28

Alison wachte von dem Geräusch eines weinenden Kindes auf und spürte einen Luftzug, als jemand rasch an ihr vorbeiging. Langsam öffnete sie die Augen und hob den Kopf von der Sitzbank. Es dauerte eine Weile, ehe sie wieder wusste, wo sie sich befand und wie sie dorthin gelangt war.

Es war beinahe um zwei Uhr morgens gewesen, ehe Neely und sie endlich einen Sequenzierer gefunden hatten. Und das Labor war geöffnet. Die meisten Geschäfte schlossen viel früher in Puerto Rico, als sie es von den Vereinigten Staaten gewohnt waren, sodass Alison es für nichts weniger als ein Wunder gehalten hatte, dass sie eine funktionierende Maschine in San Juan im Auxilio Mutuo Krankenhaus, dem größten in Puerto Rico, benutzen durften. Nach einigen Telefonaten erschien ein müder und zerzauster Mann auf dem Parkplatz, der sie zum Genetik-Labor begleitete.

Die Sequenzierung selbst dauerte eine Weile, weshalb Neely ihr riet, etwas Schlaf nachzuholen. Jetzt richtete Alison sich im Wartezimmer des Krankenhauses auf und rieb sich die Augen, um das kleine zehnjährige Mädchen neben ihrem Vater zu sehen, das sie neugierig anstarrte.

Alison warf einen Blick auf ihre Armbanduhr und schenkte dem Mädchen ein Lächeln, das es erwiderte. Es war kurz nach sechs. Sie wollte gerade aufstehen, als eine Stimme hinter ihr ertönte.

»Guten Morgen.«

Sie drehte sich um und sah Neely auf sie zukommen.

»Haben Sie etwas schlafen können?«, erkundigte sich Alison.

»Nicht wirklich«, antwortete Neely. »Außerdem fühlt es sich gut an, endlich wieder zu arbeiten.«

»Das kann ich nachvollziehen. Haben Sie etwas herausgefunden?«

»Ja, das habe ich«, meinte Neely Lawton müde und nickte. »Und ich habe gute und schlechten Neuigkeiten.«

Alison runzelte die Stirn. »Schlechte zuerst.«

»Sallys DNS weist nicht die gleichen Nukleotidsequenzen wie die der Pflanze auf. Das soll aber nicht heißen, dass es keine Ähnlichkeiten gibt. Es ist durchaus möglich, dass sie sich irgendwo anders im genetischen Code der Delfine befinden. Aber die Suche wird nicht einfach sein, es ist eine langwierige Geschichte.«

»Wenn es überhaupt eine Ähnlichkeit gibt.«

»Nun, daran habe ich anfangs auch gezweifelt.«

Alison seufzte und sackte in sich zusammen. »Das heißt wohl, dass ich Bockmist gebaut habe.«

»Wie gesagt, *anfangs* hat es in der Tat so ausgehen.« Neely nahm auf der Sitzbank gegenüber Alison Platz. »Aber … ich glaube, Sie haben recht.«

Alison schaute Neely verdutzt an, die sie angrinste. »Wie bitte?«

»Und jetzt kommt die gute Nachricht.«

»Und die lautet?«

»Ich habe vielleicht nicht dieselbe Nukleotidsequenz wie auf der *Bowditch* gefunden, aber mir sind andere Zellen aufgefallen, die sich sehr ähnlich verhalten – nur nicht das Blut. Ein Bruchteil der Fibroblasten, das sind Kollagen herstellende Zellen, weisen ungeheure Wachstumsraten auf. Sogar schneller als die der roten Blutkörperchen.«

»Kollagen ist eines der Hauptbestandteile von Tran!«

»Genau.«

»Aber haben Sie nicht gesagt, dass die DNS keine Ähnlichkeiten zeigte?«

»Ja, aber das galt für das Blut, aus dem der Großteil der Probe besteht. Nichtsdestotrotz weist die DNS der Fibroblasten nicht dieselbe Nukleotidsequenz auf. Keine Marker.«

»Aber wenn sich die DNS nicht verändert hat, wie kommt es dann, dass die Wachstumsrate so hoch liegt?«

»Das kann ich mir auch nicht erklären. Aber normalerweise wird das Verhalten einer Zelle von ein oder zwei Auslösern beeinflusst – entweder ein externer oder ein interner Einfluss. Ein interner Einfluss könnte zum Beispiel aus der DNS oder etwas anderem bestehen, das sich im Zellkern befindet. Externe Stimuli andererseits werden durch eine Art Katalysator hervorgerufen, die sich auf den *existierenden* biologischen DNS-Code auswirkt. Vielleicht etwas in der Membran. Oder einfacher ausgedrückt, irgendein Stoff, der etwas auslöst.«

»Es könnte also etwas *in* den Zellen sein?«

»Davon gehe ich aus. Vielleicht haben sie irgendetwas absorbiert.«

Alison sprang beinahe auf. »Ich hab es doch gewusst!«

Obwohl Neely beinahe im Stehen einschlafen konnte, musste sie lachen. Sie hatte keine andere Reaktion von ihrem Gegenüber erwartet. »Jetzt aber stellt sich die Frage: Worum handelt es sich? Womit haben wir zu tun?«

»Und warum befindet es sich im Tran?«

»Diesbezüglich habe ich schon eine Theorie. Tran und das menschliche Fett besitzen zwei sehr ähnliche Funktionen: Lagerung und Aufnahme.«

»Aufnahme!« Alison riss die Augen weit auf. »Das ist es! Sie haben es in sich aufgenommen! Sie haben das, was sich im Wasser östlich von Trinidad befand, absorbiert!«

Jetzt war es an Neely, überrascht dreinzublicken. »Das würde sogar Sinn ergeben, Alison.«

Alison rang nach Luft. »Um Gottes willen!«

»Was denn?«

Alison starrte Neely stillschweigend an. Der Schock stand ihr ins Gesicht geschrieben. »Um Gottes willen«, flüsterte sie erneut. »Die ganze Zeit war des Rätsels Lösung direkt vor meinen Augen. All diese Jahre, und ich habe keine Ahnung gehabt.«

»Wovon reden Sie?«

Alison lehnte sich mit ausgestreckten Armen vor. »Es ist der Tran, Neely. Der Tran!« Alison war nicht mehr zu halten und sprang von ihrem Sitz auf. »Passen Sie auf! Vor ein paar Jahren verfasste ein Forscher der Georgetown University eine Abhandlung über einige Studien, die sich mit dem Tran von Delfinen befassen. Er heißt Mike Zasloff. Wir haben E-Mail-Adressen ausgetauscht. In seiner Abhandlung wies er darauf hin, dass das Fett von Delfinen einzigartige Heilungsfähigkeiten aufweist, sodass sie sich wesentlich schneller von Verletzungen erholten als andere Säugetiere. Eine Erklärung dafür hatte er nicht. Als ich mich das letzte Mal bei ihm erkundigte, suchte er nach bisher unentdeckten Komponenten im Tran. Aber was ist, wenn er genau dasselbe entdeckt hat wie wir?«

»Das würde ziemlich viel erklären.«

»Das ist ja unglaublich, Neely! Was ist, wenn die Delfine das, was sich im Wasser befindet, absorbieren, während die Pflanzen es in sich aufnehmen?«

»Das ist durchaus plausibel. Die Pflanzen würden es nicht nur absorbieren, ihre Wurzeln würden es aufnehmen, sodass es von der Pflanze integriert wird und zu einem Teil des Organismus wird.«

»Wow!« Alison hielt sich eine Hand vor den Mund. Sie war wie vom Blitz getroffen, jetzt da die Sache wie von alleine Gestalt annahm. *Es hatte nichts mit den Unterwasserpflanzen zu tun.* Sie waren lediglich ein Nebenprodukt. Sie hatte doch schon davorgestanden – auf dem Gipfel in den Acarai-Bergen. Das ist der

Ursprung der Pflanzen gewesen, die Neely untersucht hatte. *Aber wenn die Pflanzen auf dem Meeresboden vor Trinidad denen in Guayana ähnlich waren, wie sollte das gehen? Wie sollten sie in einer völlig anderen Umwelt unter Wasser gedeihen? Und wie kommt es, dass sie eine solche Distanz überwunden hatten, ohne dass sie eine Spur hinterlassen hatten?*

Aber der wirkliche Grund war wesentlich einfacher, und jetzt fiel auch bei Alison endlich der Groschen. Die Pflanzen sind *nicht* von A nach B gewandert. Und genau wie auf dem Berg hatte es nichts mit den Pflanzen an sich zu tun. Es musste sich um ein und dasselbe Element handeln. Das, was sie in der Höhle gefunden hatten, musste sich auch vor Trinidad im Wasser befinden. *Die Pflanzen sind nicht gewandert, sondern der Wirkstoff.*

Als sie bemerkte, dass in Alison etwas vorging, beäugte Neely sie mit zunehmender Aufmerksamkeit.

Was sie aber nicht ahnen konnte, war, dass Alison, selbst unter Schock stehend, eine Erleuchtung hatte. Jetzt musste sie nur noch versuchen, die beiden Orte in Verbindung zu bringen. Etwas fehlte in der Gleichung. Wie war der Wirkstoff von Guyana nach Trinidad gekommen?

Alison drehte sich gedankenverloren zu einem der riesigen Fenster und schaute auf den großen Vorplatz vor dem Krankenhauseingang. Sie war völlig überwältigt von ihrer Eingebung, und sie wollte die Entdeckung so schnell wie möglich einer ganz bestimmten Person mitteilen.

Ihr fiel nur einer ein, der clever genug war, um das letzte Teil des Puzzles einzufügen: John Clay.

29

John Clay befand sich gerade in gut siebentausend Metern Höhe über dem Balintang-Kanal. Binnen einer Stunde würden sie Taiwan erreichen. Er starrte in die Schwärze, die außerhalb seines kleinen Fensters herrschte, und versuchte sich trotz seiner einsetzenden Erschöpfung zu konzentrieren. Er konnte einfach nicht abschalten, und das forderte langsam seinen Tribut.

Ihm war etwas mulmig bei dem Gedanken, was ihn in China erwartete. Weder er noch Borger wussten bisher, wohin genau er eigentlich musste – sein Zielgebiet war im Augenblick knappe dreitausend Quadratkilometer groß.

Je mehr sie herausfanden, desto sicherer waren sie, dass General Wei das Extrakt aus Guayana irgendwo versteckt hatte. Nicht nur vor dem Ausschuss, sondern vor dem Rest der Welt. Aber warum?

Clay lehnte sich zurück. Er versuchte den Kopf freizumachen und zu entspannen. Dazu benutzte er ein Bild, das ihm eigentlich immer dabei half: Er stellte sich Alison vor.

Nachdem er von der Westküste gestartet war, hatte er es geschafft, sich kurz mit ihr zu unterhalten. Jetzt aber war er zu weit weg. Jegliche Kommunikation bedeutete angesichts seiner Nähe zu China ein Risiko. Und vom Spionageprogramm der NSA wusste er genau, dass jedes Telefongespräch früher oder später aufgenommen werden konnte, insbesondere wenn kommerzielle Mobilfunkmasten involviert waren.

Angesichts seines Standorts und der Natur seiner Mission

konnte er nur seinem Navy Inmarsat-Satellitentelefon mit der bestmöglichen Verschlüsselung vertrauen.

Und genau dieses Satellitentelefon klingelte genau dreiundneunzig Minuten später, kurz nachdem Clay den Zoll des Hong Kong International Airports hinter sich gelassen hatte.

Er erreichte die riesige Flughafenhalle des Terminal eins und suchte nach einer ruhigen Ecke fern ab von den Hunderten von Reisenden, die ihn umgaben. Er trat in den Schatten einer der gigantischen Pfeiler und zog die externe Antenne des Telefons heraus.

»Hey, Will.«

»Hi, Clay. Wie läuft's?«

»Ich bin gerade durch den Zoll gekommen. So weit, so gut.«

Am anderen Ende grinste Borger wissend. »Ich weiß. Aber deswegen rufe ich nicht an. Ich habe mehr über General Wei herausgefunden.«

Clay rollte angesichts Borgers Bescheidenheit mit den Augen. »Na dann mal raus damit.«

»Erinnerst du dich, dass Wei eine Familie hatte? Eine Frau und eine Tochter? Seine Frau war Kinderärztin und ist vor ein paar Jahren an Krebs gestorben. Seiner Tochter erging es ähnlich. Sie starb letztes Jahr an einer degenerativen Herzkrankheit.«

»Ja, ich erinnere mich. Leider sind damit auch die besten Motive aus dem Fenster.«

»Nicht wirklich. Ich habe da ein wenig herumgestochert. Die Beerdigung seiner Frau war ein riesiges Ereignis, da gibt es Zeitungsartikel zur Genüge mit Dutzenden Würdenträgern und hochrangigem Militärpersonal. Genau das, was man von einem General erwartet.«

»Und?«

»Aber jetzt wird es interessant. Ich finde so gut wie gar nichts über die Beerdigung seiner Tochter, nur einige Artikel in den lokalen Zeitungen, aber längst nicht in der Größenordnung seiner Frau. Noch nicht einmal annähernd.«

»Hm. Das ist deckungsgleich mit dem Dossier der CIA. Viele Informationen über seine Frau, aber so gut wie nichts über seine Tochter. Hat man da vielleicht etwas übersehen?«

»Ich bin mir nicht sicher. Ich habe sogar kurz das chinesische Ministerium für Industrie und Informationstechnologie hacken können, aber selbst die haben kaum etwas. Gefunden habe ich nur Seiten über Seiten mit Hintergrundinformationen über Wei, seine Frau und ihren Tod, aber kaum etwas über den seiner Tochter.«

»Ist es vielleicht Absicht?«

»Wie bitte?«

»Ein doppelter Verlust, erst die Frau, dann das einzige Kind. Das haut doch jeden um. Vielleicht wollte er weitere öffentliche Aufmerksamkeit vermeiden. Und wenn jemand die Möglichkeit hatte, an der Presseschraube drehen zu können, dann Wei.«

»Ja, da hast du wohl recht. Aber da ist noch etwas. Seine Tochter war siebzehn und sehr gut aussehend, wenn ich das so sagen darf. Glaubst du nicht, dass sie da viele Freunde hatte?«

Clay runzelte die Stirn. »Ja, muss sie wohl.«

»Genau. Aber ich finde keinen einzigen Eintrag über ihre Beerdigung, nicht einmal auf Chinas sozialen Netzwerken. Und es wird noch merkwürdiger. Ich habe sogar eine Kopie des Besucherregisters des Krankenhauses der Freundschaft in Peking einsehen können, in dem Li Na Wei angeblich starb, und in dem Monat vor ihrem Tod gab es *keine* Besucher außer ihrem Vater.«

»Und sie starb an einer degenerativen Herzkrankheit. Das heißt, es ist nicht von heute auf morgen passiert«, fügte Clay hinzu.

»In der Tat.«

»Gibt es denn Fotos von ihrer Beerdigung?«

»Ich habe keine gefunden.«

Clay starrte gedankenverloren auf den nicht abreißenden Besucherstrom in der neuen, über fünfundfünfzigtausend Quadratmeter großen Halle des Terminals.

»Ist es nur meine paranoide Natur«, wollte Borger wissen, »oder ist das alles ein bisschen *zu* privat?«

Clay war kein Experte, was China betraf, aber er wusste, dass es etwas viel Wichtigeres als die emotionale Privatsphäre gab, und das war die Familienehre. Gab es etwas derart Beschämendes, das Wei dazu zwang, die Beerdigung geheim zu halten? Ausschließen konnte er es natürlich nicht, aber alles, was Clay über Wei gelesen hatte, deutete daraufhin, dass er Sitten und Moral sehr schätzte. Warum also diese Geheimhaltung?

»Bist du noch da, Clay?«

»Ja.«

»Ich weiß nicht, was du davon hältst, aber mir kommt es so vor, als ob da irgendetwas nicht stimmt.«

»Du hast recht.« Clay holte tief Luft und schaute auf seine Armbanduhr. »Dann such mal weiter. Ich rufe in ein paar Stunden zurück.«

»Gut. Du weißt ja, wo du mich erreichen kannst.«

Clay legte auf und starrte nachdenklich durch die riesige Fensterfront, hinter der ein weiterer TransAsia-Airways-Jet ein Gate ansteuerte.

Borgers Nase war gut, sehr gut sogar. Das Handeln von General Wei ergab nicht viel Sinn. Clay konnte sich das nur so erklären: Entweder hatten ihre Geheimdienste auf ganzer Linie versagt, oder Wei war gerissener, als sie annahmen.

Clay war sich sicher, dass Letzteres der Fall war.

30

Jin Tang war nach allen erdenklichen physischen Standards nichts weiter als magerer Durchschnitt. Er war einen Meter sechzig groß, hatte gerade dunkle Haare und ein ausdrucksloses Gesicht. Diese Attribute halfen ihm, beinahe unsichtbar inmitten der Menschenmassen zu bleiben, die Hong Kongs International Airport, dem Tor zu China, frequentierten.

Er beobachtete das Treiben aufmerksam, während Hunderte aus den Türen traten, Koffer und Taschen hinter sich herschleppten und versuchten, eines der rot lackierten Taxis anzuhalten, die an ihnen vorbeifuhren.

Tang wartete geduldig in einem kleinen Toyota weit ab der ersten Tür. Seine linke Hand ruhte auf dem Steuer, der Motor lief. Mit der rechten fuhr er unauffällig unter seine schwere Jacke und umfasste den Griff seiner 9mm-Pistole, die er im Gürtel stecken hatte. Mit starrem Blick ließ er den Ausgang keinen Augenblick aus den Augen, bis die Zielperson in einem großen schwarz-gelben Rugbyhemd der Brisbane Broncos und einem australischen Cowboyhut mit breiter Krempe erschien.

Tang ließ die Kupplung kommen und rollte langsam vorwärts, bis er nahe genug war, um sicherzugehen.

Mit quietschenden Bremsen hielt er vor dem Ausgang an und rollte das Beifahrerfenster hinunter.

»Auf die Broncos!«, rief er und streckte eine Faust gen Himmel.

Der Mann in dem Rugbyhemd warf ihm einen Blick unter der

Hutkrempe hervor zu und grinste. »Ach, Sie sind ein Broncos-Fan? Dann können Sie sich ja über den Verlauf der bisherigen Saison nicht beklagen.« Der große Mann trat lächelnd auf ihn zu, beugte sich dann zum Wagen hinab und legte eine Hand auf das heruntergekurbelte Beifahrerfenster. Unauffällig blickte er nach links und rechts und sagte dann: »Vielen Dank. Sehr zuvorkommend.«

Er warf seine Tasche auf die Rückbank und zog dann die Beifahrertür auf.

Kaum hatte er sie wieder hinter sich geschlossen, zog Tang davon und reihte sich in den Verkehr ein. Er ließ von der Pistole ab und zog stattdessen ein Foto hervor, um die Gesichter abzugleichen. Das war er.

Tang zog auf die mittlere Fahrbahn und meinte in perfektem Englisch: »Nichts für ungut, aber Ihren australischen Akzent können Sie in die Tonne treten.«

John Clay schnallte sich an. »Was soll ich dazu sagen? Ich war erst einmal in Australien, und das hatte nichts mit Urlaub zu tun.«

Tang reagierte auf aufleuchtende Bremslichter vor ihnen und schaute zu, wie Fußgänger sich durch die Blechkarawane schlängelten. Er lächelte und reichte John Clay die Hand, der sie schüttelte. »Jin Tang.«

»John Clay. Vielen Dank, dass Sie mich abholen.«

»Wo soll es denn hingehen?«

»Bisher lautet das Ziel noch Peking.«

Tang warf einen Blick auf den großen Mann auf dem kleinen Beifahrersitz. »Na, dann machen Sie es sich mal bequem. Das wird eine Weile dauern.«

»Ist ähnlich toll wie der Sitzplatz im Flugzeug.«

»Wir rüsten uns außerhalb von Wuhan aus. Brauchen Sie etwas Größeres als ein Maschinengewehr?«

»Ich hoffe nicht. Ich habe nicht vor, allzu lange hierzubleiben.«

Tang grinste. »Das habe ich mir vor sechs Jahren auch eingeredet.«

»Nun, ich glaube nicht, dass ich Ihren Job machen könnte.«

Tangs offizieller Job war Sicherheitsbediensteter für eine große Firma, deren Hauptauftraggeber die chinesische Regierung war. Derzeit war er im Außenministerium der Volksrepublik in Guangzhou eingesetzt, insbesondere in der Abteilung für europäische und zentralasiatische Angelegenheiten. Tangs eigentliche Arbeit jedoch bestand darin, jegliche Informationen bezüglich Russlands politischer und ökonomischer Beziehungen mit China zu sammeln, die in letzter Zeit überraschenderweise immer enger zusammengerückt waren.

Sein unauffälliges Äußeres war eine Bedingung seines Angestelltenverhältnisses mit der CIA, und sein offizieller Titel als Geheimagent wurde so allgemein wie möglich gehalten. Wenn man es aber auf den Punkt brachte, war er ein Spion im Dienst für die Vereinigten Staaten.

Und obwohl die Sicherheitsfirma, in die sie ihn eingeschleust hatten, alles andere als effizient arbeitete, gab es doch bestimmte Vorschriften. Er hatte ein Minimum von drei Tagen, ehe man seine Abwesenheit bemerken würde.

»Ich hoffe, Sie haben bald ein etwas genaueres Ziel als einfach nur Peking.«

Clay nickte. »Das hoffe ich auch.«

31

Li Qin stand in der Mitte von General Weis ehemaliger Wohnung in Peking. Sie befand sich im Stadtteil Dongcheng, in dem sich auch die Verbotene Stadt, der Konfuziustempel und der berühmte Tian'anmen-Platz befinden, auf dem 1989 chinesische Soldaten das Feuer auf Hunderte Protestanten eröffneten, die für die Demokratie marschierten – eine Bewegung, die Schlagzeilen in aller Welt machte.

Heutzutage aber war Dongcheng Pekings größtes Oberschichten-Viertel, in dem die wohlhabendste Aristokratie der Hebei-Provinz residierte.

Als Qin im Wohnzimmer der geräumigen Wohnung stand und sich umsah, konnte er kaum fassen, wie spartanisch Wei sie eingerichtet hatte. Die weißen Wände mit Bücherregalen, die vom Boden bis zur Decke reichten, und der Teppich mit Schachbrettmuster machten zwar etwas her, zeugten jedoch eindeutig von einem etwas einfacher gestrickten Geschmack. Von all den Menschen, die Qin in der Ausübung seines Jobs beim Sicherheitsministerium hatte ausspionieren müssen, war Wei zweifelsohne der asketischste.

Xinzhen, das ranghöchste Mitglied des Ständigen Ausschusses des Politbüros, hatte ihm die Aufgabe anvertraut, Weis letzte Schritte nachzuvollziehen, die eine überraschende Revolte gegen Chinas mächtigste Männer ausgelöst hatten. Zumindest hatte Xinzhen diese Worte gegenüber Qin benutzt, was aber hieß, dass sie weit von der Wahrheit entfernt waren.

Allein die Tatsache, dass Xinzhen ihm nicht alles hatte mitteilen wollen, diente ihm schon als Beweis. Noch nie zuvor hatte Qin in einem solchen Informationsvakuum arbeiten müssen. Es wurde von ihm verlangt, Tatbestände herauszufinden, von denen niemand etwas wusste – und das ohne jegliche Hintergrundinformationen. Der große Xinzhen hatte sich ihm gegenüber als sehr verschwiegen herausgestellt. Und in Qins Erfahrung war der Skandal stets umso tiefgreifender und ausufernder, je mehr Informationen zurückgehalten wurden.

Er ging zur Fensterfront, wo er sein Handy hervorzog und zu wählen begann.

Beim zweiten Klingeln hob ein junger Mann ab, der gerade mal zwanzig sein konnte. Er hatte pechschwarze Haare und ebenso dunkle Augen und war einer der *besten* Hacker in China.

Sein Deckname lautete »M0ngol«, und jetzt schimmerte sein hageres, blasses Gesicht unheimlich im grellen Schein seines Computer-Monitors.

Während der letzten vier Jahrzehnte hatte China ein Wachstum erlebt, das manche Experten als »waghalsig« einstuften, und der junge Mann am anderen Ende der Leitung personifizierte genau diese Waghalsigkeit in einer für viele neuen und angsteinflößenden Welt. M0ngol war nur einer von Hunderten erfahrenen Hackern, die für Chinas berüchtigtes Ministerium für Staatssicherheit arbeiteten. Sie waren Chinas Antwort auf die beinahe verkrüppelnden Spionageaktionen der amerikanischen NSA.

Anfangs waren sämtliche Länder der Erde schockiert vom Schnüffeln der NSA, nachdem ihre Machenschaften aufgedeckt worden waren. Natürlich mussten sie auf diesen Angriff ihrer Hoheitsgewalt reagieren. Sowohl Feinde als auch Verbündete überschlugen sich, um ihre eigenen Spionageabwehragenturen aus dem Boden zu stampfen. Es war auch nicht überraschend, dass China das Land war, das über ausreichend Ressourcen verfügte, um es mit den Vereinigten Staaten aufnehmen zu können.

Das bevölkerungsreichste Land der Erde konnte auf einen Überfluss außergewöhnlich talentierter Hacker zurückgreifen, die durch Neugier und Habsucht hochmotiviert waren. Das Staatssicherheitsministerium musste nur noch eine Zutat zu der Mischung geben: Wut.

Die Welt der Spionage hatte sich für immer verändert. Kriege wurden jetzt immer mehr auf dem digitalen Schlachtfeld geführt. Hacking von einzelnen Bankkonten oder E-Mails wurde angesichts der Ressourcen, die ein ganzes Land einem zur Verfügung stellen konnte, mitleidig belächelt. Angriffe, die vor wenigen Jahren kaum vorstellbar gewesen waren, standen jetzt mit schier unfassbarer Hardware an der Tagesordnung.

Der Krieg hatte ein neues Gesicht gewonnen und wurde von neuen, modernen Soldaten ausgefochten. Sie benötigten weder körperliches Training noch Tapferkeit auf dem Schlachtfeld. Diese neuen Soldaten waren junge Männer und Frauen, die gerade aus der Schule kamen, und von der Wiege auf mit Computern groß geworden sind. Statt Waffen benutzten sie Tastaturen.

M0ngol war einer dieser neuen Soldaten. Sogar einer der besten, und wie bei der NSA auch, spionierte China sowohl den internationalen wie auch den *inländischen* Datenverkehr aus.

»Was sehen Sie?«, wollte Qin wissen.

M0ngols dunkle Augen huschten von einem Monitor zum anderen. Die Algorithmen, die Chinas Banken benutzten, waren viel zu primitiv, um die Muster zu sehen, die er zu erkennen in der Lage war. »Das ging schon eine ganze Weile so. Abhebungen und Überweisungen während des letzten Jahres. Verschiedene Summen und Zeiten, alles scheint beliebig, aber es wurde stets Bargeld abgehoben.«

»Keine Einzahlungen?«

»Nur sein Gehalt.«

Qin überquerte den Teppich und ging in die Küche, die er sauber und ordentlich vorfand. Die Arbeitsflächen waren frei. Er musterte das Badezimmer, das einen genauso unangetasteten Eindruck machte.

M0ngol richtete seine Aufmerksamkeit auf einen anderen Monitor, auf dem die Standorte von Weis Bankgeschäften abgebildet wurden. Die resultierenden Punkte verrieten ein weiteres Muster.

»Er nutzte seine Kreditkarten wesentlich häufiger, wenn er in den Süden reiste, Richtung Baoding und Shijiazuan. Und das wiederholt.«

Am anderen Ende nickte Qin, setzte sich auf die Kante des großen Bettes und warf einen Blick durch das Schlafzimmer. »Und was hat er gekauft?«

»Flüge, Hotels und Essen in Restaurants. Sonst kaum etwas. Vielleicht eine Geliebte?«

»Vielleicht.« *Möglich* war es ja, dachte Qin. Die meisten Männer in seinem Alter hatten eine Gespielin. Wei aber war aus einem anderen Holz geschnitzt. Er war kein Mann, der den Exzess pflegte, und seine gesamte Karriere über wies er eine aufrichtige Abneigung gegenüber der Politik und Extravaganz auf. Eigentlich sehr selten für einen Mann seines Rangs.

Qin musterte zwei Fotos, die auf der großen Kommode aus Sandelholz standen: Weis Frau und seine Tochter.

»Da ist noch etwas«, meinte M0ngol. »Vor einigen Monaten wurde sein Auto gewartet, weil er im vergangenen Jahr wesentlich mehr Kilometer als in den vorangegangenen gefahren ist.« Er hielt inne und warf einen Blick auf den anderen Monitor. »Seine Telefonnutzung aber suggeriert ein gänzlich anderes Bild.«

»Ich höre.«

»Sie zeigt, dass er sein Telefon immer wieder ausgeschaltet hat, insbesondere an Wochenenden. Aber nie, wenn er nach Boading oder Shijiazhuang gefahren ist.«

»Ein Problem mit seinem Telefon?«

Es folgte eine lange Pause, während der M0ngol weitere Daten checkte. »Das glaube ich nicht. Dafür ist das Muster zu durchschaubar.«

Durchschaubar, dachte Qin und starrte auf die beiden Bilder. Durchschaubar war nicht das Wort, an das er gerade dachte. Weis Handeln während der letzten Monate war alles andere als durchschaubar gewesen. Seine Daten, die Kommunikationsanalyse und jetzt seine Wohnung … und die zwei Fotos auf der Kommode. Nein, das Wort, an das Qin dachte, lautete *durchdacht*.

Er wusste, dass Xinzhen und der Rest des Ausschusses Wei eine geheime Mission anvertraut hatten – streng geheim sogar, denn sie war nirgends in den üblichen offiziellen Dossiers zu finden. Und es war eindeutig, dass dabei etwas völlig schiefgelaufen war.

32

Die wenig befahrene, aber gut ausgebaute Straße zwischen Ji'an und Wuhan wurde auf beiden Seiten von weitläufigen Ackerflächen eingerahmt.

Tausende von Mammutbäumen durchzogen die Landschaft, die an ihnen vorbeirauschte. Unter dem hellen Vollmond schwebte der dichte graue Nebel über den Wipfeln.

Der Verkehr, wenn überhaupt nennenswert, kam in Schüben, sodass Jin Tang beinahe von der Straße abkam, als John Clay sich plötzlich in dem Beifahrersitz neben ihm aufrichtete.

Clay starrte aus der Windschutzscheibe, ehe er nach etwas im Auto suchte.

»Verdammt!«, beschwerte sich Tang. »Das muss ja ein fürchterlicher Traum gewesen sein.«

Clay ignorierte ihn und hielt dann endlich das Satellitentelefon in der Hand, das sich in seiner linken Tasche befand. Er zog es hervor und schaltete es ein.

Er hatte nicht geschlafen.

Einige Minuten später, in Tausenden Kilometern Entfernung, hielt Will Borger auf den weißen Granitstufen einer breiten Treppe inne und kramte sein klingelndes Telefon hervor. Er keuchte und nahm dankbar für die Unterbrechung den Anruf entgegen.

»Clay?«

»Will, wo bist du?«

»Auf einer Treppe. Bin auf dem Weg zu Langford.«

Clay hob neugierig eine Augenbraue. »Und du nimmst die Treppe?«

»Ich glaube, Caesare hat mir unterschwellig ein schlechtes Gewissen gemacht, dass ich mich nicht genügend bewege.«

»Das glaube ich gerne«, witzelte Clay, aber seine Miene wurde rasch wieder ernst. »Will, ich möchte, dass du mir jetzt gut zuhörst.«

»Clay?«, bellte Langford.

»Ich bin hier, General.«

»Gut. Ich habe einen sehr aufgeregten und beinahe hyperventilierenden Will Borger vor mir stehen, der darauf bestanden hat, dass ich Sie spreche. Also, schießen Sie los.«

»Es geht um General Wei, Sir. Ich glaube, ich weiß, was er mit dem Extrakt gemacht hat.«

Langford wies Borger den Stuhl ihm gegenüber zu und schaltete den Lautsprecher an. »Wir sind ganz Ohr.«

»Will und ich haben uns die Köpfe zerbrochen, seit ich abgereist bin. Aber irgendetwas stimmte nicht. Weis Handeln vor dem Suizid, die Tode seiner Frau und Tochter, sogar seine Telefonnutzung deuteten allesamt darauf hin, dass wir irgendetwas übersahen – etwas Großes.«

»Jetzt raus mit der Sprache!«

Clay holte tief Luft und warf einen Blick über die Schulter zu Tang, der neben der Straße im Dunkeln wartete, während Clay weiterhin im Auto saß. »Admiral, das Puzzle passt nur, wenn wir eine der Variablen ändern. Etwas, von dem wir ausgegangen sind, das aber so nicht stimmt.«

»Raus damit, Clay.«

»Sir«, fuhr Clay fort. »Ich glaube nicht, dass General Weis Tochter tot ist.«

Langford starrte überrascht auf das Telefon auf seinem Schreibtisch. »Wie bitte?«

»Ich glaube, dass sie lebt. Nur so fügen sich alle Teile unseres Puzzles zusammen.«

Langford warf Borger einen nachdenklichen Blick zu.

»Es gibt kaum Informationen bezüglich des Todes seiner Tochter«, gab Clay zu bedenken. »Viel zu wenig. Ich vermute, dass er es so eingefädelt und sämtliche Unterlagen hat verschwinden lassen.«

»Aber wenn seine Tochter noch lebt, warum hat er sich dann das Leben genommen?«, verlangte Borger.

»Um sie zu schützen. Wenn sie *tatsächlich* an einer Herzkrankheit leidet, und davon gehe ich aus, hat er ihren Tod vortäuschen müssen, um die Regierung nach seinem Ableben von seiner Fährte abzubringen. Wenn jeder glaubt, dass seine gesamte Familie tot ist, gibt es nichts weiter zu untersuchen.«

Langford runzelte gedankenverloren die Stirn. »Und das Extrakt?«

»Ich bin mir sicher, dass nur sehr wenige Menschen davon wussten. Außerdem hat er seine Tochter an einen sicheren Ort bringen lassen, um dann vorsichtig Spuren zu legen, die von ihr *fortführen*. Das Einzige, was er nicht beeinflussen konnte, war die Ortung seines Handys, sodass er es ausschalten musste, wenn er sich auf dem Weg zu ihr befand.«

»Also hat er ihr das Extrakt überlassen?«

»Vielleicht sogar mehr als das«, ertönte Clays Stimme aus dem Lautsprecher. »Seine Tochter lag im Sterben, und Wei hielt das Einzige, was ihr helfen konnte, in seinen Händen: die Pflanzen-DNS aus Guayana. Und wenn die Chinesen tatsächlich herausgefunden haben, wie man sie auf Menschen transferieren kann, ist es durchaus im Bereich des Möglichen, dass er ihr das Extrakt verabreicht hat. Und wenn das der Fall war, dann musste er sich umbringen, denn sonst hätte eine Untersuchung sie sicherlich aufgespürt. Ein letzter und scheinbar wahnhafter Akt eines untröstlichen Ehemanns und Vaters. Aber ich glaube nicht, dass er wahnhaft war.«

»Also hat er alle getäuscht und ihnen aufgetischt, dass er den Verstand verloren habe?«

»Genau.« Clay hielt sich das Satellitentelefon an das andere Ohr. »Er hat absichtlich die Ehre der Familie mit seinem Suizid in den Dreck gezogen, um das, was von ihr übrig geblieben ist, zu retten.«

Borger nickte. »Das klingt logisch. Aber für einen Chinesen steht die Ehre der Familie an oberster Stelle. Würde er wirklich den Namen seiner Familie für seine Tochter besudeln?«

Es herrschte Stille, während sie auf Clays Antwort warteten. Aber er musste gar nichts entgegnen. Ob Borger es wusste oder nicht, das war keine Frage für Clay, sondern für Langford. Clay war einer der wenigen Menschen, die wussten, was Langford mit seiner eigenen Tochter hatte durchmachen müssen.

Admiral Langford nickte endlich. »Ja, das würde er.« Er wandte sich mit finsterer Miene ab und drehte sich zum Fenster. »Ich würde das auch tun.«

Wieder herrschte Stille. Clay wartete beinahe eine ganze Minute, ehe er die Stimme erhob. »Will, wir müssen herausfinden, wo Weis Tochter ist.«

»Okay.«

»Wahrscheinlich an einem abgelegenen Ort, der aber über die notwendigen medizinischen Gerätschaften verfügt, um sie zu behandeln.«

33

Die Augenlider der siebzehnjährigen Li Na Wei flatterten schwach. Der verdunkelte Raum, in dem sie lag, schien unscharf, aber sie erkannte einige Lichtstrahlen, die vom Fenster aus in die Mitte des Zimmers kamen. Der alte, zerlumpte Vorhang wurde langsam scharf, und sie konnte die abblätternde Farbe des Fensterbretts ausmachen.

Sie rollte den Kopf nach links und verfolgte die Wand bis hin zu einem kleinen Regal, auf dem ein verwelkter Blumenstrauß und einige andere Dinge standen, die sie aber nicht identifizieren konnte.

Aus ihrer linken Hand ragte ein durchsichtiger Infusionsschlauch, der über ihren blassen Arm zu einer scheinbar uralten Maschine führte. Sie schaute auf ihre Hand, hob sie und bewegte vorsichtig die Finger.

Auf der anderen Seite, hinter ihrer rechten Hand, erkannte sie einen verblassten Stuhl. Sie musste lächeln, als sie sich ihren Vater neben sich darauf vorstellte. Des Öfteren hatte sie die Wärme seiner Hand auf der ihren gespürt, ehe sie aufgewacht war. Aber heute war er nicht da. Er hatte wahrscheinlich in Peking zu tun.

Li Na atmete ein und starrte neugierig auf die Bettdecke, unter der sie lag. Ihre Neugier wuchs mit einem zweiten Luftholen. Sie atmete ein drittes Mal ein, dieses Mal tiefer. Irgendetwas hatte sich geändert – sie konnte wieder Luft holen. Es war noch immer schwierig, aber besser als zuvor. Und es tat weniger weh.

Sie erkannte das Zimmer nicht wieder. Wie lange hatte sie

wohl geschlafen? Tage? Wochen? Es fühlte sich wie eine halbe Ewigkeit an.

Aber es konnte nicht sehr lange gewesen sein, schloss sie, denn sonst wäre sie viel schwächer.

Sie streckte die rechte Hand nach einer kleinen silbernen Klingel aus und drückte sie mit der Fingerspitze. Ein leises Klingeln ertönte.

Eine Minute später steckte ein Arzt den Kopf durch den Türspalt. Als er merkte, dass seine Patientin aufgewacht war, lächelte er und trat ein.

»Hallo, Li Na. Wie geht es dir?«

»Wer sind Sie?«

»Ich heiße Dr. Lee.«

Sie blinzelte und erinnerte sich dann an seine Frage. »Mir geht es besser.«

»Gut.« Er stellte sich am Fußende des Betts auf und berührte ihre Zehen unter der Decke. »Kannst du das spüren?«

»Ja.«

Er nickte und steckte die Hände in seine Kitteltaschen. »Kannst du sie auch bewegen?«

Sie tat, wie ihr geheißen. Zufrieden ging Lee ums Bett und steckte die Hörmuscheln seines Stethoskops in seine Ohren. »Ich möchte mir deinen Herzschlag anhören.«

»Okay.«

Er drückte die Membran leicht auf ihre Brust und horchte. Das Schlagen ihres Herzens war heftiger, stärker und regelmäßiger.

»Bitte drück zu«, sagte er und legte seine Hand in die ihre.

Sie drückte.

»Sehr gut. Hast du Schmerzen, Li Na?«

»Es geht, ist nicht so schlimm.«

»Gut.«

Der Arzt hob vorsichtig ihren Arm und legte ihr einen Stauschlauch um. Dann legte er sein Stethoskop an ihre Vene und pumpte den Schlauch auf, während er auf seine Armbanduhr blickte.

Er war fassungslos. Noch vor wenigen Wochen hatte sie nur noch wenige Tage zu leben gehabt, als sich plötzlich ihre Verfassung langsam, aber sicher verbesserte. Ihr Körper schien sich zu erholen, wieder stärker zu werden. Und jetzt war sie auch noch aufgewacht.

Er hatte schon Sachen erlebt, die an Wunder grenzten, aber das hier war wahrlich unglaublich. Li Nas Herz schlug doppelt so kräftig wie zuvor. Und schneller war es auch. Ihre Temperatur war wieder unter siebenunddreißig Grad gesunken, was nicht nur Dr. Lee, sondern auch ihre Krankenschwester ungemein erleichterte. Und all das war nach dem letzten Besuch ihres Vaters geschehen.

Wenn sie keinen Rückfall erlitt, war Lee sich sicher, dass das Mädchen überleben würde. Und das bedeutete, dass er sein Versprechen einhalten müsste, das er ihrem Vater gegeben hatte. Und zwar schon bald. Denn General Wei hatte ihn wiederholt davor gewarnt, dass es, falls seine Tochter überleben sollte, nicht lange dauern würde, ehe Fremde auftauchten und sie suchen würden.

34

M0ngols dunkle Augen suchten methodisch die Computer-Logs eines von Chinas größten Telekommunikationsanbieters ab. Die riesige Datei enthielt unter anderem die Ortungsmetadaten für die meisten Kunden im Großraum Peking.

Aber M0ngol suchte nicht nach Weis Telefonnummer. Die kannte er bereits. Die Ortungsdaten verfolgten die Signale der SIM-Karten eines jeden Handys und, und das war noch viel wichtiger, protokollierten seine Empfangsqualität. Er brauchte also nur die verschiedenen Empfangsstärken der Sendemasten vergleichen, um so errechnen zu können, in welche Richtung ein Handy sich bewegte – und genau das wollte er herausfinden: Wo war General Wei hingegangen, ehe er sein mobiles Telefon ausschaltete?

Die älteren Log-Dateien war er bereits durchgegangen, und immer wieder bemerkte er dasselbe Muster. Der Mann war nach Norden unterwegs, ehe das Signal verloren ging, um dann Tage später wiederaufzutauchen, wenn er aus derselben Richtung in Peking auftauchte.

M0ngol schürzte die dünnen Lippen, als er die letzten Daten kopierte. Gerade wollte er die Verbindung zum Server kappen und sein Telefon nehmen, als er innehielt und seine Hand auf der Maus erstarrte. Etwas war ihm ins Auge gesprungen, gerade, als er sich hatte abwenden wollen. Konzentriert starrte er auf den Monitor. Das Verzeichnis war nach Datum und Zeit sortiert, gefolgt von diversen Reihen mit anderen Informationen.

Was M0ngol bemerkt hatte war, dass die Zeitstempel einiger Log-Dateien geringfügig von denen der anderen abwichen. Ein Detail, das die wenigsten bemerkt hätten.

Er ging erneut die Daten auf dem Monitor durch und öffnete dann ein neues Fenster, in dem er die Audit-Log-Dateien des Servers auflistete. Händisch scrollte er durch die schier unendliche Liste und suchte nach etwas, das er aber nirgends fand. In der Datei waren sämtliche Änderungen aufgezeichnet – alle außer den sechs Zeitstempeln, auf die er es abgesehen hatte.

M0ngol lehnte sich langsam in seinem Stuhl zurück, ohne die Augen vom Monitor zu nehmen. Er wusste genau, was geschehen war.

Audit-Log-Dateien zu löschen war einfach. Wesentlich einfacher, als den Zeitstempel einer Datei zu ändern. Um das zu tun, musste man zumindest kurzzeitig die Uhr des Servers selbst ändern, was sich aber in allen Dateien widerspiegelte, die währenddessen angelegt wurden. Einen solchen Eingriff zu vertuschen würde Stunden dauern. Stattdessen waren die Dateien beinahe auf die Sekunde genau vierundzwanzig Stunden später geöffnet und wieder geschlossen worden, also so, dass man den veränderten Zeitstempel nicht bemerken würde. Es sei denn, man suchte gezielt danach.

Jemand war vor ihm durch die Sendemasten-Dateien gegangen.

Will Borger tippte fieberhaft auf der Tastatur. Es würde Ewigkeiten dauern, wenn er versuchte, ein kleines Krankenhaus in einem Umkreis von eineinhalbtausend Kilometern manuell zu suchen. Er musste es irgendwie beschleunigen.

Das neue ARGUS-Satellitensystem flog nicht direkt über Peking, um ihm eine aktuelle Vogelperspektive zu bieten, dafür aber zwei andere Satelliten. Er benötigte auch keinen Live-Feed, wie ARGUS ihn lieferte. Er brauchte lediglich eine gute Auflösung, und die beiden alten Vögel in der Umlaufbahn ermöglichten es ihm, die Aufschrift eines T-Shirts aus dem All zu lesen – mehr als genug, um ein Auto auszumachen.

Aber das war natürlich nicht so einfach, wie es sich anhörte. Selbst für Borger. Er benötigte dasselbe Programm, das er schon zum Aufspüren der *Forel* benutzt hatte, denn es suchte jedes Bild Pixel für Pixel ab. Natürlich musste er ihm zuerst beibringen, wonach es suchen sollte. Und viel wichtiger: Er musste alles so programmieren, dass es zu genau den Zeiten nach derselben Pixelgruppe suchte, in denen Wei sein Telefon ausgeschaltet hatte und nach Norden gefahren war.

Und jetzt, da Borger wusste, welches Auto Wei fuhr, war es zumindest *theoretisch* möglich, es zu finden. Die Frage war nur, ob er sein Programm so schlau machen konnte, dass es genau das tat, was er wollte. Dazu brauchte er aber mehr Server.

Stunden später, nachdem er sein modifiziertes Programm gestartet und getestet hatte, warf Borger einen Blick auf die Uhr und öffnete eine weitere Dose Jolt-Cola. Clay würde noch einige Zeit brauchen, um nach Peking zu kommen, und Borger hoffte inständig, dass sein Programm ihm bis dahin erste Ergebnisse bieten konnte.

In der Zwischenzeit musste er sich mit seinem brasilianischen Freund beschäftigten und Caesare weitere Informationen liefern.

Er zog die Lasche der Dose auf und warf einen Blick auf den dritten Monitor auf seinem Schreibtisch, auf dem er die C-12 Huron sah, in der Caesare und sein Team saßen.

35

Steve Caesare hatte ein ernstzunehmendes Problem. Er ging ins Cockpit, um ein Wörtchen mit den Piloten zu reden. Besorgt warf er einen Blick aus dem Fenster. Selbst aus einer Entfernung von knapp hundert Kilometern war er nicht zu übersehen: ein sich rasch nach Nordost bewegender Gewittersturm über Westkolumbien.

Im Gegensatz zu anderen Wetterphänomenen konnte man nicht über Gewitterstürme fliegen. Die Kombination aus aufsteigender warmer und sinkender kalter Luft konnte böse Überraschungen bergen, darunter auch Luftlöcher, in denen ein Flugzeug innerhalb weniger Sekunden mehr als einen Kilometer fallen konnte. Die einzige Option lautete, um sie herumzufliegen.

Leider hatten sie nicht genügend Treibstoff an Bord, um das Unwetter zu umgehen, denn sowohl Venezuela als auch Kolumbien hatten ihnen die Landung verweigert, damit sie wieder auftanken konnten. Jetzt saßen sie da, und ihre Situation wandelte sich rasch zu einem ernsthaften Problem.

Wenn sie den Sturm umflogen, würden sie viel zu viel wertvolles Kerosin verbrauchen, aber *durch*zufliegen war auch keine Option, da sie gegen einen Wind ankämpfen müssten, der wahrscheinlich ähnlich viel Treibstoff aus den Tanks saugen würde.

Caesare schaute zu, wie der Kopilot den neuen Kurs berechnete, ehe er sich umdrehte und ihn ansah. Es war zu weit. Es war ihnen nicht möglich, das Unwetter zu umfliegen, es sei denn, sie wollten über Kolumbien abstürzen.

Ihre einzige Option barg unbekannte Risiken – sie konnten hineinfliegen und hoffen, dass der Sturm seine Richtung nicht ändern würde. Mit anderen Worten: Sie mussten beten, dass er sich weiterhin nach Nordosten bewegte, denn sonst standen ihre Chancen gleich null.

Caesare nickte und drehte sich um, um wieder nach hinten in die Passagierkabine zu gehen.

DeeAnn saß ihm gegenüber und hatte Dulce an ihre Brust gedrückt. »Alles okay?«

»Klar«, erwiderte Caesare, lächelte sie an und zwinkerte ihr zu. »Ich wollte nur mal schauen, wann der Film anfängt.« *Sie jetzt auch noch nervös zu machen wäre völliger Blödsinn.*

DeeAnn runzelte die Stirn. Das Problem mit Steve Caesares Humor war, dass sie keine Ahnung hatte, ob er witzelte oder sie ablenken wollte. Sie musterte ihn, während er sich zurücklehnte, aber seine Miene blieb für sie ein Buch mit sieben Siegeln.

Dulce beobachtete von ihrem Schoß aus den riesigen Corso, der ihnen schräg gegenübersaß. Als er sich vom Fenster wegdrehte, trafen sich ihre Blicke, und Dulce schenkte ihm ein breites Lächeln.

Corso schien weniger freundlich.

Plötzlich fiel das Flugzeug in ein Luftloch und überraschte alle außer Caesare, der DeeAnn einen wissenden Blick zuwarf. »Ich glaube, es wäre angeraten, sich anzuschnallen.«

Sie nickte und stand auf. Mit Dulce in den Armen drehte sie sich um und setzte die Gorilla-Dame ab, um ihr den Gurt um den kleinen Bauch anzulegen, ehe sie sich auf der anderen Seite des Gangs Corso gegenüber niederließ. Auch sie schnallte sich an und warf einen Blick zu Dulce, die jetzt Caesare angrinste. Im Gegensatz zu Corso aber lächelte dieser zurück.

Dee Ann schaute den beiden ein wenig zu, ehe sie sich nach vorne richtete und in Corsos langes Gesicht starrte. »Sie scheinen nicht allzu viel für sie übrig zu haben.«

Corso richtete sich an DeeAnn. »Ich bin nicht zum Militär gegangen, um auf Affen aufzupassen.«

»Die Situation ist ein wenig komplizierter.«

»Wohl wahr. Wir bringen einen Affen, um einen anderen zu finden«, entgegnete er sarkastisch.

»Gorilla.«

Corso blickte sie weiterhin gleichgültig an.

»Machen Sie sich keine Gedanken über ihn«, warf Anderson ein, der zwei Sitzreihen weiter hinten saß. »Der ist immer schlecht gelaunt. Selbst wenn er schläft.«

»Und du bist noch ein Kind«, entgegnete Corso und wandte sich wieder dem Fenster zu.

»Nicht, wenn man der Regierung Glauben schenken will.« Anderson grinste noch immer. »Ich bin alt genug, um Menschen zu töten, nur trinken darf ich noch nicht. Das ist pure Logik, oder?«

DeeAnn lächelte gequält. Langsam konnte sie Alison verstehen, die von der Regierung zunehmend desillusioniert war. Dann hörte sie das Klicken von Juans Gurt, der direkt hinter ihr saß.

Bisher war der Flug relativ glimpflich abgelaufen, und wenn es Turbulenzen gegeben hatte, dann waren sie kaum erwähnenswert gewesen. Auch Dulce hatten sie nichts ausgemacht. Für Tiewater aber schienen sie überhaupt nicht zu existieren, denn sein Schnarchen ertönte laut und deutlich vom hinteren Teil der Kabine.

Sie versuchte Corso auszublenden und entspannte sich ein wenig. In wenigen Stunden würde sie wieder festen Boden unter den Füßen haben. Vielleicht würde es ja gar nicht so schlimm werden, wie Juan oder sie befürchteten. Es war natürlich blöd, dass sie nicht direkt zum Berg fliegen konnten, aber nachdem Caesare ihnen die politischen Probleme dargelegt hatte, sah sie ein, dass dies nicht möglich war.

Sie fragte sich, wie schwierig es wohl werden würde, Dexter auf dem Berg zu finden. Lee und Juan hatten Dexters Stimmlage auf den Aufnahmen der alten Weste identifiziert und glaubten, ihn anhand der Daten wiedererkennen zu können. Aber wie nahe mussten sie ihm kommen, um seine Stimme zu erkennen? Das Mikrofon der neuen Weste war zwar sehr empfindlich, aber die enorme Geräuschkulisse, die herausgefiltert werden musste, um eine normale Kommunikation zu ermöglichen, ließ bei ihr Zweifel aufkommen. Aber ehe sie sich darüber Sorgen machen konnte, mussten sie sich erst einmal auf Dulces Instinkte verlassen, um überhaupt in die Nähe des Kapuzineraffen zu kommen.

Die kleine Gorilla-Dame behauptete zwar felsenfest, dass sie Dexter finden könne, aber DeeAnn war sich nicht hundertprozentig sicher, was das zu bedeuten hatte.

DeeAnn saß still auf ihrem Sitz und dachte nach, während Caesare neben ihr ebenfalls keinen Ton von sich gab. Das Unwetter war ein weiteres Problem, das er eigentlich nicht brauchte, und so nah am Sturm vorbeizufliegen war ein gefährliches Unterfangen.

Es dauerte keine halbe Stunde, ehe ihm die schlechte Nachricht überbracht wurde. Der Sturm hatte die Richtung geändert und wanderte jetzt nach Osten, also genau auf sie zu. Die beiden Piloten, die vor Caesare saßen, starrten mit besorgter Miene durch die Scheibe.

Wenn sie das Gewitter nur gestreift hätten, wären sie zumindest mit einer kleinen Treibstoffsicherheitsreserve angekommen. Jetzt aber standen ihre Chancen nicht besser als fifty-fifty. Zudem nahm das Unwetter an Stärke zu, und beiden Piloten war klar, dass niemand sich da durchwagen würde, wenn er nicht unbedingt musste. Und sie mussten. Unbedingt.

Die kolumbianischen Flughäfen in Medellin und Bogota waren Venezuelas Beispiel gefolgt und hatten ihnen die Landeerlaubnis verweigert, sodass ihnen nur noch Iquitos in Peru als einziger Flughafen blieb, dessen Landebahn lang genug für sie war. Natürlich könnten sie versuchen, sich die Erlaubnis zu erzwingen, indem sie einen Notruf auf der internationalen Hilferuffrequenz absetzten. Aber so würden die kolumbianischen Behörden herausfinden, wer sie waren, und höchstwahrscheinlich auch, wo sie hinwollten.

Sie befanden sich nur noch neunzig Flugminuten von Iquitos entfernt und waren mit über fünfhundert Kilometern pro Stunde unterwegs. Trotzdem, die C-12 Huron hatte noch siebenhundertzwanzig Kilometer vor sich und wies einen erschreckenden Treibstoffverbrauch auf.

Eine weitere Böe warf das Flugzeug seitwärts, sodass sämtliche Passagiere sich festhalten mussten, um sich nicht zu verletzen. Draußen verdunkelte es sich, und der Himmel besaß eine bedrohlich dunkelgraue Farbe, ehe sie in den Sturm eintauchten.

Caesare ging den schmalen Gang entlang zurück in die Passagierkabine zu DeeAnn und Juan, der sich in der Zwischenzeit Caesares Sitzplatz gegenüber Dulce stibitzt hatte. DeeAnn hatte sich die Weste übergezogen und unterhielt sich mit Dulce, um sie zu beruhigen. Nach einem weiteren alarmierenden Luftloch rümpfte die Gorilla-Dame besorgt die Nase.

Nicht fliegen wie Vogel.

DeeAnn nickte zustimmend. »Nein, das hat nichts mit einem Vogel zu tun, aber du musst keine Angst haben.«

DeeAnn und Juan blickten zu Caesare auf, der ihr wortlos zu verstehen gab, die Weste stumm zu schalten.

»Das Unwetter tut uns keinen Gefallen«, erklärte er. »Eine Notlandung in Kolumbien würde bedeuten, dass wir auffliegen, und es bestünde durchaus die Möglichkeit, dass wir nicht wieder starten dürften. Unsere einzige Alternative lautet also, uns durchzukämpfen und so schnell wie möglich nach Iquitos zu kommen.« Das Flugzeug flog erneut durch ein Luftloch, sodass sie sich alle noch einmal festhalten mussten. »Die gute Nachricht ist, dass wir ein solides Flugzeug haben und Iquitos auf uns vorbereitet ist. Es gibt aber auch schlechte Nachrichten: Der

Sturm nimmt zu.« Er blickte DeeAnn direkt an. »Wie sieht es bei euch aus?«

»Nicht so gut.« DeeAnn schaute zu Dulce, die sich mit ihren langen Armen an den Sitzlehnen festhielt. Sie redete immer weniger, und DeeAnn konnte die Anspannung in ihr förmlich spüren.

»Juan?«

»Bei mir ist noch alles im grünen Bereich, aber ich könnte bald eine Tüte gebrauchen.«

»Okay, ich werde zusehen, dass du eine kriegst«, meinte Caesare und legte die Hand auf Juans Rückenlehne. »Wir werden das schon schaffen. Haltet durch.«

Mehr fiel ihm nicht ein. Was sollte er auch sonst sagen? Natürlich stimmte es, dass das Flugzeug verdammt strapazierfähig war. Selbst der Sturm konnte ihm nichts anhaben, aber das half ihnen auch nicht, wenn sie den letzten Tropfen Kerosin verbraucht hatten. Und wenn sie es bis zum Flughafen schafften, dann stand ihnen noch ein Problem bevor, denn so schlimm, wie die Böen hier oben sein mochten, dort unten waren sie noch viel heftiger.

Als Caesare sich umdrehte, klingelte das Satellitentelefon in seiner Tasche. Er drückte eine Hand gegen die Decke und zog es mit der andern hervor.

»Bist du das, Will?«

»Ja«, gab Borger zurück. »Wie läuft es bei euch?«

»Hier ist es recht lebhaft, aber wir kommen durch.« *Hoffentlich*, fügte Caesare in Gedanken hinzu.

»Ihr habt da ein gewaltiges Unwetter direkt vor der Nase.«

»Danke, Will. Ist uns noch gar nicht aufgefallen. Gibt es sonst noch Neuigkeiten?«

»Ja. Otero und seine Armee sind aufgebrochen und haben bereits ein Drittel des Weges hinter sich. Sie haben zwar angehalten, sind aber doch schneller unterwegs, als wir angenommen hatten. Wann landet ihr denn?«

Caesare rollte mit den Augen. *Landen? Die treffendere Frage wäre, wie unsere Überlebenschancen stehen.* Caesare antwortete über einem Donnerschlag: »Bald.«

»Wie bald?«

»SEHR bald! Ich rufe dich wieder an, wenn ich festen Boden unter den Füßen habe.«

»Okay. Viel Glück.«

Caesare legte auf und schüttelte den Kopf. Die Reise zum Berg wurde mit jeder Minute komplizierter … und er hatte DeeAnn das Schlimmste noch gar nicht erzählt.

36

Die Pause, die Otero und seine Männer eingelegt hatten, würde etwas länger dauern. Er stand im Schatten eines kleinen Gummibaums und schaute zu, wie Salazars Soldaten versuchten, die weggewaschene Straße wiederherzustellen. Zumindest so weit, bis die geländegängigen Laster sie passieren konnten.

Lässig schlug er sich mit der Handfläche auf den Nacken, um wieder einmal ein Insekt zu verscheuchen. Das Dach des Regenwalds über ihnen war nicht dicht genug, um die grelle Sonne abzuhalten, sodass es ihm vorkam, als ob er in der Sauna stünde.

Es reichten wenige Minuten in der Hitze, ehe Otero wieder Zuflucht im klimatisierten Land Rover suchte. Russo folgte ihm wie ein treu ergebener Diener und stieg ebenfalls ein.

Salazars Lieutenant überwachte die Straßenarbeiten. Er war Anfang dreißig und stand stoisch in der Hitze, während Salazar im Wagen wartete.

Hinter ihm saß eine Frau mit kurzen dunkelblonden Haaren stillschweigend in einem weißen, ärmellosen Top auf der Rückbank. Sie war Zivilistin, genauer gesagt eine Zoologin, und von einem hochrangigen Offizier gebeten worden, an der Mission teilzunehmen. Das hielt Salazar natürlich nicht davon ab, ihr seine Autorität aufzudrücken, was sie aber weitestgehend ignorierte.

Dr. Becca hielt den Kopf gesenkt und informierte sich über den verstorbenen Mr. Alves, insbesondere über seine Arbeit in dem sogenannten »Reservat« – einem Ort, der anscheinend eine Reihe von Geheimnissen barg.

Sie war gerade an der Stelle angekommen, die von dem Kapuzineraffen handelte. Sie ging sie wiederholt durch, um bloß keine Details zu übersehen. Es war entscheidend, dass sie so viele Informationen wie nur möglich sammelte. Sie musterte ein Bild von einer Sicherheitskamera, das außerordentlich scharf war. Der Affe hatte durchgehend graues Fell, eigentlich völlig unüblich. Normalerweise war es fleckig, aber diese Anomalie sollte ihnen dabei helfen, ihn leichter identifizieren zu können. Aber Becca war sehr skeptisch, dass sie den Affen überhaupt zu Gesicht bekommen würden.

Soweit sie verstanden hatte, war sie von ihrer Arbeit bei einer wohlbekannten Forschungseinrichtung in Salvador abkommandiert worden, um einer Gruppe bekloppter Soldaten in den Dschungel zu folgen, um nach einem eher mystisch klingenden Primaten zu suchen, der angeblich die Gene des ewigen Lebens in sich barg – und nicht nur für Menschen, sondern dem Hörensagen nach für sämtliche Zellen der Erde. Es klang schlichtweg albern.

Becca kannte sich gut genug mit Biologie aus, um zu wissen, dass das ewige Leben ein Wunschtraum war, den Leute hatten, die offensichtlich nichts Besseres mit ihrer wenigen Zeit auf dieser Erde zu tun hatten, als völligen Unsinn zu reden. Nichts im zellbiologischen Reich hatte es bisher geschafft, dem Tod zu entrinnen, und sie war davon überzeugt, dass weder sie noch einer der Stoppelhopser dort draußen der oder die Erste sein würden.

Ihr Ziel war denkbar einfach: Sie musste nur finden, wonach sie suchten, sodass sie so schnell wie möglich zurück nach Salvador fahren konnte. Aber obwohl sie diese Jungbrunnen-Geschichte absurd fand, musste sie zugeben, dass sie sich auf die wesentlich wahrscheinlichere Möglichkeit freute, einen Kapuzineraffen mit überdurchschnittlicher Intelligenz kennenzulernen. *So* geschah das nämlich in der Natur. Kleine Weiterentwicklungen über einen langen Zeitraum, nicht irgendein revolutionärer

Durchbruch. Und angesichts der Tatsache, dass Kapuzineraffen von Natur aus recht intelligent waren, war es wesentlich wahrscheinlicher – und interessanter –, einen Sonderfall vor die Nase zu kriegen.

Becca blätterte weiter durch die dicke Akte und war so vertieft darin, dass sie gar nicht merkte, wie Salazar die Tür öffnete und ausstieg, bis ihr eine heiße Brise ins Gesicht wehte.

Er ging zu seinem Lieutenant und wollte auf den neuesten Stand gebracht werden, auch wenn es kaum etwas zu berichten gab. Es war für alle offensichtlich, dass die Männer sich in völlig nassgeschwitzten Hemden in der schwülen Hitze schon genug plagten.

»Wie lange noch?«

Der Lieutenant wandte sich von seinen Männern ab. »Mindestens eine Stunde, vielleicht zwei.«

Salazar verzog die Lippen. Mit den Händen in die Hüften gestemmt drehte er sich um und starrte den Berg in die Richtung hinab, aus der sie gekommen waren. Er sah den Land Rover mit Otero und Russo, die sich zu unterhalten schienen, und schnitt eine Grimasse. Er fragte sich, wie die beiden es sich vorstellten, die Kontrolle über das zu bewahren, was er und seine Männer für sie finden sollten, wo sie sich doch hoffnungslos in der Unterzahl befanden.

Idioten.

Otero starrte aus der Windschutzscheibe und freute sich bereits auf Salazars Gesicht, wenn dieser herausfand, wer hier das Sagen hatte und wie es um die Loyalität seiner Männer stand.

»So ein Schwachkopf.«

Als keine Antwort kam, drehte Otero sich zu Russo um, der in den Regenwald starrte.

»Verdammt, denken Sie denn schon wieder an den geheimnisvollen Amerikaner, an Ihren Geist? Wie oft muss ich Ihnen denn noch sagen, dass das eine nichts mit dem anderen zu tun hat!« Er schüttelte den Kopf. »Ich bezahle Sie nicht dafür, paranoide Wahnvorstellungen zu pflegen.«

Russo grinste und wandte sich an seinen Arbeitgeber. »Doch, genau das tun Sie.«

Der ältere Mann ließ das Thema fallen. »Von hier aus können wir sowieso nichts dagegen unternehmen.«

»Und trotzdem werde ich mich besser fühlen, sobald wir einen Namen haben.«

»Das ist reiner Zufall. Und wenn wir zurück sind, werden wir uns um ihn kümmern ... *und* um seine Familie.«

Es sei denn, es handelte sich tatsächlich um die Vereinigten Staaten. Aber warum sollten die Vergeltung für Blanco üben? Russo schüttelte den Kopf. »Irgendetwas stimmt da nicht. Allein schon das Timing macht mich stutzig. Was, wenn Blanco den Amerikanern von dem Affen erzählt hat?«

»Und warum sollte er das getan haben?«

Russo dachte darüber nach. »Eben. Nein, das würde er nicht.«

»Genau. Ich versichere Ihnen, dass etwas anderes dahintersteckt. Und wir werden herausfinden, wer und warum, und uns dann darum kümmern.« Otero zeigte nach draußen. »Aber eins nach dem anderen.«

Russo nickte. Jetzt war weder der Ort noch der Zeitpunkt, um sich den Kopf darüber zu zerbrechen. Er benötigte mehr Informationen. Ganz gleich, was der Alte dazu sagte, er war davon überzeugt, dass es einen Zusammenhang zwischen dem Angriff auf seine Männer und den Vereinigten Staaten gab, aber es stimmte, dass er von hier aus nichts dagegen unternehmen konnte.

Was Russo nicht wusste, war, dass er bald schon seinem *Geist* viel näher sein sollte, als er es sich vorzustellen wagte.

37

Qin stand in General Weis altem Büro in Peking und schaute sich um, als sein Telefon klingelte.

»Ja«, antwortete er.

»Ich habe etwas herausgefunden, was Sie interessieren wird«, verkündete M0ngol.

Qin stellte ein Buch wieder ins Regal. »Schießen Sie los.«

»Sie wollten doch wissen, was unser General Wei vor seinem Tod getrieben hat. Die Antwort lautet: etwas sehr Geheimes und extrem Wichtiges. So wichtig, dass er direkt dem Ständigen Ausschuss des Politbüros unterstellt war. Ich habe einige gelöschte E-Mails wiederherstellen können, in denen es um ein Projekt in Südamerika geht. Ein Projekt, das aber nie weiter erörtert wurde. Stattdessen wurde über ein *Element* geredet.«

»Element?«

»Ja. Die meiste Kommunikation schien mündlich, aber es gab auch schriftlichen Verkehr, insbesondere, wenn es um die Bereitstellung von Ressourcen ging.«

»Welche Ressourcen?«

»Männer. Und Schiffe. Wenn ich es recht verstehe, schien es sich um eine Art Grabung zu handeln. Auf jeden Fall durfte niemand sonst davon erfahren.«

Qin ließ die Augen nachdenklich durch den dunklen Raum wandern. »Scheint ganz so, als ob es geklappt hat.«

»Ja, das tut es. Ich kann noch mehr herausfinden, aber das wird dauern.«

»Wenn Wei ihr Geheimnis bewahrte, warum sollten sie ihn und seinen Ruf zerstören wollen?«

»Vielleicht hat er es nicht gut genug aufbewahrt?«

Das war natürlich möglich. Aber bisher deutete alles darauf hin, dass es sich bei Weis Tod um einen Suizid gehandelt hatte. Es war wesentlich wahrscheinlicher, dass er ihr Geheimnis nicht preisgegeben, sondern es *zu gut* gehütet hatte. Aber warum?

»Wenn es zwei Lager im Ausschuss gibt«, meinte Qin, »dann sollten wir unsere Suche auf den Zeitraum nach seinem letzten Besuch dort konzentrieren. Irgendetwas Außergewöhnliches.«

M0ngol lächelte im Schein seines Monitors. »Wollen Sie damit sagen, dass wir nach einem geheim gehaltenen Flug eines neuen Prototypen nach Südamerika und zurück suchen sollten?«

»Wie bitte?«

»Sie haben richtig gehört. Am Tag, bevor Wei verschwunden ist.«

»Wo?«

»Das Flugzeug ist in Peking gelandet.«

»Und wer oder was war an Bord?«

»Das weiß ich noch nicht.«

Qin stand wie angewurzelt da und begann zu überlegen. Deswegen hatte sich Xinzhen mit Informationen über Wei so stark zurückgehalten. Es gab offensichtlich Dinge, die Xinzhen für sich behalten wollte. »Wir haben also eine Art Expedition in Südamerika, gefolgt von einem geheimen Flug von dort nach Hause, und dann verschwindet er, um kurz danach wiederaufzutauchen und sich das eigene Leben zu nehmen.«

»Klingt merkwürdig.«

»Ganz und gar nicht.« Qin durchquerte das Büro und warf einen Blick auf die schimmernden Lichter Pekings. »Es klingt ganz so, als ob der Mann etwas vertuschen wollte. Wissen wir denn schon, wo er hingeflogen ist?«

»Daran arbeite ich noch. Aber es gibt noch etwas, das Sie wissen sollten.«

»Was denn?«

»Jemand anders ist daran interessiert, was er getan hat, und hat sich dieselben Server und Daten angeschaut. Und zwar noch vor mir.«

Qins Augen quollen förmlich aus den Höhlen. »Wer?«

»Das kann ich noch nicht sagen. Ich verfolge ihn zurück, einen Server nach dem anderen. Wer auch immer es war, er ist ziemlich clever. Aber ich vermute, dass der Angriff aus Washington, D.C., stammte.«

Jetzt war Qin ernsthaft überrascht. »Washington«, flüsterte er. *Das war's.* Das erklärte die Auseinandersetzung der beiden Staaten in der Karibik. Natürlich waren die Amerikaner angepisst, schließlich hatten sie verloren.

Es dauerte nicht lange, ehe Qin die Zusammenhänge herstellte. *Bei dem Scharmützel ging es um die Ausgrabung. Und was immer es auch gewesen sein mag, die Amerikaner wussten, dass Wei es nach Hause hatte fliegen lassen. Und jetzt wollten sie wissen, was er damit angestellt hatte.*

»Finden Sie heraus, wer sich da eingehackt hat. Benutzen Sie alle Ressourcen, die Sie brauchen.«

M0ngol nickte am anderen Ende der Leitung. Er hatte mehr vor, als ihn nur zu finden.

Zur selben Uhrzeit, aber fünfzehn Stunden früher, hatte Will Borger in seinem dunklen Computerraum endlich die Antwort gefunden. Seine Serverfarm hatte das Pixelprofil von Weis Wagen verfolgen können, und jetzt erschien die Route, die er genommen hatte, auf seinem Bildschirm.

Und genau wie Clay gemutmaßt hatte, führte sie zu einem kleinen, abgelegenen Krankenhaus.

Borger konnte gar nicht schnell genug wählen. Als Clay den Anruf entgegennahm, brüllte er beinahe in die Sprechmuschel. »Wir haben es!«

»Was denn?«

»Weis Versteck. Das ist das einzige Mal, das er angehalten hat, nachdem er den Aktenkoffer im Wagen verstaut hatte.«

»Wo?«

»So ziemlich genau siebenhundertsechsunddreißig Kilometer nördlich von Peking! In den Bergen. Sieht aus wie ein kleines Krankenhaus, das die Dörfer in der Gegend versorgt. Ich schicke dir Namen und Koordinaten.«

»Gut gemacht, Will.«

»Hör zu«, fuhr er fort. »So hundertfünfzig Kilometer weiter nördlich gibt es einen kleinen Flughafen. Er sieht durchaus passabel aus, aber ich weiß nicht, ob er dem Militär gehört oder nicht. Nur zur Information.«

»Okay. Wir halten uns an die Straßen. Wir haben noch zwölf Stunden bis Peking. Ich rufe in drei Stunden wieder an.«

»Klingt gut.«

Clay legte auf und warf Tang einen Blick auf dem Fahrersitz zu. »Wollen Sie sich mal ausruhen?«

»Noch nicht.« Tang nickte in Richtung des Satellitentelefons. »Wo soll es denn hingehen?«

»Zu einem Krankenhaus knappe siebenhundertfünfzig Kilometer nördlich von Peking. Wir suchen General Weis Tochter.«

Tang hob eine Augenbraue, ließ die Augen aber nicht von der Straße ab. »In unseren Akten heißt es, dass seine Tochter tot sei.«

»Ich weiß. In unseren auch.«

38

Kurz nach sechs Uhr in der Früh wartete Doktor Lee geduldig an der Tür, während die Krankenschwester Li Na Wei wieder zurück ins Bett half. Beide konnten kaum fassen, wie rasch sie wieder zu Kräften kam, nachdem sie sich beinahe drei Wochen lang kaum hatte bewegen können. Ihre Beine zitterten ein wenig, aber ihr Gleichgewichtssinn schien einwandfrei.

Die Krankenschwester schüttelte das Kopfkissen auf, sodass Li Na sich etwas aufrechter hinsetzen konnte. Kaum hatte sie es sich bequem gemacht, zog die Schwester Laken und Decken gerade, ehe sie Lee zunickte und das Zimmer verließ.

Seiner Meinung nach war es noch viel zu früh, aber ein Versprechen war ein Versprechen. Wei wollte, dass seine Tochter benachrichtigt wurde, sobald sie das Bewusstsein wiedererlangt hatte. Lee vertrat weiterhin die Meinung, dass es angesichts Li Nas schwachen Gesundheitszustands völlig übertrieben war. Das Letzte, was sie jetzt brauchte, war der emotionale Tiefschlag, den er ihr verpassen sollte.

Er setzte sich auf das Fußende des Betts und beugte sich mit einem sanften Blick zu ihr. »Du machst wirklich großartige Fortschritte, Li Na. Wirklich großartig. Aber da gibt es etwas, was ich dir sagen muss. Etwas über deinen Vater, und wie du hierherkamst.«

»Okay«, gab sie zurück und blickte ihn neugierig an. Sie fühlte sich zwar noch ein wenig schwach, aber ihre Augen waren hellwach.

Lee steckte die Hand in seine weiße Kitteltasche und zog einen Umschlag hervor. Ohne ein Wort reichte er ihn Li Na.

Sie nahm ihn mit der rechten Hand, musterte ihn und drehte ihn dann um, wo ein ihr bekanntes Siegel auf der Rückseite zu sehen war. Das war der Stempel ihres Vaters. Sie steckte den Finger in den Umschlag und riss daran, bis das Wachssiegel brach. Im Inneren warteten mehrere penibel gefaltete Blatt Papier auf sie.

Li Na warf dem Arzt einen nervösen Blick zu, als sie sie herauszog und entfaltete. Jedes Blatt war doppelseitig beschrieben.

Unter der Neonröhre und in Anwesenheit Dr. Lees begann sie zu lesen.

Als sie fertig war, kullerten ihr die Tränen die Wangen hinab.

»Ist das wahr?«

Lee runzelte die Stirn. »Ich weiß nicht, was dort steht.«

»Mein Vater ist tot?«

Der Arzt nickte ernst. »Ja. Es tut mir wirklich sehr leid, Li Na.«

Sie legte ihr Gesicht in die Hände und begann zu schluchzen. »Warum?«

Aber sie wusste, warum. Er hatte ihr es ja eigenhändig geschrieben. Ihre letzten Tage im Griff einer tödlichen Krankheit, die sie bewusstlos gewesen war. Die Depression, die sich über ihren Vater nach dem Tod seiner Ehefrau gelegt hatte und seine komplette Verzweiflung angesichts des bevorstehenden Verlusts seiner Tochter. Seiner Prinzessin.

Aber im Gegensatz zu den meisten Vätern, die unter ähnlichen Schicksalsschlägen litten, war er in der Lage gewesen, etwas dagegen *zu tun*. Es gab eine Chance, wenn auch nur eine geringe, dass er ihr Leben retten konnte, indem er sein eigenes beendete. Er musste alles opfern, was er hatte, selbst seinen Familiennamen. Seine Ehre. Er hatte von all den Erinnerungen erzählt, die er von ihr als kleines Kind hatte. Das Tanzen, das Lächeln, das Lachen.

Und ihre Umarmungen hatten ihm stets das Gefühl verliehen, als ob es außer ihnen niemanden sonst auf dieser Welt gäbe.

Er beschrieb, wie es diese Erinnerungen waren, die ihm jeden Morgen dabei halfen, aus dem Bett zu kommen und weiterzumachen, obwohl seine einzigen Begleiter die Verzweiflung und die Angst davor, dass ihm die Zeit davonlaufen könne, waren.

Er hatte ihr verschwiegen, dass er ein Projekt geleitet hatte, um eine einzigartige Pflanze aus dem Dschungel Südamerikas zu bergen. Er hatte gehofft, dass sie all ihre Erwartungen übertreffen würde. Aber das Unterfangen hatte sich auch als extrem gefährlich herausgestellt, denn diese Pflanze glich einem Wunder.

Und wenn er sie benutzte, dann musste er alles tun, um jegliche Verbindung zu ihr zu vertuschen. Und er selbst war eine solche Verbindung. Deswegen hatte er auch Dr. Lee ausgewählt und ihn dazu gebracht, Li Na heimlich aus dem Krankenhaus in Peking zu verlegen. Er hatte so gut wie alle Akten zerstört und diejenigen, die er nicht verschwinden lassen konnte, ausreichend verändert. Letztendlich führte auch kein Weg daran vorbei, dass er sich das Leben nehmen musste. Endlich konnte er seine ewige Liebe, Li Nas Mutter, wiedersehen. Er starb einzig und allein in der Hoffnung, dass seine über alles geliebte Tochter überleben würde.

Manche chinesischen Väter waren der Ehre verpflichtet, andere der Liebe.

Zum Schluss bat er sie, nie zu vergessen, wie sehr er und ihre Mutter sie geliebt hatten, welch wunderbare junge Frau sie war und dass sie eines Tages die Welt verändern würde. Seine größte Ehre im Leben, schrieb er, war es, ihr Vater sein zu dürfen, und dafür würde er ewig dankbar sein.

Li Na lehnte sich gegen das Kopfteil ihres Bettes und öffnete langsam die Augen. »Ich will nicht mehr leben«, sagte sie und schüttelte den Kopf. »Nicht ohne meine Eltern.«

Lee antwortete nicht.

Sie strich sich einige feuchte Haarsträhnen aus dem Gesicht und starrte den Arzt an. *Eltern bildeten den einzig wahren Anker für ein Kind in dieser Welt. Und jetzt ... jetzt trieb sie hilflos umher. Jetzt war eigentlich alles egal.*

Dr. Lee räusperte sich, als ob er ihre Gedanken lesen könne. »Das mag jetzt sehr schwierig zu verarbeiten sein, aber dein Vater war extrem stolz, das tun zu dürfen, was er getan hat.«

Sie wischte sich mit dem Handrücken über die Augen. »Ich weiß.«

»Li Na, mein Vater starb auch vor ein paar Jahren, und eines habe ich mir gemerkt. Er war sehr alt, aber ich habe es geschafft, noch Zeit mit ihm zu verbringen, ehe er von uns ging. Wir redeten stundenlang, und ich erzählte ihm, dass es mir als Kind ungeheuer viel bedeutet hat, zu wissen, wie stolz er auf mich war.«

Sie senkte die Hand und blinzelte. »Ich weiß, dass mein Vater stolz auf mich war.«

»Weißt du, was mein Vater mir erzählt hat?«

Sie schüttelte den Kopf.

»Er meinte, dass das Wichtigste für ihn war, mir zuschauen zu dürfen, wie ich mein Leben lebte.« Lee schwelgte einen Augenblick lang in Erinnerungen, ehe er sich wieder an sie richtete. »Ich bin jetzt schon viele Jahre Arzt und habe viel gesehen. Und es ist trotzdem kaum zu fassen. Du musst verstehen, Li Na, dass es ein vernichtender Schlag für einen Mann ist, wenn er seine Frau verliert. Aber der Verlust eines Kindes zerstört seine *Seele.*«

Li Nas Lippen begannen zu beben.

»Ich kann dir versprechen, dass es nichts Wichtigeres für ihn gab, als dein Leben zu retten.«

Sie schwieg mehrere Minuten lang. Endlich wollte sie wissen: »Was genau hat er getan?«

Dr. Lee schüttelte den Kopf. »Das weiß ich nicht.« Als er ihren verdutzten Gesichtsausdruck bemerkte, fuhr er fort: »Er wollte es mir nicht sagen, denn er war der Ansicht, dass es nur noch gefährlicher für uns werden würde. Und ganz gleich, wie sehr er sich vorsah, früher oder später würde jemand herausfinden, was er getan hatte. Dessen war er sich sicher. Die Entdeckung war für die Regierung von solch immenser Wichtigkeit, dass sie nie freiwillig aufgeben würde.«

»Also kann ich nicht hierbleiben?«

Lee zögerte, schüttelte aber schließlich den Kopf. »Nicht lange.«

»Wie lange noch?«

»Das kommt auf dich an. Sobald es dir gut genug geht, solltest du weiter. Ich finde, du solltest noch hierbleiben und dich erholen, aber das ist natürlich der Arzt in mir. Ich habe keine Ahnung, wie lange du hier sicher bist.«

»Weder Sie noch ich.«

Lee schürzte ein wenig die Lippen. »Das ist wohl wahr.«

Dann herrschte wieder Stille, und Lee stand plötzlich auf.

»Ich habe da ein paar Sachen für dich. Von deinem Vater.« Er verließ das Krankenzimmer und kehrte wenige Minuten später zurück. In der einen Hand trug er eine Tasche aus weichem Leder, in der anderen eine rechteckige metallene Schatulle. Lee stellte beides neben Li Na auf dem Bett ab.

»Lass dir ruhig Zeit. Die Sachen sind komplett unangetastet, seitdem dein Vater sie hier bei uns deponiert hat.« Er ging wieder zur Tür und drehte sich noch ein letztes Mal um. »Versuch nicht, hier und jetzt alles entscheiden zu wollen. Wir haben etwas Zeit, und ich kann dir helfen.«

Li Na sah ihm zu, wie er die alte, hölzerne Tür hinter sich zuzog und betrachtete dann neugierig die beiden Behältnisse auf ihrem Bett. Als Erstes nahm sie die Ledertasche und wollte sie schon öffnen, hielt dann aber inne. Vielleicht war sie nicht in der richtigen emotionalen Verfassung, um damit fertigzuwerden. Wer weiß, was sich darin befand?

Sie legte die Tasche wieder aufs Bett und zog die metallene Schatulle etwas näher zu sich. Nachdem Li Na sie sich genauer angesehen hatte, öffnete sie eine der Schnallen, die bereitwillig aufsprang. Sie machte sich an die zweite Schnalle, die ebenfalls leicht zu öffnen war.

Langsam hob Li Na den kühlen Deckel und klappte ihn dann um. Die Scharniere boten keinen Widerstand. Die Schatulle selbst war recht sperrig, aber der Inhalt überraschend klein. Sie sah drei große Phiolen, die sicher im Hartschaum steckten, der sie vor Erschütterungen schützte.

Eine war mit einer gefrorenen rosa Flüssigkeit gefüllt, die anderen beiden aber waren leer.

39

In Südamerika, kurz hinter der Grenze zu Peru, wurde die C-12 Huron erneut von einer seitlichen Böe gepackt, sodass jeder in der Kabine sich krampfhaft an den Sessellehnen der Sessel festhalten musste.

Es waren keine achtzig Kilometer mehr bis Iquitos, aber sie hatten kaum noch einen Tropfen Kerosin übrig. Die Piloten kämpften, um die Flughöhe zu halten, während der Regen gegen die Scheiben prasselte und die Sicht auf nur wenige Meter reduzierte. Jetzt war es an der Zeit, den kontrollierten Sinkflug einzuleiten.

Sie standen in ständigem Kontakt mit dem kleinen Flughafen in Iquitos. Die Fluglotsen teilten den Piloten sämtliche Boden-Informationen mit und warteten auf Blickkontakt.

DeeAnn versuchte verzweifelt Dulces Hand zu halten, die jetzt schweißnass war. Die Gorilla-Dame hatte während der letzten halben Stunde keinen Pieps mehr von sich gegeben, und ihre haselnussbraunen Augen waren vor Furcht weit aufgerissen. Mit der einen Hand drückte sie DeeAnns Hand und mit der anderen hielt sie sich unbeirrbar an ihrer Armlehne fest.

»Ist schon gut, Dulce. Alles wird gut«, wiederholte DeeAnn immer wieder und versuchte sie so zu beruhigen. Sie senkte den Kopf und wollte, dass Dulce ihr ins Gesicht sah. Als die sich weigerte, wandte sie sich an Caesare und rief über dem Lärm: »Wie lange noch?«

»Zehn Minuten!«

DeeAnn rollte mit den Augen und wandte sich dann wieder Dulce zu. Caesare war es nicht entgangen, dass die kleine Gorilla-Dame am Rand eines Nervenzusammenbruchs stand. Aber er hatte etwas viel Wichtigeres, das ihn beschäftigte – das Geräusch der Triebwerke von draußen. Oder vielmehr, die vielen Aussetzer, die ihm auffielen. Das bedeutete, dass sie tatsächlich kein Kerosin mehr in den Flügeltanks hatten. So lange er das hohe Summen hörte, hatten sie eine Chance. Aber wenn ihnen jetzt der Treibstoff ausging, würde sie selbst eine gute Gleitzahl nicht bis an ihr Ziel bringen, und der dichte Regenwald bot nirgends genug freie Fläche für eine Notlandung. Sie mussten es also bis Iquitos schaffen, oder es war aus mit ihnen.

Ein weiteres Luftloch strapazierte ihre Sicherheitsgurte, und Dulce entfuhr ein lautes Wimmern. Juan, der hinter DeeAnn saß, hatte die Augen geschlossen. Wenn sie eine Bruchlandung machen müssten, wollte er es nicht mit anschauen müssen.

Caesare blendete die Stimmen der beiden Piloten im Cockpit aus und lauschte auf das Surren der Düsentriebwerke. Stattdessen aber hörte er das, was er am meisten befürchtete: erneute Aussetzer. Der linke Flügeltank war leer.

Die Piloten begannen zu rufen und brüllen, als sie versuchten, die Triebwerke wieder zu starten, was ihnen aber nicht gelang. Sie pumpten auch noch die letzten Tropfen in den rechten Flügeltank und kämpften noch angestrengter, um das Flugzeug in der Luft zu halten.

Caesare spürte, wie Nervosität und Furcht an ihm zu nagen begannen. Er versuchte sich zu konzentrieren, als ob er das rechte Triebwerk durch puren *Willen* am Laufen halten konnte. Er durfte nicht zulassen, dass alle starben.

Er warf erneut einen Blick auf seine Armbanduhr. Noch acht Minuten.

40

Jetzt begann auch das rechte Triebwerk auszusetzen. Aber es dauerte nur noch zwölf Sekunden, ehe sie mit einem heftigen Krachen auf der Landebahn des Flughafens aufsetzten.

Der plötzliche Umkehrschub des rechten Triebwerks zog sie alle aus den Sesseln. Dass er nur von einer Seite kam, machte die Sache nur noch schlimmer. Die Huron wurde hart nach rechts herumgeworfen, kam von der nassen Landebahn ab und geriet in das hohe, matschige Gras.

Die rechten Reifen sanken sofort tief in den aufgeweichten Boden, sodass die Huron umkippte und die linke Fahrgestellstrebe mit lautem Wumms erneut auf den schwarzen Asphalt krachte, dass das Flugzeug in seinen Grundfesten erschüttert wurde. Funken stoben auf, als sich die Streben in den Teer bohrten, dann von der Landebahn abkamen und im Matsch weiter rutschten.

Mit einem gewaltigen Beben verlor das Flugzeug an Geschwindigkeit, und seine riesige Nase grub sich in die durchweichte Erde, sodass der Flieger von einer Sekunde auf die andere zum Stehen kam.

Caesare sprang auf und rannte durch den Gang. Er drückte DeeAnn und Dulce zurück in ihre Sitze, um sie nach Verletzungen abzusuchen. Beide starrten ihn völlig entgeistert an. Sie mochten unter Schock stehen, aber zumindest waren sie am Leben.

»Habt ihr euch wehgetan?« Er schnallte die beiden ab und wandte sich zuerst DeeAnn zu. Sie schüttelte den Kopf. Caesare drehte sich zur völlig durchgeschwitzten Dulce um, die sofort in seine Arme sprang und sich mit aller Kraft an ihn klammerte.

Nicht wie Vogel.

Caesare musste laut lachen und sah, wie Tiewater bereits Juan aus dem Sitz zog.

Die große hölzerne Tür wurde aufgerissen, und Will Borger platzte in den Konferenzraum. Er unterbrach Admiral Langford mitten im Satz: »Sir! Steve Caesare und die anderen sind in Iquitos gelandet!«

Langford holte tief Luft und lehnte sich in seinem Stuhl zurück. »Gott sei Dank. Ist jemand verletzt?«

»Nein, Sir. Niemand. Alle sind wohlauf.«

Langford ließ den Blick erleichtert über die versammelte Runde schweifen. Merl Miller, der Verteidigungsminister, lächelte und meinte: »Das war haarscharf an der Katastrophe vorbei.«

Alle lachten, und Langford schlug freudig auf den Tisch, ehe er sich an Borger wandte: »Richten Sie ihm aus, dass ich ihn vors Kriegsgericht stellen lasse, wenn er so etwas noch einmal macht.«

»Ja, Sir!«

Langford drehte sich zum dunkelhaarigen Douglas Bartman, dem Innenminister, der ihm rechts gegenübersaß und ebenfalls erleichtert lächelte. »Die peruanische Regierung hat uns versichert, dass niemand von dem kleinen Vorfall erfahren wird. Außerdem ist es ohne Verletzte wesentlich einfacher, unser Cover vom humanitären Einsatz zu wahren.«

»Kooperiert Guayana?«

»Nein. Die anderen auch nicht.«

»Und was ist mit Brasilien?«

Bartman runzelte die Stirn. »Brasilien hat sämtliche Kommunikation mit uns abgebrochen. Genauso wie Venezuela.«

»Nun, Venezuela ist nicht wirklich verwunderlich«, meinte Miller und zuckte mit den Schultern.

»Stimmt. Mit Brasilien habe ich aber nicht gerechnet. Allerdings muss man in Betracht ziehen, dass es dort gerade drunter und drüber geht und niemand genau weiß, was als Nächstes geschieht.«

»Oder«, warf Langford ein, »es ist ein Zeichen, dass sie mehr wissen, als uns lieb ist.«

»Wollen Sie damit sagen, dass sie vielleicht wissen, warum die *Bowditch* versenkt wurde?«

»Das ist durchaus möglich.« Langford richtete sich erneut an Borger, der noch immer in der Tür stand. »Halten Sie uns auf dem Laufenden, Will, und tun Sie alles, was Sie können, um ihm und seinem Team zu helfen. Wir kümmern uns um die anderen Aspekte. Sollten Sie den Eindruck gewinnen, dass jemand weiß, was wir vorhaben, sagen Sie mir sofort Bescheid.«

»Ja, Sir.« Borger verließ den Konferenzraum und schloss die Tür hinter sich.

Langford wandte sich wieder an Miller. »Entschuldigen Sie, bitte fahren Sie fort.«

»Für den Fall, dass Caesares Team versagt, haben wir drei voll ausgerüstete und einsatzbereite Ranger-Teams. Ein solcher Einsatz würde natürlich sofort auffliegen und wahrscheinlich in einem Kampf um den Primaten enden, falls die Brasilianer ihn schon vorher gefunden haben. Aber wir kriegen ihn, das verspreche ich Ihnen. Allerdings wird es recht unschön, sowohl militärisch wie auch politisch.«

»Dann wollen wir mal hoffen, dass es nicht so weit kommt.«

Bartman zuckte mit den Schultern. »Ihr Mann Caesare ist nicht nur hoffnungslos in der Unterzahl, sondern hat auch noch zwei Zivilisten und einen Affen dabei. Ich wette, dass wir auf die Rangers zurückgreifen müssen.«

Langfords Telefon klingelte. Er lehnte sich vor und holte es aus seiner Tasche, während er Bartman antwortete: »Lassen Sie sich überraschen.«

Er nahm den Anruf entgegen. »Langford.«

»Admiral Langford? Alison Shaw am Apparat.«

Langford blickte sich etwas überrascht um. »Ms. Shaw. Was kann ich für Sie tun? Ich hoffe, dass Commander Lawton heil angekommen ist?«

»Ja, das ist sie«, antwortete Alison. »Sie hört mit. Wir haben etwas Wichtiges herausgefunden.«

»Okay. Ich bin ganz Ohr.«

Am anderen Ende beugte sich Neely näher über die Sprechmuschel. »Admiral, wir glauben, wir haben einen Hinweis auf eine weitere biologische Quelle.«

»Wie meinen?«

»Pflanzen, Sir. Mit ähnlichen Charakteristiken wie jene in Guayana.«

Langford war stocksteif geworden. Neely hatte jetzt seine ungeteilte Aufmerksamkeit. »Bitte wiederholen Sie das.«

»Wir haben eine zweite Quelle, Sir. Das gleiche Spiel, aber an einem anderen Ort.«

Langford stand auf und starrte die Männer in der Runde an. »Was benötigen Sie?«

Alison lehnte sich auf den Tisch und warf Neely einen Blick zu. »Wie schön, dass Sie das fragen, Admiral.«

Captain Emerson trug ein gepresstes weißes Hemd. Er stand auf der Brücke der U.S.S. *Pathfinder*, hielt ein dünnes Tablet in den Händen und kämpfte sich durch einen Bericht. Er scrollte mit einem Finger durch das Dokument und las auch weiter, als sein Kommunikationsoffizier ihn unterbrach.

»Captain?«

»Ja«, erwiderte Emerson, ohne aufzublicken.

»Sir, ich habe eine dringende Nachricht für Sie.«

»Von wem?«

»Vom Pentagon, Sir.«

Emerson hörte zu lesen auf und hob den Kopf. Der Offizier stand von seinem Stuhl auf und reichte dem Captain ein gefaltetes Blatt Papier. Emerson ließ vom Tablet ab, nahm es entgegen und öffnete es mit einer Hand.

Er las die kurze Nachricht und blinzelte überrascht. Dann las er sie erneut, diesmal langsamer.

»Die wollen mich wohl auf den Arm nehmen.«

41

»Hallo, Sally.«

Hallo Alison. Dann drehte sie sich zu Neely. *Hallo Freund.*

Neely lächelte. »Hi, Sally.«

Dirk morgen zurück.

»Hm«, gab Alison zurück und fragte sich, wie in aller Welt sie das wohl wusste. »Sally, ich möchte dir ein paar Fragen stellen.«

Ja, antwortete Sally, tat einen Schlag mit ihrer Schwanzflosse und glitt näher zum Beckenrand. *Wir reden.*

»Sally, wir würden gerne dich und Dirk zurück zu dem Ort begleiten, den ihr uns gezeigt habt. Dort, wo es so wunderschön war. Kommt ihr mit?«

Ja wir kommen gerne.

»Aber wir müssen schon bald los. Auf dem Metall. Wie beim ersten Mal.«

Okay.

Alison öffnete den Mund und wollte schon weiterreden, hielt dann aber inne. Sie wartete einige Sekunden für den Fall, dass Sally noch etwas zu sagen hatte, aber sie schaute Alison lediglich erwartungsvoll an. Sie hatte erwartet, dass Sally sich erkundigte, warum sie zurückwollten, aber es schien sie nicht zu kümmern. Alison warf Neely einen raschen Blick zu, der so viel bedeutete wie *das war einfach.*

Endlich wandte sie sich wieder dem Becken zu. »Sally. Du hast mir doch gesagt, dass Delfine sich an viel erinnern. Wie Geschichte.« Ehe sie fortfahren konnte, ertönte ein lautes Piepen. ISIS konnte das Wort »Geschichte« nicht übersetzen.

»Das hast du mir doch erzählt. Erinnerst du dich?«

Ja, Alison.

»Und du hast auch gesagt, dass es dich freuen würde, wenn wir wieder darüber reden.«

Ja glücklich Alison. Du auch glücklich.

»Ja, ich bin sehr glücklich. Genau wie du. Aber das ist das erste Mal, dass wir uns erinnern können, mit Delfinen zu reden. Mithilfe unseres Metalls. Weißt du noch, dass Delfine und Menschen schon einmal miteinander kommuniziert haben?«

Ja. Wir reden Alison. Ist lang her. Ihr wisst das nicht mehr?

»Nein, wir wissen das nicht mehr. Aber wie könnt ihr euch erinnern?«

Köpfe.

Alison wandte sich zu Neely, der absolute Fassungslosigkeit ins Gesicht geschrieben stand, um ihr zu erklären, was es damit auf sich hatte. »Köpfe, so heißt ihr Ältestenrat. Wir haben einige von ihnen vor Trinidad kennengelernt. So wie wir es verstehen, gleichen ihre Geschlechter oder Häuser denen der frühen menschlichen Zivilisationen. Das Weiterreichen von Geschichten und Geschehnissen fand ausschließlich anhand verbaler Kommunikation statt.«

»Faszinierend.«

»Das können Sie laut sagen. Vor allen Dingen suggeriert es einen bis zu einem gewissen Grade einheitlichen evolutionären Pfad zweier Spezies. Chris glaubt, dass das der Scheidepunkt zwischen Instinkt und Erkenntnis ist.«

Neely nickte. »Das würde so einiges erklären.«

»Das sehe ich auch so.« Alison beugte sich wieder über das Mikrofon. »Sally, weißt du, wie lange es her ist, dass sich Delfine und Menschen unterhalten haben?«

Nein. Köpfe wissen.

»Ob wir sie fragen können?«

Ja. Sie reden viel. Köpfe sehr glücklich für Dirk und Sally.

»Euer Ältestenrat freut sich für euch?«

Ja.

»Warum das?«

Alison hätte schwören können, dass Sally jetzt tatsächlich lächelte. *Alison. Menschen glücklich du und Chris reden können.*

Sie nickte. »Ja, das sind wir. Chris und ich sind die ersten.«

Dirk und Sally auch erste.

Alison stand wie angewurzelt da und starrte Sally an, deren Worte noch immer durch den Beobachtungsbereich hallten. Es schien ihr wie eine Offenbarung, gefolgt von einem merkwürdigen Anflug der Verlegenheit. Plötzlich wurde ihr klar, wie eindimensional sie die ganze Zeit lang gedacht hatte.

Sie hätte auf die gläserne Wand des Beckens wie in einen *Spiegel* schauen sollen.

Alison, Chris und Lee waren infolge ihres Durchbruchs der Sprachbarriere zu kleinen Berühmtheiten geworden – waren sie doch die ersten Menschen, die sich mit einer anderen Spezies unterhalten konnten. Sie hatte aber nie in Erwägung gezogen, dass dasselbe auf Dirk und Sally zutraf. In ihrer Kultur waren *sie* die ersten, die den Kontakt zu den Menschen wiederhergestellt hatten. So aufgeregt Alison auch war, ihren Delfinen erging es nicht anders.

Alison lehnte sich mit der Schulter gegen ihre Bürotür und drückte sie auf. In den Händen hielt sie zwei Becher Kaffee, die sie vor Neely stellte, ehe sie sich einen Stuhl schnappte und sich neben sie setzte.

Neely nahm einen Schluck und beäugte sie mit einem belustigten Lächeln. »Was für ein Tag, oder?«

»O ja.«

»Wie geht es Ihnen?«

Alison lachte beinahe laut auf. »Beschwingt. Schockiert. Erschöpft.«

»Erstaunt.«

»Das auch. Und vielleicht ein wenig überrumpelt.«

»Ja, allein der Unterhaltung beizuwohnen war umwerfend. Keiner hätte ahnen können, was da herausgekommen ist.«

Alison schüttelte den Kopf. »In der Tat. Aber umwerfend ist vielleicht das bessere Wort.«

»Finde ich auch passend.«

»Das wirft so viele Fragen auf … für die Biologie, die Evolutionslehre, die Anthropologie. Was wir lernen können, indem wir uns endlich mit einer weiteren intelligenten Spezies austauschen, ist einfach gigantisch.«

Neely nahm einen weiteren Schluck Kaffee. »In der Tat.«

Alison hielt inne und musterte ihr Gegenüber mit aufmerksamem Blick. »Angesichts dessen, was wir gerade erfahren haben, scheinen Sie überraschend ruhig.«

Neely lachte. »Ich weiß. Das bin ich auch. Und es gibt einen Grund dafür. Ich habe nachgedacht.«

»Worüber?«

»Über etwas, das Sally gesagt hat.« Sie beugte sich vor und stellte den Becher auf den Schreibtisch, um sich dann gerade hinzusetzen. »Ich will mal so sagen: Ihr Computersystem ist wirklich beeindruckend. Ich bin von Natur aus eher skeptisch, aber Ihr System hat mich wirklich überzeugt.«

»Das Gefühl kenne ich irgendwoher.«

»Es ist schon merkwürdig. Es ist ein schmaler Grat zwischen Skepsis und Optimismus. Skeptiker wollen etwas beweisen, und Optimisten wollen an etwas glauben. Und als überzeugter Skeptiker muss ich zugeben, dass ich Durchbrüchen oder bahnbrechenden Ideen gegenüber zunächst eher nicht aufgeschlossen bin.«

Alison zuckte mit den Schultern. »Skeptiker sind dazu da, um Optimisten nicht abheben zu lassen.«

Neely musste kichern. »Das möchten viele von uns gerne glauben. Die Einstellung kommt auch von einer nicht enden wollenden Aneinanderreihung von Enttäuschungen, aber das ist eine andere Geschichte. Aber warum sage ich das alles? Ich habe das Ganze mal von einem anderen Standpunkt aus betrachtet. Mein erster Gedanke, als Sally behauptete, dass Menschen und Delfine schon einmal miteinander kommuniziert haben, war wortwörtlich: Schwachsinn. Das hört sich ja an wie in einem Kinderfilm.«

Jetzt musste Alison lachen.

»Aber je länger ich darüber nachdenke, desto enttäuschter bin ich von mir selbst, dass ich den Gedanken einfach zurückgewiesen habe, denn, wenn man die Sache objektiv betrachtet, gibt es sogar in der Wissenschaft Hinweise, die diese These unterstützen. Insbesondere in der Genetik.«

»Wirklich?«

»Ja. Stellen Sie sich unsere genetische Geschichte wie einen riesigen Baum mit unzähligen Ästen vor, die sich über Millionen von Jahren immer weiter teilen, bis sie sich irgendwann alle berühren.« Neely hielt gedankenverloren inne. »Kennen Sie eigentlich das Zitat von Einstein, dass Gott nicht würfelt?«

»Nein, das kenne ich nicht.«

»Einstein beschäftigte, dass das Universum offensichtlich aus purem Zufall entstanden sein sollte. Er kam zu dem Schluss, dass es grundlegende Gesetzmäßigkeiten im Universum geben müsse, die diese scheinbare Zufälligkeit erklärten. Die meisten seiner Überlegungen beziehen sich auf Partikel und solche Sachen, aber dennoch drängt sich immer wieder die Frage auf: Würfelt Gott?«

»Würfeln meint in diesem Zusammenhang, dass er nichts dem *Zufall* überlässt?«

»Ja, genau«, antwortete Neely und nickte. »Ganz gleich, was ein Individuum glauben mag, wenn wir professionellen Abstand bewahren und uns diese Frage stellen, werden sich die meisten

Menschen genötigt fühlen, mit Ja zu antworten. Davon bin ich überzeugt.«

Alison schaute verwirrt drein und stellte ebenfalls ihren Becher ab. »Ich glaube nicht, dass ich Ihnen ganz folge.«

»Okay. Passen Sie auf. Sagen wir mal, die Hälfte der Bevölkerung glaubt, dass ein Überwesen das Leben *geschaffen* hat, während die andere Hälfte an der Evolution festhält. Evolution ist beliebig, oder mit anderen Worten *Zufall*. Und damit hatte Einstein so seine Probleme.«

»Okay.«

»Aber jetzt kommt es. Wenn ich also daran glaube, dass die Welt nicht zufällig geschaffen wurde, wie kommt es dann, dass alles Leben auf diesem Planeten gerade auf diesem Zufallssystem *basiert*?«

»Das Leben basiert auf Zufall?«

»Natürlich! Führen Sie es sich doch vor Augen. Jeder Baum, jede Pflanze und selbst gewöhnliches Gras verstreuen während ihrer gesamten Existenz Samen und Milliarden von Pollen in der Hoffnung, sich zu reproduzieren und sich auszubreiten. Das geschieht tagein, tagaus auf dem ganzen Planeten. Tiere und Insekten folgen diesem Beispiel. Selbst bei Menschen produzieren Frauen Hunderte von Eiern und Männer Milliarden von Spermien – alles in der Hoffnung, dass sie sich reproduzieren. Wir haben es wieder mit dem Zufallsprinzip zu tun, einem System, das sich überall durchgesetzt hat. So gut wie jedes Leben auf der Erde basiert darauf.«

Alison starrte Neely an. »Wow!«

»Nicht wahr? Wie auch immer, ich möchte hier keine Volksreden halten. Ich persönlich glaube an Gott, bin aber auch überzeugt, dass es große Lücken gibt, die der Erklärung bedürfen. Jene, die an Intelligent Design glauben, behaupten, dass der Zufall *Teil* dieses Designs ist, was einleuchtet. Was ich aber sagen will, ist Folgendes: Wenn man das gewaltige Ausmaß in Betracht zieht, das der Zufall in unserer Welt spielt, und dazu die genetische Fremdbestäubung zählt, die seit Jahrmillionen geschieht, ist es dann ein Wunder, dass ein Großteil unserer DNS dieselbe ist?«

»Nun, Menschen mussten ja auch irgendwo anfangen, oder?«

»Ich rede nicht nur von Menschen, Alison. Ich rede von JEDER Lebensform. Derselbe DNS-Code wird von ALLEM Leben auf der Erde geteilt.«

Alison nickte. »Wie zum Beispiel zwischen Menschen und Primaten.«

»Richtig. Aber die Genetik hat noch einige Überraschungen in petto. Unsere nächsten Verwandten laut der DNS sind Schimpansen. Wussten Sie, dass wir neunundneunzig Prozent der drei Millionen Basenpaaren des menschlichen Genoms mit ihnen teilen?«

»Wow. Mir war nicht bewusst, dass wir einander so ähnlich sind.«

»Das wissen die meisten nicht. Aber jetzt wird es erst richtig interessant. Wir teilen ganze siebenundneunzig Prozent mit anderen Affen und sage und schreibe dreiundneunzig Prozent mit Mäusen.«

»Mäusen?«

Neely nickte. »Mäusen. Und wenn man die Evolutionslinie weiter hinabsteigt, kommen wir bis zur Banane, mit der wir immer noch über fünfzig Prozent gemeinsam haben.«

Alison riss die Augen auf. »Was? Das kann doch nicht stimmen!«

»Tut es aber«, lächelte Neely. »Aber ich bin noch nicht fertig. Ich möchte Ihnen erklären, warum ich so weit ausgeholt habe. Wenn die Reproduktionsprozesse des Lebens hauptsächlich auf das mathematische Zufallsprinzip zu reduzieren sind und die DNS bereits seit Jahrmillionen wie ein sich immer weiter ausbreitender Baum den Planeten bedeckt, führt das dazu, dass alles auf dieser Erde zumindest in genetischer Hinsicht einander sehr ähnlich ist. Angesichts dieser Tatsache kann man sich vorstellen, dass sich die Unterschiede zwischen Delfinen und Menschen in Grenzen halten.«

Alison setzte sich wieder auf ihren Stuhl, die Augen stets auf Neely gerichtet.

»Alison, Sally hat behauptet, dass wir früher einmal miteinander reden konnten. Und auch, wenn ich es anfangs für völlig ausgeschlossen hielt, wenn man es von einem strikt genetischen Standpunkt aus betrachtet, muss man sich die Frage stellen: Ist es *unmöglich?*«

»Nein.«

»Nein«, stimmte Neely zu. »Und jetzt kommt der Hammer: Der Großteil der gemeinsamen DNS wird als überflüssiges Material abgetan. Code und Basenpaare, die aufgrund der Evolution im Lauf der Zeit deaktiviert wurden. Wir können natürlich nicht sagen, wozu sie früher einmal dienten. Was, wenn eines dieser Milliarden Jahre alten Gene früher unsere Kommunikation beeinflusste? Was, wenn wir damals Fähigkeiten besaßen, die im Laufe der Evolution wieder verloren gingen? Was ich sagen will: Es ist durchaus möglich, dass wir diese Fähigkeit durch die Evolution verloren haben, Delfine aber nicht.«

42

»Alison, ich bin's.«

»DeeAnn?! Wie geht es dir?«

DeeAnn wusste nicht, ob sie weinen oder lachen sollte. »Ganz gut soweit, obwohl Steve uns gerade hat umbringen wollen. Aber wir sind in Iquitos gelandet.« Sie musste sich festhalten, als das große SUV um eine Kurve in der Straße schoss.

Die Stadt, auch bekannt als die peruanische Regenwald-Hauptstadt, wurde 1757 als Mission spanischer Jesuiten zwischen dem Amazonas und den Flüssen Nanay und Itaya gegründet. Die Siedlung wurde hauptsächlich von Ureinwohnern der Yameo- und Iquito-Stämme bewohnt, erlebte aber bald schon eine Blütezeit aufgrund des Ausbruchs des südamerikanischen Kautschukbooms in der zweiten Hälfte des neunzehnten Jahrhunderts.

Heute ragt Iquitos als stolze Stadt hoch über riesigen fruchtbaren Ebenen, in allen Himmelsrichtungen umgeben von dem gewaltigen Regenwald des Amazonasbeckens. Aber das entging DeeAnn und den anderen Insassen des Wagens dank eines sintflutartigen Platzregens.

»Erst flogen wir in den Inbegriff aller Stürme, und jetzt sitzen wir in einem Auto und fahren an einen Ort namens Pebas.« Kaum hatte sie das letzte Wort ausgesprochen, klatschte eine Wand aus Wasser an ihr Fenster, als sie über eine Kreuzung fuhren.

»Wie geht es den anderen?«

»Gut«, antwortete DeeAnn und musste die Stimme heben, um sich über dem Trommeln des Regens und den Scheibenwischern verständlich zu machen. Sie schaute rasch zu Dulce, die neben ihr saß. Ihr kleines Gesicht war an das gegenüberliegende Fenster gepresst, und DeeAnn konnte nur pure Faszination darin lesen. »Und manchen geht es noch besser.«

»Was soll das denn heißen?«

»Ach, das war nur so nebenbei. Es geht uns allen gut, obwohl ich gerade nicht so gut auf Steven zu sprechen bin.«

Am anderen Ende der Leitung warf Alison Neely einen schelmischen Blick zu. »Wie bitte? Steve Caesare? Und du nicht gut auf ihn zu sprechen? Es geschehen noch Zeichen und Wunder!« Sie legte die Hand auf die Muschel des Telefons und flüsterte Neely aufgeregt zu: »Der ist noch zu haben!«

Neely starrte sie an und durchlief diverse Stadien der Errötung. »Pssst!«

»Was ist denn in Pebas?«, wollte Alison wissen, nachdem sie die Hand wieder von der Sprechmuschel genommen hatte.

»Ich habe keine Ahnung. Steve erzählt mir nichts.«

»Das klingt aber nicht so gut.«

»Nein, tut es nicht.« DeeAnn wurde in ihrem Sitz durchgeschaukelt, als sie über ein großes Schlagloch fuhren. »Aber ich kann nicht lange reden, sondern wollte mich nur kurz melden.«

»Danke, DeeAnn. Ich bin froh, dass niemandem etwas passiert ist. Wir haben hier auch einige Überraschungen für euch parat.«

»Etwas Schlimmes?«

»Nein, überhaupt nicht. Vielmehr umwerfend.«

»Das freut mich für euch. Ich kann es kaum erwarten, wiederzukommen und alles darüber zu erfahren.«

»Dann machen wir das so.«

DeeAnn lächelte. »Danke, Ali. Ich musste irgendeine gute Neuigkeit hören. Wenn Steve aufhört zu reden, mache ich mir Sorgen.«

»Das kann ich gut verstehen. Halte die Ohren steif und ruf bald wieder an.«

»Das werde ich. Danke.«

DeeAnn legte auf und sah, wie Steve Caesare sich umdrehte.

»Bitte sag mir, dass du vergessen hast, dass ich vor dir sitze.«

Sie schenkte ihm ein verschlagenes Lächeln. »Huch, das tut mir aber leid.«

Die Sintflut dauerte während der gesamten Fahrt an. Die Regenwand ließ nicht zu, dass man sich umschauen konnte, selbst aus der Windschutzscheibe war kaum etwas zu sehen. Die hellen Scheinwerfer hinter ihnen waren die einzigen Hinweise, dass sie die beiden anderen Fahrzeuge mit Juan und dem Rest von Caesares Team nicht im Regen verloren hatten.

Endlich ließ das Prasseln ein wenig nach, woraufhin der peruanische Fahrer vom Gas ging und in einen kleinen, matschigen Pfad abbog, der beinahe komplett vom Dschungel verschluckt zu werden schien. DeeAnn zuckte zusammen, als riesige Blätter gegen den Wagen klatschten, der von Schlagloch zu Schlagloch den Pfad entlangholperte, der gerade mal so breit wie das SUV selbst war. Nach einigen Kilometern lichtete sich die Vegetation etwas und machte hellgrünem Gras zu beiden Seiten Platz, das von den Scheinwerfern erleuchtet wurde.

Momente später erschien ein Gebäude in der Ferne, dessen dunkle Wände sich kaum gegen den finsteren Himmel abzeichneten. Bei genauerem Hinsehen erkannten sie die Silhouette einer alten Wellblechhütte, in der ein schwaches Licht brannte. Kurz darauf erschien ein weiterer unverkennbarer Schatten daneben – ein großes Flugzeug, das im hohen Gras wartete.

Sie hielten neben der Wellblechhütte an, und DeeAnn konnte die Worte »La Vida Del Aire« auf der Maschine ausmachen, die in großen roten Buchstaben geschrieben waren.

Der Fahrer stieg zusammen mit Caesare aus, der sich noch einmal kurz umdrehte und sich an die Insassen auf der Rückbank wandte. »Wartet bitte kurz.«

Er warf die Beifahrertür ins Schloss, ehe DeeAnn etwas dagegen einwenden konnte. Es blieb ihr also nichts anderes übrig, als zusammen mit Dulce im grellen Schein der Scheinwerfer hinter ihnen zu verharren.

»Bitte kurz warten?«

Dulce reagierte nicht. Sie war vielmehr damit beschäftigt, den Tropfen Wasser mit dem Finger zu verfolgen, der draußen langsam die Fensterscheibe hinunterlief.

DeeAnn schaute zu, wie sich die Schatten der anderen drei Männer Caesare und ihrem Fahrer näherten, die auf sie warteten. Zusammen erklommen sie die hölzernen Stufen hoch zur Wellblechhütte, um die Tür zu öffnen und im Inneren zu verschwinden.

Die Metalltür krachte hinter ihnen zu, und sie fanden sich anstatt in einem Büro eher in einer Art Wohnzimmer wieder. Aber selbst dem wurde der Raum nicht gerecht. Es gab nur zwei erwähnenswerte Einrichtungsgegenstände: ein abgewetztes Ledersofa in der Mitte und einen großen, dunklen Holztisch samt einer bizarren Ansammlung von Stühlen.

Entlang der rechten Wand waren Kisten und leere Schachteln fein säuberlich gegen das Metall gestapelt, das das Trommeln der Regentropfen ins Unendliche verstärkte. Die hölzernen Dielen knarzten unter ihren Füßen beinahe so laut wie die Tür zuvor, als die Männer sich in den leeren Raum begaben. Sie hielten inne, als ein Mann Ende fünfzig erschien. Er trug einen verblichenen Blaumann und einen Hut mit breiter Krempe, von dem das Wasser tropfte.

»*Buenas dias*, Ricardo.« Der Fremde trat ins Licht, sodass man seine roten Wangen und einen dünnen, ergrauenden Bart ausmachen konnte. Er deutete zur Decke, auf die lautstark der jetzt wiederaufkommende Regenguss prasselte. »Was macht ihr denn bei einem solchen Hundewetter auf der Straße?«

Der Fahrer, Ricardo, hob die Hand. »*Buenos dias,* Joe. Hier sind ein paar Amerikaner, die mit dir sprechen möchten.«

Joe lugte neugierig unter der Hutkrempe hervor und beäugte Caesare und die anderen Männer. »Was du nicht sagst. Und was wollen diese Gringos?«

»Ein wenig Hilfe«, antwortete Caesare und neigte den Kopf. »Verdammt, Sie klingen wie ein Texaner.«

»Oklahoma«, verbesserte der Mann ihn und trat auf ihn zu. »Wohne schon mindestens ebenso lange im Ausland, wie ich in den Staaten gelebt habe. Welche Hilfe haben Sie und Ihre gigantischen Freunde denn nötig?«

Corso warf Caesare einen Seitenblick zu, sagte aber nichts.

»Wir suchen nach einer Mitfahrgelegenheit.«

»Eine Mitfahrgelegenheit?«, wiederholte der Mann und beäugte die Gruppe misstrauisch. »Sind Sie etwa auf der Flucht?«

Caesare grinste. »Noch nicht.«

Joe erhaschte einen Blick auf das Tattoo auf Tiewaters Unterarm. »Militär?«

»Davon wissen Sie nichts.«

»Und was solltet ihr sonst sein?«

»Wie wäre es mit Ökologen?«

Joe schmunzelte. »Ha, die sind ja ganz schön durchtrainiert heutzutage. Okay, ich bin dabei. Und was hat eine Gruppe Ökokämpfer in einer Nacht wie dieser hier zu suchen?«

»Wir wollen uns ein wenig umschauen. Uns interessiert der Norden. Stellt sich aber heraus, dass man da gar nicht so einfach hinkommt.«

»Wohl wahr. Muss verdammt wichtig sein, sich da umschauen zu wollen.«

Caesare ließ die Tasche von der Schulter gleiten und ging auf den Schreibtisch zu, auf den er sie stellte, ein Fach öffnete und fünf Stapel Hundert-Dollar-Noten hinlegte. »Könnte schon sein.«

Joe musterte die Scheine und schüttelte dann langsam der Kopf.

»Ich gehe für niemanden ins Gefängnis. Der Knast in Südamerika ist noch mal eine Nummer schärfer als in den Staaten. Hier reichen schon ein paar Gramm von irgendetwas, und man verbringt den Rest seiner Tage an einem Ort, der schon von außen scheiße aussieht.«

»Uns geht es da nicht anders. Wir wollen doch nur eine Mitfahrgelegenheit, Joe. Und zwar gestern. Sehen Sie es doch mal von der anderen Seite: Sie haben im Lotto gewonnen, denn Sie sind am richtigen Ort zur richtigen Zeit.«

Joe warf erneut einen unruhigen Blick auf das Geld. Wenn Leute mit so viel Geld um sich warfen, bedeutete das normalerweise, dass jemand ihnen dicht auf den Fersen war und nichts Gutes von ihnen wollte. »Und wieso glauben Sie, dass der Schrotthaufen dort draußen in der Lage ist abzuheben?«

»Weil es verdammt schwer für Sie wäre, ohne ihn Ihre geheimen Abwürfe jenseits der Grenze zu machen. Nahrungsmittel und Medikamente können nicht von allein fliegen.«

»Ich habe keine Ahnung, wovon Sie reden.«

Caesare grinste erneut und schritt mit seinen durchnässten Stiefeln auf den Mann zu. »Humanitäre Missionen können zu einem heiklen Thema werden, insbesondere in Ländern wie Venezuela, die nicht gerne zugeben, dass sie Probleme haben. Da klammert sich die Regierung lieber an die Macht. Ob und wie viele Menschen währenddessen verhungern, ist ihr egal. Man darf bloß nicht um Hilfe bitten, denn das wird als Zeichen der Schwäche gesehen.

Und sollte tatsächlich Hilfe angenommen werden, dann wird ein großes Tamtam draus gemacht. Dann kommen der Zoll und die Bürokraten mit allem drum und dran. Bürokratie verlangsamt nicht nur alles, sondern da können auch einige Sachen *verloren* gehen.«

»Was geht mich das an?«

»Da ist es kaum verwunderlich, dass manche Hilfsorganisationen das Heft in die eigene Hand nehmen und die Lieferungen nicht den Regierungen überlassen. Da eignen sich die Dämmerung und kaum kontrollierte Gebiete hervorragend.«

Der ältere Mann verschränkte die Arme vor der Brust, sagte aber nichts.

»Joe, wir haben dasselbe Ziel vor Augen. Wenn Sie niemandem von uns erzählen, erwidern wir natürlich den Gefallen.«

»Hört sich an, als ob ich kaum Nein sagen kann«, gab er zurück.

Caesare schüttelte den Kopf. »Ich bin kein großer Fan von Erpressung. Sehen Sie uns als eine Art Lieferung an. Mit Vorauszahlung. Und nebenbei helfen Sie auch noch einer ganzen Menge Menschen.«

»Was bedeutet eine ganze Menge?«

»Mehr, als Sie zählen können.«

Joe nickte und hob dann die Handflächen. »Nun gut. Ich will gar nicht mehr wissen. Dumm, aber glücklich, wie es so schön heißt.«

Tiewater lächelte. »Das Gefühl kenne ich nur zu gut.«

»Aber bei dem Sturm können wir uns getrost Zeit lassen. Der wird noch einige Stunden dauern. Außerdem habe ich keine Ahnung, wohin Sie wollen. Im Osten gibt es kaum geeignete Landeplätze. Es ist also fraglich, wie weit wir mit einem Tank voll kommen.«

Caesare wollte gerade antworten, als die Tür erneut geöffnet wurde. Er drehte sich um und sah DeeAnn eintreten, die Dulce in den Armen trug.

Joe riss überrascht die Augen auf, als er den Gorilla erblickte. »Ich vermute, dass das auch so eine Sache ist, von der ich nichts weiter wissen will.«

Es dauerte bis zur Morgendämmerung, ehe der Sturm sich legte und weiter nach Norden zog. Caesares Team lud die Ausrüstung in das Flugzeug, während DeeAnn und Juan am Dschungelrand standen und Dulce dabei beobachteten, wie sie an diversen Pflanzen roch und einige sogar probierte. Natürlich hatten sie genügend Nahrungsmittel für einige Tage dabei, aber es war eine Gelegenheit für Dulce, sich auf das hiesige Angebot einzustellen.

Das gut.

DeeAnn musterte den Baum und warf dann einen Blick in ihren Almanach, um ihn zu bestimmen.

»Darf sie den probieren?«, fragte Juan.

»Zumindest scheint sie der Meinung zu sein.« DeeAnn hob ein Blatt auf und verglich es mit der Abbildung im Buch. »*Ipomoea* irgendetwas. Gehört zur Gattung der Süßkartoffeln.«

Juan runzelte die Stirn. »Aber kann man denn die Blätter essen?«

»Ja, das kann man.« Sie nahm einen Bissen. »Schmeckt ein wenig süßlich. So etwa wie Spinat. Hier, probier mal.«

»Äh, nein. Danke.«

DeeAnn lachte, und Juan warf einen Blick auf das Flugzeug in gut hundert Metern Entfernung, unter dem Joe mit einer letzten Blickkontrolle beschäftigt war.

»Alles klar bei dir?«, erkundigte sich DeeAnn.

»Schon. Ich mache mir nur Sorgen.«

»Worüber denn?«

»Über alles.« Juan hatte einige Probleme, seinen Finger auf das zu legen, was genau ihn störte. Vielleicht war ihm ihr letzter Trip noch zu gegenwärtig. Oder er war einfach zu erschöpft, um einen klaren Gedanken fassen zu können. Oder hatte sein Bauchgefühl nach dem letzten Mal einfach ein neues Level der Paranoia erreicht? Vielleicht handelte es sich auch einfach nur um gesunden Menschenverstand.

Dulce aber scherte sich wenig um die beiden, hüpfte auf und lief zwischen ihnen auf den näherkommenden Steve Caesare zu, der die Arme ausbreitete, die auf ihn springende Dulce fing und sie auf die Schulter hob.

»Seid ihr so weit?«

»Ich denke ja. Wir haben uns nur ein wenig umgeschaut, falls uns das Essen ausgeht.«

»Gute Idee. Wie sieht es mit dir aus, Juan?«

»Geht schon.«

DeeAnn streckte die Arme nach Dulce aus. »Wir müssen noch mal aufs Klo, im Flugzeug gibt es ja keine Toilette.«

Sie setzte Dulce ab und ging zurück zur Wellblechhütte, die im Licht der Morgendämmerung mehr Rost als Metall aufzuweisen schien.

Caesare schaute ihnen nach und wandte sich dann an Juan. »Wirklich alles klar?«

»Ja, es geht mir gut.«

»Pass auf, ich weiß, dass das hier nicht einfach ist. Aber wir sind dir wirklich sehr dankbar, dass du dich dazu bereit erklärt hast.«

»Ich dachte nur, dass es besser ist, sich freiwillig zu melden, anstatt gezwungen zu werden. Und das wäre passiert, oder?«

Caesare nickte. »So ähnlich, ja.«

»Dann musst du dich nicht bedanken.« Er schenkte Caesare ein leises Lächeln.

Caesare musterte ihn. »Mal ganz ehrlich, Juan, wieso hast du dich freiwillig gemeldet?«

»Das habe ich doch schon gesagt. Es ist besser …«

Caesare unterbrach ihn schroff. »Das weiß ich bereits, aber ich kann Menschen wie Bücher lesen, und ich weiß, dass da etwas anderes im Spiel ist.«

Juan zögerte mit seiner Antwort. Stattdessen warf er einen Blick aufs Flugzeug, ehe er sich wieder an Caesare wandte. »Es ist meine kleine Schwester.«

»Ihre Schwester?«

»Sie ist erst sechs. Sie war nicht eingeplant. Meine Eltern waren ganz baff, als sie sich ankündigte. Ich war vierzehn. Und sie ist großartig. Es liegen einige Jahre zwischen uns, aber sie blickt zu mir auf, als ob ich auf Wasser wandeln könnte. Ich bin ihr Held.«

»Ich verstehe nicht ganz ...«

»Meine Eltern mussten immer arbeiten, sodass ich mich mehr oder weniger um sie gekümmert habe. Du weißt schon, dass ihr nichts passiert und so.«

»Wie heißt sie?«

»Angelina.« Juan holte tief Luft. Er tat sich sehr schwer. »Ich bin mitgekommen, weil man vor einigen Monaten Leukämie bei ihr festgestellt hat. Und es geht ihr zunehmend schlechter.«

Caesare schüttelte den Kopf. »Das tut mir sehr leid, Juan.«

»Wenn du sie kennen würdest, wüsstest du, warum ich mit euch gehen will. Sie ist das wunderbarste Kind, das mir je untergekommen ist, lächelt tagein, tagaus. Ihre gute Laune ist absolut ansteckend. Und selbst wenn es mal nicht so läuft, wie sie möchte, lächelt sie einfach und meint, dass es ihr nichts ausmache.« Juans bebende Lippen verzogen sich zu einem Lächeln. »Sie meint, sie liebe es, wenn ich nach Hause komme.«

Er warf einen Blick an Caesare vorbei zu Tiewater, der jetzt über das Feld auf sie zukam.

»DeeAnn hat mir erzählt, was ihr auf dem Berg gefunden habt. Wenn es dort etwas gibt, das meiner Schwester helfen kann, dann bin ich bereit, alles zu tun, um ihr zu helfen. Schließlich gibt ein Held nicht auf, oder?«

Caesare nickte ihm freundlich, aber mit gerunzelter Stirn zu und drehte sich dann zu Tiewater um.

»Sir, wir sind so weit.«

Als hinter ihnen erst der eine, dann der andere Motor der Douglas DC-3 Baujahr 1952 stotternd anlief, begannen sich die großen Propeller zu drehen. Die Rolls Royce Dark Mk. 510

Motoren spuckten schwarze Rauchwolken aus, die sich aber rasch in der warmen, schwülen Brise verflüchtigten, die über das offene Feld wehte.

Als die drei Männer sich dem Flugzeug näherten, erschien Joe hinter der Heckflosse und kam auf sie zu. »Ich kenne da jemanden, der mir bei den Abwürfen hilft, dachte aber, dass Sie es schätzen würden, wenn niemand weiter von unserem Ausflug erfährt«, rief er ihnen über den dröhnenden Motoren zu.

»Danke!«, brüllte Caesare zurück.

Der ältere Mann nickte und schnappte sich dann eine metallene Leiter, um in das Flugzeug zu klettern.

Als DeeAnn ihm mit Dulce auf dem Arm folgte, hielt sie oben auf der Leiter inne. Sie warf einen Blick ins Innere, wo Juan und Anderson bereits warteten. Sie saßen auf einer langen, gepolsterten Bank aus Metall vor der offenen Tür zum Cockpit, in dem Joe seine Instrumente überprüfte. An der gegenüberliegenden Wand standen drei große Kisten, die mit orangefarbenen Zurrgurten gesichert waren. Auf ihnen ruhten riesige Stoffballen.

Als der tosende Lärm hinter ihr ertönte, stolperte sie unbeholfen ins Flugzeug und direkt in Tiewaters Arme. Er fing sie und Dulce auf und drehte sie behutsam um, woraufhin die beiden auf der Bank Platz nahmen. Kaum hatten sie es sich bequem gemacht, reichte Anderson ihnen zwei Ohrenschützer.

DeeAnn starrte sie an, setzte dann aber einen auf. Sie nahm den anderen und hielt ihn an Dulces Kopf, um zu schauen, ob er passte. Als sie ihn ihr aufgesetzt hatte, musste sie beinahe laut auflachen.

Dulce schien überrascht, dass auf einmal alles so leise war. Sie blickte neugierig durch den Innenraum und zog den Ohrenschützer wieder vom Kopf.

»Nein, Dulce. Die musst du tragen.« DeeAnn schnappte sich ihn und setzte ihn ihr wieder auf. »Dann ist es nicht so laut.«

Dulce starrte sie an, schürzte abschätzend die Lippen und zog ihn wieder ab.

DeeAnn drehte sich zu Juan um. »Es ist wahrscheinlich zu laut, als dass ich mit der Weste eine Chance hätte.«

»Davon können wir ausgehen. Vielleicht, sobald wir die Tür geschlossen haben.«

Anderson lächelte. »Es gibt keine Tür.«

»Was?«

»Es wäre verdammt schwierig, sie mitten in der Luft zu öffnen.«

»Wollen Sie damit sagen, dass wir diesen ohrenbetäubenden Lärm die ganze Zeit über aushalten müssen?«

»Genau«, gab er lachend zurück.

DeeAnn schüttelte entgeistert den Kopf. Drinnen war es vielleicht nicht ganz so laut wie draußen, aber sie musste sich noch immer anstrengen, um sich verständlich zu machen. »Werden wir nicht zu Tode frieren?«

»Nein. Wir fliegen niedrig.«

In dem Augenblick erschien Corsos mächtiger Körper in der Einstiegsluke. Er nickte Tiewater zu, der zu ihm trat. »An alle: Sie sollten sich anschnallen. Der Start wird recht holprig!«, brüllte er.

»Ach du grüne Neune«, entfuhr es DeeAnn, die bereits nach dem Gurt hinter Dulce suchte.

»Was ist denn in den großen Kisten?«

»Unsere Sachen.« Er hob eine Hand und tätschelte Dulces Kopf. »Und ihr Essen.«

»Und was ist das, was auf den Kisten liegt?«

Ehe sie eine Antwort erhielt, drehte Tiewater sich um, und ein großes Bündel wurde in das Innere des Flugzeugs geworfen, das Corso auffing. Er legte es hinter sich auf den Boden und fing bereits das nächste, das durch die Tür flog. So ging es weiter, bis hinter ihm ein sauber gestapelter Haufen von Päckchen lag.

Kurz darauf dröhnten die Motoren noch lauter. Endlich gesellte sich auch Caesare zu ihnen und warf die Bremsklötze in den hinteren Teil der Kabine. Dann zog er die Leiter hoch, und das Flugzeug begann über das holprige Feld zu rollen. Es wurde immer schneller, und jede Bodenwelle rüttelte sie bis auf die Knochen durch.

DeeAnn schaute zu, wie Caesare auf sie zukam und hinter ihr und Anderson Platz nahm. »Das letzte Flugzeug hat mir besser gefallen«, rief sie ihm zu.

Er grinste.

Sie warf erneut einen Blick auf die Kisten und versuchte ihr Glück ein zweites Mal: »Was sind denn das für Stoffballen?«

Caesare runzelte die Stirn. »Dee, erinnerst du dich, als du Alison erzähltest, dass du zurzeit nicht gerade einer meiner größten Fans bist?«

»Das war doch ein Scherz!«

»Ich weiß, aber das hier wird nicht helfen.«

»Was soll das denn heißen?« Und dann fiel bei ihr der Groschen. Die Bündel auf den Kisten und die, die Caesare Corso durch die Tür zugeworfen hatte. »Und was war DAS da?«

Caesare klang beinahe so, als ob er sich entschuldigte. »Das mussten wir tun, Dee. Das musst du mir glauben.«

Ihre Augen weiteten sich vor Nervosität.

»Wenn wir eine bessere Option gefunden hätten, um an unser Ziel zu kommen, hätten wir sie genommen.«

»Gütiger Himmel!« Die Panik machte sich in ihr breit. »Sind das etwa *Fallschirme?«*

»So in etwa.«

»SO IN ETWA?!«

»Schon gut. Ja, das sind Fallschirme.«

Juan hatte mittlerweile auch Wind von der Unterhaltung gekriegt und beugte sich zu ihnen. Er hatte denselben Blick in den Augen wie DeeAnn. »Hast du gerade Fallschirme gesagt?«

»Ich habe gehofft, dass wir sie nicht brauchen, aber da führt kein Weg vorbei. Leider gibt es dort nämlich keine Start- oder Landebahnen, und Joe hat gerade genug Kerosin, um hin- und zurückzukommen.«

»Ach du Scheiße! Bitte sag mir, dass das ein Witz sein soll!«

Caesare schüttelte den Kopf. »Tut mir leid, aber das ist mein Ernst.«

Sie legte das Gesicht in die Hände, zog sie dann aber wieder fort. »Nein! Nein! Ich werde NICHT aus einem Flugzeug springen! Anhalten! Haltet sofort an!«

Gerade, als sie den letzten Satz ausgesprochen hatte, hörte das Rütteln plötzlich auf. Sie starrte an Caesare und Corso, die auf der Bank neben der Tür saßen, vorbei aus der Luke und konnte sehen, dass das hohe, grüne Gras unter ihnen zu schwinden schien, während die starken Motoren die DC-3 in die Luft zogen.

»Immer mit der Ruhe«, schrie Caesare. »Das wird sogar Spaß machen.«

»Normale Menschen denken nicht, dass einfach so aus einem Flugzeug springen *Spaß* macht, Steven!«

Caesare zwinkerte ihr zu. »Vertrau mir einfach. Clay und ich haben das schon tausendmal gemacht, und wir hatten nie auch nur ein einziges Problem. Du könntest dich nicht in besserer Gesellschaft befinden.«

Als DeeAnn vorzog, ihn nicht einer Antwort zu würdigen, nickte Caesare und lehnte sich zurück gegen die Metallwand. Er war froh, dass sie ihn nicht weiter anschrie, denn er hatte ihr immer noch nicht die ganze Wahrheit erzählt.

43

»Hey, Clay. Alles in Ordnung?«

»Alles super, Will. Hast du neue Informationen für mich?«

Borger starrte auf einen roten Kreis auf seinem Monitor, der den Standort von Clays Satellitentelefon anzeigte. Von ihm aus erstreckte sich eine dünne, gestrichelte Linie, die die Route bis zu dem kleinen Krankenhaus repräsentierte.

»Jetzt, da ihr Peking hinter euch gelassen habt, sollte es kaum noch Verzögerungen geben. Wenn ihr eure Geschwindigkeit haltet, solltet ihr in drei Stunden und neununddreißig Minuten ankommen. Mehr oder weniger.«

»Kannst du Details ausmachen?«

»Geht so. Aber ich habe keine Livebilder, sondern nur Fotos, die bereits ein paar Tage alt sind. Auf ihnen scheint nicht viel zu passieren – nur einige alte Autos, die kommen und gehen. Das Krankenhaus befindet sich inmitten eines großen Forstgebietes auf einer Höhe von knapp vierzehnhundert Metern über dem Meeresspiegel. Im Süden und Osten macht das Gelände den Anschein, als ob es steil abfällt, so knappe hundert Meter. Die Straße schlängelt sich von Südosten hoch. In der Gegend gibt es kaum etwas außer Bäumen.«

»Wie groß ist das Krankenhaus?«

»Nicht sehr groß. Teile des Gebäudes werden von den Wipfeln verdeckt, aber ich schätze mal, dass sich der Grundriss auf irgendwo zwischen drei- und vierhundert Quadratmetern beläuft.«

»Gut. Wenn Li Na tatsächlich dort sein sollte, werden wir es nicht so schwer haben, sie zu finden.«

»Stimmt«, meinte Borger und lächelte. »Fahrt die G111 weiter, bis ihr zur 351 kommt. Da müsst ihr dann nach Nordosten abbiegen.« Er wiederholte die Eckdaten. »Ich habe keine Ahnung, wie es von der Straße aus aussieht. Vielleicht ist es relativ versteckt.«

»Danke. Sonst noch was?«

»Noch nicht. Ich schmiede bereits einen Plan, wie wir dich da wieder rausschleusen können. Und um Caesare muss ich mich auch noch kümmern. Sie haben es nicht mehr weit. In der Zwischenzeit aber solltest du ein Nickerchen machen.«

Clay lächelte, lehnte sich im Beifahrersitz zurück und versuchte die Beine auszustrecken. Es hatte geschlagene zwei Stunden gedauert, nachdem sie Peking verlassen hatten, ehe der Smog nachließ, aber die untergehende Sonne war noch immer in einen dickeren orangefarbenen Schleier gehüllt als gewöhnlich.

Es würde nicht so einfach sein, das Krankenhaus im Dunklen zu finden, aber zumindest sollte sich so die Flucht leichter gestalten lassen. Weder er noch Tang wussten, was sie erwartete. Sie wussten nur, dass sie unbedingt das Extrakt in ihre Gewalt bringen mussten. Es sei denn, Wei hatte ihn tatsächlich seiner Tochter verabreicht. Das würde natürlich alles ändern. Das Extrakt herauszuschmuggeln war die eine Sache, aber die junge Frau mitzunehmen eine ganz andere. Es kam alles auf ihre Kooperationsbereitschaft an.

Auf der anderen Seite des Pazifischen Ozeans drückte Steve Caesare das Telefon eng gegen sein Ohr. »Was hast du gesagt, Will?«

Borger hob die Stimme. »Ihr habt zwar einen Vorsprung, aber Otero ist euch dicht auf den Fersen. Die haben gerade Sipaliwini hinter sich gelassen und kommen jetzt an die Ausläufer der Acari-Gebirgskette. Sie werden noch einen Tag oder so brauchen. Ihr müsst euch also beeilen.«

»Beeilen?«, wiederholte Caesare gespielt verdutzt. »Das habe ich nicht eingeplant.«

»Wie lange, bis ihr vor Ort seid?«

Caesare warf einen Blick auf DeeAnn und Juan, die ihn beide aufmerksam beobachteten. »Wenn alles glatt läuft, in einer guten Stunde.«

»Okay, ruf an, wenn ihr wieder Boden unter den Füßen habt. Ich sollte …«

Borger verstummte mitten im Satz. Seine ganze Aufmerksamkeit galt plötzlich dem Bildschirm, denn der Rand seines größten Monitors begann rot zu blinken. Sein Herz rutschte ihm in die Hose. Langsam drehte er sich um und überprüfte die anderen Monitore, die ebenfalls zu blinken begannen.

»Was hast du gesagt?«, ertönte Caesares blecherne Stimme aus dem Telefon.

Borger antwortete nicht. Stattdessen ließ er seinen Zeigefinger über das Telefon wandern, um es ohne Erklärung auszuschalten.

Seine Monitore glichen jetzt einem wahren Funkenregen von kleinen roten Blitzen, ehe sich ein neues Fenster öffnete, ebenfalls rot, in dem über einen Livestream ein Computercode angezeigt wurde. Will Borger erkannte ihn sofort. Schließlich war er es gewesen, der ihn geschrieben hatte.

Es handelte sich um ein Überwachungsprogramm, das sich nicht um Daten, sondern um Bedrohungen kümmerte. Borger war sich nur zu sehr bewusst, dass Computer tagtäglich gehackt wurden. Und wichtiger noch, er kannte jeden Computerwurm, der während der letzten paar Jahre auf die Umwelt losgelassen worden war. Nicht nur diejenigen, die sich irgendein Scriptkiddie zu Hause zusammen kopiert hatte, sondern insbesondere solche, die von *Regierungen* in Auftrag gegeben worden waren. Darunter auch die seiner Heimatbehörde, der NSA.

Clay und Caesare hänselten Borger wegen seiner Paranoia, aber es war kein Witz. Er war nun einmal *sehr* paranoid. Er wusste genau, was man mit einigen gut versteckten Programmzeilen alles anstellen konnte, und genau deswegen hatte er sich ein eigenes Programm geschrieben, um etwaige Angriffe aufzudecken.

Sein Programm sammelte digitale Signaturen der schlimmsten bekannten Würmer und Viren. Außerdem benutzte es heuristische Modelle, um nach dem Verhalten dieser Würmer zu suchen, selbst wenn es sie nicht auf der Festplatte hatte ausmachen können.

Borger hielt den Datenstream an und scrollte langsam durch, um sich die Details zu vergegenwärtigen. Das sah nicht nach einem Wurm aus. Aber sein Programm hatte trotzdem etwas »Ungewöhnliches« in seinem Arbeitsmuster festgestellt. Er verfolgte die codierte Nachricht zu einer Datei zurück und wurde fündig. Von einem Augenblick zum anderen wurde er kreidebleich.

Sein Computermikrofon war aktiviert worden und hatte schon seit über zwanzig Minuten alles mitgeschnitten, ehe sein Programm Alarm geschlagen hatte.

Borger stieß sich leise vom Schreibtisch ab und lehnte sich in seinem Stuhl zurück. Jemand hatte sich Zugang zu seinem System verschafft. Aber schlimmer noch, er hatte alles gehört, was er gesagt hatte.

Borger rannte aus seinem Büro und lief zur Treppe, die er hinaufsprintete. Oben angekommen, drehte er sich auf dem Absatz um und lief die zweite Treppenflucht empor, bis er vor dem Ausgang stand. Er drückte gegen die Glastür, und kaum stand er draußen, zückte er sein Satellitentelefon hervor und wählte.

»Clay!«, rief er zwischen hastigen Atemzügen. »Wir sind kompromittiert worden!«

»Was?«

»Kompromittiert, sage ich! Jemand ist in mein System eingebrochen und hat unsere letzte Unterhaltung mitgeschnitten!«

»Bist du dir sicher?«

»Ja, das bin ich. Und wenn sie es bis in mein System geschafft haben, dann kann es durchaus sein, dass wir komplett aufgeflogen sind!«

»Komplett? Was meinst du mit komplett?«

»Ich meine *alles*. Wei, das Extrakt, seine Tochter, das Krankenhaus. Einfach alles!« Borger blieb wie angewurzelt stehen. »Scheiße. Das heißt, dass sie auch von dir wissen. Und wo du bist!«

»Verdammt«, knurrte Clay. »Wer ist es?«

»Ich habe keine Ahnung. Vielleicht die Chinesen. Sie könnten auch herausgefunden haben, dass ich mich bei ihnen kurz umgeschaut habe. Auf jeden Fall sind sie jetzt schlauer als zuvor und wissen höchstwahrscheinlich, wo du hinwillst. Beeil dich also!«

Clay warf Tang einen Blick zu. »Schneller!«

Tang legte auch die zweite Hand aufs Lenkrad und trat aufs Gaspedal. Der kleine Hondamotor reagierte augenblicklich, und sie beschleunigten.

»Finde heraus, wer es war!«

»Das werde ich«, meinte Borger und drehte sich wieder zur Tür um, als er eine Eingebung hatte. Jetzt rannte er die Treppe beinahe so schnell runter, wie er hochgekommen war.

Es war durchaus möglich, dass derjenige, der vorhin zugehört hatte, es *immer noch* tat.

44

M0ngol verzog keine Miene, als er hörte, wie Borger zurück in sein Büro stürmte. Dieser kümmerliche Versuch, ihn an der Nase herumzuführen, beeindruckte ihn nicht. Er hörte mit einem milden Lächeln zu, wie Borger erneut »telefonierte«, diesmal aber völlig andere Informationen gab. Er musste es ihm lassen, geistesgegenwärtig war er schon, aber M0ngol hatte nichts anderes von ihm erwartet. Schließlich wusste er jetzt, dass jemand sein System kompromittiert hatte.

M0ngol hatte gehofft, dass der andere Mann nicht ganz so früh auf ihn aufmerksam werden würde. Andere hatten Tage oder gar Wochen gebraucht, um zu merken, dass etwas nicht stimmte. Allein das zeigte M0ngol, dass dieser Will Borger nicht nur ein Mann vom Fach, sondern auch noch sehr vorsichtig war. Wenn er dann noch bedachte, wie er seine Spuren verwischt und es beinahe unmöglich gemacht hatte, ihn zurückzuverfolgen, wusste er, dass dieser Borger ein Experte auf seinem Gebiet war. Den durfte man auf keinen Fall unterschätzen.

Und wenn er jetzt schlau war, dann würde er sein System rebooten. Das schien er auch zu tun, denn plötzlich verstummte der Stream vom anderen Ende der Welt.

M0ngol war entdeckt worden, aber das war ihm jetzt egal. Seelenruhig griff er nach seinem Telefon und wählte Qins Nummer.

»Schießen Sie los.«

»Haben Sie Zugang zu einem Computer?«, erkundigte sich M0ngol.

»Ich brauche fünf Minuten.«

»Gut. Lassen Sie mich wissen, sobald Sie online sind. Ich möchte Ihnen etwas zeigen. Und beeilen Sie sich. Wir haben nicht viel Zeit.«

Er beendete den Anruf und begann auf seiner Tastatur herumzuhämmern, bis eine Karte von Peking auf dem Monitor erschien. Er zoomte hinein und suchte nach dem Highway G111. Rasch verlegte er den Fokus auf den zweiten Monitor, spielte die Audiodatei mit der Aufnahme Will Borgers erneut ab und hörte sich dessen Unterhaltung mit jemandem namens Clay an. M0ngol notierte die Koordinaten, blickte kurz auf und gab sie dann ein. Die Karte auf seinem Monitor schwenkte nach Norden und konzentrierte sich auf ein kleines Gebäude, das Borgers Beschreibung entsprach – das musste das Krankenhaus sein.

Dann verfolgte er die Route zurück nach Peking. Clay würde noch drei Stunden und neununddreißig Minuten brauchen, sodass M0ngol ihn ungefähr orten konnte. Er hatte mitgehört, wie der Motor des Wagens geheult hatte. Sie haben also auf die Tube gedrückt, was er bei seinen Kalkulationen ebenfalls berücksichtigen musste.

M0ngol schaute zu, wie sein Computer die Zahlen durchging, und antwortete, als sein Handy klingelte. Das würde Qin sein.

»Ich bin online.«

»An Ihrem Laptop?«

»Ja.«

»Einen Augenblick, ich klinke mich rasch ein.«

Kurz darauf sah Qin eine Karte, die wie aus dem Nichts auf seinem Monitor erschien.

»Wir haben herausgefunden, wer sich auf unseren Systemen umgeschaut hat. Und es macht den Anschein, dass wir nicht die Einzigen sind, die nach Weis Tochter suchen. Sie glauben sogar zu wissen, wo sie sich befindet.«

»Wer?«

»Eine kleine Gruppe innerhalb der Marine der Vereinigten Staaten.«

»Sind Sie sich absolut sicher?«

»Ja. Sie haben sich eben gerade von mir abgenabelt. Leider.«

Auf Qins Monitor erschien ein Satellitenbild von Washington, D.C. Auf dem unverkennbaren Gebäude des Pentagons erschien ein großer roter Punkt.

Qin nickte. »Und wo ist sie?«

»Sie glauben, dass sie hier ist«, antwortete M0ngol, und die Karte wechselte zu dem kleinen Gebäude umgeben von Bäumen. »Und zwei von ihnen haben es nicht mehr weit. In weniger als drei Stunden sind sie dort.«

»Zoomen Sie heraus.«

M0ngol tat, wie ihm geheißen, und Qin studierte die Karte. »Wo genau befinden die beiden sich in diesem Augenblick?«

»Von den Informationen, die ich erhalten habe, sollten sie in etwa hier sein«, sagte M0ngol, und ein roter Punkt erschien weiter südlich auf der Karte.

»Sie hatten etwas von drei Stunden gesagt?«

»Vielleicht sogar weniger. Sie sind schneller geworden«, gab M0ngol zurück.

»Wissen Sie, mit wem wir es zu tun haben?«

»Noch nicht.«

»Finden Sie heraus, wer es ist und welches Auto sie fahren«, befahl Qin und legte auf, ohne ein weiteres Wort zu verlieren. Er verdaute das Gehörte, dachte kurz nach und scrollte dann rasch durch die Kontaktliste seines Telefons. Er suchte nach einem ganz bestimmten Namen. Drei Stunden waren knapp, aber machbar. Es kam nur auf die Ressourcen an, die ihm zur Verfügung standen.

General Weis Geheimnis war soeben aufgeflogen. Es ging einzig und allein um seine Tochter, sonst nichts. Der Mann hatte alle an der Nase herumgeführt, und jetzt befand sich das, was auch immer sie in Südamerika entdeckt hatten, bei seiner Tochter.

Die Amerikaner waren zuerst dahintergekommen, aber jetzt war auch Qin im Bilde. Und er würde ihnen zuvorkommen.

Leider wusste Qin noch nicht, dass des Rätsels Lösung noch weit entfernt war. Und eines der fehlenden Puzzleteile machte sich gerade vor Angst beinahe in die Hose.

45

DeeAnn hatte nicht nur Angst, sie war auch noch stocksauer.

Sie starrte Caesare mit einer Mischung aus Furcht und Wut an, während Anderson hinter ihr stand und ihr die Riemen festzog. Das Geschirr bestand aus zwei dicken Gurten, die zwischen ihren Beinen den Rücken hinaufliefen, und zwei weiteren, die sie vorne vor der Brust zuschnallen musste.

Sie hatte große Mühe, ihre ISIS-Weste unter all den Gurten unterzubringen, aber sie behielt sie an, während man ihr und Juan die Fallschirme anlegte. Anderson sicherte die Riemen ein letztes Mal, sodass sie bei dem harten Ruck beinahe das Gleichgewicht verlor. Erst als sie sich mit den Händen an der nackten Metallwand des Flugzeugs stützen konnte, fing sie sich wieder.

Wie kann er es nur wagen, dachte sie geladen. *Wie kann er es nur wagen, mir davon nichts zu sagen! Nein, es uns beiden vorzuenthalten! Das war kein Witz mehr. Caesare spielt mit unseren Leben. Ich weiß wenigstens genau, worauf ich mich einlasse. Es gibt also absolut keinen Grund, mir etwas zu verheimlichen. Ich hätte es so oder so getan.*

Finster blickte sie sich in der Kabine um. Der starke Wind, der hineinblies, erfüllte sie mit einem Gefühl für die brutale Realität, die draußen auf sie wartete, und mit absoluter Furcht, die sie einfach nicht abzuschütteln imstande war. *Okay, ich war mir zumindest einigermaßen sicher, dass ich es so oder so getan hätte.*

Dulce trug ihren eigenen Fallschirm und sagte etwas, das aber von dem Dröhnen der Motoren und dem Sausen des Winds übertönt wurde. Sie ließ es dabei bewenden und starrte dann zu Caesare hoch, der ihr einen Kinderhelm auf den Kopf stülpte und ihn unter dem Kinn festzog. Dank ihres kegelförmigen Schädels saß er nicht besonders, und sie ertastete das befremdliche Teil mit ihren langen Fingern. DeeAnn musste beinahe laut auflachen, als Caesare ihr auch noch die Brille überzog und die kleine Gorilla-Dame sie mit zwei noch größer erscheinenden Augen anstarrte. Sie sah aus wie eine Cartoonfigur.

Trotz ihrer unbändigen Wut musste DeeAnn staunen, wie ruhig Dulce in Caesares Gegenwart blieb. Es bestand offensichtlich eine tiefgehende Bindung zwischen den beiden. Sie schaute zu, wie er Dulce in seine starken Arme nahm, zur Seite trat und Augenkontakt mit Corso und Tiewater aufnahm, die bereits ihre Fallschirme trugen. Dann deutete er auf einige kleine Kisten und hielt drei Finger in die Höhe.

Die beiden Männer befreiten sich von ihren Sicherheitsgurten.

Ach du grüne Neune, dachte sie. *Nur noch drei Minuten!* DeeAnn merkte, wie sie zu hyperventilieren begann. Sie wusste nicht, ob sie es durchziehen konnte. Und als sie in Juans Augen neben sich blickte, wusste sie, dass es ihm ähnlich erging.

Sie hatte nie die Hoffnung aufgegeben, dass irgendetwas dazwischenkommen würde und sie nicht springen mussten. Vielleicht würde Joe ihnen aus dem Cockpit zurufen, dass sie wegen mechanischer Probleme oder schlechten Wetters umdrehen mussten. Sie konnte es kaum fassen, dass sie ein Unwetter in einem Flugzeug herbeisehnte!

Die letzten paar Stunden waren unerwartet reibungslos über die Bühne gegangen. Der Sturm hatte sich gelegt, sodass sie überraschend gutes Wetter und einen ruhigen Flug genossen hatten. Aber jetzt auf einmal wünschte sie sich das Gegenteil.

Sie warf Caesare einen nervösen Blick zu und rief: »Ich bin mir nicht sicher, ob ich das durchziehen kann!«

Sie wurde von Corso und Tiewater beiseitegedrängt, als sie eine der Kisten nach hinten schoben.

»Du kriegst das schon hin«, brüllte Caesare zurück. »Wir fliegen sehr tief, sodass du bereits Boden unter den Füßen haben wirst, bevor du überhaupt merkst, dass du rausgesprungen bist.«

»Vor der Landung habe ich keine Angst. Es ist das *Rauskommen*, das mir Sorgen macht!«

Caesare musterte sie gelassen. »Leidest du unter Höhenangst?«

»Jetzt schon!«

Er wandte sich an Juan. »Und du?«

Juan warf DeeAnn einen kurzen Blick zu, ehe er antwortete: »Ich bin auch ganz schön durch.«

Caesare nickte nur. Er verstand ihre Angst. Ihre Unerfahrenheit verleitete sie dazu, an all die Sachen zu denken, die schiefgehen konnten. Aber was konnte er schon dagegen unternehmen? Im Augenblick hatte er ganz andere Sorgen. Das Einzige, was er für sie tun konnte, war, diese Erfahrung so kurz wie möglich zu gestalten. Sollten sie ihn später anbrüllen, wenn sie sicher gelandet waren.

Er warf einen Blick auf seine Armbanduhr und hielt zwei Finger in die Höhe.

DeeAnn konnte kaum fassen, wie schnell diese zwei Minuten vergingen. Die Männer hatten sämtliche Kisten vor die Tür gestellt und packten die großen Fallschirme aus. Plötzlich nickten sie Caesare zu und schoben die erste aus der Tür hinaus in den pfeifenden Wind. Die nächsten beiden folgten innerhalb weniger Sekunden. Dann schaute sie zu, wie Corso und Tiewater einen Schritt zurücktraten und Caesare vorne im Cockpit verschwand.

Er klopfte Joe auf die Schulter und brüllte ihm etwas zu. Weniger als eine Minute später ergriff DeeAnn eines der Seile, das an der Bordwand festgemacht war, als das Flugzeug eine Rechtskurve flog.

»Okay. Es geht los.«

Und dann geschah alles auf einmal. Tiewater und Anderson stellten sich hinter ihnen auf, schnallten sie an sich und zogen sie fest, sodass sie praktisch eins mit den riesigen Navy SEALs wurden. Zusammen schlurften sie eher unbeholfen auf die Luke zu.

Hinter ihnen band Caesare Dulce an sich, Brust an Brust. Ihre dunklen Beine zappelten in der Luft herum, als er sich zu ihnen an der Tür gesellte.

Corso stand ihnen gegenüber, um ihnen hinauszuhelfen. Er warf einen raschen Blick auf seine Armbanduhr, hielt einen Finger in die Höhe, und die anderen nickten.

Völlig benommen rief DeeAnn Corso zu: »Warum springen Sie alleine?«

»Ich bin zu schwer. Zu zweit würden wir über die Gewichtsobergrenze des Fallschirms kommen.«

Sie riss die Augen auf. »Es gibt eine *Gewichtsobergrenze?!*«

Corso ignorierte sie und wandte sich wieder an die anderen. Tiewater und Anderson legten ihre riesigen Arme um DeeAnns und Juans Brust.

Hinter ihnen lächelte Caesare Dulce an, die ihn vertrauensselig anstarrte. »Diesmal wie ein Vogel«, flüsterte er in ihr linkes Ohr.

DeeAnns Herz blieb beinahe stehen, als sie aus der Luke auf den blauen Himmel und weit unter ihnen die grünen Wipfel des Regenwalds schaute. Das Letzte, was noch irgendwie Sinn ergab, war der Anblick von Andersons Händen, die jetzt beide Seiten der Luke ergriffen. Dann folgte ein unsanfter Stoß.

ACH … DU … SCHEISSE!

46

Eine Minute später lehnte Joe sich aus seinem Sitz im Cockpit und warf einen Blick in die Kabine seiner treuen DC-3.

Sie war leer.

Er flog eine scharfe Linkskurve, um einen Blick auf die Erde nehmen zu können, und zählte die Fallschirme. Zufrieden zog er das Flugzeug wieder aufrecht und flog zurück nach Peru.

Es überraschte ihn, noch Reste des Sturms am Horizont zu sehen. Er hatte ihn doch bereits weit hinter sich gelassen. Was er nicht wusste, war, dass der Sturm erneut die Richtung geändert hatte und jetzt nach Osten auf ihn zuschoss.

Es dauerte keine Stunde, ehe ihm klar wurde, in welchem Schlamassel er steckte. Vor der peruanischen Grenze konnte er nicht landen, sodass ihm nur eins blieb – und das wollte er unter allen Umständen vermeiden.

Er würde es nicht zurückschaffen.

Zwei Stunden später war es aus mit Joe Marcionek, dem dreiundsechzigjährigen ehemaligen Piloten der Streitkräfte der Vereinigten Staaten, der Tausenden von desolaten Menschen geholfen hatte, indem er trotz Verbote und Drohungen politischer Tyrannen seine Hilfsmissionen geflogen war.

Seine letzten Augenblicke auf dieser Welt bestanden aus einem Kampf bis zum Letzten – einem Kampf, dem er sich ohne jegliche Reue stellte.

47

Echo Pier in San Juan, Puerto Rico, diente als Hauptstützpunkt für sämtliche Einsätze der amerikanischen Küstenwache in der gesamten östlichen Karibik.

Der »Sector«, so sein offizieller Name, überblickte die Bahía de San Juan und war das Such- und Rettungseinsatzzentrum der Region. Zudem verfügte er über einen Kai, der groß und abgesichert genug war, dass fast alle Schiffe der Navy hier andocken konnten.

Die sechs landbasierten Einheiten umfassten unter anderem auch das Management der zwei verkehrsreichsten Häfen sowie die Überwachung eines knapp dreieinhalb Millionen Quadratkilometer großen Gebiets. Im Augenblick jedoch starrte der befehlshabende Offizier voller Konzentration aus dem Fenster. Captain F. D. Arthur betrachtete die Neuankunft am Echo Pier und ahnte nichts Gutes – insbesondere, nachdem Admiral Langford höchstpersönlich ihn vor nur wenigen Stunden angerufen hatte.

So gut wie jeder im Sector kannte den Anblick des glänzenden weißen Rumpfs des einlaufenden Schiffs, schließlich handelte es sich um das höchst dekorierte Mutterschiff der Forschungsflotte im Atlantik – die U.S.S. *Pathfinder*.

Captain Emerson stand stoisch auf der Brücke und beobachtete, wie sich das Schiff langsam dem riesigen Kai näherte, bis die gigantischen Gummifender unter lautem Protest gegen die Betonpfeiler gequetscht wurden. Schwere Festmacherleinen wurden hinabgelassen, die um Doppelpoller geschlungen wurden, die groß genug waren, dass Kinder darauf herumklettern konnten. Die dreieinhalb Meter dicken Fender des Kais gaben schließlich Ruhe, wurden sie doch vom dicken stählernen Rumpf der *Pathfinder* gegen die Kaimauer gepresst.

Emerson hörte, wie die Dieselmotoren der *Pathfinder* ausgekuppelt wurden, und nickte seinem Ersten Offizier Harris zu. Dann durchquerte er die kleine Brücke, öffnete die Tür und trat in die warme Sonne. Er ging die hell gestrichene Gangway entlang, bis er zur Treppe kam, die zum Hauptdeck führte.

Emerson ging zwei Decks tiefer, ehe er weiter Richtung Achtern schritt, wo er innehielt, um das geschäftige Treiben zu überwachen.

Seine Mannschaft hatte zwei Winschen entfernt, um Platz für einen riesigen Wassertank zu schaffen, der rund hunderttausend Liter zu halten imstande war. Er war größer als der, den sie zuvor an Bord hatten – und das aus gutem Grund.

Lee Kenwood hob den Zeigefinger kurz auf Schulterhöhe, ehe er ihn wieder auf die Tastatur legte, um weiterzutippen.

»Noch nicht.«

»Lee, es ist so weit.«

»Ich weiß, ich weiß. Ich muss nur noch dieses Modul fertig machen.« Er tippte emsig eine weitere Minute auf der Tastatur herum, ehe er seine Arbeit überprüfte. Als er sich sicher war, dass alles zu seiner Zufriedenheit funktionierte, sicherte er die Datei und klickte auf eine Schaltfläche, um das Programm zu kompilieren. Dann stieß er sich vom Schreibtisch ab, rollte rückwärts auf seinem Stuhl und drehte sich dabei um, um einer ungeduldigen Alison in die Augen zu schauen.

»Fertig?«, wollte diese wissen.

»Vorläufig schon«, nickte er. »Das sollte reichen, um den Ball ins Rollen zu bringen. Den Rest kann ich unterwegs schreiben.«

»Gut, denn wir hinken dem Zeitplan bereits hinterher«, sagte sie etwas genervt.

»Tut mir leid.« Kenwood sprang von seinem Stuhl auf und steckte das Notebook in den Rucksack. »Aber du kannst mir ruhig glauben, wenn ich dir sage, dass du heilfroh sein wirst, dass ich das getan habe.« Dann ging er zu einem breiten Gerätewagen und nahm diverse Hardware an sich. »So, ich wäre bereit.«

Alison beäugte die fein säuberlich aufeinandergestapelten Computer auf dem Wagen, auf dem auch zwei große Plastikkisten, weitere Gerätschaften und sonstige Computerutensilien lagen.

»Gut. Woran hast du denn gearbeitet?«

»Ich habe einige Fortschritte gemacht. Erinnerst du dich an das Problem, das ISIS mit den ganzen Eingaben hatte, die mehr oder weniger gleichzeitig übersetzt werden mussten? Ich habe die akustischen Signaturen von Dirk und Sally definiert und einen Filter erstellt, sodass wir sie von den anderen Delfinen unterscheiden und aussondern können.«

»Das ist ja super, Lee.«

Er zuckte mit den Schultern. »Hochmut kommt vor dem Fall. Ich muss ihn wahrscheinlich noch justieren und optimieren.«

Der Gedanke beunruhigte Alison. ISIS musste einsatzbereit sein, und zwar schon bald. Stattdessen aber nickte sie in Richtung Wagen. »Bist du dir sicher, dass du alles dabeihast?«

»Ja.« Er tätschelte einen der Server liebevoll. »Redundante Server und so viele Daten, wie draufpassen. Und sie haben einen Haufen mehr Rechenleistung.«

»Gut«, meinte sie und eilte zur Tür, um sie ihm aufzuhalten, als er sich hinter den Gerätewagen stellte und zu schieben begann. Zusammen karrten sie die Gerätschaften zum Lift.

»Ist Kelly schon hier?«

»Ja. Sie und Chris warten am Kai. Alles andere ist bereits gepackt.«

Die Fahrstuhltüren öffneten sich, und Lee schob den Wagen hinein. Alison folgte ihm und drückte dann auf den Knopf für das Erdgeschoss.

»Um noch mal auf diese Audio-Signatur-Sache zurückzukommen. Wie viel Optimierung *genau* braucht sie deiner Meinung nach?«

»Keine Ahnung. So etwas habe ich noch nie gemacht. Wahrscheinlich recht viel, aber wir können auf dem Weg daran arbeiten.«

Alison nickte. Welche Wahl hatte sie schon? Sie mussten sich beeilen. Außerdem gab es einen weiteren Grund, warum sie sich Sorgen über die bevorstehende Reise machte. Es war nicht wie das letzte Mal, als Dirk und Sally neben ihrem kleinen Boot herschwammen. Damals waren sie wesentlich langsamer unterwegs – einen Luxus, den sie diesmal nicht haben würden.

Jetzt mussten sie die Delfine in einem Becken transportieren, um schneller ans Ziel zu kommen. Das hatten sie schon einmal versucht, und zwar auf demselben Schiff, wie der Zufall es wollte. Aber damals hatten sie eine viel kürzere Strecke zurücklegen müssen. Jetzt aber ging es nach Trinidad, was knapp über acht Stunden dauerte. Das Becken würde zwar größer sein, aber viel Platz hatten die beiden Tiere trotzdem nicht. Zudem durften sie nur eine gewisse Zeit in einem so engen Becken verweilen. Schließlich hatten sie auch »körperliche Bedürfnisse«, die sie verrichten mussten. Deswegen sollten sie zumindest jetzt, auf dem Weg nach San Juan zur *Pathfinder*, neben den beiden herschwimmen. Die meisten Menschen übersahen das zwar, aber Alison wusste, dass sie ohne eine Pinkelpause schon bald ein Problem ganz natürlichen Ursprungs haben würden.

Der Fahrstuhl erreichte das Erdgeschoss, und die Türen öffneten sich. Alison und Lee schoben den Wagen durch das Gebäude und aus einem Seitenausgang ins Freie, wo sie von der warmen Sonne begrüßt wurden. Als sie um die Ecke der Forschungseinrichtung bogen, wehte ihnen ein strenger Wind in die Gesichter. Bald schon kamen sie zu einer hölzernen Rampe, und Lee trat um den Wagen herum, um ihn vorne vorsichtig die Rampe hinunterführen zu können.

Kaum vernahm Kelly Carlson das Rumpeln des Wagens auf den unebenen Dielen der Rampe, steckte sie ihren blonden Schopf aus der kleinen Plicht des Boots. Sie war in Palmas Del Mar gewesen, um den Kauf eines anderen Bootes und die Reparatur eines Außenbordmotors zu beaufsichtigen. Es war zwar nicht alles glatt gelaufen, aber sie hatten es nicht weit, und sie würde so oder so zurückbleiben müssen, um die Arbeiten fertigzustellen.

Sie rief Chris, der sich unter Deck befand, um Lee beim Umladen und Fixieren der Server zu helfen. Es würde angesichts des Wellengangs zwar nur eine kurze, dafür aber umso aufregendere Reise werden.

Neely Lawton war bereits an Bord und stand auf dem Achterschiff. Sie wartete, starrte aufs Wasser und machte nicht den Anschein, als ob sie nervös oder aufgeregt wäre. Stattdessen schien sie traurig. Schließlich würden sie sich wieder an einen Ort begeben, in dessen Nähe ihr Vater gestorben war – dort, wo er sein Leben gegeben hatte, um sie alle zu retten.

Sie sollte erneut in dieselbe Region, und auch der Grund war wieder exakt derselbe, was eine sehr ernüchternde Wirkung auf sie hatte.

Einige Stunden später ging Captain Emerson ein ähnlich besorgniserregender Gedanke durch den Kopf. Er wusste nicht, wonach genau sie suchten, aber angesichts der beunruhigenden Nähe zu dem Ort, an dem die *Bowditch* versenkt wurde, war es keine Hexerei, einen Bezug zwischen den beiden Expeditionen herzustellen. Und genau wie der befehlshabende Offizier der Küstenwache hatte auch er seine Anordnungen direkt von Admiral Langford erhalten, was nicht gerade zur Tagesordnung gehörte.

Deswegen fragte er sich jetzt, wie viele andere wohl über ihre neue »Mission« Bescheid wussten.

Harris öffnete die Tür zur Brücke und steckte den Kopf durch den Spalt. »Sie sind hier, Sir«, unterbrach er Emersons Gedanken.

Der Captain verließ die Brücke und gesellte sich zu seinem Ersten Offizier an der Reling. Harris reichte ihm einen Feldstecher und deutete aufs Wasser.

Emerson erspähte den Teknicraft-Katamaran mit dem Aluminiumrumpf, der direkt auf sie zukam. Er erkannte Chris Ramirez, der vor der Plicht an der Reling stand. Ansonsten war niemand außer den zwei Delfinen zu sehen, die immer wieder neben dem Boot aus den Wellen sprangen.

Er kehrte zur Brücke zurück, schnappte sich den Hörer der Sprechanlage und hielt ihn sich ans Ohr. Als sein Erster Maschinist am anderen Ende antwortete, stellte er dieselbe Frage, die er bereits vor weniger als einer halben Stunde gefragt hatte.

»Wie lange noch?«

Tay stand auf dem Achterschiff der *Pathfinder* und nickte zuversichtlich. »Wir sind so weit, Captain. Wir haben das Becken verstärkt und sind gerade am Befüllen. Ich würde sagen, dass das Aquarium in zehn Minuten einsatzbereit ist.«

»Sehr gut. Wir müssen sie so schnell wie möglich an Bord hieven.«

»Ja, Sir.« Das schwere Delfingeschirr wehte hinter Tay in der Brise umher. »Wir sind schon darauf vorbereitet.«

»Gut gemacht. Sagen Sie Bescheid, sobald alle an Bord sind.«

»Zu Befehl, Sir.«

Emerson beendete das Gespräch und legte den Hörer wieder auf die Gabel vor seinem Kommunikationsoffizier. Er ging nach draußen, warf einen Blick übers Wasser und reichte Harris den Feldstecher.

»Wissen Sie, warum wir uns so beeilen müssen, Sir?«

»Nein.«

Alison und Chris mussten ungeduldig von der Seite des metallenen Beckens zuschauen, wie der große orangefarbene Kran Dirk langsam über das offene Deck schwenkte, um ihn dann in das Becken neben Sally herabzulassen. Nach einigen Schwierigkeiten, das Geschirr zu lösen, überprüfte Tays Team die Dichtigkeit des Tanks ein letztes Mal, ehe er signalisierte, dass alles in bester Ordnung sei.

Hinter ihm packte Kelly Alison an den Schultern. »Mit den beiden sicher verstaut, ist es Zeit, dass ich auch weitermache.« Sie zwinkerte Chris zu. »Seid ihr sicher, dass ihr alles dabeihabt, ehe ich losfahre?«

Chris nickte und ließ sich die Enttäuschung nicht anmerken. »Ich glaube schon.« Er wollte noch etwas sagen, um die Unterhaltung mit Kelly nicht abbrechen zu lassen, aber es fiel ihm nichts ein, das weder kitschig noch schmalzig klang. Es blieb ihm also nichts anderes übrig, als so lässig wie nur möglich dazustehen und zuzuschauen, wie sie Alison drückte.

»Schickt mir eine Karte.«

Alison lachte. »Klar doch. Per Flaschenpost ist das kein Problem.«

Kelly drehte sich um und ging zur Landungsbrücke. »Ich bin wie immer im Laden. Sagt Bescheid, wenn ihr noch etwas braucht.«

»Danke, Kel. Wird gemacht.«

Alison verschwendete keine weitere Zeit und wandte sich an Tay, der bereits den Hörer in der Hand hatte und Captain Emerson berichtete.

Der Rest der Mannschaft zog die gigantischen Taue der *Pathfinder* vom Kai, als Emerson aus der Brücke trat und sich auf den Weg zu Alison und ihrem Team machte.

Er hob die Stimme über dem Dröhnen der Schiffsmotoren, die jetzt angeworfen wurden. »Dr. Shaw. Wie schön, Sie an Bord willkommen heißen zu dürfen.«

Alison schüttelte seine ausgestreckte Hand. »Vielen Dank, Captain. Aller guten Dinge sind ja bekanntlich drei.«

Er lächelte. »Ich rate davon ab, die ersten beiden mitzuzählen.«

Alison stimmte ihm innerlich zu. Das erste Mal evakuierte die Küstenwache sie und ihr Team von der *Pathfinder*, und die zweite Reise endete mit dem verhängnisvollen Ende der *Bowditch*. Wie Steve Caesare zu sagen pflegte: Das waren alles andere als Home Runs gewesen.

Emerson drehte sich zu Chris um. »Mr. Ramirez.«

»Captain. Schön, Sie wiederzusehen.«

Emerson warf einen Blick auf die Delfine und meinte: »Wie ich sehe, sind wir so weit. Man hat mir zu verstehen gegeben, dass wir es eilig haben.«

»Ja. Unseretwegen können wir los.«

»Sehr gut. Mir tut leid, Ihnen mitteilen zu müssen, dass der Wellengang etwas stärker als gewöhnlich ist. Aus Sicherheitsgründen muss ich Sie beide also bitten, sich auf dem Hauptdeck aufzuhalten. Von dort aus können Sie gerne auf Ihre Freunde hier unten aufpassen.«

Alison folgte dem Blick des Captains zur Treppe. »Kein Problem. Dürfen wir draußen bleiben?«

Emerson nickte. »Selbstverständlich. Der Wind hat zugenommen, aber in der Karibik ist noch niemand erfroren. Mr. Kenwood kann seine Computer ebenfalls dort aufbauen.« Er schaute nach achtern. »Darf ich davon ausgehen, dass Commander Lawton sich bereits gemeldet hat?«

»Ja. Kaum waren wir an Bord, ist sie schon nach oben gegangen.«

»Hervorragend. Kommen Sie bitte mit.«

Sie folgten ihm und erklommen die Treppe, die genauso weiß angestrichen war wie der Rumpf. Als sie auf dem oberen Deck ankamen, drehte Emerson sich kurz zu ihnen um, ehe er weiterging. »Ich setze Mr. Kenwood davon in Kenntnis, dass Sie hier sind. Gibt es sonst noch etwas, das ich für Sie tun kann, ehe ich wieder auf die Brücke muss?«

»Vielen Dank, aber ich glaube nicht.«

Er nickte ein letztes Mal. »Und halten Sie sich gut fest.«

Kaum war er verschwunden, wandte Alison sich zu Chris. »Bist du bereit?«

Er holte tief Luft und legte beide Hände auf die metallene Reling. »Ach, bringen wir es einfach hinter uns.«

»Sicher?«

»Ja. Ich habe nur gehofft, dass ich nicht so schnell wieder Fuß auf dieses Schiff setzen würde – wenn überhaupt.«

»Mir geht es ähnlich.«

Chris warf einen Blick auf Dirk und Sally auf dem Achterdeck. Die beiden schienen recht entspannt und bewegten sich langsam in ihrem neuen Zuhause. »Irgendwie läuft da etwas aus dem Ruder, oder?«

»Das kannst du laut sagen.«

»Und ist auch ein bisschen erschreckend.«

Alison beäugte ihn neugierig. »Was soll das denn heißen?«

»Ich bin mir nicht sicher. Aber das alles passiert so schnell. Alles, was wir lernen, ist einfach so umwerfend und so viel mehr, als wir uns jemals hätten vorstellen können.«

»Stimmt. Aber wenn wir recht mit diesen Pflanzen haben …«

»Ich rede doch gar nicht von den Pflanzen, Ali. Ich spiele auf die …« Er hielt inne und schüttelte dann den Kopf. »Ich meine einfach alles. ISIS, die Übersetzungen, Dirk und Sally. Wir haben uns nie träumen lassen, wozu das alles führen würde. Die Menschen haben so lange geglaubt, dass Delfine nichts weiter als intelligente Säugetiere sind. Vielleicht eine Stufe höher als Haustiere. Und jetzt wissen wir auf einmal, dass eine ganze Kultur dahintersteht, dass sie eine Geschichte haben.« Chris seufzte. »Das ist doch wie vor den Spiegel gestellt werden. Wie viel

Geschichte haben wir Menschen verloren? Wir ignorieren alles, was um uns herum geschieht. Jede Spezies hat Geschichte. Ein Kulturerbe. Geschichte ist nicht nur das, was gerade geschehen ist oder wo wir überall gewesen sind, Alison. Die Geschichte handelt von unserem Platz auf dieser Erde.«

Chris machte eine Pause. Er musste überlegen, wie er seine Gefühle in Worte kleiden konnte. »Ich will damit nur sagen, dass es mir irgendwie mehr als nur Respekt einflößt. Es ist beängstigend herauszufinden, wie viel um uns herum geschieht, von dem wir gar nichts mitkriegen. Vielleicht sind wir ja einfach nur apathisch. Und da frage ich mich, wie viel Dirk und Sally wirklich wissen?«

»Das werden wir herausfinden.«

»Das werden wir. Aber täusche ich mich, oder sind wir da über etwas gestolpert, das wir eigentlich längst wissen sollten?«

Alison dachte über Chris' Worte nach. »Ja, da hast du recht.«

»Anfangs war alles noch sehr aufregend, aber mittlerweile kommt es mir ein wenig unheimlich vor. Erinnerst du dich an das Video aus dem Internet? Das mit dem Team von Tauchern, auf die ein Großer Tümmler zugeschwommen ist?«

»Der, der am Angelhaken hing?«

»Genau. Der Haken steckte tief in einer seiner Flossen.«

»Und wie ich mich erinnere. Das war der Wahnsinn!«

»Schon, oder nicht? Ich habe es mir erst vor Kurzem wieder angeschaut, und bei genauerer Betrachtung gibt es eine ganze Reihe von Hinweisen auf tiefere Wahrnehmungsebenen. Ist dir aufgefallen, wie langsam er die Bewegungen des Tauchers nachahmte? Der Delfin war ihm so nahe, dass es schien, als ob sie eins wären. Er hat mit dem Taucher zusammengearbeitet, um den Haken zu entfernen und sich von der Angelschnur zu befreien. Für ein paar Minuten waren die beiden Partner. Sie wussten *genau*, was der andere tun würde.«

Alison grinste. »Und das macht dir Angst?«

»Nein, das nicht. Aber die *Geschwindigkeit*, mit der alles passiert. Unsere Welt verändert sich so schnell, so rasant. Schau dir doch nur einmal ISIS an, und wie schnell das System mittlerweile übersetzen kann. Es geschieht so viel in dieser Welt, von dem wir keine Ahnung haben, und es fühlt sich gerade so an, als ob sie um mich herum explodiert.«

Er schüttelte den Kopf. »Und wir wissen, dass die Welt Explosionen nicht gerade gut verkraftet, ganz gleich, was in die Luft geht. Was wird mit uns geschehen, Ali? Was wird mit uns allen passieren, wenn wir herausfinden, wie tief diese Geschichte in unser Leben eingreift? Es ist, als ob wir Kontakt mit Außerirdischen herstellen. Auf einmal sind wir nicht mehr alleine in diesem Universum. Verdammt noch mal, noch nicht mal auf diesem Planeten. Und sind es nie gewesen. Und ISIS ist der Katalysator für all das.«

Sie ließ den Blick zu Dirk und Sally schweifen und überlegte. »Ich weiß, was du meinst. Vor nicht allzu langer Zeit war ich fest davon überzeugt, dass die Wahrheit wichtiger als alles andere sei. Die Politik, die ganzen Verschleierungen, die Lügen würden verschwinden, wenn die Wahrheit ans Licht käme. Aber jetzt bin ich mir nicht mehr so sicher. Langsam denke ich, dass die Wahrheit in all ihrer Kraft und Großartigkeit … nun, dass sie gefährlich ist. Für uns und für sie.«

Chris nickte. »Ich glaube, Menschen können nur wenig Veränderung auf einmal verkraften. Und als Gesellschaft wahrscheinlich noch weniger als Individuen.«

»Vielleicht hast du recht.« Alison schaute zum Ufer, das sich langsam zu entfernen schien. »Es ist schon ironisch, nicht wahr? Wir erfinden Geschichten und machen sogar Filme darüber, wie toll eine andere Zukunft sein könnte. Aber die Konsequenzen lassen wir außen vor.« Sie ließ die Augen nicht vom Horizont. »Kannst du dich noch erinnern, als wir mit dem Projekt anfingen? All die Recherchen und … und einige der verrückten Geschichten, über die wir gestolpert sind?«

»Wie könnte ich das jemals vergessen?«

»Vielleicht waren sie gar nicht so verrückt.«

Chris runzelte die Stirn. »Ali, da gab es Leute, die behaupteten, dass Delfine sich in Meerjungfrauen verwandeln können.«

»Ach, *die* meine ich doch gar nicht. Nein, da gab es auch andere.«

»Du meinst die mit den Wunderheilungen?«

»Genau. Einige Leute haben doch behauptet, dass sie von all ihren Leiden geheilt waren, nachdem sie die Delfine berührt hatten.«

Jetzt verschwanden auch die letzten Anzeichen eines Grinsens auf Chris' Gesicht.

»Vielleicht waren diese Typen gar nicht durchgeknallt, Chris. Vielleicht sind Delfine *tatsächlich* in der Lage zu heilen. Und wenn nicht direkt, dann zumindest indirekt.« Alison holte tief Luft, drehte sich um und lehnte sich gegen die Reling. »Und jetzt, wo ich über das nachdenke, was du gerade gesagt hast, könntest du vielleicht mehr recht damit haben, als dir klar ist. Die Gesellschaft kann Veränderungen nicht so gut vertragen, wie wir alle glauben. Zumindest keine drastischen Veränderungen.« Sie blickte ihm in die Augen. »Was glaubst du würde passieren, wenn die Menschen herausfänden, dass sie heilende Kräfte besitzen? Was glaubst du, würde mit den Delfinen geschehen?«

Chris seufzte. »Dazu fallen mir die Stoßzähne von Elefanten ein.«

»Und Knorpelmasse von Haien. Und das ist doch nur ein Ammenmärchen.«

Er verschränkte die Arme vor der Brust. »Die Menschen rasten aus, wenn Millionen von ihnen glauben, dass sie geheilt werden, wenn sie sich nur einen Delfin schnappen müssen.«

»Vor allen Dingen, wenn es stimmt.«

»Genau!«

»Und dann noch die Pflanzen. Wenn sie wirklich so sind, wie

die, die John in Guayana entdeckt hat … Wie kann man so ein Geheimnis wahren?« Sie dachte kurz über John und das nach, was er vor einigen Wochen gesagt hatte: *Vorsicht vor dem Sprung*.

»Explosionen«, meinte Chris.

»Okay, du hast recht«, stimmte sie ihm im Flüsterton zu. »Jetzt kriege ich auch Angst.«

»Und wir sind mittendrin.« Er beobachtete, wie Alison ganz still wurde und entschied sich dann, das Thema zu wechseln. »Aber egal. Selber schuld, dass du gefragt hast. Wie läuft es denn bei dir? Wie geht es John?«

»Ich weiß nicht.« Sie schüttelte den Kopf. »Ich habe ihn schon einige Tage nicht mehr gesprochen.« Sie wollte gar nicht erst wahrhaben, dass es sie störte. Schließlich handelte es sich nur um eine weitere, ganz normale Mission, während der er nicht anrufen konnte. So viel hatte sie bei ihrer letzten Unterhaltung zwischen den Zeilen lesen können. Aber irgendetwas fühlte sich nicht richtig dabei an. Es fühlte sich sogar verdammt falsch an, aber sie konnte nicht sagen, warum.

48

John Clay begann sich ebenfalls Sorgen zu machen, als er und Tang Lichter in der Ferne über den Baumwipfeln schweben sahen.

Helikopter.

Es handelte sich aber nicht um die üblichen Suchhelikopter. Diese hier waren viel größer und in der Landung begriffen.

Anscheinend hatte man entschieden, lieber Straßensperren einzurichten und jeden aufzuhalten, als ein einzelnes Fahrzeug aus der Luft zu suchen. Borger hatte recht. Jemand wusste Bescheid.

Die Lichter der beiden großen Hubschrauber sanken und verschwanden kurz darauf hinter einem dichten Wald, sodass nur noch ihre Lichtkegel durch die Nacht schnitten und einen ahnen ließen, dass etwas hinter den Bäumen wartete.

Als Tang eine langgezogene Kurve durchfuhr, konnten die beiden drei Paar Bremslichter vor sich ausmachen.

»Das sieht nicht gut aus.«

»Nein, tut es nicht.« Clay warf einen Blick auf die Karte auf seinem Smartphone. Ihr Ziel war keine zehn Kilometer mehr entfernt. So nah. Er griff nach hinten und holte seine Tasche hervor.

Die Straße wurde wieder gerade, und die ersten Scheinwerfer strahlten ihnen entgegen. Die hellen, weißen Lichter blitzten einmal auf und signalisierten, dass vor ihnen etwas geschehen war.

»Da kommt jemand.«

»Langsamer.« Clay stopfte sein Satellitentelefon in eine Seitentasche und stellte die schwere Tasche auf seinem Schoß ab. »Wenn wir anhalten, werden sie auf uns aufmerksam«, verkündete er und schaltete das Licht im Inneren des Wagens aus.

»Was haben Sie denn vor? Springen?«

»Genau.«

»Okay, warten Sie kurz.« Tang ließ den Wagen mit Motorbremse rollen und fuhr dicht an die Böschung. Die Blockade war keinen halben Kilometer mehr entfernt, und sie sahen, wie Taschenlampen neben dem ersten Auto auf und ab wippten.

»Lassen Sie das Aufblendlicht an, bis Sie meine Tür wieder zugemacht haben.«

Tang nickte. »Ich bin bereit.«

Clay überprüfte rasch Beine und Füße, um sicherzugehen, dass er nirgends hängen bleiben konnte, nahm die Tasche fest in die Hände und sagte: »Jetzt!«

Kaum hatte Tang die Aufblendlichter angeschaltet, öffnete Clay die Tür. Im Bruchteil einer Sekunde verschwand er in der Dunkelheit, und Tang lehnte sich auf die Beifahrerseite und streckte den Arm nach der Tür aus. Mit den Fingerspitzen schnappte er sich den Griff und zog sie vorsichtig zu, um ja nicht zu viel Lärm zu machen. Noch zweihundertfünfzig Meter. Er schaltete das Aufblendlicht aus und trat auf die Bremse, um sich dem Verkehr anzupassen.

Tang kämpfte gegen seinen Instinkt an, Clay im Rückspiegel zu suchen, als sich eine grelle Taschenlampe von den anderen absonderte und direkt auf seine Windschutzscheibe strahlte. Der Strahl ließ nicht von ihm ab, während er auf ihn zurollte, um hinter den anderen Autos anzuhalten. Er zählte fünf Soldaten auf der Straße. Zwei hielten Taschenlampen, zwei weitere QBZ-95 Sturmgewehre. Der fünfte und ihm am nächsten stehende Soldat, der Tang mit der Taschenlampe ins Gesicht leuchtete, wandte sich jetzt wieder der Straße zu, als ein weiteres Paar Scheinwerfer hinter ihm in Sicht kam.

Tang sah sofort, dass die Männer nicht hier waren, um Nettigkeiten auszutauschen.

»Wo fahren Sie hin?«, bellte ihn die Stimme hinter der Taschenlampe an.

Tang tat verwirrt und hob die Hände, um die Augen vor dem grellen Lichtkegel zu schützen. So weit er ausmachen konnte, schien der Mann Anfang zwanzig, sodass er hoffentlich unerfahren genug und nicht darauf vorbereitet war, dass ein Fahrer die Offensive übernahm.

»Was soll das denn? Was ist denn los?«, wollte er lautstark wissen, um etwaige Geräusche aus dem Wald hinter sich zu übertönen.

Der Mann hinter der Taschenlampe schien weder großartig überrascht noch ließ er sich von Tangs Schachzug aus dem Konzept bringen.

Er starrte ihn an, und es war klar, dass er es hier nicht mit einen Rekruten zu tun hatte. Stattdessen schenkte er Tang einen süffisanten Blick und lenkte den Strahl wortlos auf den leeren Beifahrersitz.

»Wo wollen Sie hin?«, fragte er erneut mit ernster Stimme.

Tang ließ ihn nicht aus den Augen, bemerkte aber, dass eine weitere Taschenlampe erschien und den Rest seines Wagens durchleuchtete.

»Ich will einen Freund besuchen.« Er bewahrte Ruhe. Schließlich wusste er, dass Clay seine Tasche von der Rückbank genommen hatte und sich sonst nichts im Auto befand. Es sei denn … Es sei denn, sie öffneten den Kofferraum.

»Und wo wohnt Ihr Freund?«

Tang zögerte. Verzweifelt versuchte er sich an einen der vielen Städtenamen zu erinnern, die Clay erwähnt hatte.

»Dadanggou.«

Der Soldat verzog keine Miene, starrte Tang weiterhin ausdruckslos an und streckte dann den Arm aus. »Ausweis.«

»Was soll das Ganze eigentlich?«, versuchte Tang es erneut.

»Ein Sicherheitscheck.«

»Aber das hat es hier doch noch nie gegeben!«

»Wie oft haben Sie Ihren Freund schon besucht?«

»Oft. Und in diesem Bezirk hat es noch nie Probleme gegeben.«

»Stimmt, und deswegen sind wir hier. Schließlich soll es auch so bleiben.« Der Soldat nickte und betrachtete Tangs Ausweis. »Sie sind ganz schön weit weg von Guangzhou.«

Clay schlitterte die steile Böschung hinab. Sie war viel steiler, als er angenommen hatte, sodass er die Kontrolle verlor und in einem Bach landete.

Er sprang schnell auf und suchte hinter einen Baumstamm Deckung. Er wartete darauf, dass die Lichtkegel der Taschenlampen von oben auf ihn hinabschienen, aber es blieb finster. Clay warf die schwere Tasche auf die feuchte Erde zu seinen Füßen.

Er öffnete den Reißverschluss, zog ein Nachtsichtgerät hervor und zog es über sein dichtes, schwarzes Haar. Als Nächstes kam die mattschwarze .40-Pistole, die er sich in den Hosenbund steckte, ehe er die Tasche wieder schloss und sie sich über die Schulter warf.

Mit Geschick bewegte er sich über den dicken Teppich aus Tannennadeln und Blättern immer weiter von der Straße fort. Kaum hatte er den Schein der Lampen und die gedämpften Stimmen hinter sich gelassen, begann er zu laufen.

49

Qin lugte aus dem kleinen Fenster des Harbin Z-6 Helikopters in die beinahe kohlrabenschwarze Nacht unter sich. Ab und zu leuchtete etwas draußen auf und tauchte die finstere Kabine in ein unheimliches Licht. Lediglich das Dröhnen der Rotoren und die Instrumente im Cockpit wiesen darauf hin, dass sie sich bewegten.

Die letzten drei Stunden hatte hektische Betriebsamkeit geherrscht. Kaum hatte M0ngol den Standort des Amerikaners ausgemacht, war Eile geboten. Sie mussten ihn aufhalten, ehe er das Krankenhaus betreten konnte.

Es hatte keine halbe Stunde gedauert, bis Qins Kontakte auf sein Drängen spurten, und noch weniger, um die paar Hundert Kilometer zurückzulegen. Qin konnte von Glück reden, dass sich eine Spezialeinsatztruppe auf der Rückkehr von Manövern auf der Militärbasis am Guangxing-Reservoir befand. Sie war nah genug, um den Amerikaner noch vor ihm auflesen zu können.

Qin warf immer wieder ungeduldige Blicke auf seine Armbanduhr. Er hasste es, Xinzhen anrufen zu müssen, aber er hatte keine andere Wahl. Er brauchte ein Beförderungsmittel, und zwar sofort … und Männer. Und als Mitglied des Ständigen Ausschusses hatte Xinzhen das Sagen in China. So viel Sagen, dass ein voll ausgestatteter Z-6 Helikopter eine halbe Stunde später auf dem Parkplatz des MSS-Gebäudes landete.

Aber jetzt hatte Xinzhen davon Wind gekriegt. Natürlich konnte er nicht alles erahnen, aber genug, um sich ausmalen zu können, was Wei getan hatte und was höchstwahrscheinlich in dem kleinen Gebäude in der Mitte von Nirgendwo versteckt war. Qin hatte weder das Krankenhaus noch die Tatsache erwähnt, dass Weis Tochter sich dort befand. Er war lange genug beim MSS gewesen, um zu wissen, dass Ermittler nie etwas freiwillig preisgaben, selbst gegenüber Mitgliedern des Ständigen Ausschusses.

Insbesondere, da er nun über Informationen verfügte, für die Xinzhen töten würde – was ja schon bewiesen war. Und jetzt wanderte Qin den schmalen Grat zwischen nützlichem Agenten und jemandem, den Xinzhen so schnell wie möglich beseitigen wollte.

Er hob den Kopf, als der Kopilot ihm zuwinkte, um seine Aufmerksamkeit zu erhaschen. Dann deutete er auf seinen Kopfhörer.

Qin nickte und schaute zu den beiden Männern neben ihm. Sie gehörten zu Xingzhen und waren bereits im Hubschrauber gesessen, als dieser vorm MSS-Gebäude landete.

Zusammen starrten sie ihn ausdruckslos an, ohne ein Wort zu verlieren.

Qin hob den Kopfhörer und zog ihn über seine Ohren, ehe er das Mikrofon vor den Mund schob.

»Qin hier.«

»Sir, wir haben zwölf Autos angehalten, aber noch keinen Amerikaner angetroffen.«

Qin kniff die Augen zu Schlitzen zusammen. Sie hätten schon längst vorbeikommen müssen. »Irgendwelche *Gweilo* unterwegs?«

»Nein, hauptsächlich Leute aus der Umgebung. Nur zwei aus Peking und einer aus Guangzhou.«

»Welche Autos sind sie gefahren?«

Der Soldat musste kurz überlegen. »Einige Hyundai, GM, Nissan und ein Honda.«

Qin schien in Gedanken versunken und starrte mit seinen kohlschwarzen Augen in die Finsternis. Der Amerikaner hatte es offensichtlich geschafft, sich unbemerkt ins Land zu schleusen. Und er hatte Hilfe von jemandem in China gebraucht, um so rasch wie möglich hierherzukommen. Außerdem konnte er sich in Begleitung eines Einheimischen besser unter die Leute mischen.

In China diente ein Auto weniger dazu, um sich unter die Leute zu mischen. Hier drehte sich alles um Status und Prestige, insbesondere in Peking. Autos waren dazu da, bemerkt zu werden, nicht um sie zu übersehen.

»Wie alt?«

»Wie alt die Fahrer waren?«

»Nein, die Autos.«

Der Soldat drehte sich um und warf einen Blick auf die Autos. »Die meisten sind neu. Also nicht viel älter als ein paar Jahre. Nur der Honda ist alt – zehn, vielleicht fünfzehn Jahre.«

»Wer war der Fahrer?«

»Ein Sicherheitsbeamter. Aus Guangzhou. Meinte, er wolle einen Freund besuchen.«

»Aus Guangzhou?«

Guangzhou ist viel zu weit entfernt, dachte Qin. So gut wieder jeder, der so weit reisen wollte, nahm ein Flugzeug, anstatt das Geld für Benzin für knappe dreieinhalbtausend Kilometer hinzublättern. Insbesondere irgendein dahergelaufener Sicherheitsbeamter.

»Wo arbeitet er?«

»Außenministerium.«

Qin riss die Augen auf. Er reagierte ohne auch nur einen Augenblick zu zögern. »Er ist der Agent. Überwältigen Sie ihn!«

»Überwältigen?«

»Ja! Sofort!«

Qin beugte sich vor und klopfte dem Kopiloten auf die Schulter. Als der Mann sich umdrehte, fuchtelte Qin energisch Richtung Windschutzscheibe. Seine Gesten waren unmissverständlich: *Beeilung!*

Unter ihm stand Tang in der Nähe seines Autos und beobachtete den Soldaten. Er konnte zwar nicht hören, worüber beraten wurde, aber die plötzliche Veränderung in seiner Miene reichte Tang völlig aus.

50

Borger war wieder Herr seines eigenen Computers, saß auf seinem Stuhl und beobachtete die Lage. Das Icon, das Clays Satellitentelefon darstellte, war plötzlich von der Straße abgekommen und kam nur sehr langsam voran.

Auf einem weiteren Monitor war das jüngste Satellitenbild aus der Vogelperspektive zu sehen. Borger tippte die Koordinaten ein, und das Bild zoomte auf den eingegebenen Punkt. Die Karte war komplett finster, bis auf zwei Punkte.

Borger nahm sein Telefon in die Hand und wählte.

Clay kämpfte sich eine Böschung empor, als das Satellitentelefon in seiner Tasche zu klingeln begann. Er zog es hervor und nahm den Anruf ohne innezuhalten entgegen.

»Gerade ein wenig ungünstig, Will.«

»Clay«, brüllte Borger. »Alles klar bei dir?«

Er rollte mit den Augen unter seinem grün gefärbten Nachtsichtgerät. »Das steht zur Debatte.«

»Ich sehe Lichter im Nordosten. Ich glaube, das sind Helikopter.«

»Ach, das fällt dir aber spät auf«, erwiderte Clay und keuchte nach Luft. Er erspähte einen schmalen Pfad, der durch die Bäume führte, und kämpfte sich durch diverse große Sträucher, um ihn zu erreichen, ehe er wieder loslief.

Borger zoomte hinaus und studierte ein drittes Licht auf dem Monitor. Dieser war weiter entfernt und flog schnurstracks gen Norden. »Da kommt noch einer.«

»Wie weit ist er noch entfernt?«, rief Clay in das Telefon, während er weiterlief.

»Zwanzig Minuten. Vielleicht weniger.«

»Verdammt!« Clay legte auf, senkte den Kopf und legte noch einen Zahn zu. Er sprintete und gab alles, was er an Kraft noch aufbringen konnte.

51

Li Na Wei öffnete die Augen. Langsam nahm der dunkle Raum, in dem sie sich befand, Gestalt an. Ihr Sehvermögen schien so gut wie eh und je, und sie nahm jedes Detail wahr, das vom weichen, limettengrünen Schimmern des Herzfrequenzmonitors erhellt wurde. Das rhythmische Piepen des alten Geräts ertönte im Einklang mit dem Schlagen ihres Herzens.

Und mehr hörte sie auch nicht. Aber trotzdem hatte sie irgendetwas aufgeweckt. Sie sah sich um und lauschte … wartete. Vergebens.

Seitdem sie vom Schicksal ihres Vaters erfahren hatte, war es ihr schwergefallen, überhaupt zu schlafen. Es kam ihr alles so surreal vor. Eine Einsamkeit, wie sie Li Na noch nie gekannt hatte, legte sich um sie. Eigentlich konnte sie all das kaum fassen. Und trotzdem, jedes Mal, wenn sie aufwachte, ganz gleich, wie lange sie geschlafen hatte, wurde ihre Situation realer.

Jetzt aber war es anders. Sie hatte keine Schmerzen, keine Schüttelfrostanfälle. Dieses Mal war es eher ein Gefühl – ein krankes Gefühl, das sich in ihr hoch arbeitete und ihr die Kehle zusammenschnürte.

Es war ein Gefühl der Gefahr.

Sie hatte es vor Dr. Lee gehört, der soeben in seinem kleinen Bett hochgefahren war. Die Abstellkammer war beinahe leer, sodass das Feldbett ohne Probleme hineinpasste. Dort hatte Lee geschlafen, seitdem Li Na wieder zu Bewusstsein gekommen war. Jetzt saß er aufrecht auf der dünnen, mit einem durchgewetzten Laken bespannten Matratze. Er lauschte erneut, um sicherzugehen, dass er nicht geträumt hatte.

Aber das war kein Traum.

Das gedämpfte Geräusch ertönte erneut, diesmal lauter. Es war das Brummen eines Helikopters.

»Li Na!« Er sprang auf und rannte durch die offenstehende Tür, wobei er beinahe gegen ein herumstehendes Krankenbett gelaufen wäre, das gegen die Wand geschoben worden war. Er stieß es grob beiseite, sodass es gegen die gegenüberliegende Wand krachte und zwei Infusionsständer mit sich riss. Endlich frei lief er zum Zimmer am Ende des Flurs.

»Li Na!«

Die junge Frau war bereits aufgestanden und drehte sich vom Fenster weg, als der Arzt brüllend den Flur entlangstürmte. Sie trug noch immer ihren dünnen hellblauen Krankenhauskittel.

Lees Schritte kamen näher. Als er endlich in ihr Zimmer stürzte, starrte er die in Schatten getauchte Li Na an, packte sie am Arm und rief: »Da kommt jemand!«

»Wer?«

»Ich habe keine Ahnung. Vielleicht die Leute, vor denen dein Vater uns gewarnt hat.«

»Sind Sie sich sicher?«

Er antwortete nicht, sondern lauschte erneut. Die Geräusche kamen immer näher. »Helikopter landen hier sonst nicht.« Er beugte sich zu dem kleinen Beistelltisch hinab, öffnete ihn, holte ihre Kleider hervor und warf sie ihr panisch in die Arme. »Zieh dich an! Und beeil dich!«

Das musste er Li Na nicht zweimal sagen. Das Angstgefühl in ihrer Brust war nicht verschwunden. Im Gegenteil, es nahm zu. Aufgeregt warf sie ihre Klamotten aufs Bett, nahm sich die Hose und stieg hinein.

Lee rannte zurück zur Tür und schaute in den Korridor. Ein

blendendes Licht fiel durch die Fenster und erhellte den Flur, als der Hubschrauber über das Krankenhaus flog. Der Lärm der Rotoren war ohrenbetäubend.

Er lief zu der kleinen Küche und öffnete die Gefriertruhe, die an der gegenüberliegenden Wand stand und in der er Weis seltsame Metallschatulle gelagert hatte.

Er holte sie hervor und rannte zurück in Li Nas Krankenzimmer, wo er ihr sie in die Hand drückte. Dann packte er sie an den Schultern und meinte: »Schnell! Mach schon!«

Er führte sie den Flur entlang in die Abstellkammer, wo er hastig sein Bett beiseiteschob, die Tür zum dahinterliegenden Wandschrank öffnete, Li Na hineinzwängte und sie hinter ihr schloss, um dann sein Bett wieder ordentlich davor zu stellen.

Kaum war der Harbin gelandet, riss einer von Xinzhens Männern, der neben Qin gesessen hatte, die Tür auf. Die Soldaten sprangen aus dem Helikopter, noch während sich die Rotoren mit voller Geschwindigkeit über ihren Köpfen drehten. Kaum hatten seine Stiefel den harten Boden berührt, setzte er zu einem Sprint auf das Gebäude an. Der zweite Mann folgte ihm. Er war beinahe genauso groß und erreichte die hölzerne Tür nur Sekundenbruchteile nach seinem Gruppenleiter.

Sie war verschlossen.

Sie machten sich nicht die Mühe, sich nach Qin umzuschauen, der jetzt auch ausstieg. Stattdessen trat der zweite Mann zurück und holte eine große Pistole aus seiner Jacke. Ohne ein Wort zu sagen, zielte er auf die Tür, schickte eine Salve Richtung Türpfosten und zerfetzte ihn. Als die Tür noch immer nicht nachgab, drückte er noch zweimal ab. Es reichte, um die Tür mit einem forschen Tritt inmitten eines Hagels aus Splittern auftreten zu können.

Im Inneren des Krankenhauses rannte Lee aus der Abstellkammer und erreichte gerade die Tür, als sie gewaltsam geöffnet wurde.

Der erste von Xinzhens Männern trat ins Gebäude und knurrte: »Wo?«

»Wer sind Sie?«

»Wo ist sie?«, wiederholte er.

Als Lee nicht antwortete, trat der große Mann auf ihn zu und warf ihn unsanft gegen die Wand.

»I... Ich habe keine Ahnung«, stöhnte Lee, »wovon Sie reden.«

Hinter dem Mann ertönte Qins eisige Stimme: »Ihre Patientin.«

Der Arzt schüttelte den Kopf und haspelte: »Ich habe viele Patientinnen.«

»Weis Tochter. Wir wissen, dass sie hier ist.«

»Den Namen habe ich noch nie gehört.«

Qin grinste ihn sardonisch an. »Ach, wirklich? Das nehme ich Ihnen nicht ab.« Er drehte sich um und warf einen Blick in den kurzen Flur, ehe er nach rechts deutete. Der zweite von Xinzhens Männern nickte und rannte den schmalen Korridor hinunter.

Ein älterer Patient mit einer Gehhilfe erschien unter einem der Türrahmen. Xinzhens Mann hielt vor ihm an und warf einen Blick in das Zimmer, ehe er eine Hand auf die Brust des alten Mannes legte und ihn wieder zurückdrängte. Das Ungetüm hatte sich schon desinteressiert abgewandt, als der alte Mann hart auf den gekachelten Boden krachte.

Im nächsten Zimmer fand er eine schwache alte Frau mit Glatze und eingesunkenen Augen und Wangen. Sie lag im Bett und verstand offensichtlich nicht mehr, was um sie herum geschah.

Beim nächsten Zimmer hielt er inne und drehte sich dann zu seinem Gruppenleiter um.

»Das hier ist leer.« Er warf einen weiteren Blick hinein. »Aber jemand ist hier gewesen.«

Qin stürmte sofort auf das Krankenzimmer zu, gefolgt von Xinzhens erstem Agenten, der den Arzt noch immer mit einer Hand am Hals gepackt hielt.

Als Qin das Bett und die zurückgeworfene Decke sah, drehte er sich zu Lee und fragte: »Wer hat hier gelegen?«

Als der Arzt nicht antwortete, drückte der Gruppenleiter seinen Hals noch fester zu.

»Wo ist sie?«

Li Na stand in ihrem Kabuff und lauschte. Als sie die Schüsse hörte, erstarrte sie. Ihr Vater hatte recht gehabt. Sie überprüfte, ob sie die Tür von innen abschließen konnte, fand aber nichts. Sie tastete weiter um sich, versuchte sich zu orientieren.

Zu ihrer Linken und Rechten befanden sich Regale voller Sachen, von denen sie außer ein paar Pappschachteln und verschlossenen Plastiktüten mit verschiedenen Inhalten die meisten nicht identifizieren konnte.

Sie trat einen Schritt zurück und stolperte über etwas Großes, das auf dem Boden hinter ihr lag, sodass es mit einem lauten Knall gegen die Wand schlug. Von oben fielen lange, dünne Sachen auf sie herab, die sie blind zu fangen versuchte. Eine davon traf sie auf der Stirn.

Sie stieß einen leisen Schrei aus und rieb sich die Stelle. *Was hat sich der Arzt bloß dabei gedacht?* Das war ein fürchterliches Versteck. Es gab keinen Ausweg. Er muss wohl geglaubt haben, dass er die Eindringlinge davon überzeugen konnte, dass sie sich nicht mehr im Krankenhaus befände.

Sollte er scheitern, saß sie in der Falle.

Mit zitternder Hand drehte sie an dem Türknauf und öffnete die Tür einen winzigen Spalt.

Sie konnte einen Teil des Bettes ausmachen, das vor der Tür stand. An der gegenüberliegenden Wand stand ein Regal mit durchsichtigen Schläuchen, Kisten voller Latex-Untersuchungshandschuhen und gefaltetem Bettzeug. Sie wartete ein wenig und beugte sich vor, um nervös herauszulugen.

Dann hörte sie die Stimmen.

Qin starrte den Arzt verärgert an. Er öffnete erneut den Mund, um ihm zu drohen, hielt aber inne, als etwas hinter ihm seine Aufmerksamkeit auf sich zog. Der Flur war eigentlich aufgeräumt und ordentlich, sodass ihm die zwei umgefallenen Infusionsständer auf dem Boden und das Krankenhausbett auffielen, das quer im Korridor stand. Ihnen gegenüber drang ein schwacher Lichtschein aus einem Raum in den Flur.

Qin wandte sich wieder zu dem Arzt um, der ihn jetzt nervös anblickte. Ohne ein Wort zu verlieren, ging Qin um den Soldaten, der nicht von Lee gelassen hatte, herum und ging auf das Chaos zu. Im Gegensatz zu den ersten zwei Zimmern beherbergten die nächsten zwei Patienten, die trotz des Aufruhrs noch schliefen.

Als Qin das Bett erreichte, schob er es vorsichtig gegen die Wand und zog seine Pistole. Dann näherte er sich der Abstellkammer. Er warf den anderen beiden Männern einen kurzen Blick zu und verschwand dann unter dem Türrahmen.

Qin sah sich um, bemerkte das durchgelegene Bett und den Wandschrank dahinter, dessen Tür etwas aufstand. Er schaute hinein, sah Putzlumpen, Reiniger und eine Reihe von willkürlich hingestellten Besen und Wischer. Auf dem Boden lag ein umgestürzter Plastikeimer.

Qin untersuchte den Rest der Abstellkammer.

Das, wonach er suchte, versteckte sich keinen Meter hinter ihm.

52

Will Borger starrte auf den Computerbildschirm. Er schaute genervt zu, wie das neueste Satellitenbild langsam über dem alten geladen wurde. Als er es endlich im Speicher hatte, befanden sich die Lichter, die er verfolgt hatte, genau dort, wo er es befürchtet hatte.

»Scheiße!«

Er zoomte so weit wie möglich hinein. Selbst in der Finsternis konnte er die Umrisse des Krankenhauses ausmachen, neben dem der Helikopter stand.

Borger schnappte sich das Telefon und wählte. Es klingelte, aber niemand hob ab. Er wandte sich dem anderen Monitor zu und zoomte auf den Standpunkt von Clays Satellitentelefon. Es bewegte sich noch immer.

Er hatte es nicht mehr weit.

Qin stand in der Abstellkammer und lauschte den letzten Umdrehungen der Rotoren. Er warf einen Blick auf das Bett und musterte die Decken. Das Bett war nicht gemacht. Außerdem stand das rostige Gestell so nah vor dem Wandschrank, dass es wie Absicht aussah.

Er konnte Li Nas Atmen hinter der Tür nicht hören, dazu waren die Rotoren noch zu laut, und außerdem schrien Xinzhens Männer noch immer den Doktor an. Aber er wusste, dass sie sich noch hier in diesem Raum befand. Langsam drehte er sich mit erhobener Pistole um und schaute hinter sich. Es gab nur einen Ort, an dem sie sich versteckt halten konnte.

Er streckte den linken Arm aus und legte die Hand auf den Knauf, um die Tür mit einem entschlossenen Ruck aufzuziehen.

Der Schatten machte dem schwachen Licht Platz, das jetzt in den Wandschrank fiel und enthüllte das vor Angst verzerrte Gesicht Li Na Weis, die mit dem Rücken gegen die Wand gedrückt dastand. Ihr dunkles Haar war zerzaust, und ihr Pony reichte ihr beinahe bis zu ihren weit aufgerissenen Augen.

Die Ähnlichkeit zu ihrem Vater war frappierend.

»Ja, wen haben wir denn hier?«, hauchte Qin leise. »Und du lebst *tatsächlich* noch.«

Er musterte sie von oben bis unten. Ihre Kleidung war genauso unordentlich wie ihre Haare. »Wo ist es?«

Sie antwortete nicht.

Qin senkte die Waffe ein wenig und zielte auf ihren Bauch, ehe er die Stimme über den Lärm erhob.

»Wo ist es?«

Li Na starrte ihn an und schüttelte unerwartet trotzig den Kopf.

Qin warf ihr einen eiskalten Blick zu. Für solche Spielchen hatte er keine Zeit. Er wusste nicht, wo sich der Amerikaner befand. Außerdem war es besser, wenn Xinzhens Männer von all dem nichts mitkriegten. Je weniger sie wussten, desto besser. Er trat einen Schritt zurück und streckte den Kopf in den Flur. »Bringt ihn her.«

Li Na stand stocksteif da und lauschte dem Handgemenge im Korridor. Kurz darauf wurde der Doktor unsanft in die Kammer gestoßen und stolperte, bis er gegen die Wand krachte. Er warf Li Na einen entschuldigenden Blick zu, ehe er sich beinahe widerwillig Qin zuwandte.

»Es scheint so, als ob unsere junge Dame hier vergessen hat, wie man redet. Und ich habe sehr wenig Zeit. Ich werde also nur noch ein einziges, allerletztes Mal fragen. Wo … ist … es?«

Lee ließ den Blick von Qin zu den beiden anderen Männern

schweifen, wobei er darauf achtete, bloß nicht Richtung Wandschrank zu schauen. Er wusste, dass es eigentlich keinen Unterschied machte, wo das Kästchen war. Früher oder später würden sie es sowieso finden. Für ihn zählte im Augenblick nur, dass er sowohl Li Na als auch ihren Vater im Stich gelassen hatte.

Er hatte nicht schnell genug auf die Warnungen ihres Vaters reagiert. Er hatte gehofft, mehr Zeit zu haben, um ihr zu helfen. Zuerst wollte er herausfinden, wie Wei es geschafft hatte, sie zu heilen. Und sie natürlich vorbereiten. Aber jetzt war es zu spät. Der Mann vor ihm hatte diesen vielsagenden Blick. Lee wusste, dass er sie beide töten würde, ganz gleich, was er ihm sagte. Lee könnte Li Na vielleicht noch ein paar Minuten herausschinden, mehr aber nicht. Auf jeden Fall würde es nicht reichen, um irgendetwas zu tun.

Ihm blieb nichts anderes übrig. Er starrte auf die Pistole, mit der Qin jetzt auf seine Brust zielte. Er hatte sein Leben gelebt und würde hier und jetzt sterben. An jenem Morgen – in dem winzigen Krankenhaus, das er mit eigenen Händen mitaufgebaut hatte.

Lee war von sich selbst überrascht, als eine Welle der Emotionen ihn ergriff und die Angst verdrängte. Es war ein Gefühl der Zufriedenheit. Ihm gefiel es, dass es hier geschehen sollte. Es gab keinen passenderen Ort. Schließlich hatte er hier in diesem kleinen Gebäude mit Ressourcen, über die andere gelacht hätten, Hunderte von Leben gerettet. Und mit dem Geld, das General Wei der Institution gestiftet hatte, weil sie seiner Tochter half, würde sie auch weiterhin Menschenleben retten – und zwar Hunderte, wenn nicht gar Tausende.

Letztendlich war sein Leben nicht mehr wert als das all derer, die er gepflegt hatte – egal, ob er sie auf die Welt gebracht oder ihnen geholfen hatte, sich von ihr zu verabschieden. Es war eigentlich ganz …

Sein letzter Gedanke wurde jäh vom lauten Bellen aus Qins Pistole unterbrochen. Die Kugel bohrte sich in seine Brust und durchdrang eine Herzkammer. Er ging zu Boden und war innerhalb weniger Sekunden tot.

Li Na begann panisch zu schreien. Sie musste hilflos mit ansehen, wie das Leben aus den Augen des Doktors schwand, stolperte rückwärts und begann zu hyperventilieren.

Mit einem ekelerregenden Grinsen drehte Qin sich zu ihr um und schaute sie direkt an.

»Ich frage dich jetzt ein ... letztes ... Mal.«

Eine Welle der Todesangst durchfuhr Li Na, als sie verzweifelt versuchte den Schock zu ignorieren und zu reden, aber ihre Lippen versagten ihr. Sie wollte etwas sagen. Irgendetwas.

Plötzlich schien der zweite von Xinzhens Männern, der unter dem Türrahmen stand, einen unbeholfenen Schritt in die Kammer zu tun, um dann zu Boden zu gehen. Hinter ihm huschte etwas außer Sicht. Es handelte sich um einen Gewehrkolben, der jetzt durch die Luft wirbelte, während der andere Soldat seine Pistole zog.

Er war schnell. So schnell sogar, dass er zweimal abdrücken konnte, ehe das Mündungsfeuer der AK-47 aufleuchtete, die jetzt auf ihn gerichtet war. Drei Kugeln zerfetzten die Brust des Gruppenleiters und schickten ihn gegen die gegenüberliegende Wand, ehe auch er zu Boden sackte. Die Pistole glitt von seiner leblosen Hand.

Der Lauf des Sturmgewehrs schwenkte augenblicklich durch die Kammer und hielt erst an, als er auf Qin zielte.

Im Bruchteil einer Sekunde zog dieser die junge Frau vor sich. Er hielt sie zwischen sich und der Tür, ehe er einen Blick auf Xinzhens Männer warf.

Seine Augen huschten zurück zum Lauf der AK. Der Amerikaner war gekommen.

53

Völlig außer Atem und mit bebender Brust lehnte sich John Clay gegen den Türstock, während er den Lauf weiterhin auf Qin und Li Na richtete. Die AK-47 schien ruhig in der Luft verankert, obwohl seine Hände schwitzten und seine Beine zitterten. Clay wartete darauf, dass Qin sich bewegte.

Stattdessen aber drehte er sich etwas zur Seite und ging in die Knie, bis er hinter Li Na zu verschwinden schien. Plötzlich erschienen seine Augen, die Clay höhnisch anstarrten.

»Ah, der Amerikaner.«

Clays Gesicht war wie in Stein gemeißelt, und er verzog bei Qins Begrüßung keine Miene. »Wie er leibt und lebt.«

»Und mit wem genau habe ich es zu tun?«

»Mein Name ist unwichtig. Lassen Sie sie gehen.«

Qin wartete, wollte herausfinden, ob der Amerikaner alleine war oder nicht. Als er nichts hörte, entspannte er sich ein wenig, hielt Li Na aber weiterhin fest. »Ich heiße Qin«, stellte er sich in beinahe perfektem Englisch vor.

»Wie schön für Sie.«

»Und wie Sie sehen können«, fuhr Qin fort und packte Li Nas Arm noch fester, »sind Sie zu spät gekommen.«

Clay runzelte die Stirn. »Mir kommt es eher so vor, als ob ich gerade noch rechtzeitig gekommen bin.«

»Nein«, meinte Qin und schüttelte den Kopf. »Sie ist in meiner Gewalt, nicht in Ihrer.«

Clay ließ einen raschen Blick durch den Raum schweifen, richtete die Augen aber augenblicklich wieder auf Qin. »Vielleicht haben Sie das Mädchen in Ihrer Gewalt, aber es gibt nur einen Ausgang.«

Qin nickte, hob dann langsam die Pistole und drückte den Lauf gegen Li Nas weiche Wange. »Mit Ausgängen verhält es sich wie mit Mädchen. Davon gibt es auch nur eins.«

»Vielleicht sind Sie doch nicht so intelligent, wie Sie aussehen«, gab Clay, das Sturmgewehr noch immer auf Qin gerichtet, zu bedenken. »Sie haben offensichtlich noch nicht darüber nachgedacht, was geschieht, wenn Sie die Kleine umbringen.«

Qin schlang seinen Arm kompromisslos um Li Nas Taille und schlurfte mit ihr langsam in die Mitte der Abstellkammer, sodass er Clay hinter dem Türrahmen sehen konnte.

»Die Fehleinschätzung liegt bedauernswerterweise bei Ihnen. Ich habe einen Schild, Sie nicht.«

»Ich brauche keinen Schild.«

»Ha, da ist es ja tatsächlich, das amerikanische Draufgängertum. So einfach, so eindimensional, so hohl.« Qin bewegte den Kopf, legte das Kinn gegen den Kragen und schob ihn beiseite, bis ein kleines Mikrofon zum Vorschein kam. »Qin hier. Die Zielperson befindet sich im Krankenhaus. Beeilen Sie sich.«

Das könnte heikel werden, dachte Clay insgeheim. Äußerlich ließ er sich natürlich nichts anmerken, dachte aber darüber nach, wie lange es wohl dauerte, ehe die Verstärkung auftauchte. Er hatte vier, vielleicht fünf Minuten, was bedeutete, dass er es innerhalb zwei Minuten aus dem Krankenhaus schaffen musste, um einen Vorsprung zu haben.

»Ich werde Sie umbringen, ehe die mich erschießen«, verkündete Clay gelassen.

Qin starrte ihn an, und Clay bemerkte, wie sich sein Gesichtsausdruck änderte. Er war sich seiner Sache nicht mehr sicher.

Der Amerikaner bluffte. Er würde doch sein eigenes Leben nicht aufs Spiel setzen? *Oder etwa doch?* Seine Mission lautete, das Mädchen zu holen. Das hieß, dass Qin sie eher umbringen würde, als dass er sie dem Amerikaner überließ. Dazu war Qin auch bereit. Jetzt aber herrschte eine Pattsituation, bis die Soldaten kamen. Aber der Amerikaner besaß einen Vorteil: Er konnte verschwinden. Erst musste er sie beide töten, dann konnte er fliehen. Genau das würde Qin an seiner Stelle tun. Der Mann aber bewegte sich nicht vom Fleck. Wie lange wollte er wohl warten, ehe er etwas unternahm?

Clay nahm jetzt Li Na Wei genauer in Betracht. Sie starb förmlich vor Angst, und Qins Atem in ihrem Nacken ließ ihr die Haare zu Berge stehen. Hilflos starrte sie Clay an.

»Sprichst du Englisch?«

»Ein wenig.«

»Er wird dich töten«, erklärte Clay. »Ganz gleich, was du tust.«

»Halten Sie den Mund!«, zischte Qin. »Ich will nur die Schatulle. Gib sie mir, und ich lasse dich frei.«

Li Na drehte den Kopf und wollte Qin anschauen, der sich aber hinter ihr hielt.

»Sobald er die Schatulle hat«, fuhr Clay unbeirrt fort, »wird er jeden hier töten. Und du bist als Erste dran. Du hast nur sechzig Sekunden, um mit dem Leben davonzukommen.«

»SCHNAUZE!«, brüllte Qin, streckte den Arm aus und richtete die Pistole auf Clay. »Sagen Sie mir, wer Sie sind, oder ich werde sie auf der Stelle umbringen.«

Clay betrachtete die Waffe genauer. »Sie haben da eine neun Millimeter Norinco. Selbst aus dieser geringen Entfernung können Sie mich kaum davon abhalten, Sie noch zu erschießen. Ihre Kugeln legen circa vierhundertfünfzig Meter pro Sekunde zurück. Meine sind doppelt so schnell. Und das bedeutet, dass meine Kugel erst durch das Mädchen schießen wird, um dann Ihnen ein gigantisches Loch in den Körper zu reißen. Und dreimal dürfen Sie raten, wem ich zuerst helfen werde.«

»Ihren Namen!« Qin schäumte beinahe vor Wut.

Clay setzte jetzt ein schmallippiges Lächeln auf, das die anderen hinter der Waffe aber nicht sehen konnten. »Nenne mich … Ismael.«

Qin starrte ihn mit grimmiger Genugtuung an. »Sie sind umzingelt, *Ismael.*« Er zerrte Li Na noch enger an sich. »Und die Zeit rinnt Ihnen davon. Sie *und* Ihre U.S. Navy kommen zu spät.«

Clay zählte noch immer die Sekunden in seinem Kopf. Die Tatsache, dass Qin die Navy erwähnte, bestätigte seine schlimmsten Befürchtungen. Qin wusste alles. Aber der Mann hatte recht, die Zeit wurde knapp.

Clay wandte sich wieder zu Li Na. »Noch dreißig Sekunden.«

Sie begann zu beben. Zu Tode verängstigt warf sie Clay einen hilflosen Blick zu, ehe sie sich erlaubte, ihn auf den leblosen Arzt zu ihren Füßen schweifen zu lassen. Dann schloss sie die Augen, öffnete sie wieder und nickte Clay kaum merklich zu.

Seine Reaktion ließ nicht lange auf sich warten. Er drückte mit dem Zeigefinger gegen den Abzugshahn und schickte eine einzelne, alles zerstörende Kugel aus dem Lauf seines Sturmgewehrs.

Sie traf den Rücken von Qins ausgestreckter Hand, zerfetzte seine Fingerknöchel, sodass er von Li Na abließ, die ihr Gesicht in die Hände legte und auf die Knie sank.

Qin schrie auf und ließ Li Na los, stolperte rückwärts und packte seine blutige Hand, die jetzt um einen Zeigefinger leichter war. Clays zweiter Schuss bohrte sich in seinen linken Oberschenkel, sodass Qin zu Boden geworfen wurde.

Clay eilte zu Li Na, die noch immer auf den Knien hockte, und half ihr hoch.

»Wir müssen los. Sofort!« Er half ihr zur Tür, hielt aber inne, als Li Na sich von ihm befreite. Ohne ein Wort verschwand sie im Wandschrank und holte die metallene Schatulle. Dann hüpfte sie über den verblutenden Qin und folgte Clay ins Freie.

54

DeeAnn kam mit einem dumpfen Laut auf dem feuchten Untergrund auf. Sie und Anderson spürten rascher wieder festen Boden unter den Füßen, als sie sich erhofft hatte. Sie verlor das Gleichgewicht und rutschte ein paar Meter auf dem Hintern. Hinter ihnen stolperten Tiewater und Juan, schafften es aber, auf den Füßen zu bleiben. Corso folgte, und seine schweren Stiefel kamen mit einem dumpfen Schlag auf der Erde auf.

Caesare landete als letzter mit lässigen Laufschritten, die kleine Dulce sicher im Arm. Er blieb stehen, löste den Fallschirm und befreite sie von ihrem kleinen Geschirr. Dann wollte er die Gorilla-Dame absetzen, aber sie hielt sich weiter an ihm fest.

Wir fliegen!, ertönte ihre aufgeregte Stimme aus DeeAnns Weste.

»Ja, wir fliegen«, stimmte er lachend zu und warf DeeAnn einen Blick zu, als sie offensichtlich stinksauer auf ihn zu stapfte. »Ist alles in Ordnung?«, erkundigte er sich bei ihr.

»Das steht zur Diskussion.«

Er wandte sich an Juan. »Und bei dir?«

»Mir geht es gut«, antwortete dieser und nickte. »Aber wenn es euch nichts ausmacht, werde ich kurz hierbleiben und den Boden küssen.«

Tiewater lachte und schlug ihm auf den Rücken. »Ach, das war doch ein Klacks. Das sollten Sie mal nachts versuchen.«

»Unter feindlichem Feuer«, fügte Anderson hinzu.

»Äh, nein danke.«

Caesare wandte sich wieder Dulce zu und nahm ihr den Helm ab. »Und wie geht es dir, Dulce?«

Ich glücklich. Fliegen ist Spaß.

Nicht nur Caesare war überrascht, dass Dulce nicht von ihm abließ. DeeAnn, verwirrt und verärgert, trat zu ihr und strich über ihren dunkelbraunen Rücken. »Hast du dir wehgetan?«

Kein Weh. Dulce war aufgeregt. Sie musterte die Bäume und den Boden und roch in der Luft. Sie wollte ihren Freund finden, den ersten Primaten, mit dem sie sich je unterhalten hatte. Oder zumindest der erste, bei dem sie sich daran erinnern konnte.

Im Gegensatz zu den Behauptungen mancher Haustierbesitzer wusste Dulce *genau*, dass sie kein Mensch war. Sie war sich ihrer Einzigartigkeit bewusst, und sie sehnte sich nach Kontakt mit Gleichartigen. Und während viele Menschen vielleicht glaubten, dass ihre Haustiere sich in der Welt der Menschen wohlfühlten, hatte Dulce den Anwesenden gerade klargemacht, wie falsch diese Annahme wirklich war.

Sie wollte mit anderen Primaten zusammen sein, brauchte den Kontakt mit ihren Artgenossen. Und Dexter war einer davon.

DeeAnn stand vor ihr und sah die Aufregung in ihren Augen. Es gab keinen Zweifel, dass Dulce beinahe ekstatisch war, sich wieder im Freien zu befinden. Und diesmal herrschte auch keine Gefahr. Dank Caesare, dachte DeeAnn stillschweigend.

Dieser tat es den anderen Männern nach und rollte seinen Fallschirm auf, bis er ein fest gepacktes Bündel in den Händen hielt, das er unter einer Ansammlung von Farnen versteckte. Sein Geschirr legte er daneben.

»Und jetzt?«, wollte DeeAnn wissen, als er sich wieder aufrichtete.

»Jetzt finden wir unsere sieben Sachen. Anderson, suchen Sie nach einem geeigneten Ort für ein Camp und sichern Sie ihn.«

»Ja, Sir.« Der junge SEAL schaute sich aufmerksam um, ehe er den Hügel hinaufging und durch eine Öffnung im Wald verschwand.

Caesare warf Tiewater einen Blick zu. »Wie weit sind wir entfernt?«

»Nicht weit«, antwortete der, ohne die Augen von dem kleinen Display des GPS-Empfängers zu nehmen. »Vielleicht drei Kilometer.«

Es dauerte eine Stunde, um ihre Kisten zusammenzusuchen und sie den Hügel hinauf zu ihrem Basislager zu schleppen. Tarnung war ihr oberstes Gebot. Sie brauchten eine Basis, die gut versteckt war, und vergewisserten sich doppelt und dreifach, dass man von der Straße aus, die in einem knappen Kilometer Entfernung um den Berg führte, keinerlei Anzeichen für ihre Anwesenheit ausmachen konnte.

Außerdem brauchten sie einen Hintergrund, der nicht zuließ, dass sich ihre Silhouetten gegen den Himmel abzeichneten.

Eine Reihe von Palmen diente als Tarnung, aber eigentlich hätten sie sich etwas Dichteres gewünscht. Trotzdem, von hier aus konnten sie die Gegend überblicken und verfügten über das beste Schussfeld, dass die Umgebung zu bieten hatte, auch wenn Caesare hoffte, dass es nicht dazu kommen würde.

Jetzt brauchten sie nur noch einen Fluchtweg. In einer Schlacht lief selten alles nach Plan, was hieß, dass ein schneller und sicherer Fluchtweg ihre letzte Möglichkeit darstellen konnte.

Es dauerte nicht lange, ehe Anderson einen Weg gefunden hatte, der die andere Seite des Berges hinabführte. Zusammen mit Tiewater lagerte er ein kleines Arsenal aus Munition und einigen Vorräten aus, um es dann mit Gesträuch zu verdecken.

Sie hatten so wenig wie möglich mitgenommen, was hieß, dass sie genug Vorräte hatten, um sechs Erwachsene fünf Tage lang zu ernähren. Ein heranwachsender Gorilla aber verzehrte mehr und brauchte mindestens eine Kiste Gemüse pro Tag.

Anderson kehrte wieder zum Lager zurück und überprüfte

erneut die Fernsicht in allen Himmelsrichtungen. Tiewater hingegen ging mit Juans Tasche über der Schulter hinüber zu dem Ingenieur.

»Wo soll ich Ihre Gerätschaften hintun?«

Juan blickte von seiner Arbeit auf. Er war gerade damit beschäftigt, DeeAnns Weste zu reparieren. »Äh, gleich hier, bitte.« Tiewater nickte und setzte sie direkt neben dem Felsen ab, auf dem Juan saß.

Dieser wandte sich wieder DeeAnns Weste zu, die er auf seinem Schoß ausgebreitet hatte. Der Sprung aus dem Flugzeug hatte den Gürtel in Mitleidenschaft gezogen. Der breite Riemen war extra aus Neopren angefertigt, um die dünnen Batterien und die Schaltkreise zu schützen. Jetzt aber war die Verbindung zwischen den beiden gebrochen, sodass die Weste nur noch auf fünf anstatt der kompletten Anzahl von sechs Batterien zurückgreifen konnte.

Juan fand den kaputten Draht, holte einen mit Gas betriebenen Lötkolben hervor und machte sich an die Reparatur.

DeeAnn schaute ihm neugierig zu, behielt Dulce aber stets im Auge, die neben ihr saß und einen Kopf Grünkohl vernaschte.

Auf halber Höhe erschien Corso zwischen den Bäumen und kletterte den Hügel mit schweren Schritten empor. Als er Caesare erreichte, drehte er sich um und deutete zurück in die Ferne. »Einige Hundert Meter weiter gibt es noch einen Aufstieg. Er bietet weniger Deckung, aber für Kreuzfeuer reicht er allemal. Die Straße führt daran vorbei, ehe sie nach Norden schwenkt und zu einer Lichtung führt – so macht es zumindest den Anschein. Sie ist aber nicht sehr groß und bietet höchstens genug Platz für ein oder zwei Helikopter. Jetzt verstehe ich, warum sie nicht per Luftweg gekommen sind. Es gibt nirgendwo einen Landeplatz.«

Caesare nickte. »Erstens das, und zweitens wollen sie genauso unter dem Radar bleiben wie wir.« Er zog sein Telefon aus der Seitentasche seiner Hose und schaltete es ein. Er wählte Borgers Nummer, wartete und lauschte. Aber statt einer Antwort kam das

Besetztzeichen. Er versuchte es erneut. Borger redete noch immer am anderen Ende. Caesare legte auf und steckte es zurück in die Tasche.

Er drehte sich zu Juan um. »Wie lange brauchst du noch?«

»Nur noch ein paar Minuten. Ist nur eine Kleinigkeit.« Juan wandte den Blick nicht vom Lötkolben ab, als kleine Rauchschwaden von der Weste aufstiegen. »Ich habe noch mehr Batterien dabei, die wir aufladen müssen.«

Caesare nickte und warf sich das HK416 über die Schulter. Er öffnete die große Tasche und holte die Batterien sowie auch ein großes Solarmodul hervor. Dann legte er die Batterien auf einen Stein, entfaltete das Paneel und richtete es zur Sonne aus. Schließlich verband er die Hardware mit einem Steuergerät und schaltete es ein.

»So, das sollte halten«, meinte Juan, warf DeeAnn einen Blick zu und stand mit der Weste und dem Neoprengürtel in der Hand auf. »Aber es ist leider nicht mehr so stabil wie vorher. Wir müssen das jetzt eher mit Samthandschuhen anfassen.«

»Okay.« Sie nahm die Weste entgegen und zog sie über ihr weißes T-Shirt. Den Gürtel aus Neopren rückte sie auf ihren Hüften zurecht. Dann schaltete sie alles an und wartete, bis das System gestartet hatte.

»Dulce, kannst du mich hören?«

Ja, ich höre.

DeeAnn wandte sich an Caesare. »Sind wir so weit?«

»Ja.« Caesare nahm einen Rucksack und schlüpfte in die Riemen. An seiner Hüfte trug er ein Pistolenhalfter mit einer tarnfarbenen 9mm Sig Sauer. Das extra Gewicht einer weiteren Waffe samt Munition war nicht unbedingt ideal, aber eine Zweitwaffe hatte ihm schon mehr als nur einmal das Leben gerettet. »Wir sind nur knapp einen halben Kilometer von dem Ort entfernt, an dem wir Dexter das letzte Mal gesehen haben. Sobald wir da sind, hast du das Sagen, Dee.«

Anderson trat vor und reichte sowohl DeeAnn als auch Juan einen Trinkrucksack, von denen jeweils ein langer, durchsichtiger Schlauch hing, den man an einem Brustriemen befestigen konnte.

»Was ist das?«, wollte Juan wissen.

»Wasser.«

DeeAnn nahm ihn entgegen und zog ihn an. Belustigt meinte sie: »Juan, du solltest wirklich öfter mal raus an die frische Luft.«

Sarkastisch antwortete er: »Wir sind auf einem Berg, Dee. Ich bin mir sicher, dass das zählt.«

Sie lachte und wandte sich wieder Caesare zu, der mit seinen Anweisungen keine Zeit verlor.

»Dann sollten wir uns beeilen. Ich glaube nicht, dass wir viel Zeit haben, bis Otero und seine Männer auftauchen. Bleibt hinter Anderson und mir. Tiewater und Corso bilden die Nachhut. Tretet *ausschließlich* in unsere Fußstapfen. Wir haben keine Zeit für Verletzungen oder böse Überraschungen. Wenn wir euch zu schnell sind, könnt ihr es ruhig sagen, aber leise. Wir haben keine Ahnung, ob sich sonst noch jemand dort oben befindet. Fragen?«

Die beiden schüttelten die Köpfe. Dulce grinste zu Caesare hoch und legte eine Hand in DeeAnns.

Diese zuckte bei dem Geräusch zusammen, als Corso ein Magazin in seine Waffe einführte. Als sie sich zu ihm umdrehte, starrte er sie lediglich mit seiner typisch steinernen Miene an.

Nach zwanzig Minuten waren sie vor Ort. Der Gestank von Rauch verpestete noch immer die Luft und erinnerte DeeAnn und Caesare an die fürchterlichen Ereignisse ihres letzten Besuchs. Als sie an einem kleinen Loch im Unterholz vorbeistapften, konnten sie die Verwüstung der Landschaft sehen.

Ein riesiges Gebiet ehemaligen Dschungels war dem Erdboden gleichgemacht. Zerstört. Selbst die letzten Überreste von Vegetation waren bis zur Unkenntlichkeit verbrannt. Weiter aufwärts ragte eine Steilwand beinahe hundert Meter in die Luft und thronte über ihnen und der verbrannten Erde.

»Alter Schwede«, entfuhr es Tiewater. »Was zum Teufel ist denn hier passiert?«

»Brandrodung«, gab Caesare zurück.

»Warum?«

»Um etwas zu vertuschen.«

Tiewater trat auf die verbrannte Erde und wühlte sie mit seinem Stiefel auf. »Und was war das?«

»Das wollen Sie nicht wissen.«

Hinter ihm hob DeeAnn den Arm, hielt ihn vor den Mund und hustete in den Ärmel.

»Ich gehe einfach mal davon aus, dass es irgendetwas mit dem Affen zu tun hat, den wir suchen.«

»Genau«, schloss Caesare, blickte sich um und sagte dann im Flüsterton: »Die Leichen sind fort.«

»Welche Leichen?«, wollte Juan wissen.

»Von denjenigen, die das hier angestellt haben. Chinesische Soldaten. Man hat sie umgebracht, ehe sie fertig wurden.«

DeeAnn warf Dulce einen prüfenden Blick zu, die ebenfalls von dem Anblick überrascht schien. Sie hatte eine verwirrte Miene aufgesetzt, als ob sie nicht ganz verstand, was sie sah.

Riecht schlecht.

»Ja«, stimmte DeeAnn zu und nickte betreten. »Der Rauch stinkt fürchterlich.«

Caesare und Tiewater wagten sich weiter vor und blickten sich um, ehe sie den anderen zu bedeuten gaben, ihnen zu folgen.

Kaum standen sie im Freien, beugte DeeAnn sich zu Dulce hinab und blickte ihr in die Augen. »Dulce, es ist an der Zeit, deinen Freund zu suchen.«

Die Gorilla-Dame grinste sie aufgeregt an. *Ja, Dulce sucht Freund.*

Ihre großen, haselnussbraunen Augen suchten den Hang hinter

der Steilwand ab und kamen schließlich auf dem Boden vor ihren Füßen zu ruhen. Einen Augenblick später setzte sie sich zur Verwunderung aller auf einen Fleck nur wenige Meter von der Verwüstung in hohem Gras hin. Sie pflückte eine Blume und roch an den winzigen purpurnen Blüten. Das wiederholte sie einige Male.

Geruch. Dulce reichte DeeAnn eine Blume, die sie verwirrt dreinblickend entgegennahm. Sie roch ebenfalls daran und hob eine Augenbraue.

»Was kannst du riechen?«

Dulce grunzte und schüttelte den Kopf. *Blume riechen gut*.

DeeAnn runzelte die Stirn und drehte sich dann zu den anderen um. Sie ließ den Blick auf Corso ruhen, der genervt um sich schaute.

»Ich gehe mal davon aus, dass sie ein anderes Dringlichkeitsverständnis als wir besitzt«, verkündete sie defensiv.

Corso antwortete nicht, sondern starrte sie lediglich an und schüttelte dann langsam den Kopf.

DeeAnn wollte sich schon entschuldigen, als Dulce plötzlich aufstand. Ihre großen Nasenflügel bebten, und sie drehte den Kopf zur Seite, als ob sie lauschte. Dann ging sie einige Meter weiter und setzte sich wieder hin.

Caesare senkte seine Waffe und zog erneut das Satellitentelefon aus seiner Tasche. Er wählte die Nummer und wartete, aber sie war noch immer besetzt.

Es war noch viel zu früh, um sich Sorgen zu machen, aber er musste mit Borger sprechen, und das schon bald. Er musste unbedingt wissen, wie viel Zeit sie noch hatten, ehe Otero und seine Lakaien eintrafen. Aber als er Dulce jetzt beobachtete, konnte er sich des Gefühls nicht erwehren, dass ihre Chancen, den Kapuzineraffen zuerst zu fangen, drastisch sanken.

Und da gab es noch etwas. Betreten schaute er an den anderen vorbei und betrachtete den Fuß der enormen Steilwand in der Ferne, die wie eine Klippe in die Höhe ragte.

Den Affen zu finden war das eine, aber Caesare und Borger wussten beide, dass das nicht der einzige Grund ihrer Mission war. Es gab etwas noch Wichtigeres. Im Inneren dieser Steilwand gab es etwas, das um alle Kosten geschützt und verteidigt werden musste. Sollte jemand anderes es finden, insbesondere jemand wie Otero, würde die Welt nicht auf das darauffolgende Geschehen vorbereitet sein.

Caesare war vor Ort, um genau das zu verhindern. Es gab nur fünf Menschen, die davon wussten. Und wenn er es musste, würde er es seinem Team auch verraten. Denn wenn es hart auf hart kam, mussten sie verstehen, dass *niemand* es finden durfte.

Koste es, was es wolle.

55

Frustriert betrachtete Otero den entfernten Gipfel von der Rückbank seines Range Rovers, während der Konvoi sich mühsam die schmale, sich windende Straße empor hocharbeitete.

Seine Frustration erreichte jedes Mal neue Ausmaße, wenn sie anhalten mussten, um die Straße zu reparieren. Wind und Regen hatte große Teile so weit erodieren lassen, dass sie für größere Laster ohne wesentliche Arbeiten unpassierbar war.

Der dritte Stopp kam, als ein Laster über eine Stelle polterte, die so plötzlich nachgab, dass das Fahrzeug mitsamt seiner Ladung um Haaresbreite verloren gewesen wäre. Selbst Otero verstand, dass sie sich ein solches Unglück nicht leisten konnten. Er hatte nichts dagegen, ein paar Männer zu verlieren, aber weniger Vorräte bedeutete, dass sie weniger Zeit hatten, um den Kapuzineraffen zu finden.

Ihm entging die Tatsache nicht, dass der Erfolg seiner Mission von nur einer Person abhängig war. Und diese Person befand sich im Fahrzeug direkt vor ihnen.

Dr. Becca saß im Humvee, der gerade den Anstieg auf der ramponierten Straße bewältigte, und wurde von links nach rechts geschaukelt.

Die Reise war absolut fürchterlich gewesen, was nicht nur den Stunden über Stunden im Auto, sondern insbesondere den Ausführungen zu Salazars faschistischer Weltansicht geschuldet war. Insgeheim listete sie die wenigen positiven Aspekte auf, um sich zu erheitern. So verfügte der Humvee zum Beispiel über eine hervorragende Klimaanlage.

Männer wie Salazar waren ihr schon des Öfteren über den Weg gelaufen. Und genau wie alle zuvor war Salazar ein Arschloch, um das Kind beim Namen zu nennen. Ein Bürokrat in einer Militäruniform, nicht mehr, nicht weniger. Ein Mann, der sich in einer staatlichen Institution versteckte, die unter ihrem eigenen Gewicht zu ersticken drohte.

Brasiliens Wirtschaft und seine Regierung standen kurz vor dem Zusammenbruch. Wie viele andere Länder auch befand das Land sich in den letzten Zügen des Untergangs und druckte wie verrückt Geld, um das Unausweichliche hinauszuzögern: die schon längst fällige Entsorgung der Elite und seiner Politiker.

In Beccas Augen war Salazar ein Teil des Problems. Leider gaben Männer mit Macht diese nie ohne Kampf auf. Aber das war nicht ihr Kampf. Sie wollte einfach nur zurück, um das zu retten, was von ihrer Karriere übrig war.

Immerhin, wenn das stimmte, was in den Unterlagen stand, könnte sie etwas ganz Ansehnliches für sich behaupten, nämlich den zoologischen Durchbruch des Jahrhunderts gefunden zu haben. Mittlerweile war sie überzeugt, dass zumindest ein Teil dessen, wonach Otero und Salazar suchten, real war. Ein Kapuzineraffe, der eine signifikant höhere kognitive Fähigkeit aufwies.

Wenn es tatsächlich wahr sein sollte, wäre es eine Entdeckung für die Geschichtsbücher. Eine Entdeckung, die ihr eine gesicherte Karriere und weltweiten Ruhm bescheren würde.

Salazar beugte sich nach vorne, um ans Armaturenbrett zu langen. Er wollte trotz des wilden Schaukelns die Lüftungsschlitze verstellen, um die kühle Luft auf seine schweißnasse Stirn zu leiten. Obwohl es mit jedem Meter, den sie anstiegen, etwas kühler wurde, war es immer noch viel zu heiß und schwül.

Er zog die Hand zurück und hielt sich am Griff über der Beifahrertür fest, um von einem extrem großen Schlagloch nicht durch den Rover geworfen zu werden. Als sein Satellitentelefon unter seinem Bein wegrutschte, begann es laut zu klingen. Er fing es auf und antwortete nach dem dritten Klingeln.

»Ja«, bellte er über dem Motorenlärm in den Hörer.

Die tiefe Stimme am anderen Ende hatte nur eine Frage: »Wie weit ist es noch?«

»Etwa fünf oder sechs Stunden.«

»Es wird Zeit.«

Salazar wollte schon den Mund öffnen, um die Lage zu erklären, wurde aber jäh unterbrochen.

»Hat jemand Lunte gerochen?«

»Nein, ich glaube nicht.«

»Gut. Der Überraschungseffekt ist der Schlüssel. Sie können das Risiko nicht eingehen, jemanden einzuweihen. Verstanden?«

»Ja.« Salazar warf einen Blick auf seinen Fahrer, um zu sehen, ob er lauschte.

»Sie sollten auch wissen, dass man Ihnen Gesellschaft leisten wird.«

»Wie bitte?«

»Jemand ist schon vor Ort.«

Salazar runzelte die Stirn. »Wer?«

»Das wissen wir nicht. Eines unser AWACS-Frühwarnflugzeuge hat eine Maschine in der Nähe aufgespürt, die nach dem Erreichen des Bergs abrupt die Richtung geändert hat.«

Ein Fallschirmabwurf. Salazar fluchte leise und knirschte mit den Zähnen. Genau das hatte er vermeiden wollen.

»Sie wissen, was auf dem Spiel steht«, fuhr die Stimme fort. »Und Sie wissen, was mit Ihnen geschieht, wenn Sie versagen.«

56

»Das ist doch absoluter Schwachsinn.«

Alle drehten sich zu Corso um, der mit einer HK416 in seinen riesigen Händen in einem kleinen Stückchen Schatten Zuflucht genommen hatte.

»Wie bitte?«

Er warf erst DeeAnn einen Blick zu, dann Caesare. Dulce saß über ihnen in einer jungen Aphandra-Palme und beäugte die Pflanze.

»Sie wird gar nichts finden.«

DeeAnn drehte sich zu Caesae, ehe dieser etwas entgegnen konnte. »Wir müssen ihr Zeit geben. Das hier ist keine Wissenschaft. Sie tut alles, was sie kann.«

Corso schaute erneut zu der Gorilla-Dame auf. »Offensichtlich.«

Kaum hatte er den Kopf wieder gesenkt, fiel eine große weißgelbe Blüte auf seine Schulter, die er genervt abstreifte. Er schaute gereizt zu Dulce auf, die die Zähne zeigte und ihm ein breites Grinsen schenkte.

»Was zum Teufel erwartest du denn, Corso?« Tiewater lächelte und kletterte von einem großen Findling herab. »Willst du etwa, dass die Kleine uns eine topografische Karte zeichnet?«

Anderson zuckte mit den Schultern. »Das wäre zumindest ein Anfang.«

DeeAnns Blick verharrte weiterhin auf Caesare. »Wir brauchen mehr Zeit.«

Zeit aber war ein Luxus, den sie sich nicht leisten konnten. Caesare warf erneut einen Blick auf seine Armbanduhr und schaute dann in den Himmel. Es würde höchstens noch drei Stunden hell sein. Und mit jeder Sekunde, die verging, kam Otero näher. Er musste unbedingt wissen, wo er sich befand, aber Borger ging immer noch nicht ans Telefon. Irgendetwas stimmte nicht.

»Frag sie noch mal«, sagte er.

DeeAnn seufzte und drehte sich dann zu Dulce um. »Wo ist unser Freund, Dulce?«

Nicht wissen. Ich suche.

»Wie lange dauert es denn noch?«

Ihre Weste gab unerwartete Piepstöne von sich, um eine misslungene Übersetzung zu signalisieren.

»Wie lange?«

Von der Palme warf Dulce ihr einen neugierigen Blick zu. Sie machte den Anschein, als ob sie antworten wollte, schien sich aber eines anderen zu entsinnen. Plötzlich richtete sie sich auf und hielt sich an einem Blatt fest. Sie stand stocksteif da und schien völlig konzentriert. Nach einer langen Pause konzentrierten Überlegens antwortete sie endlich.

Dahin.

Alle schauten überrascht zu ihr auf.

»Wohin?«

Da. Dulce hob ihren langen Arm und zeigte in die Richtung.

»Unser Freund ist da?«

Dulce kletterte die Palme herab, hüpfte auf den Boden und landete auf Corsos breiten Schultern. Sie blickte noch immer angestrengt in die Richtung, in die sie gezeigt hatte.

»Runter, verdammt noch mal!« Corso schüttelte sich heftig, und Dulce sprang zu Tiewater, der sie geschickt auffing.

»Du hast echt eine Art mit den Damen.«

»Halt den Mund!«

DeeAnn ging zu ihr und fragte erneut: »Wo, Dulce? Zeig es uns noch mal.«

Dulce streckte erneut den Arm aus und deutete auf die verbrannte Erde vor ihnen. *Da.*

Hinter dem verkohlten Feld ragte ein breiter Streifen Bäume in den Himmel, die den Hang hinab wuchsen, so weit das Auge reichte. Ihre dunkelgrüne Farbe erinnerte an Olivenbäume, und ihre dünnen Äste wehten im Wind, der jetzt den Berg hinaufwehte. Der Wald wurde dichter, je weiter er sich ins Tal erstreckte, ehe er über eine Anhöhe zu rollen schien, um dann hinter einem weiteren Hügel zu verschwinden.

Ohne zu zögern, lief Caesare in die angegebene Richtung und war der Erste, der es über das verbrannte Feld zum hohen Gras auf der anderen Seite geschafft hatte. Als er den Waldrand erreichte, hielt er inne und drehte sich zu Dulce um, die an ihm vorbeirannte und sofort auf einen Baum kletterte, um sich hinzusetzen und weiter zu lauschen.

Corso schüttelte den Kopf. »Wir verschwenden doch nur unsere Zeit.«

»Nicht unbedingt«, entgegnete DeeAnn und verschränkte die Arme vor der Brust. »Alle Primaten leben in großen sozialen Gruppierungen. Sie vermeiden es, sich weiter als absolut notwendig von ihrer Gruppe beziehungsweise ihrem Zuhause zu entfernen, es sei denn, sie suchen nach Futter. Menschen verhalten sich ähnlich. Man könnte es mit nistenden Vögeln vergleichen.«

Corso zog eine Grimasse. »Tja, nur schade, dass wir nicht zu Hause sind.«

»Das kommt daher, dass wir Flugzeuge haben«, scherzte Juan und setzte sich. Er öffnete seine Tasche, kramte eine Reihe rechteckiger Bündel hervor und reichte sie DeeAnn. »Zeit, die Batterien zu wechseln.«

Sie nickte, ließ Corso stehen und schaltete die Weste aus. Juan half ihr, die alten Akkus aus- und die neuen einzusetzen. Als Juan sich vergewissert hatte, dass alles ordentlich verbunden war, und den Klettverschluss wieder zusammengedrückt hatte, schaltete DeeAnn die Weste wieder ein.

»Dulce, kannst du mich hören?«

Dulce warf ihr einen Blick vom Baum zu und runzelte die Stirn. Sie hielt einen dunklen Finger vor den Mund.

DeeAnn rollte mit den Augen, und Caesare musste laut auflachen.

»Ganz offensichtlich hat sie viel von dir gelernt.«

Nach einigen Minuten klingelte Caesares Satellitentelefon.

»Will, wo zum Teufel hast du gesteckt?«

»Tut mir leid, Steve. Ich habe jetzt keine Zeit, dir das zu erklären, aber hier geht es echt rund. Wie ich sehe, seid ihr vor Ort.«

»Das sind wir. Und wir suchen bereits nach unserem Freund. Wo ist Otero?«

»Warte.« Borger öffnete den Live-Feed des ARGUS-Satelliten. »Nah, nein, verdammt nah. Die brauchen noch eine oder zwei Stunden bis zum Gipfel. Ich zähle ... siebzehn Fahrzeuge, die meisten sind große Laster. Ich gehe mal davon aus, dass die entweder Männer oder Proviant transportieren.«

»Beides«, verbesserte Caesare ihn trocken.

»Okay. Die einzige Straße führt nördlich über den Berg. Sie ist gute eineinhalb Kilometer von euch entfernt. Ihr solltet sie also bald sehen können.«

»Super. Sonst noch was?«

»Nein. Das war es. Aber ruf mich an, falls du weitere Infos brauchst. Ich werde versuchen, mein Bestes zu tun, aber im Augenblick muss ich Clay helfen.«

Caesare hob die Augenbrauen. »Wieso? Was ist mit ihm los?«

»Ich bin mir noch nicht sicher. Er hat es bis zum Krankenhaus geschafft, aber es sieht so aus, als ob er schon wieder unterwegs ist. Ich versuche schon die ganze Zeit ihn zu erreichen, aber er geht einfach nicht ans Telefon.«

»Okay. Dann leg ich mal auf. Noch ist hier alles in Butter.« Caesare beendete das Gespräch, ohne auf eine Antwort zu warten. Er starrte auf das Telefon.

Er hatte seine eigenen Probleme, die ihm Kopfschmerzen bereiteten, aber er hatte eine dunkle Ahnung, warum Clay nicht ans Telefon ging.

57

Clay ging nicht ans Telefon, weil er nicht konnte. Mit der Waffe in einer Hand und Weis Tochter in der anderen rannte er eine steile Böschung hinab, wobei er es gerade so schaffte, sich auf den Beinen zu halten. Es stellte sich als alles andere als einfach heraus, einen vernünftigen Weg zu finden, zumal die Kleine im Gegensatz zu ihm kein Nachtsichtgerät hatte.

Hinter ihm verlor Li Na nicht nur einmal das Gleichgewicht, aber Clays starker Arm hielt sie aufrecht. Als sie unten angekommen waren, liefen sie durch einen seichten Bach, um am anderen Ufer die Böschung wieder hinaufzuklettern.

Durch den dichten Wald konnten sie zwei Hubschrauber südlich von sich hören, die gerade abhoben. Qins Durchsage war also erfolgreich gewesen – er hatte offensichtlich seinen eigenen Helikopter angefunkt.

Clay rutschte auf einer dicken Schicht Blätter aus, fing sich aber sofort wieder. Mit beiden Füßen fest auf dem Boden verankert zog er Li Na zu sich. Am Kamm der Böschung angekommen, lief er gerade mal so schnell, dass das Mädchen mitkommen konnte.

Nach einigen Hundert Metern erreichten sie einen weiteren Abhang, dieser aber war viel steiler. Clay blickte sich um und suchte nach einem Weg hinab, als das Satellitentelefon in seiner Tasche zu klingeln begann.

Er kramte es aus der Tasche und sagte: »Ich brauche Hilfe, Will.«

Borger saß bereits vor einer Karte der Region und musterte sie. »Vor dir liegt ein ziemlich großer Fluss. Ich suche schon nach einer Möglichkeit, wie du ihn überqueren kannst.«

»Das Wasser macht mir nichts aus. Aber ich muss erst den steilen Abhang runter.«

»Östlich von dir flacht das Gelände kurz ab. Ein oder zweihundert Meter flussabwärts von dir.«

Clay warf die Waffe über die Schulter, damit er weiterhin das Telefon halten konnte. Mit der anderen packte er erneut Li Na und lief dann Richtung Osten.

»Die Helikopter sind wieder in der Luft«, keuchte er ins Mikrofon, »und kommen in unsere Richtung. Was liegt vor uns?«

»Uns?«, wiederholte Borger und hob die Augenbrauen. »Hast du etwa Weis Tochter bei dir?«

»Ich hoffe jedenfalls, dass sie es ist.«

Borger zoomte heraus und suchte nach etwas, das Clay helfen konnte. Ganz gleich was.

»Südöstlich von euch steht ein kleines Haus, aber es ist recht weit, vielleicht zweieinhalb Kilometer entfernt. Sonst ist nichts in der Richtung.«

»Das ist zu weit«, murmelte Clay. Er hielt an und musterte die Landschaft, die Borger ihm zuvor beschrieben hatte. Statt Felsen gab es hier lockere Erde, die einen Abstieg erlaubte. Er setzte sich hin und zog Li Na zu sich herab, ehe die beiden den Abhang auf dem Hosenboden mit den Füßen voran hinabrutschten. Er rammte die Absätze in den Boden und ließ Steine und Blätter zu beiden Seiten fliegen.

Direkt hinter ihm folgte Li Na seinem Beispiel.

Als sie unten ankamen, zog Clay sie ins Wasser und watete durch den Fluss. Erst, als er wieder am anderen Ufer stand, hob Clay das Telefon an sein Ohr.

»Bist du noch da?«

»Ja.«

»Wo ist das Haus?«

»Ihr müsst umdrehen, so etwa auf sechzehn Uhr.«

»Okay.«

Borger beäugte jetzt ein Nachtbild der Gegend und studierte das Umfeld des kleinen Hauses.

»Äh, Clay? Da könnte es ein Problem geben. Ich sehe nirgends Licht. Es könnte also unbewohnt sein. Ich suche nach etwas anderem.«

Er wartete auf eine Antwort.

»Clay?« Borger schaute auf sein Handy. Clay hatte aufgelegt.

Das Gelände lief langsam aus, sodass Clay und Li Na schneller wurden. Über ihnen ertönte das Dröhnen von Hubschraubern, gefolgt von den Lichtkegeln der Suchscheinwerfer.

Clay legte noch einen Zahn zu. Zweieinhalb Kilometer waren kein Pappenstiel bei derartigem Gelände. Er hielt vor einem dichten Hain an und ließ Li Nas Hand los. Dann nahm er sein Nachtsichtgerät ab und schaute zu dem hellen Scheinwerfer auf, der den Wald hinter ihnen auf- und absuchte.

Er zog die junge Frau eng an sich und drückte sich gegen einen Baumstamm, als der Lichtkegel über sie hinweg glitt. Er verfolgte ihn, ehe er zu Li Na hinabschaute.

»In der Nähe gibt es ein Haus, aber wir müssen schneller werden, oder wir schaffen es nicht. Kannst du ohne meine Hilfe laufen?«

»Ich glaube schon.«

»Sehr gut. Mir nach.«

Nicht weit entfernt hob Qins Hubschrauber endlich ab, nachdem der Pilot Qins blutige Hand in eine dicke Bandage gehüllt hatte. Über die Kopfhörer hörte er die Kommunikation der zwei anderen Hubschrauber, die den Boden nach dem Amerikaner und Li Na absuchten.

»Wenn die Zielpersonen entdeckt werden«, fuhr Qin dazwischen, »unbedingt aufhalten! Selbst, wenn Sie schießen müssen. Sie dürfen nicht entkommen!«

Kaum stieg er über die Baumwipfel, sah er die Suchscheinwerfer der beiden anderen Helikopter. Einer im Süd-, der andere im Nordosten. Der Rest der Soldaten suchte in Reih und Glied den Boden ab und bewegte sich in dieselbe Richtung.

Selbst in seiner panischen Wut wusste Qin, dass er ungemein Glück hatte. Ihm standen einige der besten Soldaten zur Verfügung, die die chinesische Armee zu bieten hatte. Eigentlich hätte er sich keine bessere Verstärkung wünschen können. Aber das war kein Zufall. Und eigentlich auch kein Glück. Das war Schicksal. Die Botschaft war unmissverständlich: Die Vorsehung war auf Qins Seite.

Der Amerikaner und das Mädchen befanden sich wortwörtlich am Arsch der Welt und rannten in die Richtung, in der nichts sie decken konnte. Das Einzige, was ihnen übrig blieb, war um ihr Leben zu laufen.

58

Und genau das taten Clay und Li Na auch: Sie rannten und rannten um die dunklen Baumstämme und mussten immer wieder anhalten, um nicht entdeckt zu werden. Die grellen Strahlen von oben stachen durch den Baldachin aus Blättern, tauchten den Boden in helles Licht und suchten wiederholt den gesamten Wald ab.

Nach einem weiteren Überflug ließ Clay seine Tasche zu Boden und holte eine dunkle Wärmedecke hervor. Er legte sie um Li Na, denn sie trug nur leichte Sachen. Außerdem half die Farbe dabei, sie zu tarnen. Sie durften sich nur nicht bewegen, wenn das Licht sie traf. Natürlich war es nicht narrensicher, aber immerhin besser als nichts.

Wenn Qin auch nur ein bisschen Erfahrung hatte, hatte er längst Männer zu Fuß losgeschickt, die ebenfalls nach ihnen suchten. Schließlich mussten sie anhalten, sobald es dämmerte, und dann würden seine Bodentruppen ihnen früher oder später auf die Schliche kommen. Viel stand nicht mehr zwischen ihnen und Qin, nur noch die stets abnehmende Entfernung und eine kleine Hütte.

Als das Donnern dröhnender Rotoren ein weiteres Mal über ihren Köpfen ertönte, um sich dann wieder zu entfernen, rannten die beiden erneut um ihr Leben.

Es fühlte sich viel länger als nur zweieinhalb Kilometer an.

Als Clay endlich vor dem Gebäude stand, überkam ihn ein

Gefühl der Enttäuschung. Er hatte mehr erwartet. Was Borger als kleines Haus beschrieben hatte, war kaum mehr als eine alte Hütte. Schlimmer noch, sie schien jeden Augenblick zusammenbrechen zu können. Sie befand sich inmitten einer kleinen Lichtung und war von hohen Talgbäumen umgeben, deren Wipfel im Kampf um Licht in gigantische Höhen ragten.

Vor der Hütte lagen Werkzeuge und ein Leiterwagen im Freien, dessen Räder schief und krumm an den Achsen hingen. Daneben sah Clay einen Haufen liegen, konnte aber nicht identifizieren, woraus er bestand.

Was ihm aber ins Auge stach, war ein weiches Schimmern, das aus einem sehr alten und überraschend sauberen Fenster drang.

Er trat vor und warf einen Blick hinein. Es gab kaum etwas zu sehen, da die Sicht von einem Vorhang blockiert wurde.

Ohne zu zögern, ging er zur Tür und drehte am Knauf.

Verschlossen.

Er trat einen Schritt zurück und starrte sie an. Dann hob er ein Bein und trat mit voller Wucht dagegen, nur wenige Zentimeter neben dem Knauf. Mit einem ohrenbetäubenden Knall brach sie nach innen auf und krachte gegen die Wand.

In dem kleinen Raum befand sich eine zerlumpte chinesische Familie. Sie saß um einen Holztisch, die Augen vor Angst weit aufgerissen. Der Schock, dass man ihre Haustür eingetreten hatte, ließ sie wie versteinert auf Clay starren, und jetzt saßen sie mit offenen Mündern da, in die sie gerade ihr Abendessen hatten stopfen wollen.

Die kleine Familie bestand aus zwei Jungen im Schulalter und einer jüngeren Tochter, die neben ihren Eltern saßen. Hinter ihnen brannte ein Feuer im Holzofen. Auf dem Tisch stand eine Reihe selbst gemachter Kerzen, deren Flammen im Zug tanzten.

Sie verzogen keine Miene, saßen einfach weiter am Tisch und bewegten keinen Muskel. Nach einer Weile blickte der Vater an

Li Na und Clay vorbei nach draußen, wo die Suchscheinwerfer den Himmel erleuchteten.

Noch immer unter dem Türrahmen stehend wandte Clay sich an Li N.

»Sag Ihnen, dass wir Hilfe brauchen.«

59

Der Mann am Tisch hörte Li Na zu und warf einen weiteren Blick durch die Tür, als ein zweiter Helikopter vorbeidonnerte.

Seine Augen wanderten zu dem großen Mann unter dem Türrahmen, der ein Sturmgewehr in der Hand hielt. Er war offensichtlich ein amerikanischer Soldat, keuchte heftig und hatte ein Gesicht wie aus Stein gemeißelt.

Vorsichtig setzte er seine hölzerne Schale ab, ohne die Augen von den beiden zu lassen. Dann wandte er sich zu dem Jungen zu seiner Rechten – der größere der beiden – und sprach mit sanfter Stimme. Die Mutter neben dem Ofen saß noch immer stocksteif da.

Clay hatte alle Hände voll zu tun, nicht die Geduld zu verlieren. Er drehte sich zu Li Na um und meinte: »Wir haben nicht viel Zeit.«

»Warten Sie«, flüsterte das Mädchen zurück.

Der Junge, er war kaum älter als dreizehn, stand nervös auf und ging Richtung Tür, hielt dann aber inne, drehte sich um und starrte seinen Vater an.

Der nickte ihm entschlossen zu. Das war eine Geste, die selbst Clay verstand: *Mach schon!*

Sie folgten dem Jungen, der so flink im Zickzack durch den Wald lief, als hätte er jeden einzelnen Baum persönlich gepflanzt.

Clay staunte nicht schlecht, als der Teenager instinktiv anhielt, sobald die Suchscheinwerfer näher kamen, und abwartete, bis sie wieder verschwanden.

Bald schon erreichten sie einen sehr schmalen Trampelpfad, der sich einen kleinen, aber dicht bewachsenen Hügel emporwand. Als sie die andere Seite erreichten, hielten sie vor einer Felswand an, die aus dem Unterholz emporragte. Im Fels befand sich ein großes, dunkles Loch, das beinahe so hoch und breit wie Clay war.

Der Junge sprach im Flüsterton, und Li Na übersetzte für Clay.

»Das ist ein Bergwerk, ein altes. Er sagt, dass es noch einen Eingang hat, etwa eineinhalb Kilometer von hier entfernt.«

Sie wandte sich wieder dem Jungen zu, ehe sie weiter übersetzte.

»Von da führt eine alte Straße durch ein kleines Tal und stößt dann auf Bahngleise.«

Clay starrte auf das Loch im Felsen. »Ich will mehr über die Mine wissen.«

Li Na wiederholte Clays Frage auf Chinesisch, und der Junge antwortete.

»Er meint, dass sie vor langer Zeit aufgegeben wurde. Niemand weiß mehr davon. Es gibt diverse Tunnel. Wir müssen uns immer links halten.«

Ohne ein Wort zu sagen, trat Clay auf das Loch zu und musterte es mit grimmigem Gesichtsausdruck. Die meisten Höhlen und alte Bergwerke boten nicht das erhoffte Abenteuer, das die Leute erwarteten. Lange und sich windende Stollen waren verdammt gefährlich, vor allem, wenn sie sich teilten. Mehr Menschen verloren ihr Leben, indem sie sich dort unten verliefen, als man annehmen sollte. Und es folgte stets demselben Schema: Erst ging ihnen das Licht aus, dann verliefen sie sich und letztendlich wurde die Luft zu knapp.

Das war keine gute Option.

Über ihren Köpfen näherten sich erneut die Suchscheinwerfer. Irgendwie hatten sie wohl geahnt, wohin Clay und Li Na gelaufen waren, aber hier standen die Bäume nicht mehr dicht genug beisammen, um ihnen genügend Deckung zu liefern. Die Mine mochte zwar keine gute Option sein, aber sie war immer noch besser als gar keine.

Clay schüttelte den Kopf und nahm die Tasche ab. Er würde sie in der Hand tragen müssen. Stattdessen warf er sich sein Sturmgewehr über den Rücken, legte dann die Hand auf die Schulter des Jungen und dankte ihm mit den paar Brocken Chinesisch, die er konnte: »Xie xie.«

Der Junge antwortete, aber Clay verstand nicht, was er sagte. Trotzdem verriet Clay der Blick in seinen Augen eine Überzeugung, die tief in seinem Verständnis verankert war: Ganz gleich wo auf der Erde – normale Menschen waren überall gleich. Eigentlich wollten sie nur alt werden, gesunde Kinder aufziehen und einander helfen. Letztendlich wollten die meisten Menschen diese Welt besser hinterlassen, als sie sie vorgefunden hatten. Feindschaft, und davon war er überzeugt, war lediglich ein Produkt politischer Gehirnwäsche.

Clay schenkte ihm ein Lächeln, ehe er Li Na zunickte. Dann bückte er sich, zog den Kopf ein und trat in die rabenschwarze Finsternis.

Clay arbeitete sich knappe zehn Meter vor, ehe er die Tasche absetzte und eine kompakte Armee-Taschenlampe hervorholte. Er schaltete sie an und tauchte den schmalen Gang in grelles Licht.

»Alles gut bei dir?«

»Ja«, gab Li Na zurück, die ihm gefolgt war, und nickte. Vorsichtig folgte sie dem Schein von Clays Taschenlampe vor ihr. Der Boden war mit Steinen übersät, die teilweise von der Decke gefallen waren.

Der Gang war schmal, vielleicht dreißig Zentimeter breit, und die Wände wiesen tiefe Einkerbungen auf und waren mit einem dunklen Film bedeckt.

»Hat der Junge gesagt, was hier gefördert wurde?«

Li Na zögerte kurz, sagte dann aber: »Äh … Kohle?«

Clay berührte den Film an der Wand und roch dann an seinem Finger. »Eisenerz.«

»Eisenerz. Ja. Und wozu braucht man das?«

»Um Stahl zu machen.« Clay las seine Tasche wieder auf, hielt sie mit ausgestreckten Armen vor sich und machte sich wieder auf den Weg. *Es wollte einfach nicht besser werden.*

60

Es wurde definitiv *schlimmer*. Caesare musterte den Horizont, der immer finsterer wurde. Die untergehende Sonne war bereits verschwunden, sodass er und das Team aus Mangel an Licht frühzeitig zurückkehren mussten. Und der Sturm wanderte weiter von Osten her auf sie zu.

Tiewater ging zu Caesare, der vor einer Felszunge stand. »Das sieht nicht gut aus.«

»Nein, tut es nicht.«

»Wie lange noch?«

Caesare schüttelte den Kopf. »Ich bin mir nicht sicher. Vielleicht morgen früh?«

Tiewater kratzte sich die Stirn kurz unter dem Ansatz seiner grau melierten Haare. Sie verliehen ihm in Kontrast mit seinen dunklen Augenbrauen ein distinguiertes Aussehen. »Wir brauchen Deckung. Das wird runterkommen, dass wir bis auf die Knochen nass werden.«

»Ja«, nickte Caesare. *Genau das, was wir brauchen.*

Sie hörten, wie Anderson aus der Wand aus Palmen hervorkam und die kleine Anhöhe hinauflief, und drehten sich um. Kaum außer Atem blieb er vor ihnen stehen.

»Ich habe gute Neuigkeiten.«

»Das wäre mal was Neues.«

»Ich habe Reifenspuren gefunden, die nach Nordwesten führen. Wir haben Besuch, aber es kann sich nicht um Otero handeln.«

Caesare und Tiewater tauschten einen Blick aus. »Wer sonst?«

»Ich gehe mal von Wilderern aus.«

»Wilderer?«, meinte Tiewater und runzelte die Stirn. »Und warum sollen das gute Neuigkeiten sein?«

Caesare verzog den Mund zu einem schiefen Grinsen, als er Andersons Gedanken weiterdachte. »Weil sie vielleicht nach der gleichen Sache wie wir suchen.«

»Es aber noch nicht wissen«, fügte Anderson hinzu.

Caesare nickte Tiewater zu. »Ich möchte, dass Sie beide die Lage sondieren. Corso und ich bleiben hier und suchen nach einem Unterschlupf. Die Wilderer könnten uns etwas Zeit verschaffen.« Er warf einen Blick auf seine Armbanduhr. »Finden Sie heraus, wo sie sind, und zwar schnell.«

»Ja, Sir.« Damit machten die beiden sich auf, liefen die Anhöhe hinab und verschwanden in dem Meer aus Bäumen.

Caesare wandte sich von der Felsenzunge ab und ging den schmalen Pfad entlang, um sich zu den anderen zu gesellen, die im Lager saßen und warteten.

Corso kam ihm entgegen und flüsterte: »Was gibt's Neues?«

»Anderson könnte eine Lösung gefunden haben. Aber in der Zwischenzeit müssen wir nach einem Unterschlupf suchen. Der Sturm hat noch einiges mit uns vor, wie es aussieht.«

»Ja, ist mir auch schon aufgefallen. Ich schau mal, was die Umgebung hergibt.« Er holte ein kleines Mikrofon mit Ohrstöpsel hervor und setzte es auf.

Caesare wandte sich an DeeAnn und Juan, die sich auf zwei Felsbrocken ausruhten. Sie machten einen erschöpften Eindruck.

»Wo ist Dulce?«

DeeAnn hob den Blick über Caesares Kopf. Er folgte ihren Augen gerade noch rechtzeitig, um die kleine Gorilla-Dame zu fangen, die von einem Ast über ihm baumelte und versuchte, ihm eine kleine weiße Blüte auf den Kopf zu legen.

»Zumindest eine, der das alles Spaß macht.«

Juan hatte die Batterien erneut ausgetauscht und reichte DeeAnn die Weste. »Wo sind denn die anderen hin?«

»Die schauen sich ein wenig um. Der Sturm hat wieder gedreht, und es sieht so aus, als ob wir noch einmal nass werden.«

»Nicht dein Ernst.«

»Leider doch. Wenn wir Glück haben, werden wir nicht sofort weggeschwemmt.« Er blickte sich um. »Auf jeden Fall wird es hier verdammt matschig.«

»Und was machen wir jetzt?«

»Corso sucht nach einem geeigneten Unterschlupf. Wenn er fündig wird, müssen wir umziehen.«

»Und die anderen beiden?«

»Die sind ebenfalls auf der Suche, aber nicht nach einem Unterschlupf, sondern nach einer Lösung für unser kleines Problem.«

Juan und DeeAnn tauschten einen fragenden Blick aus. »Was soll das denn heißen?«

Caesare grinste DeeAnn an. »Das heißt, dass selbst Wilderer etwas Gutes haben können.«

61

»Wilderer« war so ein hässliches Wort, dass Hugo beinahe jede andere Bezeichnung vorzog. Und wenn er ganz ehrlich war, verstand er nicht wirklich, warum es überhaupt illegal sein sollte.

Der Brasilianer zog erneut an seiner Zigarette und kratzte sich gedankenverloren das Kinn.

So wie er es verstand, war der Schwarzmarkt genauso, wie es funktionieren sollte. Möglichkeiten über Möglichkeiten, ohne dass die Regierung einem das Blut aus den Adern saugte.

Wildern, genauso wie jede andere Arbeit auch, stillte ein Bedürfnis eines anderen, der etwas haben wollte. Für Hugo gab es da kaum einen Unterschied, ob es sich nun um Katze, Hund oder exotischere Haustiere handelte, die von manchen Menschen begehrt wurden. Haustiere waren Haustiere. Und in diesem Fall war ein Kapuzineraffe nur etwas schwieriger zu finden und zu fangen als das gewöhnliche Getier.

Aber wichtiger noch, es ging ums Überleben. Um *sein* Überleben. Es wurde nämlich immer schwieriger, Arbeit in Brasilien zu finden, ganz gleich ob legal oder illegal. Er war noch nicht lange Wilderer, aber als die Wirtschaft in die Knie gegangen war, hatte er einen Weg finden müssen, seine Familie über Wasser zu halten. Wenn er also ein paar Tiere gegen seine hungrige Familie aufwiegen musste, dann scherte ihn eine Handvoll Affen herzlich wenig. So lange die Menschen ihn bezahlten, würde er weiterhin die Nachfrage stillen.

Hugo rauchte seine Zigarette fertig und warf sie auf den feuchten Boden, um sie mit dem Stiefel auszutreten. Er blieb ganz still und lauschte, während die Dunkelheit sich langsam um ihn legte. Der Abendnebel hüllte den Berg ein, und es fühlte sich schön kühl an seinem schweißnassen Genick und Armen an.

Unweit konnte er das Flickern einer weiteren Zigarette ausmachen. Das war sein Partner, Vito. Insgesamt waren sie zu viert. Sie hatten sich aufgeteilt, und jetzt wartete jeder allein in der Finsternis.

Die Affen waren nachts leichter zu hören.

Sie warteten beinahe eine Dreiviertelstunde, ehe sie das erste Pfeifen hörten. Kurz darauf ertönte ein zweites, gefolgt von einem dritten und einem vierten. Er neigte den Kopf ein wenig nach links in die Richtung, aus der das Pfeifen gekommen war. Dann sah er, wie Vitos Zigarettenglut schlagartig verschwand.

Hugo zog sein JM-Betäubungsgewehr und überprüfte es noch einmal. Der Pfeil lag in der Kammer und war schussbereit. Das Mittel war stärker als unbedingt notwendig, aber angesichts der Tatsache, dass ein Kapuzineraffe normalerweise noch wegläuft beziehungsweise -klettert, nachdem man ihn erwischt hat, taugten knapp dosierte Pfeile nichts, denn dann hatte man kaum eine Chance, seine Beute zu finden. Hugo und seine Truppe hatten gelernt, dass die Risiken, die eine stärkere Dosierung mit sich brachte, sich auf jeden Fall lohnten.

Rasch trat er in den dichten Dschungel, wobei er darauf achtete, nicht zu stapfen, sondern die Füße immer schön abzurollen, um nicht zu viel Lärm zu machen. Der weiche, feuchte Boden half ihm dabei, so leise wie möglich zu sein, während er vorsichtig über den Waldboden schlich.

Alle vier bewegten sich jetzt auf das Geschnatter zu, und es klang so, als stünden sie vor dem erhofften großen Fang.

Mit geschwärztem Gesicht schlich Tiewater durch eine Gruppe Farne, den Lauf seiner Waffe voran, während er unentwegt über

Kimme und Korn hinweg das Gelände absuchte. Das Lager bestand aus einer Reihe großer Zelte. Neben einer übergroßen Feuerstelle standen Campingtische und ein Gaskocher mit einigen Kochutensilien.

Unweit waren zwei alte und von oben bis unten mit Matsch bedeckte Transporter geparkt – ein Ford Explorer und ein Pickup, auf dessen langer Ladefläche Dutzende hölzerne Käfige gestapelt waren. In einigen hockten gefangene Affen, die Tiewater neugierig anstarrten, als er aus dem Dschungel kam. Die plötzliche Stille der Kapuzineraffen schien ein wenig unheimlich, und es waren nur noch Tiewaters Schritte zu hören, als er sich komplett ins Freie wagte. Anderson, der über ihm auf einem Ast lag und mit der Visierung seiner HK416 ebenfalls das Lager absuchte, gab ihm Deckung.

Tiewater näherte sich einem der Zelte und hielt davor an, um zu lauschen. Als er nichts hörte, steckte er den Lauf seiner Waffe durch die Zeltklappe, beugte sich vor und warf einen Blick hinein.

Nichts.

So überprüfte er ein Zelt nach dem anderen, ehe er kopfschüttelnd zu Anderson aufblickte.

»Niemand hier«, flüsterte er ins Mikrofon. »Aber das Lager ist definitiv nicht verlassen.« Tiewater ging zu dem größeren der beiden Transporter, von dem die Affen ihn weiterhin beobachteten. Er warf einen Blick in die Fahrerkabine.

»Dem Proviant nach würde ich sagen, wir haben es mit vier, höchstens fünf Leuten zu tun.« Er schlich zurück zu der noch rauchenden Feuerstelle und musterte sie. »Die sind schon einige Tage hier.«

»Auf jeden Fall räumen sie immer schön hinter sich auf.«

Tiwater nickte. »So kann man schnell abhauen, ohne Beweise zu hinterlassen.«

»Clever.«

»Oder paranoid.« Tiewater hielt inne und betrachtete etwas auf dem Boden zu seinen Füßen. Er kniete sich hin, kramte seine Taschenlampe hervor und hielt sie einige Zentimeter über der Erde, wobei er die Hand davorhielt, sodass das Licht nicht streute. Der Kegel war klein und fokussiert auf die Fußabdrücke gerichtet.

Kaum hatte er einen Blick auf den Abdruck erhascht, schaltete er die Stablampe sofort wieder aus und steckte sie ein.

»Spuren?«, wollte Anderson wissen.

»Ja.«

62

Hugo verlagerte das Gewicht nach links und lehnte sich auf den Ellenbogen, um die Quelle des Affengeschnatters besser ausmachen zu können. Er trug Tarnkleidung und einen Hut, dessen breite Krempe sein Gesicht beinahe völlig verdeckte.

Mit dem Nachtzielfernrohr schlich er von einem Baum zum anderen, bis er sein Ziel auf einem dicken Ast sitzen sah. Die dunkle Silhouette des Kapuzineräffchens war unverkennbar. Sie bewegte sich leicht, wenn der Affe schnatterte.

Hugo konzentrierte sich auf das Tier und verschaffte seinen Kollegen Zeit, die anderen ins Visier zu nehmen. Sobald der erste Schuss gefallen war, musste jeder schnell abdrücken können, ehe die Affen Reißaus nahmen.

Aber einige Affen schienen irgendetwas zu wittern. Sie waren überraschend wachsam und merkten, dass etwas im Argen lag, ehe die Wilderer abdrücken konnten. Hugo und seine Männer rätselten, was die Tiere derart aufmerksam gemacht haben könnte, sodass sie noch vorsichtiger als sonst vorgehen mussten.

Er senkte den Kopf und zielte mit dem Nachtzielfernrohr auf sein Opfer. Er holte tief Luft und atmete dann ruhig aus, wobei er langsam den Hahn zog.

Eine laute Explosion krachte aus seinem Gewehr, gefolgt von zwei weiteren ganz in der Nähe. Die Silhouette auf dem Ast schrie auf, kippte um und fiel zu Boden. Schrilles Kreischen erfüllte augenblicklich die Luft über seinem Kopf. Dutzende Kapuzineraffen flohen, als Hugo und seine Männer aufsprangen und auf ihre Opfer zuliefen.

Er erreichte den Baumstamm und schnappte sich die winzige Kreatur, die auf dem Boden lag. Als er sie hochhob, sah er die weiße Spitze des Betäubungspfeils lose herabhängen. Er hatte den Affen nicht richtig getroffen. Er war nicht einmal bewusstlos.

Stattdessen wirbelte er mit den Armen umher, begann zu schreien und um sich zu kratzen. Das kleine Ding versuchte verzweifelt sich zu befreien, während Hugo alle Hände voll zu tun hatte, es nicht entwischen zu lassen. Schon versenkte sich eine Kralle in seiner weichen Wange und riss ein Stück Fleisch heraus.

Er schrie auf und drückte härter zu, um die Kreatur in Schach zu halten, was aber lediglich dazu führte, dass sie sich noch entschlossener wehrte. Einen weiteren schmerzvollen Schlag über den Mund später holte Hugo mit der rechten Hand seinen Knüppel hervor und ließ das harte Metall auf den kleinen Kopf des Affen krachen.

Plötzlich herrschte Ruhe. Kaum war das kleine Ding in seiner Hand erschlafft, zog er es an sich und musterte es im Mondlicht.

»Scheiße«, knurrte er. *Der verdammte Affe war tot.*

Er richtete sich auf und zog den Pfeil aus der Haut, ehe er den leblosen Körper wütend zu Boden schmiss. Er blickte sich nach seinen Kumpanen um und sah Vitos Silhouette, die auf ihn zulief.

»Deiner hat sich ja lebhaft angehört«, rief der kleinere Mann.

Hugo tastete sich die Lippen ab und konnte selbst in der Finsternis das Blut an seinen Fingerkuppen spüren. »Das verdammte Viech hat mich angegriffen. Hab es erschlagen müssen.«

Der andere Mann lachte laut auf und hielt einen leblosen Affen in die Höhe. »Ich habe gepunktet.«

Über Kimme und Korn beobachteten Tiewater und Anderson die beiden Männer. Sie unterhielten sich, und nach einigen Minuten gesellten sich zwei weitere Kumpanen zu ihnen, die ebenfalls leer ausgegangen waren.

Tiewater reckte sich kurz und zog dann das Mikrofon an den Mund. »Ich bin's, Tiewater.«

»Bin ganz Ohr«, entgegnete Caesare.

»Ich glaube, wir haben gefunden, was unser Gorilla gesucht hat. Ich bitte um Beeilung.«

Caesare erstarrte, als er Tiewaters Nachricht vernahm. Sie waren gerade dabei, die letzten Sachen unter den kleinen Felsvorsprung ganz in der Nähe zu schleppen. Es war keineswegs der perfekte Unterschlupf, würde ihnen aber zumindest ein Minimum an Schutz vor dem Regen gewähren, ohne dass sie ihren Standort Otero oder sonst wem preisgeben mussten.

Caesare drehte sich zu Corso um und wollte gerade losreden, als plötzlich ein Geräusch zu ihnen drang, von dem sie gehofft hatten, dass es noch länger auf sich warten ließ. Das entfernte Dröhnen Dutzender Motoren wurde vom Wind an ihre Ohren geweht, und bald schon erschienen in der Ferne die ersten Lichtkegel der Scheinwerfer.

All vier richteten sich auf und schauten zu, wie ein Laster nach dem anderen die matschige Straße entlang den Berg hinaufkam.

63

Salazars Fahrzeug führte den Konvoi an. Sie fuhren einen weiteren Kilometer, ehe sie mitten auf der Straße anhielten. Zufrieden stieg er aus, stellte sich am Straßenrand auf und beobachtete, wie die Laster über den Kamm fuhren. Als sie ihn erreicht hatten, hielten sie hinter seinem Humvee an.

Sein Lieutenant kletterte aus dem dritten Fahrzeug, das über ein Dutzend Männer transportierte, und ging auf ihn zu. Zusammen betrachteten sie die Silhouetten der Männer vor den Scheinwerfern, die langsam aus den Lastern kamen, um die Lage zu sondieren.

Salazar nahm sich eine Zigarette aus der Hemdtasche und beobachtete, wie Otero zusammen mit Russo aus dem Range Rover stieg.

Er ignorierte die beiden und wandte sich an seinen Lieutenant. »Wir müssen ein Basislager errichten. Und finden Sie eine Süßwasserquelle. Außerdem soll ein Dutzend Männer nach wem oder was auch immer suchen, das hier per Fallschirm abgeworfen wurde. Es wird erst geschossen, dann werden Fragen gestellt.«

»Sir?«

»Sie haben mich richtig verstanden. Sie sollen auf alles schießen, was sie sehen, es sei denn, es handelt sich um einen verdammten Affen.«

Sosa schenkte ihm einen verstörten Blick. »Sir, selbst wenn sich noch jemand auf dem Berg befinden sollte, haben wir doch keine Ahnung, wer es sein könnte.«

»Und genau so soll es auch bleiben.«

Der Lieutenant warf Otero und Russo einen kurzen Blick zu, ehe er sich wieder an seinen befehlshabenden Offizier wandte. »Sir, und was, wenn es sich um Brasilianer handelt?«

Salazar starrte ihn kalt an. »Dann haben sie dort oben nichts zu suchen.«

Sosa hielt seinem Blick stand. Die Anspannung wurde durch Schritte auf dem Gras neben ihnen unterbrochen. Sie drehten sich um und sahen Beccas schmale Gestalt aus der Dunkelheit auftauchen.

»Dr. Becca«, begrüßte sie Salazar. »Ihre Männer werden in einer Stunde auf Ihre Anweisungen warten. Ich möchte, dass sie darauf vorbereitet sind.«

»Nur eine Stunde?«, fragte sie überrascht. »Ich dachte, wir fangen erst Morgen an.«

»Der Plan hat sich geändert. Jemand ist uns zuvorgekommen, und es sieht ganz so aus, als ob sie genau dasselbe Ziel haben wie wir.«

Otero beobachtete den Austausch. Seine Miene war in der Finsternis nicht zu erkennen. »Wann war der Fallschirmabwurf?«

»Heute Morgen«, antwortete Salazar und wandte sich prompt wieder an seinen Lieutenant. »Also, Bewegung«, befahl er und richtete sich wieder an Dr. Becca. »Doktor, eine Stunde.«

Damit drehte er sich um und ging zurück zum Humvee. Sowohl sein Lieutenant als auch Dr. Becca verschwanden in der Nacht, sodass nur noch Otero und Russo am Straßenrand übrig blieben.

»Wie hat er nur von dem Abwurf erfahren?«, wollte Otero wissen.

»Er steht mit jemandem in Verbindung«, mutmaßte Russo. »Mit jemandem, der gut mit der Luftwaffe kann. Wir haben keine Satelliten, die den Luftraum über Guayana beobachten, was bedeutet, dass ein Flugzeug, wahrscheinlich eine Orion, den Abwurf bemerkt haben muss.«

Otero blieb ihm eine Antwort schuldig. Stattdessen stand er einfach da und überlegte, während er dem Lieutenant nachschaute, der auf die Laster zustapfte und Befehle brüllte.

Otero verspürte zum ersten Mal ein flaues Gefühl der Nervosität im Magen. Er konnte auf Unterstützung von der obersten Ebene zählen, vom Büro des Präsidenten. Und man hatte ihm versichert, dass Salazar nichts weiter als eine Schachfigur mit der einzigen Aufgabe sei, ihn sicher auf den Berg zu geleiten.

Aber irgendetwas stimmte nicht. Wieso wusste zum Beispiel Salazar von dem Fallschirmabwurf, er, Otero, aber nicht? Das allein gab ihm zu denken. Der wirtschaftliche Zusammenbruch in Brasilien hatte das Land an den Rand eines Bürgerkrieges gebracht, und die Regierung war ein Schatten dessen, was sie früher einmal gewesen war. Otero erkannte langsam die grausame Wahrheit. Vielleicht verließ er sich auf die Hilfe von Menschen, die nicht länger das Sagen hatten.

Und welches Schicksal auch immer sie ereilte, würde auch ihn treffen.

64

Wohin gehen?

Dulce hatte ihre Mühe, bei dem Tempo durch den dichten Dschungel mitzuhalten, sodass DeeAnn sie hinter sich herziehen musste.

»Wir haben es sehr eilig.« DeeAnn atmete schwer, aber sie schaffte es trotzdem, sich mit Dulce im Flüsterton zu unterhalten. Sie nahm die pelzige Hand der Gorilla-Dame noch fester, tat sich aber selbst schwer, mit Steve Caesare Schritt zu halten, der sich seinen Weg durch das dichte Unterholz hackte.

Als die Weste DeeAnns Worte übersetzte, zuckte sie bei der Lautstärke zusammen.

»Verdammt«, knurrte Corso hinter ihnen. »Machen Sie das Ding gefälligst leiser! Man kann uns ja bis nach Georgetown hören!«

Caesare hielt an und drehte sich zu ihr um. »Ja, bitte, Dee.«

»Äh …«, entfuhr es DeeAnn, die ratlos auf das blaue Licht an der Weste schaute.

»Das geht nicht«, antwortete Juan hinter ihr.

»Was?«

»Sie kann es nicht leiser machen.«

»Man kann die Lautstärke nicht regeln?«

Juan wandte sich von Corso zu Caesares Silhouette in der Dunkelheit. »Nein. Als wir die Weste entwarfen, haben wir nie mit einer solchen Situation gerechnet. Außerdem würde es die Kommunikation beeinträchtigen.«

Corso warf einen Blick über Juans Kopf zu Caesare. »So etwas Blödes habe ich ja noch nie gehört.«

»Es ist nun mal so mit Kommunikation. Sie hapert, wenn der eine den anderen nicht hört.«

Caesare starrte sie an und nickte dann. Natürlich war er nicht glücklich darüber, aber er verstand es.

Dulce blickte zu ihnen auf und meinte dann: *Wir anhalten.*

DeeAnn legte einen Finger über ihre Lippen. »Dulce, ruhig.«

Dulce ruhig.

DeeAnn zuckte erneut zusammen, denn die Übersetzung schien jetzt noch lauter, da sie stehen geblieben waren.

Caesare schaute zu Dulce, wandte sich aber an DeeAnn: »Schalt sie aus.«

»Was?«

»Schalt sie aus.«

»Aber ...«

»Das Risiko können wir nicht eingehen.«

DeeAnn warf Juan einen Blick zu in der Hoffnung, eine andere Lösung zu finden, der aber runzelte lediglich die Stirn.

Widerwillig hockte sie sich vor Dulce hin, sodass sie ihr ins Gesicht schauen konnte. Dann legte sie sanft eine Hand auf ihren Kopf und hielt erneut den Zeigefinger vor die Lippen.

Dulce schaute ihr neugierig zu. Sie verstand nicht, warum sie so still sein mussten, aber alle schienen sich daran zu halten. Mit beunruhigter Mine schaute sie zu, wie DeeAnn die Weste ausschaltete und das blaue Licht erlosch.

Das Geschrei der Kapuzineraffen in ihren Käfigen begann schon, ehe ein wütender Hugo sich durch das dichte Unterholz drängte. Er stürmte auf ihr Lager zu und legte seine Waffe auf dem Campingtisch ab. Frustriert drehte er sich zur Feuerstelle um und trat wütend gegen einen noch glühenden Spalt Holz.

Hinter ihm ging Vito zum Transporter und nahm einen leeren

Käfig von der Ladefläche. Dann steckte er den noch immer bewusstlosen Affen hinein, verschloss die hölzerne Tür und legte den Verschluss um, den er mithilfe von etwas Draht sicherte.

Dann merkte er es. Einer der Käfige war leer.

»Merda.«

Die anderen blickten auf, auch Hugo, der nach Verbandszeug suchte, um die Blutung an seiner Wange zu stoppen. Er schnappte sich etwas Stoff aus seiner Tasche und drückte ihn gegen die Wunde, ehe er sich zum Transporter umdrehte.

Ohne den Kopf zu bewegen, suchte Vito die Käfige ab. »Uns ist schon wieder einer ausgebüchst.«

»Was!?«

»Es ist noch einer abgehauen«, wiederholte er.

Hugo rannte zum Transporter und starrte ungläubig auf den Käfig. »Wie zum Teufel …« Er ging um den Wagen und drückte den Stoff weiter gegen die Wange. »Ich habe dir doch extra gesagt, ihn vernünftig zuzumachen!«, fuhr er Vito an.

»Habe ich doch!«

»Dann ist der Käfig kaputt.« Hugo schob Vito beiseite und untersuchte ihn. Primaten, selbst Kapuzineraffen, konnten mehr Kräfte aufbringen, als man ihnen zutraute, insbesondere wenn sie eingesperrt in Panik gerieten.

Er drehte den Käfig mit einer Hand und betrachtete ihn im schwachen Schein einer Lampe, aber er schien unversehrt. Der dicke hölzerne Rahmen knarzte nicht, ganz gleich, wie sehr er daran ruckelte. Er legte den Verschluss um und sicherte ihn dann mit Draht. Alles sah genauso aus, wie es sein sollte. Wütend warf er den Käfig auf den Boden und wollte schon Vito anbrüllen.

»Ich habe gesehen, wie er ihn zugemacht hat«, meldete sich einer der anderen zu Wort.

Hugo schüttelte ungläubig den Kopf und blickte finster drein. »Dann seid ihr beide Idioten!« Er warf einen Blick auf das Stück Stoff und warf es genervt fort.

»Was zum Teufel geht hier eigentlich vor sich?«, schrie er. Die Nacht war so schon reine Zeitverschwendung gewesen. Sie hatten nur einen Affen gefangen, und jetzt war noch einer ausgebüchst.

Er hatte keine Ahnung, wie die Kapuzineraffen es anstellten, aus den Käfigen zu kommen, aber sie schienen es zu schaffen. Irgendwie.

»Wann treffen Sie ein?«

»In etwa fünfzehn Minuten«, gab Caesare zurück.

Tiewater nickte in seinem Versteck keine zwanzig Meter vom Lager der Wilderer entfernt. Mit schwarz bemalten Gesichtern beobachteten er und Anderson den Tobsuchtsanfall des Wilderers.

»Was ist da denn los?«, erkundigte Caesare sich über Funk.

Tiewater antwortete im Flüsterton: »Unsere Freunde sind zurückgekehrt, und einer schmeißt gerade seinen Schnuller aus dem Kinderwagen.« Damit beendete er den Funkspruch und wandte sich wieder den Wilderern zu.

Anderson lag auf der anderen Seite des Lagers auf der Lauer und hatte der Unterhaltung zugehört.

»Wie viele sind es?«

»Vier. Der Lange scheint der Chef zu sein. Das Lager ist knapp zweihundert Quadratmeter groß. Zwei Transporter, ein kleiner und ein größerer für die Ladung, stehen hinter der Feuerstelle. An Waffen sind lediglich einige Handfeuerwaffen und Betäubungsgewehre zu sehen. Sieht nicht so aus, als ob die schon länger als ein paar Tage hier sind.«

»Irgendwelche Verteidigungsmaßnahmen?«

»Nein.«

Einige Minuten später kroch Tiewater aus seinem Versteck und stand geräuschlos auf. Er hielt sich gebückt und schlich zurück in den Dschungel, wo er auf Caesare und Corso traf, die in der Finsternis warteten.

»Was treiben sie?«

Tiewater zuckte mit den Achseln. »Sie essen. Aber es klingt, als ob ihre Wildereraktivitäten nicht allzu gut verlaufen sind.«

»Wie schade«, kommentierte Caesare sarkastisch. »Uns läuft die Zeit davon. Otero ist hier. Wir müssen den Affen finden, und zwar schnell.«

»Ich gehe mal davon aus, dass diese Typen eine ziemlich gute Ahnung haben, wo er stecken könnte.« Tiewater zeigte mit dem Finger über die Schulter und drehte sich um. Caesare folgte ihm, aber als Corso ihnen hinterher wollte, hielt er inne. Er spürte etwas in seinem Kragen und hob den Arm, um es zu ertasten.

Es war weich, und es dauerte nicht lange, ehe ihm ein Licht aufging: Es war eine von Dulces Blüten. Er schüttelte den Kopf und blickte sich dann um. Er wollte sichergehen, dass niemand ihn sehen konnte, wie er sie nahm und daran roch.

Hugo saß auf einem Campingstuhl und war noch immer stocksauer. Er nahm einen weiteren Bissen getrockneten Fleisches, schüttelte den Kopf und starrte in das lodernde Feuer.

Seine Kumpane hatten ebenfalls vor der Feuerstelle Platz genommen und aßen stillschweigend. Sie befanden sich mitten in einer Pechsträhne, so viel war klar. Und sie wollte einfach nicht aufhören, denn die letzten Ausflüge waren allesamt komplett umsonst gewesen.

»Wir müssen etwas Neues versuchen«, meinte Vito schließlich und setzte seinen Teller auf dem Boden ab. »Die wissen mittlerweile, wie wir vorgehen.«

»Die hören, wenn wir kommen«, meinte Claudio, der dritte Mann im Bund.

»Und was schlägst du vor?«

Vito drehte sich zu den Käfigen auf der Ladefläche um. »Vielleicht können wir die benutzen, die wir schon haben … um mehr zu fangen.«

»Du meinst als Köder?«

»Ja. Wie wäre es, wenn wir einen im Wald anbinden, um die anderen anzulocken?«

»Seine Schreie werden die anderen eher warnen, sodass sie sich fernhalten.«

»Nicht, wenn wir ihm etwas einflößen.«

Hugo dachte darüber nach. Wenn sie ihm noch mehr von dem starken Betäubungsmittel verabreichten, nachdem er gerade erst aufgewacht war, könnte sein Nervensystem ernsthaften Schaden nehmen. Andererseits würden sie mehr Affen fangen, sodass er bereit war, das Risiko in Kauf zu nehmen. Wenn sie genug Affen fingen, könnten sie den Köder sterben lassen.

Hugo hob die Augen und wollte nicken, als er plötzlich erstarrte. Das Geraschel hinter Vito war kaum hörbar gewesen. In der Dunkelheit konnte er sowieso nichts sehen, aber dann erkannten auch die anderen drei Wilderer die in Schwarz gekleideten Gestalten, die mit gehobenen Sturmgewehren auf sie zugingen.

Caesare, Tiewater, Corso und Anderson kamen aus verschiedenen Richtungen. Jeder hatte sich so positioniert, dass ein Wilderer ihn sehen musste, als sie ihre Deckung verließen. Jetzt erstarrten sie alle – außer einem.

Claudio, der jüngste aus Hugos Gruppe, ein Argentinier, verfiel in Panik. Beim Anblick Tiewaters sprang er sofort auf, ehe sie ihn zurückhalten konnten, und zog seine Waffe.

Corso, der gerade noch langsam aus dem Gebüsch getreten war, rannte auf ihn zu. Er war nur einige Schritte entfernt, sodass er ihn in Windeseile mit dem Gewehrkolben k.o. schlagen konnte. Aber nicht, ehe Claudio einen Schuss aus seiner .45er hatte abfeuern können.

65

DeeAnn, Dulce und Juan hockten weniger als hundert Meter entfernt versteckt und zuckten zusammen, als sie den lauten Schuss hörten.

Aber es waren die brasilianischen Soldaten an der Straße, die plötzlich wie versteinert stehen blieben. Alle wandten sich nach Norden, und mehr als ein Dutzend Hände griffen instinktiv nach ihren Waffen.

Salazar und sein Lieutenant tauschten einen Blick aus, wobei sie Otero und Russo komplett ignorierten.

Es folgte kein zweiter Schuss.

Salazar begann Befehle zu brüllen. »Beeilung! Bewegt euch!« Finster starrte er seinen Lieutenant an. »Raus mit Ihren Männern! Und nehmen Sie das Suchteam mit. SOFORT!«

Es dauerte keine Minute, ehe Caesare wieder aus der Finsternis auftauchte und sich an DeeAnn wandte. »Wir müssen los. Sofort!«

Sie standen auf. »Was zum Teufel ist passiert?«

»Ein Unfall.«

»Habt ihr sie erschossen?«

»Nicht wirklich.«

»Nicht wirklich? Was soll das denn heißen?«

»Es heißt, dass wir bald schon Gesellschaft kriegen, wenn wir nicht sofort von hier verschwinden.«

Kurz danach betraten sie das kleine Lager der Wilderer. An den

Rändern standen vier Zelte, die einen Halbkreis um einen Campingtisch und -stühle bildeten. Anderson stand daneben und verband Tiewaters Arm.

Auf dem Boden saß ein großer Mann mit hinter dem Rücken gefesselten Händen. Er war sonnengebräunt, trug einen zerknitterten Tarnanzug und beobachtete verwirrt die SEALs, die über ihm standen.

»Alles klar?«, wollte Caesare von Tiewater wissen.

»Ja. Ist nur ein Kratzer.«

»Wo ist Corso?«

»Hier.«

Caesare drehte sich nach rechts und sah, wie der große Soldat aus dem hüfthohen Gras trat.

»Wo sind die anderen?«

»Die schlafen.«

Caesare grinste und kniete sich zu dem Mann auf dem Boden, die Waffe in der Armbeuge ruhend.

»Wie heißen Sie?«

Der Mann starrte ihn an, antwortete aber nicht.

»Name«, wiederholte Caesare, diesmal aber lauter.

Hugo starrte den Mann verständnislos an.

Caesare seufzte und stand wieder auf. »Kann jemand Portugiesisch?«

»Ich kann fragen, wie teuer ein Taxi ist«, erwiderte Tiewater und schnitt eine Grimasse. »Aber mehr ist nicht drin.«

»Fantastisch.«

»Portugiesisch war auf der Highschool nicht gerade der Brüller«, witzelte Corso.

Caesare warf ihm einen überraschten Blick zu. »Wirklich? Ausgerechnet *jetzt* fangen Sie an, lustig zu werden?«

»Ich hab eine längere Anlaufzeit.«

»Ach was.«

Tiewater streckte den Arm aus und zog den Ärmel über den

Verband, ehe er den Mann auf dem Boden anstarrte. »Wir brauchen ihn nicht. Wir wissen, wo sie waren.«

Anderson nickte zustimmend.

Steve Caesare dachte einen Augenblick nach, ehe er sich zu DeeAnn umdrehte und auf ihre Weste zeigte.

»Kannst du sie wieder einschalten?«

»Ich dachte, das soll ich nicht?«

»Das macht jetzt auch nichts mehr. Den Schuss hat man kilometerweit gehört, sodass garantiert bereits ein Trupp Soldaten auf dem Weg zu uns ist.«

Er schaute zu, wie DeeAnn die Weste anschaltete und sich dann vor Dulce hinkniete.

Die kleine Gorilla-Dame betrachtete Caesare vom Boden aus. Er warf ihr einen Blick zu, den sie mittlerweile kannte. Er war offensichtlich besorgt.

Sie ging auf ihn zu, musterte ihn genauer und ließ dann ihre großen schwarzen Nasenflügel wackeln. Sie konnte seine Nervosität riechen.

Als er sprach, ertönte einen Augenblick später die mechanische Stimme aus der Weste.

Du mich hören, Dulce?

Sie nickte, nachdem die Weste verstummt war.

»Ja. Ich kann dich hören.«

Ich Hilfe brauchen deine.

»Ja. Ich helfe«, grunzte Dulce und lächelte zu Caesare auf. »Wie kann ich dir helfen?«

Wir müssen Freund finden. Brauchen schnell. Brauchen sehr schnell.

»Ja. Ich kann meinen Freund finden. Ich finde meinen Freund schnell.« Dulce schnüffelte erneut in der Luft. Caesare verströmte mehr als nur Nervosität. Da war auch Angst mit dabei. Sie befanden sich in Gefahr.

»Ich finde ihn.«

Ja, Dulce. Jetzt. Schnell!

Dulce schnaubte entschlossen. Sie konnte die Affen bereits hören.

66

Das Schlingern des Schiffes ließ Alison stolpern, und sie musste sich an der Wand festhalten, um nicht hinzufallen. Neely vor ihr schien weniger Probleme mit dem Rollen zu haben, aber selbst sie wurde zu einem raschen Ausfallschritt gezwungen.

»Alles klar?«

»Ja.« Alison stieß sich von der Wand ab und hielt dann mit ausgestreckten Armen Abstand zu den Wänden.

Sie erreichten die Tür am Ende des schmalen Flurs, und Neely klopfte lautstark an. Sie warf Alison einen nervösen Blick zu und räusperte sich.

Einen Augenblick später öffnete sich die Tür, und Captain Emerson blickte die beiden an. Er trug ein gebügeltes weißes Hemd mit kurzen Ärmeln. Sein durchtrainierter Körper füllte den Türrahmen gänzlich aus. Er betrachtete sie mit seinen stechenden grauen Augen und wartete einen Augenblick, ehe er die Tür ganz aufzog und beiseitetrat.

»Commander Lawton, Dr. Shaw. Treten Sie doch bitte ein.«

Die beiden folgten seiner Einladung und gingen in die überraschend geräumige Kabine, in der sogar ein kleiner Esstisch und ein Ledersofa Platz fanden. An der Stirnwand stand ein brusthohes Regal, in dem hinter vier kleinen Glastüren eine Reihe von Büchern fein säuberlich aufgereiht war.

»Setzen Sie sich doch«, lud er sie ein und deutete auf das Sofa.

Die beiden Frauen taten, wie ihnen geheißen, während Emerson sich einen Stuhl holte und ihnen gegenüber Platz nahm. Er setzte eine mürrische Miene auf. »Wir sollten in etwas unter einer Stunde unser Ziel erreichen, und ich bin der Meinung, dass wir vorher klar Schiff machen sollten.«

Die beiden Frauen nickten, sagten aber nichts.

»Es ist nicht das erste Mal, dass Langford kurzerhand die *Pathfinder* beschlagnahmt hat. In letzter Zeit scheint er es sich sogar zur Gewohnheit werden zu lassen. Dies ist allerdings das erste Mal, dass er mir so gut wie keine Informationen bezüglich des Grundes gegeben hat. Das Einzige, was ich weiß, ist, dass Sie beide nach etwas sehr Wichtigem suchen. Und es ist mein Job und der meiner Mannschaft, Ihnen dabei behilflich zu sein.« Er lehnte sich zurück und verschränkte die Arme vor der Brust. »Ist es möglich, dass Sie etwas Licht ins Dunkel bringen?«

Neely und Alison tauschten einen unsicheren Blick aus, denn sie wussten nicht, wie sie darauf antworten sollten. Emerson fuhr fort und richtete sich ausdrücklich an Neely. »Ich bin mir sicher, dass Sie meine Meinung teilen. Es ist schon außergewöhnlich, dass ich die Kontrolle über mein Schiff einem untergebenen Offizier und einer Zivilistin übergeben muss. Eine Tatsache, die einer Erklärung bedarf, denke ich.«

Neely räusperte sich nervös. »Äh, nun. Die Wahrheit ist, dass auch wir Befehle haben, Captain.«

»Von Langford?«

»Ja, Sir.«

»Wieso überrascht mich das nicht.« Er entspannte sich ein wenig und rieb sich eine Augenbraue. »Also gut. Dann will ich mal anfangen. Vielleicht wissen Sie bereits, was ich Ihnen jetzt sagen werde, vielleicht aber auch nicht. Unser Ziel, dessen Koordinaten Dr. Shaw bereitgestellt hat, scheint oberste Priorität zu haben. Und nicht nur für uns. Ich habe also Befehle, nicht herumzulungern.«

Alison warf dem Captain einen verwirrten Blick zu. »Können Sie das erläutern?«

»In Klartext heißt es, dass wir wieder unterwegs sein sollen, ehe die Sonne aufgeht.«

»Was? Warum?«

»Weil Dutzende Spionagesatelliten die Gegend genauestens untersuchen werden und jemand uns zuschauen könnte. Und wenn das, was Sie suchen, tatsächlich so wichtig ist, dann möchte Langford nicht, dass wir den Standort preisgeben.«

»W-wie lange haben wir denn insgesamt?«

Emerson prüfte die Uhrzeit. »Knapp unter zehn Stunden.«

»Zehn Stunden?« Alison warf Neely einen angespannten Blick zu. »Und dann?«

»Dann machen wir uns wieder auf und fahren Richtung Guayana, wo wir das Wrack der *Bowditch* untersuchen werden.«

Emerson bemerkte die sich verändernde Miene Commander Lawtons.

»Guayana?«

»Ich fürchte ja. Es tut mir leid, Commander. Es ist der einzige Ort, an dem man die *Pathfinder* erwartet. Wenn wir mehr Zeit hier brauchen, müssen wir uns den Kopf darüber zerbrechen, wie wir das anstellen, ohne entdeckt zu werden beziehungsweise ohne aufzufallen.«

»Und wie sollen wir das schaffen?«

»Vielleicht mit etwas, das nicht ganz so auffällig ist. Ein Fischkutter käme zum Beispiel infrage.«

»Wir sollen einen Fischkutter klauen?«

Jetzt musste Emerson lächeln. »Nein, Dr. Shaw. Aber wir können einen chartern. Ihre Meinung von der Navy ist mir schon zu Ohren gekommen, aber *ganz* so schlimm sind wir nun auch wieder nicht.«

Emerson richtete sich wieder an Neely. »Ich weiß, dass es nicht einfach für Sie werden wird, Commander. Ihr Vater hat es im ersten Gefecht geschafft, ein Unentschieden für uns zu erkämpfen, aber es scheint, als ob die Schlacht noch nicht vorbei ist.

Wenn Sie beide also finden wollen, wonach Sie suchen, dann schlage ich vor, dass Sie es noch vor Sonnenaufgang tun.«

Neely blinzelte ihn betroffen an. »Mit Verlaub, Sir, aber zehn Stunden reichen hinten und vorne nicht.«

»Dann, schätze ich, müssen wir das Beste aus der Zeit machen, die uns zur Verfügung steht. Was mich zu meiner nächsten Frage bringt. Wie können mein Schiff und seine Besatzung Ihnen bei Ihrer Aufgabe behilflich sein?«

Alison kam direkt auf den Punkt. »Ich muss mit Sally und Dirk reden. Wir müssen noch einige Tests mit ihnen durchführen, damit unser Übersetzungssystem im offenen Ozean auch zuverlässig funktioniert.«

Emerson dachte darüber nach. »Dann tragen Sie lieber ein Geschirr. Der Seegang wird nicht besser, bis wir die Motoren ausschalten. Und selbst dann wird es kein Zuckerschlecken.«

»Sie haben recht.« Alison wurde immer verzweifelter. Sie hatten die Reise nutzen wollen, um die Bugs in der neuen Software auszubügeln, aber das Wetter hatte ihnen einen Strich durch die Rechnung gemacht. Stattdessen war Lee nichts anderes übrig geblieben, als das System zu testen und wieder zu testen, aber es war noch lange nicht dasselbe, als wenn sie es unter realen Bedingungen anwenden konnten.

Alison befürchtete, dass ihnen die Zeit davonlaufen würde. Was konnten sie schon innerhalb von wenigen Stunden bewerkstelligen? Und dann kam noch ein schlecht funktionierendes Übersetzungssystem dazu, das ihr Unterfangen so gut wie unmöglich machte. Aber wenn diese Pflanzen *tatsächlich* dieselben Eigenschaften wie die in Guayana aufwiesen, würde sich gleich im Anschluss an diese Wahnsinnsentdeckung eine weitere Frage stellen: *Wo lag die Quelle?* Und genau deswegen war sie auf Dirks und Sallys Hilfe angewiesen. Und auf eine funktionierende Weste.

Neben ihr verspürte Neely Lawton eine ganz andere Angst, die sich jetzt in ihr ausbreitete. Sie hoffte inbrünstig, dass sie die Pflanzen innerhalb der zehn Stunden finden würden, und dass sie das waren, was sie sich erhofften. Es ging ihr weniger um die Entdeckung selbst, sondern vielmehr war sie noch nicht bereit, den Todesort ihres Vaters aufzusuchen.

Emerson beäugte die beiden von seinem Stuhl aus. »Gibt es sonst noch etwas?«

»Ja«, sagte Neely mit leiser Stimme. »Admiral Langford befahl uns ausdrücklich, niemanden von dem in Kenntnis zu setzen, wonach wir suchen. Niemanden.«

»So viel hat er mir auch noch verraten. Ist nicht ganz so leicht, wie es sich anhört. Nichtsdestotrotz steht Ihnen jedes Mannschaftsmitglied auf meinem Schiff bedingungslos zur Verfügung, und jeder weiß, dass über die Sache kein weiteres Wort verloren werden darf.«

Alison wandte sich spontan Neely zu, die aber weiterhin den Captain anschaute und nickte.

»Sie haben eine Frage, Dr. Shaw?«

Sie blickte verwirrt drein. »Ist das ... Ist das überhaupt möglich?«

»Ein schiffsweiter Maulkorberlass?« Emerson schürzte die Lippen. »Das geschieht öfter, als Sie vielleicht denken. Insbesondere auf diesem Schiff.« Er beugte sich vor und stand auf. »Nun gut. Das muss vorerst reichen. Die *Pathfinder* gehört für die nächsten zehn Stunden Ihnen. Ganz gleich, was Sie brauchen, wir werden zusehen, dass Sie es bekommen. Aber wie die Sache steht, werden wir Punkt halb sechs den Anker lichten.«

»Captain«, begann Alison und stand ebenfalls auf. »Ich möchte es zwar nicht laut aussprechen, aber ich glaube, wir werden weniger als zehn Stunden vor Ort sein.«

»Darf ich fragen, warum?«

»Weil wir langsamer werden müssen.«

»Erklären Sie sich.«

»Wir sind zu schnell.«

»Weswegen?«

»Captain, unser Kurs führt uns direkt durch das größte Brutgebiet für Säugetiere, das mir jemals untergekommen ist. Wir werden direkt durch einen Haufen Delfine fahren.«

Emerson starrte sie an. »Was genau verstehen Sie unter ›einem Haufen‹?«

Alison grinste ihn an. »Mehr, als Sie sich vorstellen können.«

67

Sie kamen immer näher.

Dirk und Sally konnten es spüren, und das obwohl sie im Becken waren.

Insgeheim hatten sie es schon seit Stunden gewusst. Ihre fettreichen Melonen, die Organe in ihren Stirnen, die für die Echoortung zuständig waren, nahmen ein immer stärker werdendes Gefühl wahr. Es handelte sich um eine subtile aber unmissverständliche Empfindung, mit der sie seit Kindestagen vertraut waren. Ein Sinneseindruck, den sie auf nur einem Ort auf diesem Planeten empfanden.

Sally wandte sich direkt an Dirk. »Wir kommen immer näher.«

Dirk nickte und hob den Kopf über die Wasseroberfläche des Beckens. »Ja, ich kann sie bereits hören.« Er tauchte wieder unter Wasser. »Ich habe Hunger.«

Sally vollführte eine kleine Seitwärtsbewegung, die man bei einem Menschen als ein Kopfschütteln deuten würde. »Du hast immer Hunger.«

»Weil ich stark bin.«

Sally lachte. Einen Augenblick später vernahm sie ein Geräusch und tauchte auf. Sie erspähte Alison, die eine Treppe hinunterlief. Neben ihr war ein großer Mensch, den sie zuvor zwar schon einmal gesehen hatte, aber dessen Name sie nicht kannte.

Der große Mensch legte Alison etwas an. Dann hielt er sie, als sie näherkamen. Es fiel ihr offensichtlich schwer zu gehen.

Als sie am Becken ankamen, blickte Alison an sich hinab und

schaltete die wasserdichte ISIS-Weste an. Das grelle blaue Licht sprang an, und kurz darauf ertönte die mechanische Stimme.

Dirk, Sally. Wie geht es?

»Uns geht es gut, Alison. Wie geht es dir?«

Alison hielt sich am Beckenrand fest, um nicht das Gleichgewicht zu verlieren.

Mir gut. Brauche Hilfe.

»Ja. Wir helfen dir gerne. Aber wie können wir helfen?«

Hilfe mit Metall. Üben reden mit Alison.

»Ja«, erwiderte Sally. Sie beobachtete Alison und fragte sich, was sie wohl vorhatte. »Wir reden gerne mit dir, um dir mit dem Metall zu helfen.«

Alison stand da, starrte die Delfine für einige Sekunden an und fragte sich, wie sie wohl in Dirks und Sallys Ohren klang. Endlich wandte sie sich ab und drückte den Ohrenstöpsel tiefer in ihr Ohr.

»Lee, kannst du mich hören?«

»Laut und deutlich, Ali.«

»Die Verbindung mit der Weste klappt also?«

»Ohne Probleme, wie es aussieht«, antwortete Lee und hämmerte eifrig auf die Tastatur ein. Auf der Brücke stand Chris hinter Lee und schaute über dessen Schulter auf den Monitor. »Ich aktiviere den neuen Code. Einen Augenblick noch.« Kurz darauf drückte Lee auf Eingabe und vergewisserte sich, dass alles stimmte. »Okay. Ich glaube, wir sind so weit.«

»Willst du mir nicht verraten, wie wir das anstellen sollen?«

»Du musst mit beiden auf einmal reden, über unterschiedliche Dinge. Nur so kann ich den Filter testen. Zuerst werde ich versuchen, Dirk auszublenden. Dann wiederholen wir die Prozedur mit Sally. Wenn alles reibungslos funktioniert, wagen wir es mit komplexeren Übersetzungen.«

Plötzlich rollte das Schiff hart nach Backbord, und Alison verlor kurz das Gleichgewicht. Jim Lightfoot, der nur einen Meter hinter ihr stand, kam ihr rasch zur Hilfe, aber sie hatte sich schon wieder gefangen.

Sie schüttelte den Kopf. »Und wie soll ich Ihnen das beibringen?«

68

Als die *Pathfinder* ihre gigantischen Motoren drosselte, hatte Lee Kenwood beschlossen, dass sie alles getestet hatten, was unter diesen Bedingungen möglich war. Natürlich war es nicht einmal annähernd genug, aber angesichts der Umstände immer noch besser als nichts. Mit aber nur zwei Delfinen konnte er sich nicht sicher sein, wie gut seine »Lösung« funktionieren würde. Er befürchtete das Schlimmste. Einer einzigen Unterhaltung zu folgen war eine Sache, aber bei Dutzenden würde es ungemütlich für ihn werden. Und im Gegensatz zu dem, was die meisten Menschen annahmen, waren Bugs in Software die Norm, nicht die Ausnahme.

Lee lehnte sich zurück, verschränkte die Arme und starrte auf den Bildschirm. Er hatte den neuen, zum Großteil ungetesteten Code eingespielt. Wenn jetzt irgendetwas schiefgehen sollte, musste er den alten wieder hernehmen. Aber das würde dauern.

Auf dem Achterschiff hatte Alison ganz andere Sorgen. Obwohl Neely und sie hierhergekommen waren, um die Unterwasserflora auf dem Meeresgrund zu studieren, konnte sie sich des Eindrucks nicht erwehren, dass Dirk und Sally ihnen einerseits helfen wollten, es aber andererseits etwas gab, das sie ihr noch nicht mitgeteilt hatten.

Wenn sie recht behalten sollte, hatte sie nicht die geringste Idee, warum sie etwas geheim halten sollten. Sie starrte die beiden Delfine an, die sie jetzt mit den Köpfen über Wasser angrinsten.

Ihr drängte sich das ungute Gefühl auf, dass demnächst etwas Unerwartetes geschehen würde.

Alison blickte auf, als eine Reihe Männer auf dem Deck über ihr erschienen, darunter auch der leitende Techniker an Bord, Elgin Tay. Er war kleiner als die anderen, strahlte aber eine gewisse Selbstsicherheit aus. Einer nach dem anderen kamen sie die Stufen herab und gingen auf sie und Lightfoot zu. Sie glichen das Schwanken des Schiffes mit gekonnten Bewegungen aus. Alle bis auf die letzte Gestalt, die Alison erst jetzt als Chris erkannte.

Das Schiff verlor an Geschwindigkeit, und das seitliche Rollen wurde immer ausgeprägter. Selbst Lightfoot suchte jetzt Halt am Beckenrand. »Wir können Ihnen das Geschirr auch wieder abnehmen, wenn Sie möchten. Aber die Geschichte wird ganz schön unruhig.«

»Dann helfen Sie mir mal«, entgegnete Alison und löste die ersten Schnallen. »Zumindest bin ich jetzt umzingelt, falls ich hinfallen sollte.«

»Wohl wahr.«

Tay und die anderen suchten ebenfalls etwas, an dem sie sich festhalten konnten. »Ist alles okay hier bei Ihnen?«

Ehe Alison etwas entgegnen konnte, ertönte Dirks Antwort von der Weste.

Wir gut.

Dirk riss den Kopf zur Seite und lachte.

Tay fiel mit ein. »Scheint wohl so, als ob die beiden ins offene Meer möchten.«

Alisons Weste piepste laut. »Es gibt kein Wort für *scheinen*, aber ja, ich glaube, sie können es kaum noch erwarten.«

Bereit.

»Nun gut, aber ich muss Sie warnen, dass es nicht leicht wird. Der Kran schafft es zwar, die Delfine ohne Probleme zu heben, aber unter diesen Bedingungen ist er nicht gerade leicht zu handhaben. Wir vermeiden es normalerweise, ihn bei diesem Seegang zu benutzen, vor allem, wenn die Traglast derart hoch ist. Und wenn er erst mal anfängt zu schwenken, kann es verdammt schnell verdammt brenzlig werden.«

Alison starrte ihn beunruhigt an. »Wie gefährlich ist es?«

Das Schiff stampfte auf einmal, sodass jeder sich festhalten musste.

»Sehr.«

»Es hilft leider nichts. Wir müssen sie ins Wasser bringen.«

Tay nickte ihr verständnisvoll zu. »Alles klar. Männer, ihr habt gehört, was zu tun ist. Sie kommen ins Wasser. Immer schön vorsichtig sein.«

Innerhalb weniger Minuten war der große Kran einsatzbereit, und der lange Arm schwebte über dem Achterdeck, wo sie ihn mit einer Kette an Ort und Stelle hielten. Dann holten die Männer das große Geschirr für die Delfine aus einem Staufach und banden diverse Kontrollleinen an dessen Unterseite, sodass sie zu starke Bewegungen des Schiffes ausgleichen konnten.

Sie ließen das dicke Tragseil vom Arm hinab, das sie durch zwei Metallringe führten, die in der Mitte des Geschirrs angebracht waren.

Während Tays Mannschaft mit dem Schlingern des Schiffes alle Hände voll zu tun hatte, schaffte es Chris bis zur Reling. Sie hatten es zuvor über dem Dröhnen der Schiffsmotoren nicht hören können, aber jetzt drang das wohlbekannte Geräusch der Delfine von allen Himmelsrichtungen her an ihre Ohren.

Lightfoot, der Alison mit dem Geschirr geholfen hatte, hielt plötzlich inne. Er drehte sich um und bemerkte Hunderte sich bewegender Schatten im Wasser. »Heiliger Bimbam! Jungs, habt ihr das gesehen?«

Einer von Tays Männern gesellte sich zu ihm. »Das ist ja ein Haufen Delfine! Überall, um das ganze Schiff!« Er drehte sich um und sah Alison grinsen.

»Warten Sie nur bis zum Morgengrauen.«

Kaum hatten sie das Geschirr ins Becken gelassen, schwamm Sally vorsichtig in die Halterung aus Stoff. Dort wartete sie, bis Lightfoot und ein anderes Mitglied von Tays Team überprüft hatten, dass nirgendwo etwas klemmte und dass das Kranseil straff genug gespannt war, um den Delfin sicher im Geschirr zu halten, falls es ein Problem geben sollte.

Als sie die Delfine in Puerto Rico an Bord genommen hatten, war dies mit aller Vorsicht geschehen. Dieses Mal würde es anders ablaufen. Jetzt mussten sie es so schnell wie möglich hinter sich bringen.

Alisons Miene wurde zusehends besorgter, als sie die Männer beobachtete, die mit Mühe ihr Gleichgewicht wahrten, gleichzeitig aber auch ihre Arbeit verrichten mussten.

»Lightfoot!«, rief Tay. »An die Kontrollleine! Der Rest von uns wird helfen, sie da rauszubringen. Sobald sie erst mal aus dem Wasser ist, überlassen wir die schwere Arbeit der Winde.«

»Zu Befehl.« Lightfoot packte die Kontrollleine und rief: »Bereit.«

Tay warf Smitty, seinem Mann an der Winde, einen Blick zu und schrie: »Okay! Wir timen das mit einem Rollen nach Steuerbord. Wir heben sie an, sobald das Schiff aufrecht ist. Die Schwerkraft wird dann das Übrige tun und sie wie von Geisterhand über das Wasser schwenken. Lightfoot hält sie fest, sodass es nicht zu schnell vonstattengeht. Noch Fragen?«

Tay nickte, als niemand das Wort erhob. »Gut. Dann mal los. Auf meinen Befehl! Auf die Plätze, fertig … wartet auf das Rollen …«

Das Schiff richtete sich wie auf Kommando backbords wieder auf.

»HOCH!«, brüllte er.

Die Winde tat ihre Arbeit, und das Seil straffte sich, um Sally anzuheben, während die Leute um sie herum das Geschirr zu halten versuchten. Aber das Schiff rollte zu schnell wieder nach Steuerbord. Das schwere Geschirr war nicht zu halten, und der Kran schwenkte mit Wucht wild hin und her. Er war so schnell, dass Sally einen Augenblick über dem Ozean zu schweben schien, ehe sie sich plötzlich wieder über dem Schiff befand.

»Aufgepasst!«, brüllte Tay. »Da kommt sie wieder!«

Kaum hatte er die Worte ausgesprochen, waren sie bis zum Scheitelpunkt gerollt, und für den Bruchteil einer Sekunde herrschte Ruhe, ehe das Schiff erneut seinen Tanz auf den Wellen begann. Sally wurde immer schneller, sodass sie an ihnen vorbeischnellte und den Rand des Beckens um nur wenige Zentimeter verfehlte. Sie flog förmlich über die Wasseroberfläche des Beckens und traf Chris mit voller Geschwindigkeit, sodass er mit dem Rücken gegen die Verankerung des Krans krachte.

»Chris!«, schrie Alison und ließ vom Beckenrand ab, um über das nasse Achterdeck zu schlittern. Mit den Beinen zuerst erwischte sie eine Strebe, ehe auch sie gegen den Kran geworfen wurde.

Sie packte Chris' schlaffen Körper und zog ihn zu sich. »Chris! CHRIS!« Sekunden später war Smitty neben ihr und legte einen Arm um Chris, sodass er sich nicht mehr bewegen konnte.

»Untersuchen Sie ihn!«, schrie Smitty.

Alison tastete ihn panisch mit den Händen ab. Am Hals angekommen, drückte sie mit zwei Fingern auf die Schlagader und suchte nach dem Puls. Sie fühlte nichts und legte sie dann auf die andere Seite.

»Wir brauchen die Kontrollleine!«

Die anderen Männer, sie schienen jetzt oberhalb von Alison und Smitty zu stehen, versuchten die Leine zu erhaschen, während Sally langsamer wurde. Bald schon würde sie erneut über ihre Köpfe Richtung Meer rasen. Die mittlerweile völlig durchnässte Leine glitt den Männern aus den Händen. Lightfoot alleine konnte da gar nichts ausrichten.

Tay musste machtlos mit anschauen, wie Sally völlig außer Kontrolle über den Ozean schwenkte.

»Wartet! Wartet!«, schrie er. »Lasst sie los!« Er wirbelte herum und starrte Smitty an, der krampfhaft versuchte sich mit einer Hand aufrecht zu halten.

»Smitty!«, brüllte Tay. »Loslassen!«

Smitty blickte Tay verwirrt an. Was wollte er von ihm? Verwirrt drückte er Chris in Alisons Arme, die sich auf ihn warf. Dann kniete er sich hin und stützte sich auf der Verankerung des Krans ab.

»Smitty!«, wiederholte Tay. »Lass sie runter!«

Jetzt fiel bei Smitty endlich der Groschen. Er raffte sich auf die Beine und ergriff den metallenen Griff, mit dem man den Motor kontrollierte. Er sah Sally wild mit der Schwanzflosse wedeln, als sie wieder einmal aufs Wasser zuschoss.

Als sie weit genug draußen war, löste Smitty die Kabelbremse, sodass Sallys Schwung sie über das Schiff und mit einem lauten Platschen ins Wasser katapultierte.

Lightfoot arbeitete sich zu Smitty vor und schaute zu, wie sich das Geschirr mit ausreichend Wasser füllte, sodass Sally ins Freie schwimmen konnte.

Hinter ihm war Tay bereits am Telefon und redete mit der Brücke. »Wir brauchen den Arzt hier unten! *Sofort!*« Er drehte sich zu Smitty um, der das Kabel samt leerem Geschirr wieder aus dem Ozean zog.

Kurz darauf stürmten der Schiffsarzt und sein Assistent aus einer Tür über ihnen. Sie sprinteten die Gangway entlang und die Treppe hinunter. Selbst mit dem Rollen des Schiffs befanden sie sich in weniger als einer Minute auf dem Achterschiff.

Doktor Kanna legte die Finger an Chris' Hals und suchte nach dem Puls. Als Nächstes nahm er sich die Handgelenke vor. »Ich spüre nichts. Wir brauchen eine Bare!«

Tay brüllte erneut ins Telefon, und zwei weitere Männer

erschienen auf dem Deck über ihnen mit einer Schleifkorbtrage. Sie erreichten die Leiter und schlitterten sie zum Achterdeck hinunter.

Tays Team sammelte sich um Kanna, der Chris' Arme über der Brust verschränkte. »Rein mit ihm, schnell!« Mit geübten Bewegungen hoben sie ihn in die Trage und sicherten ihn mit dicken Riemen. Alison kämpfte sich auf die Beine und starrte den Männern nach, die Chris zur Leiter trugen und sie dann emporkletterten. Kanna folgte ihnen und verschwand aus Alisons Sicht.

»Alles in Ordnung bei Ihnen?«, erkundigte sich Tay.

»Ich weiß nicht.«

»Machen Sie sich keine Sorgen. Kanna ist einer der besten Ärzte der Marine.«

»Das stimmt«, beteuerte Lightfoot. »Ihr Kollege befindet sich in guten Händen.«

Alison nickte zögerlich und blinzelte. Die Zeit rann ihnen davon – eine Tatsache, die ihr schmerzlich bewusst war. Widerwillig drehte sie sich zu dem großen Becken um. »Und jetzt?«

Tay holte tief Luft. »Wir haben noch einen Delfin, der ins Wasser will.«

»Diesmal hoffentlich etwas reibungsloser.«

Tay setzte ein gezwungenes Lächeln auf. »Glauben Sie mir, das erste Mal läuft nie besonders gut.«

Alison warf Dirk einen Blick zu, dessen Kopf noch immer über der Oberfläche ragte. »Dirk, bist du so weit?«

Ja. So weit.

»Okay … Dann packen wir es an.«

Kurz darauf bückte Lightfoot sich, um die Kontrollleine aufzulesen, die über dem Rand des stählernen Beckens baumelte.

Sie hielten sich am Rand fest, als das Schiff durch eine große Welle erneut eine Rolle vollführte.

»Dieses Mal kämpfen wir nicht dagegen an.«

Tay und Lightfoot zogen das Geschirr ins flache Wasser und hielten es für Dirk auf, der sich prompt in Stellung brachte und hineinschwamm. Smitty startete den Kran, sodass sich das Seil straffte, und wartete auf das Signal. Er nickte Tay und Alison zu und meinte: »Ich wäre dann so weit.«

69

Der zweite Versuch verlief besser. Sie machten sich das Rollen des Schiffes erneut zu nutzen, sodass Dirk zu einem lebenden Pendel wurde, bis er genug Schwung hatte, um aus eigener Kraft über den Rumpf der *Pathfinder* zu schwingen. Smitty löste die Kabelbremse im rechten Augenblick, sodass Dirk gleich beim ersten Versuch ins dunkle Wasser fiel. Auch wenn es glatter als beim ersten Mal ging, war es keine Prozedur, die sie wiederholen wollten.

Während das Team sich völlig erschöpft zurückzog, machten Dirk und Sally einen quietschvergnügten Eindruck. Alison vermutete sogar, dass Dirk die Achterbahnfahrt genossen hatte.

Nach getaner Arbeit kletterten sie und das Team die Treppe hoch, um nach Chris zu sehen. Zusammen mit Tay und Lightfoot stand Alison vor der gläsernen Wand. Sie erinnerte sich noch lebhaft daran, wie sie vor einem Jahr an genau demselben Ort gestanden hatte.

Hier hatte ihre erste Unterhaltung mit John Clay stattgefunden, die letztendlich dazu geführt hatte, dass sie sich in ihn verliebt hatte.

Plötzlich ergriff sie Nervosität. Es war das erste Mal überhaupt, dass sie sich selbst gegenüber zugab, dass sie in ihn verliebt war. Sie verdrängte das Gefühl wieder und konzentrierte sich auf Chris, der leblos hinter der Glaswand auf dem Untersuchungstisch lag. Ihre Nervosität machte der Sorge um ihn Platz, als sie beobachtete, wie Kanna Chris' Augenlider hob und etwas auf einem kleinen Tablet notierte.

Hinter ihr öffnete sich die Tür, und sie drehte sich um, um Lee und Neely eintreten zu sehen, die sich zu ihr, Tay und Lightfoot gesellten.

»Wie geht es ihm?«

»Das wissen wir noch nicht.«

»Was ist passiert?«

»Wir haben die Kontrolle über den Kran verloren, als wir Sally ins Meer ließen, und sie krachte mit voller Geschwindigkeit gegen Chris und warf ihn mit dem Kopf zuerst gegen den Kran.«

»Um Gottes willen!« Lee trat zur Glaswand. Nach einer langen Pause drehte er sich zu ihnen um. »Bitte, bitte, bitte lass ihm nichts geschehen sein.«

»Gibt es irgendetwas, das wir tun können?«

Alison schüttelte den Kopf und unterdrückte die Tränen, die in ihr aufzusteigen drohten. »Wohl kaum mehr als warten.«

Lightfoot, der die Augen nicht von Chris und dem Arzt gelassen hatte, erwiderte nüchtern: »Ich glaube nicht, dass wir hier helfen können.«

»Er hat recht«, nickte Tay zustimmend. »So hart es auch klingen mag, aber wir müssen Doktor Kanna in Ruhe lassen, damit er seine Arbeit machen kann.« Er warf einen Blick auf seine Armbanduhr. »Die Zeit rinnt uns so oder so davon.«

»Ich kann ihn doch nicht einfach hier liegen lassen!«, protestierte Alison.

Tay und Lightfoot warfen Neely einen Blick zu, die zu Alison trat. »Ich glaube, uns bleibt gar nichts anderes übrig, Alison«, versuchte sie sie in sanftem Tonfall zu beruhigen.

»Sie hat recht, Ali«, beteuerte Lee mit gerunzelter Stirn, obwohl er Chris auch nicht allein lassen wollte. »Wenn es andersherum gewesen wäre, würde Chris genau dasselbe tun. Wir sind aus einem einzigen Grund hier, und wir haben nicht viel Zeit.«

»Und je schneller wir arbeiten«, fügte Neely hinzu, »desto schneller werden wir fertig und können weg von hier. Für Chris.«

Alison starrte weiterhin auf den Untersuchungstisch. Natürlich hatten sie recht, auch wenn sie es nicht zugeben wollte. Sie und Chris hatten schon so viel gemeinsam durchgemacht. Er war ihr bester Freund. Der Gedanke, ihn allein hier liegen lassen zu müssen, brach ihr das Herz.

Aber was blieb ihr anderes übrig?

Alison fand es schwer, sich zu konzentrieren. Schon der Versuch, all die Ausrüstung anzulegen, während das Schiff so schwankte und rollte, ließ Alison und Neely durch die Gegend purzeln. Und das, obwohl Tay und seine Männer ihnen behilflich waren. Das weiß gestrichene stählerne Deck war von einem Wasserfilm überzogen, der es beinahe unmöglich machte, mehr als einige Sekunden aufrecht zu stehen. Kaum hatten sie es geschafft, setzte sich Lightfoot, um in die Taucherausrüstung zu schlüpfen. Ins Wasser zu gelangen war die eine Sache, aber wieder herauszukommen eine gänzlich andere. Lightfoot und seine Kollegen mussten ihnen dabei mehr als nur ein wenig Unterstützung leisten.

Tay stülpte eine Stirnlampe über Alisons Kopf, schaltete die LEDs an und meinte: »Die sollte einige Stunden halten. Die Batterie auf Ihrem Kopf mag sich ein wenig schwer anfühlen, aber sobald Sie sich im Wasser befinden, werden Sie das extra Gewicht gar nicht mehr spüren.«

Alison nickte und überprüfte die Luftzufuhr ihres Kreislaufatemgeräts, um sicherzustellen, dass sie genug Sauerstoff erhielt. Dann passte sie die Gummidichtung ihrer Maske an, damit sie nicht drückte, ehe sie die Übersetzungseinheit auf ihrer Brust einschaltete. Sie holte einige Male tief Luft, ehe sie den Kopf hob und Tay anschaute.

Der nahm ihre Hände und half ihr auf die Beine. Zusammen warteten sie, bis das Schiff inmitten der Wogen auf die falsche Seite rollte, ehe er sie Smitty übergab, der an der stählernen Reling wartete, sie packte und zu sich zog. Mithilfe der Stirnlampe konnte sie Dutzende Delfine im Wasser ausmachen, die sich um das Heck der *Pathfinder* tummelten.

»Alles klar bei Ihnen?«, erkundigte sich Smitty.

Alison nickte.

»Sehr gut. Halten Sie sich fest«, sagte er, ehe er sich zu Neely umdrehte.

Sie stolperte ihm ebenso unbeholfen entgegen, schaffte es dann aber, sich an der Reling neben Alison festzuhalten. Sie zog rasch ihre Taucherflossen an, und Smitty wandte sich wieder an Alison.

»Okay«, rief er. »Dann wollen wir mal.« Er schlang den Arm um sie, und zusammen watschelten sie bis zum Ende der Reling. »Wir müssen den richtigen Zeitpunkt abwarten! Sobald das Wasser näher kommt, bereiten Sie sich vor, einen großen Schritt zu machen und abzuspringen. Und wenn es dann ganz nah ist, geht es los! Ich werde Ihnen einen ordentlichen Schubs geben. Timing ist das A und O!«

Als Alison spürte, wie sich die Steuerbordseite zu senken begann, trat sie mit einem Gefühl der Beklemmung vor die Öffnung. Sie spürte, wie Smitty sie wie ein Schraubstock festhielt. Plötzlich aber schob er sie völlig unerwartet kopfüber in den dunklen Ozean, dass das Wasser nur so spritzte.

Von den Wogen aus sah sie, wie Neely sich vor die Lücke in der Reling stellte. Sie wünschte, sie könnte Neely vor Smitty und dem ersten Schritt warnen, aber Augenblicke später platschte sie neben Alison ins Wasser. Zuletzt kam Lightfoot, der so elegant neben ihr ins Meer hüpfte, wie es nur jemand konnte, der eine semiprofessionelle Karriere als Schwimmer hinter sich hatte, ehe er der Marine beigetreten war. Selbst unter diesen Bedingungen schien er so entspannt, als ob er sich in einer Badewanne befände.

»Können Sie beide mich hören?«, fragte er.

»Ja«, antworteten die beiden Frauen.

»Sehr gut. Gibt es irgendwelche Probleme?«

»Nein, alles gut.«

»Bei mir auch.«

»Fein«, meinte er, signalisierte Smitty, dass sie fortfahren konnten, und drehte sich wieder zu den beiden um. Seine Gesichtsmaske reflektierte die grellen LEDs der zwei Stirnlampen. »Dr. Shaw, jetzt sind Sie an der Reihe. Wir sind ganz Ohr.«

Alison nickte. »Lee, kannst du mich hören?«

»Laut und deutlich, Ali.«

»Sind wir so weit?«

»Gute Frage. Wir sind so weit, wie überhaupt möglich. Ich habe die Übersetzungen deiner Weste erst einmal ausgeschaltet. Wenn ich sie aktiviere, werden anfangs alle anderen Delfine herausgefiltert, sodass du dich nur mit Dirk und Sally unterhalten kannst.«

»Okay.« Alison wandte sich an Neely und Lightfoot. »Dann wollen wir mal.«

Alison drückte auf den Knopf ihrer Tarierweste, um etwas Luft abzulassen und ihren Auftrieb zu verringern. Sie begann langsam abzutauchen und schaute zu, wie das Wasser ihre Maske erreichte, um sie dann völlig zu umgeben. Lightfoot und Neely taten es ihr nach und befüllten ihre Westen erst wieder, als sie weit genug abgetaucht waren.

Alisons zwei Tauchkumpanen brachten kein Wort hervor, als sie in eine Schar von Hunderten von Delfinen tauchten, die um sie herumwimmelten.

»Bist du noch da, Lee?«

»Mich wirst du nicht so leicht los.«

Sie konnte sich ein Lächeln nicht verkneifen. »Dann schalte bitte die Weste ein.«

»Okay. Aaaab jetzt.« Weit über ihnen auf der Schiffsbrücke gab Lee ein Kommando auf der Tastatur ein und drückte die Eingabetaste, woraufhin die Zeilen auf seinem Monitor zu tanzen begannen, als das Mikrofon aktiviert wurde und das Geschnatter drahtlos an den Server zu Lees Füßen übertragen wurde.

Alison jedoch vernahm keinen Ton von ihren Ohrstöpseln. Sie

wartete geduldig eine geschlagene Minute, ehe sie sich bei Lee meldete: »Und? Wie sieht es aus?«

»Wie soll es aussehen?«

»Ich höre rein gar nichts. Funktioniert die Weste überhaupt?«

»Das ist wegen des Filters. Ich höre alles, was dein Mikrofon erfasst, aber der Server übersetzt es nicht. Versuch doch mal, Dirk und Sally ausfindig zu machen. Ruf sie einfach.«

»Sally? Dirk? Wo seid ihr?«

Einen Augenblick später ertönte die mechanische Stimme von ISIS aus ihren Ohrstöpseln.

Wir hier Alison.

Die beiden erschienen aus der Finsternis des Ozeans und schwammen in den hellen Schein der Stirnlampen.

Lightfoot streckte den Arm aus und berührte leicht die Delfine, die an ihm vorbeischnellten. »Um Himmels willen«, stammelte er endlich. »So etwas habe ich noch nie gesehen. Wo sind wir hier bloß?«

Neely drehte sich zu ihm um, und im Licht ihrer Lampe schien er schwerelos zu schweben.

»Das wüssten wir auch gerne. Und genau deswegen sind wir hier.«

70

Wo Chris?

Alison starrte Sally verdutzt an. Warum musste unbedingt sie Alison an Chris erinnern? Sie sah ihn noch immer vor ihrem inneren Auge, wie er bewusstlos auf dem Untersuchungstisch lag.

»Er ruht sich aus.«

Sally antwortete nicht. Alison hätte schwören können, dass sie kurz einen Anflug von Zweifel über Sallys Gesicht huschen sah. Sie räusperte sich und beantwortete dann Lightfoots Frage.

»Anfangs dachten wir, dass es sich um eine Brutstätte handelt, da die Delfine geschützte Gebiete aufsuchen, um ihre Jungen in die Welt zu bringen. Aber das hier ist anders. Das«, sagte sie, »ist etwas völlig Außergewöhnliches.«

Sie drehte sich wieder zu Dirk und Sally, die sie immer noch beobachteten, aber merkwürdig still blieben.

»Sally. Dirk. Wir sind gekommen, um uns die Pflanzen anzuschauen.«

Sallys Antwort überraschte sie.

Wir wissen.

Alison wollte schon etwas entgegnen, ehe Sally sie unterbrach.

Mitkommen. Jetzt.

Diese Barschheit kam ihr befremdlich vor, und sie schaute den Delfinen hinterher, wie sie mit einem einfachen Schwanzflossenschlag sanft weiter in die Tiefe glitten. Es war klar, wohin sie wollten, und Alison wandte sich den anderen beiden zu und ließ mehr Luft aus ihrer Tarierweste. »Bleiben Sie an mir dran.«

Die drei folgten den Delfinen langsam, bis sie unter den anderen Tieren wieder ins freie Wasser tauchten. Es war so dunkel hier unten, dass sie selbst mit ihren Stirnlampen nur wenige Meter weit sehen konnten. Es ging immer weiter in die Tiefe, bis sie über sich nichts mehr erkennen konnten. Nicht einmal einen Schimmer des Vollmondes. Sie führten einen Druckausgleich durch und tauchten weiter ab, bis sie es sahen.

Die Finsternis unter ihnen begann sich langsam zu lichten. Anfangs schien ein graues Feld zu ihren Füßen zu liegen, gefolgt von einem kaum erkennbaren phosphoreszierenden grünen Schimmer. Endlich konnten sie die Pflanzen ausmachen, die rhythmisch in der Strömung des Ozeans zu tanzen schienen.

»Wow«, flüsterte Neely. »Das ist wunderschön.«

So weit das Auge reichte, wesentlich weiter als der Schein ihrer Stirnlampen, schimmerte es grünlich, ehe auch die letzte Farbe von der Dunkelheit der Nacht verschluckt wurde.

Dirk und Sally wurden langsamer und schauten Alison zu, die jetzt aufhörte zu schwimmen und sich zu ihnen treiben ließ. Sie musste nur den Arm ausstrecken, um eine große Koralle, eine Gelbe Gorgonie, anzufassen, die sanft hin und her zu schaukeln schien. Das grelle Licht von Alisons Stirnlampe fiel auf sie, sodass Alison die Äste ihrer Polypen sehen konnte, die ein tiefes, sattes Grün aufwiesen.

Sie berührte einen davon mit ihren Fingerspitzen und rieb ihn vorsichtig zwischen Daumen und Zeigefinger.

Neely und Lightfoot gesellten sich zu ihr. »Das ist einfach unvorstellbar.«

»Wie groß das wohl ist?«

»Riesig«, antwortete Alison. »Über drei Quadratkilometer.«

»Gütiger Himmel!«

Neely schlug einmal mit den Flossen und schwebte horizontal über den Pflanzen und Korallen, die sie genauestens betrachtete. »So etwas habe ich noch nie gesehen.«

»Ich glaube nicht, dass irgendjemand das schon getan hat.«

Sie langte hinunter und fuhr mit der Hand über eine weitere riesige Pflanze, während sie still über sie hinweg tauchte. Im grellen Licht schienen ihre fließenden Blätter wie Millionen lange Bänder, die immer wieder die Farbe von glasigen Orangetönen zu verschiedenen Rosarotschattierungen wechselten.

»Unglaublich«, flüsterte sie.

Hinter ihr drehte Alison sich wieder zu Dirk und Sally um, die beide mühelos im Wasser zu schweben schienen. »Sally, ist irgendetwas los?«

Nein, Alison. Nichts los.

»Was tut ihr dann?«

Wir warten.

»Warten? Worauf denn?«, wollte Alison wissen und musterte die beiden genau, während sie auf eine Antwort wartete. Erst, als sie drei Gestalten in der Finsternis ausmachen konnte, hatte sie ihre Antwort.

Drei Delfine. Sie waren größer und älter. Wahrscheinlich die gleichen Delfine, die sie zuvor schon einmal getroffen hatte. Die drei »Köpfe«, wie Sally sie genannt hatte. Die Weisen.

Als das Trio sich näherte, nahmen Dirk und Sally respektvoll Abstand.

Alison musste hinter ihrer Maske lächeln. Zum ersten Mal, seitdem sie mit den Delfinen kommunizierte, war genau das geschehen, was sie erwartet hatte.

»Lee, kannst du mich hören?«

»Ja, Ali. Wie immer.«

»Ich glaube es ist an der Zeit, dass wir dein neues Programm testen.«

Auf der Brücke der *Pathfinder* vergrößerte Lee das winzige Video, das von Alisons Weste nach oben geschickt wurde, auf seinem Monitor.

»Ja«, wiederholte er langsam. »Ich glaube, du hast recht.«

Dann holte er wieder das ISIS-Fenster in den Vordergrund und tippte einen langen Befehl ein. »Dann wollen wir mal.« Damit hielt er die Luft an und drückte auf die Eingabetaste.

Sein schlimmster Albtraum wurde wahr. Seine neue Software funktionierte nicht.

Tief unter ihm ertönte ein Wirrwarr schriller Pfeiftöne in Alisons Kopfhörer. Das war ISIS' Versuch, Hunderte von Stimmen gleichzeitig zu übersetzen. Die Reichweite von Schall ist im Wasser wesentlich größer als in der Luft, sodass das Mikrofon von Alisons Weste so gut wie jeden Delfin in der Umgebung hören konnte. Und das ohne Videoübertragung, die einen entscheidenden Bestandteil für eine ordentliche Übersetzung bildete. Der Lärm glich einer Sinnesüberflutung für die Prozessoren sowohl in Alisons Weste wie auch in Lees kleinen Servern an Bord der *Pathfinder*.

Alison zuckte vor Schmerzen zusammen und riss sich die Kopfhörer heraus. »Lee! Das ist viel zu laut!«

»Ich weiß, ich weiß!« Er machte den Computer leiser. »Das sollte besser sein«, meinte er, bekam aber keine Antwort. »Ali? Ali, kannst du mich noch hören?«

Im letzten Augenblick steckte sie sich einen Stöpsel ins Ohr und entgegnete nickend: »Ja, aber kaum. Das war ohrenbetäubend. Stell es bitte ab!«

Einen Augenblick später verschwanden die Hintergrundgeräusche komplett, und Lees Stimme ertönte laut und deutlich: »Tut mir leid. Ist es so besser?«

»Ja. Was ist denn passiert?«

»Die Software funktioniert nicht.«

»Scheiße. Okay, dann musst du wohl oder übel Dirk und Sally wieder einschalten.«

»Das kann ich nicht. Der Prozess hat sich auf dem Server aufgehängt. Ich kann ihn nicht abstellen, ohne *alles* zu löschen.«

»Du meinst für immer?«

»Nein, nur, bis ich das System neu boote. Aber das dauert vielleicht zehn Minuten.«

Alison warf einen Blick auf ihre Taucheruhr am linken Handgelenk. »Womit wir nicht viel Zeit übrig hätten. Wir müssen bald wieder an die Oberfläche.«

»Ich weiß, ich weiß. Es tut mir leid. Aber wir haben keine andere Wahl. Das Einzige, was noch funktioniert, ist, dass wir zwei miteinander kommunizieren können.«

Alison schüttelte den Kopf und warf Neely und Lightfoot einen Blick zu, die sie beide anstarrten.

»Okay. Starte das System neu.«

71

Sally und Dirk starrten Alison verwirrt an. Sie verstanden nicht, warum Alison nicht reden wollte.

»Warum spricht sie nicht?«, verlangte einer der Weisen.

Dirk richtete sich an ihn und antwortete: »Davor hat sie viel geredet.« Er schwamm zu Alison und sah, dass sie ihren Mund bewegte. Dann beäugte er die Maschine an ihrem Oberkörper, und das kleine blaue Licht war an. Er besah sich auch die beiden anderen, deren Münder sich ebenfalls öffneten und schlossen. »Ich weiß nicht.«

Die drei Weisen schwebten weiterhin regungslos im Wasser und warteten.

Nach einer langen Pause wurde die Stille endlich von Alisons mechanischer Stimme unterbrochen, die aus der Weste kam.

...ally, Dirk. Könnt ihr mich hören?

»Ja, Alison. Jetzt hören wir dich. Davor hast du nicht geredet.«

Metall kaputt. Jetzt wieder gut. Tut mir leid.

Sally schaute zu, wie die drei älteren Delfine näher kamen. »Können sie uns hören?«

Stille.

»Alison, hörst du uns?«, wiederholte Dirk.

Metall kaputt. Hören Dirk und Sally, keine Köpfe.

Einer der Weisen schien zu verstehen und wandte sich an Dirk. »Frag sie, warum sie die Pflanzen sehen wollen.«

»Warum bist du zurückgekommen, Alison? Wegen der Pflanzen?«

Ja. Pflanzen wichtig.

»Ja. Nimm du die Pflanzen, Alison. Wir wollen reden.«

Alison drehte sich zu Neely um, die noch immer neben ihr verharrte, und gab ihr zu verstehen, dass ihnen grünes Licht gegeben wurde.

Neely nickte und holte ein Messer aus dem Halfter an ihrer Wade, um einen kleinen Teil eines Blatts abzuschneiden. Dann schwamm sie etwas weiter, sammelte ein Stück einer anderen Pflanze ein und wiederholte die Prozedur, bis sie genügend Proben hatte, während die Delfine ihr aufmerksam zuschauten.

Was reden?

Dirk wandte sich wieder an Alison. »Du kommst zurück mit mehr Freunden. Die Köpfe wollen wissen, wie viele.«

Alison wartete, während die drei Delfine einander berieten. Sie hielt inne und versuchte Dirks übersetzte Frage zu verstehen. Das ISIS-System war zwar bahnbrechend, hatte aber auch seine Grenzen. Und Alisons Übersetzungen ins Delfinische mussten für die Tiere eine ähnlich große Herausforderung darstellen.

»Wie viele von uns? Äh … drei.«

Sie musste erneut warten, bis die Weisen mithilfe von Dirk nachbohrten.

Nicht drei. Wie mehr?

Wie mehr? Alison überlegte. *Wie mehr was?*

»Ich verstehe nicht.«

Wie mehr Menschen?

»Wie viel mehr Menschen wo?«

Nein. Wie viele Menschen da.

Alison hatte noch immer keinen blassen Schimmer, was sie von ihr wollten. *Was konnten sie bloß mit da meinen? Auf dem Schiff?*

»Ich bin nicht …«, begann sie, verstummte dann aber. ISIS hatte es nicht verstanden, aber jetzt fiel bei ihr der Groschen. Sie wollten nicht wissen, wie viele Menschen hier waren, sondern wie viele es überhaupt gab!

»Ihr wollt wissen, wie viele Menschen es auf der Welt gibt?«

Ja. Wie viele Menschen da?

Alison musste kurz lächeln und weidete sich an der Tatsache, dass sie etwas vor ISIS hat übersetzen können. Dann aber verfinsterte sich ihre Miene, als sie über die Implikationen dieser Frage nachdachte. Sie wollten wissen, wie viele Menschen es gab. Auf der ganzen Welt. Plötzlich wurde ihr unbehaglich. Sie verstanden Zahlen, aber wie sollten sie sich jemals den Begriff *Milliarden* vorstellen können? Und wenn sie eine Ahnung hatten, würde Alisons Antwort ihnen das Fürchten lehren.

»Viele«, gab sie zurück.

Wie?

Alison warf Neely und Lightfoot einen Blick zu, die sie beobachteten. Sie würde jetzt nicht zu lügen anfangen, aber die Delfine würden es nicht fassen können – noch nicht einmal annähernd –, wenn sie ihnen die Wahrheit verriet.

»Viele«, wiederholte sie, holte tief Luft und fuhr dann fort: »Wie Fische.«

Alison konnte die Reaktion auf ihre Antwort nicht einschätzen. Die Weisen starrten sie lediglich mit ihren dunklen, weichen Augen an. Alison hatte keine Lust darauf einzugehen, dass nicht alle Menschen *Freunde* waren.

Der dritte Weise ganz rechts kam ein wenig näher. Es handelte sich um ein Weibchen, das jetzt an Alisons Schulter vorbeischwamm, um die Taucherausrüstung zu begutachten.

Sie sagt bleiben.

Alison wollte schon antworten, als ihr Tauchcomputer laut piepste. Sie würden bald schon den Stickstoffgrenzwert erreichen. Sie mussten unbedingt wieder an die Oberfläche. »Ich kann nicht bleiben. Wir müssen wieder hoch.«

Sie gab Neely und Lightfoot ein Zeichen und blies etwas Luft in ihre Tarierweste, um Auftrieb zu erlangen. »Es tut mir leid, aber wir brauchen Luft. Ich verspreche, dass wir zurückkommen.«

Sie wollen, ihr bleiben.

»Es tut mir wirklich leid«, wiederholte Alison, »aber ich kann nicht. Ich komme zurück.«

Das war die letzte Übersetzung, die Alison vernahm, ehe sie die Schule von Delfinen über sich erreichte, wo das Trio kurz anhielt, ehe sie den letzten Aufstieg machten und an die Oberfläche kamen.

Dort angelangt, nahm Alison ihre Maske ab und sog die frische Luft in ihre Lungen.

»Wir müssen zurück an Bord!«, schrie sie, damit die anderen sie auch hörten.

Lightfoot nickte und schwamm auf die *Pathfinder* zu. Neely folgte ihm und ließ Alison alleine in den Wellen zurück. Sie dachte nach, denn ihr war etwas aufgefallen, als sie am Meeresboden angekommen waren, das sie aber nicht hatte deuten können, bis Dirk die Pflanzen erwähnt hatte. Sie vermutete, dass weder Lightfoot noch Neely genug über Phosphoreszenz wussten, um die Anspielung zu verstehen. Da stimmte etwas nicht ganz mit dem, was sie gesehen hatten. Biolumineszenz ist Energie, die von Pigmenten und Enzymen wie Luciferine und Luciferasen in Form von Licht abgegeben wird und in unverkennbaren Grün- und Blautönen schimmert. Was aber Alison und die beiden anderen dort unten miterlebt hatten, war anders – eine ganz andere Art von Grün. Sie hatte diesen Farbton erst einmal in ihrem Leben gesehen, und das war weit vom Ozean entfernt auf einem Gipfel des Acarai-Gebirges in Südamerika gewesen. Das erste Mal, als sie die Pflanzen zu Gesicht bekommen hatte, war es ihr nicht aufgefallen, weil es Tag war.

Sie musste telefonieren. Sofort.

72

Das Wasser, in dem sie sich gerade befand, hätte sich nicht krasser von dem unterscheiden können, in dem John Clay sich gerade befand. Am tiefsten Punkt der Stollen hatte es sich gesammelt, um einen ultraklaren, knapp über hundert Meter langen See zu bilden, der ihm bis an die Hüften reichte. Und im Gegensatz zu der warmen Karibik war er eiskalt.

Er trug seine Tasche über der Schulter und hielt das Satellitentelefon und die Taschenlampe in der anderen Hand. Clay konnte seine Zehen kaum noch spüren. Es musste also noch viel schlimmer für Li Na sein, die hinter ihm herwatete.

Ein wenig Trost aber gab es schon, da der Weg vor ihnen relativ frei von Steinen und Geröll war. Bisher hatten sie ständig Einstürze umgehen müssen, die sie ungemein behindert und gebremst hatten. Zumindest brachte das eiskalte Wasser eine Abwechslung, und sie kamen wesentlich schneller voran.

Die beiden hatten mittlerweile vier Stunden unter Tage verbracht. Viel länger, als Clay erwartet hatte. Und wenn der Rest des Stollens sich nicht in einem besseren Zustand befand, standen ihre Chancen, in der nächsten Zeit frische Luft zu schnuppern, nicht besonders gut.

Clay watete weiter durch den See und achtete stets darauf, keine Wellen zu schlagen. Er hielt die Taschenlampe über dem Kopf, sodass er gute Sicht auf den Boden hatte – oder zumindest gut genug, um keine bösen Überraschungen erleben zu müssen. Aber klare Sicht war kein guter Tausch, wenn man im Gegenzug Erfrierungen an den unteren Gliedmaßen in Kauf nehmen musste.

Er hielt inne und schaute nach vorn, als er das Klappern von Li Nas Zähnen hörte.

»Es ist nicht mehr weit.«

Die junge Frau hinter ihm nickte, sagte aber nichts.

In Wahrheit hatte auch er keine Ahnung, wie es weitergehen sollte. Sie hingegen war davon überzeugt, dass der Mann vor ihr ihr helfen wollte, obwohl er für sie ein vollkommen unbeschriebenes Blatt darstellte. Endlich ergriff sie das Wort, um sich von den stechenden Schmerzen in ihren Beinen und Füßen abzulenken.

»Mr. Ismael. W-Warum haben Sie mich gesucht?«

Clay hielt erneut an, wenn auch nur kurz. Er lächelte Li Na im Schein der Taschenlampe an. »Ich heiße eigentlich John.«

Sie schenkte ihm einen verwirrten Blick. »Und warum haben Sie dann gesagt, dass Sie Ismael heißen?«

Er drehte sich erneut zu ihr um, ging dann aber weiter. »Ist eine Art Witz.«

»Oh.« Sie hatte offenbar keine Ahnung, worauf er anspielte. »Und warum sind Sie hier?«

»Wegen der Schatulle, die du in den Armen hältst.«

In der eiskalten Finsternis der Höhle hatte sie beinahe vergessen, dass sie das Erbe ihres Vaters bei sich trug, und umklammerte es fester. »Die von meinem Vater?«

»Genau. Hat er dir zu verstehen gegeben, was da drin ist?«

»Nicht wirklich. Ich habe ihn nicht gesehen, als er das letzte Mal zu Besuch war.« Sie dachte kurz nach, ehe sie weiterbohrte: »Haben Sie gewusst, wo ich war?«

»Ja, das habe ich. Aber ich habe es erst kurz vor meiner Ankunft erfahren.«

»Ich verstehe. Sie haben also mit … mit alledem nicht gerechnet?«

Clay musste erneut grinsen, watete aber weiter. »Nein.«

Li Na zuckte mit den Schultern und versuchte die Stimmung etwas aufzulockern. »Überraschung.«

Clay musste lachen. »Dein Englisch ist wirklich sehr gut.«

»Mein Vater war Soldat. Er hat mir immer gesagt, dass es wichtig sei, Englisch wie die Amerikaner zu können. Er meinte auch, dass sie eines Tages Chinesisch lernen werden müssen.«

»Dein Vater war weise.«

»Ja, das war er«, entgegnete Li Na leise.

Schweigend wateten sie weiter, ehe sie erneut eine Frage stellte: »Was befindet sich eigentlich in der Schatulle?«

»Oh, das ist eine lange Geschichte.«

»Das macht nichts. Wir haben Zeit.«

»Aber nicht genug«, gab Clay zurück. Er hielt erneut inne und leuchtete horizontal nach vorne. Das Ende war in Sicht. In der Ferne sah er, wie sich das Ufer des Sees aus dem Wasser erhob.

Wenige Minuten später standen sie auf trockenem Boden, und Clay legte sofort seine Sachen ab, richtete die Taschenlampe auf seine Tasche, öffnete den Reißverschluss und holte eine Thermodecke hervor.

»Hier«, sagte er und ging zu Li Na, die mit dem Rücken an der Felswand lehnte. Er wollte ihr die Decke um die Beine wickeln. »So wird dir schneller wieder warm.«

»Danke.«

Er richtete sich auf und meinte: »Du hältst wirklich gut durch.«

»Das fühlt sich aber nicht so an. Ich kann mich kaum auf den Beinen halten. Ich war krank.«

Clay nickte. »Hast du Hunger?« Er ging zurück zur Tasche und holte eine kleine Tüte hervor, die er mit einem Messer öffnete, um sie dann Li Na zu reichen.

»Was ist denn da drin?« Sie nahm die braune Plastiktüte entgegen und musterte sie genauer.

»Schmeckt besser, als es aussieht«, versicherte John ihr.

»Und was ist das? Was soll eine ›Einmannpackung‹ sein?«, wollte sie wissen, nachdem sie die Schrift auf der Tüte gelesen hatte.

»Essen. Das verleiht dir wieder Kräfte.«

Clay setzte sich ihr gegenüber und schaute zu, wie Li Na einen Bissen von dem nicht gerade appetitlich aussehenden Riegel nahm. Sie kaute ein wenig, hob die Augenbrauen und biss erneut zu.

»Gar nicht so schlecht, oder?«

»Sogar sehr gut.«

Clay legte den Kopf in den Nacken und schloss die Augen. Er hatte während der letzten zwei Tage kaum mehr als eine Stunde geschlafen und nichts zwischen die Zähne gekriegt. Jetzt fühlte er sich so erschöpft wie schon lange nicht mehr.

»Wo gehen wir hin?«

Er schüttelte langsam den Kopf. »Das weiß ich auch noch nicht. Zuerst einmal müssen wir hier rausfinden.«

»Und wie weit, glauben Sie, ist es noch?«

»Hoffentlich nicht so weit. Wir gehen wieder bergauf, was mich zumindest ein wenig hoffnungsvoll stimmt.«

»Das verstehe ich nicht.«

»Hoffnungsvoll? Es macht mir Mut. Natürlich hätte ich auch nichts gegen ein wenig Glück.«

»Glauben Sie an Glück?«

Er grinste und schloss wieder die Augen. »Hier und jetzt? Auf jeden Fall.«

Li Na starrte ihn im Schein der Taschenlampe an. Es war das erste Mal, dass sie ihn richtig sehen konnte. Er war gut aussehend, zumindest für einen Amerikaner. Mit seinem dunklen Haar und dem markanten Kinn könnte er im Fernsehen auftreten. Außerdem war er groß, schien aber sehr müde.

»Sind Sie beim Militär? In Amerika, meine ich.«

»Ja.«

»So etwas wie ein Soldat?«

»Nicht mehr. Jetzt bin ich Ermittler.«

»Was bedeutet das?«

»Jemand, der versucht, Geheimnisse aufzudecken.«

»Oh.« Sie nahm den letzten Bissen und faltete den leeren Plastikbeutel zusammen. »Mein Vater hat das amerikanische Militär immer bewundert.«

»Wirklich?«

»Ja. Er meinte, die Amerikaner kämpfen der Ehre wegen.«

»Nun, zumindest versuchen wir es. Normalerweise.«

»Also nicht immer?«

»Nein, leider nicht.«

»Mein Vater meinte, dass sie …« Sie verstummte, als Clay die Augen aufriss.

»Psst!« Er hob die Hand und starrte sie an. »Hast du das gehört?«

»Was denn?«

Er neigte den Kopf zur Seite. Da war es wieder, und zwar so laut, dass auch Li Na es gehört hatte – Geräusche, zwar weit entfernt, aber klar und deutlich vernehmbar.

Clay sprang sofort auf die Beine. Er packte Li Na, riss ihr die Decke weg und zog sie hoch.

»Da ist noch jemand im Tunnel!«

»Sind Sie sich …«, begann sie, aber Clay unterbrach sie jäh, indem er ihr eine Hand über den Mund legte.

»Ja, bin ich«, flüsterte er. »Wir müssen los! Und immer schön still sein.«

Er packte die Decke und den leeren Plastikbeutel wieder ein und hievte die Tasche über die Schulter. Dann las er den Rest auf und warf einen Blick auf die Schatulle in Li Nas Händen.

Einen halben Kilometer später senkte Clay plötzlich die Taschenlampe und schaltete sie aus, sodass sie von absoluter Dunkelheit umgeben waren. Er bewegte keinen Muskel. »Spürst du das auch?«

»Was denn?«

»Eine frische Brise.« Clay schloss die Augen und hielt den Atem an. Er war sich seiner Sache sicher. Es war ein Luftzug, schwach aber eindeutig spürbar. »Los!« Er schaltete die Taschenlampe wieder ein und eilte vorwärts, sodass Li Na alle Mühe hatte, ihm nachzukommen.

Nach hundert Metern hielt er erneut inne und tauchte sie wieder in Finsternis. Diesmal brauchte Li Na keine Erklärung. Sie konnte das schwache Licht am Ende des Stollens mit eigenen Augen sehen.

»Ist das der Ausgang?«

»Sieht so aus.«

Clay knipste die Taschenlampe wieder an. Auf dem Boden lagen Steine und Blätter, genau wie am anderen Ende. Je weiter sie gingen, desto heller wurde es, und schon bald konnten sie den Ausgang ausmachen, der von einem Vorhang aus Wurzeln und Ranken verdeckt war.

Clay ging zu ihm, zog die Vegetation beiseite und lugte hinaus. Auf der anderen Seite wartete nichts Aufregendes auf sie, nur ein schmaler Pfad, den der Wald schon bald überwuchert haben würde.

Clay schaltete die Taschenlampe aus und packte sie zusammen mit dem Satellitentelefon in eine Beintasche.

»Bleib dicht hinter mir.«

Mit einer behänden Bewegung nahm er seine HK und hob sie an die Wange, um den Lauf langsam durch die Öffnung zu stecken. Über Kimme und Korn suchte er die Umgebung von links nach rechts ab.

Endlich trat er einen Schritt vorwärts auf die trockenen Blätter und kleinen Äste vor dem Stollen, von denen einige brachen. Er lauschte. So arbeitete er sich langsam vorwärts, bis er nach sechs Metern so abrupt anhielt, dass Li Na gegen ihn prallte.

»Was jetzt?«

Clay antwortete nicht, sondern drehte sich langsam um und schaute über Li Nas Kopf hinweg.

Auf dem Vorsprung über der Höhle stand ein Dutzend Soldaten, die ihre Waffen direkt auf ihn richteten. Neben ihnen hatte Li Qin eine verbundene Hand auf die Schulter des völlig verängstigten Jungen gelegt, der ihnen den Eingang zum Stollen gezeigt hatte.

Clay stand stocksteif da und starrte den lächelnden Qin an, der den vor ihm stehenden Jungen festhielt.

»Waffe runter.«

Clay spürte, wie Li Na sich von hinten an ihn drängte, während er die Soldaten genauer musterte. In Zeitlupe senkte er seine HK und legte sie vor sich auf den Boden.

Qin gab dem Mann neben sich ein Zeichen, der ebenfalls die Waffe senkte. Zum gleichen Zeitpunkt holte Clay sein Satellitentelefon aus der Tasche und hielt es mit gestrecktem Arm vor der Brust.

Der Soldat kam auf ihn zu und musterte es neugierig. Er warf Qin einen fragenden Blick zu, der aus der Entfernung versuchte zu erkennen, was Clay in der Hand hielt. Beide sahen zu, wie Clay das Telefon in der Hand drehte, um eine Nachricht mit seinem Daumen zu tippen.

Qin riss die Augen auf. »Nimm ihm das Telefon weg!«, brüllte der den Soldaten an, der noch gute fünf Meter von Clay entfernt stand.

Daraufhin begann er zu rennen, erreichte ebenes Terrain und stürzte sich auf Clay.

Der Soldat traf mit voller Wucht gegen ihn und warf ihn zu Boden, wobei Clay das Telefon aus der Hand glitt. Der Chinese sprang mit seinen schweren Stiefeln darauf, sodass es in mehrere Teile zerbrach.

73

In Washington, D.C., setzte Will Borgers Herz einen Schlag aus, als er die aus einem Wort bestehende Nachricht las, die Clay ihm geschickt hatte. Er starrte ungläubig auf jeden der zehn Buchstaben, die auf seinem Display leuchteten.

»O nein!«

Er zuckte zusammen, als sein Telefon klingelte, beugte sich dann vor und warf einen Blick auf die Telefonnummer des Anrufers.

»Wenn man vom Teufel spricht ...«

Im Obergeschoss wandte Admiral Langford sich von seinem Fenster ab, als seine Tür sich öffnete und jemand von seiner Sekretärin hineingelotst wurde. Sie schloss die Tür von außen und ließ einen etwas verdutzten Will Borger mitten im Raum stehen, der nicht recht wusste, was er mit sich anfangen sollte.

»Sie wollten mich sprechen, Admiral?«

»In der Tat.«

Langford ging zu seinem Schreibtisch und lehnte sich gegen die Kante, während er Borger beäugte. Schließlich bat er ihn, Platz zu nehmen.

Borger trat nervös um den Stuhl und setzte sich.

Langford verschränkte die Arme vor der Brust. »Gibt es vielleicht etwas, was Sie mir erzählen möchten, Will?«

»Äh... Ich verstehe nicht ganz.«

Langford kratzte sich nachdenklich an der Schläfe. »Ich hab

gerade eine hoch interessante Unterhaltung hinter mir. Dreimal dürfen Sie raten, mit wem.«

Borger versuchte zu lächeln. »Nicht mit meiner Mutter, hoffe ich.

»Sehr witzig.«

Borgers Lächeln verschwand. »Entschuldigung.«

»Wie aufschlussreich ein Telefonat mit Ihrer Mutter auch sein mag, aber ich habe gerade mit Alison Shaw geredet.«

Borger schaute ihn überrascht an. »Alison?«

»Ja. Und wissen Sie, warum?«

»Äh ... Nein, Sir.«

Langford musterte Borger weiter. »Wissen Sie eigentlich, wo sie gerade ist?«

»Puerto Rico?«

»Die *Pathfinder* liegt unweit von Trinidad vor Anker mit Dr. Shaw an Bord.«

»Das ist mir neu.«

Langford nickte. »Was mich aber überrascht ist, warum sie mich angerufen hat ... um nach *Ihnen* zu fragen.«

»Nach mir?«

»Sie haben richtig verstanden.«

»Nein, ich fürchte, ich verstehe gerade sehr wenig«, entgegnete Borger.

»Nun, da sind wir schon zu zweit, denn nicht nur befindet sich Dr. Shaw in der Karibik auf einer Mission von ungeheurer Bedeutung. Nein, jetzt ruft sie mich an und bittet, Sie in einen Flieger nach Trinidad zu setzen.«

»Trinidad? Wozu?«

Langford schenkte Borger einen harten Blick. »Und ich habe gehofft, Sie könnten mich aufklären.«

»Ich habe keine Ahnung, Sir.«

»Ich verstehe.« Langford seufzte und stand auf. Er ging um seinen Schreibtisch und ließ sich auf seinen Stuhl fallen. Er ließ sich etwas Zeit und drückte dann beide Hände vor seinem Gesicht zusammen. »Ms. Shaw und Commander Lawton sind auf der *Pathfinder*, um einen zweiten Standort unserer mysteriösen Pflanzen zu untersuchen, die sehr ähnliche Eigenschaften haben sollen wie die in Guayana.«

»Was?«, entfuhr es Borger, der sich nach vorne beugte.

»Ja, muss ich denn alles zweimal sagen? Ein weiterer möglicher Standort, diesmal unter Wasser.« Langford ließ Borger nicht aus den Augen, während dieser wie versteinert dasaß und überlegte.

Drei Gedanken schossen ihm durch den Kopf, und jeder war so weltbewegend wie der nächste. Und wenn dieser Reflex nicht angeboren wäre, hätte er wahrscheinlich vergessen zu atmen.

Allein die Möglichkeit, dass ein zweiter Standort existieren könnte, war schon überwältigend. Eine weitere Quelle für etwas, das von einem evolutionären Standpunkt aus gesehen einem Wunder glich. Eine Mutation, die fähig war, die genetische Struktur eines lebendigen Organismus' zu verändern und die etwas schaffen konnte, das die Menschheit noch nie zuvor gesehen hatte. Und dafür gab es einen Grund, der zwar logisch war, gleichzeitig aber auch so ungewöhnlich, dass einem die Spucke wegblieb. Es handelte sich um ein Geheimnis, dem Alison und Borger bereits auf die Spur gekommen waren.

Die Chinesen hatten den Fund des Jahrhunderts gemacht. Einen Fund, der sie zu einem Angriff auf eines der Schiffe der U.S.-Marine bewegte, um mit den Pflanzen zu fliehen. Den Rest hatten sie zerstört.

Aber das war nur die Spitze des Eisbergs. Die Chinesen waren getürmt. Sie glaubten, dass sie in Besitz sämtlichen genetischen Materials waren. Was sie aber nicht wussten, war, dass die Quelle nicht die Pflanzen selbst waren. Nein. Die *Quelle* befand sich irgendwo im Wasser, das hochgradig mit etwas angereichert war, das sich auf dem Gipfel des Berges befand. Etwas äußerst Besonderem.

Sie hatten es mit einer Art Safe zu tun, einem im Berg versteckten Tresorraum, der Tausende, vielleicht sogar Millionen von perfekt erhaltenen Proben einer außerirdischen Biosphäre enthielt. Die Gesamtheit der genetischen und zellulären Geschichte eines anderen Planeten, eingebettet in unzähligen speziell aufbewahrten Samen ... und Embryonen.

Es war ein unglaublicher Fund, den man kaum in Worte fassen konnte. Und jetzt behauptete Alison, dass sie einen *zweiten* Standort gefunden hatte. Es verschlug Will Borger schlichtweg die Sprache, denn dieser neue Standort könnte eine Frage beantworten, über die Will seit der Entdeckung des Embryonen-Tresors schlaflose Nächte verbracht hatte.

Angesichts der Größe des Tresors in Guayana und der Vielzahl und Menge an verbauten Materialien war Borger überzeugt, dass man ein Schiff gebraucht hatte, um sie von einem sehr weit entfernten Ort zu transportieren. Um eine solche Distanz zurückzulegen, zusammen mit der Geschwindigkeit, die erforderlich war, um die Erde zu erreichen, hätte man unglaubliche Mengen Energie benötigt. Für Borger konnte das nur eines bedeuten: Die außerirdischen Piloten hatten eine einfache Fahrkarte gelöst und waren Teil eines Himmelfahrtkommandos gewesen. Und das stellte die Frage, die er nicht hatte beantworten können: *Wo befand sich das Schiff?*

Könnte Alisons Entdeckung die Antwort auf seine Frage liefern? Vielleicht hatte sie ja das Schiff gefunden! Nach einem einfachen Ausschlussverfahren mussten sie es entweder zerstört oder versteckt haben. Wenn Letzteres der Fall war, dann dort, wo niemand es so schnell finden würde.

Wie Alison es aber geschafft haben könnte, es ausfindig zu machen, war jenseits seiner Vorstellungskraft. Aber das störte ihn auch gar nicht, denn die Folgen ihrer möglichen Entdeckung fand er *viel* interessanter als das Wie.

»Mr. Borger«, unterbrach Langford die Stille. »Sie machen den Anschein, als ob Ihnen etwas auf dem Herzen liegt?«

Er nickte langsam. »Ja, Sir.«

»Und?«, forderte Langford ihn auf, die Hände immer noch zusammengedrückt.

Borger wollte es ihm erzählen, seit sie es gefunden hatten. Aber er, Clay, Caesare und Alison hatten sich dagegen entschieden. Sie wussten, was es bedeutete, eine solche Entdeckung auf die Menschheit, auf die Welt loszulassen.

Die Kraft, die in jener Flüssigkeit steckte, in der die Embryonen schwammen, überstieg selbst sein Vorstellungsvermögen. Was könnte sie auf der Erde anrichten, auf der Kriege für Nichtigkeiten geführt wurden, oft auch wegen einfacher Lügen?

Vor Angst, was als Nächstes geschehen könnte, hatten sie Langford und allen anderen das Geheimnis vorenthalten.

Und genau *das* war die dritte Sache, die Will Borger sprachlos machte. Es war die Möglichkeit, dass jemand anders es herausfinden konnte. Sonst hätte John Clay Will Borger die Nachricht niemals geschickt.

Zehn Buchstaben. Eine einfache Nachricht, ehe das Signal von Clays Satellitentelefon für immer verschwunden war.

INFOLNGFRD.

74

M0ngol wurde nicht gerne gestört. Weder von seinen Kollegen noch seinem Boss – noch nicht einmal von seinen Freunden. So, wie er es sah, war seine Arbeit viel zu wichtig, als dass man ihn dabei unterbrechen dürfe. Und genau das machte den Überraschungsbesuch zweier Agenten des Ministeriums für Staatssicherheit so ärgerlich.

Für ihn waren Agenten des MSS kaum mehr als Schläger. Qin bildete die Ausnahme zu dieser Regel. Er war einer der wenigen, die M0ngols Kompetenzen zu schätzen wussten und die nötige Vorstellungskraft besaßen, sich auszumalen, was er anzurichten imstande war. Anderen fehlte dazu die geistige Flexibilität. Wie auch den beiden, die den jungen Hacker jetzt den weitläufigen Flur entlang eskortierten. Sie geleiteten ihn durch einen Teil des Gebäudes, das er noch nie gesehen, sondern von dem er nur gehört hatte.

Im Gegensatz zu manch anderem jedoch zeigte M0ngol nur wenig Interesse daran, diesen Ort mit eigenen Augen zu sehen. Er hatte Wichtigeres zu tun, als jemanden über Internetsicherheit aufzuklären, der vorne und hinten nicht kapierte, was ihm da erklärt wurde.

Die beiden Schläger an seiner Seite hatten kein Wort gesagt, seitdem sie M0ngol aus seinem Stuhl gerissen hatten. Zusammen schritten sie in flottem Tempo bis zum Ende des Flurs und bogen dann rechts ab. Es folgte ein weiteres langes Teilstück, an dessen Ende eine schlichte Doppeltür auf sie wartete, vor der zwei weitere Agenten standen.

Als sie zu den Türen kamen, musste er mit ansehen, wie die Trottel wichtige Blicke austauschten. Zufrieden öffnete einer der beiden eine Tür und bat M0ngol einzutreten.

Er stand in einem großen Raum, der im Gegensatz zur Trostlosigkeit der Korridore geradezu luxuriös eingerichtet war – insbesondere der gigantische Konferenztisch aus Mahagoni und die ledernen Stühle stachen ihm ins Auge.

Am Kopf des Tisches saß ein älterer Mann, der M0ngol ausgiebig musterte, ehe er ihn mit einer Geste einen Platz am Tisch zuwies.

»Setzen Sie sich, bitte.«

Der junge Mann folgte der Aufforderung.

»Wissen Sie, wer ich bin?«

»Ja«, gab M0ngol zurück. »Sie sind Yu Xinzhen, Vorsitzender des Ständigen Ausschusses. Es gibt nicht viele Chinesen, die Sie nicht kennen.«

Xinzhen nickte, ließ sein Gegenüber aber keinen Augenblick aus den Augen. Allein sein Ton und seine Körperhaltung sprachen Bände. M0ngol gehörte zur neuen Garde. Die Alten bezeichneten sie mit Worten wie *besessen*. Unausgereift und angetrieben von einem Anflug der Rebellion waren sie letztendlich kaum mehr als Kinder, die sich hinter der Fassade der Weisheit und unzähligen Gerätschaften und technischen Hilfsmitteln versteckten, um sich wichtig vorzukommen. Unter ihnen nahm M0ngol einen besonderen Platz ein. Er platzte förmlich vor Selbstüberschätzung und unverdienter Macht, die ihm eine Technologie verschafft hatte, von denen seine Eltern und der Großteil der Rest der Welt nichts verstanden.

Xinzhen starrte M0ngol ein wenig amüsiert an. »Wissen Sie, warum ich Sie hergebeten habe?«

»Nein.«

»Sie arbeiten mit Qin zusammen.«

»Stimmt.«

»Und es sieht ganz so aus, als ob Sie sehr viel für ihn herausgefunden haben.«

Xinzhen beobachtete, wie sich M0ngols Gesichtsausdruck langsam veränderte. Hier würde es nicht um seine Fähigkeiten gehen, die er anderen zeigen sollte. Hier stand sein Wissen auf dem Spiel … und das, was er gelernt hatte. Ein Samen der Nervosität keimte in ihm auf.

»Ich habe einige Sachen herausgefunden, wie mir aufgetragen wurde.«

Xinzhen nickte. »Wie Ihnen aufgetragen wurde.«

»Genau.«

»Und wer genau war dieser Auftraggeber?«

M0ngol rückte in seinem Stuhl hin und her. Qin hatte dem alten Mann offensichtlich Bericht erstattet, aber M0ngol hatte keine Ahnung, wie viel Informationsaustausch tatsächlich stattgefunden hatte. Ein flüchtiger Gedanke, bei dem er sich wünschte, er hätte die Unterhaltung mit Qin aufgenommen.

»Qin. Er hat mich gebeten, im Fall von General Wei zu ermitteln.«

»Und zu welchem Ergebnis sind Sie gekommen?«

»Nun, wir haben herausgefunden, dass seine Tochter noch lebt.«

»Und?«

»Und dass der General ihr etwas anvertraut hat.«

»Und?«

M0ngol zögerte. Seine Gedanken überschlugen sich förmlich. Er warf einen Blick durch die Glastüren. Die beiden Agenten starrten ihn an. Seine Selbstsicherheit schmolz dahin. »Äh … und … und dass ein Amerikaner versucht, sie zu kidnappen.«

M0ngol war enttäuscht, als Xinzhen keine Miene verzog. Stattdessen holte er tief Luft und legte behutsam eine Hand auf den Tisch. »Was noch?«

»W… Was meinen Sie?«

»Mein lieber Junge, wollen Sie mich etwa an der Nase herumführen?«

»Nein! Nein, Sir.«

»Dann erzählen Sie. Was haben Sie *sonst noch* in Erfahrung gebracht?«

M0ngol schluckte. »Was noch?«

Xinzhen trommelte mit den Fingern auf dem Tisch. *Ach, wie schnell die doch die Fassung verlieren.*

»Ich weiß, dass Sie sehr viel über General Wei recherchiert haben. Sie haben doch sicherlich noch mehr herausgefunden, das Sie mit mir teilen möchten?«

»Nun … Ich …«

»Sie wissen von unserem Projekt in Südamerika.«

Jetzt begann der junge Mann zu stottern. »Ein … Ein wenig.«

»Ich glaube, Sie wissen mehr als nur ein wenig. Bitte, klären Sie mich auf.«

M0ngol nickte. »Sie suchen.«

Xinzhens Augen zeigten ein kurzes Flackern geweckten Interesses. »Wer sucht?«

»Die Brasilianer. In diesem Augenblick. Sie suchen, während wir reden.«

»Wonach denn?«

»Nach Überbleibsel der Pflanzen. Sie glauben, dass es noch mehr gibt.«

Jetzt besaß M0ngol Xinzhens ungeteilte Aufmerksamkeit. »Noch mehr?«

»Ja. Und außerdem suchen sie nach einem Primaten. Sie glauben, dass er die Pflanzen-DNS in sich aufgenommen hat.«

»Und sie suchen jetzt? In diesem Augenblick?«

»Ja, Eure Eminenz. Auf dem Berg. Die Brasilianer und ein kleines Team U.S.-Amerikaner.«

Xinzhen beugte sich vor. »Die Vereinigten Staaten sind mit von der Partie?«

»Ja. Freunde von dem Amerikaner, der in China ist, um Weis Tochter zu finden.«

M0ngol schien allein von dem Blick des alten Mannes wie gelähmt. Man hatte Xinzhen versichert, dass sämtliche restliche Pflanzen rückstandslos vernichtet worden waren. Wenn jetzt aber die Amerikaner *und* die Brasilianer dort herumschnüffelten, dann gab es Grund genug anzunehmen, dass vielleicht einige von ihnen überlebt hatten. Und wenn die sie zuerst in die Finger bekamen, würden sie nicht mehr aufzuhalten sein.

Qin hatte behauptet, dass er Weis Tochter in seiner Gewalt hatte und sie die Schatulle bei sich trug.

Aber das bedeutete herzlich wenig, wenn die Amerikaner ihre eigene Quelle fanden.

»Haben sie schon etwas gefunden?«

M0ngol schüttelte den Kopf. »Ich glaube nicht. Zumindest noch nicht.«

Xinzhen stand ruckartig auf und deutete mit ausgestrecktem Arm auf die Tür. »Gehen Sie. Sofort.«

Während der alte Mann zusah, wie M0ngol beinahe zum Ausgang rannte, holte er sein Handy aus der Brusttasche seines Jacketts und wählte.

75

Genau dreiundsechzig Minuten später legte Xinzhen ein weiteres Mal auf und lehnte sich in dem weichen Ledersitz seiner Limousine zurück.

Es blieb ihm keine Wahl. Er musste das am besten gehütete Staatsgeheimnis Chinas lüften.

Obwohl der politische Status der Spratly-Inseln im Südchinesischen Meer hoch umstritten war, hatten sie etwas dort geschaffen, das selbst unter der konstanten Überwachung der Vereinigten Staaten geheim geblieben war. Jetzt aber blieb ihm nichts anderes übrig.

Das Archipel bestand aus über siebenhundert unbewohnten Inseln und Riffen. Der wahre, nämlich strategische Wert bestand darin, dass die Riffe, Atolle und Inseln auf dem Weg der großen Schiffsrouten lagen – Routen, auf denen sechzig Prozent des Welthandels transportiert wurden.

China ignorierte natürlich die erhitzten Territorialansprüche seiner Nachbarn und entschied sich, einen vollkommen anderen Pfad einzuschlagen, der den Rest der Welt in Atem hielt. Statt sich wegen des Archipels großartig in die Haare zu kriegen, *bauten sie einfach ihr eigenes*.

Mit Dutzenden Baggerschiffen hatte China die letzten zwei Jahre damit verbracht, existierende Riffe in den seichten Gewässern auszuweiten, um so *neue* militärische Inseln zu formen. Das war ein Schachzug, dem der Rest der Welt wortwörtlich sprachlos beiwohnte.

Entgegen der neuesten Statusberichte ausländischer Spionagesatelliten war die Basis auf Yongshu Jiao komplett einsatzbereit. Und in dem riesigen Hangar ruhte eine der größten Waffen, die die Menschheit je besessen hatte – eine Waffe, die beinahe jedes an den Pazifischen Ozean angrenzende Land in Schutt und Asche legen konnte.

Die thermobare russische Bombe war mit einer Sprengkraft von beinahe siebentausend Tonnen TNT die stärkste je von der Menschheit gebaute konventionelle Bombe. Im Gegensatz dazu waren die amerikanischen »Massive Ordnance Air Blast«-Fliegerbomben, abgekürzt MOAB, nicht mehr als Kinderspielzeuge, denn das russische Modell war wesentlich fortgeschrittener und verfügte über vierfache Sprengkraft mit entsprechendem Explosionsradius.

Die nicht ganz so feine Ironie lag allerdings darin, dass Russlands *Mutter aller Bomben* nicht von einem herkömmlichen Bomber getragen werden, sondern nur auf der Ladefläche eines größeren Transportflugzeugs an ihr Ziel gebracht werden konnte. China besaß einen solchen Prototypen in Form der einsatzbereiten Xian Y-20, dasselbe Flugzeug, das General Wei von Venezuela nach China beordert hatte.

Xinzhen warf einen nachdenklichen Blick auf seine Armbanduhr. Die Y-20 hatte soeben von Yongshu Jiao abgehoben und würde auf seiner Route nach Südamerika, genauer gesagt dem Acarai-Massiv, genau einmal nachtanken müssen – und zwar per Luftbetankung.

Man konnte nicht vorhersagen, ob die Amerikaner oder die Brasilianer Überreste dessen finden würden, was die chinesischen Soldaten abgeerntet hatten, aber das war ein Risiko, das Xhinzhen nicht eingehen wollte.

In wenigen Stunden schon würde die gesamte Gegend sich unter der Explosion der thermobaren Waffe in Luft auflösen. Nur so konnte er sicher sein, dass, wenn China schon nicht Südamerikas Superorganismus in seine Gewalt bekam, ihn auch niemand anderes besitzen würde.

76

Rund eineinhalb Kilometer vom geplanten Abwurfort der Bombe entfernt blickte Steve Caesare den Berg hinab auf einen dichten Hain Bäume. Er suchte nach Anzeichen der brasilianischen Soldaten, konnte aber nicht mehr als das sanfte Wehen der Äste und das Rascheln der Blätter ausmachen. Es herrschte eine beinahe unheimliche Stille.

»Und Sie sind sich sicher, dass es hier und nicht woanders war?«

Tiewater nickte. »Ja. Leider scheinen diese Idioten sie vertrieben zu haben, als sie geschossen haben.«

»Großartig.« Caesare drehte sich um und schaute die Schatten von DeeAnn und Dulce hinter sich fragend an. »Habt ihr was?«

DeeAnn kniete sich neben die Gorilla-Dame. Die kleine Dulce stand schweigend da, lugte in die Dunkelheit, sog die Luft in ihre schwarzen Nüstern und neigte den Kopf zur Seite, um besser lauschen zu können.

Caesare, Tiewater und Corso hörten, wie Anderson sich über sein Headset meldete, der die Gruppe aus seinem Versteck hinter ihnen warnte: »Sie sind im Anmarsch.«

»Gruppenstärke?«

Er hob den Feldstecher an die Augen und folgte den ersten Scheinwerfern. »Mehr als nur ein Laster. Wir sollten uns beeilen, den Affen zu finden.«

»Wie weit sind sie noch entfernt?«

»Vielleicht eineinhalb Kilometer.«

Caesare wandte sich wieder dem Hang zu, der mit hohem Gras bewachsen war. »Ist irgendetwas in den Bäumen zu sehen?«

»Nein.«

Hinter ihnen drehte Dulce den Kopf und schaute in die Richtung, aus der sie gekommen waren. Plötzlich rannte sie los, kletterte einen kleinen Baum hinauf und hielt erst an, als sie auf dem obersten Ast angekommen war.

»Uns läuft die Zeit davon«, bemerkte Caesare.

DeeAnn wollte schon antworten, als der Lautsprecher in ihrer Weste ertönte.

Dahin.

»Wohin, Dulce?«

Da. Sie zeigte den Berg empor.

»Was hörst du?«

Nicht hören. Riechen.

»Was riechst du?«

Freund. Er da.

DeeAnn schoss Caesare einen Blick zu. »Du riechst deinen Freund?«

Ja. Dulce raste den Baum wieder herab, landete neben dem Baumstamm und hüpfte aufgeregt auf und ab.

Schnell.

DeeAnn sah, wie Caesare den Kopf schüttelte und sich an Tiewater und Corso wandte. »Sieht so aus, als ob wir wieder umdrehen. Ich nehme Anderson mit, während Sie und Corso versuchen, die Brasilianer auf eine falsche Fährte zu locken. Sobald wir Dexter gefunden haben, machen wir uns auf zur Basis und verschwinden von hier. Halten Sie sich bereit, auf Kommando abzurücken.«

Tiewater und Corso nickten.

»Der Kamm verläuft nach Westen und sollte Ihnen reichlich Deckung geben«, meinte Tiewater. »Und wenn man nicht gerade um den Berg selbst will, ist er der Weg, der am weitesten von der

Straße entfernt ist. Wir werden versuchen, sie nicht allzu weit von der Straße abkommen zu lassen.«

»Gut«, schloss Caesare und sprach dann in sein Mikro: »Anderson, wir treffen uns am Kamm.«

»Am Kamm, verstanden.«

Caesare lächelte. »Es wird an der Zeit, sich ein wenig die Beine zu vertreten, Juan.«

»Dann wollen wir mal.«

Corso näherte sich DeeAnn in der Finsternis und starrte auf den Gorilla neben ihr. Ohne Vorwarnung streckte er den Arm aus und tat etwas, das niemand von ihm gedacht hätte. Er tätschelte Dulces Kopf.

»Sie hat ganze Arbeit geleistet.«

Als Antwort konnte er lediglich die großen Zähne in der Finsternis erkennen.

77

Dr. Becca hockte auf der Ladefläche eines Lasters. Sie konnte kaum die Rücklichter ausmachen, die vor ihnen in der Nacht auf und ab tanzten. Salazars Lieutenant Sosa befand sich zusammen mit Dutzenden Soldaten im ersten Fahrzeug. Sie hielten sich krampfhaft fest, während der LKW über Stock und Stein holperte.

Der Konvoi hielt in einiger Entfernung zu dem Ort, von dem die Schüsse gekommen waren, an und leerte sich im Handumdrehen. Taschenlampen wurden angeschaltet, und die Männer organisierten sich in drei Trupps – zwei größere Teams, die die Gegend absuchten, und eine kleinere Gruppe, die Becca assistierte.

Die Straße führte nach Norden über einen weitläufigen Pass zwischen zwei Kammlinien, die sich im Mondlicht deutlich gegen die Nacht abzeichneten.

Sosa gab den Befehl zum Ausrücken, und beide Suchteams verschwanden in der Finsternis. Beccas Gruppe folgte nach kurzem Warten. Hunderte von Stiefeln marschierten vorwärts und formten eine breite Linie. Jeder Soldat hatte die Waffe angelegt und suchte konzentriert die Landschaft ab.

Aus der entgegengesetzten Richtung rannte Dulce durch das dichte Unterholz, Anderson dicht auf den Fersen. Dahinter folgte Caesare, und DeeAnn und Juan hatten alle Mühe, mit ihnen mitzuhalten und gleichzeitig die niedrig hängenden Äste zu vermeiden.

Die grellen Lichter der Scheinwerfer waren selbst durch das dichte Blattwerk der Bäume zu sehen. Der Hang war jetzt steiler, sodass sie langsamer wurden. Auf halber Höhe konnten sie einen Blick auf den Konvoi erhaschen. DeeAnn schnappte bei dem Anblick nach Luft. In der Ferne sah sie Dutzende schattiger Gestalten, von denen sich manche direkt auf sie zubewegten.

Auch Dulce blieb stehen, um mit gespitzten Ohren anzuhalten. Sie schnupperte erneut und rannte einige Schritte vorwärts, ehe sie am Fuß der Felszunge anhielt. DeeAnn schaute in ihre Richtung. Jetzt wusste sie, wo sie sich befanden. Sie waren unweit des Wilderer-Lagers. Nur, dass sie sich ihm diesmal von der anderen Seite näherten. Dulce schien wie versteinert und lauschte in die Nacht hinein.

Anderson schlich vorwärts und verschwand hinter einer Reihe hochgewachsener Sträucher. Als er kurz darauf wieder erschien, hielt er eine Hand in die Höhe und gab der Gruppe zu bedeuten, sich ihm langsam zu nähern. Sie reihten sich hinter ihm ein und blickten in die Richtung, in die er zeigte.

In einiger Entfernung sahen sie das hintere Drittel des Pritschenwagens der Wilderer. Auf der Ladefläche waren die Käfige gestapelt, in denen sich die Kapuzineraffen befanden. Was sie aber zum Staunen brachte, war die Gestalt, die sich *vor* den Käfigen aufhielt.

Es war ein Affe mit grauem Fell, der auf der Ladefläche stand und sie untersuchte. Aber er betrachtete sie nicht nur, sondern fummelte an einem Schloss herum, während die Affen in den anderen Käfigen sich merkwürdig still verhielten.

Der graue Kapuzineraffe beugte sich von einer Seite zur anderen, als ob er das Schloss aus allen Winkeln beäugen wollte, um dann einen neuen Versuch zu starten, es zu öffnen.

»Um Gottes willen!«, entfuhr es DeeAnn.

»Er will sie befreien!«

DeeAnn nickte Juan aufgeregt zu. »Das ist Dexter!«

Als er seinen Namen vernahm, erstarrte der Affe auf der Ladefläche und blickte sich um. Sekunden später explodierte der Käfig neben ihm unter einer Salve Kugeln, flog von der Ladefläche und fiel zu Boden. Dexter schrie auf und verschwand in der dichten Vegetation.

Caesare und Anderson drückten die anderen ohne zu zögern zu Boden, hoben aber die eigenen Köpfe und suchten die Umgebung ab. »Wo ist er hin?«

»Keine Ahnung.«

Ihre Frage wurde beantwortet, als der kleine Kapuzineraffe aus dem Gebüsch vor ihnen platzte und gegen Andersons Brust prallte. Der SEAL tat sein Bestes, ihn festzuhalten, aber Dexter schaffte es sich wieder zu befreien und rannte weiter.

»Verdammt!« Anderson hatte sich schon aufgerichtet, um den Affen zu verfolgen, als einige Kugeln die Blätter hinter ihm zerfetzten.

»Runter!«

Anderson warf sich wieder auf den Boden, während Caesare Dexter hinterherschaute, der in der Finsternis verschwand.

»Sie kümmern sich um Juan! Wir verfolgen den Affen!«

Anderson eilte zurück zu Juan. »Folgen Sie mir.«

Mit dem Kinn im Matsch nickte Juan, so gut er konnte.

Neben ihm packte Caesare DeeAnn und Dulce.

»Immer schön unten bleiben!«

Mit diesen Worten hob er die Waffe vor die Brust und fiel in einen gebückten Trott.

78

»Vorrücken! VORRÜCKEN!«, brüllte Lieutenant Sosa über dem Geräusch der Schüsse.

Seine Männer begannen zu laufen und fächerten aus, als der Pass sich öffnete, während Becca eine kleine Anhöhe hinaufklettern musste, um sehen zu können, was sich zu ihren Füßen abspielte. Oben angekommen, blickte sie auf eine Reihe von Taschenlampen, die ein kleines Lager mit zwei Fahrzeugen durchkämmten.

Ihr stockte der Atem, als sie die gefangenen Kapuzineraffen auf der Ladefläche des Transporters sah. Weiter entfernt jagten andere Männer etwas hinterher, bis sie vom Dschungel verschluckt wurden.

Zu ihrer Linken fielen am Fuß ihres kleinen Kamms weitere Schüsse, gefolgt von lautem Geschrei.

Sie sprang die Böschung hinab, rannte auf das Lager zu und brüllte: »Beeilung!«

Am Kamm selbst erstarrte Juan Diaz beinahe angesichts des Kugelhagels, und Anderson musste ihn unsanft vor sich herschieben, damit er nicht gänzlich stehen blieb. Jedes Mal, wenn er sich zu sehr aufrichtete, streckte Anderson den Arm aus, drückte seinen Kopf nieder und zischte: »Runter mit der Birne!«

Auf allen Vieren krochen sie die Böschung zu einigen größeren Steinen hinauf, hinter denen sie Zuflucht nahmen. Anderson drehte sich sofort wieder um und schielte in die Nacht. »Scheiße.

Sie kommen!« Im Umkreis von zwanzig Metern gab es keine weitere Deckung. So weit würden sie nie unentdeckt kommen.

»Sehen Sie die Felsen dort?«

»Ja.«

»Ich sagen Ihnen Bescheid, wann Sie loslaufen müssen. Und wenn ich ›laufen‹ sage, meine ich, dass Sie um Ihr Leben rennen müssen. Halten Sie sich so geduckt wie möglich!«

»Okay.«

»Wir müssen es bis dorthin schaffen.«

»Und was ist mit Ihnen?«

»Mich werden Sie nicht so leicht los. Aber erst muss ich diese Typen ein wenig aufhalten.« Er blickte sich erneut kurz um. »Alles klar. Sind Sie bereit?«

»Nicht wirklich.«

»Sehr gut. Also, ich zähle bis drei. Eins ... zwei ... drei!«

Juan sprang auf und sprintete, so schnell er konnte, mit gebeugtem Kopf. Er konzentrierte sich einzig und allein auf die Felsen, die im hellen Mondlicht leuchteten, und hoffte, dass nichts im Weg lag, über das er stolpern könnte.

Als Sosas Männer die Steine erreichten, umzingelten sie sie und näherten sich dann vorsichtig, nur um den Platz leer vorzufinden.

Caesare hielt inne, als er das unverkennbare Rattern von Andersons HK416 vernahm, das von weiter oben an seine Ohren drang. Es fiel ein Dutzend Schüsse, ehe die Waffe wieder verstummte. Die Stille währte nur kurz, denn schon ertönte eine weitere Salve.

Er eilte weiter. Mehr Schüsse von den Brasilianern, gefolgt von Stille. Anderson war wohl mit Nachladen beschäftigt.

Einige Querschläger sausten über seinen Kopf hinweg, sodass er sich noch tiefer beugte. »Runter mit den Schädeln!«, knurrte er und nahm hinter einem dicken Baumstamm Deckung, um das Feuer zu erwidern.

Er erspähte zwei Silhouetten und drückte viermal in ihre Richtung ab. Danach waren sie verschwunden.

»Bleibt mir auf den Fersen.«

Als keine Antwort kam, drehte er sich um und merkte, dass weder DeeAnn noch Dulce hinter ihm standen.

»Verdammt!«

Weiter nördlich musste Corso mit anschauen, wie noch mehr Männer von der nicht asphaltierten Straße auf sie zugestürmt kamen, während Tiewater hinter ihm kniete und eine Reihe von Sprengkapseln verdrahtete. Er arbeitete, so schnell er konnte, und zwirbelte die blauen und gelben Drähte zusammen. Jetzt musste er sie nur noch mit den Lunten verbinden.

Andersons Stimme ertönte zwischen einzelnen Schüssen im Headset. »Ich könnte eine Ablenkung gebrauchen!«

»Wir sind schon dabei«, meldete sich Tiewater und ließ seine Finger fliegen. Kaum war er fertig, überprüfte er seine Arbeit ein letztes Mal, indem er jeden Draht mit der Fingerkuppe entlangfuhr.

»Alles klar?«, erkundigte sich Corso.

Tiewater nickte ihm zu. »Alles klar.« Er stellte den Timer ein und platzierte die erste Ladung, ehe er sich umdrehte, um Corso im Dschungel verschwinden zu sehen, der eine zweite Ladung ablegte und dann in die andere Richtung lief, um alle dreißig Meter eine weitere Ladung Sprengkapseln zu platzieren.

»Sind gleich so weit …«, flüsterte Tiewater ins Mikro und wartete, bis Anderson zu schießen aufhörte, ehe er die erste Ladung zündete.

Aus der Ferne waren die kleinen Explosionen nicht von Schüssen zu unterscheiden.

Sosa und seine Männer hielten augenblicklich an und starrten in Richtung der Schüsse zu ihrer Rechten. Der Lieutenant wurde kreidebleich.

»Kreuzfeuer! Abrücken! Zurück mit euch!«

Es war beinahe unmöglich, sich gegen Kreuzfeuer zu wehren, und seine Männer hatten sich schon viel zu weit verteilt. Er hatte nur wenige Minuten, um den Rückzug zu organisieren und sie neu aufzustellen.

»ZURÜCK!«, brüllte er erneut.

Dann sah er, wie zwei seiner Männer zu Boden gingen.

Weiter oben am Kamm warf Juan sich hinter die Felsen und wartete einige Sekunden auf Anderson. Als der nicht auftauchte, holte Juan tief Luft und rannte weiter in die Nacht hinein.

Knappe hundert Meter hinter Juan entkam Anderson ein Keuchen. Er fiel auf ein Knie, biss die Zähne zusammen und sprach dann ins Mikro.

»Ich ... bin getroffen!«

Er zog die Jacke beiseite und fand die Wunde direkt unter seinem linken Brustkorb – ein verdammter Querschläger.

Anderson verlor beinahe das Gleichgewicht und ging dann auf beide Knie. Er tastete die Wunde ab und zog rasch die Hand wieder zurück. Sie war voller Blut.

»Scheiße.«

Wenn er so weitermachte, würde er verbluten.

»Wo sind Sie?«, ertönte Caesares Stimme in seinem Ohr.

Anderson versuchte Luft zu holen. »Auf der anderen Seite des Lagers. Knappe fünfzig Meter entfernt.« Er drehte sich um und wollte den Berg hinaufschauen, ehe er erneut tief Luft holen musste. »Juan versucht auf eigene Faust zurückzukommen ...«

Er verstummte. Die stechenden Schmerzen in seinem Bauch und Rücken waren einfach zu viel. Er tat sein Bestes, um auf den Knien zu bleiben.

»Ich schaffe es nicht«, meldete Anderson sich leiser, als er zu Boden ging. »Ich bin fertig ...«

Auf der anderen Seite des Passes erreichte Juan ihr Lager in der Nähe des Kamms. In der Finsternis fiel er vor Erleichterung auf die Knie und rang nach Luft.

Die vielen brasilianischen Soldaten, die bereits auf ihn warteten, fielen ihm gar nicht auf.

79

John Clay öffnete langsam die Augen und sah seine Knie, die auf einem alten Betonboden ruhten. Seine Arme waren zur Decke gereckt und mit Seilen festgebunden, sodass er nicht in sich zusammensacken konnte.

Es waren die Schmerzen in seinen Schultern, die ihn jäh ins Hier und Jetzt beförderten. Er hatte keine Ahnung, wie lange sie bereits den Großteil seines Gewichts hatten tragen müssen. Er richtete sich ein wenig auf, um die Qualen zu lindern, und blinzelte mehrmals, um sich besser umschauen zu können.

Er schien sich in einer Lagerhalle zu befinden. Boden und Wände waren aus Beton. Über seinem Kopf befanden sich große Stahlstreben, auf denen ein Metalldach ruhte.

Vor einer Wand bemerkte er eine auf dem Boden liegende Gestalt. Erst als Clay vernünftig fokussieren konnte, erkannte er den leblosen Körper Jin Tangs – der Mann, der ihm bei seiner Weiterreise von Hongkong in den Norden so tatkräftig geholfen hatte. Tangs dunkle Augen starrten leblos zur Decke, und ein breiter Rinnsal Blut trocknete bereits auf seinem Gesicht. Seine beiden Füße ragten in einem unnatürlichen Winkel in die Luft.

Ein junger chinesischer Soldat trat in Clays Sichtfeld und sah, dass er die Augen geöffnet hatte. Sofort drehte er sich um und sagte etwas. Kurz darauf erschien Li Qins Gestalt, trat direkt vor Clay und starrte ihn neugierig an.

Clay erwiderte seinen Blick, senkte dann aber den Kopf. Vor

ihm war eine kleine Lache Blut auf dem Boden. Weitere Tropfen verrieten ihm, dass er eine Kopfwunde hatte.

Qin verschränkte die Arme vor der Brust und lächelte Clay an. Seine verletzte Hand war ordnungsgemäß versorgt. »Na, das hat ja gedauert.«

Zwei weitere Soldaten erschienen und stellten sich hinter Qin auf.

»Ich hatte schon Angst, dass ich Sie aus Versehen umgebracht habe.«

Clay öffnete den Mund, um zu sprechen, und ein stechender Schmerz schoss ihm in den Kiefer. »Hab ich ein Glück gehabt.«

»Ich schätze, dass ein Navy SEAL ein gewisses Haltbarkeitsdatum wohl nicht unterschreiten darf.«

Clay antwortete nicht. Stattdessen betrachtete er Qin, der auf ihn zutrat und ihn musterte.

»Und einen Sinn für Humor sollte er auch haben, Mister John Clay.«

»Wo ist Li Na?«

»Ach, machen Sie sich um die Kleine mal keine Sorgen. Wir werden uns gebührend um sie kümmern. Wie Sie sehen können«, erklärte er und trat beiseite, um den leblosen Körper auf dem Boden vor der Wand zu betrachten, »haben wir uns bereits um Ihren Freund Tang gekümmert. Leider war er weder besonders ausdauernd noch hilfreich.«

Qin gab einem weiteren Soldaten ein Zeichen, der daraufhin in Clays Blickfeld trat. In den Händen hielt er Li Nas metallene Schatulle, die er Qin reichte. Dieser nahm sie entgegen, öffnete sie und warf einen Blick ins Innere. »Sie haben einen langen Weg hinter sich. Und das für etwas so Winziges. Aber jetzt, wie Sie sehen, gehört es mir.« Er schloss die Schatulle wieder. »Ich weiß, was Sie jetzt denken. Sie sind verärgert, dass Sie Ihre Beute verloren haben. Durchaus verständlich. Aber eigentlich sollten Sie sich freuen, denn diese Schatulle ist Ihre Rettung, ja, Ihre Erlösung.«

»Juhu«, grunzte Clay leise.

Qin stellte sie auf den Boden vor Clay und legte die Hände auf den Rücken. »Verraten Sie mir, was da drinnen ist, und ich gestalte Ihr Ende … sagen wir, komfortabel. Wenn Sie es nicht tun, werden wir Ihnen den schlimmsten Abgang bereiten, den Sie sich vorzustellen wagen.«

Mit all den Schmerzen fand Clay es schwierig, sich auf Qin zu konzentrieren. Er versuchte ein Knie zu heben, musste aber grunzen und ließ es wieder zu Boden fallen. Sein Bein war gebrochen.

»An Ihrer Stelle würde ich nicht versuchen aufzustehen.« Qin beäugte Clay, der den Kopf wieder senkte. »Sie sollten wissen, dass heute Ihr letzter Tag auf dieser Erde ist. Und wenn Ihr eigener Tod schon nicht genug Anreiz hält, es mir zu verraten, dann vergessen Sie bitte nicht unsere junge Li Na.«

Clay schloss die Augen. Sein Atem ging flach, während er durch die Schmerzen hindurch versuchte, seinen Kopf in Gang zu bringen. Der Mann hatte recht. Es gab keinen Ausweg. Und selbst wenn, er würde es kaum vom Fleck schaffen. Tang war tot, und Clay hatte keine Möglichkeit mehr, mit Borger Kontakt aufzunehmen. Er konnte Li Na nur helfen, indem er mit Qin kooperierte.

Noch wusste Qin nicht, was sich in der Schatulle befand, aber es würde nicht mehr lange dauern, bis er es tat. Sie würden es analysieren und eins und eins zusammenzählen. Es sei denn, Qin zog es vor, das nicht zu tun. Schließlich bedeutete eine Laboranalyse zwangsläufig auch, dass andere davon erfuhren. Außerdem müsste er den Inhalt jemand anderem anvertrauen.

Andererseits war es eindeutig, dass er das Geheimnis unbedingt lüften wollte. Aber Clay bezweifelte, dass Qin es mit den zwei Soldaten in der Halle teilen wollte. Wenn die Katze erst mal aus dem Sack war, würde er alle Hände voll zu tun haben, sie wieder hineinzustopfen. Wenn irgendjemand das verstand, dann Clay. Und Geheimnisse waren am besten gehütet, wenn alle, die etwas über sie wussten, tot waren.

So oder so, Qin würde es herausfinden. Aber wusste er auch, dass Li Na es bereits im Blut hatte? Es war durchaus möglich, dass er diese Verbindung noch nicht hergestellt hatte. Und somit hatte er nicht mehr und nicht weniger als das, was sich in der Schatulle befand.

Clay konnte sich nicht sicher sein, wie viel Qin wusste, vermutete aber, dass der Mann keinen Schimmer von dem besaß, was er vor sich hatte. Weis Entdeckung war eine Sache. Was sich noch *immer* in Südamerika befand eine ganz andere.

Aber es gab Geheimnisse, die zu wichtig waren, sie preiszugeben. Manche waren sogar so wertvoll, dass man für sie starb. Früher oder später wollten alle das haben, was General Wei aus Südamerika importiert hatte. Millionen würden bereit sein, dafür zu töten, ob sie an den Heilungseffekt glaubten oder nicht. Und jetzt befand sich nur noch ein Mann in dieser Lagerhalle, der ein solches Szenario verhindern konnte: John Clay.

Mit geschlossenen Augen bemerkte er die Wut nicht, die sich in Qin aufbaute. Auch sah er nicht, wie dieser auf ihn zutrat und mit dem Bein ausholte. Er spürte aber den Tritt in seiner Bauchgegend, der zwei seiner Rippen brach.

Clay riss die Augen auf und verdrehte sie, als er vor Qualen nach Luft rang.

»Verraten Sie es mir!«, brüllte Qin ihm aus unmittelbarer Nähe ins Gesicht. »Verraten Sie es mir, oder ich verspreche Ihnen, dass das hier erst der Anfang ist!«

Clay musste erneut gegen die Schmerzen ankämpfen, die durch ihn hindurchschossen. Er musste seine Gedanken sammeln, musste sich auf Qin und seine kalten, dunklen Augen konzentrieren. Er musste es zu Ende bringen, hier und jetzt. Es war größer als Clay, größer als Li Na. Hier ging es um die Zukunft der gesamten Menschheit und einer potenziellen Gier, wie sie die Geschichte noch nicht gesehen hatte.

Er starrte Qin an und versuchte Frieden mit sich zu schließen.

Sein Tod war unvermeidbar. Er hoffte nur, dass er einem höheren Zweck dienen würde. Jetzt lag es an Caesare, Borger und Admiral Langford, das Geheimnis weiterhin zu wahren.

Endlich, als die Schmerzen wieder die Oberhand gewannen und seine Konzentration nachließ, erschien Alison vor seinem inneren Auge. Eine Frau wie keine andere.

Und die Frau, von der er sicher gewesen war, dass er den Rest seines Lebens mit ihr verbringen würde.

80

Man konnte Admiral Langfords Gesicht nur mit dem Wort »beängstigend« beschreiben. Mit feurigen Augen und zusammengebissenen Zähnen stürmte er den breiten Flur entlang, und sein Blick alleine reichte, dass ihm jeder aus dem Weg sprang. Seine Stiefel kamen mit jedem Schritt hart auf dem mit Teppich belegten Boden auf, als er auf die geschlossenen Türen des großen Büros zuging.

Die Sekretärin sprang auf, aber sie war bereits zu spät. Als er die Doppeltür erreichte, warf er sie mit einer solchen Wucht auf, dass die Klinken lautstark gegen die Wände krachten.

CIA Direktor Andrew Hayes stand in der Mitte des Büros, blickte aus einem großen Fenster und würdigte diesen Auftritt mit kaum mehr als einem geschielten Blick über die rechte Schulter.

»Sie verschwenden Ihre Zeit, Langford.«

»Zum Teufel, ja!«

Die Sekretärin schloss leise die Türen hinter den beiden Streithähnen.

Der Direktor drehte sich um. »Es wird einfach nicht passieren. Sie können weder mich noch diese Agentur herumkommandieren, wie es Ihnen beliebt, und das wissen Sie auch. Und außerdem sind Sie nicht der Erste, der hier hereinplatzt und eine Forderung nach der anderen stellt. Bei Ihren Vorgängern hat es schon nichts gebracht, und ich werde einen Teufel tun und Ihnen auf einmal Gehör schenken. Ich schlage vor, Sie drehen sich um, ziehen Leine und treten mit dem Rest Glaubwürdigkeit, den Sie noch besitzen, aus meinem Büro.«

»Ich scheiße auf meine Glaubwürdigkeit! Aber merken Sie sich meine Worte: Sie werden es tun.«

Hayes konnte ein Schmunzeln nicht unterdrücken. »Ach, wirklich?« Er steckte die Hände in die Taschen, ging selbstzufrieden zu seinem Schreibtisch und umkreiste ihn, ehe er dahinter Platz nahm. »Und wer sagt das? Sie? Sie besitzen kaum die Befugnis, jeden Morgen hier arbeiten zu dürfen. Wir hingegen sind überall, *Admiral*. Wir wissen alles. Auch, dass Ihr Mann Clay verschwunden ist. Und glauben Sie mir, ich bin nicht bereit, die Sicherheit der Agency, die Sicherheit des ganzen *Landes* aufs Spiel zu setzen, um Ihren Pfadfinder zu retten.« Er nahm eine Tasse vom Schreibtisch und nippte daran. »Außerdem ist es schon zu spät.«

»Das wissen Sie nicht.«

»Sie auch nicht. Wir werden nicht alles für jemanden riskieren, der wahrscheinlich schon tot ist.«

Langford stützte sich wütend auf den Schreibtisch. »Jetzt hören Sie mir mal zu und achten Sie auf jedes Wort, das ich Ihnen ...«

»Nein!«, unterbrach ihn Hayes. Er sprang von seinem Sessel auf und starrte Langford eiskalt an. »Nur für den Fall, dass Sie es nicht wissen, aber was Sie hier verlangen, ist schlichtweg zu viel! Und wie ich Ihnen bereits gesagt habe: Es wird nicht geschehen, und es gibt nichts, was Sie dagegen unternehmen können!«

Sie standen sich stillschweigend gegenüber, als Hayes' Telefon zu blinken begann. Die Stimme seiner Sekretärin ertönte aus dem Lautsprecher.

»Sir, ich habe einen wichtigen Anruf für Sie.«

Hayes ließ den Blick nicht von Langford ab. »Ich bin beschäftigt.«

»Äh, Sir, ich glaube nicht.«

Der Direktor starrte auf das Telefon. »Was zum Teufel soll das denn heißen?«

Sie antwortete nicht. Stattdessen sagte sie einfach: »Ich stelle durch.«

Die nächste Stimme war wesentlich tiefer, und die beiden erkannten sie sofort. »Hayes, Carr hier. Ist Langford bereits bei Ihnen?«

Hayes' Kiefer klappte hinunter. Er brauchte eine ganze Weile, ehe er sich wieder genug gefangen hatte, um zu antworten, starrte aber weiterhin Langford an. »Ja, Mr. President. Er ist hier.«

»Gut. Dann hören Sie mir genau zu …«

81

1993 rief das Verteidigungsministerium eine Reihe von Richtlinien und Protokollen ins Leben, die speziell für blitzschnelle Reaktionen in Zeiten des nationalen Notstands ausgelegt waren. Drei dieser Richtlinien konstatierten eine Reihe Kennwörter, anhand derer man die höchsten Ebenen der Kommandostruktur aktivieren konnte – sowohl des Verteidigungsministeriums wie auch der Nationalen Kommandobehörde.

Eines dieser Kennwörter, *Pinnacle*, ließ die höchsten militärischen Kommandoebenen alles stehen- und liegenlassen, um augenblicklich die Sicherheit und die nationalen Interessen der Vereinigten Staaten zu wahren. Ein anderes bekanntes Kennwort war *Broken Arrow*.

Im Gegensatz zum Rest der militärischen Kommandostruktur war die CIA aber nicht an die Richtlinien des Verteidigungsministeriums gebunden. Stattdessen besaß sie ihre eigenen Protokolle, die extra für die internationale Geheimdienstarbeit entwickelt worden waren.

Hin und wieder war eines dieser Protokolle aktiviert worden, wenn auch nur bedingt.

Eines jedoch war noch nie benutzt worden.

Ein Protokoll, bekannt unter dem Kryptonym CLOWER, war das internationale Pendant zum Kennwort *Pinnacle* des Verteidigungsministeriums.

Und Andrew Hayes sollte der erste Direktor des CIA sein, der es einsetzen musste.

Einmal aktiviert, dauerte es keine fünfzehn Minuten, bis CLOWER umgesetzt war. Die Signale wurden in Sekundenbruchteilen weitergeleitet, aber die dahinterstehende Logistik war immens. Jeder Botschafter, Direktor und CIA-Mitarbeiter auf der Welt würde augenblicklich an Telefon oder Computer tätig werden und für die sofortige Evakuierung Tausender Angestellter der Agency sorgen. Agenten – die beinahe jede Regierungsebene in Zentralasien infiltriert hatten – und ihre Familienangehörigen hatten weniger als hundertzwanzig Minuten Zeit, um sich zu einem Flughafen oder einer amerikanischen Botschaft zu begeben, wo Reisepässe und -dokumente bereits auf sie warteten.

Zwei Stunden … denn sobald sie erst einmal aufgeflogen waren, waren die Folgen nicht mehr aufzuhalten.

82

John Clay schaute erschöpft zu Qin auf und nickte langsam mit dem Kopf, der sofort den Soldaten Bescheid gab, ihn mit dem Gefangenen alleine zu lassen. Ungeduldig wartete er, bis sie endlich verschwunden waren.

Er hatte der Folter und den Schlägen beigewohnt und mit Zufriedenheit den exakten Moment sehen können, in dem John Clays Widerstand endlich gebrochen war. Jeder Mann hatte seine Grenzen. Das hatte Qin während seiner Zeit bei der Staatssicherheit gelernt. Niemand konnte sich für immer widersetzen.

Er kniete sich vor Clay hin, packte ihn an den Haaren und riss den Kopf nach oben. »Ich werde Gnade walten lassen«, flüsterte er. »Sie haben mein Wort.«

Er sah, wie sein Opfer erneut zu nicken versuchte. Clays Lippen bebten, und er verdrehte die Augen vor Schmerz. Er versuchte erneut zu antworten, schaffte es aber nicht. Der Amerikaner konnte sich aufgrund der Qualen nicht mehr konzentrieren.

Qin atmete aus und zog das Messer aus dem Gürtel. Dann schnappte er sich eines der Seile, an denen Clay hing, und schnitt es durch. Als er den letzten Strang durchtrennt hatte, sackte Clay nach rechts und pendelte unkoordiniert in der Luft. Sein Körper wurde von nur noch einem Seil aufrecht gehalten.

»Besser?«

Clay hörte auf zu pendeln und hing bewegungslos von der Decke. Nur seine Brust hob und senkte sich mit jedem Atemzug.

»Und jetzt erzählen Sie mir«, begann Qin und hockte sich wieder vor Clay, »was sich in der Schatulle befindet.«

»Ein Mikroorganismus«, flüsterte Clay, »der das Altern verhindert.«

Qin riss die Augen auf. »Der das *Altern* verhindert?«

Clay nickte kaum merkbar.

Der Staatssicherheitsbeamte starrte Clay ungläubig an. *Darauf hatte es Xinzhen also abgesehen. Eine Kur, sodass er nicht altern würde. Darum ging es hier also.* Er wandte sich wieder an Clay: »Und dieser Organismus – stammt er von den Pflanzen aus Südamerika?«

»Ja.«

Qin schüttelte verblüfft den Kopf und stand auf. Das war größer, als er sich erträumt hatte. Und doch schien alles seine Richtigkeit zu haben. Es erklärte, warum Xinzhen es unbedingt haben wollte, warum er Qin so gut wie nichts über Weis Aktivitäten erzählt hatte und warum Wei nach der Zerstörung des Schiffes Stillschweigen bewahrt hatte. Xinzhen und Wei hatten es tatsächlich geschafft, ihre Entdeckung so gut wie vor jedem geheim zu halten und hatten am Ende sogar die Soldaten umgebracht, die ihnen beim Bergen der Pflanzen behilflich gewesen waren. *Verdammt, das hatte alles Hand und Fuß!*

Qin schüttelte sich und betrachtete Clays beinahe leblosen Körper, der an nur einem Arm baumelte. Die Augen hatte er noch immer zu Boden gerichtet. Eigentlich schien er schon so gut wie tot.

Qin zog seine Waffe und nahm sie vorsichtig in seine gute Hand. Der Mann vor ihm hatte ihn überrascht. Einer der legendären U.S. Navy SEALs. Er war ein harter Brocken gewesen, aber nicht so hart, wie Qin es erwartet hatte. Der Mann war seinem Ruf einfach nicht gerecht geworden. Wo war nur seine amerikanische Arroganz geblieben?

Er hatte Männer gefoltert, unbedeutendere Männer, die es länger als dieser Amerikaner ausgehalten hatten. Eigentlich war es symbolisch für diese einst so große Nation. Die Macht der Vereinigten Staaten schwand zusehends, während der Aufstieg Chinas unaufhaltsam voranschritt.

Er trat auf Clay zu und schüttelte vor Mitleid den Kopf. »Ich habe es Ihnen ja versprochen.« Damit hob er die linke Hand und zielte.

Clay hing weiterhin leblos an einem Arm. Die Schmerzen waren so penetrant, so durchdringend, dass er kaum denken konnte.

Seine Situation war so gut wie hoffnungslos, was bedeutete, dass jetzt nicht die Zeit für sinnlose Tapferkeit war. Nein, vielmehr musste er Qin überlisten.

Zuerst hatte er einen Grund finden müssen, dass man sie alleine ließ. Sein zweites Ziel lautete, Qin so nah wie möglich an ihn heranzulocken. Um irgendetwas bewerkstelligen zu können, musste zumindest ein Arm frei sein, ganz gleich welcher. Und folglich erwartete Qin alles andere, als das, was jetzt geschah.

Clays Muskeln und Sehnen schrien vor Schmerzen auf. Aber er war nicht regungslos, weil er seinen Körper nicht mehr rühren konnte. Nein, das hatte einen ganz anderen Grund. Während der letzten Minute hatte er jeden Muskel überprüft, um sicher zu sein, dass er noch genügend Kraft hatte.

Es würde nicht reichen, um lebend hier hinauszukommen, aber vielleicht würde es für einen allerletzten Versuch reichen.

Er wollte Qin mit sich nehmen.

83

Als Qin den Lauf seiner Waffe auf Clay richtete, konnte er nicht ahnen, dass der Amerikaner genau auf diesen Augenblick *gewartet* hatte. In dem Moment, in dem Qin sich bewegte, schlug Clay ihm die Waffe aus der Hand und sprang gleichzeitig auf sein gebrochenes Bein. Er packte sein Gegenüber mit der Kraft eines Schraubstocks am Hals und begann zuzudrücken.

Qins Waffe schlitterte auf dem Boden weg, und seine Augen traten vor Schock aus den Höhlen. Er versuchte noch immer zu verstehen, wie ihm geschah. Aber er hatte es gerade noch geschafft, den Anflug eines Schreis auszustoßen.

Qins Männer hörten das merkwürdige Geräusch aus der Halle.

Ein wieder in sich zusammensackender Clay sah sie durch die Tür stürmen. Mit den letzten Kraftreserven, die er besaß, drückte er noch einmal verzweifelt zu. Er ignorierte den Soldaten, der mit erhobenem Gewehrkolben auf ihn zu rannte. Stattdessen klammerte er sich an Qins Hals, bis der Kolben auf seinen Arm niederschoss und Clay zu Boden ging.

Qin stolperte rückwärts und rang nach Luft. Beinahe panisch suchte er den Boden ab, fand aber seine Waffe nicht. Er deutete auf Clay und röchelte.

»Erschießt ihn!«

Der Gruppenführer runzelte die Stirn und starrte den Amerikaner an. »Wir sollten ihn doch am Leben lassen.«

»Ich habe gesagt, Sie sollen ihn *erschießen!*«

»Das scheint keine kluge Idee«, gab der Soldat trotzig zurück.

Plötzlich ertönte ein lautes Piepen. Alle Augen richteten sich auf den Gruppenführer, der einen kleinen Pager aus einer Geheimtasche holte.

Er starrte auf das winzige Display. Offensichtlich konnte er seinen Augen nicht trauen. Er las die Anweisung erneut, ehe er Qin ansah.

»Was ist los?«

Der Mann ignorierte ihn und starrte stattdessen Clay an. Ohne ein Wort zu sagen, hob er sein Sturmgewehr. Aber er zielte weder auf Clay noch auf Qin, sondern auf seine eigenen Männer. Er nickte ihnen zu und meinte: »Runter mit den Waffen.«

Die sechs Männer schauten ihn ungläubig an.

»Ich habe gesagt, runter mit den Waffen!«

Sie blinzelten ihn noch immer schockiert an, aber einer nach dem anderen warf seine Waffe zu Boden.

Auch Qin schien völlig verblüfft. »Was zum Teufel haben Sie vor?«

Der Gruppenführer streckte den Arm aus und packte Qin am Kragen, um ihn mit voller Wucht in seine Männer zu stoßen.

»Und jetzt schön vorsichtig und langsam rückwärtsgehen!«

Sie taten, wie ihnen geheißen.

Erst dann ging der Gruppenführer mit noch immer erhobener Waffe auf Clay zu. Als er den Mund aufmachte, sprach er perfektes Englisch.

»Sie, mein Freund, haben noch mal Glück gehabt.«

Das waren die letzten Worte, die Clay vernahm, ehe er das Bewusstsein verlor.

84

Über dem Pazifik löste sich der Fangtrichter vom zweiten Flugzeug. An Bord des gigantischen chinesischen Tankflugzeugs holte man bereits den flexiblen Betankungsschlauch wieder ein.

Die Xian H-6U war eine modifizierte Version des leistungsfähigen H-6-Bombers. Das Flugzeug trat 1971 erstmals in den Blick der Öffentlichkeit, als U.S. Spionagesatelliten es erfassten. China musste daraufhin zugeben, dass es bereits drei Dutzend dieser Flugzeuge gebaut hatte – eine Tatsache, die die Welt schockierte.

Beinahe fünfzig Jahre später hatte man eine Reihe dieser fliegenden Festungen zu Luftbetankern umgebaut.

Kaum hatte sich die vollgetankte Y-20 Frachtmaschine vom Fangtrichter gelöst, begann sie ihren schicksalhaften Steigflug.

Nach wenigen Kilometern änderte die gigantische Y-20 den Kurs in Richtung venezolanischem Luftraum – das einzige Land, das noch zwischen dem Flugzeug und seinem Ziel lag.

85

Als Caesare Anderson erreichte, kniete er sich neben den Leichnam, der noch immer mit der Waffe in der Hand, leblos auf dem Boden lag. *Er hat bis zum letzten Augenblick gekämpft*, dachte Caesare und starrte auf die zahllosen toten brasilianischen Soldaten, die ihn umgaben. Er prüfte den Puls, fand aber keinen, drehte den Leichnam vorsichtig um und schaute dann zu Corso und Tiewater auf, die sich ihm von hinten näherten.

»Die haben Juan.«

Caesare seufzte laut. Aus der Ferne drang der eine oder andere Schrei an ihre Ohren. Das Gefecht hatte nicht lange gedauert, da die Brasilianer offensichtlich nicht mit einem SEAL-Team gerechnet hatten. Aber es war nicht kurz genug gewesen, um Anderson oder Juan zu retten.

»Und jetzt?«

Caesare stand auf, holte tief Luft und lauschte den Geräuschen, die Oteros Männer beim Befestigen ihres Lagers verursachten. Seine Antwort fühlte sich nicht ganz richtig an: »Wir machen unseren Job und hauen ab.«

Corso runzelte die Stirn. »Das ist ein Scherz, oder?«

»Nein. So sehr wir es uns auch wünschen, aber unsere Mission lautet nicht, diese Dreckskerle auszuschalten, sondern den Affen zu finden und so schnell wie möglich zu verschwinden.«

Tiewaters Tonfall wurde beinahe bedrohlich: »Ich sage, wir knipsen ihnen die Lichter aus und hauen dann ab.«

»Das dürfen wir nicht riskieren. Da kann so gut wie alles

schiefgehen. Außerdem wird es schon schlimm genug, Juan zu finden.«

»Ich hole ihn da raus«, verkündete Corso.

Caesare nickte. »Ich komme mit.«

»Nein. Sie wären mir ein Klotz am Bein.«

Caesare verzog die Mundwinkel. »*So* alt bin ich nun auch wieder nicht.«

»Bei allem Respekt, Sir, aber alleine bin ich schneller.«

Tiewater nickte. »Er hat recht. Außerdem muss jemand DeeAnn und Dulce suchen. Und ich gehe davon aus, dass Sie das machen wollen.«

Caesare gefiel die Richtung, in die sich die Unterhaltung entwickelte, ganz und gar nicht. Aber er durfte seine Emotionen nicht dazwischenfunken lassen. »Nun gut.« Er nickte Tiewater zu. »Corso holt Juan, Sie kümmern sich um den Transport und ich mache mich auf die Suche nach den anderen.«

»Mit Vergnügen.«

»Mit etwas Glück können Sie unserem Corso hier noch ein kleines Ablenkungsmanöver mit auf den Weg geben.«

»Aber bitte warten, bis ich bereit bin«, meinte Corso. »Ich muss erst herausfinden, in welchem Zustand Juan sich befindet. Vielleicht muss er transportiert werden.«

Tiewater lächelte.

»Sobald Sie etwas gefunden haben«, wies Caesare ihn an, »fahren Sie nach Norden, dort hinunter. Wir nehmen die andere Straße.«

Captain Salazar schäumte vor Wut. Er ließ eine weitere Tirade in Richtung seines Lieutenants los und ballte frustriert die Fäuste.

Dreißig Prozent. DREISSIG PROZENT! Er hatte es tatsächlich geschafft, in weniger als einer Stunde dreißig Prozent seiner Männer zu verlieren! Wie in Gottes Namen konnte das nur passieren?

Sosa war durchaus bereit, es ihm erklären, aber es war zu spät. Salazar wollte keine Entschuldigungen mehr hören. Er wollte Antworten. Wie zum Beispiel hatte eine so große Truppe es geschafft, vor ihnen anzukommen? Er hatte mit einigen Männern gerechnet, aber nicht mit einem solchen Aufgebot. Und um das Ganze noch schlimmer zu machen, hatten seine Leute nichts über den Feind herausfinden können!

Salazar stemmte die Hände in die Hüften und dachte nach. »Wo ist Becca?«

»Das wissen wir nicht. Wir haben sie und ihren Trupp im Gemetzel aus den Augen verloren.«

»Dutzende von unseren Männern mussten mit dem Leben bezahlen, damit wir einen von ihnen erledigen. Das füllt mich nicht gerade mit Optimismus. Noch so eine Blamage, und wir können zusammenpacken.« Er schüttelte den Kopf und befahl Sosa wegzutreten. »Ich will Sie nicht eher sehen, ehe Sie mir Antworten liefern können!«

Sosa nickte, antwortete aber nicht. Stattdessen stapfte er fort, an mehreren seiner Männern vorbei und hielt erst an, als er vor einem großen Baumstamm stand. An seinem Fuß saß die dunkle Silhouette von Juan Diaz, der mit dem Rücken an den Stamm gefesselt war.

Sosa schnappte sich eine Taschenlampe von einem seiner Männer, trat auf den jungen Mann auf dem Boden zu und richtete den Strahl direkt in sein Gesicht.

Juan blinzelte und wandte sich ab, aber Sosa ließ nicht von ihm ab.

»Wer sind Sie?«

»I… Ich heiße Juan. Juan Diaz.«

»Was haben Sie hier zu suchen?«

Juan antwortete nicht. Erst als Sosa seine Handfeuerwaffe zog und sie bedächtig auf seine Knie legte, besann sich Juan eines Besseren.

»Ich … Man hat mich gebeten zu kommen. Ich bin Ingenieur.«

»Ein Ingenieur? Hier draußen? Warum?«, fragte Sosa. Sein Akzent war so stark, dass Juan ihn kaum verstand.

»Um den Computer zu warten.«

Sosa runzelte die Stirn. *Was hatte denn ein Computer hier verloren?* Entweder log der Kleine ihn an, oder der Feind besaß eine Ausrüstung, die ihm fremd war.

»Wer hat sie hierhergebeten?«

Juan zögerte erneut, bis er hörte, wie die Waffe entsichert wurde.

»Ich bin mit einer Gruppe SEALs gekommen.«

»SEALs?«, wiederholte Sosa plötzlich sehr interessiert. »Wie viele?«

»Zwei Dutzend«, log Juan.

Sosa sprang sofort auf. Als er sich umdrehte, sah er Oteros Mann Russo hinter sich stehen. Sosa war bei dieser Nachricht zwar nicht wohl, aber im Gegensatz zu Russo, der den Anschein machte, als ob ihm das Herz ausgesetzt hätte, sah er blendend aus.

Er hatte die ganze Zeit über recht gehabt.

Juan saß völlig verängstigt auf dem weichen Grund und schaute den finsteren Gestalten zu, die emsig arbeiteten und sich aufgeregt auf Portugiesisch unterhielten. Den vielen Schüssen und dem Gefecht nach zu urteilen, hatten sie den Kürzeren gezogen. Eine Tatsache, die ihn zumindest etwas befriedigte.

Er saß nun schon eine gute Stunde an diesen Baumstamm gefesselt und versuchte, regelmäßig die Position zu wechseln, damit ihm kein Körperteil einschlief. Jetzt aber begannen seine Füße erneut zu kribbeln.

Die Scheinwerfer eines weiteren Lasters kamen in Sicht, der sich hinter die anderen stellte. Einige Soldaten warteten bereits auf ihn, sprangen auf die Ladefläche und luden eine Reihe großer Kisten aus, um dann etwas noch Größeres von der Ladefläche zu hieven. Vorsichtig ließen sie es auf den Boden ab und befreiten es von der Abdeckplane, um ein mächtiges Geschütz zu enthüllen. Juan musste untätig mit anschauen, wie die Männer damit in der Nacht verschwanden.

Als der Lärm der Männer abebbte, hörte Juan ein leises Knirschen hinter sich. Er verdrehte angestrengt den Kopf, um zu sehen, wer oder was sich ihm näherte, konnte aber nichts außer der dichten Wand aus Gesträuch und Bäumen ausmachen, die den ganzen Berg zu bedecken schien. Dann aber bemerkte er eine Bewegung und lugte angestrengter in die Finsternis, bis ihm zwei kleine weiße Punkte auffielen. Als sie ihn anblinzelten, erstarrte er vor Schock. Das waren Augen, und sie waren auf ihn gerichtet.

Er schnappte nach Luft und drehte sich panisch wieder um. Verzweifelt versuchte er sich um den Baumstamm zu winden, aber die Fesseln waren so eng, dass er sich nicht vom Fleck rühren konnte.

»Hilfe!«

Keine Antwort. Er hatte schon den Mund geöffnet, um lauter zu rufen, als eine leise Stimme ihm dazwischenfuhr.

»Ruhe!«, knurrte sie ihn an.

Juan drehte erneut den Kopf. Wer konnte das bloß sein? Die Augen waren noch immer da, und je mehr er sich an die Dunkelheit gewöhnte, desto deutlicher wurde der Umriss eines Gesichts, das schwarz angemalt war.

Dann fiel bei ihm der Groschen. Es war Corso, der sich im Gebüsch versteckt hielt und ihn jetzt anzischte: »Was zum Teufel machen Sie denn da? Wollen Sie, dass ich auffliege?«

Juan checkte kurz, ob jemand in seiner Nähe war, ehe er zurück flüsterte: »Ich dachte, Sie seien ein wildes Tier oder so.«

»Bin ich aber nicht«, gab Corso zurück. »Also halten Sie den Mund.« Er blickte sich um. »Können Sie gehen?«

»Mir schlafen die Beine ein, aber ich glaube schon. Was haben Sie vor?«

»Wenn ich das nur wüsste.«

In einigen Hundert Metern Entfernung beobachtete Tiewater das Geschehen. Die Brasilianer waren dabei, ein größeres Lager zu errichten, und einige Soldaten legten Stolperdrähte aus.

Sie mussten sich beeilen. Sobald die Soldaten Juan mit eingezäunt hatten, würde Corsos Unterfangen um einiges schwieriger werden.

Tiewater schaute den Männern zu, die sich an den Fahrzeugen vorbeidrängten. Er musste sich das Erste nehmen, so viel war klar. Es war etwas kleiner als die anderen, sodass er keine Probleme haben würde, es aus dem Lager zu bugsieren – wenn die Kiste überhaupt ansprang. Das Fahrzeug war zu neu, um es kurzzuschließen, sodass er erst die Schlüssel finden musste, und anders als in Hollywood-Filmen bewahrte niemand seine Schlüssel hinter der hochgeklappten Sonnenblende auf.

»Wie sieht es aus, Tiewater?«, ertönte Corsos Stimme aus den Ohrstöpseln.

»Ich brauche Autoschlüssel.« Ein Soldat ging zum ersten Laster, öffnete die Hecktür und holte eine große Tasche hervor, die er sich über die Schulter warf. Dann schloss er die Tür wieder und erklomm die kleine Anhöhe zum Lager. »Ha, vielleicht habe ich sogar einen Chauffeur.«

Tiewater beobachtete den Soldaten, der jetzt oben angekommen war, die Tasche zu Boden warf und kurz hinter dem Kamm verschwand. Als er wieder erschien, machte er sich erneut zum Laster auf.

»Wie sieht es mit Juan aus?«

»Wir können jederzeit los, und zwar je früher, desto besser. Mir läuft die Zeit davon.«

»Okay.« Tiewater blickte sich ein letztes Mal um, ehe er aus seiner Deckung trat. »Ich hole mir den Typen. Machen Sie sich bereit.«

Corso zog sein Messer und nahm es fest in die Hand. »Bereit.«

»Zehn Sekunden …«

Als der Soldat den Humvee erreichte, öffnete er erneut die Hecktür und beugte sich hinein. Tiewater war bereits unterwegs und lief gebeugt auf sein Ziel zu. Der Mann suchte offensichtlich nach etwas im Licht der Kofferraumleuchte.

Tiewater hob die Waffe und wollte sich schon auf den Soldaten stürzen, als er einen Blick ins Innere des Humvees warf. Dort, auf der Mittelkonsole zwischen den beiden Sitzen, lagen die Schlüssel.

»Das soll wohl ein Scherz sein«, murmelte Tiewater.

»Was?«, fragte Corso übers Headset nach.

»Psst!«, flüsterte Tiewater und stand wie versteinert neben der Tür, bis der Soldat eine weitere Tasche aus dem Heck genommen und den Wagen hinter sich verschlossen hatte. Ohne aufzublicken, drehte er sich um und ging wieder die Anhöhe hinauf.

Tiewater öffnete vorsichtig die Fahrertür und schnappte sich die Schlüssel. Er begutachtete sie und schob den größten ins Zündschloss. Mit einem kurzen Dreh erhellten sich die Armaturen, die er sofort wieder ausschaltete.

»Transport ist gesichert! LOS!«

Mit den Worten setzte er sich hinters Steuer und legte seine Waffe auf den Beifahrersitz. Dann zog er die Tür sanft ins Schloss und rutschte so weit wie möglich auf dem Fahrersitz nach unten.

Kaum hatte Tiewater Corso das Kommando gegeben, trat dieser aus dem Gebüsch hinter den Baumstamm, warf einen Blick über Juans Schulter, um sicherzugehen, dass niemand ihn bemerkt hatte, und schnitt die Fesseln durch.

»Auf geht's! Nichts wie weg von hier!«

Er sprang auf, riss Juan auf die Beine und zerrte ihn zurück in den Schatten.

»Bleiben Sie dicht hinter mir!«, flüsterte er ihm zu, ehe er loslief. Juan hatte alle Mühe, ihm zu folgen.

Sie hatten gerade mal fünfzig Meter zurückgelegt, als sie einen Schrei hinter sich hörten. Natürlich wussten sie nicht, was genau gerufen wurde, aber es war klar, dass die Soldaten Juans Flucht bemerkt hatten.

»Beeilung!«, bellte Corso.

Juan gab sein Bestes, aber er strauchelte in der Dunkelheit und geriet ins Stolpern. Als er sich wieder fing, bemerkte er die grellen Lichter, die bereits die Anhöhe hinauf schienen. Einer der Lichtkegel fiel auf Corso und ihn, und es folgten weitere Schreie. Dann kamen die Schüsse.

Tiewater hob den Kopf ein wenig, um einen Blick in Richtung Lager werfen zu können. Der Soldat auf der Anhöhe lief mit einigen Kollegen in Richtung der Schüsse.

Tiewater legte eine Hand aufs Lenkrad und die andere an den Schlüssel.

»Schafft ihr es?«, wollte er wissen.

»Ich weiß nicht.« Corso richtete sich kurz auf, zielte auf die Lichtkegel und legte zwei Männer um. Aber es waren zu viele. Kugeln flogen über ihre Köpfe, und er drückte Juan zu Boden, ehe er erneut eine Salve in Richtung der Soldaten schickte.

Tiewater schaute in den Seitenspiegel des Humvees und sah, wie ein Trupp Männer die Fahrzeuge entlang auf ihn zulief. Der Erste hielt zwei Laster vor ihm an und kletterte in die Fahrerkabine, während die anderen auf die andere Straßenseite eilten.

Er hörte, wie der Motor des großen Lkws aufheulte, ehe die Scheinwerfer die nicht asphaltierte Straße und die Männer erhellten, die auf ihn warteten. Der Fahrer fuhr langsam rückwärts aus der Parklücke.

»Okay, wir haben ein Problem.«

Caesare meldete sich vom Fuß des Berges. »Was ist passiert?«

»Sie rücken mit den Lastern aus. Macht den Anschein, als wollten sie uns umzingeln.«

»Corso, wie weit haben Sie es noch?«, wollte Caesare wissen.

Corso schickte noch ein paar Kugeln in Richtung der Soldaten und drängte dann Juan weiter. »Wir sind gleich da.«

Caesare schüttelte den Kopf. »Tiewater, wir brauchen einen fahrbaren Untersatz. Hauen Sie ab, solange der Weg noch frei ist!«

»Corso?«, fragte Tiewater.

»Los!«, knurrte dieser. »Wir sind unterwegs.«

Tiewater schüttelte den Kopf. Ihre Situation wurde nicht besser. Er setzte sich auf und drehte den Schlüssel im Zündschloss. Die Soldaten standen nur wenige Meter vor ihm und schienen überrascht, als die Scheinwerfer des Humvees angingen. Sie kamen auf ihn zu und wollten schon einen Blick durch die Windschutzscheibe werfen, als Tiewater den Gang einlegte und aufs Gas trat.

86

Caesare hielt inne und sondierte die Umgebung. Zu seiner Rechten erhob sich ein großer Hügel. Dann nahm er aus dem Augenwinkel eine Bewegung wahr. Im nächsten Augenblick sah er Mündungsfeuer, und kurz darauf sausten Kugeln über seinen Kopf hinweg, sodass er sich der Länge nach zu Boden werfen und hinter eine kleine Baumgruppe rollen musste. Auf dem Bauch liegend hielt er an, stützte sich auf beide Ellenbogen und erwiderte das Feuer.

Wieder erhellte Mündungsfeuer die Nacht, und zwei Schüsse bohrten sich in den Baumstamm direkt über ihm. Er schätzte grob, wo sich der Schütze befinden musste, und drückte mehrmals ab. Danach herrschte vorerst Ruhe.

DeeAnn blieb stehen, als sie die Schüsse hinter sich hörte. Als sich wieder Stille über die Landschaft gelegt hatte, rief sie nach Dulce, die verschwunden war. Sie stolperte vorwärts in der Dunkelheit und lauschte nach einer Antwort.

Hier. Komm.

Die Worte hallten ein wenig nach. DeeAnn, die auf einem Felsbrocken stand, beugte sich ein wenig vor und legte eine Hand an den steilen Hang. Im Mondlicht erkannte sie ein klaffendes Loch in der Felswand vor sich. »Dulce, bist du da drin?«

Ja. Komm.

Sie stolperte in die Höhle. Der Eingang war noch vom Mondlicht beleuchtet, aber nach wenigen Metern schon wurde es stockfinster. Sie schüttelte den Kopf und murmelte: »Das scheint mir eine verdammt schlechte Idee.«

Vorsichtig wagte sie sich weiter hinein und versuchte auf dem unebenen Untergrund die Balance zu wahren. Das einzige Licht war die blaue LED an ihrer Weste, und sie wartete, bis ihre Augen sich an die Lichtverhältnisse gewöhnt hatten.

»Dulce?«

Plötzlich tauchte die kleine Gorilla-Dame aus der Finsternis vor ihr auf. *Ich hier.*

Damit nahm sie DeeAnns Hand und zog sie tiefer in die Höhle. Zusammen gingen sie weiter, aber DeeAnn verspürte beim schwachen Schein ihrer einsamen blauen LED in der Finsternis ein unheimliches Gefühl.

»Hast du Dexter gefunden?«

Ja. Ich finde Freund.

DeeAnn kniff die Augen zusammen und versuchte sich zu orientieren, während Dulce sie weiter in die Höhle zerrte. Nach vielleicht fünfzehn Metern hielt sie an. DeeAnn zuckte überrascht zusammen, als sie im schwachen Licht der LED etwas vor sich sah.

Es war der kleine Kapuzineraffe mit dem grauen Fell. Er stand einfach da und beobachtete sie stillschweigend.

Aber es war nicht Dexter allein, der DeeAnn so überraschte, sondern die Tatsache, dass ein weiterer Affe hinter ihm stand. Sie trat einen Schritt auf ihn zu, um einen besseren Blick zu erhaschen, als sie die Augen aufriss. Das war nicht nur ein Affe hinter ihm, sondern Dutzende.

DeeAnn drehte sich vorsichtig um und beleuchtete die Höhlenwände, und wohin sie auch schaute, sah sie noch mehr Affen mit grauem Fell gegen die Wände gelehnt. Manche wiesen sogar weiße Flecken auf.

Dann schweifte ihr Blick auf etwas, das ihr den Mund komplett offen stehen ließ. Vor ihr waren Linien und Zeichen in die

Wände geritzt. Sie waren zwar grob gearbeitet, aber doch unverkennbar.

»Um Gottes willen«, flüsterte DeeAnn, woraufhin ihre Weste laut piepte. Sie hielt sich die Hand vor den Mund und schüttelte weiter ungläubig den Kopf.

»In der Tat«, ertönte eine Frauenstimme hinter ihr.

DeeAnn wirbelte herum und sah drei Silhouetten, die sich im Höhleneingang aufbauten.

»Wer ist da?«

Eine der Silhouetten trat auf sie zu, nah genug, dass die blaue LED von DeeAnns Weste ihr Gesicht erhellte. »Ich heiße Marie Becca«, antwortete sie mit einem starken portugiesischen Akzent.

»Was tun Sie hier? Was wollen Sie?«

Becca ignorierte die Frage und blickte sich um, ehe sie Dexter in Augenschein nahm, bei dessen Anblick sich ihre Augen weiteten. »Heiliger Vater, es ist wahr!«

DeeAnn trat zwischen die beiden. »Was haben Sie hier zu suchen?«

Die andere Frau lächelte sie ein wenig herablassend an. »Ich bin aus dem gleichen Grund wie Sie hier.« Dann ließ sie den Blick über die anderen Affen schweifen. »Ein evolutionäres Wunder, das niemand sonst zu Gesicht bekommen hat.« Sie schüttelte den Kopf ungläubig. »Und ich habe nie daran geglaubt!«

DeeAnns Gesichtsausdruck verhärtete sich. »Lassen Sie sie in Ruhe.«

Becca lachte beinahe laut auf. »Sie in Ruhe lassen? Soll das ein Witz sein? Wissen Sie denn nicht, was das hier bedeutet?«

»Mir ist durchaus bewusst, was es bedeutet. Aber Sie werden ihn nicht mitnehmen, keinen von ihnen.«

Becca wandte sich wieder DeeAnn zu und schaute sie entgeistert an. Als die Weste erneut laut piepte, senkte sie den Blick und musterte das merkwürdige Kleidungsstück mit der blauen LED. »Was ist das denn?«

Ohne nachzudenken, schaltete DeeAnn die Weste aus. »Das geht Sie nichts an.« Damit ging die blaue LED aus, sodass es stockfinster um sie wurde.

Augenblicke später erhellte eine rote Leuchtfackel das Innere der Höhle und gab den Blick auf die zwei Männer frei, die hinter Becca standen. Sie hatten sich hineingeschlichen, und einer hielt die Fackel über den Kopf. Plötzlich schien die Höhle lebendig zu werden, und immer mehr Kapuzineraffen kamen in Sicht.

Die beiden Frauen kamen aus dem Staunen nicht mehr heraus. Die Höhle erstreckte sich weiter nach hinten tief in den Berg. In circa zwanzig Metern entdeckten die beiden etwas Außergewöhnliches auf dem Boden: einen großen Steinkreis, in dessen Mitte kleine Haufen aus Blättern lagen, auf denen größere Äste ruhten. Es sah nicht nach viel aus, aber die Frauen konnten sich vor Staunen kaum noch einkriegen. Die Affen versuchten offensichtlich ein Feuer zu starten und hatten ähnliche Haufen gebaut, wie sie es zuvor bei den Menschen beobachtet hatten. Sie wussten zwar noch nicht, wie man die Haufen anzündete, aber sie waren vorbereitet.

Aus dem Augenwinkel bemerkte DeeAnn, wie Becca eine kleine Betäubungspistole hinter dem Rücken hervorzog, um sie dann auf einen der Affen zu richten, dessen Fell komplett weiß war.

»Nein!« In dem Bruchteil einer Sekunde hatte DeeAnns Instinkt übernommen, und sie warf sich auf ihr Gegenüber, um ihr die Pistole aus der Hand zu reißen. Die beiden fielen zu Boden, und im Handgemenge lösten sie unbeabsichtigt die Pistole aus. Der Betäubungspfeil schoss aus dem Lauf, prallte aber harmlos gegen eine Wand.

DeeAnn wollte die Pistole ergreifen, sie aus Beccas Hand zerren, aber die größere Frau kämpfte dagegen an und traf DeeAnn mit der Faust ins Gesicht.

Becca kniete sich hin und wollte erneut zielen, aber DeeAnn warf sich bereits wieder auf sie, sodass die beiden zu Boden gingen.

Ehe sie größeren Schaden anrichten konnte, kam einer der Soldaten auf sie zu und trat mit seinem schweren Stiefel auf ihren Rücken, sodass DeeAnn sich kaum noch bewegen konnte. Becca raffte sich auf und zielte erneut auf den Affen vor ihr. Ohne sich vorher den Dreck abzuklopfen, versenkte sie den Pfeil in seiner Brust.

Der Affe brüllte lauf auf und zog sich sofort den Betäubungspfeil heraus, während die anderen Affen sich um ihn scharten, um ihn zu beschützen. Innerhalb weniger Sekunden aber schienen seine Bewegungen bereits weniger koordiniert.

Unbeirrt kämpfte Becca sich durch seine Beschützer, ergriff den Arm des Affen und presste ihn an sich, um dann hinter den beiden Soldaten Deckung zu suchen.

Sie hob ihn hoch und musterte das mittlerweile völlig erschlaffte Tier in ihren Händen. Dann warf sie DeeAnn einen Blick auf dem Boden zu und meinte triumphierend: »Gewonnen.«

Das waren die letzten Worte, ehe Becca und die beiden Männer sich umdrehten und aus der Höhle in die Nacht verschwanden.

Als Caesare auftauchte, war es bereits zu spät. Mit der Taschenlampe suchte er den Höhlenboden ab, bis er DeeAnn bemerkte, die sich gegen einen großen Felsbrocken gelehnt hatte. Dulce saß neben ihr, und die beiden waren von unzähligen Kapuzineraffen umringt. Er hielt inne und musterte DeeAnn, die sich einen Arm hielt.

»Alles klar bei dir?«

»Das wird schon. Ich bin über unsere brasilianischen Freunde gestolpert.«

»Was ist passiert?«

»Ich habe versucht zu verhindern, dass sie einen der Affen mitnehmen. Vergeblich.«

Caesare steckte die Taschenlampe unter eine Achsel und kniete sich zu ihr hinab, um sie zu untersuchen. Er tastete den Arm ab, der zum Glück nicht gebrochen war. Dann leuchtete er um sich und nahm das Innere der Höhle in Augenschein. »Wo sind wir hier eigentlich?«

Trotz ihres verletzten Arms und einigen Kratzern im Gesicht schaltete DeeAnn ihre Weste wieder ein. »Ich bin mir nicht sicher.« Kaum flackerte die blaue LED an, begann sie zu grinsen und meinte: »Wollen wir mal fragen?«

87

Die chinesische Y-20 donnerte mit einem Dreiviertel der Schallgeschwindigkeit über die südöstliche Grenze Venezuelas und flog direkt auf das Acarai-Gebirge zu.

Bei T minus fünfzehn Minuten lösten zwei Mannschaftsmitglieder die Gurte, die die gigantische Bombe an Ort und Stelle hielten. Dann rollten sie das Biest mithilfe der Verladevorrichtung langsam Richtung Heck, ehe sie sie mit zwei schweren Ketten an den Seitenwänden sicherten.

Kaum war sie in Position, nahm einer von ihnen den Hörer von der Gabel und machte sich brüllend über dem Lärm der Düsentriebwerke der Y-20 verständlich. Nach einer kurzen Pause legte er wieder auf und schloss den metallenen Kasten, in dem das Telefon gesichert war.

Es dauerte keine dreißig Sekunden, ehe das Bedienungsfeld der Bombe aufleuchtete und sie vom Festland aus programmiert wurde.

Sieben Minuten später näherte sich das riesige Flugzeug seinem Ziel, das inmitten des nächtlichen Dschungels Tausende Meter unter ihnen lag. Das Flugzeug begann einen langsamen Steigflug.

In seinem Bauch schlossen die anderen Mannschaftsmitglieder ein dickes Kabel an der Bombe an, an dessen Ende ein elektronischer Abwurfmechanismus der Größe einer Bowlingkugel hing. Daraufhin lösten sie die seitlichen Ketten, gingen weiter nach hinten und sicherten sich mit Gurten.

Dort warteten sie, bis ein grelles grünes Licht ihnen das Zeichen gab.

Einer warf dem anderen einen fragenden Blick zu, der ihm daraufhin zunickte. Der Mann klappte die Schutzvorrichtung auf und drückte auf einen riesigen Knopf.

Über ihren Köpfen begann eine Reihe roter Lichter zu blinken, gefolgt von einer lauten Sirene, ehe die Klappe im hinteren Teil des Flugzeugs sich öffnete. Die Bombe rollte langsam weiter nach hinten, bis ein dickes Kabel sich spannte und sie an Ort und Stelle hielt.

Es dauerte geschlagene zwei Minuten, ehe die Klappe sich vollständig geöffnet hatte.

Endlich, als sie sich über dem Ziel befanden, gab das Kabel die Bombe frei, sodass der lange, elliptische Körper aus dem Flugzeug rollte und in der Finsternis verschwand.

Die russische thermobare Bombe explodierte dreihundertfünfzig Meter über dem Gipfel im Acari-Gebirge und erhellte den finsteren Himmel mit einer gigantischen, grell-orangen Pilzwolke, gefolgt von einer Schockwelle, die heiß genug war, um Gestein zu schmelzen.

88

Der Laster holperte die Straße entlang, als John Clay wieder zu Bewusstsein kam. Sein Kopf rollte von einer Seite auf die andere, und er wurde ganz schön durchgeschüttelt, was es ihm nicht leichter machte, sich umzusehen. Er hörte, wie Steine gegen die Radkästen geschleudert wurden, woraus er schloss, dass sie mit hoher Geschwindigkeit über eine Schotterstraße rasten. Die schlechten Stoßdämpfer machten die Sache nicht besser.

Er schloss die Augen und sammelte Kraft, um sie wieder zu öffnen. Als seine Umgebung langsam scharf wurde, neigte er den Kopf zur Seite, wo er eine dunklere Form vor der hellen Windschutzscheibe ausmachen konnte. Das musste wohl der Fahrer sein. Neben ihm saß eine weitere Gestalt auf dem Beifahrersitz.

Als Nächstes kamen die Schmerzen. Jeder Körperteil schrie unter der dicken Wolldecke, in die er gewickelt war, vor Qualen auf. Er wollte sich bewegen, schaffte es aber nicht. Noch nicht einmal einen Finger. Also versuchte er zu reden, aber mehr als ein schwaches Flüstern kam nicht aus seiner Kehle.

Beim dritten Versuch drehte sich der Beifahrer um und musterte ihn. »Sie sind wach.«

Clay öffnete schon den Mund, um etwas zu sagen, wurde aber jäh unterbrochen.

»Nicht reden. Sie müssen ihre Kräfte aufsparen.«

Der Fahrer warf einen Blick über die Schulter, drehte sich aber rasch wieder um.

Ein riesiges Schlagloch schickte eine neue Welle aus Schmerzen durch Clays geplagten Körper, sodass er aufstöhnte.

»Halten Sie durch. Wir tun unser Bestes, um Sie hier hinauszuschaffen.«

»W-Was ist passiert?«, flüsterte Clay.

Der chinesische Beifahrer zuckte mit den Schultern. »Ich habe absolut keine Ahnung. Jemand in der CIA hat den Panikknopf gedrückt. Die Anweisung lautete, Sie so schnell wie möglich ausfindig zu machen und zu retten.«

Clay blinzelte. Seine Erinnerungen waren ein Mischmasch aus Bildern, und er hatte alle Mühe, sie chronologisch zu ordnen.

»Wo ist Li Na?«

Der Mann warf dem Fahrer einen Blick zu, ehe er antwortete: »Das wissen wir nicht. Sie ist in den Wald geflohen, ehe wir zu ihr kamen.«

Clay schüttelte den Kopf. Er konnte das verängstigte Gesicht des Mädchens vor seinem inneren Auge sehen, wie es allein durch den Wald rannte. »Anhalten.«

»Was?«

»Anhalten.«

»Tut mir leid, aber das ist völlig unmöglich. Wir müssen Sie aus dem Land schaffen, und es wartet bereits ein Team auf uns in Huludao.«

Clay schüttelte den Kopf. »Wir müssen zurück.«

Bei diesen Worten trat der Fahrer in die Eisen und hielt an. Er drehte sich um, und Clay erkannte in ihm sofort den Gruppenführer von Qins Truppe wieder. »Nun passen Sie mal auf. Ich glaube nicht, dass Sie die geringste Ahnung haben, was hier gerade abgeht. Ein Haufen Menschen haben ihre Tarnung aufgeben müssen, um Sie zu finden. Agenten, anhand derer man das gesamte Netzwerk in der Region zurückverfolgen kann.«

Der Mann auf dem Beifahrersitz nickte zustimmend. »Das Einzige, was uns angeht, sind Sie.« Er hielt die Schatulle hoch.

Clay hob dem Kopf, um sie anzuschauen. »Haben Sie sie geöffnet?«

Der Agent stellte sie wieder auf dem Boden vor sich ab. »Nein. Habe ich nicht die Befugnis dazu.«

Clays Erinnerungen kamen langsam wieder zurück. »Bitte öffnen Sie die Schatulle.«

»Tut mir leid. Das darf ich nicht. Unsere Anweisungen lauten, Sie und das Ding hier *fortzuschaffen.*«

»Jetzt hören Sie mir mal zu«, begann Clay etwas lauter. »Wir müssen zurück.«

Der Fahrer schüttelte erneut den Kopf und legte den Gang ein. »Ich glaube, Sie haben den einen oder anderen Schlag zu viel abbekommen.«

Clay knirschte mit den Zähnen und holte tief Luft. »Wenn Sie schon nicht zurückwollen, dann müssen Sie zumindest die verdammte Schatulle öffnen!«

Die beiden Agenten tauschten einen Blick aus. Der Mann auf dem Beifahrersitz bückte sich und holte das kleine Kästchen erneut hervor. Er betrachtete es genau, drehte es dann und öffnete die Verschlüsse, ehe er den Deckel aufmachte. Er starrte hinein, ehe er die Schatulle zum Fahrer hindrehte.

Sie war leer.

89

Als die Agenten den Laster gewendet hatten, war Qin bereits in Peking gelandet. Nachdem man ihn zusammen mit den anderen Soldaten gefunden hatte, hatte er sofort nach einem Telefon verlangt.

Weniger als eine Minute, nachdem sein Helikopter auf dem Asphalt gelandet war, wurde die Tür von zwei Soldaten geöffnet. Qin wurde schnellen Schrittes zu einem Fahrzeug geleitet, das sie zum Labor des Militärstützpunkts brachte.

Er befahl den Männern, draußen zu bleiben, während er die Doppeltüren öffnete und eine Treppe hinauflief. Ein einzelner Labortechniker wartete auf ihn, schenkte ihm aber nur einen recht verwirrten Blick.

Unsicher salutierte er, ehe er die Hand nervös wieder zur Seite fallen ließ. »Sie haben speziell nach mir gefragt, Sir?«

Statt zu antworten, machte Qin die breite Tür hinter sich zu und schloss ab.

»Hören Sie mir genauestens zu. Sie dürfen nicht ein einziges Wort unserer Unterhaltung weitergeben. Und zwar an niemanden. Haben Sie mich verstanden?«

»J... Ja, Sir.«

Qins kalte Augen bohrten sich in den Mann. »Und jegliche Resultate werden gelöscht.«

Der Techniker nickte nervös.

Damit breitete sich ein schiefes Lächeln über Qins Gesicht aus, und er steckte die Hand in seine Tasche, um ein Stück roten Stoffes herauszuholen, das er entfaltete. Als er den letzten Schlag offenlegte, sah der Techniker, dass er drei Reagenzgläser mit einer durchsichtigen Flüssigkeit in der Hand hielt.

Qin wartete ungeduldig. Er sah zu, wie der junge Laborant Proben aus jedem Reagenzglas nahm und sie vorsichtig auf das Luminometer abstrich, um den ATP-Gehalt zu überprüfen. Die beiden starrten auf den Computermonitor, auf dem die Resultate erschienen.

Qin kniff die Augen zusammen und versuchte das, was er sah, zu verstehen. Es war eindeutig, dass zwei Proben wesentlich höhere Konzentrationen aufwiesen als die andere. Er zeigte auf die Spitzen in den Graphen.

»Was ist das?«

Der Labortechniker schien noch verwirrter. »Das sind Selen und Eisen.« Er deutete auf die anderen. »Das hier jedoch ist ein Bakterium.«

Qin kam näher. Er schien aufgeregt. »Was für ein Bakterium?«

»Coliforme Bakterien.«

Qin hielt inne und wandte sich an den jungen Mann. »Kennen Sie die?«

»Ja, Sir. Sehr gut sogar.«

»Was soll das denn heißen?«

Der Laborant zuckte mit der Schulter. »Die gibt es überall.«

Qin erstarrte. *Unmöglich*. Tief in seinem Inneren schaukelte sich die Panik hoch. »Wie? Wo überall?«

»So gut wie in jedem Grundwasser.«

Jetzt hatte die Panik Qin in ihrem eisernen Griff. »Das ist Wasser?«

»Ja. Wenn man von den Selen- und Eisenanteilen ausgeht, würde ich sagen, dass es in der Nähe eines Bergbaubetriebs gewonnen wurde.«

90

Der CIA-Agent stolperte den felsigen Gang entlang, die Taschenlampe stets nach vorne gerichtet. Mit einer Hand stützte er sich an der Wand ab, während er so schnell wie möglich über die größeren Brocken sprang, ohne das Gleichgewicht zu verlieren.

Der feuchte Tunnel fiel vielleicht hundert Höhenmeter ab, ehe er das schimmernde Wasser sah. Der Agent eilte zum Ufer und trat dann ohne zu zögern in das eisige Wasser. Er zwang sich nicht zu zittern, während er sich umsah. Endlich erspähte er den großen Felsbrocken ganz in der Nähe. Er arbeitete sich zu ihm vor und leuchtete mit der Taschenlampe in einen größeren Spalt zwischen dem Felsbrocken und der Wand. Dort, außer Sicht, befand sich eine kleine Trinkflasche.

Genau dort, wo Clay gesagt hatte.

91

Die Explosion war gewaltig.

Wie in Zeitlupe verschlang sich die orange Pilzwolke selbst und nahm eine rote Farbe an, ehe sie violett und dann schwarz wurde, um sich dann endgültig im finsteren Nachthimmel zu verflüchtigen.

Die Folgen der größten konventionellen Bombe, die die Welt je gekannt hatte, waren verheerend. Ganze dreißig Meter des Gipfels waren einfach verschwunden. Gestein, Bäume, alles war verdampft – zusammen mit jedem Lebewesen in einem Umkreis von fünfhundert Metern.

Salazar und seine Truppe, Otero und Russo, alles Lebende war wie vom Erdboden verschluckt. Darunter auch Corso und Juan.

Etwas weiter talwärts knickte die Schockwelle Bäume in einem Umkreis von eineinhalb Kilometern wie Streichhölzer um. Die Hälfte von dem, was übrig geblieben war, stand lichterloh in Flammen. Der Rest schwelte vor sich hin.

Noch weiter unten in der Höhle hätte man eine Stecknadel fallen hören können. Der Boden war voller Erde und Gestein, und dicke Staubmäuse wurden von der heißen Luft wie von Geisterhand nach draußen gesogen.

Plötzlich bewegte sich ein Krümel auf dem Boden. Einige Sekunden später wieder. Er wurde größer. Langsam schien sich etwas zu bewegen, an die Oberfläche drängen zu wollen. Endlich fiel die Erde von etwas ab, das wie ein Arm aussah. Daneben begann sich etwas zu schütteln, ehe Steve Caesares Kopf aus dem Dreck erschien.

Er wischte sich die Erde und den Staub aus den Augen und blickte sich um, sah in der Finsternis aber nichts. Er streckte die Arme erneut aus und tastete auf dem Boden nach seiner Taschenlampe. Endlich fand er sie. Sie war noch immer eingeschaltet.

Caesare raffte sich auf und suchte mit dem Lichtkegel nach den anderen. Erst kamen DeeAnn und Dulce in Sicht, denen er prompt aufhalf, ehe er sich auf die Suche nach den Affen machte.

»Was zum Teufel war das denn?«, hustete DeeAnn.

»Eine Bombe.«

Eine halbe Stunde später standen sie vorm Höhleneingang und blickten schockiert auf die Zerstörung, die sich ihnen bot. Im Mondlicht regnete lautlos warme Asche auf sie herab. Weiter oben auf dem Berg loderte ein Flammeninferno und verschlang das, was noch vom Gipfel übrig geblieben war.

DeeAnn starrte benommen auf das Feuer. Tränen füllten ihre Augen und flossen dann in Strömen, um reingewaschene Spuren auf ihren dreckigen Wangen zu hinterlassen.

Caesare senkte die Taschenlampe. Seine Stimme klang düster, als er sagte: »Wir müssen hier weg. Das Feuer wird sich rasch ausbreiten.«

Mit Dulce auf dem Rücken und DeeAnn dicht auf den Fersen hielt Caesare inne und starrte neugierig auf das, was in gut hundert Meter Entfernung grell in den Nachthimmel schien.

Langsam arbeitete er sich vorwärts, bis er es erkannte. Schon fiel er in einen Trab und rannte darauf zu.

Es war ein Auto, ein Humvee, der auf der Seite lag. Zwei sich noch drehende Reifen ragten in die Luft. Umgestürzte Bäume begruben ihn unter sich, aber wie durch ein Wunder funktionierte ein Scheinwerfer noch.

Caesare erreichte das Fahrzeug und ließ Dulce vom Rücken herab. Dann drehte er sich um und hob warnend eine Hand. »Ihr bleibt hier.«

Er umrundete die Motorhaube mit großen Schritten, hielt dann an und schien mit der Taschenlampe durch die kaputte Windschutzscheibe. Hinter den Spinnennetzmustern konnte er den Lauf einer Pistole ausmachen, der direkt auf ihn gerichtet war.

»Tiewater?«

Als er seinen Namen hörte, senkte der SEAL stöhnend die Waffe.

Caesare konnte nicht anders als lächeln, auch wenn das Gesicht seines Untergebenen voller Blut war. Er kletterte auf den umgestürzten Humvee und lugte durch das offene Fenster. »Verdammt noch mal, Sie haben überlebt!«

Tiewater konnte den Kopf nicht bewegen, sodass ihm nichts anderes übrig blieb, als die Augen zu verdrehen. »Gut, denn das hier fühlt sich verdammt wenig nach Himmel an. Da hat uns jemand den Hintern mit einer Atombombe wärmen wollen.«

»Ich habe keine Ahnung, was es war, aber eine Atombombe war es nicht. Können Sie sich bewegen?«

Tiewater biss die Zähne zusammen und tat sein Bestes. »Nicht wirklich. Ich glaube, meine Beine sind gebrochen. Und vielleicht noch ein Arm.«

Caesare nickte. Er betrachtete die zusammengesackten silberfarbenen Airbags.

»Mann, was würde so eine Airbag-Firma nicht dafür geben, Sie jetzt für Werbezwecke fotografieren zu können.«

»Ich Glückspilz. Und jetzt holen Sie mich gefälligst hier raus!«

»Einen Augenblick noch, ich brauche erst einen Plan.«

»Warten Sie«, meinte Tiewater und versuchte Caesare anzuschauen. »Was ist mit Corso und dem Techniker?«

Caesare runzelte die Stirn und schüttelte den Kopf.

92

Will Borger hatte die Explosion nicht gesehen. Stattdessen hielt er sich krampfhaft an den Lehnen seines Sitzes fest, als der Sea-King-Helikopter an Höhe verlor und langsamer wurde. Die grellen Lichter der *Pathfinder* schwebten scheinbar im Nichts unter ihnen.

Als der Hubschrauber landete, schnallte er sich ab und packte seine Tasche. Die Tür wurde von draußen geöffnet, und ein junger Marineoffizier gab ihm zu bedeuten, über die metallene Trittleiter auszusteigen.

Als er endlich auf Deck stand, bemerkte er, dass offensichtlich ein Team auf ihn wartete. In ihrer Mitte hielten die Männer etwas, das er aber nicht erkennen konnte. Erst als sie sich bewegten, sah er die Korbtrage, in der ein bewusstloser Mann lag, der Chris Ramirez zum Verwechseln ähnlich sah.

Borger vergaß sein eigenes Unbehagen und schaute zu, wie das Team rasch um ihn herumlief und Chris in den Helikopter verfrachtete. Dann stieg ein Arzt ein und zog die Tür hinter sich zu.

Erst als Borger sich wieder umdrehte, sah er Alison unweit von sich mit Tränen in den Augen auf dem Deck stehen.

»Alison?«

Langsam, beinahe widerwillig, wandte sie sich Will zu.

»Was ist geschehen?«

»Ein Unfall. Chris wird mit dem Hubschrauber nach Trinidad geflogen.«

Ehe er fragen konnte, schluckte Alison einen Schluchzer hinunter und meinte: »Es sieht nicht gut aus.«

»Um Gottes willen, das tut mir leid!«

Alison antwortete nicht. Stattdessen starrte sie auf den Helikopter, der sich jetzt langsam wieder in die Luft erhob. Sie schaute ihm nach, bis seine Lichter in der Nacht verschwanden. Erst dann richtete sie sich wieder mit verdrießlicher Miene an Borger. »Haben Sie es dabei?«

»Habe ich.«

Alison holte tief Luft und warf einen Blick auf die Sterne über sich. Sie konnte nicht weiter dagegen ankämpfen. Die Angst war noch immer zugegen, aber sie musste ihn fragen. Sie hatte keine andere Wahl, als ihm die eine Frage zu stellen, vor deren Antwort sie sich mehr fürchtete als vor allem anderen.

»Wie geht es John?«

Sie sah, wie Borgers Miene sich veränderte. Er zögerte und schoss ihr einen verlegenen Blick zu. »Äh ...«

»Sagen Sie es mir einfach«, befahl sie ihm. »Ich weiß, dass etwas los ist. Ich spüre es in meinen Knochen. Sagen Sie mir die Wahrheit.«

Borger blinzelte und stand stocksteif da, bis er zu nicken begann. »Die Wahrheit ... Die Wahrheit lautet, dass ich keine Ahnung habe.« Er schüttelte langsam den Kopf. »Ich weiß nicht, wie es ihm geht oder wo er überhaupt ist. Zumindest nicht genau.«

»Was soll das heißen, nicht genau?«

»Er ist irgendwo in China, aber ich habe den Kontakt verloren. Ein Rettungsteam ist zu ihm beordert worden ...«

Alison schürzte die Lippen. Borger sah, wie ihre Augen glänzten und ihr die Tränen über die Wangen zu kullern drohten. »Ein Rettungsteam?«

Er nickte und hoffte, dass sie nicht weiter nachfragte. Ihr erklären zu müssen, dass sich selbst die CIA den Kopf über seinen Aufenthaltsort zerbrach, würde jetzt nicht weiterhelfen.

»Dann muss es schlimm um ihn stehen.« Alison Kinn bebte. »Normalerweise ist er es, der nach etwas sucht.«

»Er hat jemanden gerettet. Ein junges Mädchen. So viel weiß ich zumindest.«

Sie nickte und versuchte die Tränen fortzublinzeln. »Glauben Sie, dass er tot ist?«

»Nein, das tue ich nicht.«

»Warum nicht?«

Borger schenkte ihr ein verhaltenes Grinsen. »Weil Clay mein Freund ist und ich weiß, dass, wenn es andersherum wäre, er mich nie abschreiben würde.«

Alison starrte ihn eine Weile an, ehe sie endlich nachgab und auch zu lächeln begann. »Sie haben recht.« Damit trat sie auf ihn zu und schlang die Arme um ihn. »Danke.«

Er nickte und betrachtete die wartenden Männer, die um sie standen. »Und was jetzt?«

Sie holte erneut tief Luft. »Neely Lawton wartet bereits auf Sie. Sie zeigt Ihnen, wo Sie hinmüssen.«

»Und was machen Sie?«

Sie wandte sich zu Tay und Lightfoot, die beide ungeduldig auf sie warteten. »Ich habe einen Termin, den ich wahrnehmen muss.«

Borger bemerkte die Taucherausrüstung hinter den beiden. »Was haben Sie eigentlich gefunden?«

»Ganz ähnliche Pflanzen. Genau dasselbe Phänomen wie auf dem Berg. Aber ich habe nicht die geringste Ahnung, was es hier ausgelöst haben könnte.«

Borger setzte eine ernste Miene auf. »Dann gibt es etwas, was ich Ihnen mitteilen muss.«

Alison, du zurück.

»Ich ... ich bin wieder da«, nickte sie zustimmend. »Genau, wie ich versprochen habe.«

Wir froh, dass du zurück.

Alison warf einen Blick über die Schulter und schenkte Lightfoot ein Lächeln, der neben ihr schwamm. »Wir auch.«

Du wegen Pflanzen hier.

»Nein, diesmal nicht.« Alison kramte ein kleines Gerät aus ihrer Tarierweste. Es handelte sich um die Sache, um die sie Borger gebeten hatte.

Jetzt wussten sie, womit sie es zu tun hatten. Die Pflanzen wiesen dieselben Eigenschaften auf, was darauf schließen ließ, dass auch die Ursache dieselbe war. Wie auch im Acarai-Gebirge musste es sich um das Wasser drehen. Jetzt galt es nur noch, die Quelle zu finden.

Das Gerät in ihrer Hand hatte sich automatisch eingeschaltet und schimmerte leicht bläulich. Auf dem Berg hatte es die Konzentration einer ganz besonderen Verbindung gemessen, die sie letztendlich bis zu der Klippe geführt hatte. Jetzt aber befanden sie sich auf der Suche nach der zweiten Quelle: *dem Schiff*.

Alison drehte sich um und warf einen raschen Blick auf das Display. Dann trat sie mit ihren Flossen, aber die Konzentration änderte sich nicht. Sie änderte die Richtung und schwamm einige Meter, aber das Display machte keine Anstalten, etwas anderes anzuzeigen. Erst dann fiel bei ihr der Groschen.

Im Dschungel war es einfach gewesen. Es hatte ein Rinnsal gegeben, das in eine Richtung geflossen war.

»Was ist los?«, erkundigte sich Lightfoot.

»Es funktioniert nicht.«

»Und warum nicht?«

»Weil das, wonach wir suchen, weder vor noch hinter uns ist, sondern *überall*.«

Alison wollte schon Lee auf dem Schiff informieren, hielt sich aber zurück, als Dirk und Sally neben ihr erschienen.

Keine Pflanzen.

»Nein. Diesmal wollen wir keine Pflanzen.«

Komm, Alison. Komm jetzt. Wir zeigen.

Die beiden Delfine schlugen einmal mit ihren Schwanzflossen und schnellten davon, sodass Alison und Lightfoot Mühe hatten, ihnen zu folgen. Zusammen tauchten sie tiefer in die Finsternis hinab und staunten erneut, als das schimmernde Grün unter ihnen wieder auftauchte. Es war sowohl unheimlich als auch atemberaubend.

Die Delfine tauchten weiter ab, hielten aber kurz inne, damit Lightfoot und Alison aufholen konnten.

Festhalten.

Alison riss überrascht die Augen auf und warf Lightfoot einen Blick zu, ehe sie Sallys Rückenflosse packte. Er folgte ihrem Beispiel und schnappte sich Dirks. Die Delfine schwammen wieder los und schnellten auf den schier grenzenlosen, dichten, grünen Vegetationsteppich zu.

Als sie zu einem kleinen Abhang kamen, folgten Dirk und Sally den Konturen des Felsens und streiften die gigantischen Pflanzen auf dem Meeresboden, die im Schein der Stirnlampen grell schimmerten, mit ihren Bäuchen. Plötzlich mussten Alison und Lightfoot sich unter langen, Lianen ähnelnden Pflanzen ducken, ehe sie eine dunkle, aber doch belebte Untiefe in dem Korallenriff vor ihnen erkannten. Dirk führte, wurde langsamer und umschwamm die Gegend vorsichtig. Als der Teppich aus Pflanzen plötzlich unter ihnen abbrach, hielt er nicht an, sondern schwamm vorsichtig weiter und tauchte dann außer Sicht ab. Alison hatte kaum Zeit zu verstehen, was mit ihm geschehen war, ehe Sally ihm folgte.

Die beiden menschlichen Passagiere konnten sich kaum noch beherrschen, als sie durch einen bewachsenen Tunnel schnellten – ein Tunnel aus Korallen, der so eng war, dass sie immer wieder an den Seiten anschlugen.

Gigantische Pflanzen bauschten sich vor ihnen auf und legten sich über ihre Tauchermasken, nur um harmlos wieder abgeschüttelt zu werden.

Alison klammerte sich noch immer eng an Sally. Plötzlich kam ihr wieder das Gerät in den Sinn, und sie holte es hervor, blickte auf das Display und öffnete vor Überraschung den Mund. Die Konzentration war hier so hoch wie nirgendwo sonst! Diese Verbindungen, die alles nährten, sie mussten von irgendwo hier unten kommen.

Die Delfine schossen aus dem Tunnel hervor, und plötzlich befanden sie sich in einem riesigen Raum.

Mit offenem Mund ließ Alison von Sally ab und schwebte dann stillschweigend im Wasser. Knapp einen Meter vor ihr hatte auch Lightfoot instinktiv losgelassen, als er gemerkt hatte, wo sie sich befanden.

Keiner der beiden rührte auch nur einen Muskel. Stattdessen schwebten sie völlig fassungslos dahin und schauten sich staunend um. Sie befanden sich in einer riesigen Höhle. Allein hätten sie sie nie finden können, denn von oben machte es den Anschein, als ob die Korallen sie verschlossen hätten. Mit knapp fünfzig Metern Breite stachen hier und da gigantische Korallensäulen in die Höhe und dienten somit als natürliche Träger für die große Kuppel.

Aber wenn die Breite schon imposant war, die Tiefe war es umso mehr. Und der Boden war mit einem noch dichteren Teppich aus Vegetation bedeckt.

Was Alison und Lightfoot aber vollkommen die Sprache verschlug war das Material, auf dem sie wuchsen.

Unter der grün schimmernden Mähne war etwas Metallenes. Es war eindeutig künstlichen Ursprungs. Die grauen Wände mit ihren glatten Oberflächen machten einen unbezwingbaren Eindruck, aber nach etwa dreißig Metern kamen die Pflanzen, die den Rest der Struktur komplett verdeckten.

An einer Seite erkannten sie zwischen der Vegetation merkwürdige Zeichen, die denen nicht unähnlich schienen, die Alison in den Bergen Guayanas gesehen hatte.

Fasziniert tauchte Lightfoot weiter ab, und Alison folgte ihm nur wenige Flossenschläge später. Er drückte mit der Hand gegen das Metall und schaute fasziniert zu, wie ein Tropfen aus dem Inneren der Struktur quoll, der sich aber sofort im Wasser auflöste.

Alison versuchte, einen besseren Eindruck vom Schiff zu erhalten. Der Rumpf war so groß, dass sie sein Ende nicht ausmachen konnte. Sie streckte den Arm aus und fuhr mit der Hand über die Oberfläche. Auch sie bemerkte etwas Grünes, das flüchtig auf ihrer Hand zu tanzen schien, sich dann aber im Wasser auflöste.

Sally und Dirk schwammen neben sie und bewegten dabei kaum die Flossen.

Du das suchen, Alison.

Alison blinzelte und lächelte dann. »Ja. Genau danach habe ich die ganze Zeit gesucht.« Sie konnte die Augen nicht von dem Schiff abwenden. Es war so anders als alles andere, was sie zuvor zu Gesicht bekommen hatte.

Borger hatte recht.

Zwei Stunden später hob Langford sein Handy und nahm den Anruf entgegen.

»Langford.«

Am anderen Ende starrte Will Borger auf das Telefon auf dem kleinen Tisch. Neben ihm standen Captain Emerson, Neely Lawton und Alison. Sie war zwar noch nass, hatte sich aber die Haare gekämmt.

»Admiral, Borger hier. Mit von der Partie sind Captain Emerson, Alison und Commander Lawton.«

»Guten Morgen. Ich hoffe, Sie haben erfreuliche Nachrichten?«

»Das könnte man sagen.« Er drehte sich zu Neely und nickte.

»Admiral, Commander Lawton hier«, meldete sie sich und beugte sich zum Handy hinab. »Ich kann bestätigen, dass die Proben, die wir hier vom Meeresboden gesammelt haben, dieselben genetischen Eigenschaften aufweisen wie die Pflanzen aus Guayana.«

»Und Sie sind sich absolut sicher?«

»Es gibt noch einige Tests, die ich durchführen möchte, wenn wir wieder zu Hause sind. Aber trotzdem, Sir. Ja, ich bin mir sicher.«

»Vielen Dank, Commander. Das sind tatsächlich hervorragende Nachrichten.«

Borger runzelte die Stirn. Der Tonfall des Admirals war nüchterner als erwartet. Selbst in seinen Ohren.

»Sir, gibt es ein Problem?«

»Nein. Alles ist in bester Ordnung«, gab Langford zurück. »Captain Emerson, unter den Umständen möchte ich, dass Sie die Stellung halten, bis Sie weitere Anweisungen erhalten.«

»Zu Befehl, Admiral.«

Borger räusperte sich. »Äh, Admiral. Es gibt noch etwas, von dem Sie wissen müssen.«

»Dann schießen Sie mal los.«

Borger ließ den Blick durch die Runde schweifen.

»Sir, ich glaube, Sie sollten sich erst hinsetzen.«

93

Die Morgensonne war kaum über den Horizont geklettert, als der graue Crown Victoria durch die Schranke des Flughafens gewunken wurde. Er fuhr an einer Reihe unscheinbarer Hangars vorbei direkt auf einen Gulfstream-Jet zu, der auf einem privaten Platz jenseits der kommerziellen Flugzeuge wartete.

An der Gulfstream angekommen, hielt das Auto an, und eine Hintertür öffnete sich. Verteidigungsminister Miller trat ins Freie. Er trug Uniform und schloss die Tür wieder. Mit großen Schritten ging er zu der Metallleiter und kletterte sie rasch empor, um im Inneren des Flugzeugs zu verschwinden.

Admiral Langford und CIA-Direktor Hayes warteten bereits in der Kabine auf ihn.

Miller grinste, als er die offensichtliche Spannung zwischen den beiden bemerkte und nahm Platz, ehe die schwere Tür hinter ihm geschlossen wurde.

Nach knapp vierhundert Jahren der Unabhängigkeit und der Selbstverwaltung trat die ehemalige Republik Genf der Eidgenossenschaft als deren westlichste Region bei. Umgeben von den saftig grünen Bergen Frankreichs blieb der französischsprachige Kanton der kosmopolitischste und reichste der Region und diente somit als Heimat einiger der mächtigsten multinationalen Gesellschaften der Welt.

Der Flug dauerte acht Stunden, ehe der Gulfstream-Jet den Landeanflug begann. Nach der Landung fuhr er an einen speziell gesicherten Ort innerhalb des Genfer Flughafengeländes und hielt dort an.

Zwei schwarze SUVs, umgeben von einer Reihe von CIA-Agenten, warteten in der Dunkelheit.

Die drei Männer kamen aus dem Flugzeug und näherten sich den Sicherheitsbeamten. Hayes stieg ohne zu zögern in den ersten Wagen, sodass Langford und Miller sich den zweiten teilen mussten. Die Agenten sahen sich ein letztes Mal um, öffneten die Türen und stiegen ebenfalls ein.

Der Verkehr entlang der Route war leicht, sodass der Konvoi Vernier in weniger als einer halben Stunde erreichte. Die kleine Gemeinde war bekannt dafür, Hauptsitz einer der reichsten Offshore-Mischkonzerne der Welt zu sein. Der Konzern besaß unermessliche Macht, aber vielleicht auch den schlechtesten Ruf der gesamten Industrie. Transocean Limited würde als Betreiber der Ölplattform in die Geschichtsbücher eingehen, die den *Deepwater-Horizon*-Skandal ausgelöst hatte: die größte Ölkatastrophe in der Geschichte der Ölförderung.

Als Langford, Miller und Hayes in den Empfangsbereich der Firmenzentrale geleitet wurden, wartete bereits eine Angestellte von Transocean auf sie.

»Guten Morgen, Gentlemen«, begrüßte eine attraktive junge Dame sie. Sie hatte kurze schwarze Haare und trug einen eleganten schwarz-roten Rock. »Ich bin Alessia Bierle. Es ist uns eine Ehre, Sie hier empfangen zu dürfen. Ich hoffe, Sie hatten einen angenehmen Flug.«

»Hatten wir. Vielen Dank«, entgegnete Langford.

»Darf ich Ihnen irgendetwas anbieten, ehe ich Sie nach oben begleite?«

»Nein, danke.«

»Sehr gut. Dürfte ich Sie bitten, mir zu folgen?«

Die Frau führte sie zu einem Fahrstuhl und öffnete ihn für die Gäste. Sie trat als Letztes ein, drückte auf den Knopf für das oberste Stockwerk und drehte sich dann lächelnd zu den Männern um. »Unsere Führungsriege wartet bereits auf Sie.«

»Vielen Dank, Ms. Bierle«, meinte Miller und nickte. Hayes hatte den Mund noch kein einziges Mal aufgemacht.

Die Fahrstuhltüren öffneten sich und gaben den Blick auf einen luxuriösen Konferenzraum mit hellem Marmorboden und moderner Einrichtung frei. Er machte einen sehr sauberen und effizienten Eindruck. Bierle ging ihnen voran und deutete auf drei Stühle am Konferenztisch. Auf der anderen Seite saßen eine Reihe Männer zwischen fünfzig und sechzig, die prompt aufstanden und ihre Gäste mit verhaltenen Mienen begrüßten.

Der Mann in der Mitte lächelte die drei Neuankömmlinge an und streckte ihnen seine Hand über den dunklen Tisch hinweg entgegen.

»Guten Morgen«, meinte er mit starkem französischem Akzent. »Es ist uns eine Ehre, Sie bei uns willkommen zu heißen.«

Admiral Langford schüttelte seine Hand, nahm dann Platz und gab den Anwesenden zu bedeuten, dass er sofort zum Geschäft kommen wollte. Miller und Hayes sowie die anderen Männer folgten seinem Beispiel.

Der Mann namens Abel Abegg, Präsident von Transocean, trug einen makellosen dunkelblauen Brioni-Anzug und setzte sich als Letzter, wobei er die drei Amerikaner aufmerksam musterte. Sie hatten offensichtlich keine Zeit zu verlieren.

»Womit kann ich Ihnen behilflich sein, Admiral?«, eröffnete er die Verhandlungen.

»Wir haben Interesse an einer Ihrer Bohrinseln in der Karibik. Genauer gesagt an der, die Sie demnächst ersetzen wollen.«

Abegg nickte. »Ah, Sie meinen die *Nordic*. Vor zwei Wochen haben wir eine neue Tiefwasser-Einheit verankert und führen derzeit die letzten Tests durch.« Er warf den drei Männern einen neugierigen Blick zu. »Und welches Interesse könnten Sie an der *Nordic* haben?«

Miller räusperte sich und erhob das Wort. »Ihre neue Bohrinsel ist nicht von Belang. Es ist die alte Einheit, an der wir interessiert sind.«

Abegg schien verwirrt. »Die alte Bohrinsel? Sie meinen die *Valant*?«

»Genau«, gab Langford zurück.

»Ich verstehe nicht ganz«, sagte Abegg und tauschte Blicke mit dem Rest seines Teams aus.

»Sie entfernen sie doch, oder?«

»Selbstverständlich. Das müssen wir. Die neuen Vorschriften lauten, dass sämtliche Bohrinseln, die signifikante strukturelle Mängel aufweisen, ersetzt werden müssen.«

Langford konnte sich ein Lächeln nicht verkneifen. »So weit ich verstehe, sind Vorschriften nicht gerade Ihre Stärke.«

Bei diesen Worten erkaltete die Stimmung ihm gegenüber zusehends, und der versöhnliche Gesichtsausdruck des Präsidenten verschwand augenblicklich. »Sie spielen auf den *Deepwater-Horizon*-Unfall an.«

»Wir sind hierhergekommen, um Ihnen eine günstige Gelegenheit zu unterbreiten, Mr. Abegg.«

Der Präsident von Transocean starrte Langford unverhohlen an. »Ach, wirklich? Eine günstige Gelegenheit für *wen*, frage ich mich.«

Langford hielt dem Blick seines Gegenübers stand. »Eine Gelegenheit zur Wiedergutmachung.«

Jetzt breitete sich ein Lächeln auf Abeggs Lippen aus. »Wiedergutmachung?«

»Sie haben richtig gehört.«

»Eine Wiedergutmachung wofür, wenn ich fragen darf?«

»Eine Wiedergutmachung dafür, dass man nicht an den falschen Ecken spart und somit die größte Umweltkatastrophe der Menschheit einleitet. Eine teure Lektion, wenn ich das so sagen darf.«

»Eine *sehr* teure Lektion«, berichtigte ihn Abegg.

»In der Tat.«

»Also, wie genau soll diese Wiedergutmachung aussehen?«, bohrte Abegg nach.

»Ein weiterer Fehler«, antwortete Miller.

»Wie bitte?«

»Ein weiterer Fehler«, wiederholte Langford.

»Ich folge Ihnen nicht ganz.«

»Die alte Bohrinsel, die Sie abtransportieren, um sie zu demontieren, braucht ein Problem.«

»Sie *braucht* ein Problem?« Der Präsident tauschte erneut einen Blick mit seinem Team aus und wandte sich dann wieder an Langford. »Und dieses *Problem* wird uns eine Möglichkeit der Wiedergutmachung bieten?«

»So ist es.«

Abegg starrte sein Gegenüber an. »Und an welches Problem haben Sie gedacht?«

»Das liegt ganz an Ihnen. Wir sind lediglich an dem Standort interessiert.«

94

John Clay kam wieder zu Bewusstsein und starrte auf die helle Decke, in die er eingewickelt war. Zu beiden Seiten bemerkte er eine Art Geländer am Bett. Er musste sich also in einem Krankenhaus befinden, oder zumindest in einem Krankenhausbett. Ohne den Kopf zu bewegen, beäugte er die Decke von den Füßen bis zu seiner Brust, bis ihm durchsichtige Schläuche ins Auge fielen, die aus seinen Seiten ragten.

Er sah sich im Zimmer um. Es war spärlich möbliert mit einem Tischchen an seiner Seite und einem Fernseher an der gegenüberliegenden Wand. Er bewegte die Hände und ertastete etwas Weiches mit der rechten.

Er drehte den Kopf und sah einen Stuhl, der neben seinem Bett platziert war. Auf ihm saß etwas unbequem, aber immerhin schlafend, seine Alison. Sie hatte den Arm über den Bettrand ausgestreckt und ihre Hand auf Clays gelegt.

Clay beobachtete sie, während sie schlief. Selbst mit wirren Haaren und dem Kopf in einem merkwürdigen Winkel gegen das Kopfkissen gelehnt, das sie zwischen Rücken und Lehne geklemmt hatte, war sie wunderschön. Er musste lächeln.

Emotionen drohten ihn zu überwältigen. Er starrte sehnsüchtig in ihr Gesicht, von dem er geglaubt hatte, es nie wiedersehen zu dürfen. Er holte tief Luft und lächelte erneut.

Alison blinzelte einige Male und wachte auf. Sie blickte ihn kurz an und richtete sich dann schlagartig auf. »Du bist ja wach!«

Clay schmunzelte. Selbst ihre Stimme war honigsüß.

Alison beugte sich vor und gab ihm eine sanfte Umarmung.

»Wann bist du denn gekommen?«, wollte er wissen.

Sie lächelte und hob seine Hand an ihre Wange. »So schnell ich konnte.«

Eine Woge der Emotionen überwältigte Clay, und seine Augen füllten sich mit Tränen. »Ich ... Ich habe ... habe nicht gedacht, ...«

»Ist schon gut«, flüsterte sie ihm zu. »Ich bin ja da.«

Er lächelte erneut und nickte.

Alison legte seine Hand wieder aufs Bett, stand auf und beugte sich über ihn, um ihn zu küssen. Dann setzte sie sich neben ihn auf die Bettkante.

»Wie geht es dir?«

»Ich fühle mich alt.«

Sie musste kichern. »So habe ich das nicht gemeint.«

»Alles tut weh.« Er schnitt eine Grimasse und zog die Decke beiseite, um den Gips um sein Bein zu mustern. »Welchen Tag haben wir heute?«

»Samstag den zwölften.«

Er lugte aus dem Fenster und sah einen blauen Himmel mit dem einen oder anderen weißen Wölkchen. »Wo sind wir eigentlich?«

Sie grinste ihn an. »In Honolulu, im Queen's Medical Center.«

»Auf Hawaii?«

»Du hast es erraten.«

Er lehnte den Kopf zurück. »Ich wollte schon immer mal mit dir hierher, aber die Rahmenbedingungen habe ich mir etwas anders vorgestellt.«

Alison blickte zu ihm hinab und zog die Decke über seiner Brust zurecht. »Ich nehme dich so, wie du bist.«

»Es tut mir leid, dass ich dir nichts davon erzählen konnte.«

»Das weiß ich doch. Und es war wahrscheinlich besser, dass du es nicht getan hast. Außerdem hatte ich meine eigenen Probleme.«

Er kniff die Augen zusammen. »Wieso? Was ist denn passiert?«

Sie starrte noch immer auf die Decke und schürzte die Lippen, die sie so fest wie möglich zusammenpresste. Aber so sehr sie sich auch anstrengte, sie begann schon bald zu zittern und fiel dann sanft nach vorne auf ihn drauf. »Wir haben Juan verloren.«

Clay konnte seinen Ohren kaum trauen. »Was?«

»Juan ist tot«, sagte sie schluchzend.

»Um Gottes willen«, sagte er und zog sie enger an sich. »Das tut mir sehr leid.«

Clay musste gar nicht erst fragen. Er hatte gewusst, wie die Chancen um Caesare und sein Team standen und wie oft solche Einsätze in die Hosen gehen konnten – ganz gleich, wie detailliert sie auch geplant worden waren. Er legte seinen verbundenen Arm um sie und versuchte die Schmerzen zu ignorieren.

Sie ließ etwas Zeit verstreichen, ehe sie wieder den Kopf hob und sich die Tränen wegwischte. »Und Chris!«

»Chris?«

Alison nickte. »Er ist im Krankenhaus. Es gab einen Unfall an Bord der *Pathfinder*. Die Ärzte glauben, dass er sich wieder erholt, aber um Haaresbreite hätten wir auch ihn verloren.«

Clay nickte und drückte sie erneut. »Und was ist mit Steve?«

»Ihm geht es gut. Und DeeAnn und Dulce auch. Aber er hat zwei seiner Männer verloren.«

Clay schloss die Augen und schüttelte den Kopf. Es schien, als ob so gut wie alles schiefgelaufen war, das hätte schiefgehen können. Erst Juan, dann Chris und jetzt auch noch zwei Leute aus Caesares Team.

Er hob die Hand und strich Alison eine Haarsträhne aus dem Gesicht. »Nicht der volle Erfolg, den wir uns erhofft hatten.«

Sie starrte ihn an und wischte sich erneut die Augen. Schniefend meinte sie: »Ach, ganz so schlimm war es nun auch wieder nicht.«

Als Clay sie neugierig anstarrte, setzte sie ein Lächeln auf. »Wir haben etwas gefunden. Und es ist groß, verdammt groß.«

Zehn Minuten später klopfte es an der Tür. Alison stand auf und öffnete sie. Auf der anderen Seite stand Caesare, die Miene traurig und still. Er trat mit einem Arm in einer Schlinge ein und schnitt ein finsteres Gesicht.

Clay kannte diesen Blick. »Wie läuft's?«

Caesare schüttelte den Kopf. »Ach, nicht so toll. Bei dir?«

»Besser als gestern.«

»Worauf du wetten kannst.« Er ging ans Fußende des Bettes. »Hast du schon von Juan, Corso und Anderson gehört?«

»Ja, habe ich. Es tut mir aufrichtig leid.«

Caesare nickte. »Allzu viel ist uns nicht gelungen. Aber bei dir sieht es ja auch nicht anders aus.«

Clay setzte ein Lächeln auf. »Kommt ganz darauf an, wie man es sieht.«

»Nun, es sieht danach aus, als ob man dich *windelweich* geprügelt hätte.«

»Schon richtig, aber ich wette, dass ich den Kerlen einen Haufen Respekt eingeflößt habe.«

Ein dünnes Lächeln huschte über Caesares Lippen. »Na, so, wie du aussiehst, müssen sie ja bis auf die Knochen vor dir gebibbert haben.«

»Ich wünschte, du wärst dabei gewesen.«

Diesmal war es Caesare, der laut auflachen musste. »Oh, wie gütig von dir.« Er ging ums Bett und ließ seinen gewaltigen Körper auf einen Stuhl nieder. »Dann schieß mal los. Was ist passiert?«

»Ich habe Weis Tochter Li Na gefunden.«

»Sie hat also noch gelebt?«

»Ja. Wei hat sie gerettet, indem er ihr die Bakterien von den Pflanzen injiziert hat.«

»Und wo ist sie jetzt?«

Clay starrte ihn an und versuchte die einzelnen Puzzleteile wieder in seinem Kopf zusammenzufügen, was ihm in Anbetracht der Schmerzmittel, die sie ihm verabreichten, nicht gerade leichtfiel. »Ich glaube, sie ist entkommen.«

»Na super«, meinte Caesare und lehnte sich zurück. Es herrschte Stille im Krankenzimmer, ehe er Luft geholt hatte und die Unterhaltung wiederaufnahm: »Es ist aus, John. Der Berg ist weg.«

»Die Höhle auch?«

Caesare nickte. »Die haben eine Bombe abgeworfen und den halben Gipfel geschmolzen. Wir haben verdammt viel Glück gehabt, nur deswegen sind wir noch am Leben. Das war es auch schon.«

»Die Brasilianer?«

»Nein«, meinte Caesare und schüttelte den Kopf. »Die Chinesen.«

»Die *Chinesen?*«

Caesare nickte. »Die haben sich wohl gedacht, wenn sie es nicht haben können, dann soll es auch niemand anderes in die Finger kriegen.«

Clay war schockiert. Er schaute erneut aus dem Fenster und schüttelte ungläubig den Kopf. »Wie geht es den anderen?«

»Sie leben«, unterrichtete Caesare ihn. »Chris und Tiewater liegen beide noch im Krankenhaus. DeeAnn geht es gut, aber sie will nichts mehr mit all dem zu tun haben. Und ich glaube, das war wirklich das letzte Mal, dass sie uns geholfen hat.«

Clay warf Alison einen Blick zu, die jetzt am Fußende seines Bettes stand. »Ich schätze mal, dass wir es ihr nicht verübeln können.«

»Nein«, stimmte Caesare geistesabwesend zu. »Das können wir nicht.«

Clay bemerkte, wie Alison zur Tür lugte. Schon das zweite Mal. »Was ist los?«

»Mit mir? Nichts.«

Dann sah er, wie Alison Caesare einen raschen Blick zuwarf. Sie verheimlichten ihm doch etwas.

»Was denn?«

Das Queen's Medical Center, allgemein noch immer unter dem Namen Queen's Hospital geläufig, war das größte seiner Art im Bundesstaat Hawaii. Vor einer gefühlten Ewigkeit bereits war es über seine eigentlichen Grenzen hinausgewachsen und beherbergte jetzt über fünfhundert Betten und beschäftigte dreitausendsechshundert Angestellte. Unter anderem besaß es auch die größte Unfallklinik im gesamten Pazifik.

Im Parterre unterhalb des hellgrünen bedachten Haupteingangs öffneten sich zwei automatische Schiebetüren und gaben Admiral Langford und Verteidigungsminister Miller den Weg aus der warmen, schwülen Luft Hawaiis frei. Beide waren in Zivil und gingen mit großen Schritten auf die Fahrstühle zu. Ihnen folgten drei weitere Individuen.

Langford hielt kurz inne, als er an dem geräumigen Wartezimmer vorbeiging, und starrte auf den großen Fernseher. Gezeigt wurde die Transocean-Bohrinsel *Valant*, die sich irgendwo im Atlantik befand. Überblendet wurde das Live-Bild mit einem Feed: »Transocean stellt Millionen bereit, um eine Katastrophe zu verhindern.«

Mit amüsiertem Grinsen ging Langford weiter. Er musste zugeben, dass ihre beiden Pressestellen ganze Arbeit geleistet hatten, denn Transoceans Handeln klang geradezu heroisch. Das mit der »Katastrophe« war natürlich reine Augenwischerei. Der Konzern hatte die alte Bohrinsel nicht früher als geplant ersetzt, auch gab es weder eine Fehlfunktion noch eine Störung, weswegen man sie hätte fortschleppen müssen. In Wahrheit geschah nichts weiter, als dass sie auf ihrem Weg zum Schrottplatz einen kleinen Umweg machte. Wichtig aber war, dass die Öffentlichkeit staunen durfte, wie proaktiv Transocean auf einmal war, sodass auch die letzten Erinnerungen an den *Deepwater-Horizon*-Vorfall verdrängt wurden.

Noch viel wichtiger aber war, dass Langford die alte Bohrinsel jetzt in Begleitung der *Pathfinder* für zwölf Monate direkt über Alison Shaws Entdeckung platzieren konnte, ohne weiter Aufsehen zu erregen.

Und das war genau die Geschichte, die man auch den fünf Truppengattungen der U.S. Streitkräfte erzählt hatte.

Als sich die Tür zu Clays Krankenzimmer öffnete, staunte er nicht schlecht, Langford und Miller gefolgt von Neely Lawton zu sehen. Dann traten Will Borger und eine sehr ernst dreinblickende DeeAnn Draper ein, deren Präsenz für Steve Caesare wohl die größte Überraschung bot.

Sie schenkten Clay einen besorgten Blick, und Neely Lawton tauschte ein kurzes Lächeln mit Steve Caesare aus, ehe Langford das Wort erhob.

»Wie geht es Ihnen, John?«

»Äh, ich bin ein wenig überrascht.«

Langford grinste und richtete sich an Caesare. »Und Ihnen, Steve?«

Caesare saß noch immer neben Clay und betrachtete Langford verhalten. »Gut, danke.«

Der Admiral zeigte auf seine Entourage. »Ich weiß, dass das hier ein wenig unerwartet sein muss.«

»Ein wenig.«

Langford runzelte die Stirn. »Ich wollte Sie alle anwesend wissen, und da Clay nicht den Anschein macht, als könne er demnächst irgendwo hingehen, dachte ich, wir könnten ein Treffen in der Wärme und dem Sonnenschein Honolulus arrangieren.«

Clay warf Alison einen spielerisch-fragenden Blick zu, aber sie zuckte nur die Achseln und lächelte. Jetzt hatte Langford auch Clays ungeteilte Aufmerksamkeit.

»Ich möchte damit anfangen, Sie alle zu loben. Sie haben hervorragende Arbeit geleistet, insbesondere unter solchen Bedingungen.« Langford ließ den Blick durch die Runde schweifen. »Ich weiß nicht, ob eine zusammengewürfelte Gruppe Individuen jemals mehr Eindruck bei mir gemacht hat. Es sind Menschen wie Sie, die unser Land ausmachen – oder ausgemacht haben. Vielleicht soll es ja eines Tages wieder so werden. Aber bis dahin ist das, was während der letzten Wochen beziehungsweise letztes Jahr geschehen ist, nichts weniger als weltbewegend. Ich bin mir sicher, dass Sie dem zustimmen.« Langford richtete sich vollends auf und legte die Hände auf den Rücken. »Und deswegen müssen wir die Entdeckung schützen. Koste es, was es wolle. Dabei zähle ich natürlich auf Sie alle.«

Clay und Caesare hoben gleichzeitig die Augenbrauen.

»Sir?«

»Was ich jetzt sage, mag Sie überraschen, aber Verteidigungsminister Miller und ich sind da einer Meinung. Wir wollen ein neues Geheimteam bilden, das ausschließlich aus Ihnen besteht, meine Damen und Herren. Sie haben sich gegenüber niemanden zu verantworten außer Verteidigungsminister Miller und mir.«

Plötzlich herrschte absolute Stille. Es wurden fragende Blicke ausgetauscht.

»Sir, ich verstehe nicht ganz«, begann Clay. »Warum sollten wir ein neues Team formen, wenn die Mission erledigt ist?«

Langford schmunzelte. »Wie kommen Sie darauf, dass es vorbei ist?«

»Äh, nun, die Höhle, die als Tresor diente, ist vernichtet.

Außerdem haben wir die letzten Bestände des Stoffes gesichert, die Wei nach China hatte bringen lassen, und Alison hat eine neue Quelle der Pflanzen gefunden. Es scheint mir also, als ob wir unsere Arbeit erledigt haben. Uns fehlt eigentlich nur Li Na.«

Langford warf Clay einen ernsten Blick zu. »Ich muss zugeben, dass mir etwas Ähnliches in den Sinn gekommen ist. Aber dann haben diese drei hier mich aufgeklärt.« Er wandte sich an Neely, Will und DeeAnn. »Mr. Borger, vielleicht übernehmen Sie ab hier?«

Borger nickte langsam, trat vor und räusperte sich. »Nun ... Es hat alles mit Alisons Entdeckung vor Trinidad zu tun. Es liegt auf der Hand, dass jemand den Tresor auf dem Berg in Guayana gebaut hat. Jemand, der hier auf der Erde war.« Er nickte Caesare zu. »Ich habe Steve vor einigen Wochen erklärt, dass ein Trip zur Erde höchstwahrscheinlich ein Himmelfahrtskommando war. Darauf deuten die zurückzulegende Entfernung, die benötigte Geschwindigkeit und die aufzuwendende Energie für eine derartige Reise hin.« Borger holte Luft und blickte sich im Raum um. »All das zusammen mit den Materialien in der Höhle lässt darauf schließen, dass sie die Sachen irgendwie hierher transportieren mussten. Zum Beispiel mit einem Schiff. Und genau das hat Alison entdeckt. Aber zurück zum Tresor.«

Caesare runzelte die Stirn. »Aber der Tresor wurde zerstört, Will.«

»Ich weiß, aber ich habe nachgedacht.« Er holte erneut tief Luft. »Sie müssen verstehen ... Wenn ich den ganzen Weg auf mich genommen hätte, dann würde ich nicht nur einen bauen.«

»Was?«

»Ich habe gesagt, ich würde nicht nur einen Tresor bauen.«

»Was soll das denn heißen?«, verlangte Caesare.

Borger konnte seine Aufregung kaum noch verbergen. »Überlegen Sie doch mal. Wer immer das auch war, hat eine immense

Distanz zurücklegen müssen. Wie Sie wissen, sind Palin und sein Volk in der Lage, Portale zu errichten, aber da gibt es einen Haken. Entfernung. Er hat gemeint, dass je weiter sie auseinanderliegen, desto höher wird der Energiebedarf, um sie aufrechtzuerhalten. Nicht nur das, er wächst exponentiell – soll heißen, dass ab einer gewissen Entfernung der Energiebedarf untragbar wird. Und genau das ist Palin und seinem Volk passiert. Er hat doch selbst gesagt, dass ihnen die Energie ausgeht.«

Caesare nickte. »Wenn diejenigen, die den Tresor gebaut haben, also mit einem Schiff hierhergekommen sind …«

»Es liegt nahe anzunehmen, dass sie von viel weiter herkamen, nämlich aus einer Entfernung, die die Erschaffung eines Portals *unmöglich* machte. Das ist der eigentliche Grund, warum ich zu der Theorie eines Himmelfahrtskommandos gekommen bin. Aber der Gedanke zieht einen Rattenschwanz hinter sich her: Wenn sie tatsächlich den ganzen Weg auf sich genommen haben, um einen sicheren Ort für ihre DNS zu finden, dann wollten sie sicherlich nichts dem Zufall überlassen und auf Nummer sicher gehen, oder?«

»Stimmt.«

»Sie brauchten also einen Planeten, dessen Klima mit dem ihren vergleichbar war, sodass ihre DNS überleben konnte.«

Clay starrte Borger an. »Redundanz!«

»Genau! Wenn sie schon den ganzen Weg gekommen waren, warum würden sie nur einen Tresor bauen?«

Borger war jetzt nicht mehr aufzuhalten. »Unsere Kontinente ruhen auf tektonischen Platten, die alles Leben auf der Erde beeinflussen, auch vulkanische Aktivitäten, Stürme und Tsunamis. Alles. Es herrscht ständiger Wandel. Also mussten sie einen Tresor bauen, der absolut sicher war.«

»Aber es gibt keine absolute Sicherheit, insbesondere wenn man den Zeitfaktor mit einbezieht«, gab Clay zu bedenken.

»Vollkommen richtig! Und das heißt, dass sie Redundanz

brauchten. Falls ein Tresor zerstört würde, benötigten sie einen zweiten. Ein Back-up.«

»Oder einen Plan B.«

Borger lächelte Caesare an. »Einen Plan B.«

»Aber das ist doch alles nur hypothetisch.«

»Nicht unbedingt«, entgegnete Borger. »Schauen wir uns nur mal unsere eigene Vorgehensweise an. Wir bauen in alles Redundanz ein, insbesondere in Technologie. Selbst eine einfache DVD arrangiert die Daten derart, dass sie Kratzer verkraften kann. Das Ganze heißt Reed-Solomon-Code und wird so gut wie überall benutzt, auf USB-Speichermedien, in elektrischen Schaltkreisen. Und selbst Autos werden mit Reservereifen ausgeliefert. Das Leben ist unvorhersehbar, und wenn wir uns schon dessen bewusst sind, dann können wir davon ausgehen, dass das Konzept den Erbauern des Tresors auch nicht fremd war. Und das Ganze sollte eine *sehr* lange Zeit überdauern.«

»Okay«, meinte Caesare. »Aber die Frage ändert sich nur geringfügig von ›Hätten sie einen zweiten Tresor bauen können?‹ zu ›Haben sie es wirklich getan?‹«

Statt zu antworten, wandte Borger sich an den Admiral, der sich wiederum zu Neely umdrehte. »Commander Lawton?«, forderte er sie auf.

Sie trat einen Schritt vor und verschränkte die Arme. »Da gibt es noch etwas«, sagte sie und lächelte Alison an. »Vor gut einer Woche, als Ali mir von dem kleinen Mädchen erzählte, das ihre Forschungseinrichtung besucht hatte, nahmen wir Blutproben von Dirk und Sally. Uns ist etwas aufgefallen, das mit der Anzahl der genetischen Marker zu tun hat, die bei Menschen und Delfinen den Aufbau des Gehirns beeinflussen.

»Vor einigen Jahren veröffentlichte ein Forscher am Zentrum für molekulare Medizin eine Abhandlung über gewisse Tiere mit extrem leistungsfähigen Gehirnen namens *Big Brain Trio*. Die Gemeinsamkeiten weisen stark auf eine konvergente Evolution dreier Spezies hin: Delfinen, Menschen und Gorillas. Die Schnittmengen in Größe und Funktionalität sind größer, als man sich vorstellen kann.

Mit anderen Worten, vor langer Zeit scheint etwas dazu geführt zu haben, dass unsere Gehirne sich entlang derselben Bahnen entwickelten. Nicht gleich, aber sehr ähnlich.«

»Sie meinen eine Art Intervention«, warf Caesare ein und lehnte sich auf seinem Stuhl zurück.

»Genau«, stimmte Neely ihm zu und lächelte. »Und in Anbetracht der genetischen Einflüsse, die wir gefunden haben, sowohl in Guayana als auch vor Kurzem im Meer vor Trinidad, könnte diese Substanz durchaus der *Katalysator* für diese gemeinsame Entwicklung sein.«

»Einen Augenblick«, fuhr Clay dazwischen. »Wenn diese Substanz im Wasser die Entwicklung der Delfingehirne beeinflusste, heißt es noch lange nicht, dass sie die unserer Gehirne und die der Gorillas veränderte. Und das sind schließlich zwei Drittel des *Big Brain Trios*.«

Jetzt meldete sich DeeAnn zu Wort. »Sie haben recht. Es würde nicht erklären, warum sich unsere Gehirne mehr oder weniger gleich entwickelt haben.« Dann drehte sie sich zu Will Borger um. »Es sei denn ...«

»Es sei denn, es gibt einen zweiten Tresor«, beendete Borger den Satz für sie.

Clay und Caesare tauschten einen Blick aus. »Und wo soll der sein?«

»Ich habe keine Ahnung«, meinte Will und zuckte mit den Schultern. »Aber wenn jemand hierher käme, um nicht nur einen, sondern zwei Tresore zu bauen, gehe ich mal fest davon aus, dass sie sie nicht nebeneinander stellen. Wenn überhaupt möglich, dann sollten sie so weit voneinander entfernt wie möglich sein.« Borger lächelte. »Vielleicht sogar auf einem anderen Kontinent.«

»Und davon haben wir nur sieben«, gab DeeAnn zu bedenken.

»Und einer von ihnen ist, wie wir bereits wissen, die Heimat von sowohl Menschen als auch Gorillas.«

»Afrika!«, flüsterte Alison.

DeeAnn nickte. »Afrika.«

Es herrschte erneut Stille im Zimmer. Langford war der Erste, der sie brach, indem er sich an Clay wandte: »Wie Sie sehen, John, ist es nicht vorbei. Nicht nur müssen wir ein Raumschiff auseinandernehmen und eine Bakterienprobe analysieren, sondern es sieht ganz so aus, als ob wir einen zweiten Tresor ausfindig machen müssen.«

»Und deswegen die Notwendigkeit, ein sehr kleines und sehr geheimes Team zusammenzustellen«, erklärte Verteidigungsminister Miller mit tiefer Stimme.

Caesare warf ihm einen Blick zu. »Und wer wird sonst noch von der Existenz dieses Teams in Kenntnis gesetzt?«

»Niemand. Nur der Admiral und ich. Es gibt weder offizielle Aufzeichnungen noch Gelder. Aber was immer Sie brauchen, wir werden einen Weg finden, es Ihnen zu beschaffen. Das sollte angesichts des völlig unüberschaubaren Zustands des Budgets keine Schwierigkeiten bereiten.«

»Wohl wahr«, stimmte Langford zu. »Wir können von Glück sagen, dass der Staatshaushalt anscheinend extra dafür ausgelegt ist, gewisse Posten zu verstecken.«

Caesare schien seine Zweifel zu haben. »Aber wenn nur Sie beide über dieses Team Bescheid wissen, was geschieht, wenn Sie … in Rente gehen?«

Miller verschränkte die Arme. »Falls wir beide uns tatsächlich gleichzeitig zurückziehen sollten, aus welchem Grund auch immer, ist es vorbei. Das Team löst sich mit sofortiger Wirkung auf, und Mr. Borger sorgt dafür, dass es keine Spuren geben wird.«

Caesare nickte und schaute die anderen an. »Hm, dann stellt sich wohl nur noch die Frage, wer alles mitmachen will.«

»Ich«, meldete sich Neely.

Borger grinste. »Ich auch.«

Caesare warf DeeAnn einen herausfordernden Blick zu. »Dee?«

Sie holte tief Luft. »Ich überrasche mich wahrscheinlich selbst mehr als alle anderen hier, aber ich bin dabei. Nachdem ich miterlebt habe, was die mit dem Berg gemacht haben, und jetzt, da ich weiß, um was es wirklich geht, verstehe ich den Einsatz, der gefordert wird. Und ich verstehe auch, was manche Leute bereit sind zu tun, um die Substanz in die Hände zu kriegen.«

Caesare war schockiert.

Sie lächelte ihn an. »Und außerdem wollte ich schon immer mal nach Afrika.«

Clay schaute Alison fragend an. »Ali?«

Sie musste ihm gar nicht erst antworten, sondern schenkte ihm nur ein breites Lächeln.

EPILOG

I

Das rostige, rotbraune Stahlgerüst der alternden Bohrinsel stand in scharfem Kontrast zu dem smaragdgrünen Wasser der Karibik. Die *Valant*, eine der ersten Tiefseebohrplattformen ihrer Art, war im Gegensatz zu den neueren und leistungsfähigeren Varianten eher klein. Trotzdem stellte sie die *Pathfinder*, die circa vierhundert Meter vor den Gerüstbeinen der *Valant* vor Anker lag, in den Schatten.

Das Stammpersonal von Transocean wurde evakuiert, sobald die Bohrinsel sicher verankert worden war. An ihrer Stelle wohnte jetzt eine noch kleinere Mannschaft der Navy an Bord, die beinahe ausschließlich aus Ingenieuren und Technikern bestand. Die meisten von ihnen stammten von Captain Emersons Schiff.

Jetzt stand das achtköpfige Personal auf der oberen Plattform der *Valant* und schaute zu, wie der Sea-King-Helikopter sich langsam dem großen roten Kreis des Hubschrauberlandeplatzes vor ihnen näherte.

Da kaum ein Lüftchen wehte, landete der Sea King sanft auf der Plattform, und das Dröhnen der langsamer werdenden Rotoren ließ ihre Ohren klingeln.

Die Tür wurde aufgezogen, und ein junger Mann sprang aus dem Helikopter. Unter dem Wind der Rotoren trottete er über die kleine Plattform, holte eine kleine Stufenleiter mit Rädern und rollte sie zurück zum Sea King. Die zweite Person, die jetzt ausstieg, war älter, vielleicht um die sechzig, und trug eine große schwarze Reisetasche in den Händen.

Er stieg die Stufen hinab, ging einige Schritte weiter und stellte die Tasche dann auf dem Boden ab, ehe er weiter über die Plattform auf den bereits wartenden Captain Emerson zuging.

Emerson trat auf ihn zu und reichte ihm die Hand, die der Mann kräftig schüttelte. Sie tauschten sich kurz aus, aber die anderen konnten über dem Dröhnen des Helikopters kein Wort ausmachen. Die beiden drehten sich zu den anderen um und warteten.

»Gentlemen«, verkündete Captain Emerson endlich mit lauter Stimme. »Ich möchte Ihnen Mr. Les Gorski vorstellen. Er ist einer der besten Berufstaucher der Welt und der Mann, der sein Bestes tun wird, Sie zu fähigen Tauchern auszubilden. Und falls Sie etwaige Zweifel hegen sollten, möchte ich Sie darauf aufmerksam machen, dass Mr. Gorski in jeder freien Minute mit Delta Forces und SEAL-Teams trainiert. Er ist für diesen Job geeignet wie kein anderer, denn er ist nicht nur Experte fürs Tiefseetauchen, sondern hat auch diverse Gerätschaften erfunden, die wir im Laufe unserer Arbeiten verwenden werden.«

Emerson ließ den Blick über die Runde schweifen. »Wir haben nicht viel Zeit, was passend ist, denn Mr. Gorski geht es ähnlich. Sie können also darauf wetten, dass er sie hart rannehmen wird. Darf ich Sie auch daran erinnern, dass sowohl die Bohrinsel als auch die *Pathfinder* strengsten Kommunikationsvorschriften unterliegen. Jedes Wort, das Sie verschicken oder erhalten, wird abgefangen und dreimal durchgelesen. Wenn Sie also Ihren Lieben eine Nachricht senden UND an Bord bleiben möchten, rate ich Ihnen, sich kurz und knapp zu halten. Was zu Ihren Füßen liegt ist kein Mythos, keine Verschwörungstheorie. Nein, dort unten liegt ein außerirdisches Raumschiff in seiner ganzen Pracht. Und ob Glück oder Schicksal, meine Herren, Sie sind die ersten, die es unter die Lupe nehmen dürfen. Wir werden sämtliche Vorsichtsmaßnahmen treffen, aber täuschen Sie sich nicht: Das ist ein gefährliches Unterfangen, weswegen wir auch Mr. Gorski hergebeten haben. Er wird Ihnen beibringen, wie man in der Tiefe lebt und arbeitet und wird, wenn irgendwie möglich, Sie davon abhalten zu sterben.«

Beim letzten Satz mussten die Männer lächeln, merkten aber rasch, dass Captain Emerson es todernst gemeint hatte. Gebannt folgten sie jeder seiner Bewegungen, und jetzt drehte er sich zu Gorski um und nickte.

Von gut einem Meter achtzig Höhe beäugte Les Gorski die Gruppe Männer mit stählernen Augen, die hinter einer Brille mit dunklem Rahmen in ihren Höhlen ruhten. Sein Gesicht war wettergegerbt und abgehärtet von all den Jahren Sonne und Wind. Er musste sich beherrschen, nicht den Kopf zu schütteln. Die Männer, mit denen er für gewöhnlich arbeitete, waren aus einem anderen Holz geschnitzt als die Truppe, die jetzt vor ihm stand.

Er drehte sich um und warf einen Blick auf seine zwei erfahrenen Mitarbeiter, die die Taucherausrüstung aus dem Hubschrauber luden. »Nun gut, Männer«, begann er und wandte sich wieder zu ihnen. »Dann hören Sie mal gut zu!«

II

Lee saß im Beobachtungsbereich und starrte wie hypnotisiert auf das Becken. Auf der anderen Seite verhielten sich Dirk und Sally genauso ruhig wie er. Sie schwammen langsam und verdrießlich ihre Runden und drückten somit das aus, was alle fühlten.

Seit Juans Beerdigung war gerade mal eine Woche vergangen. Sie hatte in der Kirche stattgefunden, in der er auch getauft worden war. Natürlich waren seine Eltern dort gewesen und hatten sich die Predigt mit angehört, aber es war fraglich, ob sie ein Wort von all dem hatten aufnehmen können. Sein Vater hatte nur auf den Boden gestarrt, war stocksteif dagestanden und hatte einen Eindruck gemacht, als ob er am Boden zerstört sei. Aber es war Juans kleine Schwester gewesen, an die sich Lee für immer erinnern würde. Sie hatte sich gegen ihre Mutter gedrückt und unentwegt geheult und geschluchzt.

Auch jetzt, nach einer Woche, konnte Lee diese Bilder nicht aus seinem Kopf verbannen. Zu Hause saß er in seinem schwarzen Computerstuhl und trauerte um seinen Freund. Ein junger Kerl, direkt von der Universität, der an das geglaubt hatte, was sie in der Forschungseinrichtung trieben. Jemand, der stets hilfsbereit gewesen war, ganz gleich wann oder wofür sie ihn gebraucht hatten.

Der Forschungsbereich, wie auch der Rest des Gebäudes, war in Stille getaucht. Das einzige wahrnehmbare Geräusch war das Summen der Ventilatoren, die sich drehten, um das ISIS-System zu kühlen. Lee suhlte sich in der Einsamkeit. Juan hatte alles gegeben, hatte das Team und die Mission geliebt, aber all das war nicht mit der Liebe vergleichbar, die er für seine Familie und insbesondere für seine kleine Schwester verspürt hatte.

Lee presste die Lippen aufeinander und kämpfte gegen die Tränen an, während er sich Juans Gesicht vor seinem inneren Auge heraufbeschwor. Er war ein so guter Freund gewesen. Und hell im Kopf. *Scheiße, war der Kleine clever gewesen.* Aber jetzt ... jetzt war er tot. Für immer.

Aber eine Sache gab es da noch.

Er blickte auf, als er die Geräusche aus dem Empfangsbereich von der anderen Seite der großen Flügeltüren hörte. Er stand auf und wartete gespannt. Ein paar Minuten später öffneten sie sich, und DeeAnn Draper trat ein. Drei Leute folgten ihr, ehe Steve Caesare die metallene Tür hinter sich schloss.

Juans Eltern und seine kleine Schwester Angelina statteten ihnen einen letzten Besuch ab. Sie blickten sich noch einmal mit schmerzverzerrten Gesichtern um, als ob sich Juan noch hier befände.

Lee ging auf sie zu.

DeeAnn strich sich eine dunkle Haarsträhne übers Ohr und beugte sich zu der Kleinen hinab.

»Alles okay, Angelina?«

Juans Schwester nickte.

»Es fühlt sich nicht mehr so an wie früher hier, oder?«

Sie schüttelte den Kopf.

»Uns geht es genauso.« DeeAnn richtete sich an die Eltern. Sie mussten gar nicht erst wissen, dass das Team von Angelinas Krankheit wusste.

»Angelina, ich weiß, dass Juan dich oft mitgebracht hat, um mit den Delfinen zu reden. Und wir haben dich eingeladen, weil sie dich noch einmal sehen wollten.«

Angelina setzte ein gequältes Lächeln auf und drehte sich zum Becken um, wo Dirk und Sally auf der anderen Seite der Glaswand auf sie warteten.

DeeAnn kniete sich vor sie hin. »Möchtest du mit ihnen reden?«

»Ja.«

»Gut«, sagte DeeAnn und schenkte Caesare und Lee, die hinter ihnen standen, einen raschen Blick.

»Angelina, wie würde es dir gefallen, mit ihnen zu *schwimmen?*«

III

Die Nacht war still. Im Biotop wehte nicht einmal ein Lüftchen. Dulce lag auf einem weichen Bett aus Gras und lauschte Dexter, der über ihr auf einem kleinen Palisanderbaum schlief.

Die junge Gorilla-Dame richtete sich auf, ging leise auf die Glaswand zu und hielt erst an, als sie vor der großen Tür stand. Sie beugte sich vor und studierte das kleine Keypad, das DeeAnn und die anderen Menschen ständig benutzten, um ein- und auszutreten. Sie neigte den Kopf zur Seite, hob die Hand und drückte auf dieselben quadratischen Tasten wie die Menschen.

Aber es geschah nichts.

Dulce versuchte es erneut und bemühte sich, keine anderen Tasten zu berühren.

Es folgte ein lautes Klicken, als das Schloss die Tür freigab. Dulce legte ihre langen Finger um die Klinke und zog.

Leise wackelte sie den langen Korridor entlang, bis sie zu den Flügeltüren kam, die in den Beobachtungsbereich führten. Sie zog an einer, trat ein und blickte sich in dem dunklen Raum um.

Auf einer Seite stand eine Reihe von Maschinen mit Hunderten blinkenden Lichtern und auf der anderen schien eine Wand aus Wasser, die von Glas zurückgehalten wurde, das dem in ihrem Biotop glich.

Sie ging zur Glaswand und starrte die beiden Delfine in dem dunkelblauen Wasser an. Einer von ihnen öffnete die Augen und schwamm dann langsam auf Dulce zu.

Einige Minuten lang starrten die beiden Tiere sich gegenseitig an. Bis ISIS Dulce wahrnahm, von selbst hochfuhr und den Monitor und das Mikrofon auf dem Tisch anschaltete.

DANKSAGUNG

Besonderen Dank an Frank, Tim und Les für ihre sachkundigen und wertvollen Ratschläge.